"十二五"国家重点图书出版规划项目
上海外国语大学重大科研项目
"211工程"三期重点学科研究项目

"英国文学专史系列研究"
李维屏　主编

英国文学思想史

A HISTORY of
BRITISH LITERARY THOUGHT

李维屏　张定铨　等著

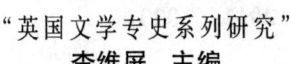
上海外语教育出版社
外教社 SHANGHAI FOREIGN LANGUAGE EDUCATION PRESS

图书在版编目（CIP）数据

英国文学思想史 / 李维屏，张定铨等著.
—上海：上海外语教育出版社，2011（2020重印）
（英国文学专史系列研究）
ISBN 978-7-5446-2297-4

Ⅰ.①英… Ⅱ.①李… ②张… Ⅲ.①英国文学—文学
思想史—研究 Ⅳ.①I561.09

中国版本图书馆CIP数据核字（2011）第060357号

出版发行：**上海外语教育出版社**
　　　　　（上海外国语大学内）　邮编：**200083**
电　　话：**021-65425300**（总机）
电子邮箱：bookinfo@sflep.com.cn
网　　址：http://www.sflep.com
责任编辑：**张亚东**

印　　刷：**江苏凤凰数码印务有限公司**
开　　本：**890×1240　1/32　印张 21.5　字数 605千字**
版　　次：**2012 年 1 月第 1 版　2020 年 7 月第 2 次印刷**

书　　号：**ISBN 978-7-5446-2297-4 / I · 0181**
定　　价：**58.00** 元

　　本版图书如有印装质量问题，可向本社调换
　　质量服务热线：**4008-213-263**　电子邮箱：**editorial@sflep.com**

总　序

　　英国文学全面系统的研究在我国起步很晚。"文革"前国内没有一部英国文学史作,只有一些关于作家与作品的零星文论或随笔。然而,近30年来,我国学者在英国文学研究领域取得了长足的进步,不仅对作家作品的研究能力与水平显著提升,而且在史学研究方面也硕果累累。我国学者相继推出了一系列颇有影响的史作:如陈嘉教授的英语四卷本 *A History of English Literature* 和王佐良教授的五卷本《英国文学史》。此外,一批重要的断代史作和文类史作也相继问世,如《现代英国小说史》(侯维瑞)、《英国诗歌史》(王佐良)、《英国戏剧史》(何其莘)和《英国小说史》(侯维瑞、李维屏)等著作。显然,我国的英国文学史研究已经完成了必要的基础工程。

　　今天,国内外英国文学史研究正以其坚定的步伐向纵深发展,它不但有全方位的推进,而且也有专题的分割。换言之,英国文学史的系统研究在日趋现代化、理论化和专业化的氛围中出现了学术的分化,并导致文学专史研究的不断繁衍。从某种意义上说,这是一种从文学历史的宏大叙事向某一体裁或文类历史专题研究的演变。读者不难发现,近几年来,国内学者已先后推出了《英国小说批评史》(2001,殷企平)、《英国小说艺术史》(2003,李维屏)和《英国小说人物史》(2008,李维屏)等文学专题史作,对英国文学某一方面的历史进行专题研究,揭示其历史概貌、演变过程和基本特征。这种研究与通常平分史料、均衡编排并按照历史顺序介绍作家与作品的基本情况,虽面面俱到却无法深入研究的文学通史之间有明显的区别。笔者以为,文学专史研究不仅有助于对文学分支的系统梳理,也有助于对其艺术和价值体系的整体把握。它是对英国文学史宏观研究的一种补充。当然,我国的英国文学专史研究尚处于起步阶段，有许多空白尚未填补。即使在国外，此类有水平、有影响的学术成果也并不多见。为此，我们推出这套"英国文学专史系列研究"，旨在抛砖引玉。本套丛书包括《英国文学思想史》、《英国文学批评史》、《英国女性小说史》、《英国短篇小说史》和《英国传记发展史》五部学术著作。

　　应当指出，文学专史研究是当前学术多元化和专业化的结果。它不仅是对文学本身的一种反思，也是当代文学史研究的一种演进与转型。也许，新千年的历史交响曲激发了人们梳理史料、撰写史评的热情。也许，英国文学的确为学者提供了极其丰富的学术资源。然而，从事文学专史研究的难度却超出了人们的想象。它不仅要求学者对文学史的来龙去脉了然于胸，而且要求其对某一体裁或文类的性质、特征和演化有独到见解，并能以更专业、更学术的目光去审视其演变过程和发展规律。不仅如此，学者还应设法在本人的学术观点和他人的审美意识之间以及在历代普遍认同的批评观点和当代最新的理论之间获得某种平衡，并力求在文学史专题研究方面构建自己的理论体系。尽管英国文学专史研究在我国只是刚刚起步，但它客观地反映了国内英国文学研究领域的动态和学术思想的发展。我们现在很难断言这种研究是否会引起更多学者的关注或兴趣，但它应该是一条有意义的学术路径。

李维屏

2011 年 2 月

本书作者及分工

李维屏（上海外国语大学教授、博士生导师） 课题立项、全书设计、
　　审稿、定稿、前言、第八章。

张定铨（上海外国语大学教授、博士生导师） 全书设计、审稿、第
　　一章。

张　群（上海外国语大学教授） 第二章。

高　健（上海外国语大学讲师、博士） 第三章。

许立冰（上海外国语大学副教授、博士） 第四章。

汪玉枝（华东师范大学讲师） 第五章第二、四、五、六节。

程汇涓（上海外国语大学博士） 第五章第一、三、七、八、九节。

阙蕊鑫（浙江工商大学讲师、博士） 第六章。

王　珏（上海外国语大学讲师、博士） 第七章。

张和龙（上海外国语大学教授、博士生导师） 第九章。

周　怡（上海外国语大学讲师、博士） 大事年表、作家作品中英文
　　对照、参考书目。

前　言

　　英国文学自盎格鲁—撒克逊时期一路走来,已有一千余年的历史。其间,作家辈出,思潮翻涌,理论更迭,流派林立,呈现出纷繁复杂的发展态势。作为一种语言艺术和文化产品,文学不仅是社会意识形态的具体反映,而且蕴藏着极其丰富的思想因子。历代英国作家在创作过程中大都有着深刻的思考,而这些思考为文学作品的诞生奠定了重要的基础。作家思想的纷呈与流变随之形成了一种亚思想体系,即文学思想。作为国家思想体系的组成部分,英国文学思想包含了作家在文学、艺术、美学、哲学、政治、道德和宗教等方面的思考和见解。它不仅反映了作家本人的人生观和价值观,而且体现了作家在某一特定时期对自然环境、社会生活、人际关系和国民意识的观照与考量。因此,研究文学思想既有助于了解作家在创作中的思想特征、思想方法和思想变化,又有助于把握文本的思想内涵和价值取向,同时也为文学批评提供了一种新的视角。

　　英国文学思想的演进引发了我们对文学批评本身的反思和学术范式的调整。迄今为止,国内外学者对英国文学的研究大都围绕作品的主题、人物、形式、技巧、叙事和文体等微观层面展开,强调对文学作品的分析与探讨,而往往忽略了对英国文学思想的系统研究。虽然有关个别作家思想层面或心理层面的研究成果并不罕见,但个案研究难免给人一种“见树不见林”的感觉。值得一提的是,国内外至今还没有一部全面、系统地论述一千多年来英国文学思想演变与发展的学术著作。然而,英国文学史研究在我国正以坚定的步伐向纵深发展,它既有全方位的推进,也有专题的分割。近年来,英国文学史研究在日趋现代化、

理论化和专业化的氛围中出现了学术的分化和繁衍,即从对文学历史的宏观阐述转向对文学某一方面历史的系统梳理与专题研究。显然,文学专史研究与通史研究之间具有明显的区别。它改变了以往通史中平分史料、均衡勾勒,并按照历史顺序介绍作家与作品,虽面面俱到却无法深入的研究方法。从某种意义上说,这部《英国文学思想史》不仅拓展了英国文学史研究的疆界,而且也体现了当前国内文学史研究的分化与转型。它在一定程度上改变了英国文学史研究固有的学术范式,以更宽广的哲学、美学、政治、文化和道德视野来考察英国文学的沿革与嬗变。

本书旨在全面梳理一千多年来英国文学思想的发展轨迹,系统阐述各个时期的文学思潮、运动和流派的性质与特征,并深入探讨代表作家的创作思想、审美意识和价值取向。本书以英国文学思潮的绵延相续为线索,以文学运动和流派的更迭交替为框架,以作家思想意识的发展变化为核心,科学阐述英国文学思想体系的内涵与外延,深刻揭示作家思想与英国社会、政治、经济、文化和习俗之间的关系。英国文学典籍浩瀚,作家思想纷繁复杂。影响其演变进程的不仅有意识形态、文化环境和历史事件,而且有审美观念、批评理论、创作题材和艺术形式的沿革,甚至还有作家的创作经历和读者的文学趣味的变化。显然,英国文学思想研究既离不开对历史背景、社会现实和文化氛围的考察,也离不开对作家经历和读者反应的关注,更离不开对文学作品本身的分析,因为文本是作家思想最有效的载体。英国文学史上的任何思潮、运动或流派都无不在文学作品中留下其足迹。因此,把思想探索融汇到文本分析之中有助于开启一种综合的学术视域。这既能使我们从英国文学中考察作家思想,又能使我们从思想层面来审视英国文学。毋庸置疑,思想研究是当前英国文学批评多元化态势下的一种有意义的选择,但同时也是一种令人稍感陌生的学术路径。它不仅需要我们拓展学术视野,而且需要更新研究范式。就英国文学思想史的研究而言,本书对以下三个方面的关系予以自觉的关注。

其一,认真梳理英国文学思想通史和断代史之间的关系。像文学史一样,思想史的演进不仅是一个漫长的过程,而且也分为不同的阶段。发展的延续性和间断性是英国文学思想的基本特征。本书试图将历代英国作家的思想内涵、思想根源、思想方法和思想变化放在其自身的承上启下以及横向的社会、政治、经济、文化和道德的关系中加以考察,既使长达一千余年的英国文学思想通史的发展轨迹和逻辑脉络尽收眼底,又彰显各历史阶段的文学思潮、运动和流派的性质与特征,在揭示英国文学思想历史概貌的同时,充分论述每一阶段文学思潮的具体特征与表现,从而体现了通史的内在逻辑和断代史的纷呈流变之间的统一。

其二,恰当处理英国文学思潮和作家思想个案之间的关系。一千多年来,英国文学思潮此起彼伏,思想流派更迭转换,有的昙花一现,有的几经沉浮。与此同时,英国文坛名家辈出,杰作林立,而名家和杰作无疑是文学思潮的载体。因此,对文学思想的研究离不开对具体作家和作品的探讨。如果说,人文主义、新古典主义、启蒙主义、浪漫主义、批判现实主义、现代主义、后现代主义、后殖民主义等思潮或流派是整个英国文学思想体系中的思想类型,那么,乔叟、莎士比亚、蒲柏、华兹华斯、狄更斯、詹姆斯、乔伊斯和福尔斯等作家的创作观念和审美意识则属于思想个案。在英国文学史上,思潮往往与作家的创作观念和艺术主张互相交融,并在其具体作品中得以反映。本书在阐述历代英国文学思潮的性质与意义的同时,对具体作家的思想内涵进行了深入探讨,并能恰当处理文学思潮与作家思想个案之间的辩证关系。

其三,合理把握思想阐述和问题探讨之间的关系。英国文学思想史研究既涉及对思潮、运动、流派、理论和作家思想的阐述和解释,又引发了作者强烈的问题意识和求解心理。本书对编年史意义上的英国文学思想体系和发展轨迹作了全面描述,并且对思潮、运动和流派的性质、特征、意义及其相互关系做了深刻阐述。然而,呈现英国文学思想史的框架和概貌只是本书的基本目标,更重要的是明确提出一系列重要问题并加以论证。在研究过程中,笔者始终表现出强烈的问题意识。例如:一千多年来英国文学思想发生了哪些重大变化?这些变化体现

了何种客观规律？历代文学运动或思想流派之间存在哪些共性和差异？作家思想的发展和变化同国民意识以及文学的现代化和多元化之间具有何种辩证关系？作家的思维方式和审美意识对其创作题材、艺术形式、人物塑造和语言风格具有何种影响？诸如此类的问题以及文学思想的多元性和复杂性在本书中得到了有效发掘和论证。应该说，笔者在勾勒英国文学思想史的概貌和框架的同时，表现出强烈的问题意识和论证意图。

《英国文学思想史》是上海外国语大学重大科研项目和"211 工程"三期重点学科研究项目"英国文学专史系列研究"的子项目。在与当前国际上文学史研究趋势保持一致的前提下，本书展示了我国学者在英国文学史研究领域新的理念和学术范式。由于英国文学代表人物众多，思想体系庞杂，加之典籍浩瀚，流派纷呈，因此书中难免会有疏漏之处，还望读者多多谅解。

李维屏

2011 年 3 月

于上海外国语大学

目　录

第一章　早期文学中的宗教思想与人文精神 …………………………… 1

第一节　《贝奥武甫》中的救世意识 ………………………………… 8

第二节　基督教宗教诗中神性与人性的对话 ……………………… 12

第三节　威廉·兰格伦的宗教道德观 ……………………………… 15

第四节　约翰·高尔的人生观 ……………………………………… 17

第五节　早期短诗中的人文呼唤 …………………………………… 20

第六节　乔叟的人文主义创作思想 ………………………………… 24

第七节　骑士文学中的人文诉求 …………………………………… 42

第二章　人文主义思想的兴盛 ………………………………………… 57

第一节　托马斯·莫尔：空想社会主义思想家 …………………… 61

第二节　埃德蒙·斯宾塞：秩序与和谐的倡导者 ………………… 71

第三节　菲利普·锡德尼：诗学思想家 …………………………… 82

第四节　莎士比亚：人文主义思想的典范 ………………………… 93

第三章　启蒙思想的全面展开 ………………………………………… 122

第一节　弗朗西斯·培根：充满科学精神的人文主义者 ………… 124

第二节　约翰·洛克：经验主义的奠基者 ………………………… 132

第三节　托马斯·霍布斯：现代政治制度的奠基人 ……………… 139

第四节　本·琼森：高举现实主义旗帜的戏剧大师 ……………… 146

第五节　约翰·多恩：玄学诗体的开创者 ………………………… 153

第六节　约翰·弥尔顿：永不屈服的清教革命者 ………………… 159

第七节 约翰·班扬：义无反顾的新教殉道者 …………… 170

第八节 约翰·德莱顿：英国现代戏剧理论的奠基人 ……… 179

第四章 理性主义与感伤主义：思想的交锋和流变 …… 193

第一节 笛福和英国政治哲学 …………………………… 195

第二节 亚历山大·蒲柏与新古典主义 ………………… 206

第三节 理查逊和菲尔丁：引领道德风尚的一代宗师 …… 214

第四节 斯威夫特对理性至上的批判 …………………… 232

第五节 斯特恩的观念联想和眼泪 ……………………… 241

第六节 谢里丹：感伤剧的终结者 ……………………… 250

第七节 塞缪尔·约翰逊：保守的新古典主义宗师 ……… 255

第五章 19世纪的浪漫主义思想 …………………… 268

第一节 布莱克的早期浪漫主义思想 …………………… 270

第二节 彭斯的农民情怀 ………………………………… 278

第三节 华兹华斯的浪漫主义诗歌观 …………………… 284

第四节 "湖畔派"诗人柯勒律治的浪漫主义气质 ……… 294

第五节 浪漫主义时代的拜伦主义 ……………………… 302

第六节 雪莱的革命浪漫主义精神 ……………………… 310

第七节 济慈的浪漫主义美学思想 ……………………… 318

第八节 卡莱尔的浪漫主义英雄史观 …………………… 326

第九节 阿诺德对浪漫主义文学的批评 ………………… 333

第六章 批判现实主义思潮 …………………………… 350

第一节 奥斯汀对社会风俗的观察与调侃 ……………… 353

第二节 萨克雷对上层社会的讽刺和批评 ……………… 364

第三节 狄更斯的浪漫现实主义思想 …………………… 373

第四节 托马斯·哈代的社会向善论 …………………… 386

第五节 盖斯凯尔夫人工业派小说的忧愤 ……………… 394

第六节 夏洛蒂·勃朗特的女性主义抗争 ……………… 400

第七节　玛丽·雪莱的科幻恐怖小说引发的思考 ……………… 407

第八节　乔治·艾略特现实主义的社会关照 …………………… 415

第七章　传统思想与现代意识 ……………………………………… 428

第一节　萧伯纳的现代戏剧理论 …………………………… 430

第二节　吉普林的帝国主义思想与文学创作 ……………… 438

第三节　威尔斯和贝内特：承接传统的小说理论 ………… 444

第四节　叶芝论抒情诗的叙事策略 ………………………… 454

第五节　艾略特的象征主义诗歌理论 ……………………… 464

第六节　奥威尔的知识分子观与小说创作 ………………… 471

第七节　福斯特的自由·人文主义思想 …………………… 478

第八节　狄兰·托马斯的语言观 …………………………… 485

第八章　现代主义文学思潮 ………………………………………… 503

第一节　詹姆斯的现代小说观 ……………………………… 512

第二节　康拉德的早期现代主义思想 ……………………… 521

第三节　劳伦斯的现代主义视野 …………………………… 529

第四节　乔伊斯的现代主义思想 …………………………… 537

第五节　伍尔夫的创新精神 ………………………………… 552

第九章　多元复杂的当代文学思潮 ………………………………… 567

第一节　金斯利·艾米斯的反现代主义文艺观 …………… 575

第二节　贝克特的文艺美学思想 …………………………… 583

第三节　多丽丝·莱辛的女性主义思想 …………………… 593

第四节　约翰·福尔斯的文艺创作思想 …………………… 602

第五节　戴维·洛奇的小说批评思想 ……………………… 612

附录一　英国文学大事年表 ………………………………………… 629

附录二　作家作品中英文对照 ……………………………………… 643

附录三　参考书目 …………………………………………………… 658

第一章

早期文学中的宗教思想与人文精神

英国文学是英国文化与文明的构成要素之一,它源于生活,又高于生活。文学不同于历史,但文学以其特有的方式记载着历史,同时又创造着历史。早期英国文学承载了英国童年时期的记忆,也见证了英格兰民族从荒蛮走向文明的进程。在这个进程中,宗教文化与世俗文化相互作用,相互渗透。基督教在英国占绝对统治地位,它对英国文学的形成和发展有着深远的影响,给文学的主题、样式以及作家的思想提供了丰富的来源;另一方面,大量的文学作品也对基督教精神做了形式多样的探索和解释,这种状况决定了文学和宗教之间内在的必然联系。完全可以说,文学和宗教同时为英国人民创造精神价值,是英国文化的重要组成部分。

英国文学一开始就与基督教文化有密切的联系。创作于 8 世纪的英雄史诗《贝奥武甫》标志着英国文学的诞生。虽说该诗主要叙述的是北欧日耳曼人的故事,但其中也融入了当时生活在不列颠岛上的英格兰人的生活痕迹与文化记忆。像古希腊的史诗一样,《贝奥武甫》是有关英雄的传说,它反映的不只是个人的英雄行为,而是一个氏族群体的集体意识,主人公贝奥武甫是人们期盼中的、理想化了的君王,是民众所崇拜的英雄偶像。贝奥武甫是一个具有神力

的世俗英雄的典型,但是,他身上承载着许多基督教所推崇的价值理念。

人类在童年时期都有英雄崇拜情结。如果说,贝奥武甫主要是一位人们理想中的世俗君王的代表人物,那么,耶稣基督就是一个被神化了的宗教圣人的典型。这两种典型在早期英国文学作品中不断重现,或是以不同的形态不断再现。基督教在公元 6 世纪传入英格兰,很快传遍各地,因为基督教作为一种文化,给当时以感性思维为主的英国人提供了一种解释生存意义的朴素的、比较易于理解的思维模式。中世纪是宗教盛行的时代,也是英国宗教文学兴盛繁荣的年代。从开德蒙的《上帝颂》到威廉·兰格伦的《农夫皮尔斯之梦》,宗教诗在早期英国文学中占有重要地位。这些宗教诗不是简单的说教,其中充满了神性与人性的对话,充满了对生存意义的积极思考。

盎格鲁—撒克逊时期的英国,除了《贝奥武甫》,并没有产生具有深远影响的文学作品。《英吉利教会史》、《盎格鲁—撒克逊编年史》有很高的史学价值,也是优秀的散文作品,在英国文学史上占有重要地位。《英吉利教会史》完成于 731 年,详细记述了奥古斯丁来不列颠布教以后近一百余年的历史,全书五卷,主要以基督教在英国传播过程中的重大事件为写作线索。基督教的传入与兴盛对英国有极大的影响。不了解英国以及西方的宗教史,特别是基督教史,就无法深刻理解英国历史上的各种文化和政治事件的形成与发生。在英格兰皈依基督教之前,不列颠岛上缺乏基本秩序,各种势力之间纷争不断,战事连绵,没有较为统一的道德标准,诸强割据,各行其是,故外患不断,屡遭侵犯。

基督教的传入使英国的文明程度有了很大的提升,不列颠不再是欧洲大陆以外的一个蛮夷之地,希腊、罗马文化开始影响英国人。修道院在传递宗教的同时也传递了文化。教士们研习拉丁语,阅读古典巨著,了解柏拉图、亚里士多德、西塞罗、维吉尔等人的大作。比德本人就是一个典型的例证。没有基督教在英格兰的兴盛及随之而来的外域文化的影响,比德不可能具有精深、广博的知识,不可能具备极高的文化素养,成为"英国历史学家的第一人"。

阿尔弗雷德倡导并鼓励编写《盎格鲁—撒克逊编年史》,这是用英语写英国史的开始。编年史的写作在阿尔弗雷德王过世后的 200 多年里一直没有间断,是珍贵的史学资料。编年史质朴无华的语言风格对后世英语的文风有极大影响。阿尔弗雷德还将历代盎格鲁—撒克逊王国的法律加以整理汇编,把基督教原则与日耳曼传统法融合在一起,形成了一套符合英格兰国情的法律文件,即著名的《阿尔弗雷德法典》。该法典后来成为英国习惯法的基础。这些工作为英国的统一奠定了心理和文化基础,也为英语和英国本土文化的形成与发展作出了重要贡献。

可是从文学性的角度来评判,《英吉利教会史》和《盎格鲁—撒克逊编年史》都不能纳入英国文学经典的范畴。当然,该时段的文学也有它的时代特性,那就是,盎格鲁—撒克逊时期的英国文学具有包容性,并与生活有密切的关系,它往往是人们用诗性智慧来探究生存意义的艺术手段,而且这种探究是在一个比较开放的平台上展开的,世俗思想与宗教思想之间还没有形成一条难以逾越的鸿沟,它们会交织出现在同一个文学作品中,不同思想之间的对话相当活跃。这一特性在乔叟的作品中表现得最为鲜明。

中世纪是一个宗教文学与世俗文学并行发展的时代。这一时代特征的具体体现是:在宗教题材的文学作品中有不少世俗故事情节存在,如在《十字架之梦》中,上帝之子基督被描绘成一个"健壮、坚定的青年英雄";而世俗文学作品则包容了大量的涉及宗教内容的故事,两者共生并存,交织发展。刘建军在《欧洲中世纪文化与文学述评》一文中对此有观点鲜明的表述:"很多学者常常想当然地认为欧洲中世纪绝对有宗教的和世俗的两种文化与文学形态。但是,持这种主张的人又不能令人信服地清楚划分宗教的和世俗的两种文化形态的界限,这样的划分往往造成对读者的误导,似乎世俗文化与文学就是与落后的基督教文化与文学相对立的进步的文化现象。持此种看法的人没有看到所谓世俗文化和文学其实是与基督教思想文化密不可分的现实;也没有看到世俗文化和文学内部各种要素、各种成分交融、杂糅存在的极其复杂的特性。"[①]这种奇特的文化现象与早期英国文学的属性有密切关系。当时的英国还处在历史与文化的形成阶段,各种思想意识可以比较自由地、并行不悖地存在。由于作家的身份特征比较模糊,他们能相对灵活地在不同的写作领域之间随意往返。他们用写作倾诉自己的情感,

对人类生存意义本体进行思考与探究,作品充满朴素的辩证思想。而随着英国王权的确立与强大,文学的政治属性越来越明显,文学作品中,宗教思想、政治理念、世俗观念兼容并包的状态日趋减弱。

骑士文学具有鲜明的思想杂糅特征,它既有政治性又具愉悦性,既是宗教的又是世俗的。骑士文学中糅入了不少基督教的精神与故事。骑士们不但不反对基督教,他们往往也会为宗教去赴汤蹈火,但是,他们这样做更多地是为了践行骑士精神,展示英雄气概,而不是去完成宗教任务。在这些骑士身上,我们可以看到许多违背基督教教义的言论与行为,他们往往不顾基督教的出世思想和禁欲主义而要求享受生活。显然,在骑士文学中,宗教文化与世俗文化一直在进行着对话,而这种不同思想意识在同一个平台上进行交流的现象可以说是中世纪英国文学的一个鲜明特征,它在乔叟的作品,特别是《坎特伯雷故事》中有最充分的体现。在充满着矛盾冲突的朝圣旅程中,各个香客都用自己的声音陈述着对生存意义的看法,正如肖明翰所言:乔叟没有试图用自己的思想去统一朝圣香客们的观点,“于是他们在旅途上讲述着各自的故事,不受约束地阐发各自的思想。所以归根结底,我们在《坎特伯雷故事》里看到的是‘众多的各自独立而不融合的声音和意识,由具有充分价值的不同声音组成’的‘真正的复调’,这些‘地位平等的意识连同它们各自的世界’不是统一于诗人的思想,而是‘结合在’朝圣旅途‘之中’,②并用故事进行平等的对话。”③

英国骑士文学继承与发展了法国骑士文学的传统,是中世纪英国文学中的一朵奇葩,马斯·马洛礼在狱中写就的《亚瑟王之死》代表了此类文学的最高成就。如同《贝奥武甫》等史诗一样,具有浓郁浪漫色彩的骑士文学是对英雄典型的塑造。当然,骑士文学中的人物比较接近真实生活,富有人文气息。从某种意义上说,骑士文学对中世纪欧洲人的行为具有示范性,是对人们行为的约束与引导。有人认为骑士文学歌颂的是封建贵族们荒淫无耻的生活,美化了日益没落的封建贵族。其实,在法规不健全的中世纪,骑士文学倒是对人的行为有所规范与约束,里面有许多正面的、积极的东西。例如,骑士文学歌颂女性的美,把爱情作为一种至高无上的目标来追求,提倡行侠仗义、除暴安良。骑士文学至今魅力不减,其中一个重要的因素就是它以一种形象的语言,向人们展示了人世间的真、善、美与假、丑、恶。

文艺复兴对整个欧洲文学的发展有着巨大的影响,英国的文艺复兴虽然来得晚一些,但是她催生了英国文学史上的两位巨擘——乔叟和莎士比亚。本章将重点讨论乔叟的人文主义创作思想,莎士比亚属于下一章讨论的内容。14 世纪,英国文学出现了繁荣兴盛的景象,文坛上相继有四位杰出诗人问世,他们是杰弗里·乔叟、威廉·兰格伦、约翰·高尔和佚名的"高文诗人"。四人中,乔叟的文学成就最高,他是公认的英国诗歌之父、英语现代文学的开创者,他的诗作充满智慧,洋溢着强烈的人文主义精神。

与欧洲一些主要国家(如德国、法国、意大利)相比,英国对基督教文化的态度表现出更多的宽容。这种注重实效的文化传统与英国历史的发展有密切关系。在具体讨论早期英国文学中的宗教思想与人文精神之前,有必要对该时段的历史做一简要梳理与介绍。

盎格鲁—撒克逊人对英国文明的发展有重要的贡献,但是,人们往往忘记他们是以侵略者的身份来到不列颠岛的。早在公元前 700 年,欧洲西部的凯尔特人迁移到不列颠群岛,成为岛上的土著居民。凯尔特人有自己的语言,英国人今天所讲的爱尔兰语、苏格兰语和威尔士语就是由凯尔特语演变而来的,在当代英语中凯尔特语的影子随处可见,特别是河名、地名,例如泰晤士河(the Thames)、伦敦(London)、约克(York)均源自凯尔特语。凯尔特人有强烈的族群意识,热情奔放,悍勇刚烈,将民族尊严置于个人生命之上。英国古代史上有位亚瑟王,据传是威尔士国王,他和他的圆桌骑士们慷慨豪迈,正气凛然,匡世济贫,惩奸除恶。他是凯尔特民族的英雄,集中体现了凯尔特人民不屈不挠的伟大精神,以及渴望自由和美好生活的愿望。

公元前 55 年与 54 年,罗马帝国的奠基者恺撒大帝两次率罗马军队横渡英吉利海峡,远征不列颠岛。为了有效控制凯尔特人,罗马人在不列颠岛设置了行省。但是,凯尔特人时常起兵反抗罗马人的统治。为了防御凯尔特人的骚扰,罗马人用石头和泥土修筑了一条横贯大不列颠岛的著名防御工事——哈德良长城(Hadrian's Wall),全长 120 公

里。公元 4—5 世纪,罗马帝国日趋衰败,逐渐放弃了对不列颠的控制,罗马军队于 442 年全部撤走,结束了对不列颠约 400 年的统治。

遭受奴役的凯尔特人享受独立的时间十分短暂。大约在公元 449 年,三支日耳曼部落——盎格鲁人、撒克逊人和朱特人——先后侵入英国,他们杀戮凯尔特人,并将他们驱赶到威尔士、苏格兰以及爱尔兰等边远地区。渐渐地,日耳曼人成了不列颠岛的主人;英国步入了盎格鲁—撒克逊时代。盎格鲁—撒克逊人崇尚武力,各部落的首领都骁勇善战,他们的责任就是带领自己的部落用武力抵御其他部落的入侵与征服新领地。

随着罗马人的撤离以及盎格鲁—撒克逊人的侵入,英国社会开始由奴隶社会向封建社会转变。封建主拥有绝大多数的土地,是生产资料的所有者;农民生活在社会的底层,靠出卖劳力维持生计。他们种田、狩猎、捕鱼,做些手工艺活,如打铁、编织等。少部分农民通过辛勤劳动,逐步拥有少量土地或生产资料,成为"自由人"。随着这部分人群的扩大,中产阶级的队伍慢慢形成。

盎格鲁—撒克逊人来到不列颠岛之前,并无宗教信仰。英文中有一特定单词 pagans,指称的就是这一类人群。该词来自拉丁语的 villager,意为"乡下人",并不像"异教徒"那样具有强烈的政治含义。盎格鲁—撒克逊人来到不列颠后,开始接受基督教义。无疑,基督教的传播对英国社会的发展走向有巨大影响。宗教信仰可以给人带来希望,让人们的心灵有一个停靠的港湾。在一个战火连绵、种族纷争不断的荒蛮时代,人们对整个世界充满恐惧,缺乏安全感,在感到无助与困惑时,他们祈求神灵的护佑。公元 597 年,被奉为圣人的奥古斯丁来到肯特向朱特人传播基督教。这是一个标志性的转折点。渐渐地,基督教在整个英国盛行起来。

基督教使盎格鲁—撒克逊人有了较为统一的行为规范与准则。人们不再崇尚简单的武力征服,他们希冀英明君主的出现,给他们带来较为平静的、富裕的生活。基督教文明开始发展,宗教礼仪、宗教文化、宗教音乐给早期英国的发展注入了活力。古时,不列颠岛上的生活十分艰苦,天灾人祸时有发生,基督教至少能够使人在心理上有所期盼,得到心灵的慰藉。基督教和基督教文化的影响在早期英国文学中无处不在。英雄史诗《贝奥武甫》是盎格鲁—撒克逊时期最具代表性的文学作品，它以恢宏的气势，融历史、神话、传奇于一体，记载了早期盎格鲁—撒克逊人的理想及生活经历。

在此期间，外族入侵时有发生。9世纪时，丹麦维京人乘坐海船大批来到不列颠。维京人是目耳曼人的一支，居住在斯堪的纳维亚半岛和目德兰半岛，他们善于造船、航海、骁勇善战，富有冒险精神。9世纪初，威塞克斯国王兼并六国，统一全英格兰，却奈何丹麦人不得。879年，英格兰国王阿尔弗雷德与他们订立和约，以伦敦向西北延伸到彻斯一线为界，以妥协换得短暂的和平。10世纪末，丹麦人再次大举入侵英格兰，1016年丹麦人卡纽特占领了整个英格兰，一直到1035年卡纽特战死后英格兰才得以复国。

1066年，英格兰国王忏悔者爱德华病逝，无子嗣继承王位。隔海相望的诺曼底公爵威廉，早就虎视眈眈，觊觎英格兰。他是威廉的表兄弟，据说在1051年威廉访英时忏悔者爱德华曾答应让威廉继承他的王位。而忏悔者爱德华的内弟、另一个王位的有力竞争者哈罗德被困在诺曼底公国时，也曾承认过威廉对英格兰王位的继承权。但当1066年，忏悔者爱德华去世时，英格兰贤人会议根据爱德华生前的举荐，推举哈罗德为国王。威廉闻讯怒不可遏，遂决心发动他的征服战。他凭借自己的威名，召集了大批雇佣军，其中有来自西班牙和意大利的骑士，开始跨海西征，发动了著名的"诺曼征服战争"。威廉在10月14日取得了黑斯廷斯战役的胜利之后，终于成了英格兰的统治者。是年圣诞，威廉在威斯敏斯特教堂加冕，称威廉一世，诺曼底王朝就此建立，英国历史掀开了崭新的一页。为了巩固自己的政权，"征服者威廉"着手在全英国建立封建庄园，变自由农民为农奴，使英国的封建化进程很快完成。他将大批诺曼贵族分封到英格兰，通过全国普查编制《土地赋税调查书》，加强了在英格兰的王权。他大兴土木，修建城堡、兵营，以防民众造反。举世闻名的伦敦塔就是当时修建的。威廉一世本人占有全国耕地的七分之一，还占有了绝大部分的森林，这些构成了王权的强大物质基础，他还将教会权力置于王权之下。

诺曼人的占领结束了主要以盎格鲁—撒克逊人统治英格兰的历史,英国迈进了"诺曼征服"时期(1066—1485)。尽管威廉用武力征服了英格兰,但是开始的几位国王一直将他们的主要精力放在法国,因为那里有他们的领地和政治利益。威廉生前的最后 15 年期间,基本住在诺曼底,他任命老友兰弗朗克为坎特伯雷大主教,把英格兰朝政交给主教掌管。1087 年,他死于诺曼底并葬在那里。这种国王一心二用的状态一直持续到金雀花王朝。

诺曼人带来了欧洲大陆的封建制度,带来了较为先进的文化及政治体制。当时的统治阶层都是会说法语的贵族,法语成了官方和时尚的语言,但是,它的使用主要局限在社会上层,广大的民众依然习惯使用古英语。古英语受到了法语的影响,也在逐渐发生变化,这种变化主要反映在词汇上。古英语始终作为方言存在于民间,12 世纪后发展为中古英语。渐渐地,英国的统治者与权贵们开始接受英语为官方语言。1367 年爱德华三世在召开议会时第一次使用英语致开幕词;1385 年英语代替法语成为学校的正式语言,随后,政府颁布法令,规定法庭审判需用英语进行。到了 14 世纪,中古英语已经十分接近我们熟悉的现代英语,乔叟的诗歌可为佐证。乔叟开始用富有生命力的伦敦方言进行诗歌创作,为英国文学语言奠定了基础,为确立现代英语的历史地位作出了不朽的贡献。

复杂、多变的历史背景使英国的文化呈现出多样性、通融性与开放性的特征。在英国早期文学发展的历史中,宗教文学占有重要地位,但从来没有出现宗教文学一统英国文坛的现象,它与世俗文学一起发展,两者经常是你中有我,我中有你,出现了不同样式的文学作品共生共荣的精彩局面。

第 一 节

《贝奥武甫》中的救世意识

《贝奥武甫》(*Beowulf*)用古英语写就,是英国文学的开山巨著,在乔叟的《坎特伯雷故事》问世之前，它是最具影响力的英国文学作品。该史诗的确切作者已无法知晓，他很可能是一个从北欧移民到英国的教士，熟悉基督教教义以及日耳曼文化。它的身份定位一直是不少学者关注的问题。人们对《贝奥武甫》究竟是一部世俗诗作还是一部具有明显宗教内容的史诗有不同的看法。有的认为它是一部宣扬异教英雄主义的诗作，还有的认为它是一部具有浓郁基督教色彩的作品，是一首"基督教拯救故事的寓言诗"。目前，学者大多持第三种观点，即《贝奥武甫》主要讲述的是一位世俗英雄的神奇故事，但是其中糅合了不少基督教思想与文化传统。艾伦·弗兰岑的观点基本属于第三类：

> 在更多意义上，《贝奥武甫》是一部哲学诗，而不是一部基督教作品；作者在许多处谈及上帝，却没有涉及我们熟知的基督教信仰。诗作将圣经故事纳入叙事之中，多次谈到该隐是诸妖魔的先辈，但是，这些有关旧约的内容不足以使作品具有"基督教色彩"。实际上，《贝奥武甫》对智慧与英雄行为之间关系的探究，是有关中庸与谦卑的忠告，也是有关世间荣耀（不管它们如何来之不易）只不过是过眼云烟的训诫。④

的确，不能简单地断言《贝奥武甫》是一篇宣扬基督教精神的宗教寓言长诗。但是，批评家们往往也忽略了该诗在救赎主题上与基督教教义的契合。该诗的作者是一个基督徒，对这一事实很少有人持有异议。可以说，叙述者的基督教主体意识贯串于整个叙事之中。一方面，诗人竭力维护日耳曼优秀的文化传统，试图用古英语记录一部有关日耳曼历史的宏大史诗；另一方面，他又根据自己在不列颠岛上的实际生活，在诗中加入一些现实内容。"作为一个具有深刻历史意识的基督徒诗人，他必然遇到并必须解决如何塑造异教英雄和如何处理异教素材这个十分棘手的问题，使之既不犯明显的时代错误，也不违背自己的信仰，并为广大基督徒读者所接受。在异教徒看来，那是为民除害的英雄事迹；而在诗人和基督教徒们看来，那却是上帝与魔鬼的斗争。"⑤

贝奥武甫是一个非凡的英雄，是作为一个领袖人物呈现在广大读

者面前的。尽管他不是一个宗教人物，但是，他身上有明显的基督精神的烙印，贝奥武甫与耶稣基督有几个具有共性的个性特征。首先，他们都是领袖人物，担负着救赎受难大众的使命；他们都得到神灵的护佑、指引，都以自己的生命为代价换取广大民众的幸福；都以坚韧不拔的毅力践行大善大德，并留下宝贵精神财富供后人享用。

《贝奥武甫》由两个核心故事构成。上篇讲述勇士贝奥武甫帮助丹麦王赫罗斯加铲除半人半兽怪物格伦德尔及其占水为王的母亲的故事。下篇讲述贝奥武甫成为国王后英明治国，最终与火龙妖魔殊死搏斗、为民捐躯的英勇事迹。与其他伟大史诗一样，《贝奥武甫》用浓郁的色彩描绘了一个英勇善战、智慧超群的领袖人物。

作为一个青年人，贝奥武甫能够伸张正义，为公道而战。当丹麦王赫罗斯加的国土遭受妖魔肆虐之际，他主动请缨，带领数十勇士，远涉重洋，决心帮助邻国铲除怪兽格伦德尔。深夜，他们埋伏在怪兽即将出现的宫殿之中。贝奥武甫佯装熟睡，格伦德尔毫无思想准备，正当他欲动手杀害勇士的瞬间，贝奥武甫死死抓住怪兽的臂膀，与之进行搏杀决斗，怪兽的臂膀被扭断，落荒而逃，不久因伤势过重而亡。

从贝奥武甫身上我们不难窥见一千多年前的英国人的价值取向，以及人民对圣明君主的诠释。当时基督教开始在英国盛行，人们都虔诚地相信圣经故事可以在生活中重现。《旧约》中的耶和华就是一个穷人、善人的守护者，他拯救受苦受难的民众，给他们带来温饱和幸福，而对那些为富不仁之徒则加以惩罚，使他们失去财产、遭遇灾祸。贝奥武甫也是一个具有强烈的救世精神的领袖人物。他身为高特人，在得知丹麦的鹿厅长期遭妖怪袭击的消息后，不顾国人反对，毅然带领自己的伙伴，渡海前往饱受格伦德尔蹂躏的丹麦，向国王赫罗斯加请战，替丹麦人民降妖除魔，体现了一种大爱无疆的仁者之心。

贝奥武甫回到自己的国家后，被推举为国王，成为一个受人民拥戴的君主，被奉为"人民之父"。他对人民的忠诚突出表现在他始终以国家的利益为重，在年事已高、身体每况愈下的状态下依然无所畏惧地与前来进犯的魔怪火龙展开搏斗。作为一国之主，贝奥武甫选择为民战

死疆场。弥留之际,他念念不忘造福于民,叮咛身边众人:

> 火葬之后,
> 令勇士们筑一座明亮醒目的大坟
> 高高耸立在大海的肩月甲,鲸鱼崖上
> 留作给我的人民的永久纪念。
> 让那些远道而来,迎着波涛上
> 昏昏迷雾的水手,从此就叫它
> "贝奥武甫陵"吧。⑥

他的陵墓成为航海者的灯塔,鼓舞人们去勇敢面对人世间的一切邪恶势力。

贝奥武甫是诗人想象、创造出来的人物,但他集中体现了移民到不列颠岛上的盎格鲁—撒克逊人的群体价值观念以及他们对周边世界的看法,按维柯的理论来分析,贝奥武甫实际上是根据个别具体人物形成的"想象性的类概念"。⑦人们把英明君王和英雄所有的一切属性以及这些属性所产生的一切情感和习俗都归结到贝奥武甫身上,因此,他成为一种"想象的共相",这种以鲜明和夸张的形象来表达思想的能力是现代文明人所不能企及的。

维柯认为,"人最初只有感受而无知觉,接着他用一种惊恐不安的心灵去知觉,最后才用清晰的理智去思索。"在那荒蛮的远古岁月里,人们对大自然充满敬畏,洪水、干旱、暴风、闪电、突如其来的瘟疫都会使他们惊恐万状、惶恐不安,他们试图理解这些自然现象,并努力思考人与自然的关系。当时的人们不可能用科学的态度对待自然灾害,因此,他们就把一些破坏性的自然现象想象成妖魔鬼怪的肆虐。同时,他们的生活经历使他们本能地感到,在大自然面前个人的力量是渺小的,只有依靠集体的力量他们才能生存下去。可以说,史诗《贝奥武甫》再现了人以集体的力量抵御大自然、征服大自然的胜利。环境是恶劣的,洪水、怪兽时刻威胁民众的生存,加上内乱纷争不断,战火连年,人们渴望英明君王的诞生,渴望英明君王引领他们战胜种种困难。从某种意义

上说,贝奥武甫即耶稣基督,因为他们都具有强烈的救世意识,都受到神力的帮助和指引,是智慧、力量和献身精神的体现。

　　贝奥武甫是诺思洛普·弗莱所强调的"原型人物",是一个偶像,他身上凝聚了当时民众心目中伟大君主所必须具备的领袖特质。如同人类早期的许多文学作品一样,《贝奥武甫》是人类运用诗性智慧探究生存意义的艺术成果,作者在创作时并不以确凿史实为依据,而是运用表象、直感、想象等形式,对研究对象进行分析、整合,以生动、直观、极富张力的人物形象表达自己以及他所熟悉的群体的喜怒哀乐以及思想意识。这种塑造历史人物时不拘泥于史实的艺术表现手法在莎士比亚作品中有明显的延伸。最典型的例子是《亨利五世》。莎士比亚在该剧中意图描绘一个理想中的君主:他忠于民众赋予他的职权,英勇善战,智慧超群,深得民心。在亨利五世领导的国度里,教会与君王能和谐相处,臣民遵纪守法,可谓国泰民安。当时的观众喜爱该剧,正是因为他们知道剧中的亨利五世不完全是现实生活中的那位君王。《贝奥武甫》开创了将象征运用于文学创作的先河。格伦德尔是一个人兽怪,不但代表人世间的邪恶势力,也代表自然界的野蛮破坏力。当时,人们不能科学地解释自然界发生的各种灾变,故天灾人祸往往交织在一起。贝奥武甫的故事表达了人民对和平生活的期盼,对战争、杀戮的痛恨,以及对风调雨顺、国泰民安的希冀。象征手法的运用在以后的英国文学作品中不断出现。

第二节
基督教宗教诗中神性与人性的对话

　　宗教是文化的载体,在人类文明初期尤为如此。自基督教传入英国,她的文学就与《圣经》有着无法割裂的关联。徐葆耕用十分朴素的语言评价了宗教对西方文学的影响:"欧洲的文学之源不是单一的,是由希腊文明和基督文明两个相互对立而又互补的源头构成的。世界上,任何一种具有生命力的文化,都具有两个以上由冲突而构成互补的源头。单一型的文化恒定要灭亡或转手于其他文化。究其原因是因为人的精神世界至少存在着两极,单一型文化不可能同时满足两极甚至多极的要求。"⑧ 在古英语诗歌之中,盎格鲁—撒克逊人的世俗文化价值观经常与基督文化理念融为一体,形成早期英国诗歌的一大鲜明特征。

开德蒙是第一个古英语基督教诗人,他的短诗《上帝颂》("Hymn to God")是有据可查的、最早的英国宗教诗歌。有关他的生平,除比德所著的《英吉利教会史》中有简短介绍外,我们知之甚少。开德蒙是个不识字的牧人,性格敏感、内向。由于不会现场赋诗,他总设法逃避寺院中的聚会。有一天,他梦见一天使前来教授吟唱之技能,他随即唱出"从未听到过的歌词"。后来他进入修道院学习《圣经》,开始作诗,并将旧约和新约中的故事翻译成英语。据说他是《创世记甲》(*Genesis A*)与《创世记乙》(*Genesis B*)以及《出埃及记》(*Exodus*)的作者,现在看来,这种可能性极小。

甲乙两本共 2 935 行,讲述的是旧约中的故事。《创世记乙》中对撒旦的描写给人留下深刻印象。他并非一个狰狞的恶魔,而似乎是一个具有反叛精神的英雄。他号召部下与他一起反对奴役,为自由而战。这个反叛者的形象在弥尔顿的著名长诗《失乐园》中有更充实的描绘。人们普遍认为《失乐园》中撒旦的形象要比上帝的形象更为丰满、生动。或许,政治上失败的痛苦、生理上失明的不幸使弥尔顿感到愤懑不平,他潜意识地站到了"大无畏的反叛者"撒旦的一边。"上帝不公"的情绪在短诗"当我想到……"("When I Consider . . .")中有明显的流露。实际上,英国文人的作品中时常反映出作者痛苦地在世俗思想与基督教教义之间寻找一种平衡的努力。另一个典型的例子是约翰·多恩,他的一些诗中充满矛盾:一方面是对基督教禁欲思想的反叛,另一方面是要顺从基督教的自我告诫,两者之间的矛盾实质上是灵与肉之间的冲突。

琴涅武夫(Cynewulf)是生活在 9 世纪的一位诗人,大约居住在昔日的诺森布里亚,即今日的英格兰东部地区。他的四首宗教诗——《艾仑那》("Elene")、《使徒们的命运》("The Fates of the Apostles")、《基

督之二》("Christ Ⅱ",又名《基督升天》,"The Ascension")、《裘利安那》("Juliana")——被保存下来。除此之外,有关他的生平,我们一无所知。从他的诗歌中人们推断他受过教育,懂得拉丁语,熟悉基督教史。曾经有人认为他是《十字架之梦》("The Dream of the Rood")的作者,但是现代学者经过考证,推翻了这一说法。

与开德蒙相比,琴涅武夫所写的诗要多得多,也长得多。《艾仑那》最长,有 1 321 行,《裘利安那》731 行,《基督之二》427 行,《使徒们的命运》122 行。《使徒们的命运》和《基督之二》都是演绎《圣经》故事;《艾仑那》写的是君士坦丁大帝的母亲及其发现十字架的经过;《裘利安那》的主人公是一位殉教的圣女,异教徒艾利修仕要强娶她,把她关进牢房,折磨她,但是她宁死不屈。这四首诗的基本来源是拉丁文的圣经故事。可以说琴涅武夫是英国翻译史上最早的翻译家之一。我们注意到他在译介具有浓郁基督教色彩的《圣经》经典故事的同时,把自己对这些作品的理解、感受融入解读过程之中。例如在《基督之二》中有对大海以及大自然的描绘,显然,这与他自己的生活环境和经历有关。约瑟夫与玛丽亚在耶稣诞生时的对话也反映了作者对当时社会的看法。《艾仑那》是琴涅武夫最富想象力的诗作。女主人翁艾仑那被刻画成一个有见识、有胆量的"斗士女王",在男性面前,她表现出自信与能控制他们的超凡能力。

在古英语基督教诗歌中,《十字架之梦》最具特色,其巧妙构思令人叫绝。基督受难的十字架出现在诗人的梦中,向他讲述自己充满矛盾的内心世界:它为自己被迫做了置救世主于死地的工具而羞愧;也为自己成为光荣之树(十字架)而感到自豪。它是一个镀金的、装饰着珠宝的、让人们顶礼膜拜的十字架,但它同时又是曾经沾满鲜血的、让耶稣受难的帮凶。它成为无数悖论的载体,或者可以说成了人类的象征。根据基督教的释义,人既可爱又可恶,既罪孽深重又充满希望。十字架的卑贱与骄傲暗示了人世间一切男女都具有的双重(或多重)人格属性。显然,诗中也揉入了盎格鲁—撒克逊人世俗的英雄主义价值观。诗中,耶稣基督被刻画成一位青年战士,勇往直前,拥抱死亡与胜利,而那善良的十字架则承受着基督所有的重负。

第三节
威廉·兰格伦的宗教道德观

14世纪后半叶是中古英语文学发展的巅峰时期，乔叟是当时最著名的诗人，他的长诗《坎特伯雷故事》是英国文学的经典之作。与乔叟同一时代的诗人当中，威廉·兰格伦、约翰·高尔以及佚名的"高文诗人"也都是令人瞩目的杰出诗人。

威廉·兰格伦（William Langland，约1330－1400）是《农夫皮尔斯》的作者，该诗长达7 000多行，用中古英语西中部方言写成，流传下来的三个版本分别于1363年、1371年和1395年写定，简称为A、B、C版本。A版本在三个版本中最短，共2 567行；B版本，经作者增补、修订，长度大大增加，共7 242行，是公认的最佳版本；C版本又有所增长，共7 357行。

有关兰格伦的生平史料记载甚少。他出生于英国西部赫里福德—伍斯特的莫尔文山附近，据说是一个贵族的私生子；另一种说法是他的父亲为自由农，幼年受过经院教育，后来移居伦敦，在教会中担任低级神职。

《农夫皮尔斯》是一部头韵体寓言长诗，是中世纪梦幻文学的经典作品之一，B版本的结构最为完整，由8篇梦幻经历构成，中间穿插着诗歌叙述者威尔清醒时的叙事片断。第一个梦发生在某个5月的清晨，威尔在莫尔文山上听着清溪潺潺，不觉进入梦乡。他看到田野的一端矗立着"真理之塔"，另一端是"死亡之谷"，中间是一片美丽的田野，田野里有各式各样的人：农民、僧侣、手工业者、商人、骑士、艺人和乞丐。此时，塔里走出一位可爱的女子，名叫"圣会夫人"，她教导诗人要追求真理，拯救灵魂，向他传授基督教的基本教义，并通过"奖赏夫人"的故事训导他做一个有良知的基督徒。醒来不久之后，威尔又做了第二个梦，他梦见"理智"在布道，许多听众都开始忏悔，"七大罪恶"（骄傲、淫欲、嫉妒、愤怒、贪婪、馋嘴和懒惰）也相继作了坦白与自我辩解。这两个梦构成了《农夫皮尔斯》的第一部分，也是长诗中的精华部分。

诗歌的第二部分主要描写威尔在梦中继续追求真理的过程中遇到的三种境界,即"善"、"中善"、"至善"三境界。

《农夫皮尔斯》是14世纪英国最具战斗力的长诗,写成于1381年英国农民战争前后,据说,农民起义前夕,起义领袖之一的贫苦教士约翰·保尔在他的号召书里就引用了皮尔斯的名字,农民军也引用诗歌中的一些诗句作为口号,以鼓舞士气。农夫皮尔斯成了社会底层苦难民众的代表,以他为主人公的诗歌、故事在往后的文学作品中时有出现,17世纪英国资产阶级革命失败后,在班扬写的《天路历程》中,皮尔斯的身影依然清晰可见。

《农夫皮尔斯》鲜明地表达了兰格伦的宗教世界观。作为一个虔诚的基督徒,他真诚地相信人世间一切丑陋现象的产生都与宗教道德的缺失有关。他力图通过诗歌这一易于大众接受的文学形式批判社会邪恶与道德的沦丧,劝诫人们自我节制、广播善行,按基督教的原则检讨世俗生活中的种种劣迹。他视写作为一种布道行径,几乎用尽一生的精力不停地创作并修改《农夫皮尔斯》。值得注意的是,兰格伦没有对宗教道德进行经院式的探讨,而是用一种朴素的语言,将《旧约》与《新约》中的故事挪置于现实生活之中,使耶稣基督所勾勒的天国美景成为世俗大众的追求目标,使《圣经》中所倡导的教义成为人们建立公正秩序和道德准则的基础。

兰格伦的宗教观既是神性的,也是世俗的。在同时代的作家中,很少见到能将宗教伦理道德与现实生活如此完美结合的诗人。兰格伦在长诗中歌颂了劳动人民的正直与勤劳,对贫苦的劳动者表示了极大的同情,同时,他要求劳动者恪守本分,通过诚实的劳动争得自身的幸福,"半亩地"的故事用象征的语言阐释了这个简单的道理。农夫皮尔斯答应带领众人去寻找"真理",但他必须先耕完他的半亩地,他要求大家与其一起劳作。众人中有些游手好闲之徒,厌恶体力活,纷纷推托,于是,他就叫"饥饿"来惩罚这些懒汉。在他的带领下,大家一起劳动,后来,"丰收"来了,大家喂饱"饥饿",皮尔斯开始去寻找"真理"。故事表达了一个简单却又经常为人所忘记的道理:生存离不开劳动,富裕生活得用自己的双手创造,而精神上的追求必须有物质基础的支撑。

　　兰格伦对封建制度后期英国社会的种种腐败现象进行了尖锐的批评。他生活在一个新旧社会交替的年代,封建制度摇摇欲坠,资本主义已经在英国萌芽,原始资本积累过程中的残酷剥削严重破坏了社会各阶层之间相对平稳的人际关系,贪婪、虚伪随处可见,"奖赏夫人"(实际上是"行贿夫人")的故事对金钱至上的伦理观进行了辛辣的讽刺。"奖赏夫人"要和"虚伪"结婚,引来一番激烈争议,于是,大家决定到伦敦去找国王,让他作出最后决断。出人意料的是,国王竟然主张把"奖赏夫人"嫁给自己手下的一位骑士"良心"。"奖赏夫人"当然高兴,可"良心"坚决不从,并当众揭发她贿赂法官、教唆罪犯等一系列恶行,并要求国王严厉惩罚"奖赏夫人"。国王请来"理智",征询他的意见,"理智"也坚决要求国王将"奖赏夫人"绳之以法。最终,"奖赏夫人"得到了应有的惩罚,国王决定将"良心"与"理智"留在身边,为巩固江山社稷出力。作者通过这一寓言,批判了社会上贿赂公行、追逐财利的丑陋现象,但是,作者对君王依然抱有希望,期盼英明的君主能够重用贤臣,远避谗佞。

　　在一定意义上,皮尔斯就是兰格伦的化身,也是基督的化身,三者都渴望通过自身的努力救赎劳苦大众。兰格伦希望改变现状,对社会上与教会中的欺诈、腐败现象进行了猛烈的抨击,但是,另一方面,他又是一个保守的、虔诚的基督徒,他反对教皇,但不反对教会,他不希望看到革命,对农民起义的暴力行为持暧昧态度,这一点从他赞成"强迫劳工法令"的实施上可以看出来,因为该法令实际上是统治者压迫广大农民的法律依据,他希望国家由英明的君王来领导。兰格伦强调宗教的纯洁,而不是宗教的改革,他理想中的社会应该是一个人人平等、人人崇尚劳动、人人都努力自我修炼的美好世界。

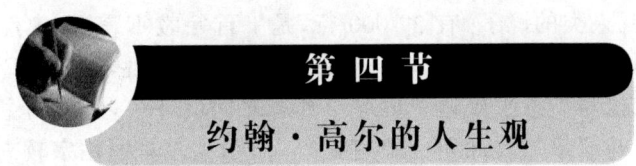

第四节
约翰·高尔的人生观

　　约翰·高尔(John Gower,约 1330 - 1408)是与乔叟同时代的诗

人,两人为好友,交往较密,1378 年,乔叟被派往意大利担任外交官,期间,他全权委托高尔及理查德·福斯特处理自己在英国的法律事务。两位诗人惺惺相惜,都曾在自己写的诗中赞美对方,乔叟在《特洛伊罗斯与克瑞西达》的结语中称对方为"道德高尚的高尔",而高尔在他的长诗《爱情的忏悔》的结束语中也赞颂了乔叟。

高尔出身于英国东南部肯特郡的一个富人家庭,后来长期居住在伦敦,在那里他与上流社会有密切交往,与理查德二世、冈特公爵约翰相识,但没有在政府中担任过要职。他学识渊博,一生勤奋创作,用拉丁语、法语和英语写了一些寓言和说教作品,在 15 世纪,他的知名度与乔叟相当,后来,逐渐为人淡忘,不少人批评他的作品说教过多,太沉闷。到了 20 世纪,批评家又开始注意他,刘易斯在他的《爱的寓言》中对他有较高的评价。⑨高尔的三部代表作是用法语写的《人类的镜子》(*Mirour de l'Omme*, 1376 – 1379)、用拉丁语写的《呼号者的声音》(*Vox Clamantis*, 1382)以及用英语写的《一个情人的忏悔》(*Confessio Amantis*, 约 1390 – 1393)。

从三部代表作的内容我们可以发现,高尔的创作思想经历了一个从以关注社会为主逐渐过渡到以关注个人修身为主的发展过程,前期作品以对时政的批判性思考为主,后期作品以内省式思考为主体。高尔是一个劝善诗人,一生受教会神学思想影响颇深,当他看见人的行为与宗教教义之间产生冲突时,往往不是从社会的深层原因中寻求答案,而是从人性的善恶本性中寻找根源,他对社会中,特别是宗教社会中存在的种种腐败现象深恶痛绝,主张通过个人自我修炼达到道德上的净化与完善。总体来看,高尔是一个悲观主义者,他强调个人自我救赎而不是社会变革。

长诗《人类的镜子》有 29 000 行,是一首宗教寓言诗,曾经遗失多年,人们都认为它已不存在了,1895 年被人偶然发现,引起批评家的重视。诗歌描写了人生旅途中道德与邪恶之间的斗争,讨论的主题是人类的堕落与罪孽,有浓郁的说教色彩。显然,高尔试图用宗教来唤起人类的良知,他采用中世纪人们十分熟识的象征讽喻手法,用诗歌鼓励人们弃恶从善。诗歌有一个基本叙事框架:死亡与犯罪结合,生有七子

（即七大罪恶），魔鬼派他们来到人间，企图破坏上帝救赎人类的计划，于是，受到种种诱惑的人类经历了一场灵与肉之间的搏击，人类求助良心与真理，并通过他们进一步得到上帝的帮助，在揭露了人间种种邪恶之后，叙述者表示，只有得到圣母玛丽亚的相助，人类才有可能战胜魔鬼。

从文学艺术的角度来评判，《人类的镜子》算不上一部佳作，尽管其中偶尔也有一些生动的描绘，如形容良心的罩袍犹如变幻莫测的云；忠诚如同海贝，张嘴吸纳天堂的露水，孕育了洁白的珍珠——公正，但是，诗歌的创作意图主要是阐释基督教教义的基本观点，文学性不强，语言比较枯燥，风格比较沉闷。诗歌的第二部分受到批评家们的关注，其中有对 14 世纪英国社会各阶层众生相的刻画，有对宗教阶层的腐败现象的揭露以及对劳动人民遭遇困苦与不幸的客观描述。

高尔出身贵族，从小受教会神学思想熏陶，是一个保守主义者，他将人们的各种社会行为都纳入宗教范畴进行考量。他对民众的苦难表示同情，但是，他反对民众对现存社会采取革命行动。1381 年，英国爆发农民起义，高尔在肯特郡的领地被起义军烧毁，个人财产损失严重，他被激怒，从此彻底改变了对农民军的看法，他写了《呼号者的声音》，谴责农民起义中的暴力与过激行为。诗中写道，一群凶猛的野蛮人摧毁了"新特洛伊城"，影射农民军将摧毁伦敦，给国家带来灾难。诗歌同时也揭露了统治阶级对广大民众的种种欺压行径，批判僧侣背叛教义，唯利是图，批评理查德二世的宫廷官员腐败无能，认为他们是英国祸患四起的根源。高尔希望统治者能改变自己的行为，进而平息民怨，维系社会秩序的稳定，维护富有阶层的根本利益。

《一个情人的忏悔》是高尔创作的最具代表性的长诗，是 14 世纪英语诗歌中的重要作品之一。诗作长达 33 000 行，属于中世纪劝慰诗的范畴，由"总引"及八章构成，其中穿插着 100 多个小故事。诗歌的基本情节是：阿曼斯，一个上了年纪的情人，在 5 月的某一天独自漫步森林之中，突然，一阵悲凉涌上心头，觉得此生虚度，无所成就，于是，他呼唤维纳斯和朱庇特的名字，祈求神的帮助，她们果然出现在阿曼斯的眼前，经一番询问，得知阿曼斯为情思所累，心中正备受煎熬，于是维纳斯

建议他向自己的牧师基尼尔斯忏悔。在整个忏悔过程中，基尼尔斯带领阿曼斯一起见识了七大罪孽的各式表现，最终，他宣布阿曼斯所有的罪孽都得到宽恕，并劝慰他不要再坠入爱河，因为谈情说爱的年龄已经过去。经过一番仔细思考，阿曼斯觉得基尼尔斯言之有理，心情轻松了许多，然后，"取一条柔软的小道，向家中走去。"

高尔在"总引"中明确表示《一个情人的忏悔》是一部"寓教于乐"（somewhat of lust，somewhat of lore）的作品，与《人类的镜子》和《呼号者的声音》相比，它更具戏剧性，更具浪漫色彩。诗歌中有不少细腻的充满人性化的情感描绘，如：阿曼斯高兴地帮助自己心爱的人跨上高高的马，陪伴她去教堂；坐在她身边，向她朗读特洛伊罗斯的故事；深情地看着她白皙、纤巧的手指灵活地编织衣物；找出各种借口，推迟离开她的时间；无数次鼓足勇气意欲向她表白爱恋之情，却难以启口，贻误良机后又痛苦自责，等等。

值得注意的是，诗人将阿曼斯塑造成一个活生生的、有七情六欲的平凡人，他身上始终体现着两种不同的道德观，是一个矛盾的载体，而这种冲突是通过不停地与基尼尔斯进行对话表现出来的。诗中，阿曼斯经常不理解或不同意基尼尔斯的看法，这种思想观念上的对峙实质上是灵与肉之间的冲突，是理智与情感之间的较量。最终，基尼尔斯说服了阿曼斯，使他认识了爱情的真正含义，这也是高尔创作《一个情人的忏悔》的意图。

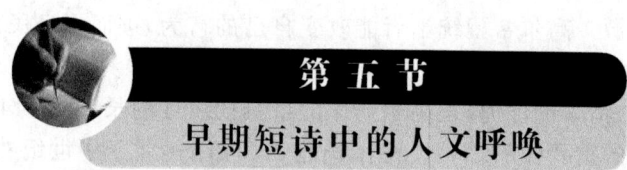

第五节
早期短诗中的人文呼唤

盎格鲁—撒克逊时期前后跨越 600 余年，《贝奥武甫》是该时期最辉煌的文学成就，除此之外，还有一些反映基督文化的宗教诗与用古英语写成的短篇诗歌留存后世，但是总体来看，这段时期文学方面的收获并不丰硕。由于不间断的内乱外患，英格兰人要为基本的生存权利而奋斗,没有闲暇逸致去静心地进行文学创作,加之民众居无定所,本来就不多的文学作品无法妥善保存下来,而不少口口相传的诗歌、故事、谜语、歌谣由于没有文字记载也都失传了。

当时的君王或达官贵人们都喜欢在诗歌中留下印记,让后人颂扬。当然,他们不会自己作诗赋颂,而是在一些庆典场合雇用游吟诗人(scop)为自己唱颂歌。这些民间艺人大多浪迹天涯,以在村头镇口卖唱为生。这些留存下来的诗歌中有歌颂功德的,也有一些是讲述历史、神奇故事或个人非凡经历的,它们往往是多次加工的结果。这些作品大多数是以一种质朴、直觉的方式来探讨生命的意义,展示了一种原始、朴素的情感以及对人生归宿的探究、对人生价值的思考,简言之,充满了人文关怀。

盎格鲁—撒克逊时期是一个动荡不安的历史时期,绵延不断的战争引起社会动荡,人民颠沛流离,居无定所,伴随着人口流动还出现了灾荒和流行病。黑死病在不列颠岛大量传播,根据彼德的记载:病毒蔓延时,死亡率最高的是人口相对集中的修道院。7世纪后半期诺森伯利亚的没落主要就是由于瘟疫传播的结果。当时灾荒和疾病所导致的人口锐减超过战争中的死亡人数。因此,该时期的诗歌充满了对和平的期冀、对友谊的向往以及对温馨、关爱的渴望。与颂扬大无畏英雄气概的史诗不同,这些短诗更接近生活,从各个侧面反映生计的艰难、生命的短暂、战争的残酷或是对亲情的歌颂与怀念。比较具有代表性的诗歌包括《浪游者》("Widsith")、《提奥》("Deor")、《沃尔德》("Waldere")、《芬斯堡之战》("Fight at Finnsburge")、《夫人的哀歌》("The Wife's Lament")、《丈夫的信》("The Husband's Message")、《水手》("The Seafarer")以及《漫游者》("The Wanderer")。

《浪游者》讲述的是一个周游列国的游吟诗人的故事,他出入宫廷,深受君王敬重。《提奥》讲述一个受排挤的游吟诗人的经历,他原本有一个富有的贵族恩主,这个恩主赐给他土地以酬谢他的歌声,但是由于新来的歌手唱的歌更受欢迎,他便不再受宠,土地也被收走。

《漫游者》是一首挽歌,共115行,是古英语短篇诗歌中的代表作之一,诗歌表达了一名男子失去主人之后的悲哀,他将成为一个"漫游

者",孑然一身,漂泊四方。他所面临的世界充满艰辛与动荡:

> 命运已定,他将带着一颗沉重的心,
> 在冰冷的大海中划桨前行,
> 开始四处流浪。生死注定!⑩

　　该短诗以及同时期的许多诗歌流露出难以抑制的悲观情绪,具有浓郁的宿命论色彩。生活在不列颠岛上的民众饱受战乱之苦,渴望重新过上安定的日子,但是,残酷的现实使他们感到前景渺茫,无所适从。诗歌的叙述者很可能出身贫寒,受雇于人,幸运的是他遇到一位开明恩主,心存无限感激。一旦主人不在,他得另谋生路,四处流浪。诗歌的前半部分详细描述了一个游子的惆怅与孤寂,来日苦多之担忧跃然纸上。在诗歌的第二部分,叙述者从哀叹个人命运的不幸,转向表达对所有天涯沦落人的同情,成为了他们的代言人:

> 啊! 我内心的感受,没有理由
> 不变得更加忧郁,
> 我想到无数人的命运,
> 那些勇敢的朋友与随从,
> 如此突然地离开大殿。

　　为了生活,他们背井离乡,举目无亲,眼前只见"深褐色的浪"、"成群低飞的鸟"和"寒霜、严雪加冰雹",就像寒冬里大海上的孤舟,随时都有可能葬身海底。气候的恶劣烘托了诗歌的悲凉气氛,影射了生活的艰辛不易。

　　《水手》也属挽歌范畴,长 120 行,与《漫游者》一起收入著名的古英语诗歌集《埃克塞特诗集》(*The Exeter Book*)。该诗由两大部分构成,前半部分主要描述水手对动荡不安的航海生活的痛苦回忆,语调悲观,情绪低落。水手用生动的语言将噩梦一般的海上经历刻画得栩栩如生:

> 这个故事是我真实的经历……
> 我站立在船首，
> 脚踩在冰块之中，冻僵了，
> 无法挪动。痛苦充斥我的心。⑪

水手厌倦了漂泊无依的生活，在举目无亲的大海中，他身心疲惫，感到沮丧与孤独："寒冬时节，航行在冰冷的海上，我孤独一人；这里看不到爱，唯有冰凌。"

可是，诗歌的后半部分语调明显改变；水手似乎变了一个人。大海的浪涛使他感到振奋，他向往惊险刺激的海上生活："我的心已经游离，我的灵魂随浪漂去，来到鲸鱼的国度，驶往天涯海角。"

一首诗中存在两种截然对立的情感，令人诧异，也引起诸多不同的评论。一种看法认为该诗并非出自一人之手笔，前半部分为世俗游吟诗人所写，后半部分则是寺院里的僧侣后来添加的。我们更倾向于将它看成一篇完整的诗作。它是多种（不仅仅是两种）矛盾情感的寓所、多种冲突声音的载体。我们听到一位年迈的水手希冀永远停靠宁静的海湾、不再漂泊的心声，因为他已疲惫。但是，他有一颗孤傲的心，难以忘却曾经有过的辉煌；我们听到一位充满活力的年轻水手，迫不及待地要求起航的呼喊，因为他向往神秘的大海。诗歌也可能是一位中年水手充满矛盾的内心对话，他难以抵御出航带来的诱惑与兴奋，却又感到"廉颇老矣"，应该歇息了。两种声音在对抗，形成了一位老者与一个年轻人之间的激烈争辩。诗中还夹杂着两种不同人生观之间的冲突，即世俗的盎格鲁—撒克逊价值理念与基督教价值观的冲突。有关命运难测、民生多艰、人生苦短的哀叹以及勇士驰骋疆场的光荣都是世俗价值观的反映，也是古英语诗歌中经常出现的主题；而相信上帝的恩惠与慈悲、听从上帝的召唤则是基督教所推崇的行事原则。这种矛盾表明当时基督教尚未完全被英格兰人所接受，他们还是从实用的角度理解基督教教义，试图从中找到一些精神上的慰藉。

在讨论《水手》一诗的结构时，我们不应忽视它的现实意义。诗中，叙述者对社会的无序与贫困有一段语气强烈的抨击：昔日辉煌的王国

已不复存在,现在没有统帅,没有国王,没有人提供薪金;生活中曾经充满美好,人们享受着尊严与富足。然而,这一切都已成为过去。如此率直的批评至今令人震撼。

另外,值得一提的是,《漫游者》与《水手》都是以内心独白的形式写就的。它们强调个体感受,不受叙事时间的束缚,思想活跃,情感真实。这种叙事方式在布朗宁、乔伊斯的诗歌中都有体现与发展。

第 六 节
乔叟的人文主义创作思想

文艺复兴起始于 14 世纪的意大利,随后影响了德国、西班牙、荷兰等国,这场史无前例的文化运动对整个欧洲文明的发展都有巨大的影响,正如恩格斯所说:这是一次人类从来没有经历过的最伟大的进步的变革,是一个需要巨人而产生巨人(在思维能力、热情和性格方面,在多才多艺和学识渊博方面)的巨人时代。⑫英国是最后一个兴起文艺复兴的欧洲国家,在文学方面,杰弗里•乔叟(Geoffrey Chaucer, 1343 - 1400)的诗作代表了文艺复兴早期英国文学的最高成就,而莎士比亚的剧作则代表了英国文艺复兴中、晚期在文学领域的最高成就。两位文学巨人遥相呼应,在英国文学史上写下辉煌篇章。乔叟的人文主义思想丰富、精彩,极具张力,本节重点从乔叟的爱情观、女性观、现时主义创作实践以及不囿旧法、大胆创新等几个方面讨论其作品中所蕴含的人文主义精神以及人文主义新思想所催生的新的艺术表现形式。

文艺复兴运动所倡导的核心价值理念是反封建、反神权、重视人的自身价值和人的自由意志以及尊重个性的健康、自然发展。为了反对宗教势力的压迫,代表欧洲新兴市民阶层利益的先进知识分子,通过对希腊、罗马古典文化的复兴,在意识形态领域内发动了一场波澜壮阔的文艺复兴运动。这场运动使得人文主义思想逐步深入人心。人文主义对神权政治和神学权威进行无情鞭挞,主张人有追求尘世欢乐的权利,其实质是追求生命本质的复燃,特别是男女间爱情的复燃,因此,讴歌爱情成了文艺复兴时期最具代表性的文化特征之一。

从12世纪起,西欧各国的手工业与商业有了很快的发展,城市市民阶层的力量逐步壮大,小手工业者、小商人与封建贵族之间为利益的重新分配不断产生矛盾与冲突。教会是封建社会的支柱,它控制了教育权。为了打破教会对教育的垄断,新兴的市民阶层人士尝试开设私立学校,传播新思想,传统的基督教思想受到越来越多的批判。教会竭力维护自己的地位,用原罪说、禁欲主义禁锢与麻痹人民的思想,鼓吹"人活着就是要受难,要不断赎罪以求来世永生"。欢乐、情爱往往被视为纵欲的同义词,肉体的快感是邪恶的,必须遭到压制。

乔叟曾经多次出使欧洲大陆,接触了但丁、彼特拉克和薄伽丘等人的作品。这些作家反封建、反宗教的精神和人文主义思想对乔叟有巨大的影响。但丁的爱情观在当时颇具影响力。他把男女之爱视作上帝之爱的组成部分,具有某种神性。因此,但丁所歌颂、赞美的爱往往不是尘世间常人之间的爱,而是理想化、诗性化了的爱情。但丁少年时曾经爱恋过的美丽姑娘贝阿德丽采始终是他精神上的恋人,他的诗集《新生》(*La Vita Nuova*; *The New Life*)充满了对纯洁爱情的赞颂,他把贝阿德丽采看做是上帝派来拯救他灵魂的天使,一个被神化了的女性。在乔叟的诗作中,与爱情有关的题材俯拾即是,它们宣扬以人为本,赞美人的智慧与力量,讴歌世俗生活,鼓吹个性解放,宣扬爱情的崇高与伟大。与但丁的诗歌相比,乔叟的爱情诗更贴近生活,更世俗化,更多地取材于人世间的爱情经历。

《公爵夫人颂》(*The Book of the Duchess*, 1369)是英国文学史上第一部具有深远影响的英语宫廷爱情诗,也是乔叟创作的梦幻诗中唯一一首纯粹以宫廷爱情为主题的长诗。这是一首悼念兰开斯特公爵的第一任夫人布兰茜的挽歌。诗歌的叙述者长期遭受失眠的折磨,一天,他拿起奥维德的《变形记》随便翻阅,借以消磨时间,不久进入梦乡。梦境中,他巧遇一位悲痛欲绝的骑士,便上前安慰。骑士倾诉了他的内心痛苦:他曾遇到一位美艳的女子,初次求爱遭到拒绝,他如同"死去";后来终于获得她的爱情,"从死亡中复苏",不幸的是她已被死神夺走。黑

衣骑士对亡妻的忠贞体现了真挚爱情的力量与价值,深深地打动了叙述者的心,他劝诫黑衣骑士重振精神,直面现实。诗歌充满哀思与痛楚,但并不悲观,颇有中国古典诗歌倡导的"哀而不伤"的韵味。通过叙述者的劝慰,乔叟暗示得到这样的真情至爱是真正的幸福,而爱情带来的幸福与天堂里能够享受到的幸福是一致的。

《公爵夫人颂》的体裁形式是传统的宫廷爱情诗,但是它所表现的内容却突破了宫廷爱情诗所涉及的范畴。11世纪末,法国东南部的普罗旺斯地区出现了一种以歌颂宫廷爱情(courtly love)为主题的抒情诗,受到王公贵族的追捧,并迅速传播到法国南部、意大利和西班牙北部。从12世纪起,宫廷爱情诗同骑士故事相结合,成为欧洲中世纪的主要文学形式之一。法国宫廷诗人特鲁瓦(Chretien de Troyes,约1135-1183)大约于1170年写成的长篇浪漫故事《兰斯洛特》(Lancelot)是这两者结合的典范,它取材于英国历史上亚瑟王及其圆桌骑士的传说。受到法国文学的影响,英国诗人也开始创作宫廷爱情诗,并用韵文撰写骑士传奇,它们歌颂对领主的忠诚和对高贵妇人的爱情,其中艺术性较高的有《高文爵士与绿衣骑士》。

骑士文学歌颂的爱情是发生在骑士与他所效忠的贵妇之间的精神之爱,属婚外恋情,为了得到贵妇人的爱,他可以牺牲一切。但这种对贵妇人的崇拜和追求往往是一种柏拉图式的精神恋爱,人们称之为"典雅爱情"。典雅爱情的产生同中世纪中后期妇女地位的提高以及对圣母的崇拜有着密切的关系。当时,十字军东征使西欧直接接触到了当时更为先进的拜占庭文明和伊斯兰文明,拜占庭王国的圣母崇拜意识影响了西方文明,西欧人开始转变观念,将女性视为值得崇拜和保护的对象,因为圣母玛利亚对救世主有养育之恩。这种尊重女性的潮流在宗教和世俗社会都有所体现。在宗教界,就是圣母崇拜的流行;而在世俗社会则是典雅爱情的传播。可见,典雅爱情的出现并不是孤立的,而是自11世纪以来西欧社会出现的尊重女性的社会潮流在世俗的骑士阶层中的一种体现。⑬

当然,典雅爱情并不是建立在男女双方平等相爱的基础之上的,因为男方总是比女方地位低下、卑微,他一切行为的目的就是要取悦女

方,获得贵妇人的赞赏,对女方提出的要求他要不顾后果地去满足:

> 这种不平等关系不只表现在恋爱双方地位上的不平等,也表现在恋爱过程中的不平等。作为产生爱情关系的男女双方,男子通常是地位比较低的普通骑士,他总是和粗鲁、鲁莽和谦卑联系在一起;而作为恋爱对方的女士一般出身高贵,举止文雅,声誉良好,值得尊敬,她们往往是大宫廷里高傲的女主人。就一般爱情意义而言,这种地位上的不般配使得爱情的产生非常困难,但这恰恰就是典雅爱情产生的首要条件之一。在这种不平等的关系之中,作为恋爱一方的骑士往往会发疯似的爱上一位贵妇人,甚至不知道这位贵妇人的名和姓,就可以把自己征战所获得的一切都献给她,也可以为她牺牲自己的一切。但是,在贵妇人一方,却往往以高傲的和冷冰冰的态度来对待这一切,甚至那位骑士已经为她历经磨难,她还全然不知或不屑一顾。⑭

实际上,看似高贵、浪漫的典雅爱情是不真实的,它主要是一个为满足个人心理饥渴而编织的美丽的梦,是一种偏执与狂热的行为,恩格斯在批评这种爱情形式时一针见血地指出:“从这种力图破坏婚姻的爱情,到那应该成为婚姻的基础的爱情,还有一段很长的路程,这段路程骑士们是走不到头的。”⑮

《公爵夫人颂》可以说是对当时流行的典雅爱情的一种反拨,它取材于现实生活,所表达的是一个丈夫对亡妻至真至切的思念之情,它所歌颂的不是超越现实、主要为满足人的爱情自由的心理渴望的宫廷爱情,而是夫妻间“齐眉举案”、相互敬重、相互关爱的真实情感,是建立在两者之间平等相爱基础之上的夫妻之爱,正如肖明翰所言:“乔叟要表现的是现实和人性中最深层、最本质的东西,因此就应该选择最具有永恒意义的主题和材料,描写生活中最平常、最可能发生的事情。这是乔叟创作思想的核心,是其作品的最基本特点。”⑯

可以说,在中世纪诗人中,乔叟是第一个摆脱宫廷爱情诗歌之窠臼,将平等夫妻关系作为诗歌题材来讨论的英国诗人。《公爵夫人颂》

克服了中世纪贵族的"典雅爱情"与传统功利主义婚姻互不相容的局面，巧妙地运用了当时流行的诗歌形式，对什么是幸福的婚姻与爱情作出了自己的解释，是"古为今用"的有益尝试，借用李安的话："在这部作品中，中世纪基督教的伦理诫令虽然占有很大的成分，但诗人道德思考的中心和终点是人的现实生活，是人文主义的。"⑰所谓的典雅爱情不可能在正常婚姻中存在，"因为根据典雅爱情的法则，婚姻和爱情根本就是两回事，婚姻的缔结就意味着爱情的结束。"⑱乔叟的《公爵夫人颂》用宫廷爱情诗的形式叙述真实的爱情故事，其寓意十分明显：婚姻与爱情并不相互排斥，只要建立在互敬互爱的基础之上，它同样美好，令人回味无穷，难以忘怀。

乔叟的爱情观是现实的，充满对人性的关怀与赞扬。《百鸟会议》（*The Parliament of Fowls*，1377）也是一首有关爱情的长诗，它通过一群禽鸟之口，展开了一场有关性与爱两者之间关系的不同思想间的交锋与争鸣。在这首寓言求爱诗中，诗人托梦在情人节那天来到一座美丽的花园，园中阳光灿烂，生机盎然，"端坐在鲜花丛中的自然女神"正在主持自然法庭的一场辩论会。这一天是众鸟择偶的日子，它们全都集聚在自然女神面前。有三只雄鹰向一只美丽的雌鹰求爱，于是众多禽鸟之间展开了一场争论。诗歌采用拟人化的修辞手法，将各类禽鸟描绘成性格迥异的人物，它们各自陈述理由以博取一只美丽雌鹰的芳心。长诗通过张扬平等对话、反对思想的独白，让不确定性和开放性代替决定性和封闭性，发展出一场有关男性择偶标准的大讨论。

几只身份高贵的鸟以典型的宫廷爱情的语言和方式诉说它们对爱情的忠贞，信誓旦旦地表达它们对雌鹰的爱慕，并愿意为她献出自己的生命。其他的鸟则发出不同的声音。鹰类鸟的代表崇尚力量与勇气，提出用决斗解决问题；水禽的代表——鹅——认为获得爱情的前提是彼此相爱，如果美丽的雌鸟不垂青于它，它宁肯另择佳偶；鸭子反对一厢情愿的爱情，认为没有必要刻板地认准一个对象，然后不顾一切地追求她，因为"天上多的是星星，远不止一对"。吃虫子的鸟类的代表——杜鹃——直截了当地说，空洞的争论毫无意义，它要的是得到配偶。值得注意的是这场有关择偶标准的大辩论发生在由青枝绿叶构建的"神殿"之中,由自然女神掌管。在自然女神的国度里,爱情不再是骑士文化所倡导的、一种程式化的、非自然的、非情欲的情感,爱情是个人对幸福生活的追求,是心理同时也是生理上的需求。

在中世纪,宗教不断向人们宣传,尘世生活是一种罪恶,人类的本能欲望是腐败和罪恶产生的根源,爱情不能与性欲有丝毫的关联,一位男子深深爱着一位女子,但这种爱只能是精神上的,绝不能产生与她做爱的念头,否则就不纯洁、不高尚。《百鸟会议》以讨论的方式提出爱情可以有丰富的内涵,其中包括自由择偶与婚配,包括正常的求偶欲望,人类繁殖的本能是生命延续的保证,没有必要羞于启齿;相反,我们应该尊重人性,肯定性爱在爱情中的作用,因为无性的爱只会导致人类的消亡,最终将使爱彻底毁灭。

乔叟的诗作讴歌尘世间的爱情,同时,对广大妇女充满同情与尊重。在英国中世纪及文艺复兴时期的文学家中,包括莎士比亚,乔叟是最愿意真情赞颂妇女美德、最能宽容妇女过失的一位作家。西方主流文化历来歧视妇女。从亚里士多德开始,妇女被视作祸水、男人的附庸,是弱者、他者,很少能与男人一样享有平等的社会权利,而乔叟则不同,他对妇女的同情是真诚的,对妇女的批评是善意的,他十分擅长用幽默、生动的笔触勾勒栩栩如生的妇女形象,他的不少诗歌肯定了妇女的地位,体现了女人的价值和尊严,令人难以忘怀。

在乔叟的全部诗作中,除了《坎特伯雷故事》(*The Canterbury Tales*,1387－1400)以外,《特洛伊罗斯与克瑞西达》(*Troilus and Criseyde*,1372－1384)最为优秀,它讲述了一个催人泪下的悲情故事。在诗歌的开始,乔叟深情地写道:

> 细述之前我要表明,我讲述的
> 是特洛伊罗斯双重的悲痛,
> 他是特洛伊国王的儿子,
> 正坠入爱河,经历过悲痛,
> 品尝过甜美,又饱受哀愁。
> 给我力量吧,女神,让我蘸着泪水,

写完这些凄楚的诗句。[⑮]

《特洛伊罗斯与克瑞西达》的蓝本是薄伽丘的《菲拉斯特拉托》,但是,乔叟在对人物内心世界的刻画上显然更胜一筹,特别是对克瑞西达复杂个性的描绘,充分显示了他对人性的理解与尊重,也充分展现了他善于将相互冲突的话语并行不悖地放置于同一文本之内的高超技艺。

特洛伊罗斯深深地爱恋着美丽的克瑞西达,但悲哀的是,她的父亲却是特洛伊的敌人,投入了希腊人的阵营,因此,他们的爱情从一开始就注定是悲剧性的。希腊人用战俘换回克瑞西达,让她回到父亲身边。临别时,她许诺不会离开特洛伊罗斯太久,但是,她没有实践自己的诺言,最终选择了嫁给希腊将领狄俄墨得斯,而特洛伊罗斯则战死疆场,为国捐躯。

显然,乔叟创作《特洛伊罗斯与克瑞西达》的意图是要歌颂特洛伊罗斯对爱情的执著追求以及他对祖国的献身精神,而他对克瑞西达的态度比较复杂。一方面,他批评克瑞西达的软弱、多变与不忠;另一方面,他又试图为其最终的选择进行辩解。克瑞西达深爱着特洛伊罗斯,对他一往情深,这在诗文中有明白的陈述。但是,她是一个生活在现实之中的女人,作为一个寡妇,她对未来总有一种不安全感,特别是她父亲叛逃后,四周的人对她充满怀疑与猜忌,她随时可能遭遇不测,所以她变得小心谨慎、犹豫不决。当时,整个环境十分恶劣,希腊人包围了特洛伊城,战争一触即发,城池失守是迟早的事,克瑞西达也必须为自己的将来考虑。她复杂多变、充满矛盾的性格是寻求生存空间的本能反应,同时,这在很大程度上也是特定社会环境所塑造的。她本质上不是一个邪恶的坏女人,正如美国评论家刘易斯所言:"如果在顺境中,克瑞西达会成为一个忠实的情人,或者忠贞的妻子,一个慈爱的母亲,一个善良的邻居——一个幸福的女人和一个为她周围所有的人带来幸福的源泉。"[⑯]事实上,她不是特洛伊罗斯希冀她所应该成为的女人,但这不是她的过错,克瑞西达无法强迫自己成为一个殉情烈女,这是她的天性,也是她的弱点,但正是这种"可以原谅的"弱点使她变得鲜活、丰满,成为英语文学中第一个充满矛盾冲突、生动活泼、令人印象深刻的女性

英国文学思想史

人物。

　　乔叟对妇女的宽容与同情在巴斯妇人身上得到了最充分的印证。《坎特伯雷故事》里有一组专门探讨妇女、婚姻以及夫妻关系的故事,例如"巴斯妇人的故事"、"学士的故事"、"商人的故事"、"平民地主的故事"、"梅利别斯的故事"、"修女院教士的故事",等等,其中,"巴斯妇人的故事"最具特色。巴斯妇人以其大胆的幽默、坦诚的语言,批评了扼杀人性的禁欲主义,肯定了世俗的婚姻生活,提出女人不是男人的附庸,有权决定自己的生活方式,对世界必须由男性主宰的传统观念提出挑战。

　　巴斯妇人一生五次结婚,这在中世纪是大逆不道的,并且,五个男人都先她死去,在众人眼里,她一定是"克夫命",是个女巫。可是,巴斯妇人全然不顾他人的议论。她理直气壮地向同行的男香客们宣布:"上帝给了我嫁人的自由,我用不着羞羞答答,更不用怕人责骂我再婚,我的男人死了,我就可以改嫁。"不仅如此,她还大胆地喊出了"我不愿完全守贞"的口号。她声称:"结婚不是犯罪,出嫁比让欲火攻心好些。"她一针见血地质问道:"你们男人可以娶三房四妾,为何不允许女人再嫁?"巴斯妇人的话显得十分粗俗,却极为犀利。显然,她对父权文化对女性的偏见极度不满,并明确表示不愿意受传统的话语体系的束缚,她在故事"引语"中的第一句话就是:

> 虽然都认为文字才具有权威,
> 但是,我以为,经验最能
> 表述婚姻中的种种不幸。

　　巴斯妇人清楚地知道,父权社会的话语体系没有给妇女留下说话的空间,所以,她坚持用属于自己的语言——经验,向世人讲述自己的故事。

　　乍读之,巴斯妇人俗不可耐,这位四十好几的中年妇女,身材高大,衣着艳丽,一双猩红色的袜子格外刺眼,戴着宽檐帽,就像在头上顶了一个大盾牌,裹头的饰巾足足有十多磅之重,最要命的是她的牙齿不整

齐,间距宽,缝隙大。显然,她不是传统意义上的英国淑女。但正是这种粗俗的外表给了她更多自由说话的可能性,因为人们容易把她归入"另类女人"的范畴,把她的话语当成痴人说梦。但是,正如福柯在《疯癫与文明》一书中所言:"疯癫是从人与真理的关系被搅得模糊不清的地方开始的。"⑳巴斯妇人夸张的言辞、愤怒的话语、近乎骂街式的呐喊,是"正常的人"无法启齿的,而她却以这种"癫狂的语言"将自己的故事呈现在世人面前,痛快淋漓地道出了对封建伦理的极度不满,喊出了女人婚嫁应该自由、不应该受男人干涉的主张。伊莱恩·肖瓦尔特也提出:妇女与疯狂存在着某种必然联系,父权社会给不顺从、不听话的女人贴上"疯狂"的标签,而女人则利用该标签,以"疯狂"作为武器,对抗、颠覆以理性、等级为主导的男权社会的秩序与束缚。乔叟的高超之处就在于他创造了一个独特的"疯女人"的艺术形象,并赋予她超常的话语能力,她说的话那么直白、犀利,却又不会让人听不下去。

巴斯妇人的故事其实是很悲哀的。她有过五次正式的婚姻,前三位丈夫都长她许多,无疑,这几次婚姻都是不幸福的,对于她来说,这三次婚姻如同生意场上的交易。她满足了他们的生理需求,反过来他们带给她土地和财产。正如她所说的,万事都有它的交换价值。渐渐地,她学会了如何对付男人。第四位丈夫是个浪荡子,在外面养有"二室",于是,她耍手腕报复他,也同别的男人调情,使他妒火旺烧,内心焦虑不堪,终于一命呜呼。在此之前,她就已经和一个比她小二十多岁的小伙子好上了,这个小伙子后来成为她的第五任丈夫。对丈夫们的去世她毫不感到悲痛。对于她来说,这是极平常、极自然的事,最要紧的是赶紧找到下一位丈夫,才算没有虚度青春光阴。在某种意义上来说,巴斯妇人是在报复所有的男人,她以偏激的语言、反叛的行为对抗父权社会的压迫,她没有什么深奥的理论,她一切行为的参照标准就是:你们男人能做的,我们女人为什么不能做?她直率地批评耶稣:你在《圣经》里责备一个叫撒玛利亚的妇人,说人家结了五次婚,现在同床共寐的不是她的丈夫。这叫什么话?我倒要问问你,为什么第五个男人就不是这撒玛利亚妇人的丈夫了?不是丈夫是什么?请看所罗门先生,那位贤明的国王,我相信他不止娶了五个妻子吧?愿上帝哪怕让我有他半数的滋润的机会也好啊!

在乔叟创作的无数个女性形象中,巴斯妇人最具个性,她是封建伦理的反叛者,她主张"女权重于夫权",爱情建立在情爱的基础之上。只要两厢情愿,管他是高是矮,是穷是富,都可以成为自己的丈夫。她的爱情观是对传统婚姻等级观的一种颠覆,是对禁欲主义者的有力的抨击。不能说乔叟完全同意巴斯妇人的爱情观,但是,他对这位敢说敢为的女性的同情之心则流溢于诗文之间。

乔叟的人文主义思想的核心就是肯定人的价值和尊严。他的作品重视现世生活,紧紧围绕着现实的"人"这一重大主题,高度赞颂人的个性发展与世俗渴求。在激烈抨击腐朽的封建制度与黑暗的神权统治的同时,乔叟的作品充满了对普通人物的关爱和抚慰以及对人的内心世界的真诚关怀。可以毫不夸张地说,乔叟是英国现实主义文学传统的开拓者。

概括地说,现实主义文学作品具有以下三大特征:第一,能真实、客观地再现社会现实,作者期望真实地呈现社会生存的本真样态,对社会上的各类人物有敏锐的观察力,对人世间的不幸充满同情与关怀;第二,人物塑造具有典型性,能体现同类人物的共性特征;第三,将人物放置在真实的历史环境中,客观摹写人在社会中的各类复杂关系。尽管乔叟的作品烙有中世纪文学的鲜明印记,但是,现实主义的基本特征在其主要作品中,特别是在《坎特伯雷故事》中,都有体现,这在同时代的作家中是绝无仅有的,据此,我们完全可以认为,乔叟开创了英国现实主义文学之先河。

乔叟的《公爵夫人颂》明显受到宫廷爱情文学的影响。但是,中古欧洲文学中盛行一时的宫廷爱情诗以及骑士传奇诗都是专以王公贵族为主体而创作的,反映当时贵族社会的一种追求。它们的特点是内容抽象,脱离现实,而乔叟这首诗叙述的却是现实生活中兰开斯特公爵对亡妻布兰茜的哀悼之情。公爵是爱德华三世的四王子约翰,英国人通常称他为"冈特的约翰"(John of Gaunt),他是理查德二世的叔父,爱德华三世逝世后,理查德二世即位,当时理查德二世年幼,便由冈特的约翰摄政,他成为英国政坛上举足轻重的人物。布兰茜是约翰的第一任

夫人,他们生的大儿子亨利后来在1399年推翻理查德二世,成为英国国王,即亨利四世。乔叟的妻妹是公爵夫人的侍女,后来成为公爵的第三位夫人,因此,乔叟与公爵的关系比较密切。1368年,布兰茜染黑死病去世,年仅27岁,她和公爵情深意笃,彼此之间相亲相爱,她去世后,约翰十分悲痛,每年在她去世那天都要在圣保罗大教堂为她举行悼念活动,这一做法在他死后也未中断,由亨利四世继续主持进行。约翰1399年去世时,嘱咐后人将其葬在圣保罗大教堂布兰茜墓旁。乔叟的《公爵夫人颂》巧妙地将宫廷爱情诗的文学传统与现实生活题材相结合,真实地记载了约翰的丧妻之痛,情感真挚动人,从中可以看出乔叟努力超越传统的创新精神。在勾勒公爵夫人的形象时,乔叟也摆脱了传统的偏重"虚描"的创作技法,大胆采用写实手法,竭力塑造活生生的人物形象:"她的双肩匀称而秀美,身体和两臂长长的,四肢都丰满合宜,两手白皙,指甲鲜红,圆圆的乳峰,平直的背,两臀宽阔。在我看去,她周身上下找不出任何缺陷,四肢也没有任何欠妥之处。"②正如肖明翰在"宫廷爱情诗传统与乔叟的《公爵夫人颂》"一文中所言:"在这部早期作品里,乔叟已表现出现实主义倾向的端倪,而现实主义将是他一生的创作中不断发展的基本艺术倾向,并将在很大程度上主导《坎特伯雷故事》。"③

《坎特伯雷故事》是英国文学史上第一部杰出的现实主义长诗,它具备前面所述的现实主义文学作品的三大特征,可以说《坎特伯雷故事》是乔叟一生丰富生活阅历的浓缩,是诗人对社会价值以及生存意义进行严肃思考的结晶。它成形于乔叟生命的最后时段,融合了诗人一生的经历和对社会的观察,全景式地再现了14世纪英国社会的风貌。在英国作家中,或许没有人像乔叟这样广泛地接触社会各个阶层的人物。

乔叟是在英法百年战争(1337—1453)开始后不久诞生的,他的父亲约翰·乔叟是伦敦的一个富裕酒商,是国王司膳官的代理人。1359年9月,国王爱德华三世大举入侵法国,年轻的乔叟随军前往,在王子莱昂内尔的军队中担任侍从,不久被法军俘虏,次年5月,他父亲筹款240英镑将其赎回。乔叟没有直接参与战争,但是,他亲眼目睹大片土地遭受战争蹂躏、士兵们挨饿受冻,亲身体验了战争的残酷及其对人类尊严的摧残。乔叟时期的英国,社会动荡不安,他一生中经历了黑死病的可怕岁月、约翰·威克利夫对传统教会的戏剧性挑战、1381 年的农民起义和理查德二世的被黜。严重的饥馑、屡次爆发的黑死病、连绵不绝的战争使得英国的封建制度摇摇欲坠。英国正在逐步从以土地为基础的农业社会向以资本为基础的工业社会过渡。

乔叟一生都与宫廷有着千丝万缕的联系,并切身感受到政治斗争的波谲云诡。频繁的外交活动使他接触并了解当时欧洲的先进思想与人物。在任伦敦关税总管期间,他接触到国内外各种类型的人。任副林务官时,他了解了农场雇工。任肯特郡议员时,他曾同国会议员们同桌围坐。任王室修建大臣,主管维修宫邸和国家建筑期间,他管理过木匠和石匠。乔叟既与宫廷达官贵人关系密切,又不是他们中的一员,因此,他对社会上的各式人物都相当熟识,十分了解他们的生活。《坎特伯雷故事》对当时的人情世故、社会风尚都有细致入微的描绘。

我们都知道《坎特伯雷故事》受到意大利人文主义作家薄伽丘的名著《十日谈》的深刻影响,而薄伽丘在创作《十日谈》的过程中,广泛参阅了古希腊、古罗马、中世纪、印度、中亚和阿拉伯文学中的许多故事集的蓝本,《一千零一夜》的影响显而易见,因此可以说,《坎特伯雷故事》的叙事框架中有《一千零一夜》的影子。但是,我们不能忽略这样一个事实,即《十日谈》与《一千零一夜》的叙述者都是固定在一个地点陈述故事的,他们在相对静态的环境下完成叙事,而《坎特伯雷故事》的叙事环境是动态的,叙事者是在真实的社会环境中,在从事真实的社会活动(朝圣)的过程中完成创作的。朝圣在中世纪是一种相当常见的宗教活动。在这种活动中,人们往往结伴而行,各行各业的人们临时汇聚在一起,旅途中用讲故事消磨时间,香客们以各自的生活经历为基础,通过讲故事表述了他们对社会各类现象的看法。这一细小的变化给读者带来完全不同的感受,使读者身临其境,似乎成了队伍中的一员,亲耳聆听香客们的故事,从而加强了作品的真实感与现实感。

故事发生在 14 世纪中叶的某个春天,地点是英国伦敦郊外,30 名香客聚集在一个名叫泰巴的旅店,然后结群到坎特伯雷去朝圣,店主提

议在朝圣旅途中每人讲两个故事,返回时每人再讲两个故事,对于故事讲得最好的人,朝圣回来后由大家出钱请他吃饭,以作嘉奖。按这个计划,一共有120个故事。可惜乔叟未能完成这一宏大的写作计划,最后只完成24篇,其中两篇未全部完成。《坎特伯雷故事》包括"总引"850行,各故事前后的小引、开场语和收场语共2 350余行,此外便是各种类型的故事。朝圣客来自社会各个阶层,由于是临时结伴,相互之间不需过多防范,每人都可以根据自己的生活经历,按照自己的意愿来讲故事,因此,他们所讲故事的风格、体裁都适合各自的身份和职业特点。

在"总引"里,乔叟几乎对每一位香客都作了生动、细致的描写。品质高贵、英勇善战的骑士和他的儿子见习骑士代表贵族阶级和骑士精神,伴随他们的是仆人,一名自耕农。接着是一群教会人物,为首的是一位女修道院院长,她十分注重自己的仪表,侍候她的人有一名尼姑及三名教士,她的奢华也同样令人印象深刻:她的几只小狗,天天都得吃新鲜的烤肉,或者喝牛奶,吃上等白面做成的面包。在其他教会人物中有一位和尚,他追求时尚,对传统的教规不屑一顾,"他闪亮的眼睛不停地转动,就像壶底下的火焰在燃烧,"他凡心未灭,给人留下一个不折不扣的"花和尚"的印象。其他社会阶层的代表有一位商人、一位牛津大学学生、律师、自由农民——一位富有的中等地主,还有一群城市中间阶层人物,如一名衣帽商、一名木匠、一名纺织匠、一名染坊工人、一名制挂毯的工人、一名厨师、一名船员或水手、一位医生。巴斯妇人是反叛新女性的代表,一生最大的愿望是控制男人,她经营织布生意,精明能干。乡村牧师是僧侣阶层中社会地位最低下的成员,但是,乔叟对他充满敬意,认为他是"天底下最尽职的牧师"。其他香客还有磨房主、教会法庭差役、伪造圣物骗人钱财的赦罪僧等。

赦罪僧是一个具有代表性的反面人物。乔叟在"总引"中对他的描写已经很生动,他长相怪异,"长着一头长长的、油腻腻的黄色头发,嘴上没有须毛",他讲故事时需要以酒助兴,一路上哼着小调:"到我身边来吧,亲爱的。"他告诉同行的香客,在教堂里他是如何说教的,把那些骗人的把戏作为自吹自擂的素材。他滥用教皇的诏书,在说教中夹带几句拉丁语,让那些淳朴的村民佩服得五体投地,随后拿出那些伪造的圣物,谎称他们有治病的疗效,并能帮助他们赎清罪孽,自己则从中牟利。他一再声明,他讲道的目的就是为了赚钱,也毫不犹豫地坦言,自己在犯贪婪罪。然而,他不以此为耻,自甘堕落,骗取他人钱财已成为他习以为常的生活方式。赦罪僧的故事描写的是三个贪财的恶棍在路边拾得一坛金子,各人意欲独自占有它们,于是相互谋害,最后全部死于非命。其实,赦罪僧与故事中的三个贪婪之徒都是一丘之貉。最可恶的是,他讲完故事之后,又来个现场布道,宣称自己具有合格的赦罪僧身份,盼望香客们解开各自的钱袋,让他赚上一笔。赦罪僧是《坎特伯雷故事》中形象鲜明的反面人物,通过他的言语、行为,读者可以清楚地看到此类人对物质的贪婪、贪欲对人的危害以及宗教世界的堕落。

乔叟是文艺复兴时期现实主义文学的先行者,他擅长描写人物生动丰富的情感、欲望和感受,他的诗作在鞭挞、讽刺人世间各类贪婪、卑鄙、腐化、虚伪、堕落的行径的同时着力赞美人性的崇高,他作品中的一些人物性格复杂、有立体感、富有生活气息,这在中世纪其他英国作家的文学作品中是罕见的。

当然,乔叟的伟大不仅仅是因为他具有高尚、浓厚的人文主义情怀,也在于他能将自己的关爱、感受与批判思想用独特的艺术形式表现出来,达到艺术与思想的高度和谐、形式与内容的完美结合。乔叟是英国文学的奠基人,他努力从欧洲文学,特别是法国和意大利文学中吸取艺术营养,不断借鉴与创新,逐步确立了英国文学的地位,可以说,乔叟的诗作是源远流长的伟大英国文学的主要源头。乔叟的创作生涯是从模仿开始的,但是他一生都在努力摆脱欧洲文学传统的束缚,在文学的表现内容与形式上大胆突破与创新,他将英国社会现实作为文学创作的核心内容,开创了英国现实主义文学的优秀传统;在艺术创新方面,乔叟的贡献主要表现在对文学叙事形式的创新以及对诗歌形式和语言的创新上。

一、叙事形式的创新。在中世纪,梦幻文学传统(dream vision,又作 dream allegory)相当流行。叙事者往往在春天的自然环境下,昏昏入梦,遇见一些奇特的人或事,梦醒后,将其记载下来,因此,叙事者是整个事件的参与者,前面提到的《十字架之梦》、但丁的《神曲》等都是梦

幻文学的代表作。乔叟的《公爵夫人颂》、《声誉之宫》和《百鸟会议》也是根据梦幻文学的叙事框架构建的,但是,乔叟的叙事者往往以旁观者或知情者的身份出现。由于叙事者与故事主人公之间保持了一段距离,两者之间产生了对话的空间,这就使故事更加具有现实感与真实性。

《公爵夫人颂》的叙事者以劝慰者的身份劝诫黑衣骑士重振精神,但是他没有使用任何夸张的语言去安慰遭受亡妻之痛的黑衣骑士,而是一步一步引导黑衣骑士讲述他的爱情经历,通过对美好爱情的回忆,黑衣骑士再次体会到这段美好婚姻的价值,他的心灵受到安慰,他从而增强了生活的勇气。叙事者通过对话与倾听对方讲述的方式来缓解他的抑郁情感,情感真切,富有人情味。

在《声誉之宫》中,叙述者杰弗里是一个怯懦的书呆子形象。老鹰抓住他,飞向高空,吓得他"失去了知觉",老鹰将他唤醒,并告诉他爱神朱比特请他去声誉之宫做客,在那里,杰弗里将获取"更多的关于爱的信徒们的信息"。在空中旅行的过程中,老鹰从哲学的层面告诉杰弗里声誉是变幻莫测的,没有稳定不变的内涵。值得注意的是,杰弗里扮演了一个受众的角色,他没有发表意见,只是简单地应答是或者否,使故事得以进行。乔叟巧妙地避免让叙事者正面陈述自己的观点,也就避免了中世纪文学作品常有的乐于"说教"的做法,于是读者可以有充分的自由去理解、评判老鹰对声誉含义的解释。《百鸟会议》里梦境中的叙述者也是一个局外人,他参加了一场有关爱情是什么的大辩论,但始终以一个列席者的身份出现在作品中。显然,乔叟努力尝试摆脱第一人称叙事这一传统叙事模式的束缚,让叙事者从舞台的中心退到边缘,使不同的人物都有表述自己观点的权利,使文本更具开放性。

在《坎特伯雷故事》中,叙事者在文本中的地位进一步弱化,乔叟本人也作为一名香客出现在朝圣队伍之中,但是他被描绘成一个平庸的、思维似乎有点迟钝的普通人。虽然,他是整个故事的叙事者,但他并没有把自己放在权威的地位上;相反,他让香客们成了叙事的主体,让他们自由选择要讲述的故事,不受约束地阐发各自的思想。在《坎特伯雷故事》中,乔叟精心搭建了一个气势恢宏的艺术平台,几乎容纳了14世纪英国社会所有阶层的各类人物，因此，他将高贵、低贱，美善、丑恶，高雅、粗俗，真诚、虚伪都纳入到一个平等的对话体系中来，让每个人都进入了一个巴赫金式的"狂欢世界"之中，在这里，他们可以坦率地表白自我，自由地发表自己的观点、思想，没有传统的压抑，没有畏惧、恭敬、仰慕、礼貌等禁忌，每个人的真实性得到了最大限度的展示。所以在《坎特伯雷故事》里，不同思想并行发展，相互冲撞，"众多的各自独立而不融合的声音和意识"交织在一起，诸多"地位平等的意识连同它们各自的世界"在故事中进行平等的对话，充分体现了巴赫金所推崇的"复调"艺术特征。②

《坎特伯雷故事》受到《十日谈》的影响是公认的事实，两部杰出诗作都以"故事集"的形式作为叙事框架。在人类的文化史中，故事集是一种较早出现的文学体裁，一开始，它是口口相传的，为了易于记忆，故事都有鲜明的特性，情节极度戏剧化，加之故事在流传过程中经过千百万人之口，传播者不断对作品进行修改、加工，因此，故事集往往是多个单篇故事的汇集，故事与故事之间缺乏内在联系，缺乏整体性，如古希腊的《伊索寓言》、阿拉伯人创作的《一千零一夜》。薄伽丘在吸收前人经验的基础上，完善了故事集的叙事功能，努力将所有的故事都有机地连接起来。

《十日谈》有一个完整的叙事框架。1348年，佛罗伦萨瘟疫肆虐，三名男青年和七名少女在诺维拉教堂邂逅，一起到乡村一处别墅避难，住了两个星期，为了度过这段时光，他们观赏风景，举行歌舞会，并提出要开故事会。在其中十天的时间里，他们每人每天讲一个故事，由轮流执政的"女王"或"国王"规定故事主题，用一人吟歌作为故事会的尾声。或许是难度太大，薄伽丘没有严格按照原来的构思进行创作，主题出现了多样化，宗旨是只要不违反消遣原则，各人可以随意讲述自己认为最有趣的事情。《十日谈》用序言及结语作为整个故事集的开篇与结尾。十天里他们总共讲了100个故事，故名《十日谈》。

乔叟在创作《坎特伯雷故事》时显然受到《十日谈》叙事框架的启发，他构思的叙事框架由"总引"、故事主体本身、各故事前后的引子和尾声以及故事集末尾的作者告别辞几个部分构成，但是，乔叟在总体构

思上更缜密、严谨，更注重整个故事、各个部分之间的联系，使它们形成一个互为映衬、不可分割的有机整体。

"总引"是《坎特伯雷故事》的核心部分，是整部诗作的灵魂。乔叟用精美华丽的语言对所有香客的身份、趣味、爱好、职业和生活经历做了一番介绍，然后，读者又在故事中与他们相遇。由于有了前面的铺垫，读者在后面读到他们不同文体风格的故事时不会感到突兀，各人选择什么样的故事，采用什么样的风格都与他们各自的身份相匹配。在《坎特伯雷故事》里，各故事前后的引子与尾声基本用来表达香客们对故事的评论以及对当时人们所关注的各种社会、人生、家庭、婚姻、宗教、哲学问题的看法，而《十日谈》里的前言和结尾基本是从外部描写青年们的活动，与整个故事集的内容缺乏内在联系。在《十日谈》里，青年们讲述的故事之间并没有情节上的发展关系，而在《坎特伯雷故事》里，故事与故事之间也存在着各种巧妙的连接。例如，有的故事引起香客之间的冲突，这种冲突又引出新的故事；有时某个故事的主题引起香客们的争论，于是他们也用故事来表达自己的观点。

《坎特伯雷故事》的艺术成就与乔叟努力突破传统、不断创新的精神密不可分，他总是在借鉴已有的叙事模式的基础上加入新的表现手法，增强诗歌的表现力。乔叟不但在诗歌所表现的内容上努力拓展，在诗歌的表现形式上也不拘一格、容旧纳新，有力地提升了诗歌的表现力与感染力。

二、诗歌形式与语言的创新。乔叟是伟大的英国文学传统的开创者。他生活在纷乱动荡的中世纪，当时的英国饱受各类战争的侵扰，国家分裂，连语言都不能统一。乔叟之前的文人基本用法语或拉丁语进行创作，英语只是社会底层的英国人的交流用语，没有社会地位，乔叟则坚持用英语写诗，他是将普通人的口头用语，将活生生的生活用语搬进文学殿堂的第一位英国诗人，是英国现代诗歌的奠基人，也是现代英语的奠基人。

乔叟创作《坎特伯雷故事》时，从 14 世纪英国伦敦地区的各种地方用语中吸收了丰富的养分，同时，他也竭力对英语语言进行改革，以增强英语的表现力，例如，中古英语中有 34 个定冠词，乔叟用一个 the 取代了它们,使英语变得更简洁、流畅,另外,他使用 a 作为不定冠词,并借鉴法语语法,倡导用 s 作为名词的复数表现形式。乔叟的努力对英语使用逐步规范化、语法标准逐步统一有重大的贡献。随着英语语言社会地位的提升,后继的英国文人开始用英语写作,开创了英国文学的灿烂与辉煌。

乔叟奠定了现代英语诗歌的基本表现形式。一方面,他广泛借鉴法国、意大利、拉丁文学的优秀传统;另一方面,他结合英语语言的特点,将英诗的基本形式从古英语诗歌的头韵体改造为音步体,确立了英语诗歌发展的方向。在古英语中,诗歌韵律基本采用押头韵的形式,最典型的是《贝奥武甫》。头韵的表现形式是在一个诗行中运用数个辅音相同的单词表达意义。例如,Now Beowulf bode in the burg of the Scyldings,辅音"b"在同一诗行中多次出现。头韵的特点是音义一体,具有很强的表现力和感染力,英国 19 世纪历史学家约翰·理查德·格林认为它犹如"古日耳曼武士的愤怒的刀砍声"。但是,头韵体诗歌的内部结构比较严格、刻板,容易束缚思想的自由表述,故英国现代诗歌基本采用音步体的形式,这一传统从乔叟开始,延续至今。

为了增强英语诗歌的表现力,乔叟对英语诗歌的诗行形式、诗节形式都作了大胆的创新与改革。他首次在同一首诗中大量使用五音步的诗行,使五步抑扬格成了英诗诗行的基本形式。他在《坎特伯雷故事》中大量使用的五步抑扬格的双行同韵对偶句,即英雄偶句,为后人所喜爱及模仿。乔叟还尝试使用不同的诗节形式,特别是七行诗节(它最为乔叟喜爱),韵式为 ababbcc。这种诗节被称为"乔叟诗节",是 15、16 世纪英语叙事诗中最常用的诗节形式。莎士比亚、弥尔顿以及其他许多后来者都用过。

乔叟是一位伟大的人文主义诗人,他的诗作具有丰富的思想内容以及极高的艺术价值,他在努力用写作探究人文精神内涵的同时极其注重诗歌语言与形式的美学功能,他一辈子都在苦苦探究如何将作品的内容与形式有机地结合起来,可以说,没有形式和语言表达上的大胆创新,乔叟诗歌中的人文主义思想不可能如此鲜活地传递给后世的读者,他的艺术成就也不可能赢得世人极高的赞誉。

第 七 节

骑士文学中的人文诉求

与乔叟的诗作不同,骑士文学更多地描绘的是远离英国现实生活的传奇故事。正因为它脱离现实,我们往往忽略了骑士文学作品中所蕴含的人文诉求,特别是对个人本体价值的肯定。中世纪是宗教盛行的时代,神本思想否定人的地位和人的作用,宣扬盲从上帝和严格禁欲,是人本主义的反动。文艺复兴呼唤人性的回归,倡导以人为本,使人的地位和价值得到提升,人的智慧与理性得到高扬,对上帝的信仰被人对自我的肯定所代替,生命的现世价值得到重视。骑士文学并不反叛宗教,但是它所歌颂的行为往往与宗教教义背道而驰,在形式上肯定宗教价值观的同时,骑士文学中蕴含着丰富的世俗价值理念。从二元对立的观点来分析,中世纪的宗教文学与骑士文学是当时文化生活中互为补充的两极,在宗教文化发达的区域,世俗文化会以更具特质的形态强劲地生存与发展。詹姆逊所言十分精辟:"审美形式或叙事形式的生产就其本身而言应该被看做意识形态行为,其作用是为无法解决的社会矛盾创造出想象的或形式的'解决办法'"。① 在某种意义上说,骑士文学弥补了宗教文学的拘谨与刻板,让人们在充满想象的空间中表达自己的理想与情感;骑士精神转化成了一种文化符号,里面凝集了英格兰人的文化价值理念,或者说是对这些理念的追求和探究,而这种探究,归根结底是对人文精神的呼唤,是对生命终极意义的探研。骑士文学至少在两个方面具有积极的社会意义:第一,骑士文学在塑造积极进取的人文精神方面有其独特的贡献;第二,作为一种精神生活的补充,骑士文学填补了现实生活中无法实现的理想追求,包括对自由爱情的追求。

一、积极进取的人文精神。骑士文学在 11 世纪起源于法国南部,后来逐渐向西欧扩散,受到法国文学的影响,14 世纪英国文坛上也出现了骑士文学的新时尚。当时,用韵文撰写的骑士传奇开始盛行,它们歌颂对领主的忠诚和对高贵妇人的爱情,赞美勇敢和友情,其中艺术性较高的有《高文爵士与绿衣骑士》(*Sir Gawain and the Green Knight*),15世纪的托马斯·马洛礼用散文创作的《亚瑟王之死》(*Le Morte d'Arthur*,1470)代表了此类传奇文学的最高成就。

英国的骑士传奇文学主要是围绕凯尔特王亚瑟的传说发展起来的,其中主要写亚瑟王和他的圆桌骑士的故事。亚瑟是6世纪不列颠岛上威尔士和康沃一带凯尔特人的领袖,曾经带领他的人民抵抗盎格鲁—撒克逊人的入侵,是位民族英雄,后来成为文学作品中的传奇人物。传说亚瑟是威尔士王的儿子,15岁继承王位,他在魔术师梅林的帮助下,拔出了嵌在大石缝里的长剑;他依靠神灵的护佑,征服了苏格兰和爱尔兰。亚瑟王麾下有12位英武的骑士,每次开会时,大家围着一张大圆桌坐定,以示各位骑士之间没有地位高低贵贱之分,所以这12位又被称为"亚瑟王的12位圆桌骑士"。每个骑士都是慷慨、勇敢或正义的化身,都拥有独特的经历和可歌可泣的爱情故事,这些传奇故事流传至今。

骑士精神是中世纪一股不可忽视的文化形塑力量,尽管在历史上骑士们往往是统治者的御用工具,例如在十字军东征中,骑士烧杀抢掠,给东方文明带来灾难,但是,骑士精神在规范人的社会行为方面有积极作用,在欧洲文明史上有重大的影响。骑士文学歌颂与强调勇敢、忠诚、荣誉、对敌手的宽容以及礼仪规范,表现了人,特别是出身贫寒的普通人,对高尚情怀的向往与对实现自我价值的追求。在中世纪,宗教思想宣传的是上帝主宰一切,人的价值是微不足道的,由于人生来有罪,他的幸福与价值只能在天国中得以实现。与宗教文化强调来世价值不同,骑士文化,透过其夹杂着的宗教内容以及虚拟想象,强调的却是现世价值的实现。在这一点上,它与文艺复兴所竭力倡导的强调人的价值有一致的地方。

骑士文学塑造了无数个优秀骑士的典型形象,他们有坚定的信仰,对君主赤胆忠心,对祖国无限热爱,对敌人不屈不挠,勇敢顽强。乔叟在《坎特伯雷故事》中也高度赞扬了一位骑士的正直与光明磊落。从

《总引》中我们知道,骑士的儿子是一个充满朝气的年轻人,20 岁上下,穿着一身绣花衣裳,正在热恋中的他,精神焕发,有一头漂亮的卷发,不仅善于骑术,而且能文、能诗、能画,谦逊有礼。为了赢得心上人的青睐,他曾经短暂地随同骑士团远征各地,"他谦逊有礼,乐于帮人家一手;到了餐桌上,他总为父亲切肉"。他身上具备了成为伟大骑士的基本素质:谦逊、勇敢、富有同情心。

同样,《高文爵士与绿衣骑士》用极富想象力的故事为我们塑造了一个勇敢且富有人情味的主人公。《高文爵士与绿衣骑士》是英国骑士文学领域中的一朵奇葩,用头韵体诗写成,全诗共 2 529 行,作者不详,为了方便,人们通常称他为"高文诗人"(the Gawain poet)。长诗的基本情节如下:某年圣诞节,亚瑟王在自己的宫廷里举行宴会。一位绿衣骑士策马进入殿堂,向在座的圆桌骑士挑战。他喝问谁敢当场砍下他的头,并答应一年后被回敬一斧,顿时,全场哑然。经过片刻的沉寂之后,勇敢的高文骑士站起来接受挑战,砍下了绿衣骑士的头颅。令人惊讶的是,绿衣骑士的躯体依然直立不倒,他的一只手捡起鲜血淋漓的头颅,然后骑马离开宫殿,回到他的绿色教堂。一年后,高文履行许下的诺言,孤身一人,驱马前去寻找绿衣骑士,路上见到一座城堡,决定临时住下。城堡的男主人外出狩猎,女主人大献殷勤,与高文谈情说爱,勇敢的高文不为情色所动,妥善处理了与女主人的关系。离开城堡前,女主人赠送高文一条绿色腰带,说是可以保护他的生命安全,高文收下。在向导的陪同下,高文找到绿色教堂。按照事先约定,高文伸头受砍。绿衣骑士高举利斧,前两斧落空,第三斧偏离目标,只是在他的脖子上划出一道血印,留下一点轻伤。绿衣骑士向他解释:落空的两斧是对他两次不受女主人诱惑的回报,第三斧则是对高文接受腰带的惩罚。高文辞别绿衣骑士,返回亚瑟王的宫廷,将自己的历险故事告诉众人,亚瑟王及骑士们一致肯定他是一位勇敢的骑士。原来绿衣骑士就是城堡的男主人,女主人则是亚瑟王的妹妹,整个挑战都是事先策划好的,亚瑟王要考验他的骑士是否真的勇敢,是否真的不惧怕死亡,同时,也考验他能否在处理男女关系时不违反基督教义,保持节操。

高文是一个充满强烈荣誉意识的骑士,身上闪耀着鲜明的个人主义色彩,他儒雅的外表与他豪迈的英雄气概相得益彰。绿衣骑士向大殿内所有勇士提出挑战时,全场顿时哑然,无人敢于回应,以至于亚瑟王不得不准备亲自出马应战。此时,骑士高文挺身而出,灭了绿衣骑士的威风,打击了他的嚣张气势,此后,他又践行诺言,为了个人荣誉不惜驰行千里,单刀赴会,接受被回砍一斧的挑战。对高文所表现的骑士精神的内涵,张成军作了很好的总结:

> 在万物喑哑的中世纪,我行我素的骑士第一次作为一个"独立的个人"形象登上了文学的舞台。文艺复兴时期,人文主义者主张以人为本,反对教会鼓吹的以神为本,肯定人的价值和尊严,提倡个性解放,着力塑造在智力、体力上具有"巨人"风采的崭新形象。这种崭新的文学精神当然不会是无源之水、无本之木,骑士文学中那我行我素的英雄骑士形象无疑为之提供了巨大的思想文化启迪;而浪漫主义者对人的自由、个体性的强调,对个性解放的大力标举,对自我的异常珍视,尤其是拜伦笔下的"拜伦式英雄":他们单枪匹马的冒险,叱咤风云的豪气,爱好自由矢忠爱情的精神,无不闪现着中世纪英雄骑士的身影;在精神的底层,受着他们的影响——可谓一脉相承。⑩

高文是一个勇敢的,并有细腻情感的骑士,而不是一个鲁莽的、唯命是从的武夫。这是他与许多其他骑士的本质区别。骑士精神崇尚勇敢无畏,为了完成一项宗教使命,或是为了博得一位贵妇人的爱心,骑士们可以赴汤蹈火。但是,一旦人们过分渲染这种勇敢,原本美好的品质就会变味,勇敢向前多迈一步就是鲁莽,就会造成无谓的牺牲。骑士们不怕死的精神令人敬佩,可是为了表示对某位妇人的忠心,视自己的生命如草芥,不顾后果地行事,或为了博取某位妇人的欢心,不惜剁下一段手指相赠的行为并不应该是骑士精神所倡导的。值得注意的是,《高文爵士与绿衣骑士》对这一敏感问题进行了有益的探讨,作者对勇敢品质的构成要素有独到的阐释。高文是亚瑟王麾下最勇敢的骑士,但他不是一个不珍惜生命的鲁夫,也不是一个没有七情六欲的莽汉。

在看重荣誉的同时,他也考虑如何保全自己的生命。他收下了神奇的腰带,因为他希望神力能帮助他。如果可以避免丧失生命,多一点灵活,做一点让步并不违反骑士精神。这里,高文诗人提出了一个具有永恒意义的哲学命题,即勇敢与鲁莽之间的分界。该命题 200 年后在塞万提斯的讽刺小说《堂吉诃德》中得到呼应及回答:骑士堂吉诃德很勇敢,但是,他做事从不考虑方式方法,一味凭幻想蛮干,成了一个"最讲道德、最有理性的疯子",一个既可笑又可叹的"英雄"。

马洛礼(Thomas Malory,1395－1471)创作的《亚瑟王之死》在塑造积极进取的人文精神方面更多关注骑士精神的社会性,并具有浓郁的悲剧色彩。《亚瑟王之死》突破了该传奇系列历来着重个人形象塑造、强调以单个英雄人物命运为故事核心内容的叙事格局,跳出"小我"之历史观的写作视野,突出对"大人格"的关照,将多个英雄的命运与一种政治体制的兴衰联系起来,马洛礼的《亚瑟王之死》"不仅讲一个故事,还通过故事塑造人物,反映社会生活,抒发和分析感情,展示人物对他们所处的时代和社会环境的反应,并给这一切灌注以思想,使其具有一个结构和审美的意义,有一种整体的连贯性和效果。既能引起读者感情的共鸣,还能启发读者对人生现实、社会历史等各种问题的思考。"⑳饶芃子对小说叙事特征的描绘也同样适用于用诗一般的语言写作的散文传奇故事《亚瑟王之死》。

托马斯·马洛礼在英国文学史上占有重要地位,因为他在狱中写就的《亚瑟王之死》奠定了英国散文之基础,开创了用散文进行文学创作之先河。他的散文继承了英国中世纪诗歌的传统,语言质朴、流畅、生动,节奏自然,文字优美,属于散文诗的范畴。他的作品极富想象力,为后代的文学创作提供了重要的材料来源。斯宾塞的《仙后》(*The Faerie Queene*)和丁尼生的《国王叙事诗》(*Idylls of the King*)都取材于他的《亚瑟王之死》,也都具有强烈的社会意识。

马洛礼的《亚瑟王之死》是有关亚瑟王传奇的集大成之作。亚瑟王的传奇故事在马洛礼诞生之前早已流传甚广,12 世纪,法国普罗旺斯文艺复兴时期就有不少以亚瑟王为题材的作品诞生,13、14 世纪也有大量的与亚瑟王传奇有关的作品问世。但是,这些作品多以某一个骑士的经历或者某一具体的事件为核心内容,其中最受欢迎的是朗斯洛特与桂内薇尔的爱情故事、特里斯坦与伊索尔德的爱情故事、圆桌骑士寻找圣杯以及亚瑟王之死。马洛礼将庞大的亚瑟王传奇,包括亚瑟的诞生、与罗马之战、朗斯洛特传奇、寻找圣杯等,串连成书,并赋予它一个鲜明的主题,即亚瑟王国如何在应对王权体系内部的各类矛盾与冲突的过程中逐步走向衰亡,使零乱、松散的亚瑟王传奇故事有了一个较为完整的结构。马洛礼的《亚瑟王之死》是英国文学史中最完整、最具代表性的有关亚瑟王和他的圆桌骑士传奇的文学作品。

　　亚瑟王传奇原本讲述的是发生在不列颠岛上的故事,有趣的是,在英国文学史上,它起初是以舶来品的身份出现的,在英国首先出现的是法文本。用英文写作的有关亚瑟王故事的诗歌到 13、14 世纪才出现,主要有《亚瑟王》、《亚瑟王和梅林》、《伊文和高文》、《湖上的朗斯洛特》、《高文爵士与绿衣骑士》和《特里斯坦爵士》。用英语写作的亚瑟王传奇大部分是法语亚瑟王传奇的改写本,缺乏原创价值,在艺术上少有新的突破,影响力低于法语的亚瑟王传奇。这种尴尬局面在马洛礼的努力下得以彻底改变。

　　15 世纪是英国由封建社会演变到资本主义社会的过渡时期,封建关系和封建生产方式迅速崩溃,资本关系和资本主义生产方式正在急剧发展。这个时期,英法百年战争给英法两国人民带来巨大负担与深重苦难。1415 年 8 月,亨利五世率领六万大军在诺曼底登陆,英军占领了整个法国北部,占领了巴黎。但是,英国军队遭到法国人民的奋勇抵抗。法国出现了传奇女英雄贞德,她率法军取得奥尔良大捷,收复了许多北方城市,并拥戴查理七世正式登位。最后英法双方在波尔多发生决战,英军全军覆灭,英法百年大战最后以英国失败而告终。接着,英国贵族为争夺王位又开始了红白玫瑰战争。以约克公爵为首的约克家族在东南部经济发达地区的贵族的支持下与得到西北部旧贵族支持的兰开斯特家族相互残杀,英国国内四分五裂。英国的贵族在政治上已逐渐失去影响力,英国新兴资产阶级以咄咄逼人之势开始登上政治舞台。正是在这种历史背景下,马洛礼把欧洲各国关于亚瑟王的种种传奇整理、连贯起来,改写成他的骑士散文小说《亚瑟王之死》。他在作品

里抒发思古幽情,歌颂骑士为亚瑟王国浴血奋战的英雄气概,同时惋惜骑士制度的衰落。如果将文学作品视为作者潜意识的载体,那么可以说,《亚瑟王之死》间接地表现了马洛礼对英国封建制度没落与衰败的哀婉。《亚瑟王之死》是马洛礼为英国封建制度灭亡撰写的一篇文采绚丽的挽歌,它承载了马洛礼的理想以及他在理想破碎之后的复杂情感。

亚瑟及他的圆桌骑士要完成两件神圣的使命:一是建立一个统一的王国,二是寻找圣杯。第一件使命是世俗性的任务(当然,它也染有宗教色彩,亚瑟一直有神力相助);第二件使命是宗教性的任务。这一情节的安排将世俗文化与基督文化巧妙地结合起来。这也反映了作者试图将骑士文化与宗教文化相融合的愿望。宗教引起的各类纷争给英国人民带来太多的痛苦,马洛礼本人也深受其害。据史料记载,马洛礼1395年出身于英国一个贵族家庭,大概在1433年他继承了祖上的财产和爵位,曾参加过英法百年战争,也参加过英国国内争夺王位的红白玫瑰战争。自1450年起他就官司缠身,牢狱不断,少则数日,多则几年。罪行包括聚众抢掠、勒索、欺诈、侮辱教长、捣毁教堂、越狱潜逃、谋杀、强奸。1471年3月14日马洛礼死于伦敦纽盖特监狱,后被葬于附近一座教堂的墓地。我们无法知道他究竟为何被关进监狱以及触犯了哪些法律的历史真相。起码他自己否认所有的指控。从他在书中所表露出来的价值观和社会意识来判断,他不像是一个没有任何法律和道德观念的莽汉,有学者认为他很有可能是当时政治与宗教斗争的牺牲品。

亚瑟是一位具有浓郁人文思想的圣明君王,他就是为英格兰而生的。他一生率领他的圆桌骑士南北征战,镇压了反叛他的贵族割据,统一了苏格兰和威尔士,建立了一个强大统一的英国,功绩彪炳千古。马洛礼把亚瑟与英国国王亨利五世相提并论,可见他希冀见到英国能够成为一个强盛的帝国,能够出现像亚瑟王那样强有力的英武君主。亚瑟十分明白自己肩负的重大使命,这一点从他谨慎处理与朗斯洛特骑士的关系上可以看出。亚瑟早已察觉朗斯洛特与桂内薇尔之间的暧昧关系,为了不伤害他心爱的女人与他喜爱与尊敬的朗斯洛特,他一直以国家大局为重,希望低调处理这件棘手的事情。在莫俊德、阿格雷文、梅里利冈斯等人的一再蛊惑之下,他才同意查办朗斯洛特与桂内薇尔,并公开处置他们。亚瑟明白,处罚他们,就会从根本上动摇他所建立的王国的基础。亚瑟忍辱负重,不希望看到自己建立的王国毁于内讧。亚瑟王受到英国人的热爱,因为他集中体现了英国人心目中伟大君王所应该具备的品质:睿智、勇敢、坚强,时刻准备为国家的利益献身;有强大的凝聚力,能将最优秀的人才团结在自己周围;有一颗善良、正直的心,公平待人,公正处事,关爱国民。有关他和他的骑士的传奇故事是英国文学史上最具生命力的创作题材之一。

《亚瑟王之死》的第二条重要叙事纽带是寻找圣杯。在亚瑟王传奇中糅入宗教情节已有先例,但是,将一系列有关亚瑟和他的圆桌骑士的传奇故事用一条鲜明的宗教线索串联在一起的做法是马洛礼的创新。圣杯是基督教的圣物,是上帝的象征,在宗教人士的心目中,任何人若能获得圣杯,就可以最直接感受上帝的关爱,得到上帝的神谕。追寻圣杯成了骑士神圣的事业,亚瑟王的圆桌骑士都加入了寻找圣杯的队伍。为了追寻圣杯,骑士们愿意付出自己宝贵的生命。朗斯洛特骑士的誓言表述了其他骑士的心声:“为追寻圣杯而死,这件事对我们来讲,是无限的荣耀,如果我们不幸死在任何其他地方,那比不上这件事情更重要、更光荣。”⑧但是,朗斯洛特无法完成寻找圣杯的神圣使命,因为他与桂内薇尔的私通违反了基督教教义,只有灵魂最纯洁的人才能获得圣杯,因此,寻找圣杯的伟大业绩只能由他的儿子——清白无瑕的高朗翰骑士——来完成。

《亚瑟王之死》强调骑士必须听从上帝的旨意,用基督教教义规范骑士的行为,但是,亚瑟王本人以及他最优秀的骑士都经常在禁欲与性爱之间不停徘徊。似乎马洛礼在努力寻找一条既能维护宗教的圣洁,又能不压抑骑士个性自由的中间道路,当然,他没有成功。总体来看,《亚瑟王之死》的世俗化倾向强于宗教化倾向。纵观全书,它更多关注的是自然的人,是人性的复杂性,是蕴含于人的内心世界中的矛盾与冲突,而不是神性,不是苛刻的宗教教义。在 12 世纪的英国,基督教已经成为骑士必须遵循的基本行为准则,骑士都以效忠上帝为荣。马洛礼在认可基督教神圣地位的同时,竭力调和宗教的禁欲思想与世俗的享乐主义这一对矛盾之间的冲突,他希望两者并存不悖,但是,直到故事

结尾,他都没有找到一个解决这一对矛盾的有效途径。马洛礼十分鲜明地突出寻找圣杯的伟大意义,却又不断地用同情的笔触描述骑士们在追求世俗的男女恋情时所犯下的种种错误。这种矛盾心理所派生的复杂情感在书中比比皆是。从一定意义上讲,正是他对处于两难境地的骑士们的丰富情感的细腻刻画使他的圆桌骑士传奇产生了永久的魅力。

《亚瑟王之死》始终浸染着悲剧色彩。亚瑟的诞生就是他父亲尤瑟王一次强暴性行为的产物,而亚瑟王也必须为自己的一次不负责任的性冲动付出惨痛代价。他在不知晓洛特王的妻子是自己同父异母的妹妹的情况下与其发生不轨性行为,生下了墨俊德,种下王国最终灭亡的祸根。故事的结局是悲凉的。亚瑟王在与墨俊德的叛乱军队的战争中受伤死去,桂内薇尔王后深感愧疚,她与朗斯洛特的婚外情导致了她的丈夫亚瑟王和许多骑士的死亡,毁掉了整个国家。她决定削发为尼,不久抑郁辞世。朗斯洛特做了教士,最终悲凉地离开人间。作品中展现的种种内部争斗以及亚瑟王国最后的悲剧性结局影射了红白玫瑰战争的结局,也预言了英国封建贵族制度的末日已经到来。丁尼生350年后写的诗歌"亚瑟王之死"中的诗句是对该书主题的最好总结:旧的秩序变了,必须让位于新的秩序。旧贵族的价值理念已经过时,新兴资产阶级的人文主义思想开始盛行。

二、对美好的向往与对自由爱情的追求。中世纪,欧洲盛行宗教文学,骑士文学作为一种新的文学样式,以其丰富、自由、充满想象力的文风给欧洲文坛带来一股清新、活泼的气息。宗教文学都浸润着一股强烈的负罪感,宣扬人生来都是有罪的,他/她只有按照上帝的意志苦苦修行方能洗清罪孽,进入天国。因此,中世纪中后期的宗教文学往往成了基督教抑制个性发展的一种工具,禁锢人的思想、欲望和自然本性。骑士文学虽然也倡导基督教精神,但是,它也融入了许多世俗文学的内容,作为一种沉闷、单一的宗教精神生活的补充,骑士文学填补了现实生活中人们无法实现的理想追求,丰富了他们的想象力,增添了生活的色彩。

《高文爵士与绿衣骑士》把读者带入一个充满浪漫色彩的古英格

兰,向读者展示了一个与现实生活完全不同的神奇世界,离奇的故事将读者的想象空间扩展到极致,使读者得到一种心理上的自由释放,同时,由于此诗语言优美流畅,情节完整紧凑,人物性格细腻丰满,品读此部诗作让人在放飞想象的同时体验语言之魅力,是一种特殊的精神享受,或许这也正是《高文爵士与绿衣骑士》能够在一千多年后的今天依然具有艺术魅力的根本原因。

诗人对四季景色作了生动的描绘,春、夏、秋、冬,风景殊异,各呈其妙,给人置身其间的感觉。特别是诗中对男女情感的细腻描绘,对他们相互倾慕时复杂心理状态的刻画给人留下深刻印象。读完诗作,读者对骑士精神的丰富内涵有了一些具体的感受。勇敢、诚实、坚贞、彬彬有礼、富有荣誉感,这些精神特质在高文身上得到生动的演绎,通过了解他,我们对现代欧洲人的民族特性也有了更深刻的理解,他们所具有的优雅贵族气质以及信守诺言、乐于助人、为理想和荣誉牺牲的豪爽品格都是长期文化浸润与塑造的结果。

中世纪的骑士文学与梦幻诗都常采用一种程式化的表现手法,即着力营造美妙绝伦的缥缈意境—理想景致。[28]乔叟在许多诗作中都采用了这种方法,最典型的例证可以在《玫瑰传奇》(*The Romance of the Rose*)、《公爵夫人颂》、《百鸟会议》等作品中找到。《高文爵士与绿衣骑士》一诗中狩猎场景的描写也属于这种程式化的理想景致。不少批评家指出,狩猎场面的描写是该诗最为引人入胜的地方之一。但狩猎场面的意义不仅仅是展示贵族阶层的娱乐生活,而是要营造一种欢快、身心舒放的氛围,与宗教的严肃、冷峻形成鲜明对比,也缓和了骑士每时每刻可能面对危险的紧张气氛。这类场景在很大程度上是诗人头脑中构想出来的理想主义的梦境,既是对现实苦难的暂时忘却,也是对美好生活的真切向往,"这些理想主义的想象表现在梦幻诗当中[同样在骑士文学中][29]就成为一种'极致':场景的至美,人物的至善至美、至情至性(反之,至恶至丑)。梦幻诗中的梦境通常发生在万物复苏、春暖花开的五月,地点则往往是某个鸟语花香的花园"。[30]在《高文爵士与绿衣骑士》一诗中地点则是山岭、草地、河流。

在追求理想的过程中,骑士/诗人不仅仅寄情于自然,而且表达出对自由爱情的强烈向往。与中世纪的宗教文学相比,在对待女性的态度上,骑士文学显然更具开放性,对女性的美丽与纯洁都表现出一种尊重与敬畏。在骑士精神中,爱情占主要地位,表现为对贵妇人的爱慕和崇拜,为她们服务,为爱情冒险,以此作为骑士的最高荣誉。在对待妇女的态度上,骑士文学表现出一种宽容,尽管这种宽容大都局限于所谓"典雅爱情"的范畴之内,但它代表了对纯洁、高尚爱情的倾慕与赞扬,对妇女的尊重,也是对传统夫权思想的一种颠覆。

《高文爵士与绿衣骑士》的第三部分浓笔描绘了高文与城堡女主人之间的一段缠绵情谊。城堡里美丽的夫人向高文谈爱,头一天给他一个吻,第二天给他两个吻,第三天给他三个吻。第一天清晨,男主人外出狩猎,女主人悄悄潜入高文的卧室,被惊醒了的高文平静地询问女主人的来意后说道:"请允许您的俘虏起床,与您交谈。"女主人温情脉脉地说:"你不要起床;我有个更好的主意;/我要紧紧搂住你的双臂,/和自己的俘虏骑士待在一起"(1223—1225 行)。^②"我的身体属于你,/由你随意支配。/我是你的仆人,/现在和将来都是"(1237—1240 行)。文本的叙事给读者的客观印象是,女主人对高文的感情是真挚的,没有丝毫的虚情假意:"此时此刻,我与所有男士拥戴的人在一起/我愿意花一个时辰与他说些甜蜜的话/借以抚平各自胸中的悲伤,得到心灵的慰藉"(1253 行)。对于女主人表示希望有高文这样的男人作为终身依靠的时候,高文得体、巧妙地答道:"您已有了更好的男子","但是,我珍惜您对我的赞扬,/我是您的仆人,您是我的主宰,/请以基督的名义,收我做您的骑士"(1276—1279 行)。两人互敬甜言蜜语,不觉一个上午已经过去。他们临别时的描述着实令人动情:

> 听罢,女主人躬身将他紧抱
> 迷人的头部向下,看啊,他得到了一个亲吻。
> 他们以基督的名义互赐祝福,
> 他一直目送着女主人,无声地离开(1305—1308 行)。

这是一段具有丰富对话内涵的叙事。一个充满渲染男女互爱的激情故事最终以基督教骑士拒绝情色诱惑、洁身自好却带有几丝惆怅与遗憾的情节收尾,这种情节安排符合当时大历史环境的要求,否则,它连出版问世的可能性都不存在。尽管《高文爵士与绿衣骑士》没有突破骑士文学的程式规范,但是,我们不难感觉到在该诗最为出色的第三部分的叙事中涌动着一股努力冲破封建礼仪束缚的热流,一种追求个性解放的强烈情感时时刻刻都喷涌欲出。罗素说得好:"'玫瑰花式的浪漫'就是骑士式的恋爱……实际上,这是对教会学说的一种反抗,同时也是异教徒的一种主张,因为它认为:爱在生活中应当有正当的位置。"③

刘乃银在"世俗的表象和宗教的精神:《高文爵士和绿衣骑士》的色情诱惑场景"一文对该诗中存在的世俗精神与宗教精神之间的冲突作了认真的分析,他认为:"与传统的骑士传奇中的爱情故事相比,《高文爵士和绿衣骑士》是对婚外恋式的爱情的一种批评,强调的是宗教意义上的贞洁,本质上表现出压抑人性的禁欲主义倾向。"④刘乃银的基本观点是,《高文爵士和绿衣骑士》中的世俗叙事是表象,诗歌的实质内容是强调基督价值。我们则认为这种看法不能完整地表述该诗的丰富思想内涵。该诗是一个矛盾思想的载体,诗中有两条平行发展的思想脉络,基督精神与世俗精神之间一直在进行对话。这种开放性是复调叙事的鲜明特征,两种"不同的个体声音"交织在一起,有冲突,有对话,有商榷,它们彼此平等,组合成统一体。⑤我们很难截然判断有关世俗的人性情感的浓笔描绘究竟是该诗的表象还是内涵。《高文爵士和绿衣骑士》的迷人之处就在于它成功地刻画了一位处于两难境地的骑士的丰富情感世界,体现了当时文学作品世俗化的倾向,应该强调,它更多关注的是人、人性以及人的内心世界,而不是神性。

文学是思想的载体,它的生命力源自生活,一方面它映射现实,另一方面它又创造现实。不管文学的样式如何变化,它都是作家对生命价值和意义的感悟和思考,也是作家对理想境界和高尚人格的追求。早期英国文学从开德蒙的《上帝颂》到马洛礼的《亚瑟王之死》,可以划分成两个时段:前一时段属古英语文学,也可称之为盎格鲁—撒克逊文

学；后一时段属中古英语文学。两个时段以"诺曼征服"为分界。盎格鲁—撒克逊时期的文学作品擅长用形象的语言勾画人物、表达情感，充分体现了英格兰人的诗性智慧。由于当时的英国尚未形成强有力的中央政府，各类思想都有较大的表述空间。比较宽松的文化氛围使得早期英国文学具有相当大的包容性。尽管宗教文学是中世纪的主流文学形式之一，但是当时的宗教诗中往往夹杂着许多世俗文化的价值观念。骑士文学代表了当时主流文学形式的另一级，归属于世俗文学，但是其中也融入了不少宗教文化的内容。骑士文学在巧妙回避与宗教思想冲突的同时，竭力摆脱沉闷、刻板和压抑的宗教文化的束缚，其中所萌生的人本思想、个人主义对后世文学尤其是文艺复兴和浪漫主义时期的文学产生了深远的影响。罗素曾经评论道："说到爱的复兴，假如没有骑士制度的浪漫为它开路，文艺复兴是断然不会如此成功的。"③

14 世纪的四位杰出诗人乔叟、兰格伦、高尔与"高文诗人"以及 15 世纪的大散文家马洛礼都受到骑士文学的巨大影响。他们的作品具有思想性和艺术性，也都体现了早期英国文学开放、多声兼容、富有对话性的特征，乔叟的诗作是最典型、最杰出的代表。或许我们可以这样说：乔叟的成功就在于他善于包容。他从其他作家的作品中，不管是本土的，还是外域的，大量汲取养分，取己所需，融会贯通，以卓绝的叙述技巧大胆创新，写就了不少传世佳作。乔叟的作品至今不减其魅力，因为它们以形象、生动以及幽默的语言向后人讲述当时的故事，更重要的是，它们对社会生活的敏感、对人性的关照以及对生存意义多视角的探讨启迪着后世的读者，这乃是这些作品具有永久生命力的根本原因。

注释

① 刘建军：《欧洲中世纪文化与文学述评》，《外国文学研究》，2003 年第 1 期，第 142 页。
② 巴赫金：《陀思妥耶夫斯基诗学问题》，白春仁、顾亚铃译，上海：三联书店，1988 年，第 29 页。
③ 肖明翰：《试论〈坎特伯雷故事〉的多元与复调》，《外国文学研究》，2006 年第 4 期，第 76 页。

④ Kastan David Scott, ed. *The Oxford Encyclopedia of British Literature*, Vol. 1 of 5. New York: Oxford University Press, 2006, p.176.

⑤ 肖明翰:《〈贝奥武甫〉中基督教和日耳曼两大传统的并存与融合》,《外国文学评论》,2005 年第 2 期,第 85 页。

⑥ 《贝奥武甫》,冯象译,上海:三联书店,1992 年,第 2814—2820 行。

⑦ 程代熙:《朱光潜与维柯》,《人、社会、文学》,上海:华东师范大学出版社,1997 年,第 23 页。

⑧ 徐葆耕:《西方文学十五讲》,北京:北京大学出版社,2003 年,第 6 页。

⑨ C. S. Lewis, *The Allegory of Love: A Study in Medieval Tradition*. Oxford: Oxford University Press: 1936.

⑩ 自译,英文见 Kevin Crossley-Holland, *The Battle of Maldon and Old English Poems*. London: Deborah Rogers, 1966.

⑪ 自译,英文见 Burton Raffel, *Poems from the Old English*. Nebraska: University of Nebraska Press, 1960。

⑫ 中共中央马克思恩格斯列宁斯大林著作编译局:《马克思恩格斯选集》第 3 卷,北京:人民出版社,1997 年,第 445 页。

⑬ 刘红影:《中世纪西欧骑士对贵妇人忠诚原因探微》,《淮北煤炭师范学院学报(哲学社会科学版)》,2005 年 10 月第 26 卷第 5 期,第 134—135 页。

⑭ 赵立行、于伟:《中世纪西欧骑士的典雅爱情》,《世界历史》,2001 年第 4 期,第 78 页。

⑮ 《马克思恩格斯选集》第 4 卷,北京:人民出版社,1972 年,第 73 页。

⑯ 肖明翰:《英国文学之父——杰弗里·乔叟》,北京:社会科学文献出版社,2005 年,第 244 页。

⑰ 李安:《乔史早期诗歌的道德研究——从〈公爵夫人之书〉到〈百鸟议会〉》,《世界文学评论》,2006 年第 1 期,第 284 页。

⑱ 赵立行、于伟:《中世纪西欧骑士的典雅爱情》,第 82 页。

⑲ 本文作者自译。

⑳ C. S. Lewis, *The Allegory of Love: A Study in Medieval Tradition*, p.157.

㉑ 米歇尔·福柯:《疯癫与文明》,刘北成、杨远婴译,上海:三联书店,1999 年,第 95 页。

㉒ 《乔叟文集》上卷,方重译,上海:上海译文出版社,1979 年,第 21 页。

㉓ 肖明翰,《宫廷爱情诗传统与乔叟的〈公爵夫人颂〉》,《外国文学研究》,2003 年第 6 期,第 43 页。

㉔ 肖明翰:《试论〈坎特伯雷故事〉的多元与复调》,比较详细地讨论了《坎特伯雷故事》的多元与复调主题。

㉕ 弗雷德里克·詹姆逊:《政治无意识》,北京:中国社会科学出版社,1999 年,第 79 页。

㉖ 张成军:《骑士文学对后世文学的影响探析》,上海:上海师范大学硕士学位论

文,2004 年 4 月。

㉗ 饶芃子等:《中西小说比较》,合肥:安徽教育出版社,1994 年,第 11 页。

㉘ 马洛礼:《亚瑟王之死》,黄索封译,北京:人民文学出版社,1960 年,第 762 页。

㉙ 详细论述可见刘进的博士论文《"权威"与"经验"之对话——乔叟梦幻诗研究》,湖南师范大学,2007 年 4 月,第一章第 1.3.3 节"梦幻诗程式之理想景致"。

㉚ 本文作者添加。

㉛ 刘进:《"权威"与"经验"之对话——乔雯梦幻诗研究》,湖南师范大学博士学位论文,2007 年 4 月,第 42 页。

㉜ M. H. Abrams, and others, *The Norton Anthology of English Literature*, 4th ed. London: W. W. Norton, 1979, pp.270 – 287.

㉝ 罗素:《婚姻革命》,靳建国译,北京:东方出版社,1988 年,第 46 页。

㉞ 刘乃银:《世俗的表象和宗教的精神:〈高文爵士和绿衣骑士〉的色情诱惑场景》,《外国文学研究》,2003 年第 4 期,第 50 页。

㉟ 详见 M. M. Bakhtin, *The Dialogic Imagination*, Trans. Caryl Emerson and Michael Holquist, Ed. Michael Holquist. Austin: University of Texas Press, 1981。

㊱ 罗素:《婚姻革命》,第 50 页。

第二章
人文主义思想的兴盛

  14 世纪至 17 世纪中期,欧洲兴起了波澜壮阔的文艺复兴运动。这是新兴资产阶级在意识形态领域里发动的一场伟大的、振聋发聩的反封建、反神学、反愚昧、追求人文主义、弘扬人性、提倡科学的思想解放运动和文化振兴运动。文艺复兴是欧洲文明发展史上的一个伟大的转折点,是欧洲当时新文化、新政治、新经济、新思想的集中反映。它加速了欧洲由封建社会向资本主义社会的过渡,标志着以追求个人主义和个人理想为核心的资产阶级文化的诞生。掀起欧洲历史上这场史无前例的伟大的文艺复兴运动的人文主义思想家、文学家、艺术家等,奋臂疾呼,不遗余力地倡导以人性取代神性,以科学取代愚昧,以乐观向上的人生态度和奋发进取的精神状态取代消极悲观、遁世厌世的人生哲学,以追求个人理想和幸福作为自己的人生观和世界观,以鲜明的人文主义思想挑战腐朽的封建势力。

  正当文艺复兴运动在欧洲大陆气势磅礴地展开之时,英国国内也在发生疾速的变化。英国封建社会不断分崩离析,封建贵族日渐衰败没落,资本主义开始萌芽兴起,新生的资产阶级日渐发展、壮大。在资产阶级新生力量的鼎力支持下,王权得到了巩固,社会获得了稳定,国力得到了加强。1588 年,英国海军战胜当时不可一世的西班牙"无敌舰队",建立了海上霸权,英国统治者从此大力进行海外扩

张和侵略，疯狂抢夺他国资源，进行资本主义原始积累。与此同时，英国实行"圈地运动"，把大批农民从他们赖以生存的土地上赶走，大兴羊毛工业。工商业的发展使英国迅速繁荣昌盛，并加速了资本主义的发展步伐。另一方面，英国实行宗教改革，伊丽莎白女王恢复新教，积极保护工商业，对文化采取宽容、开明的态度。这一切为英国跨入一个新的时代奠定了政治基础和经济基础。

在欧洲大陆文艺复兴运动的巨大影响下，在国内新兴资产阶级的强烈要求和推动下，文艺复兴运动终于登陆英伦三岛，对英国社会面貌，尤其是人的精神面貌，产生了不可估量的影响。不论是其政治、经济、文化、宗教、伦理道德，还是其文学、艺术、科学，都发生了前所未有的变化。在诸多变化中，人的思想观念变化可谓最大、最显著且最具影响力，对加速英国封建社会的解体和资本主义社会的崛起，起到了巨大的推动作用。

同欧洲大陆的文艺复兴一样，英国文艺复兴的精髓也是人文主义。人文主义既是文艺复兴的象征，也是文艺复兴时期的主要思潮。它是新兴资产阶级的思想体系，其思想核心是资产阶级个人主义，其理论基础是资产阶级的人性论。人文主义者竭力赞美"人性"，贬抑"神性"，提倡"人权"，否定"神权"。从漫长而黑暗的中世纪走过来，英国人无不感到封建思想对人性来说是一种巨大的桎梏，无不体会到神权至高无上、威严无比，无不尝受到神权对人权的严重践踏，无不领略到僵化腐朽的统治对追求自由、幸福的压制和迫害。生活在这样的时代，人们对人性、人权和人文思想尤其渴望。因此，文艺复兴不仅是英国民族的期待，而且也是英国民族的希望。这一思潮适时地登陆英伦三岛，为英国人文主义思想的发展提供了强大的动力和支持。

"人文主义"一词是中世纪从拉丁语的 humanitas，studia humanitatis 逐步演变而来的，不过很晚才出现，直到 19 世纪人们才把崇尚文艺复兴的思想称为人文主义。而"人文主义者"一词则出现较早，流行于 15 世纪，意指教授人文学科知识的教师或接受世俗教育的人。其实，在文艺复兴时期，凡是崇尚古典文化、研究古代学术的人都被称为人文主义者。然而，崇尚古典文化和研究古代学术只是人文主义者的活动形式，而非人文主义者的思想。人文主义思想具有一系列鲜明的特征，譬如：宣扬以人为本、以人为中心，反对神主宰一切；主张个性解放，尊重人权，反对封建神学禁锢，盲目信神；提倡个人奋斗，颂扬英雄史观，反对封建等级制度和贵族特权；追求人生幸福、快乐，反对消极悲观、禁欲寡欢；反对蒙昧主义和传统陈腐观念以及提倡科学、崇尚真理等等。这些思想也就是人文主义的思想内容。由于这些特征都是反封建、反教会的，因此反封建和反教会便成为人文主义的精神实质。这无疑是英国封建制度衰亡、资本主义兴起的重要原因。

英国文艺复兴时期，许多领域都涌现了一大批人文主义者。在英国文坛，崇尚进步、先进的人文主义思想的作家更是不胜枚举，因为作家向来是对时代的变化最为敏感、对新思想最乐意接受、对民族的渴望最善于表现的一个群体。在这些充满人文主义思想的作家中，托马斯·莫尔、埃德蒙·斯宾塞、菲利普·锡德尼、威廉·莎士比亚等可谓是杰出代表。尤其是莎士比亚，他不仅是英国，而且是欧洲乃至全世界人文主义者的出色代表。

托马斯·莫尔是 15 世纪末到 16 世纪上半叶，即英国文艺复兴第一阶段最杰出的人文主义思想家和最伟大的作家。在英国文艺复兴初期，研究古希腊、古罗马哲学和文学成为当时人们趋之若鹜的时尚。莫尔是领导这一时尚的弄潮儿之一。他试图从古典文学和哲学中寻觅智慧，丰富自己的人文主义思想。莫尔不仅反对封建统治和宗法专制，而且痛恨人剥削人的制度，崇尚人人平等、人人自由的理念，渴望理想而正义的社会，追求乌托邦式的社会主义。莫尔的空想社会主义成为其人文主义思想的典型特征，具有丰富的理想主义乌托邦精神。它引导和激励了一大批人追求真理、维护正义、造福人民，极大地丰富了英国人文主义思想的内涵，同时还极大地推进了人类社会的历史进程。莫尔的空想社会主义后来成为科学社会主义思想的直接来源之一，为人类的思想发展做出了重要贡献。

埃德蒙·斯宾塞是英国文艺复兴时期最杰出的诗人，其创作思想十分丰富，既有古典浪漫思想、英国民族情感，又有人文主义思想和浓

郁的人文情怀。他热爱生活，热爱自然；追求自由，追求幸福；渴望爱情，渴望冒险。他善于通过诗歌的形式，化解文学作品中惯常出现的肉体与精神的对立、情感与理想的冲突以及人文主义与基督教思想的矛盾，并将它们完美地融为一体。他坚持不懈地追求爱情，追求真、善、美，几乎到了至高至纯的境界。斯宾塞的诗抒情优美，叙事卓越，被誉为"诗人中的诗人"，从一定意义上讲，他的诗歌创作把伊丽莎白女王时代的英国诗歌推向了繁荣。

菲利普·锡德尼是个多才多艺的人文主义诗人、散文家、诗歌批评家，他毕生反对禁欲主义，大胆而热烈地追求爱情、快乐和幸福，视人文主义为自己的人生理念。他坚信，艺术不仅能够培养人的优美情感，陶冶人的高尚情操，而且具有重要的教育作用。充满这些人文主义思想的《诗辩》是锡德尼美学思想和诗歌创作理论的集中体现，通常被认为是英国人文主义文学的宣言，同时也是近代英国最重要的文学批评文献之一。他的创作思想和创作手法对莎士比亚、斯宾塞等人都产生了直接影响。

威廉·莎士比亚是英国无可争议的最伟大的作家，其诗歌和戏剧充满了强烈的人文主义思想。他的作品生动地反映了 16 世纪至 17 世纪的英国现实，集中代表了整个欧洲文艺复兴的文学成就，为世界读者传诵不辍。人文主义是他创作思想的灵魂和精髓。莎士比亚反对封建统治，痛斥腐朽与黑暗；他鞭挞权权，笔伐君权神授的思想；他认为人类为宇宙的精华和万物的灵长；他讴歌民主、人性和爱情；他颂扬民族主义和爱国主义。他的作品是一曲又一曲人文主义的颂歌，既是现实生活的再现，又是对美好生活的讴歌，同时也是对各种罪恶的无情讽刺和批判，表现出爱憎分明的人生观和世界观。他的作品是英国文艺复兴繁荣时期的巅峰之作，无人可及，无人可比。他鲜明的人文主义思想随着他的不朽作品世代相传，亘古常青。

无论是莫尔、斯宾塞、锡德尼，还是莎士比亚，他们都在文艺复兴中利用自己的文学作品，积极弘扬人文主义思想，带领人们从封建社会走向资本主义，从盲信上帝走向张扬人性，从愚昧走向文明，从禁欲走向大胆地追求爱情和幸福，促使人们的思想经历了一次彻底的解放，为资本主义在英国的快速发展奠定了坚实的思想基础。

第 一 节

托马斯·莫尔：空想社会主义思想家

托马斯·莫尔(Thomas More，1478－1535)是英国文艺复兴时期杰出的人文主义者，具有先进的人文主义思想。他反对封建专制统治，仇视私有制，憎恨统治者对内百般聚敛、巧取豪夺、搜刮民脂民膏，对外穷兵黩武、四处侵略，反对封建社会盛行的禁欲观念和神权思想，倡导人性关怀，提倡以人为本，追求民主自由，享受人生快乐。在封建统治者看来，这些都是大逆不道的新兴资产阶级思想，是文艺复兴时期人文主义者的共同特征。莫尔之所以能够卓尔不群，其形象经过漫长的历史岁月依然鲜活地印刻在世人的脑海里，是缘于其作品具有持久的魅力和旺盛的生命力，即使经过了数百年的考验，这些作品仍然不失现实意义，对世人具有重要的启发和警世作用，可谓经典。而莫尔之所以能够创作出这些经典作品，完全得益于他的一系列惊世骇俗、超越时代的先进思想。这个思想概括起来便是乌托邦社会主义，即空想社会主义。

乌托邦是人类对美好社会的憧憬，乌托邦社会主义是莫尔思想意识中最美好的社会体制。在这种体制里，没有剥削，没有压迫，人没有贵贱之分，大家相互平等；社会倡导以人为本，和谐共处，每个人都有追求爱情和自由的权利，同时还提倡信仰自由、宗教自由等等。在其经典之作《乌托邦》(Utopia，1516)中，莫尔仔细地阐释了自己的空想社会主义思想，清晰地展现了他的治国策、人性观、宗教观等。

托马斯·莫尔生活的年代正值英国文艺复兴伊始。此时，英国封建制度已经穷途末路，种种分崩离析的现象昭然若揭。而新兴的资本主义关系犹如襁褓中的婴儿，正挣扎着呱呱坠地。新老制度交替之时，新旧思想、新旧理念、新旧态度等摩擦不断，冲突不止，分庭抗礼，互不相让。封建主义死而不僵、腐败堕落、昏庸黑暗，种种封建余毒仍在侵

蚀众生和社会的机体,已完全演变成扼杀人性、阻碍时代进步的绊脚石。与此同时,资本主义正在忙于原始积累,不择手段地建立和壮大自己的力量,其残酷性已初露端倪,制造了一幕幕血腥的惨剧。在这个旧体制仍没有消亡、新体制尚未建立的交替时代,社会新旧矛盾如犬牙交错,民众苦不堪言。新兴的贵族和资产阶级,为了自身利益的需要,与国王沆瀣一气,充当统治者的工具,想方设法搜刮民脂民膏。亨利七世与其儿子亨利八世横征暴敛,广大民众生活在水深火热之中,民不聊生,苦不堪言。社会笼罩在一片黑暗之中。

另一方面,英国的人文主义者纷纷把目光转向古希腊罗马文化,汲取古典文化的养料,从中寻找思想与方法,解决现实矛盾和问题。托马斯·莫尔是崇尚古典文化的英国人文主义者的代表。莫尔十分崇拜柏拉图(公元前 427—前 347),对其哲学思想百读不厌。柏拉图是西方哲学史、思想史乃至整个人类文化史上影响深远的"人类的导师",被奉为人类有史以来最伟大的天才、人类思想的发源地,是人类文化中一切最好的、最重要的东西的源泉。

柏拉图试图为人类的发展找到一条思想的坦途,为人类社会绘制出一幅美丽的画卷。他的这种思想尽显于他的震古烁今的名著《理想国》之中。这部传世之作的思想精髓是要实施一项制度,根本性地取消统治阶级的私有制,取消家庭,实行共产、共住、共餐、共妻制度。这显然是想象中的一种理想的社会制度,是典型的空想社会主义。尽管这种想象在两千多年前纯属海客谈瀛,只是空中楼阁而已,但柏拉图在人类历史上第一次对私有制进行了认真的思考、无情的批判,并提出了消灭私有制的诸多策略。可以说,他所设计的理想国是人类史上出现的第一个乌托邦,正如 C·沃伦·霍利斯特在《西方传统的根源》[①]中所说,它就像一尊大卫雕像一样,尽管是冰冷僵硬的,却是伟大不朽的。长期以来,这一思想吸引了一代又一代人,这其中就包括托马斯·莫尔。他在柏拉图的《理想国》的直接影响下形成了自己的空想社会主义思想。

当然,莫尔并非机械地照搬柏拉图的思想,而是在此基础上进一步发展和完善了他的思想,并结合英国文艺复兴时期的现状,创造性地提出了自己的空想社会主义思想。莫尔认为,要想实现社会公平,必须要消灭私有制,这是导致一切社会罪恶的根源。他在《乌托邦》第一部分结尾处集中讨论了私有制的种种弊端,对英国的社会制度进行了无情的批判,为他随后描绘理想的社会制度提供了有力的依据。这部分是该书的重点,不论是在政治上、文学上、还是在逻辑上,它都具有里程碑的意义。

消灭私有制是莫尔空想社会主义思想的核心内容之一。他在《乌托邦》中指出:"我深信,如不彻底废除私有制,产品不能公开分配,人类不可能获得幸福。私有制存在一天,人类中的绝大部分也是最优秀的一部分,将始终背上沉重而甩不掉的贫困灾难的担子"(第44页)。②莫尔认为,在私有制社会中,既没正义可言,又无公平可信,每个人都在处心积虑地聚敛钱财。社会财富因此集中在少数人手里,广大民众依然穷困潦倒。社会财富分配严重失衡,社会矛盾日趋尖锐。莫尔认为,要建立社会秩序、营造社会和谐,必须消灭私有制,推行全体公民的公有制。在这个乌托邦社会里,全体公民实现公有制,共产、共餐、共妻,每位公民"各尽所能,按需分配"。在这里,没有城乡差别,大家都是劳动者,每个人都必须劳动,坚决杜绝寄生虫式生活。这些思想对傅立叶影响甚深。

在空想的社会主义体制中,莫尔设想国家实行元老院制度。元老院是国家的最高权力机关,掌管着国家的财富。全体官员由公民选举产生,下级官员(摄护格郎格)由家长选举产生,高级官员(特郎尼菩尔及总督)由摄护格郎格选举产生。国家实行高度的民主政治。国家的一切重要决议,都必须由全民公决。然而,莫尔时代的英国,其政治现状是官员一律由上级任免,其制度专制而又专横,与乌托邦中民主的选举管理制度形成了鲜明的反差。莫尔设计空想社会主义制度,实际上是对英国当时的社会制度的巨大失望和坚决否定。《乌托邦》中的这些民主思想,在当时是十分先进的。它突出万物以人为本的理念。莫尔大胆提出主权在民的主张,对英国乃至整个欧洲的文艺复兴运动、启蒙运动以及民主制度的诞生产生了十分积极而又重要的影响。

"政权来自人民"是莫尔民权思想的精髓,是主权在民主思想中的朴素体现。广大人民群众有权根据自己的主张选举和罢黜各级执政

者。即便是国家最高领导人,即"哲学家皇帝",如果他鱼肉百姓、虐待人民、实行暴政、腐败无能,人民也可以将其罢黜。这是近代资产阶级民权思想的雏形。为了进一步探索民权思想的优秀性,莫尔将封建社会君主政体和共和制政体进行比较,发现共和制具有君主制无法比拟的优势。在君主制里,国王永远是国王,至死不变。两种制度孰优孰劣,一目了然。莫尔设想出这样的民主政体,显然表明他对英国当时的封建统治都铎王朝怀有强烈的不满,他的著作是对人类历史政治制度的可贵探索,也是他的治国策略的精髓,充分展示了他的空想社会主义思想的先进性和科学性。

在乌托邦社会中,没有产品交换,没有货币,人们视金钱为粪土。阶级在这里也是不存在的,虽然尚有奴隶存在,但数量有限,而且都是罪犯和战俘。在教育问题上,所有儿童都公平地接受教育;在妇女地位问题上,妇女虽然隶属男人,但在接受教育、选举、行使宗教职责、服役、学术研究等重要方面,与男人享受着平等的地位和待遇。莫尔在《乌托邦》中阐释的这些民主治国思想,在 16 世纪的英国,是远远超越其时代的,其思想水平当时无人企及,人们只能高山仰止,无法望其项背。

《乌托邦》写于 1515 年。当时,莫尔奉命出使荷兰的法兰德斯,调解英国和荷兰之间发生的羊毛和呢绒贸易冲突。在履行使命的闲暇之中,他写成了这本具有鲜明政治和社会文献性质的著作。该书原名为"Nowhere"(乌有乡),1516 年印刷时改为《乌托邦》。该书名由希腊语"乌"和"托帮斯"构成,意义是"虚无缥缈的地方"。我国近代启蒙主义思想家、杰出的翻译家严复先生将之译为"乌托邦",从此此词在我国流传开来,成为"空想社会主义"的代名词。③

莫尔在空想社会主义理论中,不但设计了理想社会的政治、经济制度,而且还提出了和这一制度相适应的熠熠生辉的思想。这些思想既涵盖他对伦理道德的理解,又涉及他对人生快乐的思索,是他人文主义思想重要的组成部分。莫尔正是为了谋求世人幸福,才苦心设计乌托邦这个美妙的国度。因此,他的人性观在人类伦理思想的发展史上也占据着重要的位置。

"万物以人为本"是文艺复兴时期人文主义思想的精华,人文主义者向普天下芸芸众生不遗余力地宣传的也正是这个以"人"为中心的理念。伟大的人文主义者但丁明确指出:"人的高贵超过了天使的高贵。"人文主义之父彼得拉克也说:"属于人的那种光荣对我就够了。这是我乞求的一切,我自己是凡人,我只要求凡人的幸福。"①人文主义者薄伽丘也对人的本性予以了充分的肯定和尊重。

人是自然的产物,而非上帝所造。作为自然之人,当然具有自然之本性和特征。耳之于声,目之于色,鼻之于味,口之于食,这些都是人的感官的自然满足。饮食男女,喜怒哀乐,也是人的自然特征。人的这些自然便是所谓的人性。天下众生应顺其人性而为之,顺其自然而行之,如此才能获得人生的快乐和至福。这是文艺复兴时期人文主义者对于人的最基本的看法,是他们伦理观的本质,也是他们行为处事的信条。这种伦理观肯定并鼓励普天大众积极追求、充分享受这一自然生活。这与封建统治者利用宗教的名义剥夺人们的幸福与快乐形成了鲜明的对比。

什么样的生活才是自然的生活呢? 莫尔通过乌托邦人坦言,所谓自然生活就是舒适快乐的生活,一种人们自然而然喜欢的身心愉悦的活动或状态,这是人生一切行为的根本和目的,也是人生意义之所在。莫尔在《乌托邦》中指出:"一个人如不千方百计地追求快乐,便是愚蠢的……如果某人一生过着不快乐的日子,即是说,潦倒不堪,而死后并不因此得到任何酬报,这怎能谈得上好处呢?"为此,他号召人们享受由快乐构成的幸福,享受幸福是至善的道德行为。"幸福至善论"因此成为莫尔人性论的核心思想。

莫尔认为,追求幸福和享受幸福是人生的目的,幸福可以至善。这种幸福包括精神快乐和身体快乐两个层面。"属于精神的,他们(乌托邦人)认为有理智以及从默察真理所获得的喜悦。此外还有对过去美满生活的惬意回忆和对未来幸福的期待"。这种快乐源于人的睿智,来自于对人生的感悟和对真理的探索,产生于对幸福的理解和创造;同时还衍生于敦品厉行的道德实践和对高尚生活的自我实践,是"一切快乐中的第一位的、最重要的"。对幸福和快乐的这种认识和追求,极大地丰富了莫尔的人性观,使人们清晰而又正确地认识到了人性的本质,对文艺复兴时期尊重人性、弘扬人性起到了很好的推动作用。这是莫尔道德思想的重要特征。

一个人的精神快乐是十分丰富的,既包括读书、听音乐、观赏艺术作品等一般意义上的精神活动,又包括高尚的道德行为带来的精神愉悦。此外,劳动在帮助人们走向富裕、繁荣的同时,也能使人们获得尘世幸福、尽享人生快乐。劳动在丰富人生的过程中起着十分重要的作用。对劳动所持有的这种新的乐观主义态度,是莫尔伦理道德思想的又一重要特征。

莫尔还深信,理性能够促使和激励人们生活在天伦之乐中,促使人们根据与生俱来的友爱精神帮助他人也过着这样快乐的生活。相互支持、共同帮助、彼此关心,共享酸甜苦辣,特别是安慰他人,减轻他人的痛苦,帮助他人摆脱悲观失望的情绪,使他人重新感受到生活的美好与快乐,这是人所固有的最高美德,是人性中璀璨夺目的闪亮点,是一种高尚的快乐。"当我们回忆起从我们这里得过好处的人对我们怀有友爱和善意,我们心头所产生的愉快,远非我们的肉体快乐所能比得上的"。

值得注意的是,乌托邦人高尚的人性论几乎都以理性为基础,并从理性的角度加以论证。莫尔认为,如果没有理性的制约,人的快乐行为必然失控,人们很有可能坠入堕落的深渊。乌托邦人认为自己的伦理道德是最合理的,因为它既有助于人的身心健康,又有益于整个社会,有益于社会中的每个人。更重要的是,乌托邦人认为这种伦理道德最符合人的天性,符合人的自然本质。而人的自然本质就是要响应自然的召唤,而不是逆自然规律而行之,这样才符合人性。这是资产阶级人性论的雏形,是人文主义者观察、分析和阐释社会伦理道德问题的理论基础。这种崭新的人性论受到了新兴的资产阶级的热烈追捧。莫尔将这种鲜明的人性思想揉进自己的空想社会主义思想体系中,成为他的乌托邦思想的又一重要特征。

关于身体快乐,莫尔认为有两种。一种是人能充分感觉到的鲜明的愉快,另一种是在于身体的安静及和谐。所谓鲜明的快乐是指人的感官和肉体欲望的满足,如饮食排泄、男欢女爱、搔痒抓痛。这种感官

和欲望的满足,能够使人体处于一种和谐健康的状态,而身体的健康在莫尔看来是最重要的肉体快乐,是其他肉体快乐的基础和条件。莫尔认为,感官欲望本身就是人的一种健康的标志,否则,人的肌体必然出现问题。显然,莫尔不是一个禁欲主义者。他认为,斯多葛学派倡导的禁欲是对人的天性和本能的扼杀,违背自然的规律,也悖逆社会的和谐。从表面上看,乌托邦好像存在禁欲主义思想。然而,这种思想同中世纪修道院的禁欲主义不可同日而语。基督教奉行原罪说,认为人必须穷尽欲望,劳苦一生,荡尽铅华,洗净罪恶,以求上帝的宽恕。这种观点显然有悖于人的自然本性,是一种非理性行为。莫尔反对非理性的禁欲主义,反对非理性的苦行僧式的克己生活。乌托邦人绝非是要禁欲。当然,他们同时认为,人也不能纵欲。纵欲也是一种非理性行为,有害于身体。而凡夫俗子们往往难以克制自己,常常纵情于声色犬马或杯盘酒盏之中。莫尔认为,人生在世,应该有理智地禁欲,有节制地满足身体的需求,这样才能始终享有健康的体魄和愉快的心情,才能营造幸福的家庭生活,才能构建和谐的社会。这是莫尔理想的社会中的伦理道德观念,是他人性观的重要内容之一。

安静与和谐是身体快乐的另一种表现形式,同饥渴者强烈的口腹之欲相比,看似不甚明显,但它是健康的根本条件和保障。安逸和谐,心平气和,泰然处世,是身体快乐的更高表现形式,对肌体和心智都大有裨益。只有安静舒适,才能尽情享受健康,而有了健康的体魄,反过来又可以促使人类进一步享受人生的快乐。莫尔认为,热爱生命、拥有健康,是一个人的义务,也是一个人的责任,是一个人幸福与否的关键。只有幸福快乐,人生才能多姿多彩,才富有价值和意义。如果生活中唯有痛苦和悲伤,那是枉度人生。倘若如此,倒不如选择死亡,结束痛苦的人生。他指出,活着是一个人的自由,选择死亡也是一个人的权利,别人无权干涉。

莫尔的人性论具有鲜明的独创性。他在平等友爱的基础上,从社会的变革中探究出了一条符合人性和自然的伦理道德之途径。在他的心目中,一切有悖于公众利益的行为都是不道德的。蔑视劳动人民,让少数富人过着骄奢淫荡的生活,都是不道德的,更是不合理的。而私有

制是导致这种社会存在的重要原因。因此,莫尔认为,若想建立完美的伦理道德体系,树立值得人们尊敬的合理的社会道德,在社会中弘扬自然的人性,那么私有制必须铲除,只有这样的国家才能称得上"不仅是最美好的,而且也是唯一最美的国家,它才有权能够被称得上国家。"⑤

以伦理道德为基石的莫尔人性论,在当时的历史条件下,不能不说是一种十分开明的思想,是对人性的尊重,是人类文明的一种进步。这种符合人的天性的伦理思想自然受到人道主义者的拥护,对基督教的伦理道德观当然也是一个巨大的冲击和挑战。在同道德的伪善者们进行的较量中,莫尔的成就显著,为建立文艺复兴时期英国人文主义者的人性论做出了不可磨灭的贡献。

莫尔的乌托邦社会思想不仅体现在他的治国策和人性观里面,而且还表现在他的宗教思想中。他的宗教思想是他构建空想社会主义的基石之一,也是他建设和谐社会、保障社会稳定的重要措施。

16世纪的欧洲发生了一场声势浩大的宗教改革运动,震动了整个欧洲大陆。这场振聋发聩的改革始于德国,由德国宗教改革领袖、路德教派创始人马丁·路德发起。1527年10月31日,路德发表《关于赎罪券效能的辩论》,即著名的《九十五条论纲》。1520年又连续发表被称为宗教改革三大论著的《致德意志贵族公开信》、《教会被囚于巴比伦》以及《基督徒的自由》,对罗马教廷神权存在的种种腐败、专横、掠夺,对罗马天主教刻板僵死的圣礼制度进行了猛烈的抨击,得到了世人的一片欢呼。一场宗教改革迅速席卷欧洲,永久终结了罗马天主教会超越国界对欧洲进行的封建神权统治。路德的宗教改革为欧洲新兴的资产阶级提供了锐利的武器,对包括莫尔在内的人文主义者的宗教思想产生了积极而深远的影响。

西欧宗教改革风起云涌的16世纪二、三十年代,也是莫尔35年文艺生涯的最后阶段,是他与西欧宗教改革运动休戚相关的时期。根据L·A·舒斯特的划分,1500—1520年为莫尔文艺运动的人道主义时期,而此后的10年为神学时期。这10年间,莫尔全力以赴地投入到与新教改革派的论战之中,著书立说达百万字之多。

笼统地说,莫尔的宗教观,可以用他的《乌托邦》中的一句话加以阐述，即"灵魂是永存的，它是根据上帝的恩慈，为了幸福而诞生的，升天后，我们将由于做了好事而受到奖赏，也将因为干了坏事而遭到惩罚"。莫尔传记的权威作者奥西诺夫斯基指出，"这实质上就是乌托邦人的全部宗教信念。"⑥ 莫尔正是从宗教中吸取了一切必要的东西，以证明自己的人道主义思想。莫尔认为，宗教必须同社会利益和理性相吻合。纯理性主义在乌托邦人宗教中意义非凡，人们通常把理智的声音视为上帝的声音。而认识世界的过程，其本身就获得了神许。他们祈求上帝，如果人世间能够存在更好的社会制度和宗教，就请上帝引导他们去认识它。根据乌托邦的宗教，上帝是尘世万物的起因。这种宗教和天主教与嗣后的新教是大相径庭的。莫尔指出，灵魂是永恒的，是受上帝的恩慈，是为了幸福而诞生的，在其主人辞世后，他将因德而赏，因孽而罚。这也是乌托邦人的宗教信念。莫尔借此表达自己的人文主义思想，这也是他认为最理智、最符合社会利益的伦理道德思想。

莫尔还主张宗教信仰自由。每个乌托邦人都可以根据自己的喜好，信仰不同的宗教。这种开明的宗教信仰态度是一种十分先进的思想。乌托邦人尽管可以信奉不同的宗教，但每个人必须遵守全社会的道德准则和政治信条，即莫尔认为的人类一切高尚的道德：仁爱慈祥，个人利益服从社会利益，不同教派和睦相处，不许相互倾轧等。若要做到这一点，必须相信灵魂是永恒的。同时，尽管乌托邦人信仰千差万别，但他们都相信只有一个至高无上的神，这个神可能称谓不同，但都是自然本身。因此，神和上帝是自然，服从神就是服从自然，听命于理性。上帝即自然，而自然的意志就是理性的意志。莫尔的这种宗教信仰自由、理性对待宗教的思想，与中世纪宗教的偏执狭隘、相互排斥倾轧，形成了鲜明的对比，体现了人们当时罕见的思想高度和宽容态度，是近代人文思想的核心，是人类文明的又一大进步。

前文指出，当时的欧洲宗教改革波澜壮阔，而英国在改革伊始并不赞同马丁·路德的宗教改革主张，莫尔也竭力反对新教学说。但后来亨利八世改弦易辙，积极支持和推动国内的宗教改革，莫尔则依然坚决反对，结果触怒了国王，于 1635 年被处死。为什么在英国实行宗教改革之前，莫尔极力批判宗教的种种黑暗现象，并一再呼吁对天主教会进

行改革,而当改革真正到来时,他又为何改变态度,坚决反对呢？是不是他的宗教观发生了变化？

莫尔的宗教思想其实并没有发生变化。他是一个虔诚的教徒。当看到天主教教会内部弊端种种、神职人员腐败堕落、天主教的教义受到肆意践踏时,莫尔十分痛恨,并对此无情批判。不过,他要革除的是教会的这些弊端,而非天主教。另一方面,理性是莫尔人文主义思想的一个显著特征。他反对新教改革,是因为他担心教派会发生分裂、冲突,社会可能会产生骚乱、动荡,他的社会改革理想因此可能难以实现。他所做的是革新教会,给传统教会赋予新的活力,而不是彻底推翻天主教会。他反对新教改革,是希望改革理性、有序进行,而不是用一种极端的宗教去替代原有的宗教。莫尔认为,新教是对文艺复兴的叛逆,是中世纪非理性思想的重现,它不是进步,而是一种倒退,是一种反动行为。

莫尔的言行似乎表明他同路德的宗教思想大相径庭。实际上,莫尔同路德的思想并无多大分歧。作为基督教人文主义者的莫尔倡导的是温和的、理性的宗教改良。一方面,他不遗余力地大量翻译、研究、出版古希腊罗马典籍、《圣经》及古代教父的著作；另一方面,他无情揭露教会中存在的种种黑幕,抨击天主教会,促使天主教从其内部进行自我改革。显然,莫尔奉行的是一种温和的、渐进式的改良政策,而马丁·路德推崇的却是突进式的改革,是一种改朝换代式的革命性变化。两者思想相近,只是表达思想的方式相左。

毋庸置疑,托马斯·莫尔的《乌托邦》表现出的思想,尽管带有很多空想成分,在当时难以实现,但它毕竟为人类发展找到了一条崭新的道路,直到18世纪法国资产阶级革命为止,人类社会主义思想史上还没有一部堪与这部巨著相媲美的作品。因此,托马斯·莫尔是远远超越自己时代的伟大的思想家,完全称得上是空想社会主义的鼻祖,为人类文明发展做出了重要贡献。

19世纪法国空想社会主义思想家埃蒂耶纳·卡贝对《乌托邦》进行了高度评价,指出:"这本书是人类第一部描述公产制度如何运用于一个国家、而且是一个庞大的国家的著述,它依靠独立的理性思考,对伦理学、哲学和政治学作了重大的发展。在我看来,乌托邦的一些基本原则是人类智慧最伟大的进步,对人类未来的命运也做出了最伟大的贡献。"⑦

第二节

埃德蒙·斯宾塞:秩序与和谐的倡导者

　　文艺复兴时期,英国戏剧空前繁荣,而英国诗歌同样是花团锦簇,百花盛开。在长长的诗人名单中,埃德蒙·斯宾塞(Edmund Spenser,1552？-1599)卓尔不群。他继承乔叟开创的清新、高雅的英国诗歌传统,并予以发扬和创新,创造出形式完整、流畅优美的"斯宾塞体诗节"(the Spenserian stanza),对英国诗歌产生了巨大影响,被誉为"诗人的诗人",成为英国文学史上与莎士比亚、乔叟和弥尔顿齐名的四大诗人之一。然而,长期以来人们对斯宾塞的研究与其杰出的成就并不相称,在我国这种情况尤为突出。究其原因,不是斯宾塞不值得研究,也不是因为斯宾塞是一个无足轻重的三流诗人,可能是因为他与伟大的莎士比亚出生于同一个时代,他的才华和成就在莎士比亚灿烂而辉煌的成就面前显得有些黯然。这是斯宾塞的不幸,而作为后人我们对他研究乏力则更加重了他的悲哀。其实,斯宾塞对英国诗歌所做出的杰出贡献,在诗歌中表现出的种种人文主义进步思想,同样是震撼人心的,同样值得我们进行深入、仔细的研究。

　　斯宾塞的人文主义思想是由他的宇宙观、人生观和真、善、美等种种丰富的思想构成的。他认为,广袤的宇宙存在着一种秩序和规律,使得宇宙处于一种和谐的状态,人类世界必须建立在这种和谐之中才能有序、健康地发展,人与自然只有保持一种契合与和谐,才能相安共处。斯宾塞是英国文艺复兴时期秩序与和谐的积极倡导者。斯宾塞还热衷于真、善、美的追求,他借助古希腊思想家柏拉图极力追求爱与美的思想,形成了一种"新柏拉图主义",即追求美、歌颂美、颂扬人性美。与此同时,他创造性地发扬了柏拉图主义,形成了一种适合他所生活的社会

71

和时代发展要求的新的道德思想体系,体现出鲜明的时代性。这一道德思想体系的核心便是以人为本,以歌颂人性美为主要内容,同时批判封建道德观念,突出了人的价值,讴歌了人的伟大,彰显了鲜明的人文主义思想。

斯宾塞毕业于剑桥大学。这段时间的学习对他人生观、世界观、宗教思想及诗歌创作影响甚深。在剑桥,他与著名的人文主义学者布里埃尔·哈维成为莫逆之交,并深受其人文主义思想的影响,同时又结识了文艺复兴时期另一位重要诗人——哈维的外甥菲利普·锡德尼,并和锡德尼等人组成了文学社团"诗法社",积极探讨和开展诗歌创作。当时的剑桥大学盛行基督教新教思想,排斥罗马天主教。斯宾塞受其影响,头脑中形成了浓厚的清教主义思想,拥护英国国教。这一宗教思想对他嗣后的诗歌创作影响甚深。

同时,斯宾塞在剑桥大学读书期间深受古希腊哲学家柏拉图和亚里士多德的影响,谙熟古希腊、罗马、意大利、法国等国的诗歌,善于用文艺复兴时期的新柏拉图主义和人文主义观点,阐释人生和社会,宣传爱国主义思想,提倡自我道德完善,追求真善美。作为一名新教徒,一位新柏拉图主义者,斯宾塞非常关注伦理道德问题,在宇宙观、爱情观等方面都有自己独到的见解,在人生、社会、道德等方面都进行了深刻的思考。这些见解和思考在其诗歌作品中——如《牧人日历》(*The Shepherd's Calendar*,1579)、《爱情小调》(*Amoretti*,1591,1595)、《仙后》(*The Faerie Queen*,1589-1596)等——都一一得到了鲜活的体现,丰富了诗歌的内涵和思想内容,使诗歌作品具有鲜明的人文主义特征。

在斯宾塞看来,诗歌是行星般的音乐⑧,不仅富有优美的音乐性,悦耳动听,而且还具有宇宙和谐的天体音乐的特质,诗歌与宇宙之间存在着某种密不可分的关系。宇宙与自然在文艺复兴时期的英国常常是互相称谓,彼此指涉,而模仿自然则是英国文艺复兴时期诗歌创作的一个重要倾向,也是斯宾塞诗歌创作的一个重要手法。宇宙中万物并存,各自按照自己的规律和运动轨迹并行不悖,和谐相处。秩序与和谐便成为宇宙或自然永存的根本。人类必须依托宇宙的秩序与和谐,模仿建立自己的秩序与和谐。不论何时,不论在什么朝代,也不论是什么国家,建立和确保和谐的秩序都是必不可少的,是社会的现实需要。作为人文主义思想代表的斯宾塞在诗歌创作中反复表现的正是这种秩序与和谐的重要思想。而斯宾塞这一思想的形成在很大程度上与柏拉图和菲利普·锡德尼(Sir Philip Sidney,1554－1586)的影响不无关系。

浩瀚宇宙,世间万物,处处体现出秩序、和谐与美丽。宇宙是自然创造而存在的,人与宇宙具有很多的相似性,人在一定意义上便是一种小宇宙,同样具有秩序、和谐和美丽。斯宾塞认为,人通过理性世界对宇宙产生感应,以宇宙的精神世界作为自己的归宿。而认识宇宙便是认识自我,人与宇宙的关系是人天对应的关系,是小宇宙与大宇宙的关系。这种对理性的追求,对更高精神境界的向往,带有一定的基督教神学色彩,在斯宾塞的思想中占有重要的位置。

这种宇宙观以及大小宇宙、天地对应的关系在斯宾塞的诗歌中通过诸多意象得到了生动的诠释。“金链”便是其中之一。斯宾塞在《仙后》第一卷中就用这样的意象赞美主人公亚瑟王子:“美丽的金链啊,你把各品德/以爱的方式相互连接在一起”(第九章第一节)。金链的意象寓意十二种品德,集中体现在亚瑟王子身上,暗示他是品德高尚、形象完美的象征。《仙后》原计划写成十二卷,每一卷描写一位仙国骑士,每一位骑士代表着一种品德,通过他们的一言一行,塑造人类的十二种品德。在第三卷,代表节制的该恩爵士与代表贞洁的布利托玛因误会发生冲突,经过亚瑟王子调解,两者尽释前嫌,使节制和贞洁两种品德完美地结合在一起。“亚瑟王子也融入这样的和睦,连接在那条和谐的金链上面”。在这种和睦的氛围中,他们缔结了深厚的友谊。而“友谊”在希腊文中原意指的就是“爱”。因此,爱把各种品德连成一条金光闪闪的“金链”,结成了人间的和谐。

斯宾塞通过“金链”的意象表达了建立人间和谐的理念,不仅反映了他对宇宙和谐、社会秩序和人间友爱的人文主义者的渴望,同时还包含了他丰富的道德思想。这一思想通过亚瑟王子很好地展现了出来。王子通过每一卷故事,帮助每一位骑士,解救他们于危难之中,成功地维护了他们所代表的道德,使他们都具有高尚的品德,可谓是人之精灵,王子是斯宾塞不懈追求的理想人物的化身。而亚瑟王子同仙后的

结合,更是美与美的结合。亚瑟王子犹如一条金链,把《仙后》十二部分有机地联系起来,使之形成一个和谐的整体,构建了一个完美的世界。

"金链"的意象表现了诗人内在的美学思想。以"金链"代表整体,以每一节链子代表个体,个体与个体环环相连,形成了一个坚实的整体,构成了一幅和谐而又美丽的画面。这种个体与整体的和谐关系是世间万物和谐的基础,是社会和谐发展的必要条件,是包括文艺复兴时代人文主义思想者在内的所有渴望社会进步者的共同追求,体现了斯宾塞深刻的哲学思考,表现了斯宾塞对宇宙万物的深刻而又敏锐的洞察。斯宾塞的这些理念在他的优美诗篇中演绎得栩栩如生。他的作品是部分与整体完美结合的优秀典范。正如前文所述,《仙后》中十二种美德合在一起,构成了完美的整体。这种个体与整体的关系在《牧人日历》中也表现得相当成功。该诗由十二首牧歌组成,每一首牧歌与一年十二个月中的某一月相对应。十二个月构成一年,形成春夏秋冬,组成一个完整的轮回。它既有季节变化,又有不同的人类活动,既表现上帝造物的多元性和丰富性,又体现人类生活的多姿多彩。而无论是季节的不同,还是人类活动的迥异,最终趋向的都是各部分的统一与整体的完美。日历上的十二个月犹如"金链"上一个个不同的链条,呈现出多元性,而人处在链条的不同位置并展开纷繁的活动,表现出生活的多姿多彩。这种个体与整体的完美统一形成了宇宙的和谐,构成了人间的秩序,是斯宾塞宇宙观的核心。宇宙整体与部分的关系,从哲学层面讲,实质上是精神世界与物质世界的关系。这两种不同世界的体验人都拥有。人能够运用物质世界中的诗歌艺术形式展现精神世界,展现宇宙观,展现物质世界与精神世界的联系。"金链"就是展现这些内容的重要的诗歌意象。斯宾塞把人放在"金链"的中心位置,因为人将物质世界和精神世界融入自己灵与肉的单一实体中,成为沟通尘世与天国的重要桥梁。斯宾塞对人如此重视,将此地位提高到如此高度,对此价值如此肯定,颠覆了中世纪以"神"为中心的世界观,集中体现了斯宾塞进步的人文主义思想。

如果说斯宾塞借用"金链"的意象表达秩序、和谐的美学思想,那么"圆"则是他用来展示完美和永恒的另一重要意象,是他宇宙观的另一表现形式。"圆"无始无终,无所不包,具有容纳万物的特质,是完美的代表,永恒的象征。地球是圆的,宇宙据信也是圆的,圆可以进行无穷无尽的运动,周而复始,是人世间死亡或再生的最好表现形式。生与死,死与生,生生不息,万物绵延不断,构成了一个无穷的循环,达到了至善至美的境界。在《仙后》中,斯宾塞便利用"圆"的意象或圆形运动表现完美性。全诗的谋篇布局首先就显示了这种特点。全诗记述十二位骑士以仙国为中心,受仙后派遣外出铲除妖魔,保障天下太平。他们历经千山万水,遭遇重重危险,顺利完成任务后,各自又回到仙后的宫廷,形成了一个以仙后为中心的完美的循环或曰圆形运动,秩序井然,和谐默契。

然而,斯宾塞认为,这种循环往复的圆形运动并不是简单而又机械的复始运动。在他看来,每次运动都是在前一次运动的基础上在更高、更完美的层面上运动,直至永恒。在《仙后》第三卷第六章中,斯宾塞描写了阿多尼斯花园中具有变化和永恒双重性质的"老守护神"。他给"赤裸裸的婴儿"穿上永恒的"形式"衣服,然后送他们出去旅行,穿越圆形的生命之路。那些穿上这类衣服的婴儿,"再次进入富于变化的世界,直到重返他们当初的出生地,像一个车轮,从老到新旋转不已"(第33节)。这些婴儿在像车轮一样旋转时,他们的外表和形式不断发生变化,变得更加完美,而且通过他们内在的实质通向永恒。这种通向永恒的变化是斯宾塞通过《仙后》表现的重要思想,也是他对事物运行规律的独特认识,是他对和谐与完美的哲理性的解读。

此外,时间观也是斯宾塞思想的重要内容。时间在斯宾塞看来呈现出多维的特质,既有宇宙时间,也有现实时间,彼此可以随心所欲地加以转化。正是由于时间的这种灵活性,斯宾塞在《仙后》中把历史、传说、神话与现实揉为一体,相互交织,不断转换,从而使其叙述时间异常丰富,十分灵活,既模糊了历史与现实的界限,又淡化了想象与真实的区别,使现实中的人仿佛置身于历史一般,而虚幻的世界犹如现实世界一样。在这部鸿篇巨作中,诗人采用倒叙、时间错置等不同手段,将不同时间、不同地点的人物,如英雄人物亚瑟王子、16世纪英格兰的红十字骑士、神秘仙国的女王、文艺复兴时期的伊丽莎白女王、没有任何确

定时间的月亮女神戴安娜、爱神维纳斯以及许多其他神祇和仙国人物，全部置于《仙后》之中，相互指涉，彼此借代，演绎了一个又一个多维时间里的动人故事，把斯宾塞的创作思想诠释得淋漓尽致。在斯宾塞看来，天使代表宇宙时间，传播着上帝的博爱，体现了上帝的神性。在《仙后》第二卷第八章中，诗人描写了这样一位天使。他金光闪闪，洁白如玉，英俊潇洒，具有永恒的青春，时刻焕发着青春的朝气，将上帝的博爱播撒人间。这位天使无疑是上帝神性的体现。而具有这种神圣之爱和神性的，在诗篇中还有其他诸多天使，如月神戴安娜、爱神维纳斯、美慧女神等。戴安娜是纯洁的化身、神圣之爱的代表、精神之爱的象征，是斯宾塞理想中完美女性的最高代表。而代表世俗之爱的维纳斯，也是美的使者、爱的象征，是斯宾塞完美女性的又一代表。这两位分别代表精神之爱和世俗之爱的天使，构成了斯宾塞理想中的完美女性的完整含义。更重要的是，她们的美都超越了现实时间（或曰物理时间）的限制，体现了具有浓郁人文主义思想的斯宾塞对人性美的崇高期待，通过她们永恒性的特质，表达了将这种美永驻人间的盼望。

斯宾塞还通过《仙国》中的维纳斯形象，栩栩如生地表现了自己的和谐理念，歌颂了和谐和自然之美。她和自己的美慧三女神居住的尘世乐园，青山碧水，鸟语花香，四季常青，同伊甸园毫无二致。维纳斯在美慧三女神和裸体侍女一层又一层的包围中，伴随着悠扬动听的牧笛，犹如千姿百态的美丽蝴蝶一般翩翩起舞，简直就是一幅极其美丽动人的风景画。画面里，一切显得那么自然、和谐，音乐、舞蹈，还有那圆圆的载歌载舞的阵形，无不表现出和谐之美。而美慧之神又是"谦恭有礼"的代表。彬彬有礼、待人谦和是建立和谐人际关系的基础。斯宾塞将这诸多和谐构建的境界同维纳斯和三女神融为一体，展示了这种和谐美、自然美、人性美的永恒性，表现了斯宾塞的审美情趣和美学追求，同时也是他对和谐社会的憧憬。

天使代表着永恒的时间、不朽的美德，具有这种特质的天使或天使般的人物在《仙后》中还有许多，如神圣之宫的女主人凯丽娅的三个女儿。她们分别代表着基督教的三大美德：信仰、希望和博爱，而作为其母亲的凯丽娅则集这三种美德于一身，更是美德的典范，集众美于一身。她的完美以及她三个女儿天使般的特质,是斯宾塞对美好人生的向往,是对她们所代表的人性的大力颂扬。

仙国跨越无限的时空而永恒,仙国里的天使表现出完美的品德而不朽。斯宾塞通过这种永恒和不朽表现自己对美与和谐的理解,阐释了自己的美学思想。为了突显这种美与和谐,斯宾塞还在《仙后》中描写了天空与地狱对应,描写了地狱中的种种邪恶,描写了天堂与地狱之间的善恶大战、美丑之争。正义与邪恶的战斗、美与丑的对决,构成了仙国生活的重要内容,而惩恶扬善、除暴安良便成为仙国弘扬的主旋律。显然,《仙后》是一部跨越时空界限的善恶交战史,不论是在个人还是在社会生活中,抑或是在宗教领域,善恶之战都是此起彼伏、惊心动魄的。个人美德与邪恶诱惑,社会正义与丑恶,英国国教与罗马天主教,它们相互较量,互相斗争,使得《仙后》成为一部波澜壮阔的宏伟史诗,充分展现了诗人的正义感。

这种惊心动魄的善恶之战是伊丽莎白时代英国社会现实的忠实反映。当时的英国工业发展迅猛,对外贸易发达,伊丽莎白女王开明,社会繁荣。然而,斯宾塞清晰地看到了在英国社会逐渐强大和繁荣的表象背后,正涌动着许许多多的矛盾和冲突,英国国教与天主教的博弈,失去土地的农民与地主的冲突,资产阶级支持的王朝与封建领主的较量,西班牙的虎视眈眈,英国殖民地爱尔兰局势的动荡不安,再加上贫富差距越来越大,社会伦理道德每况愈下,人性堕落,道德沦丧,社会处于一种浑浊、动荡甚至无序的状态。《仙后》通过善恶之争所要表现的正是这种社会现实。诗人试图表明,神圣的力量要战胜混乱、无序的邪恶力量,创造出有序、和谐的现实。在现实中引领这场斗争的便是伊丽莎白女王。斯宾塞刻画的仙后形象,在很大程度上是指涉伊丽莎白女王。在她的领导下,英国经历着一场又一场人妖大战,善恶斗争。诗人希望这位人间的仙后能够结束英国混乱、动荡、无序的状态,带领她的"天使"们营造一个黄金时代,开辟一个和谐的新纪元,创造一个和谐的人间天堂。这是斯宾塞这部史诗所蕴藏的丰富的治国理念。

繁荣与安宁背后掩藏着风风雨雨。伊丽莎白时代的这一社会特征,除了在《仙后》中得到清晰的表现之外,斯宾塞在《牧人日历》中又进

一步作了表述和阐释。虽然与史诗《仙后》相比，《牧人日历》不是鸿篇巨作，与《爱情小调》相比，也不是那么情意绵绵，但是它却最逼真地反映了社会现实，最准确地把握了伊丽莎白时代生活的脉搏，最透彻地表现了斯宾塞对这一现实的思考，具有很强的时代意识。《牧人日历》探讨了许多重要的社会和政治问题，是认识伊丽莎白时代生活的一部重要文献，寄托着诗人对理想社会的强烈憧憬，是斯宾塞和谐思想的又一佐证。

在这首诗中，斯宾塞采用隐喻的手法，影射英国危机重重，不和谐成了社会的突出特征。斯宾塞通过主人公狄根和霍比诺尔之口描写了当时社会上广泛存在的两种不同的态度。霍比诺尔认为，社会按照自身的规律发展，社会的存在是这种规律发展的结果。社会中有阶级之分，每个人都隶属于某个特定的阶级，应该安于自己所处阶级中的位置，不能逾越等级结构之雷池，即便遇到种种不公，也应该学会忍耐，因为他坚信只有忍耐才能与矛盾重重的社会和平共处。忍受种种社会的不公，是冥冥之中一种不可知力量的安排，是上帝的旨意，是上帝对人的意志的考验。简言之，隶属于什么阶级，承受何种生活，是命中注定的，不可更改的，那些遭受不公和苦难之人，唯有忍耐和接受，才能避免更大的灾难和不幸。显然，这是一种逆来顺受的思想。这种思想却受到了狄根的猛烈批评。他认为，人的命运并非上帝安排的，社会中的阶级差别也不是与生俱来的，而是人生造成的，是人的社会实践活动酿造的。统治阶级和权势人物为了自己的利益，使用各种方法，采用各种借口，盘剥公民百姓，迫使百姓难以生存。狄根认为，贫苦大众若想改变这种现状，唯一的办法就是奋起反抗，积极争取自己的权利，大刀阔斧地进行改革，铲除种种不合理的社会现象，只有这样才能把命运掌握在自己的手里，避免悲剧的一再发生。显然，这是一种比较积极的态度。斯宾塞通过这两种迥然各异的思想冲突，在诗中比较含蓄地表明，自己拥护这种积极的态度。他指出，社会矛盾层出不穷，社会改革势在必行，这是谁也逆转不了的社会潮流。他认为，改革的目的就是要解决种种社会问题，建立起和谐的社会秩序，以保障社会在良性的状态下有序发展。这是斯宾塞通过该诗含蓄而又委婉地表达出的治国思想。

其实,这种和谐与秩序的思想通过该诗的结构便可一览无余。这首仿照罗马诗人维吉尔写成的田园诗作共有 12 篇,每篇正好对应一年中的一个月份,对应得非常贴切,显得井然有序。作品以淳朴和谐的乡村生活为主要内容,热情赞美了人与自然的默契、和谐和融合。可以说,该诗的结构与思想得到了高度的统一,使斯宾塞的思想更加清晰地彰显出来。

作为一名人文主义者,斯宾塞同莎士比亚一样,也认为追求爱情幸福是上帝赋予人类的最基本的权利之一,是人性的本能反应和自然追求,崇尚爱情和婚姻自由就是崇尚人性,崇尚真、善、美。斯宾塞的这种爱情观是他"新柏拉图主义"思想的具体体现,这在他的诗歌作品,尤其是《爱情小调》中,表现得淋漓尽致。《爱情小调》共有 88 首短诗,全部是用十四行诗体写成,结构工整,形式完美,富有韵律,朗朗上口,具有鲜明的主题思想,即爱情不朽。该诗集是斯宾塞献给爱妻伊丽莎白·博伊尔的结婚礼物,记录了他向妻子求婚、恋爱的全部过程,是他们爱情最忠实、最真诚的记载。文艺复兴时期盛行一种新的思想,即人们认为诗歌能使真、善、美不朽,使爱情永恒。

莎士比亚的十四行诗如此,斯宾塞的《爱情小调》也是一样。斯宾塞在诗中同样热情讴歌了美好的爱情。在第 75 首中,诗人写道:"死亡虽能把全世界征服,/我们的爱情却会使生命不枯。"这是《爱情小调》诗集中一首著名佳作中的两行。诗人摄取了一个情人幽会的场景。在海浪拍岸的海边,诗人将恋人的名字写在沙滩上,海水随即将之冲掉,诗人再写,海水又将之冲刷。毫不气馁的诗人反复地写,恋人劝他别再徒劳,因为她知道自己将腐烂如秋草,她的名字也将化为乌有。然而,诗人依然坚持不懈,因为他深信:"我的诗篇会使你的品德永留,""我们的爱情却会使生命不枯。"诗人在这里热情讴歌了心灵之美和纯洁爱情两个主题,坚信心灵之美将永驻人间,纯洁爱情将超越死亡成为不朽。

美是千百年来无数文人墨客吟诵的主题。然而,如何既不落俗套又独具匠心地描写美,却并非易事。斯宾塞的这首诗可称得上是一首难得的上乘之作。它将恋人的美貌描述得真真切切,细致入微,动人心弦。诗人起笔就热情赞叹恋人的容貌之美:闪光的金发随风飘逸,红润

的脸颊像盛开的玫瑰,明亮的双眸含情脉脉,真是风情万种。接着,诗人又描绘了恋人的仪态之美。"当她嫣然一笑,驱散了遮蔽她光彩的矜持云团。"这是何等的夺人之魅力啊!她的嫣然一笑竟能令乌云散尽、天地生辉。这倾城之美貌,令人心旷神怡,足以摄人心魄。然而,这种美丽还未到极致。诗人又进一步指出,恋人那无可比拟的绝美之处是当她轻启朱唇"吐露出聪颖智慧的言辞,表达着欢愉温柔的情意"。这是全诗的高潮之处。值得一提的是,诗人并不是简单地停留于对花容月貌的描写和赞美上,而是通过细致的观察,认真思索,进一步探索外在美之后的内在美,表现美丽的心灵、高尚的人格和优美的品德。可以说,全诗的最后两句"余者皆为造化神工,唯此方是心灵妙曲"构成了全诗的点睛之笔。这首诗优美瑰丽,意象连连,如"玫瑰吐艳"、"满载珠宝的航船,白似珍珠、红若宝石的齿唇"等,令人遐想不已,让人回味无穷。诗人赞美娇艳的容颜,歌颂美丽的心灵,使全诗充满了很高的意境,令人赏心悦目。该诗再次生动地体现了斯宾塞毕生坚守的理念:"美丽的全部所在,在于秉性的美好。"同时,该诗也清晰地表明了诗人对美产生的这样的认识:外在美令人动心,而内在美则更令人动情,更具有永恒的魅力。没有内在美的映衬,外在美只是一个躯壳的表象,难以长时间传递美的感受,唯有心灵美和容貌美相辅相成、相得益彰,才能给人留下不灭的印象。这可以说是斯宾塞通过该诗对美所表现出的深刻领悟。

这种外表和内在之美的完美结合在第 15 首诗中表现得更加直接、突出。诗人先是用色彩斑斓的比喻和真挚热烈的感情赞美爱人的美貌,然后笔锋一转,盛赞爱人心灵的美德。这种美胜过光芒四射的宝石,是任何金银财宝都无法比拟的。

瞧吧,全世界的一切珍宝,
都包含在我的爱人身上:
要蓝宝石,她的眼睛蓝得彻底,
要红宝石,她的嘴唇红艳无双,
……

但是最美的却无人知道：
她的心，那里有千种美德闪耀。

　　像文艺复兴时期其他的人文主义诗人一样，斯宾塞既肯定肉体之美，更崇尚心灵之美。在他的心目中，一个完美的形象应该是一个实实在在的、有血有肉的人，她既拥有形体之美，又具有高尚之品德；既立足于尘世，又是一种象征。斯宾塞肯定肉体之美、肉体之爱，是对封建宗教社会倡导禁欲主义的一个有力回击。当然，他肯定肉体之美，并非提倡放纵本能，而是将这种禁欲置于理性的支配之下，将这种爱同高尚的心灵美结合起来，这样才能上升为真正的爱。也只有这样的爱才能永存，才会具有永恒的魅力。斯宾塞着力表现和追求的正是这样一种理想的爱、永恒的美。斯宾塞的爱既是世俗之爱，又是被柏拉图化和基督教化的神圣之爱，更是两种爱的结合。而这种爱的结合又以婚姻为神圣目的，从而使爱情走向永恒。斯宾塞强调把纯洁的爱引向神圣的婚姻，通过婚姻繁衍后代，子子孙孙，永不熄灭，这样可以不停地维系人类的存在，创造出永恒。而且，婚姻是灵与肉的神圣结合，是人文主义者不懈追求的理想，是最能体现人性需求的形式之一。这些思想在文艺复兴时期具有广泛的代表性，集中体现了人文主义者斯宾塞的爱情观和婚姻观。

　　在封建社会中，在基督教的教义里，肉体和精神历来被分割开来，感情与理想互为冲突，人文主义与基督教思想尖锐对立。斯宾塞通过自己的诗篇完美地将两者结合起来，积极肯定了人类追求世俗爱情的愿望，奏出了一曲又一曲男女爱情的优美乐章，并将世俗婚姻看做是通向天国与永恒的重要途径，拓宽了爱情诗的主题领域，开创了英国文学史上基督教人文主义的先河。这是斯宾塞对英国诗歌做出的又一重要贡献。

　　在英国诗歌史上，斯宾塞是公认的伟大诗人。他的伟大在于他发明的斯宾塞诗体，在于他创作的不朽诗篇《仙后》、《牧人日历》、《爱情小调》等，在于他先进的人文主义思想，在于他对诗歌的独特理解。他在诗歌中表现出的诸多思想，如宇宙观和爱情观等等，在文艺复兴时期都

具有鲜明的时代特征、典型的人文主义特征。他在作品中表现出的秩序与和谐的思想,更是表现了他对理想社会的期盼。这一切对同时代及后世英国诗人的创作思想都产生了重要影响。

第 三 节

菲利普·锡德尼:诗学思想家

英国文艺复兴时期,文学的繁荣不仅表现在戏剧上,也体现在诗歌方面。从 16 世纪末到 17 世纪初,英国诗歌创作呈现出百花齐放、花团锦簇的繁荣局面,展现了丰富的人文主义思想。而开创这一诗歌繁荣局面的则是被伊丽莎白女王称为王冠上最璀璨之明珠的菲利普·锡德尼爵士,一位具有超凡脱俗的气质的诗人。长期以来,锡德尼受人敬重的原因并非是他的诗歌创作,而是因为他对英国诗歌发展产生重要影响的诗学思想。这些思想集中体现在他的不朽之作《诗辩》(*The Defence of Poesie*,又名 *An Apologie for Poetrie*,1595)之中。这篇论文是英国人文主义文学的宣言,开创了近代英国文学批评的先河,菲利普·锡德尼也因此被奉为英国文学史上第一位重要的诗学思想家。

美学以艺术为研究对象。亚里士多德为诗人辩护、创立"诗学"以后,美学便一直在探讨艺术的真理和价值,《诗辩》因此成为西方美学的重要组成部分。英国文艺复兴时期的文学继承和发扬了古希腊美学以现实世界为研究主体的传统,聚焦现实世界和现实生活,崇尚自然美,歌颂人体美和人性美,主张艺术反映客观现实生活,强调艺术对美的创造。作为文艺复兴时期重要的人文主义诗人和文学评论家,锡德尼摆脱中世纪基督教神学的思想,为诗辩护,阐释文艺与现实的关系,阐述自己的诗学思想。他认为,文艺创作既要模仿客观自然,又要抒发主观感情;既要继承和发扬古典文艺传统,又要推陈出新,不断创造;既要强调道德教化和理性作用,又不要压制感性快乐和世俗幸福等等。锡德尼的这一文艺思想显然具有强烈的反封建、反神学色彩。它尊重客观世界,尊重自然,尊重人,尊重人追求道德完善和快乐幸福的权利。这些观点构成了锡德尼诗学思想的精髓。

锡德尼的诗学思想深受古希腊、古罗马哲学家柏拉图、亚里士多德、贺拉斯等人的影响,同这些思想家探讨的艺术与现实、艺术对社会之作用这一西方文艺理论有着密切的关系。在《诗辩》中,锡德尼广泛融汇了他们的文艺思想。锡德尼的诗学思想在很大程度上可以说是这些思想和观念的结晶。

首先对锡德尼的诗学思想产生影响的是柏拉图的文艺理论。柏拉图是西方哲学和文艺理论的鼻祖之一,人们普遍认为,整个西方哲学只是他的理论的一个注脚而已。讨论诗学理论,不提柏拉图是不完整的。柏拉图认为,神祇在文艺创作中扮演着重要角色。根据他的观点,诗人是依附于神祇而存在的,并从神祇那里获取灵感和力量从事创作。诗人的创作过程就是这种神灵启示附身的过程,这种启示再同诗人的灵魂融为一体,进入一种神圣的境界,在这种启示下诗人才能创作出优美感人的诗篇。没有神灵的启发,便不可能有优美的诗篇问世,伟大的诗人也不可能产生。因此,来自神祇的这种灵感是诗歌创作的关键,是判断诗歌是否具有艺术魅力的重要元素。柏拉图认为,灵感源于上帝,通过文艺女神缪斯传递给诗人。神启的灵感是文艺创作的源泉,是文艺作品的魅力所在,是吸引读者的重要原因。柏拉图强调,艺术必须真实,必须与模仿的对象一致。在柏拉图看来,诗歌的灵感比其创作技巧更为重要,决定一首诗成败的是诗中闪烁的熠熠生辉的灵感之光,而不是整齐完美的结构或娴熟过人的技巧。柏拉图的神启是其理念的重要内容。根据他的观点,所谓的理念存在于客观世界之外,存在于人心之外,是冥冥之中某种不可知的神秘东西,看不见,摸不着,由上帝创造而成。理念是真实的,而世间万物只不过是理念的幻影,唯有理念美才是真正的美。柏拉图的理念说既是其哲学思想的核心,又是其美学和文艺理论的基石。柏拉图的神启论,对锡德尼的诗学思想产生了重要影响。这一论点同下文即将阐述的亚里士多德的"模仿说"和贺拉斯提出的诗歌应该"寓教于乐"的诗艺思想,共同孕育了锡德尼诗学思想的雏形。

此外，对锡德尼产生影响的是柏拉图的学生亚里士多德的"模仿说"。亚里士多德在其重要的美学著作《诗学》中阐述了文艺和生活的关系。他认为，现实世界是文艺的蓝本，文艺是对现实世界的模仿，通过观察，认识艺术，反映现实中具有普遍意义的事物。亚里士多德认为，文学艺术的创作过程是一种"模仿"过程，模仿自然，模仿现实，模仿"行动中的人"，模仿现实的人生。诗歌也不例外。诗歌创作必须采取这种临摹的方式。亚里士多德的这一文艺思想在古希腊时期十分盛行，对古典美学影响甚深，对锡德尼也是启发甚大。锡德尼在这一影响下提出诗歌是"模仿"艺术的思想。

人天生具有一种模仿的本能，十分善于模仿。在亚里士多德看来，所有文学艺术都是一种"模仿"艺术。艺术家通过模仿生活创作艺术作品，观众模仿舞台上的演员，表演各种不同的动作，展示自己的喜怒哀乐。人类成长的过程在一定程度上就是模仿、认知、再模仿、再认知的过程，从而推动世界向更新、更高、更完美的阶段发展。"模仿"作为一种艺术手段，渗透到了西方文化的各个角落，构成了西方文艺美学的重要内容。需要说明的是，亚里士多德这里使用的"模仿"基本上是就诗学而言。

锡德尼认真研究、比较柏拉图和亚里士多德的思想，从中汲取有益的养料，丰富自己的诗学思想。通过比较，他发现，在亚里士多德看来，艺术是客观真理的直接表现，是自然的再现，是自然的摹本，但这种模仿又不是对生活的机械刻录，而是通过个别表现一般、通过特殊表现普遍，从而揭示生活的内在本质。这种模仿可以说源于自然，但又高于自然。然而，锡德尼发现，柏拉图的观点与此恰好相反。柏拉图认为，艺术必须低于自然。对于亚里士多德来说，艺术可能是理想化的自然，是对自然的色彩和形态的描述。作为一种手段，"模仿"帮助艺术展现了自然及其规律。艺术必须忠实于自然，忠实于生活。在模仿的逼真性方面，锡德尼通过对比发现，亚里士多德与柏拉图所持观点大相径庭。不过，亚里士多德又发展了柏拉图的思想。他认为，"模仿"是一种手段，更多的是要在模仿中进行创造，创造是艺术的灵魂。因此，亚里士多德并不重视细节的逼真，而是强调发掘事物内在的普遍真理，强调模仿中的创造性。

锡德尼还对比了柏拉图与亚里士多德的认识论。柏拉图认为,世间万物由神主宰,而亚里士多德则认为,万物之主是人,而非神。亚里士多德对人的价值的充分认识和肯定,与柏拉图的思想相比,是人类史上认识论的一大进步。亚里士多德的这些思想得到了锡德尼的积极认同。锡德尼认为,诗歌不仅仅是对自然的模仿、对现实的阐释,而且是高于自然、高于现实的一种艺术再现,是一种再创造。换句话说,诗中的自然是高于现实的自然,诗中的现实是超出我们生活的现实。他创作《诗辩》的主要目的是要表明,诗歌作为认知世界的一种形式,可以帮助人们更好地了解自然、认识现实世界。

贺拉斯是一位重要的文艺批评家和诗人,他对锡德尼诗学思想产生的重要影响仅次于亚里士多德。他在自己的诗体信简《诗艺》(*Arts Poetica*)里集中讨论了自己的诗意论、诗法论、诗人论。作为古典主义的奠基人,贺拉斯奉行古典主义诗学原则,主张以古希腊的文艺为典范,学习和借鉴古希腊文学。这个观点是其古典主义诗学的精髓。贺拉斯借鉴亚里士多德的"模仿论",强调文艺要模仿古典的原则,不论是在题材、语言,还是在格律方面,都要继承和发展古典文艺。《诗艺》曾经被看做是对《诗学》的评论。贺拉斯和亚里士多德一样,主张诗人要深入生活,从生活中汲取养料。贺拉斯同时提出艺术创作的"得体"原则。这是他为艺术创作从内容到形式确立的具体原则。所谓"得体"是指艺术上要协调一致,得体恰当,合情合理,符合艺术规律,符合观众审美心理。文艺的"得体"或曰"合理"是贺拉斯对艺术形式的要求,语言要符合身份,性格要切合年龄,人物要吻合传统。这种思想同古希腊的诗学美学传统一脉相承。此外,他还认为文艺必须高贵优雅,文艺应该表现文艺者的高贵事业。他对高贵的要求被新古典主义吸纳和发展,对文艺的"雅"、"俗"之分产生了重要影响。

贺拉斯诗艺思想中还有一个重要内容,即诗歌应该具有"寓教于乐"的社会动能。诗歌是人类从蒙昧走向文明的良师益友。贺拉斯深谙诗歌对社会所具有的这种积极作用,同时注意到诗歌模仿现实和人生的特点与规律,因此提出"寓教于乐"的诗艺思想。他认为,诗歌应该

给读者带来乐趣,使读者受益,诗人的创作应该给人以快感,对生活有所帮助。所谓"寓教于乐",就是既劝谕读者,又娱乐读者,这样才能赢得读者,使读者在娱乐中受益。这一诗艺思想的精华是倡导诗歌应该是思想性与艺术性、趣味性的有机结合,在提供艺术享受的同时,必须承担教育、感化的作用。由此可见,"寓教于乐"的诗学理论描写了文艺的审美作用和认识作用及两者之间的逻辑关系。贺拉斯在《诗艺》中阐述的这些文艺思想,奠定了古典主义的理论基础,是对艺术模仿现实的肯定,是对艺术所具备的社会功能的认可,是对包括锡德尼在内的一大批文艺复兴时代、启蒙运动时期的作家及文艺评论家产生重要影响的永不枯竭的思想源泉。

显然,柏拉图、亚里士多德和贺拉斯的诗学理论是锡德尼诗学思想的直接理论源泉,对他形成完整的诗学思想体系产生了重要的帮助作用。这种影响首先体现在他对诗歌本身的认识上。在《诗辩》中,锡德尼一开篇就给诗定义道:"希腊人称诗人为普爱丁,而这个名字,因为是最优美的,已经流行于别的语言中了。这是从普德恩这字来的,它的意思是'创造'。在这里,我不知道是由于幸运,还是由于聪明,我们英国人也称他为创造者,这是和希腊人一致的。"⑨

锡德尼认为,诗人是"创造者",诗是一切人类学问中最古老、最原始的文艺形式,没有一个有学问的民族鄙弃它,也没有一个野蛮民族没有它,无论是罗马人还是希腊人,都认为诗是一种创造。诗歌之所以被称为诗歌,是因为其本身具有创造力,它与一个人的生活经历、道德素养、文化基础、生存环境关系密切,我们通常称之为原创性。锡德尼在《诗辩》一开始就给诗歌注下这样的定义,足以看出他对诗歌创造性或曰原创性的高度重视。

称创造性也好,叫原创性也罢,它们都离不开"创新"二字。锡德尼深知创新对诗歌创作意味着什么。诗歌的创新首先源于诗人的创作欲望和冲动,而能够触发诗人创作欲望的是神启,是来自上帝的灵感,这是柏拉图的诗学思想。锡德尼认为,依赖神启从事诗歌创作的诗人是预言家诗人。他称这类诗人创作出的诗为预言性诗。预言家诗人只是在上帝的直接启发下进行创作,诗人自己只是作为一种媒介,把这种启示传达给人间读者。这类预言性的诗歌庄重、神圣,令人肃然起敬,在锡德尼的心中占有重要的地位,如大卫创作的《诗篇》、所罗门创作的《雅歌》、《知道书》和《箴言》等。锡德尼的这一诗学观念可以说是柏拉图诗学思想影响的直接结果。

然而,锡德尼在此基础上又进一步发展了柏拉图的思想。他认为,激发诗人创作欲望并提高其创新能力的,除了神启之外,更多的是波澜壮阔、五彩缤纷的现实生活,从生活中获取创作灵感是诗歌创作的关键。锡德尼认为,通过这种途径进行诗歌创作的诗人称得上是创造者诗人,他们创作的诗歌源于生活,源于自己的头脑,而非来自上帝的启示。锡德尼认为,创造者诗人或许像预言家诗人一样,充满神圣的激情,但他却是自己诗歌的真正创造者。创造者诗人观察生活,了解生活,然后跳出生活来审视生活,创造出源于生活但又高于生活的诗歌作品,这样的诗歌作品才具有普遍意义,才具有新鲜、新意的效果,才能从审美的意义上慑服读者。新颖是诗歌作品的审美评价的一项重要标准,不能给读者以耳目一新之感的诗歌作品难以称得上是优秀的诗歌作品。这里所说的新颖就是创新的概念,是锡德尼倡导的创作者诗人进行创作的原创性思想的核心,是对柏拉图诗学思想的进一步拓展,它构成了锡德尼诗学思想的重要内容之一。

锡德尼认为,人与自然有着千丝万缕的联系,所有学问都与自然密切相关,但诗歌创作是一种较高的思维活动,具有自己的特点和性质。诗人不喜欢任何限制,而是追求驰骋的想象,进行无拘无束的创作,创造出的东西比自然孕育出的更好,或者创造出自然中没有的、全新的东西,如英雄、半人半神、独眼巨人库克罗普斯、喷火怪兽喀迈拉等等,创造出种种流芳百世的传统和神话。诗人通过创作,创造出自己的"金色世界",犹如上帝创造的伊甸园理想世界一样。在这个理想的"金色世界"里,诗人能够尽情抒发自己的灵感,展现现实世界。对锡德尼来说,诗歌创作要具有充分的自由,这样诗人才能超越现实生活的诸多限制,通过想象来探索和揭示万物中存在的普遍真理。

诗歌揭示事物的普遍真理,是锡德尼从亚里士多德那里继承而来的思想。在锡德尼看来,诗人是仅次于上帝的伟大的创造者。他认为,

普通人在许多方面都受制于自然,唯有诗人能够超越这种限制,创造出新生事物,缔造出优于现实世界的新的理想世界。自然孕育了人类,赋予人类以创造力,但诗人却能够超越自然,创作出超出自然的种种意象和形象。锡德尼认为,诗人创造的生活对读者影响甚深,人们会不自觉地模仿文学作品中的人物,模仿他们的言行举止、生活方式、思想观点等等。因此,锡德尼认为应该采用隐喻的方式。隐喻是形象比喻的语言,表达与字面意义不同的事物,使得比喻的本体和喻体能够完美融合,两者的意思可以相互关联,彼此转化。隐喻可以把抽象的事情变为具体,把精神变为物质。锡德尼因此认为,诗人比哲学家更容易使人理解,更受人欢迎,因为诗人创作的诗歌具体,而哲学抽象、晦涩。同历史学家相比,诗人的地位也是更高,因为诗歌具有普遍性,可以净化人的灵魂,而历史则具有局限性。在锡德尼看来,人间的一切学问都以传授德行为目的,而诗人最能启发德行。诗人可以发挥哲学家和历史学家的功能,用通俗易懂、简单明了的语言进行教育,传播知识。而以传播知识为主要功能的诗是锡德尼认定的三种诗歌形式中的第二种。

锡德尼的《诗辩》认为诗有三种,而第三种诗是为了教育和怡情作用而进行模仿的诗。他坚信,只有为了教育和怡情目的而创作出的诗歌,才称得上是最好的诗歌。锡德尼赞扬这种诗人才是真正的诗人。他认为,这类诗人"是真正为了教育和怡情而从事模仿的;而模仿却不是搬借过去、现在和将来实际存在的东西,而是在渊博见识的控制之下进入那种神明的思考,思考那可然的和当然的事物。"⑩

这种观点明显带有亚里士多德和贺拉斯影响的痕迹。亚里士多德认为艺术能够引导人认识生活,并给人带来快感。艺术既有审美价值,能提供美的享受,又具有道德教化作用。贺拉斯同亚里士多德一样,也强调文艺的教育作用,认为应该"寓教于乐"。贺拉斯强调创作诗歌的目的是教育、愉悦读者。这一点同柏拉图的观点截然相反。柏拉图认为诗只能起教诲作用,而娱乐性将破坏诗的教育性。在贺拉斯看来,诗既然具有教育、愉悦读者的作用,诗人应该加强人格修养,这样才能给读者提供优秀的精神食粮。锡德尼认同亚里士多德和贺拉斯的观点,认为诗歌既可以向读者传授知识,净化读者的灵魂,提高读者的品行,也可以娱乐读者,简言之,就是"寓教于乐"。锡德尼诗歌批评的重点从分析、模仿自然、社会和个人的言行举止,转向诗歌对读者所起的教育和娱乐作用。这是他对诗歌批评做出的重要贡献。

在这种诗学思想指导下,锡德尼在创作诗歌时时刻不忘教育、怡情和感化这三个要素。他指出,诗歌必须给人带来快乐,只有快乐的诗歌才能吸引读者,而只有当读者被吸引时,诗人才能通过诗歌的形式教育读者,向他们灌输正确的人生观、价值观和道德观。

在《诗辩》中,锡德尼还结合乔叟以后的英诗,分析了语言、词汇、语法等语言要素,提出了他对诗歌的认识和理解。文艺复兴时期的英国,诗歌创作空前繁荣,新诗不断涌现。与此同时,英语也在急速地发生变化。语言的变化对诗歌创作产生了重要影响,引起了许多人的关注和思考。在这些人中,锡德尼是一个突出的代表。他在《诗辩》中积极探索英语的诗性,从语言上探索英语诗歌的创作,为自己的诗学思想寻求根据和支持。因此,对英语特性的认识成为锡德尼诗学思想的重要组成部分,这对后人深入了解英国新诗的兴盛具有重要的指导意义。

所谓诗性,意指语言的诗歌品质,指语言在声音、节奏和意义上能够以特定的结构唤起人们的某种想象。诗歌拥有自己独特的语言,具有自己的特性,与日常生活语言大相径庭。这些特性使诗歌创作成为可能。到了锡德尼生活的时代,英语已走过中古时期,正向现代时期发展。历史的演变带动语言的变化,使其更加简洁、丰富、完善。与此同时,英国社会和文化也在发生日新月异的变化,国家越发强大,英语的影响与日俱增。伴随英国对外侵略的不断扩大,海外殖民地越来越多,英语的世界性影响也越发明显。因此,历史的发展、时代的进步、国家的强盛是促成文艺复兴时期英语迅速发展的重要原因。

而语言的发展往往使其更优雅、更规范、更简洁明快、更富表现力。这一切变化在其语法、语音和词汇上往往都能体现出来,英语的诗性也随之得到不断加强。英语发展的简洁化帮助诗人摆脱了诸多束缚,尤其是繁琐的语法束缚,使其可以自由地运用英语语言,尽情地表达自己丰富的思想,有利于英语诗性最大限度的发挥。时代的发展还催生了许多新的英语词汇,使英语的词汇量迅速增加,而许多古老的词汇也增

添了新的含义。词汇量的增加和词汇含义的丰富,使诗人能够更加游刃有余地、准确地表达自己的思想。除了词汇的变化,英语语言也更加丰富,乐感更强,发音更富规律。这些词语、词汇和语音上的变化,无疑大大增强了英语语言的表现力,增强了英语诗歌的表现力,英语的诗性也随之增强。而诗性的加强必然带来诗歌的繁荣。英国文艺复兴时期诗歌的繁荣便证明了这一点。

作为具有丰富诗学思想的文艺批评家,锡德尼对英语诗性自然十分关注。他在《诗辩》中多次对此进行了论述,表明了对英语诗性的理解和认识。他对诗性的论述主要通过语法和词汇等展开。他首先肯定了英语语法的简洁性。简洁的语法使得诗人能够无拘无束地、正确地表达思想,而自由、正确地表达思想是使用语言的重要目的。英语诗歌之所以优美,与简洁的英语语法不无关系。锡德尼认为,简洁的语法是构成英语诗性美的重要元素之一。构成英语诗性美的另一重要元素是语音。锡德尼发现,英语的双元音在诗行里能够产生非常美妙动听的效果,大大地增强了诗歌的乐感,使得诗歌更易于朗读和背诵,更增强了诗歌的艺术魅力。锡德尼分析的构成诗性美的第三个元素是词汇。他认为,英语词汇拥有一个很大的优势,这就是它的构词法。这种构词法,一种是词与词的组合构成不同的词组,产生新的含义,增强了语言的表现力;另一种是通过词缀构词,产生了大量含义不同的词汇,也极大地丰富了英语的表现力,增强了英语的诗性。

锡德尼认为,英语的这些特点大大地增强了英语诗性,非常适合诗歌创作。在 16 世纪英国新诗刚出现时,锡德尼就如此敏感地注意到英语的诗性问题,这为他的诗学思想提供了理论支持。锡德尼对诗性的认识、对诗学思想的继承和发展,为英国诗歌创作提供了很好的理论基础,为英国诗歌的繁荣做出了重要贡献。

锡德尼生活在诗人辈出的文艺复兴时代,人们把 1580 年以后的这一时期称为"黄金时代"。锡德尼生活在这样一个诗歌创作繁荣兴盛的时代,不仅形成了自己丰富的诗学思想,而且还在这一思想指导下创作了许多作品。锡德尼一生共写了一百多首十四行诗,收入《爱星者和星星》(*Astrophel and Stella*,1580 - 1584)之中,他还写了长篇传奇《阿卡迪亚》(*Arcadia*,1593)、文论《诗辩》以及其他诗体的一些诗篇。其中，诗集、传奇和文论这三部分作品是他的传世之作，对英国文学产生了重要影响。《爱星者和星星》开创了英国十四行组诗的先河，斯宾塞和莎士比亚的十四行诗都是在他的影响下完成的。他的十四行诗秉承了意大利诗人彼特拉克的传统，同时又进行了革新，采用朴实无华、通俗易懂的语言，为英国诗歌注入了新的活力。《阿卡迪亚》是用散文和诗体写成的传奇，带有浓郁的田园牧歌色彩，开创了英国田园文学的先河，对英国小说的发展颇有影响。在《诗辩》中，他一直致力于为诗辩护，为诗正名，竭力批判诗歌是"谎言之母"之类的奇谈怪论，用优秀的诗歌作品教育人、娱乐人，培养人的高尚情操和优秀品德。《诗辩》的核心思想就是"诗人是创造者"，诗人给人们创造了一个金色的美好世界。锡德尼的诗语言朴实，节奏明快，韵律自然，感情炽热，风格雄浑。这些特点在他的短诗《公平交换》中展现无疑：

> 我的忠实情人占有我的心，
> 我也占有他的心，
> 我们两人公公平平
> 彼此以你心换我心，
> 我和他的心亲密无间，
> 他也不会失去我的心，
> 再也没有比这更好的交换。
> 我的忠实情人占有我的心，
> 我也占有他的心。
>
> 他的心在我体内
> 使他和我成为一体，
> 我的心在他体内
> 引导他的思想感官，
> 他爱我的心，因为以前原是他的，
> 我爱他的心，

　　因为他在我体内安眠；
　　我的忠实情人占有我的心，
　　我也占有他的心。

　　这是一首典型的爱情诗，情真意切，缠绵悱恻，主人公渴望用自己的心换取情人的心，和情人心心相印。在诗的一开始，主人公就坦言，她心非她心，而是情郎心，她和情郎互换了彼此的心，相互珍视，彼此真诚，两颗心亲密无间。她和情郎都用整个生命呵护、珍爱对方的心，"再也没有比这更好的交换"了。在第二节中，诗人写道，公平换心之后，她的心在情郎体中，情郎的心在她体内，彼此已经完全融合，难解难分。通过她在情郎体内的心，她影响他的思想，指引他的行动；而情郎通过在她体内的心，把他的思想感情融入她的体内，同她的喜怒哀乐化为一体，同呼吸，共命运，可谓你中有我，我中有你。这对有情人心心相印到如此地步，难分彼此，可以说是天下理想爱情的最佳典范，是每一对有情人渴望进入的最高情感境界，是文艺复兴时期具有人文主义思想和追求之男女冲破封建和宗教樊篱、大胆追求人类美好情感——爱情——的最佳例证。该诗以"心"为主要意象，不停地重复，反复强调，一再重申换心之后恋人之间你心知我心的美妙境界。全诗感情极其炽热，语言十分简朴，通篇充满了浓浓的爱情蜜意，几乎到了呼之欲出的地步。锡德尼通过该诗抒发了对理想爱情的向往，表达了对平等爱情的期盼，展现了超凡脱俗的爱情思想，具有柏拉图式爱情的影子。锡德尼赞美柏拉图这种高尚的精神之爱，但又不拘泥于柏拉图思想，而是同时提倡世俗爱情，反对禁欲主义。他认为，只有肉体之爱，爱情显得过于粗俗；而仅有精神之爱，爱情又显得过于空灵、虚无。只有两者结合起来，才构成美好爱情的全部含义，也只有这种爱情才最符合人性。锡德尼对爱情的理解和诠释，反映了他对人性的准确把握，体现了文艺复兴时代的爱情观。

　　锡德尼在《诗辩》中阐述的诗学思想是英国文学思想的组成部分，它虽然没有形成严密的美学体系，但对英国诗歌的发展产生了不可忽视的影响。它对基督教神学否定文艺的思想予以了沉重的打击，使诗学完全摆脱了神学的羁绊。《牛津英国文学史16世纪卷》指出,锡德尼的《诗辩》被公认为是德莱顿以前最好的文学批评文章,而且德莱顿也未必写过这样好的文章。这样的评价可谓恰如其分。

第四节

莎士比亚:人文主义思想的典范

卡尔·马克思曾经说过,在人类历史上,古希腊悲剧家埃斯库罗斯和英国戏剧家兼诗人莎士比亚,不论什么时代都是两位最伟大的天才。这一高度评价不论是对埃斯库罗斯还是对莎士比亚,都是名至实归,他们当之无愧。英国文学因为拥有了莎士比亚而赢得世人更多的尊敬,英国的文艺复兴更是因为拥有了莎士比亚、拥有莎士比亚创作出的一部又一部传世之作而繁荣兴旺。莎士比亚在作品中处处展现出的瑰丽的人文主义思想,已经成为英国文学思想宝库中光芒四射的瑰宝,成为人类文化遗产的重要内容,成为世人不断吸收人文主义思想的不竭的源泉。

长期以来,威廉·莎士比亚(William Shakespeare,1564－1616)一直被奉为文艺复兴"时代的灵魂",无数作家尊之为师,无数评论家视其为不朽,无数思想家把他看做是智慧的源泉,无数读者向他致敬。几百年来,人们对他的研究一直热情不减,研究成果浩如烟海。他成了世界文坛"说不尽的莎士比亚"。然而,繁荣的莎士比亚研究也存在着一些偏颇的现象。对于其出众的艺术才华和娴熟的创作技巧,人们无不叹为观止,交口称赞。对于其作品中熠熠生辉的人文主义思想,大家也是如数家珍,倍加珍视。然而,对于其哲学思想,人们却鲜有论述,或者说研究不足。有些人甚至武断地指出,莎士比亚是个没有哲学思想的人。更糟糕的是,这种思想并非现代产物,而是"古"已有之。早在19世纪40年代,德国的一些唯心主义哲学家就批评莎士比亚浅薄,缺乏系统的哲学思想。这种观点在一部分人头脑中还根深蒂固,直接影响了对莎

士比亚思想的研究。

其实,只要翻开莎士比亚的作品,细细读上几页,甚至几行,读者就可以发现,无论是戏剧还是诗歌,莎翁的作品无处不充满内涵隽永、发人深省的人生哲理。这些哲理无一不是莎士比亚哲学思想的具体表现,无一不是莎士比亚人文主义精神的高度概括。当然,莎士比亚毕竟是个文学家,而不是哲学家。因此,他不可能像哲学家那样,在作品中清晰、详细、系统地表达或论述自己的哲学思想。换言之,如果不对莎士比亚的作品进行认真的解读,读者有可能难以察觉作者的哲学思想。

应当指出,莎士比亚的作品是历史进程和社会发展的反映。莎士比亚是时代的一面镜子,而他的哲学思想则是英国文艺复兴时代的必然产物。英国的文艺复兴,如同欧洲的文艺复兴一样,是人类历史上一个辉煌的时代,是人类由愚昧落后走向文明进步的历史转折,是专制、黑暗的封建社会的终结,是民主自由的资本主义社会的开始。"伊丽莎白时代",社会歌舞升平、和谐安定;国民思想活跃,个性解放;古典文化不断复兴,世俗文化生机勃勃;科技发明层出不穷,经济发展日新月异;宗教改革如火如荼,旧思想、旧观念、旧的神学思想等等受到前所未有的冲击和挑战。这一切无不改变了人们在自然、历史、伦理等方面的哲学思考,促使人们自我意识不断觉醒、以理性替代盲目信仰,冷静、客观、科学地观察和思考时代、社会和人生。从某种意义上说,不断探索、积极认识客体和主体、认识人的价值,成为莎士比亚时代哲学的重要特征。而自然、社会和人生则构成了莎士比亚哲学思想所观照的重要内容。

自然观是哲人们对自然及其规律的总的认识,是一种科学的非主观臆想的认识。文艺复兴时期,人们的思想还没有从宗教的禁锢中解放出来,人们依然把上帝看做是世界万物的缔造者。上帝、自然和人构成了世界"生存的伟大链条"[①]。自然是上帝创造的产物,和谐有序。这些观点是典型的基督教神学思想,是十分主观的想象,严重影响了人们对客观世界的正确认识。然而,随着科学的进步,人们在对自然的不断探索中,知识越来越丰富,这种伪科学思想也越来越受到人们的质疑。人们发现,基督教想方设法采用这种自然观维护自己的统治。识破基督教真实意图的人文主义者不畏艰难,勇敢地冲出基督教思想的藩篱,展示了自己的自然观。莎士比亚等人文主义者怀抱的这种自然观从根本上动摇了基督教的神学思想,是人类思想认识的一大进步和飞跃。

这种新的自然观表现在诸多方面。首先是认识论。人们开始怀疑一切根深蒂固的思想,改用科学的眼光看待自然、认识世界。这种怀疑主义对于改变人的思维模式、启迪人的思想、推翻旧的神学思想,具有重要的作用。其次是相对论。人们开始从自然秩序中探索人类社会秩序。自然社会既有和谐融洽的一面,又有为了生存而残酷竞争的一面。自然的和谐是相对的,而对立和运动是绝对的。这种相对和绝对的统一构成了自然的本质。再者是泛神论,这是文艺复兴时期一股十分重要的思潮。泛神论来自于公元三世纪的新柏拉图主义。文艺复兴时期,新柏拉图主义广受瞩目,特别是其泛神论思想,与文艺复兴的时代要求十分吻合,因此迅速获得人们的呼应和拥戴。当时许多人文主义者都自觉接受了这种思想。作为时代灵魂的莎士比亚自然也不例外。莎士比亚之所以拥护泛神论,是因为作为一个人文主义者,他疏远上帝,接近自然。这种态度,其精神实质,同泛神论是没有什么区别的。莎士比亚不仅欣然接受泛神论的思想,而且还将之积极运用到自己的戏剧创作之中。此外便是因果论。文艺复兴时期,人在自然观方面取得的重大突破,便是用因果论取代了神学的目的论。作为一种方法论,因果论成为人们认识自然、了解自然的重要方法,同时也是认识社会现象的有效手段。许多人文主义者都积极运用这一方法阐释世间万象的变化,表现万物之间自成因果的关系。莎士比亚也深谙这种关系,并在自己的作品中不断予以演绎,揭示自然与社会的内在联系和本质,昭示万物发展的规律。莎士比亚在作品中向读者展示了大量令人折服的自然与人生哲理。这些哲理,这些警世名言,无不表明莎士比亚具有丰富的辩证法理念,无不说明莎士比亚具有令人折服的哲学思想。在这一思想体系中,自然观占据着重要位置。

与自然观同样重要的还有莎士比亚的历史观,或曰社会历史观。历史观"是人们对人类社会历史进程的总的观念和看法,包括对种种历史现象的解释,对历史发展的原因、动力及其规律性的认识,以及有关

社会的政治经济关系、国家政体、阶级矛盾、社会矛盾等等的立场和观点。它是人们所说的'世界观'中的最主要的成分之一。"⑫直到文艺复兴时期,统治人们历史观的依然是基督教的神学史观,即认为历史的发展及其规律都是按照上帝的意旨设计的,上帝是历史发展的决定因素,而人的作用微乎其微。随着科学的自然观不断传播,以人为本的思想不断扩大,人们逐渐启用理性思维解释社会和历史的发展,间接否定了上帝创造历史的神学史观。莎翁便是其中的代表。

有些学者指责莎翁在其历史剧中大肆宣传神学史论。诚然,莎士比亚历史剧中是有一些神学史观的影子,但纵观其创作,人们不难发现,其鲜明的人文主义思想依然是其主旋律,是一幅充满人性光芒的美丽画卷。莎翁之所以在其历史剧中表现一定的神学历史观,主要是迫于当时的社会现实。文艺复兴伊始的英国,宗教势力依旧十分强大,仍然牢牢地控制着人们的思想。倘若莎士比亚完全摒弃神学史观,其作品一定难以为人们所接受。因此,他采用众人接受的方式,渐渐地、不露声色地向读者灌输自己先进的历史观。正如布拉德雷所说的那样,莎士比亚在写作的时候,实际上视觉局限于非神学的观察和思想的世界。而莎翁的非神学思想在他的整个剧作,尤其是历史剧中,得到了有效的反映。通过这些作品,莎士比亚生动地展示了一幅又一幅封建社会盛衰兴亡的历史画卷,揭示了封建社会分分合合、合合分分的历史规律,揭露了封建君主专制的残酷、愚昧、落后和黑暗。

贯穿莎士比亚作品始终的,除了自然观和历史观以外,还有他的伦理观。作为道德哲学的伦理学,伦理观成为莎翁作品中最容易为人们所感受的思想主体。作为哲学中最具普遍意义的一个分支,伦理学主要研究人的行为准则,判断人和事的价值。反映善恶、惩恶扬善,是莎士比亚戏剧创作的目的,也是其一大特征,更是他哲学体系中的精髓。莎翁的创作之所以能够"不属于一个时代而属于所有的世纪",正是因为他揭示了人性,揭示了真、善、美,揭示了人性的永恒,为不同时代提供了可以借鉴的道德伦理模式,为后人的道德行为提供了值得参考的样板。

莎士比亚的伦理观是建立在他对人性的探索之上的,因此,人性论是他伦理观的基石。以人为本,以人为中心,弘扬人性,倡导个性解放,是莎士比亚人性论的核心。追求人生幸福和快乐,追求真、善、美,追求世俗快乐,反对禁欲主义和蒙昧主义,是莎士比亚不懈追求的人生目标。大写的"人",是莎士比亚人性论中的关键字。他在《哈姆雷特》(*Hamlet*,*Prince of Denmark*,1601)中对"人"进行了热情的赞美,简洁、准确地抒发了自己的人文主义思想。

> 人类是一件多么了不得的杰作!
>
> 多么高贵的理性! 多么伟大的力量!
>
> 多么优美的仪表! 多么文雅的举动!
>
> 在行动上多么像一个天使! 在智慧上
>
> 多么像一个天神! 宇宙的精华! 万物的灵长!

显然,"人"是伟大的,莎士比亚自然为之动容。于是,他笔耕不辍,穷其才华,热情歌颂和赞美伟大的"人",表现了先进的人生理念与追求。

莎士比亚这种以人为中心的伦理思想,是对人性认识的一个巨大飞跃。他把在上帝面前显得卑微渺小的"人",提升为一个伟大的"人",一个大写的"人",一个推动历史和社会前进的"人"。在他的作品中,人的价值得到了尊重,人性的合理追求得到了肯定,即使追求肉体享受、满足感官需要也得到了认可。莎士比亚伦理思想的内涵因此大大地丰富了。

应当指出,莎士比亚的伦理观是对基督教原罪说的一大挑战。根据原罪说,人生来是有罪的。但莎士比亚认为,这一观点过于绝对。人性中固然有恶的元素,但也有善的地方。他在自己的创作初期所表现出的人性的乐观、灿烂,无一不是人性善的具体表现。但到了创作的第二阶段,随着社会形势的变化,他又着力揭露人性的"恶",展现"恶"的种种表现形式。在莎士比亚看来,人是善恶交融的混合体,孰轻孰重,随形势、环境等诸多因素的变化而变化,而不是与生俱来的。正如他在《泰门》中所说的:"罪恶和土地一样,都不是世袭的。"莎士比亚的这一

观点无疑是客观的,是唯物主义思想的具体表现,同基督教人性"恶"的唯心主义观点形成了鲜明的对照,充分体现了莎翁伦理思想的先进性、正确性和科学性。

莎士比亚的伦理观具有许多重要的意义。首先,他把自己的伦理观建立在对人性研究的基础之上,体现了以人为本的理念。其次,他客观地指出人性中存在善恶两重性,而不是非恶即善,或非善即恶,并且辩证地指出,这两重性是可变的。再者,他发现,人的自然本性是人的思想意识的基础,同时后天的社会和生活环境是伦理观念形成的重要因素。最后,道德是一种精神产物,可以促进人类本身的发展和进步,即道德观念与人的利益息息相关,与社会利益也密不可分。正是因为莎士比亚的伦理观具有如此重要的先进性,并且淋漓尽致地融入其作品之中,他的戏剧才具有如此隽永的思想内涵、如此生动的人物形象、如此永恒的艺术魅力、如此丰富的想象空间,读来令人遐想不已,难以忘怀。

文艺复兴时期的哲学思潮在莎翁的作品中几乎都有所反映。这些思想便是他的自然观、历史观和伦理观。而这三种观念也构成了莎士比亚哲学思想的基本内容。这位伟大的人文主义思想家以伦理观为基础,以自然观为前提,形成历史观,并用色彩斑斓的鹅毛笔将之展现在其不朽的作品中,使其彪炳千古,令一代又一代读者百读不厌。

除了哲学思想以外,莎士比亚还在作品中直接或间接地展现了自己的美学思想和审美意识,为我们把握莎士比亚的思想提供了重要的依据。那么,什么是莎士比亚的美学思想呢?对此,我们可以通过其作品,参照其所处的文艺复兴时期的审美标准来阐释。

概括地说,莎士比亚的美学思想就是文艺复兴时期的美学思想。作为人文主义者的代表、文艺复兴"时代的灵魂",莎士比亚的思想深深地打上了时代的烙印,成为时代先进思想的代言人。而英国文艺复兴时期的先进思想就是"和谐之美"。这是当时的美学思想,也是莎士比亚的美学思想。这既是他认知世界、表现世界的指导思想,也是他对美的本质的哲学概括。

"和谐"是莎士比亚思想的核心,是他作品的艺术魅力所在,具体表现在意象美、情感美和性格美之中。莎翁的作品素有"诗情画意"之称，他的诗体剧，尤其是十四行诗，无不闪烁着鲜活灵动的意象。莎士比亚运用意象，表现它同被比喻或象征的事物之间的和谐之美。情感是审美过程中的一种心理活动，也是审美的动力所在。作者审美格调的高低决定其作品能否以情感人，而以情感人往往又能提升作品的审美价值。莎士比亚是众所周知的抒情高手，总能抒发出万千情感，捕捉到千万思绪，把感情的丰富性、复杂性和易变性尽情诉诸笔端，令世人感叹，让世人陶醉，为世人折服。

这些丰富多彩、变化万千的种种情感无一不是芸芸众生性格的忠实表现。性格之美是文学艺术美感的重要组成部分。莎士比亚的作品之所以流芳百世，与他成功塑造了千姿百态、栩栩如生的众多人物性格有着重要的关系，如抑郁的哈姆雷特，邪恶的克劳狄斯，甘愿为爱情牺牲的朱丽叶，贪婪、吝啬、奸诈而恶毒的夏洛克，聪明美丽、智慧过人的鲍西娅等等，无一不是世界文学史人物长廊中性格鲜明的艺术形象。

莎士比亚在自己的作品中多角度地表现了自己和谐之美的美学思想。这些角度体现在种种不同的关系之中，如人与自然、人与人、人与社会、灵与肉等等。莎士比亚认为，若要获得和谐之美，这些关系必须呈现和谐状态，必须处于完美境界。人与自然的和谐是莎士比亚孜孜追求的目标，是他在创作中竭力营造的理想关系。人与自然的融合，达到物我合一、情景交融，是人类生活最自然、最完美、最和谐的状态，是审美的高度体现。莎士比亚把这些美学作为最和谐的美的理想予以展现，表现了他很高的美学追求。人与人、人与生活的和谐，则寄托了他对人类的崇高期望，是他美学追求的重要内容。社会是由人组成的，社会关系是由无数个人与人、人与社会的关系构筑起来的。人与人、人与社会关系的和谐程度直接决定了社会的和谐程度。因此，莎士比亚在自己的作品中，不遗余力地表现这些关系，试图营造社会的和谐。这种和谐之美的思想实际上也是莎翁的政治思想。而灵与肉的和谐，即精神性与物质性的完美统一，是完美人格必备的条件。

在莎士比亚戏剧中，凡是性格完美的人，往往都是灵与肉、理智与情感、内在和外在高度统一的完美形象。这些人既崇尚理性，也大胆追

求世俗快乐与幸福,既反对禁欲主义,又唾弃纵欲主义。他们按照人性的需求,理性地满足自己的欲望,使得灵与肉两方面的欲望都得到了最大限度的满足,从而沐浴在和谐、融洽的阳光里。莎士比亚塑造的这些理想化的完美人格,是他对和谐之美的美学思想的最佳诠释。他提倡的灵与肉的和谐是对人性的回归,是对自然人的尊重,是对灵与肉长期遭到割裂的否定。这无疑触及了人类的本质,抓住了人类和谐的关键。需要说明的是,莎士比亚在其剧作中并不是把这些和谐作为自己的美学思想,孤立地大书特书。他更多的是表现人们如何追求这种美学理想。换句话说,现实生活错综复杂,各种丑陋现象比比皆是,生活并非和谐完美,而是一个不断消除丑陋,逐渐趋向完美、和谐境界的过程。因此,莎士比亚力图表现的正是这种前进过程中人们对和谐之美的追求。具体来讲,在他早期的喜剧中,我们可以看到一幅又一幅和谐完美的画面,而在随后的历史剧和悲剧中,这些和谐被践踏殆尽,人与人、人与社会等种种关系全面失调,社会混乱,时代动荡。而到了第三阶段,即传奇剧的创作,我们又看到了和谐的画面。由此可见,莎士比亚头脑中的和谐,是一种变化的和谐,是由和谐到不和谐,再到新的和谐这样一个动态的过程。这一认识揭示了事物之间相互联系的本质。这是一种辩证的唯物主义世界观。

从以上的论述中,我们不难发现,贵为一代文豪的莎士比亚,不乏哲学思想和美学追求,不乏丰富的思想和创作理念。莎士比亚的这些思想虽然不能说已形成了一个缜密的体系,但它们确实散见于他作品的字里行间,不时闪烁着智慧的光芒。这些思想虽然有时不易觉察,但概括起来,它们实质上依然是人文主义。因此,人文主义思想是他哲学和美学思想的精髓。

莎士比亚的人文主义思想,也是文艺复兴时代的人文主义思想,即以人性反对神性,以人道反对神道,以快乐主义反对禁欲主义。人文主义者以个性解放反对封建专制等级制度;提倡科学文化,反对蒙昧主义,摆脱教会对人的思想的束缚;主张人是自然的产物,而非上帝创造,人具有七情六欲,这是自然的欲望,是人的本性。人文主义者追求爱情、享受爱情,品尝世俗快乐,倡导符合人性的道德观和幸福观。人文主义者的口号是："我是人,凡是人的一切特性,我无不具有。"换句话说,凡是符合人的自然本性,都是道德的,都应该提倡,而压抑人性、克制性欲既违反人性,也是不道德的,应该唾弃。他们把个人主义视为自己伦理思想的核心,把追求个人自由和快乐作为人生目的和道德标准。人文主义者强调智慧是快乐的源泉,人人有智慧,大家都有追求和获得幸福与快乐的权利。从某种意义上说,人文主义的价值观,从伦理道德上否定了王权和宗教权威,表现了资产阶级争取自由和个性解放的强烈欲望。

莎士比亚的人文主义思想贯穿于他创作的始终,不论是他的喜剧、历史剧、悲剧、传奇剧,还是十四行诗,无不闪烁着人性的光芒。莎士比亚的思想在哲学上表现为人文主义,在政治上表现为民族主义,在伦理上表现为反禁欲主义,在艺术上表现为现实主义和浪漫主义,提倡摆脱神学枷锁,展现人的思想、感情和智慧。

莎士比亚一生著作甚丰,共创作了37部诗体戏剧、两首长诗、154首十四行诗以及一些杂诗等。根据其思想发展,人们常常将他的创作分为三个时期。由于莎翁作品丰硕,难以就每一部作品逐一论述他的人文主义思想,不妨根据其喜剧、历史剧、悲剧以及十四行诗等不同类型,结合一些主要代表作,来集中探讨其人文主义思想的特征和发展脉络。

莎士比亚被称为"喜剧天才",创作了许多令人百读不厌、百看不腻的喜剧作品,几乎都是世界戏剧史上的艺术经典。这些作品充满了积极的浪漫主义色彩,诙谐、幽默,妙趣横生,既给人带来巨大的快乐和艺术享受,又不乏真知灼见,富于启迪。剧中充满奇思妙想,洋溢着生活的激情和乐趣,具有极大的艺术感染力,用恩格斯的话说:"仅仅是《温莎的风流娘儿们》的第一幕,就有着比整个德国文学还多的生活和现实。仅仅是那个朗斯和他的狗克拉布,就比所有德国喜剧加在一起的价值还高得多。"莎士比亚的戏剧具有如此荡人心扉的魅力,主要是得益于它们幽默而不浮华、讽刺而不辛辣的风格,充满了亲切感,洋溢着动人的诗情画意。而这一切的艺术效果无不服务于这些喜剧作品的主题。

　　莎士比亚喜剧作品的突出主题思想是爱情、友谊、婚姻。歌颂爱情与友谊、颂扬个性解放、追求婚姻自主、争取个人幸福，是莎士比亚乐此不疲、反复描写的内容，是他先进的人文主义思想的具体表现，具有鲜明的时代意义。文艺复兴运动彻底解放了人的思想，解构了人的封建观念和伦理道德，对人给予的尊重，对人追求爱情、幸福、自由和友谊表示的肯定，都达到了史无前例的地步，激起了人们对美好生活的追求和向往以及为之奋斗的决心。这一切构成了莎士比亚喜剧作品的思想内涵。

　　作为"生活的一面镜子"的最好注脚的《温莎的风流娘儿们》(*The Merry Wives of Windsor*，1598)便是莎士比亚人文主义思想的一个最佳诠释。作者通过年轻姑娘安·培琪的爱情故事，栩栩如生地演绎了莎士比亚恋爱自由、婚姻自主这一人文主义思想。安·培琪是一个感情丰富、很有主见的姑娘，崇尚纯洁和美好的爱情，鄙视建立在权力、金钱、财富和门第等基础之上的婚姻。父母要她嫁给富裕的法国医生卡厄斯时，坚决追求婚姻自主的她断然拒绝，坚定地对母亲说："要是叫我嫁给那个医生，我宁愿让你们把我活埋了！"这一严词拒绝充分显示了作为时代的青年、作为拥有先进人文主义思想的新女性，安·培琪捍卫自己美好的爱情时多么坚决，多么果断，多么大胆！而这一形象所体现的莎士比亚的恋爱婚姻思想则是那么鲜明，那么进步，那么符合人性。莎士比亚精心设计安·培琪和范顿两心相印，彼此相爱，目的是要表现其圣洁的爱情观：爱情是纯洁美好的、圣洁而又高尚的，不可以掺杂任何金钱、财富、门第等世俗因素。安·培琪的爱情倾注了莎士比亚对人类幸福生活的强烈向往，展现了爱情自由、婚姻自主的进步思想，讽刺了金钱至上的婚姻观念，表现了人文主义思想的进步性。

　　通过爱情歌颂高尚的人格，是莎士比亚人文主义思想的又一重要内容，《第十二夜》表现的正是这一思想。女主人公薇奥拉深爱公爵奥西诺，但她能够超越自己对公爵的炽热爱情，帮助自己所爱的人去追求他的意中人奥丽维娅小姐。她愈是这样帮助公爵，内心就愈是痛苦，就愈发能够表现她自我牺牲精神的高贵，愈发显示她心灵和品德的高尚和纯洁，愈发彰显她的胸怀的广阔，愈能展现人文主义理想的魅力和力量。然而,薇奥拉并不是一个只会抑制自己爱情、不懂得追求幸福的人。当她得知奥丽维娅对公爵毫不动情之后,便展开了对公爵的爱情攻势,凭着自己的执著、真诚,最终与公爵喜结秦晋之好。薇奥拉曲折的爱情经历集中展示了人文主义者高贵的爱情观念。

在婚姻问题上,封建伦理道德和法律规定,父母之命、媒妁之言是天经地义,不得违抗。但在莎士比亚看来,爱情自由、婚姻自由是个性解放、人格独立的重要体现,是神圣不可侵犯的,是不能剥夺的基本权利。两种观念相互碰撞,两种思想相互斗争,形成了一对不可调和的矛盾。《仲夏夜之梦》生动诠释的就是这种碰撞和斗争。这部喜剧集中讴歌了莎士比亚反封建、反神权、反父权的战斗热情,宣扬了他追求幸福、热爱生活、乐观向上的人生理念。通过这一斗争,作者坚信人文主义的道德理想和爱情婚姻观念必然战胜封建主义的道德观、爱情观和婚姻观。剧本一开始,作者就向读者清晰地表明封建婚姻和自由恋爱是一对尖锐对立、不可调和的矛盾。按照封建法律和习俗,在婚姻问题上,子女若不听父母之命,那很可能会被处死。面对如此恐怖的父命君权、如此冷酷的封建传统和道德,女主人公赫米娅毫不畏惧,坚决维护自己自由恋爱的正当权利,甚至采用私奔的方法,决心要把自己的爱情献给自己所爱的人。对于父亲的步步紧逼,赫米娅愤然指出:"倒霉啊,选择爱人要依靠他人的眼光!"这一愤怒无疑是对封建婚姻道德的严厉声讨。由于赫米娅顽强不屈,她最终战胜了腐朽的封建思想,该剧以她的人文主义爱情和婚姻观的全面胜利而告终。这一胜利再次彰显了莎士比亚的人文主义精神。

莎士比亚鲜明的人文主义爱情观,在他的许多喜剧作品中都表现得淋漓尽致。而这些观念和思想在女主人公身上展现得尤为突出。作者成功地塑造了一大批具有鲜明时代感、理想化的资产阶级新女性的形象,为其作品增添了夺目的光彩。而这些理想化的女性形象之所以具有动人心扉的力量,主要是因为她们均是善与美的化身,具有过人的智慧,代表着文艺复兴时期进步的社会思潮,集中体现了莎士比亚的人文主义思想。她们往往具有卓尔不群的高雅气质,用柯勒律治的话说,莎士比亚笔下的"女性的气质都是神圣的",她们都有一种高尚的道德

力量,对爱情忠贞不贰,恪守诺言,并且为纯洁高尚的爱情宁愿献出自己的生命。《威尼斯商人》中的鲍西娅就是一个典型的代表。她几乎集中了莎士比亚笔下完美女性的所有特征:热情慷慨,落落大方,容颜俏丽,气质高雅,智慧超人,才思敏捷,能言善辩,机智果断,爱情专一,爱憎分明。对纷至沓来的求婚者和那些王公贵族们,她竭尽嘲笑、揶揄之能事,嘲讽他们一个个不过是外表光鲜却腹中空空的纨绔子弟。尽管他们地位显赫,身份高贵,家产万贯,但没有一个能令她怦然心动,金钱、门第、地位,在她眼中无异于粪土,她钟情的是身无分文但"文武双全的威尼斯商人"巴萨尼奥,莎士比亚通过她突出表现了自己崇高的人文主义婚姻观。与此同时,作者还通过这一形象,生动地表现了以鲍西娅为代表的人文主义者如何用仁慈、友爱和智慧战胜残忍、仇恨和愚蠢,讴歌了正义对邪恶的胜利,体现了人类社会的进步,充分展示了人文主义者的价值取向。

莎士比亚的喜剧基本上都是以爱情为主题的浪漫故事,以人文主义思想审视社会现象,表达对人性的关注。在这些浪漫的爱情故事中,女性的形象显得异常鲜明突出。在封建传统思想的长期影响下,妇女承受着重重压迫和奴役。她们一方面遭受政权、教权、族权的迫害,另一方面还要经受夫权、男权的压迫。是先进开明的人文主义思想,让她们从这一系列噩梦中觉醒,并鼓起勇气冲破这一切藩篱,勇敢地追求爱情、婚姻和幸福,追求自己的人生价值。实际上,这是女性主体意识在觉醒,也是莎士比亚朦胧的女权主义思想的体现。在这种思想指导下,女性在莎翁喜剧中处于比较突出的位置是很自然的。这些年轻的女性个个都是容貌娇美、气质典雅,既温柔妩媚,又坚毅刚强,人人都是聪慧过人,机智敏捷,对朋友忠心耿耿,对爱情矢志不渝。莎士比亚通过展现她们为争取自主的婚姻、平等的地位所付出的艰辛和努力,为欧洲妇女解放运动铸造了一座不朽的丰碑。

就莎士比亚的审美情趣而言,他喜剧中的爱情故事与他信奉的人生哲学是相辅相成的,即"幸福是最高的善","快乐是人生的目的"。他的喜剧往往是以狂欢化为特色的皆大欢喜结局,这同他所追求的喜剧的结局应该充满欢声笑语这一美学思想是并行不悖的。通过这些故事,莎士比亚的人文主义思想和审美情趣得到了迅速而又广泛的传播,对当时的社会和整个文艺复兴时代都产生了不可估量的影响。毋庸置疑,莎士比亚的喜剧具有丰富的思想,用别林斯基的话说,"莎士比亚是戏剧方面的荷马;他的戏剧是基督教戏剧的最高原型。在莎士比亚戏剧中,生活和诗的一切因素融合成一个生动的统一体,在内容上广阔无垠,在艺术形式上宏伟壮丽。这些戏剧记载的是现在的整个人类、人类的过去和未来;这些戏剧是一个时代和一切民族艺术发展的茂盛的花朵和丰饶的果实。"⑤毋庸置疑,别林斯基对莎翁喜剧给予如此高度的评价是十分恰当的。

莎士比亚喜剧是人类艺术发展史上丰饶的果实,可谓味美汁鲜。与之相比,他的历史剧同样也是这一发展史上的一朵奇葩,光彩夺目,鲜艳照人。运用历史题材,借古喻今,以古鉴今,再现当前的社会现实,表达自己的政治思想和价值取向,是古往今来无数作家的共同经验,莎士比亚自然也不例外,他运用历史题材进行艺术创作,表现自己的历史观、价值观的典范。

莎士比亚历史剧反映的英国历史,上下横跨350年,即从1199年的约翰王到1547年的亨利八世。其历史剧均以英国历史为题材,撷取英国的历史事件,采集英国历史上最富有戏剧色彩的片断,从封建社会错综复杂的斗争中,挖掘对当代富有启迪的、具有政治意义的历史教训,同时反映古代社会生活,展现当时的风土人情,构成了一幅幅时代的画卷。莎翁的历史剧沐浴着文艺复兴时代的阳光,富有史诗般的宏伟气魄,蕴藏着深邃而又震撼人心的思想,将英国封建社会的兴亡盛衰,从确立到巩固、再由兴盛到衰亡这一整个历史过程栩栩如生地展现在世人面前,再一次唱出了优美的人文主义颂歌,彰显了莎士比亚熠熠生辉的时代精神和人文主义思想。

国家的统一、民族的团结是莎士比亚在历史剧中表现得最突出的思想。在莎士比亚看来,实现国家统一、加强民族团结最有效的方法就是实行中央集权,杜绝封建割据,禁止贵族诸侯纷争。各地诸侯和贵族之所以兵戎相见、相互倾轧,根本的原因是他们觊觎王位,争夺王权,试图改朝换代。频繁的内战把国家折腾得乌烟瘴气,满目疮痍。这一切

构成了莎士比亚历史剧的基本内容。面对这一历史状况,莎士比亚认为必须加强中央王权统治。而实行有效的王权集中统治,必须要有一个贤明的君主。只有在伟大君主的领导下,国家才能安定祥和,才可以歌舞升平。这是莎士比亚鲜明的治国安邦思想。

然而,莎士比亚并没有盲从这种体制,而是积极肯定和坚决否定同时并举。他积极肯定的是集中王权。这种王权可以平定内战,保持国家稳定,促使社会健康发展。这是集中王权合理的一面。然而,不可否认的是,一旦权力过于集中,不可避免地会滋生独裁专制的统治,甚至导致暴君的出现,导致权力异化、失控和滥用。更为严重的是,将整个国家的前途和命运系于一人之身,危若累卵。这是他坚决否定的。君王如能以人为本,以仁治国,以德待人,英明贤达,知贤善举,唯才是用,治国有方,国家就能健康发展。一旦国王昏庸无能,暴戾成性,那必将祸国殃民,民众定是苦不堪言。由此可见,对于国家政体的设计,莎士比亚是十分理智、极为明智的。他支持的是王权秩序合理的一面,拥戴的是具有合法地位的、有强有力的治国能力的和道德高尚的国王,反对的是昏君、庸君和暴君。莎士比亚这些鲜明的政治思想,是他理性主义的具体表现。在莎士比亚刻画的从约翰王到亨利八世这许许多多的英国君主形象当中,除了亨利五世以外,其他的不是来路不正、见事不明、优柔寡断,就是暴戾恣睢、近狎邪辟、禽兽其行,给国家和人民带来了无尽的祸害。从这个意义上说,莎士比亚更希望的是英国能够拥有一位贤明的君主,一个具有鲜明人文主义思想的治国之君。

《理查二世》中的波林勃洛克就是这样一位受人爱戴的君主。尽管他以讨伐的手段篡夺了封建社会的代表理查二世的王位,但他站在新兴的资产阶级的一边,代表广大人民群众的利益,同时显示出极强的治国能力。因此,人民不仅没有排挤他,反而积极拥戴他。这反映了人们对新生力量的支持,对他所代表的资本主义力量的追求,对历史向更高、更完善阶段发展的渴望。实际上,这一君王的更迭表现了莎士比亚进步的社会发展观。作为一个合法的国王,理查二世被推翻,是没落的象征,是中世纪文明和封建制度衰败和消亡的表现,是一首中世纪文明和制度的挽歌,当然,也是历史前进的必然结果。另一方面,波林勃洛克夺取政权也是贵族诸侯和广大人民尤其是新兴资产阶级的意愿,是这股进步的社会力量把他推上王位,取代理查二世,成为亨利四世的。从这个意义上讲,理查二世和波林勃洛克的沉浮是人民的选择。这种选择清晰地彰显了莎士比亚的政治思想,即以新兴资产阶级为代表的资本主义替代以封建贵族为主体的封建主义是锐不可当的,是历史的进步,是社会发展的必然趋势。

在塑造的许许多多国王、君主中,莎士比亚理想中的伟大君主只有亨利五世一位。这是一位以人为本、具有人文主义思想的贤明统治者。他明智练达,富有睿智,宽厚仁慈,待人真诚大度,视国家利益为最高利益,将造福自己的臣民视为最高的责任。作者认为,只有这样的君主,才能建立一个繁荣、美好的社会,才能让人民尽享太平繁华,让国家繁荣昌盛。而这正是人文主义者孜孜追求的理想社会。从另一角度讲,英国内乱频生,民不聊生,国民正渴望通过这样一个贤明君主治国安邦。因此,通过塑造这一理想的君主形象,莎士比亚间接地鞭挞了现实中的统治者昏庸无能、专横跋扈、穷兵黩武,把自己改造社会、解决社会各种矛盾的希望寄托在"开明"君主的身上,通过这类君主的贤明统治,展现自己发展资本主义的政治思想,实现自己的人文主义理想。

莎士比亚以犀利的目光洞察历史,把握历史,从历史中撷取富有启迪的素材,借古喻今。所谓历史,就是善恶较量的历史。莎士比亚相信,善终将战胜恶。他从人文主义者的立场出发,坚信历史的发展是不断向更高、更好、更美的方向前进。这是他坚定的信念,是他思想的本质,是他历史剧的精髓。如果说莎士比亚的历史剧,如《亨利四世》,已经具有悲剧的色彩,那么,这种悲剧性在他四大悲剧中展现得更是淋漓尽致,达到了他的戏剧创作的艺术顶峰,令一代又一代的读者为之动容,具有极强的感染力和震撼力。悲剧是人类创造的最有感染力、最美妙的艺术形式之一,是人类艺术的结晶。相对于喜剧和历史剧,悲剧更具震撼力,更发人深省,更能触及人的灵魂。莎士比亚的悲剧同样体现出浓郁的人文主义思想。

莎士比亚为人类而骄傲,为人类而自豪。他不停地讴歌人类,把人的价值提高到了史无前例的地步。然而,令人惋惜的是,莎士比亚生活

的时代,封建制度正在消亡,资本主义正在兴起,旧的势力依然强大,新的资本主义的剥削本质暴露无遗。处在新旧两大势力交替的时代,世界黑暗透顶,人民备受压迫和剥削,生活苦不堪言。对劳动人民来说,这个世界简直就是"一所很大的牢狱",邪恶压倒正义,丑战胜了美,没有正义,没有公道。正如他在作品中所说的"在我们万恶的天性之中,一切都是歪曲偏斜的,一切都是奸邪淫恶"。生活在如此黑暗的时代,人文主义者发现个人的力量实在过于羸弱,难以撼动整个黑暗的势力。然而,为了追求自己的人文主义理想,他们依然挺身而出,同一股又一股黑暗势力抗衡和斗争,结果演绎出了一幕又一幕震撼人心的悲剧。这些悲剧无一不是理想与现实的矛盾所致,无一不是理想幻灭的结果。而理想与现实的矛盾、人文主义者理想的幻灭则是莎士比亚悲剧思想的精髓。莎士比亚的悲剧中虽然恶人当道,奸人受宠,但作为正义力量象征的人文主义者并没有忍声吞气、无所作为,而是勇敢地站出来同现实社会中的种种邪恶势力展开了殊死的搏斗,在一场又一场流血牺牲中,表现出了人文主义正义的气概、强大的道义力量、崇高的人性品质。

　　莎士比亚的悲剧色彩灰暗,气氛阴沉,氛围压抑。而这一切又是当时社会现实的真实写照。莎士比亚用悲剧的艺术手法展开这一现实,寄予了他对当时社会的认识、对黑暗势力的抨击、对美好社会的向往。在他的悲剧中,统治阶级和富贵阶层对下层贫苦百姓的疾苦视若无睹。更有甚者,他们还欺压百姓,搜刮民脂民膏,整个社会是黑势当道,正义受阻,人民遭殃。莎士比亚对他悲剧中的这种黑暗的社会现实给予了无情的揭露和批判,集中展现了他的悲剧思想,知道这一点对理解他的悲剧具有重要的启示作用。

　　尽管这些悲剧中所呈现的是一个肃杀凄冷的世界,但是人文主义者不畏严寒,他们毅然反抗,表现出正气凛然的伟大气概,同时,他们还通过自己的悲壮斗争,把真、善、美成功地展现在世人面前,把希望带给广大的受苦大众。更重要的是,他们通过斗争表明,正义的力量并没有被毁灭,而是像雨后春笋般地茁壮成长。尽管他们的肉体毁灭了,但他们的精神,他们所代表的正义,所追求的真理,并没有死亡,而是广为传颂。他们必将激励一代又一代人文主义者为美好的明天不懈奋斗。最终的胜利必将属于他们。这是对未来必胜的强烈的乐观主义精神,也是对未来强烈的期待。这一切皆是莎士比亚在悲剧中表现出的重要思想内涵。

《哈姆雷特》是莎士比亚的代表作,是世界戏剧史上的典范之作,在思想等各方面都体现了莎士比亚悲剧的最高成就。哈姆雷特是一个形象十分鲜明、性格十分复杂的人文主义者。他思想深刻,忧国忧民,具有强烈的责任感。这种责任感导致他郁郁寡欢、愁容满面、沉默寡言。忧郁成为哈姆雷特的标志,是其性格的关键。其实,他并非生来就是一个忧郁的王子。他的忧郁是黑暗的社会和残酷的现实使然。父亲被杀,母亲被辱,爱情被拒,接二连三的打击,无论多么乐观的人也难以快乐起来,况且面对强大的黑暗势力,孤立无援、势单力薄的他怎能不忧愁焦虑? 再加上奸人当道,朝廷腐败,百姓受苦,一心要造福于民的他又怎能不忧心忡忡、心焦如焚? 忧郁是他遭受磨难的具体表现,是受黑暗势力压制的直接结果,同时也是他强烈的责任感的真实反映。从更深层次上讲,作为人文主义者代表的哈姆雷特,在怀抱美好理想的同时,从现实中找不到实现理想的有效途径,内心常常遭受理想和现实冲突的煎熬。这一煎熬加重了他忧郁的色彩。从这个意义上讲,哈姆雷特的忧郁即为时代的忧郁,是那个时代人文主义者的共同特征,因而具有广泛的代表性。

忧郁可能导致沉沦、厌世,可能使人自暴自弃。哈姆雷特在脑海中确实浮现过这样的念头,在行动上也表现出因循延宕、优柔寡断、迟疑不决的样子。然而,哈姆雷特毕竟是一个先进的人文主义者,他没有被黑暗势力压垮,也没有被忧郁击倒,更没有被重整乾坤的责任吓倒。相反,他一直在想方设法采取行之有效的方法、铲除黑暗的势力、解救国家和民族于危难之中。他虽然抱怨自己倒霉,要承担扭转乾坤的重担,却并不一味地怨天尤人,而是毅然决然地担负起这沉甸甸的重担,表现出崇高的人格魅力和英雄气魄。这种改造时代、改造社会的责任感,把哈姆雷特的人文主义理想上升到了时代的高度。更重要的是,哈姆雷特决然担起这一重担,使他的复仇行为不再只是一种私报家仇的行为,而是上升为一种为国雪恨、为民除害的正义之举。从家仇转为国恨,由

个人恩怨提升为民族之仇,哈姆雷特的思想跳出了狭窄的个人主义范畴,升华到了民族的高度,他个人复仇的成败从而关系到了国家的兴衰。因此,整个悲剧的内涵得到了极大的丰富,震撼力得到了极大的加强,莎士比亚的悲剧思想也因此进一步升华。

在哈姆雷特身上,莎士比亚展现了人文主义者的高贵品德。他热爱生活、热爱人类,对朋友忠心耿耿,对爱情忠贞不贰。他虽然出身王室,却利用一切机会接近人民;他贵为王子,却能屈尊同下级结交朋友;他始终念念不忘百姓疾苦。他愤慨地说:"谁甘心忍受人世的鞭挞和嘲弄、压迫者的欺侮、傲慢者的冷眼,谁甘心忍受失恋的痛苦、法庭的拖延、官吏的横暴……"作为王室的继承人,无数的姑娘等待他的青睐,可他始终钟情于奥菲莉娅。面对残酷的黑暗现实,经过一番迷茫与彷徨之后,他毅然决定接受现实的挑战,以不惜牺牲生命为代价,谱写了一曲悲壮激昂的人文主义颂歌。

莎士比亚的悲剧,冲突双方不管是善是恶,是英雄还是恶棍,最终都同归于尽,表现出惨烈的、震撼人心的悲壮美,这是莎士比亚悲剧的一大特征。莎士比亚是第一个把痛苦写到如此极致的剧作家。他的悲剧思想被他笔下的人物演绎得淋漓尽致。在他看来,在黑暗而强大的封建社会里,悲剧性的冲突无法避免,正义和邪恶必然始终处于交织的对抗之中,先进的人文主义思想必然受到腐朽和僵死势力的百般打击与摧残。人文主义者为了正义,为了理想,赴汤蹈火,献出自己的生命,其悲剧的结局是符合历史和现实生活的,因为正义与邪恶、光明与黑暗、善良与丑恶之争必然会牺牲生命,尤其是在黑暗势力如日中天之际。然而,这些人文主义者的凛然之举,震撼了芸芸众生,激发了更多的人踏着先烈们的足迹,为人类美好的明天继续奋斗。这是莎士比亚悲剧揭示的又一层积极的意义。

莎士比亚的人文主义思想,在其爱情悲剧《奥赛罗》中,同样得到鲜明的体现。此剧寄托了莎士比亚对理想爱情的追求和向往,阐释了他对爱的理解、对美的崇拜。作为真善美的典型代表,苔丝狄蒙娜可以说是莎士比亚塑造的最纯洁、最高尚、最完美、最摄人魂魄的人文主义女性形象,集中体现了莎士比亚的爱情观、妇女观和种族观等。

　　苔丝狄蒙娜出身名门望族,天生丽质,对未来和爱情充满憧憬。她同莎士比亚笔下许多美丽的少女,如朱丽叶等一样,是一朵娇艳欲滴的鲜花,从未经历过疾风劲雨、狂风恶浪,也从未体验过人间险恶、人情世故,她终日生活在明媚的春光里,生活中除了安宁就是快乐、幸福、美好。这朵温室里的鲜花,原本十分娇艳稚嫩,同奥菲莉娅和朱丽叶一样,是个“胆小的姑娘,素来是幽娴的,只要动一动感情就会脸红的”(第1幕第3场)。就是这样一个羸弱的少女,在追求爱情时却表现出令人啧啧称奇的勇气和坚定,其果敢性、坚毅性与奥赛罗的英雄气概难见轩轾,令人肃然起敬。当她发现自己深深爱上异域黑人奥赛罗时,她毫不犹豫地抛开了门第、地位、种族、肤色、年龄等诸多差异,毅然宣布要嫁给奥赛罗。

　　苔丝狄蒙娜的这一惊世之举,立刻把她的形象推到了真善美的至高无上的境界。她敢于摒弃一切偏见,敢于排除一切干扰,敢于反对一切阻挠,敢于摆脱一切束缚,任性而为,义无反顾,执著地追求自己美好的爱情和崇高的理想,唱出了一曲优美、动人心弦的爱情赞歌。莎士比亚先进的人文主义理想在他的果敢行动中得到了充分的彰显:反对封建婚姻门第观、地位观、金钱观,反对种族歧视,追求自由、符合人性的爱情。苔丝狄蒙娜这一英雄之举,使之赫然屹立于莎士比亚笔下的群芳谱之巅,成为普天下所有女性的楷模。她的精神境界超越了莎士比亚笔下所有其他的女性,是莎士比亚刻画的最高贵、最真实、最富有自我牺牲精神的女性。通过这一形象,莎士比亚生动地展现了自己的人性观:人性美、人性善。

　　在喜剧作品中,莎士比亚尽管也热情歌颂爱情、友谊、婚姻,其女性形象尽管也乐观向上,追求理想和幸福,可她们身上却存在着这样或那样的缺点和不足,直接影响了她们形象的完美性,比如《威尼斯商人》中的鲍西娅。尽管她也充满了人文主义思想,可她却有明显的种族偏见之嫌,对有特殊长相的人心存厌恶。苔丝狄蒙娜不同,她能够超越种族、肤色的差异,嫁给一个异族人。从这个意义上讲,莎士比亚的人文主义思想向前迈进了一大步。同朱丽叶相比,苔丝狄蒙娜也显得更为完美。具有人文主义思想的朱丽叶,为了爱情,尽管也奋起反抗,表现

出与苔丝狄蒙娜同样的气魄,可她遭遇的阻力只是来自家族,而苔丝狄蒙娜承受的压力既来自于家庭,更源自于社会,可谓双重压力。两者相比,后者所需的勇气更大,决心更坚定,追求更执著。这些女性形象从有瑕疵到完美,揭示了莎士比亚人文主义思想的不断演变、不断完善,反映了莎士比亚人文主义思想的不断深化和日臻成熟,演绎了莎士比亚人文主义思想的发展过程。

苔丝狄蒙娜的形象蕴涵着莎士比亚的妇女观和爱情观,具有广泛的社会意义。她不顾封建家长的反对和阻挠,违背社会的传统偏见和习俗,执著地追求爱情。这一切清晰地说明,妇女自我意识在觉醒,维护自我权利的欲望在增长,提高自我地位的决心在加强。在受到奸人挑拨、遭到不明真相的丈夫诬陷时,她仍然无怨无悔,对丈夫一往情深。此时的她,不仅仅是忠于丈夫,更多的是忠于她追求的爱情,是忠于她对爱的崇高理想。她是在捍卫来之不易的爱情。莎士比亚通过她表现具有人文主义思想的女性对爱情是何等的执著。

奥赛罗是人文主义者代表之一,身上闪烁着许多人文主义思想的光环。但不可否认,他不是人文主义者的完美代表。如前文所述,他轻敌、多疑、冲动,善良背后隐藏着邪恶,爱的里面包含着恨,宽厚中夹杂着狭隘。一旦被人利用,往往会导致灾难发生。不幸的是,他碰巧和伊阿古遇到了一起,而且还成了推心置腹的朋友。他的这些弱点渐渐被放大,最后把他残酷地吞噬了。奥赛罗的不幸源于他的性格,但更多的是源于伊阿古,源于伊阿古所代表的社会黑暗势力。可以说奥赛罗生不逢时。他处在那个时代,找不到适合自己个性生存的空间,悲剧的结局自然不可避免。这应是莎士比亚描写奥赛罗悲剧的真实思想所在。

莎士比亚曾绝望地惊呼:"一切都是歪曲偏斜的,一切都是奸邪淫恶的。"这是他对那个社会的高度概括。在那样的社会中,他痛切地感到理想与现实相距太远,矛盾不可调和。他看到邪恶势力太强大,真、善、美难有立锥之地,人世间的一切仿佛都牢牢地被掌控在深不可测的命运之中。他痛楚地意识到,对于追求美好的人文主义者来说,这是一个悲剧的时代,是人文主义者的悲哀。

如果说《哈姆雷特》是一幕青年悲剧,《奥赛罗》是一部中年悲剧,那么,《李尔王》便是一出老年悲剧。《李尔王》的悲剧犹如其中的暴风雨一样猛烈、震撼人心,让人感到更加惨烈。世界上恶人当道,邪恶势力盛行,世风日下,道德沦丧,社会纲纪荡尽,私欲膨胀,真理匿迹,寡廉鲜耻。整个社会笼罩在黑暗之中,悲剧的气氛日趋浓厚。莎士比亚对社会的邪恶面目洞察得越清晰,对社会就越失望,对悲剧的理解也就越深刻,日臻完善的悲剧思想也就更具震撼力。

　　作为封建社会的君王,李尔的悲剧命运为封建社会的灭亡做出了最形象、最准确的脚注,而他性格上的巨大变化又揭示了人性善恶的双重性,真实可信,令人震撼。李尔原本是一个专横跋扈、唯我独尊的暴君,喜欢众人对其歌功颂德、谄媚逢迎。他对待女儿们的不同态度就是最好的说明。两个大女儿善于甜言蜜语,溜须拍马,他对她们喜爱有加,而小女儿考狄利娅尽管对他充满了真心和爱心,但由于不善阿谀奉承,他对她便冷若冰霜。此时的李尔是封建帝王的代表,是莎士比亚不齿的独裁者。他这种唯我独尊、是非不分、轻信流言的性格为他的悲惨结局埋下了深深的祸根。他交出王冠和国土之后,两个大女儿旋即态度大变,一改笑脸为冷面,毫不客气地将他一脚踢出了家门。作为封建统治阶级的代表,落难的他得以有机会了解到普天下贫苦百姓的真实生活,促使他反思自己当初的暴政、封建统治的黑暗。当他目睹无家可归者在电闪雷鸣的荒野中饥肠辘辘、瑟瑟发抖、无处安身的悲惨景象时,他大为震惊,他的思想感情立即发生了巨大转变,道德的天平完全转向了贫苦百姓,对受剥削、受压迫大众,他充满同情和伤感地疾呼:

> 衣不蔽体的不幸的人们,无论你们在什么地方,都得忍受这样无情的暴风雨的袭击,你们的头上无片瓦遮身,你们的腹中饥肠蠕动,你们的衣服千疮百孔,怎能抵得了这样的气候呢?
>
> (第 3 幕第 4 场)

　　这席话是李尔第一次从内心深处对下层人民发出的同情。莎士比亚借李尔王对人民寄予的同情,表明自己的政治思想:英国只有在仁慈博爱的君主统治下,罪恶才能消除,正义才能伸张,人民才能安居乐业,

国家才能繁荣富强。他思想上的这一剧变是在他付出了惨重的代价之后实现的。他贵为国王时,尽享荣华富贵,丝毫体察不到人民的疾苦;作为一国之君,他句句是圣旨,容不得忠言;他唯我独尊,容不得他人半点不忠或不孝。李尔王的所作所为是封建君王的共性,是没落封建统治的弊端所致。所以,莎士比亚批判的是不合理的封建君主的统治。莎士比亚反封建的思想,从中得到了清晰的体现。

李尔由国王沦为乞丐这一人生剧变,对他的人生价值观产生了巨大影响,其人性也由恶转为了善。他不仅自己拥有这种仁爱思想,还敦促达官贵人培养这种崇高思想:"安享荣华的人们啊,睁开你们的眼睛来,到外面来体味一下穷人所忍受的苦,分一些你们享用不了的福泽给他们,让天知道你们不是无心肝的人吧!"显然,李尔开始具有人文主义思想,同广大的劳动人民站在了一起。转变后的李尔王对人生已经是大彻大悟,思想境界升华了,心灵高尚了,性情宽容了,可以说,他恢复了人的高尚品德,恢复了性格中潜在的人性因素,步入了人文主义者的思想境界。他逐渐变成了一个对人民充满仁爱、同情的人文主义者,对黑暗统治充满刻骨仇恨的社会批判者。他在暴风雨中振臂疾呼,要砸烂黑暗的世界:"震撼一切的天雷,把这个圆鼓鼓的世界一下子打扁吧!"由此可见,李尔的世界观已彻底发生了转变。在莎士比亚看来,这种转变是人文主义思想的胜利,是善战胜恶的生动体现。

《李尔王》可说是莎士比亚创作的最具悲剧色彩的一出戏剧,全剧充满了腥风血雨。然而,在这最为黑暗的悲剧中,莎士比亚的人文主义思想虽然日渐渺茫,但他并没有完全陷入绝望之中,而是通过各种手段,在剧作中向世人展示几缕不灭的思想光辉,意在点燃人们心头日渐消失的希望,唤起人们对前途的信心。这是莎士比亚在这幕悲剧中传达的一个重要的思想。这种理想光辉首先表现在李尔王由"非人性"向"人性"转变的过程中,这是一种人性的复苏,是他的人文主义思想战胜封建君主思想的表现。李尔王因此领悟了人生的真谛,心灵得到了净化,思想境界随之升华。对于李尔王这种积极的变化,莎士比亚予以积极的肯定和赞美,把他描写成一个获得了真理的巨人。他的变化表明,环境的变化对人具有重大影响。李尔王当初的"非人性"更多的是他高高在上的环境所致,后来转为"人性"也是得益于环境。因此,莎士比亚坚信,只有社会进步了,向更高层次发展了,社会才会公平和宽容,才会有博爱,恶才能得到更有效的抑制。这是莎士比亚的社会发展观。

如果说李尔王是莎士比亚用来表现人性由恶变善的代表,那么,麦克白则是作者用来展示由善变恶的象征。麦克白仪表堂堂,举止高雅,正直、善良、勇敢,时刻铭记着自己的责任和义务。他驰骋疆场,率领千军万马,内克叛军,外御强敌,为国家、为民族建立了盖世奇勋,赢得了包括国王在内的全国人民的一致拥戴和称赞,成为英格兰的国之干将、全国人民心中的伟大英雄。麦克白这种"圣人"般的形象近乎完美,可是这种完美的形象在内外因素的作用下迅速变形,上演了一场令世人痛恨而又扼腕的人生悲剧。在野心和权欲的驱使下,麦克白渐渐丧失人性,用谋杀的手段登上了王位,又用谋杀的手法实行腥风血雨的统治。在他罪恶的统治下,全国上下一片阴霾:"每个黎明都听得见新孀的寡妇在哭,新丧父母的孤儿在号啕,新的悲哀上冲霄汉,就像与苏格兰的哀歌共鸣一样,连天空也发出了凄厉的回声"(第3幕第3场)。举国上下,民不聊生,人民对他恨之入骨。至此,一个全国人民爱戴的民族英雄已彻底蜕变成一个卑鄙的盗国贼、一个杀人魔王、一个专制的暴君。

在莎士比亚的剧作中,像麦克白这样一位由善的代表陡然转变为恶的化身的人物是绝无仅有的。而且,一般而言,莎士比亚笔下的主人公往往都是正义的代表,真、善、美的推行者,诸如麦克白这种形象却十分鲜见。是什么原因促使麦克白发生如此逆转的呢?作者又是从什么角度表现自己的悲剧思想的呢?

当然,最直接的原因是女巫的预言,这是最直观而表面的原因。女巫的预言是一种超自然现象,是大自然中一种冥冥不可知的神秘力量。它能够吞噬人的良知与道德,把人引入罪恶的深渊。该剧中三个女巫以预言的形式引诱麦克白,为其悲剧命运铺设了一条不归路,使麦克白陷入自然力量的漩涡,任其摆布,从而演绎了一段令人难以忘怀的人生悲剧。从女巫预言、鬼魂显灵、幻想频现等角度而言,《麦克白》一剧具有较为浓郁的宿命色彩,常被看作是宿命论思想的完美脚注。这种看

法使这部作品蒙上了一层古希腊悲剧的色彩,因为那时的悲剧普遍带有一种宿命论思想。

不过,将麦克白的悲剧像古希腊悲剧一样,归咎于冥冥之中的不可知力量,显然是一种令人难以信服的解释,况且莎士比亚生活的时代与古希腊悲剧产生的年代已完全不可同日而语。莎士比亚时代的人们已远不像古希腊人那般愚昧、盲从,那般盲目崇拜上帝、自然,那般轻信鬼怪神灵的传说。再说,莎士比亚一向表现的是人与自己建立的政治、道德、信仰等秩序之间的矛盾和冲突,而非所谓的超自然命运。

实际上,莎士比亚通过这一形象表达了自己唾弃野心和权欲的思想。他认为,鬼神巫术等超自然现象只是麦克白内在野心和权欲的外化表现,早已蛰伏的野心以女巫的形象出现,促使他良心泯灭,恶的本性肆虐。外部的诱惑加上内心潜伏的罪恶,导致麦克白上演了一场人生悲剧。在上演这场悲剧时,麦克白的内心充满了汹涌的波涛和阵阵的风暴,良心与野心、善良与邪恶这两个不同的自我在他的内心展开了激烈的对弈,他的灵魂在裂变,他的精神在崩溃,他几乎到了发疯癫狂的地步。每次恶的自我发作,他的内心都经历了一场煎熬,作恶过后,他又时而表现出内疚和恐惧。他的心灵在挣扎,灵魂在哀鸣,他遭受良心的谴责,不愿堕落,但他无可奈何,不能左右自己,结果又进一步堕落。这种复杂的心理变化将麦克白复杂的个性、微妙的内心活动演绎得栩栩如生,令人信服。如此细致入微地揭示主人公复杂的内心活动,展示主人公性格互为矛盾的两个方面,在描写这种矛盾的心理活动时还采用心理分析的方法,这在莎士比亚作品中是比较鲜见的。它无疑表明,莎士比亚表现其悲剧思想的方法更丰富了。他不仅对人性的解剖更全面了,而且表现手法更多元化了,视域也更宽泛了。

具有先进人文主义思想的莎士比亚在创作完最后一出悲剧后,思想上出现了茫然,因对人类前途的不确定性感到忧心忡忡。这些正是他在《麦克白》悲剧中表达的最重要的思想。他深切地感到,作为一个社会,英国已厚厚地笼罩在一片悲剧的气氛中。而《麦克白》这一悲剧正是这个社会中发生的一幕幕悲剧的缩影。

由此可见,莎士比亚自始至终都在追求人文主义思想,实践人文主义者的抱负。他一再展示自己对社会、宗教、人生、人性等诸多方面的看法,矢志不渝地追求真、善、美,追求爱情、幸福,追求平等、正义,追求人类的理想社会。这些都是莎士比亚在悲剧作品中表现的重要思想和观念,同时也是未被论及的莎士比亚其他作品的主题思想。这些熠熠生辉的人文主义思想贯穿了莎士比亚创作的始终。他的戏剧如此,他的十四行诗也是这样。十四行诗同戏剧虽然体裁迥异,但从莎士比亚的人文思想来看,他的十四行诗是对他戏剧创作的一个有力补充,两者可以说是一个难以分割的有机整体。莎士比亚在十四行诗中不遗余力地表现的同样是他先进的人文主义思想。

莎士比亚的十四行诗,每一首都堪称思想和艺术的精品,每个词都闪烁着诗人智慧的光芒,数百年来,久诵不衰。154首诗没有一个完整连贯的故事,但彼此间存在着一种内在的关联性和一致性。这种关联和一致就是绵延于诗中的友谊和爱情。友谊和爱情构成了莎士比亚十四行诗最重要的主题,是莎士比亚人文主义思想最重要的组成部分。以人文主义思想为基础的莎士比亚十四行诗,就主题而言,主要从以下几个方面表现了作者的思想,即讴歌纯洁的爱情、真诚的友谊,批判禁欲主义,鞭挞黑暗的现实,向往光明的未来,超越时空,追求真、善、美。

爱情与友谊是文艺复兴时期人文主义思想的核心内容之一,也是文学创作中的重要主题。莎士比亚在创作十四行诗时将之作为中心主题,是十分自然的。在他的心目中,人具有至高无上的地位,而爱情和友情是丰富人的生活最重要、最美好、最具吸引力的内容之一。他视爱情为人世间最令人向往、最神圣的感情之一,是爱情至上主义者。为了追求和享受幸福的爱情,他宁愿放弃一切。什么荣华富贵、高官厚禄,什么金钱地位、飞黄腾达,与忠诚甜美的爱情相比都会立刻黯然失色,在他的眼里,无异于粪土,毫无价值可言。他在第29首中直言不讳地宣布:"我记着你的甜爱,就是珍宝,/教我不屑把处境跟帝王对调。""我只要有了你呵,就笑傲全人类"(第91首)。作者热情讴歌、大胆追求爱情,同封建社会和基督教宣扬的压抑人性的禁欲主义形成了鲜明的对比,这是对人性的张扬,也是对人的精神解放和人性的发展的巨大

促进。

在诗人的眼里，爱情犹如日月光辉、生命永驻的恒星，屹立在世间。它不受时间的束缚，也不受世道的影响，不论是狂风还是暴雨，它都巍然屹立，像灯塔一样，给人带来光明。诗人所描绘的崇高的爱情，具有浓厚的理想色彩。除了爱情，诗人还热情地赞美了友情，在文艺复兴时期的人文主义者看来，真挚的友情甚至胜过爱情。莎士比亚在十四行诗中不惜笔墨，用大量的篇幅讴歌了真挚纯洁的友谊。他在第18首中深情地写到："能不能让我来把你比拟作夏日？/你可是更加温和、更加可爱。"这首脍炙人口的诗，有人把它看做是一首爱情诗，也有人将其视为友情诗。诗人描述的这种或爱情或友情，犹如风和日丽的夏季，令人心旷神怡。其实，很多时候人们很难分清诗人是在歌颂友情，还是在赞美爱情，更多的时候是两者兼而有之。因此，友情和爱情，尤其是理想化的友情和爱情，便成了莎士比亚十四行诗重要的主题思想，也成为他重要的人文主义思想的内容之一。

在诗人的心目中，两情相悦，贵在真诚、永恒、高贵；而喜新厌旧、见异思迁，是诗人竭力唾弃的。然而，在邪恶的社会里，美往往遭到罪恶势力的破坏和摧残，难以长驻人间。作为美的表现形式之一，爱情和友情自然也逃不过恶意的诽谤和中伤，逃不过势利小人、追逐名利地位和金钱财富的负心汉、薄情女的玷污和玩弄，从而出现了一幕幕爱情骗局或悲剧。这是腐败的社会和邪恶的人性对美好爱情的亵渎。莎士比亚对这种现象表现出了极大的义愤和无限的悲伤，对社会提出了强烈控诉。这是莎士比亚在十四行诗中表达的又一重要思想。"对这些都倦了，我要离开这人间，/只是，我死了，要使我爱人孤单。"在第66首诗中，诗人毫不掩饰地控诉了种种黑暗势力对真、善、美的摧残，对贞洁、正义的蹂躏。诗人明确表示，面对现实社会强大的邪恶势力和腐败的社会现象，诗人感到十分忧伤和悲观，甚至萌发了以死相抗的念头。在这里，诗人理想化的美好爱情与友情，同残酷而又腐朽的社会现实发生了严重对立和激烈冲突，资本主义原始积累时期英国社会的种种罪恶成为人们追求纯洁友谊和美好爱情的最大障碍。诗人为人类为这一美好追求蒙受屈辱不停地抗议，用一首首诗作控诉制造悲剧的黑暗社会。

这一切成为莎士比亚悲剧及其诗歌的思想基础。

超越时空,追求真、善、美,同样是莎士比亚在十四行诗中体现的重要思想。他认为,美是真正艺术的灵魂,而他的诗是美的代表。这种美,这种真正的艺术"将超越无聊的名位的高下,跨过一切时代,以至无穷无疆"(第122首)。真正的艺术不应为名誉、地位、金钱所染,应该永葆青春,长驻人间,成为人们千古传诵的经典。任何有生命的东西终究有一天将会灭亡,而他的诗将与日月同辉,诗作中塑造的美也将永垂千古。诗人作品中这种顽强的生命力、这种超越时空的永恒在第55首中得到了完美体现。"白石,或者帝王门镀金的纪念碑/都不能比这强有力的诗句更长寿;/你留在诗句里将放出永恒的光辉,/你留在碑石上就不免尘封而腐朽。"生命是短暂的,时光是无情的,而优美的诗篇"远胜过那被时光涂脏的石头",无论是战争、内讧,还是利剑、烈焰,都摧毁不了诗的永恒。诗人盛赞诗歌的永恒,意在凸显诗中展现的丰富的人文主义思想必将与世长存,成为指引人们前进的一盏盏明灯。

莎士比亚的十四行诗传达着美的信息,给人以强烈的美感,给人带来美的享受,他的诗就是真、善、美的结晶,正如他在第105首中所说的:"真,善,美,就是我全部的主题,/真,善,美,变化成不同的辞章;/我的创造力就用在这种变化里,/三题合一,产生瑰丽的景象。"真、善、美是莎士比亚诗歌的灵魂,表现积极的人性美和人情美是其精髓。他的作品可谓首首都是真情的流露,篇篇都是人性的张扬,人情和人性构成了他诗作中光彩夺目的人文主义思想,体现了反封建、反教会的人文主义追求,表达了对人类美好未来的向往和期盼。

莎士比亚追求的美并非只是一种外在的美。外表美往往徒有其表,内心却空空如也。这种美毫无价值,也无力与永恒同在。莎士比亚追求的是内在美和外在美的完美结合,是真、善、美的高度统一,是人性美和人情美的天然融合。只有这种美,才能使美好的事物永存,使优美的诗篇永驻,才能促使人们更加向往美,向往美好的未来。也正是因为这种美,莎士比亚的十四行诗才成为人类文明的优秀遗产,成为人类思想宝库中不朽的财富。

莎士比亚是人类文学史上一位伟大的文豪,是英国文学史上一位

空前绝后的艺术巨匠。他的伟大在于他创作了数量众多的传世之作，在于他向世人展示了丰富多彩的创作思想，在于他弘扬了先进的人文主义思想，在于他向读者传递了瑰丽的"和谐之美"。总之，莎士比亚的伟大不仅在于其作品，而且在于其作品中折射出的熠熠生辉的人文主义思想。正是这种先进的人文主义思想，使他屹立在文艺复兴之顶，矗立在世界文学之巅，成为英国文艺复兴时代人文主义思想的典范。

英国的文艺复兴，作为欧洲文艺复兴的一部分，同样是以新兴的资产阶级倡导的人文主义为核心思想，以反中世纪教会、反封建社会为主要任务，以复兴古希腊、罗马文化为中心内容，以追求个人幸福、个性解放、世俗欢乐为主要目标，铸就了英国文学的第一次繁荣，尤其是戏剧和诗歌的繁荣。无论是托马斯·莫尔、埃德蒙·斯宾塞、菲利普·锡德尼，还是威廉·莎士比亚，都是这繁荣的缔造者。尤其是莎士比亚，他的戏剧创作被视为文艺复兴时期现实主义创作的高峰，他的出现使英国戏剧成为世界文学遗产十分重要的组成部分。这些作家虽然创作经历不同，创作风格迥异，但他们都崇尚人文主义思想。人文主义不仅是指导他们创作实践的思想原则，而且成为英国文学思想史上极其重要的一章。

注释

① 奥西诺夫斯基：《托马斯·莫尔传》，杨家荣、李兴汉译，北京：商务印书馆，1984年，第 iii 页。

② 托马斯·莫尔：《乌托邦》，戴镏龄译，北京：商务印书馆，2009 年，第 44 页。

③ 奥西诺夫斯基：《托马斯·莫尔传》，杨家荣、李兴汉译，北京：商务印书馆，1984年，第 iii 页。

④ 《从文艺复兴到十九世纪资产阶级文学家艺术家有关人道主义人性言论选辑》，北京：商务印书馆，1971 年，第 3 页至第 11 页。

⑤ 奥西诺夫斯基：《托马斯·莫尔传》，杨家荣、李兴汉译，北京：商务印书馆，1984年，第 164 页。

⑥ 同上，第 157 页。

⑦ 埃蒂耶纳·卡贝：《伊加利亚旅行记》，第 2、3 卷，李雄飞译，北京：商务印书馆，1978 年，第 253 页。

⑧　胡家峦：《历史的星空——英国文艺复兴时期诗歌与西方宇宙》，北京：北京大学出版社，2001 年，第 113 页。

⑨　伍蠡甫、胡经之主编：《西方文艺理论名著选读》（上卷），北京：北京大学出版社，1987 年，第 171 页。

⑩　同上，第 175 页至 176 页。

⑪　张泗洋、徐斌、张晓阳：《莎士比亚引论》（下），北京：中国戏剧出版社，1989 年，第 136 页。

⑫　同上，第 153 页。

⑬　杨周翰编：《莎士比亚评论汇编》（上），北京：中国社会科学出版社，1970 年，第 449 页。

第三章

启蒙思想的全面展开

　　如果说 16 世纪以莎士比亚为代表的一代作家在创作思想上仍然热衷于古典社会文化的基本主题,那么,17 世纪的英国作家们则在众多思想领域开始了他们关于现代理性社会的探讨。伴随着以内战方式展开的英国政治革命,作家们为全面阐释启蒙精神与现代社会模式谱写了新的篇章。

　　在哲学领域,哲学家约翰·洛克全面深入地表达了经验主义的核心观点,认为人的一切知识来自于"经验",奠定了他作为近代哲学中经验主义流派的绝对核心的地位。在科学领域,弗朗西斯·培根认为要清除头脑中一切错误的观念、偏见和幻象,就必须坚持科学化的实验方法,通过甄别、比较和筛选所要研究的对象之间的差异性,寻求研究对象明确的性质和特点,这就是培根坚信不疑的"归纳研究法"。在政治领域,约翰·霍布斯认为自然状态中的人处于一切人反对一切人的连绵不断的战争之中,人的本性是贪婪、自私和凶残的。在这种博弈的社会关系中,有必要通过订立社会契约来规范所有人的行为,以达到自我持存的目的。他认为君主政体是实现契约原则的最好形式,这也正是影响深远的君主立宪制的最初形式。在宗教领域,伴随着宗教生活的多元化,以约翰·班扬为代表的社会底层民众与以约翰·弥尔顿为代表的中产阶级为争取平等的宗教权利进行了艰苦卓绝的斗争,宗教信仰自由在欧洲历史上第一次作为一种政治主张被明确地表达了出来。在教育领域,约翰·洛克在其认识论的基础上,强调后天习得的重要性,提出了著名的"白板说"的教育理念,他认为教育的目标是培养一个集德性、理智、才干与修养于一体的绅士阶级人物,并提出了极为具体的教育内容,开创了现代教育思想的先河。

17世纪的英国文学更是集中体现了喷薄欲出的现代启蒙意识。先后以本·琼森与约翰·德莱顿为代表的戏剧大师力图将英国戏剧从古典主义与浪漫主义的窠臼中解放出来,高举现实主义大旗,为英国本土极具现代生活气息的戏剧理论与实践的发展扫清了障碍。作为精确的科学思想在文学中的体现,培根力求创造一种像数学一样凝练、简明的文体,集中表达了新时代的理性之声,体现了一个破除旧迷信、倡导新科学的思想家在自我表达时的自觉要求。无论是在弥尔顿的诗歌与散文中,还是在德莱顿的戏剧作品中,个体生命意识得到了极大的尊重,宏大的宗教叙事与英雄主义让位于极富个人感情色彩的爱情主题与人生悲剧,个体生命的价值获得了前所未有的尊重。

然而,饶有趣味的是,尽管现代生活还未在真正意义上完全展开,关于现代社会生活的批判思想在这一时期的文学作品中却已经有所体现了。作为玄学派诗歌的集大成者,约翰·多恩敏感地意识到在即将展开的现代文明中,一切实体性的人际关系即将土崩瓦解,人与人之间真情的纽带将被彻底割裂,他的诗作可谓是欧洲虚无主义的先声。同样,班扬在其作品中展示的对现代社会法制与经济制度的天然批判意识,令20世纪初的萧伯纳叹为观止,后者将其引为马克思与尼采哲学思想在17世纪英国文化生活中的先行表达。

一言以蔽之,17世纪英国历史见证了现代文化意识在文学作品中的全面展开。闪烁于文学作品中的辉煌思想不仅属于英国,更具有极为深远的世界意义。可以毫不夸张地说,17世纪英国作家对于社会文化与个人生命的慧识为现代文化的发展奠定了最为根本的理论前提与基调,也为18世纪英国全面建设工业社会提供了道德依据与理论基础。

第 一 节

弗朗西斯·培根：充满科学精神的人文主义者

弗朗西斯·培根（Francis Bacon，1561－1626）出生于伦敦，是伊丽莎白女王手下一位高级政府官员的次子。他出身名门，才华过人，但因为在早期议员生涯中反对伊丽莎白女王支持的法案，一直不受重用。詹姆斯一世国王执政期间，培根平步青云，先后担任副检察长、首席检察官、掌玺大臣等宫廷要职，并于1621年被授封为奥尔本斯子爵。孰料世事无常，泰极否来，担任法官期间，培根因接受诉讼当事人的"礼物"，为议会中的政敌诉病，落得锒铛入狱。他幸获特赦，但政治生涯就此结束，晚年的培根隐居乡里，著书立说，终了一生。

作为现代科学思想在英国的倡导者，培根在近代科学思想史上拥有极为重要的地位。虽然他自己并未做出多少杰出的科学发明，但是，慎思明辨的归纳能力与令人折服的雄辩文风帮助他在阐述科学的规范性原理这一领域做出了极为突出的成绩。最为难能可贵的是，作为一位大力倡导科学精神的思想者，培根恰恰又是一位极具人文意识的伟大作家。在他的作品中，严谨凝练的文体与深邃敏感的思想达成了高度的统一。培根的一生就是在真与假、新与旧、保守与改革、政治与学术之间努力寻求平衡与统一的过程。

在他1597年发表的重要作品《随笔》（Essay）中，培根谈到了自己对真理的根本看法："真理在世人眼中其价值也许等于一颗珍珠，在日光之下看起来最好；但是它绝够不上那在各种不同的光线下显得异常美丽的钻石和红玉的价值。掺上一点虚伪的道理总是给人添乐趣的。要是从人们的心中取去了虚妄的自是、自谀的希望、错误的评价、武断的想象，许多人的心会变成一种可怜的、缩小的东西，充满忧郁和疾病，自己看起来也讨厌。"[①]与西方思想史上多有精神洁癖的哲人大相径庭的是，培根在寻求真理的道路上并没有选择一条极端的道路。他充分考虑了人类自相矛盾的天性,如实考察了人类复杂多变的本能,希冀以一种调和折中的方式阐释人生的真理,这颇似中国人"水至清则无鱼,人至善则无友"的人生态度。

事实上,这一论说绝不仅仅是培根关于真理的理论探讨,更是他自己一生为人处世的真实写照。培根的一生有着太多自相矛盾、互为龃龉的方面。他是科学思想和实验方法的倡导者,但他坚守着生命的宗教关怀和人文底线;他的《随笔》是关于那个时代道德操守的典范之作,但他自己的道德生活却多有劣迹;他以机巧和雄辩赢得了恩主埃塞克斯勋爵的青睐,但在勋爵谋反的政治事件中却坚定地认为应该将这位曾经对自己有救命之恩的贵族处以绞刑。在他的人生岁月中,培根游走于各种现实世界和精神生活的矛盾和纠葛之中,以他深邃的智慧和超然的态度诠释着自己对人生的根本认识。

16 世纪的欧洲进一步延续了文艺复兴的伟大传统。理性觉醒,批评活跃,反抗权威的意识极为强烈,要求思想、感情和行动自由的呼声此起彼伏。在文化领域内,理性成了时代精神的主角。真理不再依附于政治权威,而是由不偏不倚的"自由研究"获得的。人们开始学着用自然的原因来解释物质和精神生活中的一切。肇始于文艺复兴的人本主义思想逐渐在社会生活中站稳了脚跟。

16 世纪的英国不仅具备了欧洲大陆理性文化的基本特点,而且逐步从一个文化落后的国家走到了欧洲文化的前列。从历史角度看,英国在相当长的时期内一直是欧洲大陆文明的学生,然而,独立的宗教生活与强大的海上霸权给了这个充满生气的岛国空前的自信,一场席卷所有社会领域的人文主义的思想风暴大有呼之欲出的态势。

作为一名坚定的人文主义者,培根理所当然地成了这一思想革命的典型代表,而他选择的突破口恰恰是自然科学。培根在少年读书时就本能地对古代自然学说表示怀疑和不屑,这种根深蒂固的想法深刻地影响了他后期一系列重要的思想。他既反对亚里士多德,也反对空洞无益的经院哲学。在他看来,这些不切实际的学说脱离了事物本身,缺乏牢固的基础和令人信服的证明。一言以蔽之,它们在前提、方法和结论上都是错误的,这就是过去一事无成、现在必须重新开始的原因。

培根称自己整个计划的目的是"在良好的基础上全面重建所有科学、技术和人类的一切知识",这就是他所认为的"伟大的复兴"。

伟大的思想家存在一个共同的特点,他们都认为历史要从自己开始。事实上,培根的确在理论上开启了近代科学的大门,成为"给科学研究程序进行逻辑组织化的先驱"。培根所认同的获取真正知识的途径是科学化了的实验方法,在选择实验对象和总结归纳等方面都有着极为严格的要求。在培根看来,要实践一种新的获取真正的知识的途径,我们就必须清除头脑中一切错误的意见、偏见和幻象。在清除了头脑中的四种幻象(种族幻象、洞穴幻象、市场幻象、剧场幻象)[②]的基础上,我们要甄别和筛选所要研究的对象和与之相反的对象,通过比较确定它们在程度上的差异,并通过制定表格的方法得出研究对象明确的性质和特点——这就是培根坚信不疑的"归纳研究法"。

培根对于科学方法的总结的确为英国乃至整个欧洲的科学研究奠定了理论基础,无怪乎马克思尊他为"英国唯物主义和整个现代实验科学的真正始祖"。然而,人在科学实验中能否如培根所要求的那样全然不带有任何偏见、全然不被幻象干扰呢?建立在数量优势上的实验科学是否可以称得上是一种"真正的严格的"科学呢?事实上,任何意见从最严格的意义上讲都是一种"偏见",任何选择必然就是一种"排斥",科学研究的前提必定是一种"隐含着的预设",而通过数量优势建立起来的科学判断本身就不能在理论上达到自恰。在这一问题上,18世纪的思想家休谟和20世纪的科学哲学家们对于科学根基的探讨帮助我们比培根更为深刻地认识了科学的本质和作用。[③]

然而,培根在思想史上的伟大之处,不是他对科学不加节制地顶礼膜拜,而是他对科学的限制和界定。如上文所言,在现实生活与思想探讨中,培根并不是一个爱走极端的人,他总是热衷于调和或是有所保留的。培根极力鼓吹新的科学研究方法,但是,他并不希冀在科学研究的基础上提供一个包罗万象的体系,而是"要打下更为坚实的基础,更广地扩大人类力量和卓越的界限"。多少年来,思想家出于理论和现实的需要,总是极力强调培根思想中科学主义的一面,却有意无意地忽略了培根始终承认的"科学的界限"。怀疑主义的天性和他对星象学与占卜的兴趣帮助培根认识到像上帝一样拥有关于宇宙的统一认识是根本不可能的。因此,他本能地遵循了托马斯·阿奎那的思想原则,明确划定了宗教和科学(广义哲学)的界限和领域。以下两段引文可以帮助我们非常明确地了解这位文艺复兴晚期的思想家内心最为重要的观点:

> 有较少或肤浅的哲学知识(一般科学知识)使人的思想倾向于无神论,这是人所设想的真理和得自经验的结论;但是,继续深入地研究,又使人的精神皈依宗教。
>
> 感官犹如太阳,展示了大地的面貌,却遮掩了天国的情况。人类必须求助于神圣的神学,抛弃人类理性的小舟,登上教会的大船,只有这只大船才有正确地指出航程的神圣的指针。哲学(科学)的星光不再对人类有什么帮助。我们必须服从神圣的规律,尽管我们的意志暗中抱怨和反对;同样,我们必须相信上帝的命令,虽然我们的理性对此感到震惊。神圣的神秘越荒谬而不可信,我们能相信它,越表明我们崇敬上帝。现在我们看清,说到底信仰比认识更有价值。在认识上人的心智受感觉影响,感觉因物质事物而起;而在信仰上,精神受精神影响,精神是更有价值的动因。因此,神圣的神学应该得自上帝的命令和神谕,而不应得自理性的指示。④

16 世纪的人本主义者比 20 世纪狂妄自大的哲学家们的高明之处就在于保留了宗教的一席之地。这种深沉的宗教修养使得他们在高举科学主义大旗的同时,始终不忘人文主义的本质要求。在这方面,最为典型的例子就是法国天才帕斯卡尔,这位在几何学、数学、化学和物理学等众多科学领域卓有建树的思想家,同时也是那个时代极具特点的"护教大师",他认为,"信仰确实表达出感觉所没有说出的东西。但绝不是和感觉所看到的东西相反。信仰超乎感觉之上,而并非与感觉相反","理性的最后一步,就是承认有超出自己的事物存在于无限之中。理性的探索如果不能达到认识这一点,它就只能是软弱的"⑤。

按照帕斯卡尔的说法,培根的确走到了理性的最后一步。当他说

"知识就是力量"的时候,培根始终没有放弃对于信仰的追求,没有放弃对直接来自人的感情世界的关于"善"的道德原则的肯定。在他的人生辞典里,人不能只有"力量",还应该有至善与至美,应该有爱。对知识的追求必须为"爱和至善"所驾驭。"追求真理,即向它求爱或是求婚;了解真理,即赞美它;相信真理,即享受它,这是人类天性中的至善"。⑥如果说培根在政治生涯中多有一些不光彩的言行,那么他晚年的隐居生活却是在充满诗意的乐而忘忧的境界中度过的。人不是"直立行走的动物",他是"不朽的神明",晚年的培根和他生活的世界,和他的灵魂和谐一处了。在一个人的灵魂世界中,科学主义和人文主义可以如此和谐自恰地统一起来,这实在是一个奇迹。

16世纪英国文体的变化绝不仅仅是一种孤立的文学现象,更不单单是一种语言表达方式的转变。当代哲人海德格尔说过,语言是存在的家园。语言的命运总是和一个民族自身的命运紧密联系在一起的。

众所周知,文体与思想往往是不可分割的,能够敢于挑战这一原则的人需要足够的勇气。当被问及为何要用文言体写自己的代表作《管锥篇》时,钱钟书先生说原因之一就是想看看古文体在多大程度上可以涵纳现代思想。在这个意义上,培根将近代先进思想纳入英语古文体的做法与钱先生如出一辙。可以毫不夸张地说,16世纪英国文体的转变不仅是英国16世纪社会文化转变的题中之意,而且极大地激发了英国的民族自觉意识,推动了英国迈向现代国家的民主进程。培根作为一种全新的英语文体的开创者,在英国文学史和思想史上至关重要的变革中起到了不可替代的作用。

众所周知,现代英语真正确立其在英语文化中的地位大体在公元14世纪末到15世纪初,乔叟等一批古典作家对现代英语的发展起到了至关重要的推动作用。然而,直到16世纪,在社会上层生活中,使用拉丁文依然被看做是极有修养的表现,本国语言并未受到真正的重视。在《论本国语言的重要性》一文中,约翰·洛克以一种充满悲愤的语气批判了同时代的人不重视英语的现象:"对于一些自幼习诵过希腊与拉丁语的人们来说,学生的英语能力好坏,往往让人不屑一顾,尽管他们自己对希腊语、拉丁语的掌握也不过平平。"洛克在文中表达了他对同时代的青年人的期望:"无论一个青年人学哪些外国语言,他必须认真、刻苦学习并且熟练掌握的,却应该是民族语言。"⑦

然而,散文创作并没有如洛克所期望的那样朝着有利于英语发展的方向顺利展开。英国文化毕竟在相当长的时间内一直深受希腊、罗马等古典文化的影响,托马斯·艾略特等一批在古典文化传统氛围中成长起来的作家恪守严格的尊卑观念,重视所谓上流社会的古典品格,坚持拉丁文比英文优越的观点,在文学中也坚持用拉丁文进行创作,这些作家即使写英文,也在词汇上大量运用拉丁文来源的长词、大词。然而,青山遮不住,毕竟东流去。越来越多的作家感受到了时代变革的要求,倾向于用英语进行创作。以埃斯·卡姆、约翰·切克、托马斯·威尔逊为代表的一派作家主张用口语体英文写作,明确要求保持英语的"纯洁性",并尖锐地批判了当时所谓的英语和拉丁语混杂的"墨缸英语"(inkhorn terms)和用词繁琐芜杂的"合同式英语"(indenture English)。⑧种种迹象表明,英语散文的真正变革已经不远了。

如果说 16 世纪上半叶散文写作争论的焦点是选择什么样的语言,那么 16 世纪下半叶至 17 世纪上半叶的重要问题就是散文写作的风格了。在英国散文的历史上,来自古罗马的两种散文写作风格一直主导着英国散文的发展和流变,它们是西塞罗式(Ciceronian)与色尼加式(Senecan)。根据王佐良先生的比较,前者讲究修辞术,用大量的明喻、暗喻、拟人、夸张等手段铺陈一事,句子是长的、丰满的,音调是铿锵有力的;后者则相反,着重论点鲜明与表达有力,句子是短的,不求堂皇的韵律而接近口语的节奏。⑨具体而言,西式文体擅长使用圆周句,其特点是:句子偏长,句中有句,有主从关系;要读到句末,才知要旨。色氏文体擅长使用表达有力的句子,其特点是:典型句型以简短闻名,平行铺开,可以陆续增入新意,可以随时补充,而每句本身都力求精辟。然而,时代的发展需要符合现代文化生活的文学表达方式。

培根的作品仿佛一阵清新和煦的风,吹开了英国散文写作的全新局面。培根的《随笔》于 1597 年问世引起轰动,1612 年、1625 年两次增订再版。一向喜爱褒贬人物的本·琼森对他的评价是"若论说话干净、准确、有分量、最不空洞、最没有废话,谁也比不上他"。培根取得如此

之高的声望不是偶然的。在《新工具》（*Novum Organum*，1620）一书关于论述"市场偶像"的一段文字中,培根详细论述了他关于使用语词的观点:

> "市场偶像"是偶像中最麻烦的,它是由于语词与名称联合而偷偷进入人的理解的。人们以为他们的理智控制语词,但语词也对理解产生反作用,这就使得哲学与科学变成诡辩的,因此无所作为了。语词是按照群众的能力形成和应用的,其辨别也是沿着对群众的理解最显而易见的路线进行。一旦更敏锐的理解或更细致的观察为了要适应自然的正确路线而改变旧的路线,语词就会出来挡路,抗拒改变。因此常有这样的情况:学者的严肃讨论常常以对词语和名称的争论而告终。有鉴于此,更审慎的办法似乎应该按照数学家的习惯和智慧,以定义开始,使得语词井然有序。⑩

在《学术的推进》（*The Advancement of Learning*，1605）中,培根又在多处谈到了语言问题:

> 只钻研文字,不钻研内容:此为治学之道第一弊端。
> 文字只不过是内容的影像,文字如果没有道理和发明,便无生命,热衷于这种文字,与热恋一幅肖像何异?⑪

由此可见,培根在行文时坚决杜绝任何浮华做作的成分,他竭力追求的是一种像数学一样严谨缜密而又整洁干净的语言风格。试看以下句:

> To choose time is to save time.
> 善择时即省时。
> Virtue is a rich stone, best plain set.
> 道德如宝石,朴素最美。
> Prosperity doth best discover vice, but adversity doth best

discover virtue.

顺境易见劣性,逆境易见德性。

我们读培根的随笔,感觉文字仿佛被注入了一种钢性的质料,具有一种力透纸背的能量。然而,他的语言却字字珠玑,简约而不失形象,直接却富含情趣,具备了数学的精确,却比数学多了许多丰富的感受。

中国古代文论家陆机在谈及优美凝练的文章时,强调一篇佳作的标准是"句尤可删,乃知其疏;字不得减,乃知其密"。就英语散文而言,培根是最适合这一评价的了。事实上,也只有这种语体才能淋漓尽致地体现出培根善思明辨的性格特点和严谨、务实的生活作风,这就是中国人说的"文如其人"吧。

培根的文章冷静而不失温润,刚硬却不少优雅。在谈及真理、死亡、宗教、爱情、友谊等极富古典色彩的主题时,培根会以不容置疑的冷静态度,抽丝剥茧般地层层分析;当谈及容貌、娱乐、旅游、庭园等生活化的主题时,他又是那么通脱自然、随意潇洒,处处透着一股"诗人"的气质。一个人的性格可以分为如此两个极端,实属不易。

无论紧凑或放松,培根的第一考虑始终是把事情说清楚。不同的内容需要不同的风格——写随笔自然不同于写论文——但都得确切地、明晰地、有秩序地写出意思。读培根文章的愉快就在于观察一个敏锐的头脑怎样有条不紊地把一个又一个的意思用清晰的文字表达出来。他的文体节奏带着自信,语气露出权威,恰是一个破除旧迷信、倡导新科学的思想家需要的品质。不盲目地推崇先哲的文学范式,坚定地听从内心的召唤,正是在这一原则的指引下,培根开创了前无古人、后无来者的培根体,从而奠定了他在英国散文史上不可动摇的地位。

在完成史学名著《亨利七世史》(*History of the Reign of King Henry* Ⅶ, 1622)之后,培根深刻检讨了自己早年的政治生活,对自己没有能够及早弃政从文感到万分遗憾。在《论死亡》("On Death")一文中,培根希望自己在真诚的追求中死去,如同一个盛怒的人在受伤时不觉得疼痛一样。据说,在生命的最后阶段,培根潜心研究冷热理论及其实际应用问题,在一次室外实验中,他由于身体羸弱,经受不住风寒的

侵袭,支气管炎复发而病逝。我们宁可相信这是真实的事情,因为这至少是一个他本人可以接受的方式——把生命献给了他所认同的事业。

在他的遗嘱中,培根深情地说道:"我把灵魂给了上帝,把肉体留给了一抔无名的黄土地,把名字赠给未来的时代和异国他乡的民族。"在他去世后,人们修建了一座石碑作为纪念,亨利·沃登爵士为他题写了墓志铭:

圣奥尔本斯子爵,

如用更煊赫的头衔应称之为——"科学之光"、"法律之舌"。

我们不妨宽容大度地再附上一笔——永不停息的真理追求者。

第 二 节

约翰·洛克:经验主义的奠基者

在英国文学思想体系中,经验主义对 18 世纪英国小说的崛起具有推波助澜的作用。经验主义的代表人物是约翰·洛克(John Locke,1632 - 1704)。洛克出生在索美塞特一个叫做灵顿的小乡村,他聪颖好学,20 岁进入牛津基督教会学院,并在以后几年里迅速确立了他在医学研究领域的学术地位,并被授予高级研究员的称号。医学研究与实践为洛克提供了与莎夫茨伯利伯爵接触的机会,他在很长的时间里协助伯爵参与政府管理工作。由于莎夫茨伯利伯爵与复辟王朝政见不一,洛克遭受牵连,流亡荷兰,逐步成长为支持民主观念与进步运动的新政权的拥护者。动荡的流亡岁月不仅没有消磨洛克追求真理的意志,反而更加磨砺了他用理性的眼光观察与理解世界的精神。晚年的洛克更是老而弥坚、意气风发,连续完成了《论宗教宽容的信》(1689)、《政府论两篇》(1689)、《人类理智论》(1690)、《教育漫话》(1693)等一系列重要的哲学、教育学与政治学的书籍与文章。1704 年,洛克在荣誉、友谊和平静中走完了他的一生。[12]

可以毫不夸张地说,约翰·洛克的思想内容和思维方式代表了英吉利作家乃至整个不列颠民族智慧的基本特征,那就是建立在纯粹的经验主义之上的、以解决实际问题为主的思维特点。他作为经验主义哲学的集大成者,努力推动现代民主政治,并为现代教育的发展提供了最早的理论指导。在近代史的开端,洛克的思想无疑为民主社会的形成与发展奠定了强大的理论基础。

约翰·洛克的一生是波澜壮阔的一生。从出生到离世,他的生命跨度恰好覆盖了英国革命从爆发到结束的整个过程。洛克自身的命运伴随着英国革命潮起潮落,起伏不定,他的才智与胆识注定要让他成为这一历史阶段的弄潮儿。

与任何文化转世的时代一样,西方近代文明的到来在哲学上是以怀疑论的方式展开的。当笛卡儿用"我思故我在"的经典表达宣告理性时代的到来时,"认识是如何成为可能的"这一问题悄然成为了欧洲思想界最重要的主题。笛卡儿不曾想到,紧随其后的学生却是来自海峡对岸的英国。洛克全面深入地阐释了经验主义的核心观点,确立了他在近代哲学经验主义流派中的绝对核心地位。

在洛克看来,哲学是关于事物的真正知识,因为它直接关乎我们人类究竟是如何认识和理解这个世界的根本问题。为了扫清自己理论上的障碍,洛克否定了"天赋真理说"。他认为人的心灵中没有理论或实践原则,所有一切都是以实践的方式得到的。千差万别的大千世界和截然不同的道德观念,充分说明普遍承认的先天观念是不存在的。⑬

洛克坚定地认为,人的一切知识来自于"经验"。心灵原来的状态是一块白板(tabula rasa),没有任何字样和观念。正是通过对客观世界的经验,人们通过"感觉"和"反省",以触摸、观看、知觉、思考、怀疑、推理等多种方式形成了一系列关于外在世界的观念,这就是知识的来源和根本。那直接获得的关于事物的观念是"简单观念",通过重复、比较和结合得到的观念是"复杂观念"。与之对应的是,事物使我们产生观念的能力就是它的性质。因此,在洛克看来,观念和知识真实性的基础在于它同外在事物的实际存在和现实存在相符合。所以,我们不能超出我们的经验得出我们没有经验过的事物的任何观念与知识。⑭

作为一位新旧文化交替时代的思想家,洛克的思想不可避免地具

有一定的折中性,这集中体现在他对知识与信仰的区分上。洛克认为,我们的生活世界中的确存在一些我们毫不怀疑的知识,它们极为接近于真理,我们只会予以赞同。他认为这种纯粹天启的佐证具有最高的准确性,它不再是知识,而是信仰。洛克一再强调,任何天启是不能被证明的,它没有理性的原则那么清楚。但是,作为一种超乎理性的存在,它属于信仰的范围,与理性没有关系。

洛克在认识论上的地位早有公论,我们不需赘述。倒是他在处理理性与信仰这一本质矛盾时表现出来的可爱的"两面性"非常值得后人深思。这些思想家能在他们的思维体系中给神秘的、非理性的力量留有一席之地,实属不易,这种可贵的谨慎态度与以后那些骄横的绝对理性的哲学态度相比,显得无比的睿智与深刻。这种二元思维为现代哲学思想的兴起埋下了伏笔。⑮

洛克在英国思想史上最为重要的贡献除了他坚定的经验主义哲学观,当属其以契约原则与权利制衡为核心思想的公民社会理论。可以毫不夸张地说,作为民主社会最为完备的政治理论形态之一,洛克的政治思想对近代政治改革与当代政治生活都产生了深远的影响。

洛克政治思想的起点是从对人类社会的自然状态的定义开始的。在洛克看来,自然状态就是人们按照一定的方式生活在一起,没有一个共同体的代表能够在他们中间做出权威的判决。与霍布斯"一切人对一切人的战争"的定义不同,洛克认为在自然状态中人与人之间存在着一定的好意与互助。然而,在纯粹的自然状态之中,人由于物质的匮乏、恶劣的自然条件和来自天性的争斗意识,更由于缺乏一个有效的共同体作为权威实施有效的集体管理,经常会出现不正当使用武力的现象。因此,在自然状态中,人与人之间往往会陷入战争状态。自然状态往往与战争状态不可分割,作为一种病态的社会状况,它是战争状态的寓所。⑯

物质文化与精神生活的进步与发展迫切需要建立一套稳定的、尽人皆知的法律,确立一个具有权威性的、能够依照法律来裁决一切纠纷的全民代表机构以及一个科学合理的权利制衡体系,以保证正当、正确、公平、合理地使用权利,从而保障个人的基本权益不受侵犯。这就是公民社会得以产生的前提与条件,也是公民社会的基本特征。

公民社会的最重要的本质特点就是组成社会的所有成员彼此定下契约,同意将每个成员在自然状态下所拥有的权利转移到"社会共同体之手"。自然状态下个人"保存自身"与"惩戒他人"的权利就是公民社会中立法权与司法权的源泉。

然而,需要特别指出的是,既然订立契约的公民同意出让自己的权利的目的是通过社会共同体的形式来保护所有订立契约的成员的权利,以完善自然状态下充满危险性与不确定性的社会状况,那么这一政治形式的首要宗旨就是"任何权利必须受到制约"。

洛克对权利制约的观点充分体现了他与霍布斯政治观点的重大分歧。他一再强调,绝对任意的权利根本无法去除自然状态的罪恶,恰恰相反,会比自然状态糟糕得多。在这一原则的基础上,洛克坚决反对君主制政体,认为这根本就不是一个公民政府所应采取的形式。那么,洛克所推崇的是怎样的政治体制呢?洛克明确地将合理的政治统治形式确立为契约原则下的多数人的统治。我们不妨关注其以下严密而又精彩的论述:

> 因为当任何数目的人在每个个人的同意下成立一个共同体时,他们也就使那个共同体成了一个团体,而这个团体只有借助于大多数人的意志和决心才有权力像一个团体那样开展行动。因为充当共同体的任何东西只能是它的每个个体成员同意的结果;而如果一个团体有必要以某种方式开展行动时,这个团体就要在更大的力量的带领下照此行动,这也是大多数人同意的;要不然它也就不能作为一个团体而行动或存在下去,这是联合进入该团体的每个个人都同意的事实;因此,那个同意迫使每个人都要由多数人来决定。⑰

政治社会的真正形成,离不开一个相应的政府。在洛克看来,成立政府是政治社会得以为继的条件,只有通过建立政府,才能实现政治权利的制约与平衡。洛克一针见血地指出,政府形式的最重要的因素就

是谁掌握立法权以及如何行使这一权力。对于公民社会，立法权这一至高无上的权力无疑是全体公民所拥有，这是公民"没有权利放弃"的权利。因此，无论是以代议制的隐性方式还是以特别社会状况下的直接形式，公民社会立法权是由全体公民与他的代议机构来行使的。⑱

　　特别需要强调的是，洛克非常明确地提出了权力分立的基本原则。他指出，就人类的弱点而言，人类有极大的欲望掌握到这样的权力——不仅能参与法律的制定而且能参与法律的实施。因此。要避免出现权力垄断与政治独裁，最重要的原则就是权力分立。虽然洛克在具体内容上只是强调立法权与行政权的分离，但这种极为先进的政治思想对于近代历史与当代社会无疑是一个极为伟大的创见。⑲

　　总体而言，洛克的政治思想非常突出公民个体在现代政治生活中的重要角色。他力求通过赋予公民立法权的方式，确保人民是一切政治生活的最终法官，从而保证人民反抗暴政的政治权利。这种极为可贵的民本思想不仅在 18 世纪的英国小说中得到充分展示，而且使洛克成为西方政治思想史上屈指可数的伟大人物。

　　对于教育的关注一直贯穿着洛克的一生。洛克常年从教于牛津大学，积累了丰富的教学经验，并且对心理学研究有浓厚的兴趣。结合自己的实验与理论，洛克晚年创作了《教育漫话》与《人类理智论》，奠定了他在近代教育史上的重要地位。洛克的现代教育观主要体现在以下几个方面。

一、白板说

　　作为一名典型的经验主义哲学家，洛克在其教育思想中也非常强调后天习得的重要性，这就是其著名的"白板说"的教育理念。在洛克看来，人的心灵在刚刚出生时有如白板或白纸，空无所有，毫无色彩可言，根本就没有所谓的先天观念。人性在起初是未定型的，可塑性甚高，也没有什么先天的善恶之分。正所谓近朱者赤而近墨者黑，心性的善恶均为后天的产物。他明确指出，孩童的心灵就像水一样是可以随意变化的。因此，教育就其本质而言就是一个由外向内的"注入"或"灌输"，而不是由内向外的"引导"或"诱发"。

众所周知,先哲柏拉图认为学习的过程就是"回忆",就是一个人将本已在灵魂中存在的被遗忘了的东西唤醒;中国的圣人孔子也强调学而知之不如生而知之,圣人就是不学便知天下至理的人。洛克从自身的经验论哲学立场出发,以一种绝对的态度强调后天学习的重要性,毫无疑问多少有些偏颇了,但是,考虑到洛克生活在一个近代科学与民主理念蓬勃发展的时期,为了鼓励民众接纳全新的思想观念,这种夸大经验的观点是不难理解的。

二、培养德才兼备的绅士

作为一个代表新阶级的知识分子,洛克的教育观集中体现了社会变迁时代全新的道德理念与价值标准。在《教育漫话》中,洛克强调教育的目标是培养一个 17 世纪英国社会需要的标准绅士,一个集德性、理智、才干与修养于一体的人,一个彬彬有礼的绅士阶级人物。试看以下洛克的观点:

> 德,是实实在在的德,乃是教育所应追求的坚实而有价值的部分。不趋向鲁莽,不施狡赖伎俩,其他任何考虑及成就都应退居其后。这就是最具体的善。
>
> 智慧……使一个人有能干和远见,能去处理他的事务。
>
> 没有好教养,则虽然有好成就,但却会变成骄傲自负,浮夸而又愚蠢。
>
> 有勇气而无教养,难免不被人说是鲁莽;有学问而无教养,则变成迂阔,有机智也就变成滑稽可笑;平实变成陈腐,善行变成阿谀奉迎了。

我们不难看出,洛克的教育目标有两个非常明显的特点:其一,他非常强调德行的重要性。在具体论述中,洛克倡导要"依理而行",用理性主义的态度驾驭欲望、约束行为,这正是法制社会的核心道德理念;其二,洛克特别强调,一个真正的绅士要具有经世致用的才干和高瞻远瞩的见解。他应该不局限于玄思与清谈,要掌握各种技能与手艺。洛

克对于一个合格的绅士的要求体现了新兴的中产阶级与平民阶层的人生价值理念，无疑具有极大的进步意义。

三、教育内容的多样化

作为一名近代教育理念的奠基者，洛克不仅从原理与目标上确立了英国近代教育的发展方向，而且在《教育漫谈》中非常细致地探讨了教育的内容。

就教学内容而言，洛克的思想突破了古典教育的樊篱，非常鲜明地体现了近代教育的本质要求。洛克认为，教育应该为学生提供语文、数学、社会科学、手工技艺、体育活动、艺术、职业性学科、游戏或休闲等多种学科和技艺的学习机会。这种教育内容改革了古典教育的基本框架，淡化了以神学为核心的教育理念，取而代之以既强调人文修养的重要性又强调经世致用的实用性的近代教育方针，为近代思想文化的传播在教育领域扫清了障碍。[②]

值得一提的是，洛克对于母语教学给予了高度重视，可谓深谋远虑，用心良苦。他一再告诫同时代的人：能够正确地书写与言说母语是一件无上光荣的事情，它不仅可以为我们带来无尽的益处，还可以帮助我们提升自身的修养。对于上流社会喜好卖弄拉丁语和希腊语而不重视英语的恶俗风气，洛克不无讽刺地说：

> 如果在我们中间有人在使用英语这方面比大多数人更加娴熟准确，这一定只能归功于偶然因素或者他与生俱来的天赋，与他接受的教育和他的老师则毫不相关。在那些据说是在希腊语与拉丁语氛围中成长起来的教师眼里，学生使用英语水平高低于他们自身的荣誉毫无增损，尽管他自己其实对古典语言也是知之甚少。

这种略带悲愤的表达充分体现了洛克对英国本土文化的热爱与尊重。他引经据典，一再强调从古到今，任何一个强大的民族都非常注重本国语言的使用，通过增强使用本国语言的能力传播先进的文化思想与理念，提升国家的凝聚力与民族的自信心。时代嬗递，洛克

400年前对英语前途的忧虑对于当今的汉语文化仍然具有非常现实的警醒作用。所不同的是,400年前在本土都没有地位的英语今天却成了世界文化大家庭里的主要语种。可见,洛克的母语观非常值得我们借鉴。

站在当代哲学的背景下考察洛克的理论体系与基本主张,我们的确有理由对其进行深入的批判。从哲学角度看,洛克以经验主义为基本立场的近代哲学观遭到了当代方兴未艾的现象学与哲学阐释学的尖锐批判,人们似乎早就遗忘了认识论的哲学历史。以"契约论"为主要观点的政治思想虽然是现代社会政治理论的重要源头,但由于它丧失了历史的维度而纯粹纠缠于抽象的、空洞的人性观,为当代政治学界诟病。

然而,任何一个有志于深入研究现代社会生活模式的发展轨迹的学者都无法避开洛克的思想,因为他以其直接、明晰而又完整的思想体系道出了人类对现代文明最初的理想与梦想。就此而言,洛克不仅是时代的先行者,而且对18世纪英国现实主义小说的繁荣产生了深远而又积极的影响。

第 三 节
托马斯·霍布斯:现代政治制度的奠基人

托马斯·霍布斯(Thomas Hobbes,1588－1679)的家庭毫无显赫的背景,父亲是一个只能读懂教堂祷文和布道词的教区牧师,关于他的母亲,唯一值得谈论的就是由于西班牙无敌舰队即将入侵英国,她感到无比恐惧,这便导致了霍布斯的早产。也许命运使然,这位思想家的一生注定要与如何面对生命中的恐惧这一主题牢牢地捆绑在一起。霍布斯一生与英国王室和贵族保持了良好的关系,并与本土和欧陆的众多人文主义和科学主义者进行了广泛的交流。

毫无疑问,现实生活中的人际关系与极为广泛的学术兴趣对霍布

斯的学说和思想产生了重大的影响。他坚持经验主义的认识原则,通过对人性的细致观察,建立了社会契约与君主立宪等一系列对现代民主政治影响极为深远的社会理论。他漫长的人生开始于敌国入侵,此后又饱尝动荡不安的英国内战之苦,晚年更是面对宗教保守派的清剿惶惶不可终日,这种风雨飘摇的生命感受始终伴随着他的一生。因此,如何寻求和平以及信守和平,是其所有思想的出发点和落脚点。也正是围绕这一问题,霍布斯的哲学、伦理学和文学思想达到了有机的统一。①

在英国文学思想史上,具有原创性思想的哲学家和文学家大有人在。但是,能够用贴切、明晰的语言表达思想,并且真正达到思想和语言合二为一的作家却屈指可数。培根的文风严整而富丽,巴克莱的文风雄辩而有力,休谟的文风冷静而清醒。与以上三位文坛巨擘相比,霍布斯的语言质朴却不失灵秀,睿智而兼具深邃,充分体现了语言与思想的高度统一。试看以下例句:

> The life of man, solitary, poor, nasty, brutish, and short.
> Competition, diffidence and glory. The first maketh man invade for gain; the second, for safety; and the third, for reputation.
> When God speaketh to man, it must be either immediately or by mediation of another man, to whom He had formerly spoken by Himself immediately. How God speaketh to a man immediately may be understood by those well enough to whom He hath so spoken; but how the same should be understood by another is hard, if not impossible, to know.

这里罗列的长短句既有对人性深邃的洞察和缜密的探讨,也有对宗教深入细致的批判,诗性与理性在霍布斯的作品中达到了高度的统一。正如英国思想家索利所言,"霍布斯就其独特的表达方式而言是无与伦比的。他没有过分的想象与联想,虽然这两者在需要时便可信手拈来。有警句,但并不是为警句而警句的堆砌。有讽刺,但它始终受到节制。他的著作从来不以装饰品来做装潢,每一项装饰品都属于论证的结构。绝没有一个多余的词,而恰如其分的词始终是抉择过的。他的材料属于最简单的类型;而且它们构成了一个活生生的整体,为一个伟大的思想所指导,为献身一项伟大事业的激情所点燃。"[②]

霍布斯在创作中尽其所能用生动活泼、平易近人的语言,这与他所处的时代背景是密不可分的。具体而言,当时的英国正处于一个动荡不安、四分五裂的状态之中,国家遭受了内战的摧残,并且随时可能爆发更大规模的战争。因此,在一个缺乏浓厚的学术氛围的环境中,现实要求霍布斯用清晰、明快并且能够吸引人的写作方式来传播自己的思想。

更为重要的是,霍布斯的文体是其内在思想的本质要求。正如培根精确的语言是其科学主义思想的外化一样,霍布斯的语言充分体现了他与古典主义伦理学说与哲学思想的决裂。在霍布斯的理论体系中,关于伦理道德的问题不再是一个形而上学的命题,它蜕变成为一个极为现实而又具体的人人都参与其中的问题——如何建立并维系一个和平的世界。[③]

霍布斯在其一生中与经验主义哲学家和科学家交往频繁。由于受到伽利略、培根等人的影响,霍布斯自觉地将其整个理论体系建立在近代唯物主义的基础之上。受伽利略天体运动理论的影响,霍布斯认为所有的存在物都是在空间移动的物质碎片(pieces of matter)。这些物质碎片彼此依附,按照一定的机械运动原理转动着,从而形成我们可以看到的物理世界。

这一原理不仅可以用来解释物理世界,而且可以推广到我们的身体与行为。世界上万事万物,最终都归约为我们的感觉,外在的颗粒对我们的眼睛造成冲击,令我们形成关于世界的观念(idea)。这就是我们思考问题的起点,一切问题,包括人类的行为动机、人性的本质、精神世界、国家等一系列问题,都是非常客观的、有规律可循的现实问题。这就是霍布斯思考任何问题的基本立场。

因此,霍布斯将认识的起源确定为我们对外在世界的感觉。知觉

留存或者保持在记忆之中，就是"衰退了的感觉"，累积为关于事物的认识就是"经验"，理性的本质就是通过抽象思维和语言来组合这些支离破碎的经验。

毫无疑问，霍布斯在认识的问题上与培根的观点非常一致。但是，需要指出的是，培根特别看重经验在先的作用和归纳的方法，而霍布斯在尊重经验原则的同时，尤为强调建立像几何学一样的逻辑演绎体系，从而获得更为准确清晰而又令人信服的知识。

一个非常重要的结论是，霍布斯认定人的精神生活也是一个非常客观的物质世界。人的情绪无非就是人在与经验世界交往时身体和大脑内在基质共同作用的结果。因此，快乐和痛苦、欲求和厌恶都是人的基于客观现实的意向，而不是意志。人与动物在欲望的意义上毫无差异，他完全服从于自然法则的安排，没有精神的自由可言。换言之，人不是自由的，而是被规定的。所有这些理论为我们深入理解霍布斯的道德原则提供了明确的前提。

霍布斯思想的核心就是如何结束持续不断的战争状态。如何来抑制那些引发我们走向战争的因素呢？如果我们制定协议，那么如何才能让所有订立协议的人都去遵守它呢？制定协议者之间的信任从何而来呢？面对这一系列的问题，霍布斯从人性的本质探讨入手，并在此基础之上完成了整个政治理论与社会伦理的构架。

在霍布斯看来，任何一个人运用一切手段和采取一切必要的措施以保护自己的生存和发展是完全正当合理的。在一种自然状态之中，每一个人都努力追求这种权利，每一个人都可以侵犯别人的权利并抵制别人侵犯他自己，这就造成了一切人反对一切人的连绵不断的战争。

毫无疑问，霍布斯对人的自然状态的描述与西方主流古典思想是背道而驰的。古典思想的集大成者亚里士多德明确指出，人是社会的动物，人的社会本能使其组成社会。在这里，亚里士多德肯定了人相互协作的本性和遵守共同的社会伦理道德的天性，而这一切正是霍布斯所竭力反对的。

在霍布斯看来，人如同狼一样，是凶恶、残忍的动物。争夺财富、名誉、地位等一切对人而言必需的权力驱使人采用杀戮、排挤、欺诈、戕害等一系列手段达到自我实现的目的。在这种自然状态之中,没有什么是不正义的,谈不上正确与错误、正义与非正义。武力与欺诈是战争的基本特性,正义与非正义是与社会中的人有联系的品德,而不是与处于孤立状态中的人有联系的品德。霍布斯对人性的解释彻底颠覆了古典主义性善论的基础,并为其从自然状态出发的社会道德原则确定了起点。[20]

在自然战争状态之中,无论谁都无法获得足够的力量保全自己,无法获得绝对的支配力使他人臣服为自己的附庸,以实现纯粹自私的目的。个人在无节制地实现自我私欲的过程中,恰恰体会到自己也处于他人私欲无限扩大的危机之中,这就是人的"恐惧感"的来源,也是人类社会能够实现和平共存的可能性所在。

霍布斯认为,人不仅是自私的,而且是情绪的动物。情绪是一种能够打动我们的东西,那种能够令我们产生亲近感的情绪,是"欲望"和"愿望",而那令我们产生逃避念头的情绪,则为"厌恶"和"恐惧"。毫无疑问,人人都希望趋向前者而规避后者。

人由于自私的本性而相互戕害,又由于"平等的"处于被伤害的可能性之中而倍感恐惧。人意识到了自身自私的本性的后果,在这种博弈的社会关系中,他希望创造一种具有约束力的社会机制来规范所有人的行为,以达到自我持存的目的。正是在这一前提下,社会契约才真正产生了。社会契约的形成建立在社会个体自愿地将自己的权利置于某种社会体制的规约之下这个基础上,通过社会中个体间权利的相互转让和制约形成一种对于所有人都有约束力的契约关系。

订立契约并不意味着问题的解决,如何信守契约才是建立社会道德伦理的关键所在。自私和敌对是战争的起因,认同与信赖才是和平的保证。问题在于,在霍布斯看来,信任他人不是人天生的能力,而是后天形成的社会产物。饶有趣味的是,霍布斯将信任的机制依然建立在恐惧的情绪之上。

霍布斯认为,解决信任危机的办法是:要创造一种力量,一种恐怖的力量,来强制实施协议。这种恐怖的力量将对那些不遵守协议者给予惩罚。有了这样的力量,我们大可形成对对方的一份信任,如果没

有,所有的协议都是无效的。因此,问题的关键依然是"恐惧感"。

具体而言,建立国家和维持和平的唯一途径,就是人们将所有的权力交给一个人或者由一些人组成的会议;通过大多数人投票把全体人的意志化为一个意志。这不仅仅是意见一致或协和,而是全体人的真正的统一,即通过人与人之间的约定统一于一个人格,这就是伟大的"利维坦",就是人间的上帝,就是万能的乔(Mighty Joe)。臣民不能改变政体,至高无上的权力不能撤销,谁也不能抗议由群众确立的共同代表的制度。这个由公众推选出来的代表拥有立法、司法和行政等众多权力,它凌驾于一切个人之上。⑤

统治权可以由一个人或者一些人组成的会议来掌管,这就是君主政治、贵族政治和民主政治的差异。在霍布斯看来,君主政体是最好的形式。他认为,君主身上公私利益得到最密切的结合,君主的行动同一个团体的人相比,更能前后一致。根据历史经验,在代表了平民阶层利益的下院与代表了贵族特权的上院之间总是存在无休止的争斗、猜忌和攻讦。而君主体制就可以克服这个问题,没有人可以与他相提并论,每个人臣服于他,这就为君主履行和平的使命创造了很好的条件。⑥

毫无疑问,霍布斯为君主体制的辩护并不成功,现代生活的实践经验告诉我们,当权力集中于一个人手中时,带给世界的往往就是灾难。但是,霍布斯并非对此毫无所知,他坚定地认为,既然世界上没有毫无瑕疵的人类制度,那么能够非常顺利地解决诸如继承权等一系列政治问题的君主政体是最佳的选择。霍布斯的观点对于现代英国政治生活造成了很大的影响,温斯顿·丘吉尔为此改变了他对民主政体的看法,后者认为君主政体的确带有许多问题,但是它唯一可取之处是胜于其他所有的政体。⑦

在霍布斯最为重要的著作《利维坦》(*Leviathan*, *or the Matter*, *Form*, *and Power of a Commonwealth Ecclesiastical and Civil*, 1651)中,他用一定的篇幅谈论宗教的意义与作用,他自己也多次宣称本人是一个虔诚的基督徒。但是仔细深入地研读他的作品,我们不难发现一个戴着宗教面具的无神论者的形象。

　　早在探讨恐惧的情绪这一主题时,霍布斯就把宗教定义为一种恐惧。他认为,宗教就是对无知的恐惧,这是一种人们为减轻恐惧而虚构出来的力量。即便是在 17 世纪的英国,这样关于宗教的言论仍然是亵渎神灵的,这是对宗教的绝对意义的挑衅。

　　在《利维坦》中,霍布斯使用大量篇幅探讨宗教的诸多方面,表现出对宗教的热情与兴趣。但是,他谈论《圣经》的方式与目的却与正统的基督教学说大相径庭。众所周知,关于神谕、神迹的学说是基督教理论的重要组成部分,但是霍布斯以怀疑论的态度来展开讨论,并以一种"子非鱼,焉知鱼之乐也"的逻辑反驳了坚持宗教神秘性的观点。更为有趣的是,霍布斯居然将天使、神灵等一系列基督教的神秘学说全部嫁接到自己以君主制为核心的社会政治理论中,他小心翼翼又勇气十足地将基督教学说改装成了为自己的理论体系服务的思想资源。我们不得不承认,霍布斯的确是一个移花接木的高手。

　　霍布斯这种对基督教貌合神离的态度与他所处的时代有着不可分割的联系。他知道自己书籍的读者主要是基督教徒,并且认为自己的观点能否被接受将影响到和平的建立与维持。因此,他的思想和学说得到《圣经》的支持是非常有必要的。说到底,霍布斯在形式上始终维系着他与基督教的关系,并力求借助重新解释为民众广为接受的《圣经》以传播他自己的思想。这种明修栈道暗度陈仓的做法并没有逃过当时教会的监督,后者将霍布斯定义为一个不折不扣的无神论者,并在其晚年禁止他传播任何思想言论。正如海涅所言,当人们开始谈论上帝为什么存在时,上帝已经不存在了。毫无疑问,在反宗教的道路上,霍布斯已经走得很远了。⑧

　　今天,我们重新研读霍布斯的著作时,不禁对这位思想家关于人性的洞见感佩不已。虽然从学术的意义上讲,霍布斯的学说早就被以卢梭、康德为代表的现代哲学所超越,但是,从社会现实的角度看,他仍然不失为我们的同代人。近半个世纪以来,霍布斯的学说受到来自施特劳斯学派的深入批判,被视为继马基雅维利之后古典伦理精神进一步走向衰亡的标志。但是,如果我们本着客观而非理想主义的态度视之,霍布斯学说的意义是不可否定的。只要人类世界依然纷扰不断,只要我们人性中鄙俗、丑恶的成分依然存在,霍布斯关于人类社会的解释就依然有效。

第 四 节
本·琼森:高举现实主义旗帜的戏剧大师

本·琼森(Ben Jonson,1572 - 1637),是一位地位显赫的苏格兰贵族的遗腹子。他先后入西敏寺、剑桥等学府接受教育。青年时期,琼森尝试过一些职业,但终因旨趣不投而放弃。为了维持生计,供养家庭,琼森于 1592 以后陆续为剧院撰写剧本,此后一发不可收拾,先后完成了《人性互异》(*Every Man in His Humor*,1598)、《狐狸》(*Volpone*,1606)、《炼金术士》(*The Alchemist*,1610)和《巴托罗缪市集》(*Bartholomew*,1614)等一系列具有开创意义的作品,极大地促进了英国道德剧的发展。琼森死后葬于威斯敏斯特教堂中著名的"诗人角",他的崇拜者和追随者以能够成为"本的儿子"而自豪。

恐怕只有莎士比亚可以与琼森在英国文艺复兴戏剧史上的地位比肩,而他对后代英国戏剧发展的影响力却无人匹敌。这是因为,琼森不仅是一位多产的戏剧作家,更是一位有着深厚的艺术修养和明确的创作标准的理论家。16 世纪末,文艺复兴的风潮吹遍英国文坛,琼森义无反顾地号召坚守古典现实主义的创作原则,坚持文艺对于民众的道德教化作用,特别强调关于戏剧中人物的癖性研究,富有创造性地继承了西方戏剧传统,开创了英国戏剧的新局面。

琼森一生完成了 18 部戏剧,除两部罗马历史悲剧《西亚努斯的覆灭》和《卡塔林的阴谋》之外,大都是社会讽刺喜剧。他的作品遵循古典主义原则,带有极为强烈的道德倾向,可谓是英国戏剧史上道德剧的集大成者。由于对当时恶俗的社会风气的批评过于尖锐,且有抨击时政、扰乱视听的嫌疑,他曾两次被捕入狱。由此可见,道德问题始终是琼森在文学创作中关注的焦点。

　　琼森自幼饱读诗书,钻研欧洲古典文化,对于古希腊至中世纪的文学非常熟悉。然而,琼森习古却不泥古,古典文化的修养不仅培育了他雅好文艺的兴趣,更促使他养成用历史与传统的眼光审视当下社会文化的视角。他一再强调,"古典的精义与思想要为我们当下所用","任何道德训诫必须依赖于一定的天然环境","任何有生命力的表现形式都无法脱离作家深入细致的观察","没有艺术,世界永远不可能完美。没有世界,艺术永远也不会存在"。②正是在这一系列创作原则的指导下,琼森开启了自己的戏剧之路。

　　如果琼森上述一系列言论还有些语焉不详,那么在阐述艺术语言的标准时,他的道德立场和用意就非常明显了。琼森认为,优雅和准确不仅适用于文体,而且同样适用于人的行为;凭借一个人使用的语言便可认识其本人。一个人的语言表达了他的道德倾向,是其内在道德理念的集中外化。就此而言,文学语言与道德教化是水乳交融地结合在一起的。他非常形象地说道,"一个没有语言修养的君主就像一个失去眼睛的舵手",而贴切地使用语言是统治者必需的一种道德修养。因此,一个人在现实生活中极为具体的"言与行"就是他内心道德理念的一面镜子。作为一名社会批评家与作家,琼森不仅在文体上严格要求自己,更以通过文学改造社会道德风尚为己任,其文学创作的立意较同时代的人要明显高出一筹。③

　　我们不难看出,作为一名古典文化精神的继承者,深受人文主义精神影响的琼森始终关注着社会文化的道德现状,艺术娱人耳目的特点仅仅是一种手段而不是目的。更为重要的是,琼森始终乐观地相信艺术作为一种改造社会文化的力量,具有不可估量的教化作用,有助于社会风尚的改造和提升。正是在这一道德理念的指引下,琼森提出了以现实主义为主要特征的戏剧理念,这一思想集中体现在塑造"癖性人物形象"的写作技巧上。

　　琼森生活的时代,浪漫主义创作风格日益盛行。作为一种戏剧风格,浪漫主义坚决反对并努力冲破一切古典主义文艺原则的束缚。从创作思想来看,它崇尚主观,强调艺术家的激情、想象与灵感,既无视艺术程式的束缚,也不受真实生活的局限;从艺术形式上看,它常用强烈

的对比和夸张,舞台效果自由多变、充满机巧和突转,处处出奇制胜。

毫无疑问,浪漫主义以奇突瑰丽的想象、鲜明强烈的个性、大开大阖的传奇性情节和多彩多姿的民间情调为濒于僵死的戏剧艺术注入了新的生命。然而,由于浪漫主义戏剧家往往过于注重个人主观激情的抒发,过多地运用乔装、巧合和机关布景等造成的表面戏剧效果,他们的作品缺乏对社会的冷静深刻的剖析,在艺术手法上也常常是奔放洒脱有余而准确细腻不足。在剧本《人性互异》的前言中,琼森毫不掩饰地批评了这种创作方法的拙劣:

英国文学思想史

> 让一个现在仍在襁褓中的婴儿,
> 在一瞬间变成老态龙钟的老人,
> 跨越了六十年的时间。或者
> 凭借三把锈剑和音步不全的诗句
> 来描述约克和兰开斯特王朝的争端。

针对这种浪漫主义的创作风格,琼森提出了自己的写作原则:

> 没有开场白的致辞者带着你飞跃海峡,
> 也没有摇摇欲坠的王位来博得孩子的欢心,
> 不用巧妙的讽刺小品来吓唬贵妇人,
> 也不用炮声和鼓声来模拟雷电风暴。
> 有的只是常人的一言一行一举一动,
> 喜剧通常描写的人物,
> 用以展现时代的缩影
> 来鞭挞人的愚昧而不是罪恶。③

从"人的一言一行一举一动"来描写人物,这种通俗、直接的表述点出了琼森写作的基本思路。在古典道德剧的发展过程中,琼森的作品将道德意识融入人物的细致刻画之中,将抽象的道德观念表现为一系列具有典型性格和行为特征的社会形象,成功地展现了道德剧发展的最高形式。

　　琼森根深蒂固的天主教情结与强烈的善恶、是非道德观念决定了他的作品必然带有极为浓重的道德剧色彩。他擅长用讽刺和寓言的方式描写人物的最主要的特征,这种写实主义的创作手法在《人性互异》这一作品中表现得淋漓尽致。在该剧中琼森刻画了多达 14 种具有鲜明特点的人物形象,每种形象都代表了社会生活中某种邪恶或愚蠢的人物类型。作家通过世俗生活中最为寻常的场景之间的转化,巧妙地借助于具体而又充满讽刺意味的故事情节,完美地表达了自己对当时社会风俗尖锐的批判与鞭挞。事事不放心的老爱德华、嫉妒成性的凯特利、轻信他人的凯特利夫人和好吹牛的军人博巴迪尔,这一系列典型的形象既体现古典戏剧精神,又为琼森深入思考人性的本质、行为与性格之间的关系等一系列重大的理论问题提供了极佳的素材。

　　关于人的性格特征及其产生原因的研究在西方文化中由来已久。早在古典文化的开端时期,希腊哲学家噶仑(Galen)就人的性格倾向与特点给出了颇为有趣的希波克拉底式的生理学解释。在噶仑看来,身体的平衡与健康是由四种元素的平衡状态决定的,它们分别是血、痰、黄色胆汁和黑色胆汁。人体作为一个小世界,它的构造与外界自然界相吻合,后者恰恰是由水、土、空气与火构成的。在这里,土代表干与冷,水代表冷与湿,气代表热与湿,而火则代表热与干。噶仑认为,大自然通过各种活动将这些元素分配给人体,如果分配得当,人的性格就温和稳定;一旦分配失衡,人就表现出嫉妒、多虑、胆怯、贪婪等不同的癖性。[②]

　　自噶仑以降,至中世纪末期,通过身体的构成、季节的演变、年轮的更替等方式解释人的性格特征的理论不一而足,但它们都具有一个共同的特征,那就是具有非常浓重的宿命论的色彩。随着文艺复兴与科学主义时代的到来,这种噶仑式的性格解释理论受到了来自以培根为代表的经验主义者的尖锐批判。培根认为,中古性格论的根本问题在于没有实验的、科学的方法,只是凭借空洞的想象提出自己的观点;这种观点希冀一劳永逸地解释问题,缺乏自我修复和改进的维度。一言以蔽之,现代科学主义者要求一种更为全面而又科学的解释。[③]

　　琼森正是在这一历史背景下,通过戏剧创作参与了人的性格研究

的讨论。深受古典宿命论与近代科学主义双重影响的琼森对人的癖性研究的观点同样是多面的、矛盾的。一方面，人似乎比他看起来还要无知与被动，他在很大程度上听命于一种宿命式的安排与身体特征的规定；与这种较为悲观的人生态度相对的是琼森同样认同的较为乐观的一面，他始终心存希望，认为人是可以被改造和教化的，他尊重人的精神生活的自由性，认为通过净化社会道德风尚可以改善和提升人的道德素质。这种貌似对立但又内在统一的癖性观在琼森的代表性作品《人性互异》、《狐狸》、《炼金术士》和《巴托罗缪市集》中都有所体现。

在《人性互异》一剧中，生性妒忌、多疑的凯特利是琼森创造的一个非常成功的角色。凯特利拥有一位天姿美丽的妻子，但这却成了他忧心忡忡的缘由。一听说家中来了年轻俊朗的青年人，他就认为妻子背叛了他，发展到最后，竟然以为妻子不仅企图毒死他，而且又有了第二个情人老爱德华。这种捕风捉影的怀疑心牢牢攫住了凯特利的灵魂，这是他无法克服的心理冲动。非常有趣的是，琼森似乎还让这位嫉妒狂多少带有一些自我反省的行为。在作品的第二幕第三场中，凯特利对于"病"的问题发表了一通颇为富有哲理的言论：

> 新的疾病！
> 我不知道是新病还是老病，
> 但对凡人来说这可谓是一大瘟疫。
> 因为就像传染病一样，它侵袭着三大脑室。
> 首先，它开始全力干扰人的想象，
> 使其充满了一股邪恶之气，
> 人很快就丧失了判断的能力。
> 然后，像病毒一样，它又转向记忆，
> 而受感染的部位又互相影响，
> 就像是一股稀薄的雾气
> 在混乱中延伸到每一个敏感的部位，
> 直到头脑中的每一个念头
> 都无法摆脱这种黑色的毒气——猜疑。

　　这段出自凯特利之口的关于"疾病"发展的描绘极为形象生动地道出了剧作家本人对癖性的诠释：当一种性格力量成为主导性的性格特征的时候，它具有极为强悍的绝对霸权，人在这种内在的宿命性的力量面前是没有自我的，他只能成为这种力量的俘虏与傀儡。

　　如果说凯特利的猜疑多少带有一些哲思的特点，那么戏剧《狐狸》中的主人公伏尔蓬涅的形象就是夸张、讽刺手法的典范。这个夏洛克式的人物在看到金子时赤裸裸的灵魂深处的表白可谓是贪婪本性的极致：

> 早上好，新的一天；早上好，我的金子。
> 打开我的神龛，让我朝见我的圣人。
> 欢呼吧，世界的灵魂，同时也是我的。
> ……
> 啊，炼金士手中金石的儿子，
> 你比你的父亲更加光彩夺目，
> 让我满怀敬意地给你一个吻，
> 以及这座圣殿中每一件无价的宝藏。
> ……
> 亲爱的圣人——财富，
> 你默默无闻，却教人说话，
> 你一动不动，却指使人干出各种勾当。
> 你是灵魂的代价，
> 有了你，地狱也变成了天堂。①

　　这种极富个性特征的人物形象在《人性互异》中多达 14 种，而在琼森的代表作《巴托罗缪市集》中数量更多。这部优秀的作品俨然就是一个世俗生活万花筒。在琼森看来，这些人物的荒诞丑陋、无知可笑既是他们自身的命运使然，也是社会道德文化的产物。一言以蔽之，他们的悲剧既是个人的，同样也是这个社会的和时代的。在此，琼森用自己的创作回应了当时关于人的癖性解释的历史性争论。

　　也许是其作品中的道德感过于强烈,琼森在戏剧《巴托罗缪市集》中选择了一种局外人与旁观者的目光,打量着那些市井生活中平凡而又真实的小人物。比起早先的极尽嘲讽之能事的戏剧,这部作品不失幽默与戏谑,但却成熟温和了许多。琼森试图用自己的作品与他的时代达成和解,这是他思想上日渐成熟的标志。

　　综上所述,琼森在人的癖性的解释上,希望在后天习得的知识与先天的性格、在人体的偏性与精神的自由性之间架起一座沟通的桥梁。这种综合性的判断基于他对人性的天然领悟与其自身的生活经验。琼森本人的道德实践与心理冲动造就了他对人的癖性的复杂态度与深入洞察。换言之,琼森对决定人性格的多方面因素的不确定性了如指掌。尽管在有些文本中,琼森多少对生理决定论的观点有所偏好,但是,他一以贯之地拒绝用单一的理论解释人性的复杂问题,这种对于单向思维的拒绝态度成就了琼森作品的伟大和不朽。[⑤]

　　纵观本·琼森的一生,他总是处于各种纷扰与争论的漩涡之中。在早期创作生涯中,由于创作思路相左,他与同时代的剧作家产生过激烈的争论;他对莎士比亚等人极富浪漫主义色彩的作品不屑一顾,公开在自己的剧作中对其严厉批评;晚年的琼森似乎血气日盛,不满其他作家与他共同分享王室的俸禄。即便是对于附庸风雅、毫无见识的观众,他也直言不讳地给予了尖锐的批评,在剧本《辛西娅的狂欢》的开场白中,他谈到了自己对观众的态度:

> 如果今天还能有通情达理的安静,
> 令人愉快聚精会神的观众……
> 心有疑虑的剧作家希望这就是他寻找的地方。
> 他因而把自己展现在这些可爱的观众面前,
> 而对那些低俗的人他不愿意浪费自己的精力。
> ……
> 他不喜欢也不害怕不学无术的观众,
> 并不想去赢得大众的掌声,
> 或俗人唾沫四溅的口中的赞扬,

他头上戴的花环将来自
那些能够理解、欣赏他的艺术的人。⑱

应当指出，琼森好斗不羁、过于自负的脾气在一定程度上导致了他战斗的一生，但是如果将这一系列的恩怨纯粹归为个人的喜好和性格那就错了。从根本上说，琼森是一个对待艺术极为严肃的人，他也许有时过于尖酸刻薄，但他绝不趋炎附势、迎合低俗。

琼森将自己的一生完全奉献给了自己热衷的艺术风格与道德生活。任何错误的判断与虚假的评说都是他公开的敌人。在古典与现代结合的现实主义道路上，琼森是当之无愧的引领者。就此而言，这位文艺复兴时期天才般的人物将名垂青史。

第五节
约翰·多恩：玄学诗体的开创者

约翰·多恩（John Donne，1572 - 1631）出生于一个笃信天主教的富商家庭，幼年时父亲亡故，母亲随即改嫁。在天主教日益衰亡的英国，他的天主教徒的身份使其在很多方面都遭受歧视，他虽然成绩优异，但却未能获得学位，因此无法担任律师。也许是对自己的前途丧失了信心，多恩在年轻时一度放浪形骸，纵情于声色犬马之中，直至而立之年，才颇为浪漫地与年仅 17 岁的掌玺大臣厄格顿的内侄女安莫尔秘密成婚。步入中年的多恩生活一度贫病交加，异常窘迫。但天生其才，终究要让他脱颖而出。1615 年，多恩终于正式皈依国教，并担任了国教牧师，在林肯法律协会宣讲神学。自此，他渊博的学识和出众的演说才华得到世人肯定，并于 1621 年被任命为圣保罗大教堂的教长。

多恩既是一位才华横溢的诗人，又是一位极富感染力的布道者。他的布道文情感真挚炽热，文辞生动优美，大有"字不得减，乃知其密"的风采，许多布道至今仍是英国文学中不可多得的瑰宝。然而，这位充

满感染力的宗教大家,恰恰又是一位以玄思见长、将哲理与诗才巧妙结合的伟大诗人,被誉为玄学诗的集大成者。他那饱含怀疑主义与虚无主义的诗作,处处透出在他的心灵深处,在广袤的宗教世界之外,存在着一个更为值得探索的灵魂。

16世纪末的英国和欧洲大陆,正在发生着一场深入持久的思想革命。以文艺复兴为主题的文化艺术运动不仅解放了文学艺术创作,更推动了西方社会文化的全面改造。在自然生活领域,自亚里士多德发展而来的具有浓重的神学气质的托勒密宇宙体系理论受到了伽利略等天文学家的深刻批判,一种全新的以数学为核心的自然科学悄悄出现在人们的视野之中。在社会伦理领域,伴随着"社会契约理论"的产生,以基督教价值体系为统治地位的社会伦理陷入了空前的信任危机。种种迹象表明,一种全新的文化已经从地平线上冉冉升起,而所有旧的社会矛盾集中体现为基督教的存在。

毫无疑问,这是一个充满探索精神与冒险精神的时代。正当疯狂的探险家与喜爱赌运的军人扑向一片又一片新陆地时,诗人与哲人们也在绞尽脑汁,试图在行将轰塌的精神废墟上建立新时代的道德基础与价值体系,多恩以其名闻遐迩的玄学诗回应了这一复杂多变、新旧交替的时代。

然而,尽管任何一个有抱负的青年人都无法回避日益逼近的新文化,深受传统天主教道德理念浸染的多恩始终无法放弃那早已植入其心灵深处的价值理念。多少由于形势所逼,多恩在詹姆士一世的一再逼迫下,公开放弃了他的天主教信仰。但是,正如批评家考特洛浦所言,"多恩的学院教育在其一生的职责之中,为他的诗歌提供了形式与色彩,为他坚如磐石的灵魂提供了牢不可摧的信仰,直至他生命的终点"。① 因此,可以说,来自新思潮的影响与旧传统的教育这两种对立的现实力量主宰了诗人多恩的心灵世界,他对信仰的执著追求也因此被深深地打上了怀疑主义的烙印。伴随着宗教的腐败堕落,哲学上怀疑主义滋生蔓延,生活在日益物质化的世俗世界里的多恩无法克制自己的愤慨与困顿,他反复质问这样一个问题:究竟什么居然可以与宗教生活的价值相提并论?为什么世人总是蝇营狗苟于哪怕最微不足道的财富、利益和荣誉,却对精神生活的敌人——世俗世界、肉体和魔鬼——置若罔闻?

多恩的深刻思考并没有止步于此,他进一步追问,人究竟应该如何找寻真正的宗教生活?这样的宗教究竟在哪里?他注意到自己所处的时代就信仰而言早已分崩离析了。有些人从早已成为遗迹的古希腊和古罗马文化中寻求生活的道德标准;有些人投身于新教运动,以求为自己世俗化的生活确立一个宗教的基础;有些人则公然抛弃了所有的宗教生活,因为这种生活已毫无意义可言,而更多的人却无动于衷,俨然一副"无可无不可"的人生态度。显然,这种冷漠淡薄的宗教态度是饱受天主教文化熏染的多恩无法接受的。

在对时代的文化现象反思的过程中,多恩追本溯源,他认为人的罪恶从人的祖先在伊甸园中偷食禁果时就已经注定了。在多恩的诗作中,堕落的力量腐蚀了自然中的一切,包括人类的行为与道德。它化作了妓女的灵魂、恶狼的灵魂与一切异教徒的灵魂,它的典型代表就是加尔文。正如本·琼森总结道,多恩最终将时代的罪恶归于新教徒加尔文等人的出现。①

毫无疑问,作为一位敏感的诗人和基督徒,多恩深刻感受到时代信仰的缺失与价值体系的崩溃,他在诗作中的一系列表述是其关于这一社会文化现象的深刻反思。然而,必须指出的是,囿于自身的宗教情结与时代环境,多恩无法对这一问题做出历史性的阐述与评价,因此,他不得不将所有的罪过最终归于新教的出现。

笼罩在 17 世纪怀疑主义的巨大阴影下,多恩不仅对信仰的缺失忧心忡忡,而且对于人生的爱情也表达了自己极为悲观的态度。多恩年轻时一度放荡不羁,但在与安莫尔结婚后,却对妻子忠诚不渝。多恩个人爱情婚姻的历程,折射出在那个价值观分崩离析的时代他充满矛盾的内心世界。古典精神与现代生活的斗争在他的生命中得到了充分的体现。

自漫长的中世纪起,具有牺牲精神的骑士爱情观一直是被社会精英阶层大加肯定的道德理念。作为一种中世纪特有的文化现象,崇尚个人英雄主义的骑士文化孕育的骑士爱情观,无疑为极富英雄色彩的

骑士文化添加了浪漫的情调。这种骑士爱情往往发生在勇敢刚毅的骑士与出身高贵且有着良好教养的贵夫人之间。这种爱情虽然无法脱离生理的要求，但是被赋予了持久、忠贞、耐心与自我牺牲的种种美德，在精神层面上被中世纪的道德观大加肯定。在中世纪后期，骑士爱情一直是吟游诗人宣讲的主题，他们用诗歌在各地歌唱，对以后的欧洲文化产生了深远的影响。然而，这种柏拉图式的理想主义的爱情模式在近代文化的步步紧逼下面临空前的危机。在多恩的诗作中，这种理想化的爱情被无情地撕毁了。

多恩认为，爱情的法则毫无疑问需要两个人都必须对对方保持持久的爱与忠诚。然而，这一对人的情感世界的要求恰恰是与自然法则背道而驰的。

多恩对于爱情的怀疑，很大程度上缘于他对女人天性的极不信任。在多恩看来，女人是天性善变的、伪善虚假的动物。他在诗作中问道："真诚美好的女人在哪里啊？"在诗作《歌》（1596）中，他经常提到女人的不忠：

> 说美人儿忠心，世界上可没有。
> 你万一找到了，通知我一句；
> 向她千里进香也心甘；
> 可是算了吧，我决不会去，
> 哪怕到隔壁就可以见面；
> 尽管你见她当时还可靠，
> 到你写信了还可以担保，
> 她不等我到门
> 准已经对不起两三个男人。⑧

这种赤裸裸的对于女性本性的怀疑态度在多恩的诗作中屡见不鲜。然而，作为一个玄学诗人的多恩发此感慨，绝不是随意之语。对于多恩而言，爱情多变的本性恰恰反映了宇宙间事物总是处于变动不拘的状态之中这一根本的道理。人的情感世界变化无常，这正是宇宙的至理与本质。

具有浓重的哲学气质的诗人多恩正是借助对宇宙的玄思完成了他对爱情本质的解释。在这方面,他的想象力与灵感发挥到了极致。

多恩认为,"变化是音乐、快乐、生命和永恒的温床",那么他本人的爱情和婚姻生活是怎样的呢?饶有趣味的是,现实生活中的多恩并没有他在玄思世界中那么超脱淡定,他对妻子和婚姻无比忠诚。史料表明,多恩与自己的爱妻安莫尔可谓恩爱有加,相濡以沫,生活美满幸福。婚后的多恩在诗歌创作的情感基调与体裁选择上都出现了极大的变化。尽管怀疑主义的声音并未消失,但他已经在试图寻求一种严肃的生活方式与行为准则。

多恩利用为恩主已经去世的女儿伊丽莎白·杜拉里小姐撰写颂词的机会,刻意描写了一位极为完美的理想化的女子形象,寄托了自己关于人生的意义与责任的更多严肃思考。在这篇题为《世界的剖析》(1611)的作品中,诗人认为这位女子的去世令整个宇宙都失去了活力,生命只剩下阴影,一切都失去了秩序,天国也不复存在。正是借助于这篇被同时代的批评家诟病为满是阿谀逢迎之词的作品,多恩又一次更为严肃地表明了自己的生命哲学。正如批评家考特洛浦所言,伊丽莎白在多恩的文学意识中,早已成为完美的精神生活的载体。她的离去是物质世界走向堕落的开始。多恩竭尽溢美之词,正是要向世人昭示,现代生活中,人类正从原本完美的生命状态走向它的反面。[⑩]由此可见,尽管多恩的人生态度充满了怀疑主义的色彩,但是,那一直深潜在他灵魂深处的宗教情结与道德诉求始终是他无法割舍的人生理想。

此外,多恩还被不少批评家视为现代虚无主义的先声。虚无主义在现代哲学尤其是存在主义哲学的视野里早就不是什么新名词了。在大哲学家尼采看来,肇始于文艺复兴与启蒙运动的现代文明的本质,正是价值虚无主义。现代化的进程就是欧洲历史一步步迈向虚无主义深渊的过程。"上帝死了"之后,基督教作为最高的价值源泉丧失了它的社会基础,一切价值体系和道德体系全都破碎了,人与人之间、人与物之间的有机联系已不复存在。尼采因尖锐地指出现代文明虚无主义的本质而闻名于世,但是,我们不难发现,早在 17 世纪,多恩就在他的诗

歌中不断提到"虚无"的概念了。多恩在诗作中写道：

> 新哲学怀疑一切，
> 火的元素已被扑灭，
> 太阳消失，地球也不见了，
> 非人的智慧所能寻到。
> 人们直爽地承认世界已经死亡，
> 而在星球和天体上
> 找到了多种新事物，他们看这里
> 已被压碎成原子一般
> 一切破碎，全无联系，
> 失去了一切源流，一切关系：
> 君臣、父子，都不存在……[41]

　　我们不得不钦佩多恩慧眼独具的观察能力。他一针见血地指出，现世中的一切对于生命本身而言都是虚幻而毫无意义的渺小之物。[42]来自生命本能的强烈的虚无感将多恩引到了一个他无法回避的人生主题面前，那就是死亡。然而，有趣的是，在多恩的世界里，死亡恰恰是与爱情紧密相连的。将爱情与死亡相提并论，绝不是一件偶然的事情。在多恩看来，也许爱情是世俗世界最为美好的事物，享受这种天国般的情感对于人而言实在是一种极大的奢侈，正所谓"此物本应天上有"，这不由令人产生生命的终极感悟。在纯美至善的事物面前，蝇营狗苟的世俗生活的虚妄荒诞就毫无遮掩可言了。因此，多恩总是以一个"very dead thing"自居，将自己视为"the grave of all that's nothing"。他甚至自认为自己是"虚无中的虚无"。

　　概括地说，作为一名怀疑主义者，多恩并未对自己所处的世界形成一个有机的统一认识。作为一名诗人，他只是将自己生活中的点滴所感以一种悖论或比喻的方式揭示给世人，这其中未必就富有永恒的价值。然而，可以毫不夸张地说，多恩极为敏感的天性使他在现代文明萌芽之初就非常强烈地感受到两百年后为西方思想界广为讨论的"存在与虚无"的哲学命题。因此，多恩是一个天然的先历史而动的存在主义先行者,他的诗作是虚无主义自我表达的先声。

在论及玄学派诗人时,塞缪尔·约翰逊说道,玄学派诗人只是一群有才学的人。他们所做的一切就是炫耀自己的知识。如果我们本着公允的态度考察多恩的创作历史,就知道这种说法不仅偏激,而且狭隘。回顾英国文学思想的历史,不难看出这种诗歌风格在过去很长时间里为同行所诟病。但是,如果我们深入到玄学诗人的内心深处,与他们共同呼吸那个时代的文化气息,就完全可以理解为什么玄思与巧喻会在17世纪进入英国诗歌之中。在一个封闭了近千年的文明中,刚刚获得肯定的科学知识也许正是想象与联想最好的源泉。

多恩的一生是那个动荡不安的时代的缩影。对一个灵魂早就只属于上帝的人来说,17世纪初的英国世俗文化无疑是一个莫大的折磨。然而,正是来自宗教信仰的悲悯情怀与救世精神点燃了多恩的一生。约翰·多恩将他的整个生命献给了崇高的灵魂的事业,他用自己真诚的思考与不懈的探索力求"为天地立心,为生民立命"。作为他一生的写照,以下两句诗也许是最好的总结:

Be then thine own home, and in thyself dwell;
Inn anywhere: continuance maketh hell.④

第 六 节

约翰·弥尔顿:永不屈服的清教革命者

约翰·弥尔顿(John Milton, 1608－1674)出生于一个殷实的中产阶级家庭,这一伟大的心灵一生最为悠闲恬静的时光无疑是他的少年时代与青年时代。父亲为他请来了最好的家庭教师,并将他送入剑桥大学接受高等教育。最为难能可贵的是,大学毕业以后,弥尔顿在父亲的庄园里独立研究经典典籍长达6年,这段恣意随性的精神生活涵养了诗人伟岸、深邃而又无比坚定的灵魂。④

弥尔顿在 17 世纪英国历史中的重要性不仅体现在文学领域,更体现在反对王权的革命事业中。从英国内战爆发的那一年起,他就永远告别了自由惬意的求学生涯,义无反顾地投入到为争取自由而斗争的革命事业之中了。作为一名坚定的清教徒,他竭尽所能,呼吁宗教信仰自由,并在公民的言论权、婚姻自由和个性解放等社会领域提出了极富影响力的改革观点。凭借一支如椽巨笔,弥尔顿用檄文与诗歌引领着英国人民奔赴一个自由、平等的全新时代。

> "我有一个坚定的看法:对于一个立志描写高尚的事物并且拒绝平庸的人,自己就应该是一首真正的诗,也就是说,他应该是最优秀和最高尚品质的集合,并且代表这种品质。除非自己有过可歌可泣的事迹与实践,否则绝不轻易书写歌颂英雄人物和名城重镇的诗行。"⑤

这段大约在而立之年写下的誓词可谓是约翰·弥尔顿自己一生最好的写照。

毫无疑问,弥尔顿既是一位激情澎湃的诗人,又是一名不屈不挠的勇士。一种源于生命本能的冲动与执著,一种对于真善美的天然渴求,铸就了弥尔顿波澜壮阔的一生。

弥尔顿的一生从他在 1639 年放弃欧洲旅游返回祖国参加"主教之战"起,就与英国革命不可分割地联系在一起了。然而,他义无反顾地参与的这场革命在一开始就表现出强烈的保守主义色彩,参与革命的诸方力量并不完全明确自己的目标与宗旨就仓促上阵了。虽然表面看来,实际的冲突是国王特权与议会权力的斗争,但是最为反动的特权堡垒却是以英国国王为最高领袖的英国国教体制。保守消极的旧贵族与举棋不定的新教徒市民阶层在革命伊始就表现出了明显的妥协性。于是,为英国革命在理论上披荆斩棘的任务责无旁贷地落到了充满着民主思想与人文精神的弥尔顿身上。正是在与来自主教团体、英国国王和清教团体内部的论敌的理论论战中,弥尔顿系统地阐发了他的革命理念与斗争原则。

对于以宗教为精神主导的欧洲国家,开启近代自由民主的道德生活大都是从争得宗教信仰自由的权利开始的。在为争取自由而斗争的历程中,弥尔顿首要的敌人无疑是极为保守的、依附于旧体制并享有广泛特权的主教体系。与其他革命参与者不同的是,弥尔顿似乎在革命初始就意识到英国革命的不彻底性。因此,在早期的辩论短文《论教会政体反对主教统治的理由》(1642)一文中,他就毫不隐讳地表达了自己推动改革的决心:

> 无论是害怕异端教派还是发生叛乱,都不能成为制止改革的托词,而应该尽一切努力,以最快的速度推进改革。
>
> 所以我认为,只要我觉得需要我捍卫这种热情时,我应该尽心尽力地捍卫它,这是最崇高的事业,不管别人会编造出什么恶名来对我的诚实意图进行歪曲和诋毁。
>
> 我们不要让这些东西(异端教派和不正行为)成为耽延改革的障碍或借口。改革是上帝赐予我们的权利,它激励我们以更大的荣誉和快乐继续前进:因为如果没有反对力量的存在,怎么谈得上对真正的德行和高尚行为的考验呢?⑥

这些振聋发聩的呼声充分表达了弥尔顿坚如磐石的革命意志,也似乎预示了这个保守国家的激进主义者的必然命运。在英国革命进入第二阶段的时候,是否处死国王查理一世成为核心问题。毫无疑问,弑君罪如果在未来一旦被追查,肯定会遭到极为可怕的报复。也正是在这个问题上,弥尔顿又一次扮演了革命的急先锋。在《论国王与官吏的职权》("The Tenure of Kings and Magistrates",1642)一文中,弥尔顿写道:

> 显而易见,国王和官吏的权力不是别的,而是接受人民的委托,为全体人民谋利益。权力基本上仍然掌握在人民手里,如果剥夺他们的权利,就是侵犯了他们生而有之的自由的权利……所以,只要人民认为合适,就可以决定他的去留任免,虽然任何暴君都不会仅仅因为生来自由的人的自由和权利而俯首听命于他们……⑦

如果在处死国王这一事情上的态度足以表明弥尔顿作为一名具有先进的民权理念的革命者的可贵精神的话,那么,对克伦威尔政权的一系列忠告则显示了他对革命复杂性的高度敏感。毫无疑问,任何有可能威胁到自由社会的政治势力都是弥尔顿的对手和敌人。

革命进入 1653 年,由于国会中保守势力日益强大,克伦威尔被迫解散国会,就任护国公。对于这一迫于形势采取的独裁统治方式,弥尔顿在政治策略上予以高度肯定,并为克伦威尔进行了有效的辩护:

> 当你看到人民由于几经失望和受到空洞诺言的欺骗而怨声载道,人民成了少数作威作福的人的愚弄对象时,你毅然结束了他们的统治。在这个涣散的国家里,唯有你,克伦威尔啊,始终不渝地指导政府,拯救祖国。……国家受到派系斗争风暴如此巨大的震撼,迄今余波未平,不允许我们采用更完善、更可取的政府形式。⑱

但是,弥尔顿对于独裁统治的根本危害洞若观火,他在《为英国人民申辩续篇》中毫无保留地一再告诫克伦威尔道:

> 你应该常常想到:你亲爱的祖国给予你的信任是多么宝贵。除非我们也获得自由,否则你是不会有真正的自由的,因为事物的本质就是如此:谁侵犯了他人的自由,自己便首先失去自由,变成一个奴隶。
>
> 你应该尊重自己。为了自由,你经受了许多痛苦和危难,现在自由既已获得,你自己就不应该去侵犯它,同时也千万不要让别人侵犯它。⑲

从一个坚定的宗教改革的支持者到一个坚强的民主革命的实践者,弥尔顿伴随着英国革命的深入发展在思想上也日益成熟。尽管自由民主政治理念并不是他的专利,但他锲而不舍的革命精神却罕有其匹。毫无疑问,弥尔顿代表了复杂多变的英国革命进程中最为先进的政治理念,是对"不自由,毋宁死"的自由精神的最好诠释。

毋庸讳言,弥尔顿的婚姻观与其个人的婚姻生活密切相关。身为革命派的弥尔顿,妻子玛丽·鲍威尔一家却是保皇派。在那个动荡的年代,与妻子在政治立场上的严重分歧无疑对本应和谐美满的婚姻生活构成了极大的威胁。正是在这种跌宕起伏的婚姻生活中,弥尔顿逐步形成了自己率真、大胆的婚姻理念。

天性敏感热情的弥尔顿自然将婚姻当做生活中的一大快乐之源,不和谐的婚姻是诗人无法接受的。不同于一般民众的是,弥尔顿不仅用行动,而且用严整的理论提出了自己关于离婚的看法。他坚决主张,夫妻之间政治观点水火不容构成了离婚的充分理由,因而是合乎法律与道德的。毫无疑问,在 17 世纪的英国,离婚还是一个对大多数人而言古怪的、令人无法接受的字眼。但是,弥尔顿在《离婚的原则和戒律》(1643)中明确指出:

> 在夫妇情谊中,双方都有一种纯洁天然的愿望,要求得到一个能交流思想的合适伴侣。这种愿望可以适当地称之为爱,它比死更强烈。[①]

在弥尔顿看来,美好的婚姻对于一个人拥有完美的人生是至关重要的事情。心灵的休息、志趣的涵养都离不开美满的婚姻。心理上的厌恶、彼此不合或对立,是由不易改变的天性引起的,这是比天然缺乏性感更加充分的离婚理由。为了支持自己的观点,弥尔顿甚至借用了《圣经》中亚当和夏娃的故事:

> 如果在堕落之前,人类本身还十分完美之时就有了这种需要,那么到了现在,面对现世的一切忧伤和灾难,找一个能说话的亲密助手,一个随时准备帮助你恢复精神的朋友,结为夫妻就更加必要了。

然而,弥尔顿在婚姻问题上的开明态度并没有停留在仅仅支持离婚的行为,他在分析离婚的原因时更充分地体现了一名人文主义者宽广的心灵。在论及婚姻关系中女性的地位时,弥尔顿认为:

如果她比她的丈夫更加深谋远虑，更加聪明伶俐，而他又心悦诚服，甘拜下风，这就用得着一条更合理的高级法则：比较聪明的应该支配对方，不论是男的还是女的。

即便是对于通奸这样的事情，弥尔顿的态度也是极为通达：

> 玷污床第之所以会成为如此严重的灾害，其原因是它造成感情的中断；因此，由于夫妇之间互生异心和不和睦而造成的感情长期中断，更应当成为离婚的充分理由。[51]

毫无疑问，从现代文化的角度来考察，弥尔顿的婚姻观可谓无甚高论，但是，在一个具有浓重的宗法社会色彩的 17 世纪的英国，弥尔顿提出如此开明的近乎现代文化生活的言论是需要极大的勇气的。作为一位具有深厚的人文关怀的作家，他的婚姻理念超越了时空的界限，依然影响着当代人的生活理念与幸福观念。

此外，弥尔顿还是现代社会言论自由的积极倡导者。言论自由作为现代民主生活的核心内容之一早已为现代民主国家广为接受。在一般意义上，言论自由是按照自己的意愿自由地发表言论以及听取他人陈述意见的权利。在当代民主社会，言论自由是发现真理的根本途径，是人格自主性最必要的内容。如果追溯要求言论与出版自由的理论史，我们将会惊讶地发现，弥尔顿早在 17 世纪初期就明确提出了这一伟大的思想。

1644 年，为了抗议议会恢复全面检查出版物的法令，弥尔顿写下了他所有散文中最为著名的《论出版自由》（"Areopagitica"，1644）他直言不讳地说道：

> 真正的自由，是生来自由的人
> 有话要对公众说时，便能畅所欲言，
> 能说又愿意说的，博得高度赞扬，
> 不能说也不愿说的，尽可保持缄默；
> 还有什么比这更公平的呢？[52]

　　这段欧里庇得斯的格言开启了弥尔顿对言论自由的全面诠释。在《论出版自由》中弥尔顿用文学的笔法写道："圣经里把真理比成涌泉；如果泉水不能持续涌出，它们就会成为浑浊的水池。"因此，他大力倡导不同观点的争论："哪里有强烈的学习愿望，哪里就必然有大量的争论、大量的作品、各种各样的看法；因为好人的看法就是正在形成中的知识。"这种倡导言论自由的观点无疑可以视为现代民主生活的源起与开端。

　　然而，弥尔顿并不只是一味提倡言论自由，他更为注重思想言论的道德意义与社会价值，对那些刻意逃避现实、远离社会疾苦的艺术家与知识分子同样进行了公开的谴责：

> 　　我不能赞赏既未透露又未实行的遁世隐居、韬光养晦之美德，它从不出击寻找敌手，而是悄悄退出艰苦夺取不朽荣冠的竞争。我们确实不是清白无辜地来到世间，而是沾着许多不洁。试炼可使我们臻于纯洁，但试炼必须有敌手。不谙世故的年轻人考虑罪恶时，不知道罪恶的追随者可能达到的极限，遽然否定罪恶。这种美德不过是一种空白的美德，它的白净不表示纯洁，而是排泄一空所形成的空白。㉝

　　可以毫不夸张地说，弥尔顿关于言论自由的思想在一定意义上超越了近现代自由观所一再强调的人权意义上的自由理念。这位有着强烈的悲悯情怀的思想者将自由表达不仅看做一种权利，更看成是一个有着社会责任意识的知识分子的义务。表达自我，为社会的发展与改良贡献自己的思想、激情与智慧，这是一个良知未泯的思想者应该恪守的道德原则与人生理想。正是在这一意义上，弥尔顿完成了他的言论自由的民主观。

　　弥尔顿诗作等身，其中最为著名的传世巨著当推《失乐园》（*Paradise Lost*，1667）、《复乐园》（*Paradise Regained*，1671）和《力士参孙》（*Samson Agonists*，1671）。在这一系列以圣经和古典神话为题材的作品里，弥尔顿展开了他对生命本质的全面、深入的思考，完成了

他对诸如原罪、人性、道德、自由等生命主题具有创造性的诠释。

关于原罪这一主题历来是西方思想史上不断探讨的命题。众所周知,整个基督教的理论基础就在于"人是生而有罪的"这一基本命题,因此,有意义的人生就其本质而言就是赎罪,而人性中一切芜杂混沌的欲望都是应该被彻底否定、抛弃的。当代西方哲学中存在主义一派改装了原罪的理论,将其改造为"人是被罚为自由的",人生就其本质而言是毫无意义可言的,人是上帝的一个蹩脚的玩偶,欲望正是上帝用来折磨人的方式。

与这些否定世俗人生的理论相对的是以"理性"为核心的积极人生态度。无论是苏格拉底至柏拉图构想出的"纯粹理念世界"的观点,还是从"我思"出发的近代理性哲学,以肯定理性、发展知性为主要特征的西方哲学以一种积极的态度力求在此岸世界建立一个想象中的天国。人的意义在这里被加以肯定,但仅仅是在理性的意义上。

弥尔顿的《失乐园》在内容上并无多少创新,整个故事就如题目所暗示的那样是在伊甸园中展开的。但是,诗中魔鬼撒旦的形象却一反常态,新意迭出。当撒旦被上帝打入地狱后,他并没有一蹶不振:

> 打败了又有什么?
> 并不是一切都完了! 不屈的意志,
> 复仇的决心,永恒的仇恨,
> 绝不低头认输的骨气,
> 都没被压倒,此外还有什么?
> ……
> 既然天神的力量,
> 和神仙的体质命定不灭,
> 又经过这场大变的教训,
> 武器依旧,见识却大为增加,
> 胜利的希望就更大了……
> ……
> 心自身就是家园,从心里就能

> 变地狱为天堂,天堂为地狱。
> 至少在这里我们是自由的。⑤

我们惊奇地发现,在弥尔顿的笔下,撒旦不再是一个十恶不赦的魔鬼,恰恰相反,在与上帝的战斗中,他不屈不挠,英勇异常,屡败屡战。更为可贵的是,撒旦还是一个颇有哲思的形象,他对命运和生命有着超乎寻常的认识。"宁在地狱为王,不在天堂为奴",这一极具叛逆性的口号正是魔鬼撒旦的真实写照。

毫无疑问,弥尔顿为撒旦的形象注入了全新的内容。上帝与撒旦之间的斗争是善恶之战,是正义的道德与邪恶的欲望之间的战争。但是,在弥尔顿的笔下,那个向人类颁布真理、撒播希望的上帝似乎并未受到人类的爱戴,也许他太过完美,对人也过于苛责,令人无法亲近,他对人类的爱是空洞而乏味的。倒是魔鬼撒旦更能理解人的世界,洞悉人的本性的要求与愿望。可见,撒旦的魅力集中体现在他对于人类感性生活的尊重与肯定,而《失乐园》中夏娃的形象从另一个角度肯定了撒旦存在的意义。在这一史诗的第四章,弥尔顿用柔情似水的语言借夏娃之口讴歌了人类伟大的爱情:

> 同你谈着话,我全忘了时间。
> 时辰和时辰的改变,一样叫我喜欢。
> ……
> 雨后大地的芳香也好,温柔的黄昏也好,
> 安静的夜晚和低唱的鸟,
> 游行的月亮和闪亮的星光也好,
> 没有你,什么也不甜蜜。⑤

在弥尔顿的笔下,夏娃不仅温柔多情,而且敢作敢当,为了爱情义无反顾地接受惩罚:

> 你从何处来,将到何处去,我全知道。

> ……只管带我走吧,我不会拖延的;
> 与你同行,等于同住此地;
> 你对我是天底下一切事物,一切地方,
> 只怪我任性犯了罪,你才被赶出此地,
> 但我将从此地带了确实的安慰离开:
> 虽然一切由我而失,我却有幸,
> 无行而承天恩,能凭
> 未来的子孙将一切恢复。⑥

　　无论是悲壮的魔鬼撒旦还是坚定的亚当夏娃,对上帝的惩罚都没有采取一种全然接受的态度。这种强烈的叛逆性格在弥尔顿的笔下获得了肯定。作为一名伟大的人本主义者,弥尔顿对人的天性洞若观火,行文饱含着深刻的同情和认同。他认识到人的天性与生俱来就是多面的,理性与欲望、顺服与叛逆同时并存在人类天性之中。虽然冲破道德的束缚往往带给人们灾难,但是,人也正是在这种充满张力的生命感受中获得了真正的自我,获得了尊严与高贵。弥尔顿对魔鬼撒旦和亚当夏娃的全新诠释令所有《失乐园》的读者耳目一新。正如批评家雷克斯·沃纳所言,《失乐园》以成圣结尾,但是当你回顾它所描写的伟大事件时,不禁感到,撒旦失去天堂、亚当和夏娃失去乐园的象征意义,比原先旨在成功地证明上帝的正确安排要来得更加伟大、更加深刻。

　　在后代诗人布莱克和雪莱等人看来,弥尔顿作为一名真正的诗人,"不自觉地与魔鬼为伍"。作为一种褒奖,这种说法无非是将其归入放荡不羁、愤世嫉俗的知识分子群体,他们为保持道德的完整性而采取反抗和叛逆的态度。然而,情况并非如此。建立一个理想主义的社会始终是弥尔顿矢志不渝的追求。

　　在弥尔顿看来,理想社会之所以未能建成,是由于偶然的失败,而不是必然的结果。要获得真正的自由,就要建立公平的法律和经过改善的共和国秩序,而不是毫无目标地进行反革命的暴力反抗。因此,弥尔顿的偶像不是撒旦,而是大天使押比叠。这个为上帝所肯定的天使不愿与撒旦一起堕落,始终保持着对正义和道德的忠诚。弥尔顿以此自居,可见他在感情上更加倾向于将自己视为建设共和国的艺术家,而不是一个被放逐的远离尘嚣的浪子。

　　归根结底,弥尔顿对人类饱含着深情,对于人的潜力充满信心。虽然人的天性中必定有其野蛮、任性的一面,但是正因为人具有种种缺点,才显示了追求美德的重要性和可贵之处。人类的堕落使人远离美好的生活,但是也开启了他的回归之路,将自我完善的责任赋予人类。正是基于这一原则,弥尔顿赋予魔鬼撒旦与亚当夏娃以全新的意义,开启了关于人性探讨的全新视角。

　　可是,自由真的最终可以获求吗?亚当与夏娃真的最终可以回到那个早已向他们关闭的乐园吗?在其晚年的伟大诗作《力士参孙》中,弥尔顿似乎给出了他最终的答案。在这部用英文撰写的希腊式的悲剧作品中,诗人刻画了一个为以色列的自由而斗争的战士参孙及其极富悲剧色彩的战斗人生。作为自由的战士,参孙被胆怯的同胞出卖,又无可救药地被自己对大利拉的痴情出卖,他惨遭酷刑和苦役,对重见光明和恢复自由充满了渴望,最终以一种和敌人同归于尽的方式结束了自己的生命,完成了奔向自由的最后一跃。在这部极富象征意义与自传色彩的诗作中,一切人世间的悲喜苦乐随着舞台的轰塌化为乌有,无所谓成功还是失败,无所谓正义还是邪恶,该经历的都经历了,该结束的终究还是结束了。对自由的追求与自由的敌人一起走向毁灭,也许这就是自由的事业最后的结局吧。

　　弥尔顿在英国历史上的身份是多样的:不屈不挠的学者,严肃的教育家,反教权主义者,自由的预言者,一个赤胆忠心的爱国主义者,一个深邃的人文主义者。但是,抛开这一切美誉,我们不应该忘记决定弥尔顿一生命运的根本因素——他是一个真诚的、善良的、疾恶如仇的斗士。当我们凡人为英雄弥尔顿的痛苦遭遇扼腕叹息的时候,也许下面这一段诗文可以帮助我们更接近这一伟大心灵的深处,领略其非同寻常的人格魅力:

　　　　虽然我遭到不幸,
　　　　不幸我虽然遭遇到了,和恶人的口舌;

并身处黑暗之中,周围尽是危险,萧条寂寞;

然而当你每夜访我梦境,

或朝霞映红了东方,

我并不孤单。⑤

伟大的诗人思想家弥尔顿晚景凄凉,但是想到自己在生命的黄金岁月曾经单枪匹马地在思想上引领自己的祖国跃过一个又一个沟堑,打开一扇又一扇通向真理的大门,他一定可以含笑九泉了。

第 七 节

约翰·班扬：义无反顾的新教殉道者

约翰·班扬(John Bunyan,1628－1688)是一名自耕农的后代,是当时英国无数失去土地的贫苦农民和手工业者中的一员。以补锅为生的班扬,是下等人中地位最低贱的人。需要特别指出的是,这位几乎是通过自学的方式走向神圣职业的非国教牧师所接受的教育极为有限。第一任早亡的妻子带过门来的两本宗教书籍《普通人入天堂之路》和《行虔诚之道》加上《圣经》和《祈祷书》构成了班扬的全部文化知识和思想的来源。但是,就是这位所学有限的普通人,在英国民众的心灵深处掀起了一场声势浩大的疾风骤雨。

作为一名宗教领袖,他的出现是对英国传统宗教势力的极大讽刺。在英国基督教的历史上,从事教义宣传和推广的教士阶层中不乏饱学之士,他们满腹经纶,能言善辩,集精神领袖与社会精英的光环于一身,掌控着社会发展的方向和时代精神的脉搏。直至19世纪末,精英文化意识一直牢牢地占据着英国社会意识形态的主导地位。但是,最早对于这一牢不可破的保守传统发起直接挑战的人正是这位家境贫寒、文化极为有限的补锅匠。

班扬作为小浸礼会的一名成员,为了自己的宗教信仰,为了能够赢得自由传播信仰的权利,曾经两次入狱,经历了长达 12 年的牢狱之灾,可见由他所倡导的底层宗教团体对于正统国教的威胁非同一般。尽管当权者百般利诱,班扬始终拒绝为了人身自由而放弃自己的宗教理想。他锲而不舍的精神与强烈的现实主义宗教观为他赢得了后人的广泛赞誉。在班扬的作品中,追求宗教信仰自由与批判现实的社会文化达到了高度统一。正如批评家麦考莱所言,班扬与众不同,他的寓言令成千上万的读者潸然泪下,他几乎是仅有的一位能使抽象概念具备强烈现实感染力的作家。

从纯粹基督教理论价值的角度来考察班扬,我们必须承认,他并无多少过人之处,事实上,几乎所有的班扬创作故事及其寓意,都是对于《圣经》内容的效仿,都是《圣经》内容的衍生。尽管他以简洁明快、形象生动的语言风格著称,但其思想内涵却一目了然,并无新意。然而,班扬比同时代的精神领袖的高明之处在于他所有的题材与思想都具有一种强烈的现实主义色彩。与那些只知道引经据典、摇头摆尾的贵族牧师截然相反的是,班扬并不将他的宗教理想高置于空洞虚无的彼岸世界,而是将世俗民众的宗教情结与他们的生存现实有效地结合起来。而这一切都是在一种非常本能的、自然的方式下完成的。

要真正理解班扬宗教观的可贵之处,就必须对 17 世纪英国的社会状况有所认识。在 17 世纪初,英国进入资本主义社会的早期阶段。旧贵族和新兴第三等级为了完成原始资本的积累,为了发展广大的劳动力市场,使用一切政治手段达到他们的利益要求。正是在这一过程中,在广大农村和城市,出现了无数贫穷的农民、手工业者、大量的城市学徒和工匠。政治活动家杰勒德的一番言论可以帮助我们很好地认识当时英国社会的阶级状况和矛盾:

> 人民说,尽管英国的土地足够养活现在人口的十倍,但是还是有人不得不向同胞行乞度日,为他们做苦工以获取日薪,受饥挨饿,做贼行窃,最后被作为不宜活在世上的人绞死,这难道不是奴役吗?
>
> 所谓的国民享受不到天赋的自由,他们的自由被他们的同胞

用暴力统治而不是用正义剥夺了。⑧

正是在这一时代背景下,深感民众疾苦的班扬带着灵魂与阶级的双重责任开始了他的宗教活动。他在自传体作品《上帝赐予最大恶人的无限恩惠》(1666)中回忆道:

> 我把经常到这些穷人中间去当做自己的职责,因为我离不开他们。我越是经常到他们中间去,就越是怀疑自己的地位。至今我还记得,过了不久,我就发现自己身上有了两种品质,对此自己有时也感到惊异。⑨

的确,班扬有理由为自己宗教信仰的变化感到惊异。在他一系列的著作中,他以一种高度自觉并且相当自然的方式充分表达了一名社会底层的基督徒的宗教观。在《上帝赐予最大恶人的无限恩惠》这部传记性质的散文作品中,作者讲述了自己的信仰之路。主人公从一个"极为卑贱的"的少年,经历了种种生命中的诱惑和堕落,最终皈依了贝德福教堂,成为一名虔诚的基督徒。毫无疑问,这部作品能够成功的原因在于作者用一种极为细致深入的写作手法描述了一个普通人真实感人的精神历程,读者与作品中的主人公分享了快乐与痛苦,这种感同身受的阅读经历所带来的精神震撼远远超出了空洞虚假的国教套词的效果。

如果《上帝赐予最大恶人的无限恩惠》还只是一个普通的基督徒心灵之旅的完美展示,那么《坏人先生传》(*The Life and Death of Mr. Badman*, 1608)这部宗教寓言则是对嗜血成性的贵族资产阶级毫不留情的揭露与控诉,更是对拥有社会地位和身份的新教牧师的驳斥与反击。在这一寓言中,作为大资产阶级和贵族代表的坏人先生作恶多端,吝啬贪婪,是一切卑劣的道德行为的化身。他做生意短斤少两,靠坑蒙拐骗聚敛财富;他惯于欺骗,甚至残害自己的妻子;为了赚取更多的钱财,他囤积居奇,哄抬粮价,最终落得个身败名裂的下场,在贫病交加中死去。

毫无疑问,班扬塑造这样一个代表资产阶级和贵族等级的卑劣形象绝不是偶然的。在公认的新教观点看来,在现世中取得成功的富人是上帝的选民,穷人在现世一般来说理应受诅咒,因为不论是命中注定还是其他原因,他们来世都注定要下地狱。借助于坏人先生这一形象,班扬对于这样的宗教理论给予了严厉的驳斥。他向世人昭世,权贵们聚敛财富的手段卑劣残忍,他们在道德上更是劣迹斑斑。正是借助于寓言的形式,班扬不仅在文学上取得了成功,而且在宗教意义上代表广大社会底层人民发出他们的声音。因此,他的作品对引领民众意识觉醒具有重要的指导意义。正如批评家林赛所指出的:

> 这场革命运动的一个基本组成部分,就是群众坚持他们有思考和宣传自己的宗教的权利。这一要求破坏了专制主义的整个思想体系。反动派最吃惊最愤怒的,莫过于看到工人登上布道坛。⑱

无论反动势力如何阻挠,班扬作为一名具有强烈的阶级意识的宗教信徒是不会裹足不前的。也许他一再强调的一个观点多少透露了自己内心世界最本质的想法。他总是提醒人们,耶稣基督出生时被放在马槽里,后来靠劳动养活自己,他的职业是木匠。

班扬最杰出的作品无疑是名为《天路历程》(*The Pilgrim's Progress*,1678)的宗教寓言。这部小说被约翰逊博士认为是读者们爱不释手的三本书之一,一问世便受到读者的热烈欢迎。与弥尔顿的诗作《失乐园》的主题相反,班扬借这部散文寓言来描写人类如何争取得到宽恕和拯救而最终回到上帝身边。天路客基督徒艰辛多难的历程集中体现了班扬作为一名宗教活动家的独特思想与视角。

《天路历程》中的基督徒走在通向天国的路上,就像一个普通人走在人生的路上,这种具有普遍性的寓意带给读者身临其境的感受。表面看来,这个故事本身并无多少新意,其意义无非是劝诫世人此岸世界的生活是无意义的,彼岸世界才是人类真正的家园。这个世界只不过是一间前室,是灵魂走向永恒天堂和永恒地狱的必经之路。然而,林赛的评论的确给我们全新的启发:

这个寓言所表达的思想与字面上的意义恰恰相反。善与恶的梦境变成了现实世界。天路客经历的这些梦境，实际上都是班扬在特定时间、地点的亲身经历。他历险的方式、堕落和奋起、失和得、反抗与胜利、失望和欢乐，……这就是班扬紧张的生活方式。有朋友，也有敌人，有勇者，也有懦夫，有肝胆相照之人，也有贪婪胆小之辈，他们就是当代的英国人。⑩

由此可见，那个升入天国的终极目标在《天路历程》中的重要性恰恰被淡化了，强烈的现实宗教情结与来自社会底层的天然领悟力促使班扬将他几乎所有的精力倾注在走向天路的"历程"的描述上。在通往天国的道路上，基督徒遭遇了懒惰、无知、臆断、虚伪等种种考验，也得到了谨慎、检点、虔诚、忠诚和仁慈的无私帮助，他与知识、经验为侣，和希望与诚意相伴。人世间的一切境遇浓缩成天路客一路走来的种种遭遇。班扬巧妙地赋予了现实生活丰富的宗教内涵，将平凡而又普通的现实生活描写得生动而逼真。这种现实主义的寓言文体绝不仅仅是班扬在文学上的重要特色，更是其深刻的、充满现实感悟的宗教观的集中体现。

然而，这种杰出的写作手法和观察视角并不单纯来自于他的心理洞察力或对道德问题的关注，更依赖于他对一个完全因循守旧的、是非颠倒的社会充满义愤的炽热的感情，依赖于他对占据社会权力和道德规范主导地位的统治阶层的尖锐批判。在这一点上，萧伯纳比一般批评家认识得更加深刻：

> 班扬认为正义是污秽的破布，他在道德村对法律先生的嘲弄，他对教会作为宗教取代物的挑战，他坚持勇敢是最高尚的美德，他认为一向备受尊敬的明智的世智先生的本质与坏人先生一样坏，所有者的一切全都被班扬用一个补锅匠的神学语言表达出来……整个寓言是对道德和有地位的人的有力抨击，反对不道德行为和罪恶的话却一个字也找不到。⑪

如果说弥尔顿是代表英国精英阶层的近代资产阶级革命思想的旗手,那么,属于下层社会、一贫如洗的班扬则是这种革命思想的天然的批判者,因为,对于班扬等下层社会民众而言,轰轰烈烈的革命运动的最后意义依旧是苦难与剥削。因此,那些"传统"的不道德的形象,诸如贪污先生、讹诈先生、粗鲁先生、醉汉先生和夜盗先生等,并不是《天路历程》加以谴责的对象,倒是那些像世智先生一样出生名门望族的绅士与公民和上流社会的中坚分子,成了班扬大加讨伐的对象。

班扬这种疾"贵"如仇的思想观念在他对法律的态度中可见一斑。他对立法者的邪恶十分关注,对犯法者的邪恶则并未给予太多讨论。在他看来,法律本身建立在不民主的权力基础上,并把压迫视为神圣;社会罪恶的主要根源是那些靠法律过日子的人,而不是那些被法律处死的人。这正是班扬的思想对于历代为自由而斗争的人们具有强大号召力的秘密所在。站在当代哲学的立场上批判地看待班扬的观念,我们的确可以指认其中的偏颇之处。然而,如果置身于17世纪风云变幻的英国历史之中,我们就不难理解班扬为何如此强调"阶级国家的权力就是压迫者的权力"这一基本立场,因此,对于他从义愤之中铸造形成的社会批判理论与宗教理念,我们应该予以足够的尊重和肯定。

正如上文中所指出的,与其他纯粹的宗教学家有所不同的是,班扬宗教观的基础在于"世俗生活",他努力寻求一种有意义的生活方式,但这种生活方式不是纯粹个人的精神追求,而是一种群体性的、有组织的集体化过程。在自传体作品《上帝赐予最大恶人的无限恩惠》中,班扬描述了这样一个梦境:

> 我仿佛看到,贝德福这些穷人坐在一座高山的向阳坡上,以舒适的阳光使自己的精神得到恢复,而我却备受霜雪乌云之苦,冷得全身发抖,缩成一团。我仿佛看到,在我和贝德福这些穷人之间有一堵环山而筑的高墙。这时我的灵魂很想穿过这堵墙。最后我想,如果可以的话,我要径直走到他们中间去,以他们太阳的热量来温暖我自己的身体。[65]

可以毫不夸张地说,班扬的宗教观透着强烈的"世俗性",人世间的友谊与对天国的追求在他的思想中和谐共存,与铭记上帝恩典的人同生共死,令他心满意足。与等级森然的主流宗教团体不同,小浸礼会既是宗教组织又是社会组织,与布鲁克农场、欧文的"新和谐区"等乌托邦式组织的生活极为相似,它几乎完全是由劳动人民,而不是由知识分子组成的。这一宗教团体更加实际地扎根于当时当地的经济生活,却进行了一场反对现实经济生活的宣传战。这种扎根于现实生活、与阶级利益休戚相关的宗教斗争方式是英国历史上一道独特的风景。

300多年后的今天,任何一个重读班扬作品的人都会被其强烈的社会现实感所吸引,更会惊讶作品中存在着的与资本文化成熟时期的哲学思想遥相契合的特质。无怪乎现代剧作家萧伯纳一再指认班扬作品中包含着的马克思、尼采的哲学思想与现代剧理论家易卜生的创作风格,认为其作品体现了一种极富生机的哲思,体现了一种从根本上改造社会的革命理念。"所有在莎士比亚作品中丢失的东西,在班扬那里都可以找到。对于班扬而言,真正的英雄出现得如此真切而又自然"。[64]

在萧伯纳看来,班扬作品《坏人先生传》俨然就是17世纪第一流的社会经济学手稿。"他鞭辟入里地刻画了一个资本时代典型商人的形象。这个坏人先生的宗教就是以最便宜的价格买入,再以最昂贵的价格卖出"。商品意识与它的道德基础早在马克思作品问世前的一个世纪就被班扬先生的寓言揭示出来了。萧伯纳惊喜地发现,这位被他誉为艺术哲学家(artist-philosopher)的思想者不仅善于创造生动的人物形象,还颇为具有经济思维。[65]

在关于班扬思想的阐释中,萧伯纳尤其肯定了班扬作品中尼采式的超越善恶道德理念的闪光之处。依尼采所见,根本不存在道德事实。道德判断与宗教判断的共同之处在于相信"不存在的实在"。道德就其本质而言,是对一定现象的解释,确切地说是一种误释。[66]深受尼采哲学影响的萧伯纳对此心领神会,"不道德并不总是指那些恶劣的、给他人造成伤害的行为,那些与流行的道德理想不相符合的行为往往被认定为不道德的。宗教在起初以反对某种道德原则出现,但最终却要为道德力量征服,将人的行为再次贴上善举或罪孽的标签,重新划为道德与不道德"。⑰

正如前文中所引述的,在《天路历程》中,萧伯纳看到了类似思想的表达,一种对于道德文明的嘲弄和对于野蛮力量的歌颂居然出自一位虔敬的清教徒的作品。在此,萧伯纳试图将班扬关于社会道德的观点与尼采哲学相联系的意图已经非常明显了,"整个寓言就是一系列一以贯之的对道貌岸然的社会道德的攻击,而对那些不能见容于世的罪过却不加一词。这正是尼采与易卜生所极力表达的,难道不是吗?"⑱

然而,我们不禁要问,基于"义愤"的批判是不是一种未经涤荡的宣泄呢? 建立在直接生命感受上的私人经验又具有多少的科学性呢? 在班扬的思想深处,他在多大程度上真正地同马克思与尼采比邻而居呢?

必须明确指出的是,马克思思想体系的伟大之处不仅仅在于其卓越的前瞻性,更在于其严密的科学性。马克思一再强调:"理论一经掌握群众,也会变成物质力量。理论只要说服人,就能掌握群众;而理论只要彻底,就能说服人。"⑲ 因此,就理论阐释的角度而言,资本文化的到来可被视作未来社会摆脱异化生活的必由之路,因为异化与异化的自我扬弃走的是同一条路。比较而言,班扬作品中处处体现的阶级意识又具有多少历史性可言呢? 当他本能地对现存的社会道德与法制口诛笔伐的时候,他是否认识到这一现存的资本文化模式内在的合理性了呢?

再进一步说,如果班扬作品还远未具备马克思主义的洞见,那么它是否与尼采打碎一切价值偶像的哲学冲动若合一契呢? 正如上文所言,尼采通过重估一切价值,打碎了人类历史上所有的道德偶像,并将人的自由确立在一种具有丰沛的创造性的强力意志(will-power)之上。然而,无论班扬在其作品中如何天才般地接近这种极具后现代主义色彩的理念,他的心中依旧居住着仁慈的恩主:

> 我完全为宗教思想所支配,对教堂的一切都怀有极大的虔敬之心,把教堂的一切都看做是神圣的。尤其是牧师和执事最幸福,他们无疑受到上帝的保佑,因为我认为他们是上帝的仆人,在神圣的教堂里是负责人,并在里面为上帝工作。⑳

就此而言,班扬与尼采无论思想轨道多么接近,却永远无法相交。因为后者明确承认自己作为被俘的普罗米修斯,是代表感性与激情的酒神狄奥尼索斯的追随者,他是基督的天敌。㉑归根结底,班扬最终还是要回归上帝的怀抱。然而,对于精神贵族尼采,任何形式的道德假定都不过是伪善而又虚假的幻想罢了,而这种怀疑主义与虚无主义交相融合的人生态度则是班扬无法承载的。

虽然班扬的宗教观念来自社会底层,但是,如果读者认为他的思想由于学识有限而流于肤浅,那就大错特错了。事实上,在反对专制、反对特权和宗教迫害的斗争中,班扬不仅有着明确的斗争目标,而且还是一个讲究策略的、富有远见的思想家。

1687 年,英王詹姆士二世发现无法将英国国教收编、改造成为自己认同的天主教,因此他决定扩大君主制度的权力范围,谋求一直遭到迫害的异教徒的支持,以求在力量上与国教势力抗衡。信教自由令的公布意味着小宗教团体有了更为广泛的宗教活动权利。

表面看来,吃尽国教压制苦头的班扬有充分的理由仇视国教,并为它们日益衰败的局面幸灾乐祸。然而,作为一名富有政治远见的宗教活动家,他本能地看到,这种"自由"的局面的形成依旧是建立在专制统治的基础上的,缺乏真正能够持久的坚实基础。因此,班扬在行动上与主动靠拢的国王势力保持着明显的距离,用自己的行为表达着他的政治理念和宗教立场。

在现实生活中,出于必要的自我保护,班扬发表的作品少不了对国王尽忠的套词,但是他在本质上是一个不折不扣的反对君主专制的思想家。对于自己言论上言不由衷的行为,他在未发表的《创世记》的评注中,明确地为圣徒在困难政治处境中的表面妥协辩护道:

> 因此请注意,一个人在教义上或在实践中对别人撒的谎不管多么离奇,都不应该认为他是犯了罪,如果教义和实践都是上帝的旨意的话……㉒

对于班扬的良苦用心,批评家汀德尔做出了这样的评价:

　　　　班扬的宗教小册子往往近乎效忠的表白，为的是对上帝的特选子民和喜欢寻根究底以外的一切人隐瞒自己的真实看法……他和当时任何正常的浸礼教徒一样，对国王和政府怀有深刻的天然仇恨。……他看穿了法律、监狱、治安法官、狱长的不义，对其深恶痛绝。这些人与基督徒是水火不容的。㉓

　　那么，我们不禁要问，究竟什么才是这位卓有远见的宗教活动家一生追求的理想社会呢？在他死后发表的《论反基督和杀害证人》（1692）一文中，他畅想了自己信仰中的世界，即到了世界历史的最后一千年，世界上将会建立起某种太平盛世，那时人间将与天上一样秩序井然：

　　　　上帝将会在世界上建立起他的原始教会政府，因此，我们必须把反基督者全部打倒。这样，活到那一天的人，就会看到新耶路撒冷打扮得像出嫁前的新娘一样从天而降。㉔

　　对于班扬，英国宗教界与文学界一直保有浓厚的兴趣。多少年来，尽管对他褒贬不一，但人们至少在一点上达到了高度的一致：这是一位用最为质朴、直接、现实的力量撼动整个时代的思想者。这种来自生命本源的义愤与冲动也许并未经过充分的淘洗和沉淀，但却充溢着鲜活的人格力量。历史也总是用令人惊异的方式一再告诫这个世界的人们，伟大的灵魂往往潜藏于平凡普通的外表之中，英国历史上的这个补锅匠不仅精通养家糊口的手艺活，在修补时代和社会的灵魂时也同样胜任。

第八节

约翰·德莱顿：英国现代戏剧理论的奠基人

约翰·德莱顿（John Dryden，1631－1700）出生于一个英国乡绅家

庭,父母双方家庭都信奉清教,作为长子,德莱顿获得了最好的教育,先在西敏寺学校念书,后升入剑桥大学三一学院。关于他在剑桥读书时的情况我们所知甚少,只知道由于不守校纪,他曾经受到过停课两周的处罚。1657 年后,德莱顿在伦敦定居,开始了他辉煌的文学创作生涯。

德莱顿可谓是一位杰出的文学多面手,作为英雄双韵体的主要倡导者,他在戏剧中巧妙地融入了双韵体诗歌的元素,对这一诗体后来的发扬光大起到了非常重要的传承作用;作为一位著名的散文家,他简洁明朗的文风极大地影响了 18 世纪英国后几代作家;尤为值得称颂的是,作为一名剧作家,德莱顿的戏剧内容极为丰富,涉及英雄诗剧、政治剧、喜剧、闹剧等多种形式。晚年的德莱顿失去了王室的宠幸,贫病交迫,在孤寂中离开了这个曾经令他辉煌一时的世界。

文学史家考特罗普认为,自王朝复辟以后,浪漫派戏剧的特征集中体现在一位伟大的诗人兼剧作家的作品之中。他的创作技巧决定了大众品位与喜好的方向;他多变的创作风格适应了新的历史时期的要求;他作品中美妙和谐的诗韵和辨证深刻的批判,注定了在 17 世纪后期的英国文坛上无人可以与其匹敌。考特罗普在这里大加褒扬的正是文学家约翰·德莱顿。⑥在英国文学思想史上,德莱顿关于戏剧理论的探讨为英国戏剧摆脱模仿法国戏剧的套路,并且真正形成自己的独特风格做出了不可磨灭的贡献。纵观英国戏剧的历史,像德莱顿一样在艺术创作与理论阐发上都极为突出的作家十分罕见。

在无比动荡的革命年代,德莱顿的政治态度也经历了重大的变化。由于受家庭影响,早年的德莱顿支持清教政权,对克伦威尔推崇备至。然而,王朝复辟以后,德莱顿转而支持查理二世的统治,成为一名坚定的保皇派。虽然评论界对其政治上的妥协大加诟病,但是,在当时的政治局面下,妥协也许是解决多年内战之苦与国家分裂的唯一途径,暗含着深邃的睿智与客观的考量。事实上,从人性的内在要求出发,谋求国家和平稳定的生活是德莱顿政治观的根本出发点,也是其一切关于政治主题的文学作品的旨归所在。

英国与欧洲大陆国家的社会转型模式大抵相同,从封建社会形态向资本主义社会过渡的过程时刻伴随着宗教改革的身影,并且表现出更为复杂的宗教意识形态的多样性。自多铎王朝亨利八世到斯图亚特时代,英国国教成为英吉利王室与议会贵族的主流信仰;尽管出于信仰的要求和政治经济利益的考量,英国王室也曾经试图恢复罗马天主教廷的宗教权威,但总体而言,天主教势力日渐式微;在整个英国资产阶级革命中,代表着新兴的第三等级与广大社会底层民众的清教团体是最为坚定的革命中坚力量。

　　然而,在宗教之争的背后,是显而易见的现实利益之争。"究竟谁有权力变动英吉利的教会权限",这一宗教问题等同于究竟"谁有选举行政官吏并监督国家武装之权"这一政治问题,且决定着国王、议会等不同势力的现实利益的分配。⑥ 1678 年前后,英国政局由于王位继承问题表现得更为动荡不安。由于查理二世没有儿子继承自己的王位,按照祖制,王权理应为弟弟詹姆士继承。但是,考虑到詹姆士是一个虔诚的罗马天主教徒,英国清教势力把持的国会对未来新国王的政治倾向深表忧虑。在莎夫茨伯利的带领下,清教势力试图说服国王推出私生子蒙茅斯公爵以取代詹姆士,却遭到拒绝。一时之间,代表国教势力的查理二世与清教国会的矛盾达到了白热化的程度。在这一时期,德莱顿以讽刺诗的方式表达了他对王权坚定的支持,不仅赢得了查理二世的青睐,也在"无意之中"造就了英国诗史上的不朽之作。

　　在诗作《押沙龙和亚希多弗》("Absalom and Achitophel", 1681)中,德莱顿巧妙地借用了《圣经·旧约》里大卫王爱子押沙龙造反的故事影射蒙茅斯公爵企图谋反夺取王位却遭到镇压的英国政治现实。辉格党领袖莎夫茨伯利公爵化身为怂恿押沙龙造反的谋士亚希多弗,而大卫王无疑正是查理二世在圣经故事里的代表。在这部诗作中,德莱顿不仅表现出一位杰出诗人的语言天赋,更体现了一名成熟的政治参与者的智慧。在作品中,他非常巧妙地用调侃幽默的文笔淡化了查理二世的私情,却将整个故事定格在"大卫王"与他的私生子"押沙龙"之间的善恶分明的较量之中。⑦

　　毫无疑问,自以为是的谋士亚希多弗不知"聪明至极肯定连着疯狂",堕落为撒旦的俘虏,而获得上天灵感的大卫王虽为最后的胜利者,

却反躬自问,在诗歌的结束语中检讨自己的言行时,不忘表达对儿子的怜悯与同情,并一再表示要慎重量刑。全诗以大卫王又一次恢复了他神圣的权威地位,并成为所有臣民的合法君主而终结。正如德莱顿自己所言,一首好诗可以令整个世界接受它的观点,因为精彩的诗句充满了甜蜜的气息,即便在刺痛读者的同时也让他们感到愉快与喜悦。①德莱顿并未将大卫王与押沙龙等人的冲突定格为不可调和的矛盾,可见,《押沙龙和亚希多弗》是作为诗人的德莱顿"以艺术求和解"的政治观的集中体现。

如果说在诗歌《押沙龙和亚希多弗》、《麦克·弗莱柯诺》(1682)与《奖章》("The Medal",1682)等一系列作品的创作中德莱顿在相当大的程度上由查理二世授意,充当了国王在文艺界对抗辉格党的武器,那么,在诗作《俗人的宗教观》("Religio Laici",1682)中,作家所表达的宗教观点充分体现了他成熟的政治观念。

与其他作家空洞地谈论宗教的意义不同,德莱顿在诗歌《俗人的宗教观》中,从教会与国家政权的角度论述了维持英国国教统治地位的重大意义。他旗帜鲜明地反对自然神论,努力维护《圣经》的地位;反对一切异教徒的宗教形式,努力维护基督教的社会主导地位。在此基础之上,德莱顿反对天主教会,更反对私人对《圣经》的解释,认为只有借助于英国国教的自由法则才能获得关于《圣经》的最佳解释与理解。表面看来,德莱顿又一次成为了查理二世与英国国教的吹鼓手,然而,他自己对信仰及其社会意义的阐释让我们看到了一个更为深邃的德莱顿。然而,德莱顿在政治上的观点绝不是一味迎合查理二世的现实要求,他在与王权若即若离的关系中,从人道主义的立场出发,坚守着一个有良知的知识分子在纷乱不堪的世界中的政治立场。

在德莱顿之前,英国文学史上伟大的剧作家不乏其人,莎士比亚等人凭借天赋与直觉为英语戏剧的发展开辟了广阔的天地。然而,文学批评在英国却是偶然的、盲目的行为,少数涉及文学批评的人也只是完全依循古希腊、古罗马以及法国戏剧的基本理论,难免有拾人涕唾之嫌。与前人完全不同的是,德莱顿能够批判地接受国外文学评论的基本观点,并自觉地通过独立的思考与艺术实践,创造适合英国戏剧发展的戏剧理论,无怪乎约翰逊博士要称他为"英国文学批评之父"。

德莱顿的戏剧理论集中体现在他的代表作《论戏剧诗》("Essay of Dramatick Poesie",1668)中。在这一与《柏拉图对话集》的形式颇为相似的理论作品中,德莱顿虚构了四位分别叫做尤吉涅斯、克利提斯、利西狄亚斯和尼安达的诗人,他们在英国击败荷兰舰队的纪念日里泛舟泰晤士河上探讨新旧戏剧的优劣。评论界一致认为第四位发言人尼安达正是德莱顿自己的理论化身。

众所周知,在 17 世纪的欧洲,戏剧艺术理论中占据着统治地位的是源于希腊罗马文化传统的法国古典主义理论。古典主义戏剧崇尚理性,蔑视情欲。理智和感情的矛盾是构成戏剧冲突的基本内容,而最终都以理智的胜利为结局。戏剧家习惯把古希腊、罗马戏剧奉为典范,他们作品中的故事情节和人物大多来自古代戏剧、史诗、神话和历史,希望借古人来表达自己的社会理想。尤为重要的是,古典主义戏剧十分强调规范化,认为戏剧创作必须遵守地点、时间和情节一致的"三一律"。人物塑造需要符合固定的类型,戏剧体裁有高低尊卑之分。悲剧被视为"高雅的"体裁,只能描写国王和贵族;喜剧则被视为"卑欲的"的体裁,只能描写市民和普通人。

怀揣着英国戏剧梦想的德莱顿并没有止步于法国戏剧理论的强大压力,他在将法国古典戏剧理论与英国剧作家全新的实践结合的道路上作出了极为有益的尝试。在德莱顿看来,就情节而言,只要次要线索服从于主要情节,就应该认为基本遵循了情节一致的原则;就时间因素而言,他认为古典"三一律"法则对时间的限制在悲剧中不可或缺,但是对于通俗戏剧就不必过于计较;就地点因素而言,德莱顿认为大可不必过于计较,因为情节与时间一旦有所限制,地点自然就可以顾及了。总体而言,德莱顿实际上毫无保留地否定了法国古典戏剧理论中过分强调"三一律"的狭隘观点,也为克服法国戏剧情节单一、剧情单薄的缺点提供了理论依据。⑰

然而,必须指出的是,德莱顿并没有像同时代那些狭隘的、民族观念极强的作家那样,一味地否定法国戏剧,刻意抬高英国戏剧的地位。他借尼安达之口指出,争论的焦点不是两国的戏剧孰优孰劣,而是究竟

什么是符合时代发展的戏剧创作原则。他明确指出：

> 戏剧应该是对人性的一种公正和生动的描述，要反映人的情感与脾性，要体现支配人的命运的种种变化，目的是给予人类欢乐与教益。③

也许我们可以从德莱顿对前辈戏剧大师莎士比亚的评价中窥测到他心灵深处对完美的戏剧的直接体悟：

> 莎士比亚在现代或者古代的诗人中具有最博大而又悟力最强的才智。他的心灵随时洞悉宇宙万象。他能轻巧地刻画出它们而不露斧凿痕迹。他描写人物栩栩如生，像有实体可触一样。……他天才卓越，能直观宇宙万物，无需博览群书以知自然。他只需内窥其心，即可发现宇宙真理。③

在这个被后世认为是关于莎翁的极为经典的总结性阐释中，我们可以非常深切地感受到德莱顿本人对完美的戏剧的认识与理解：戏剧必须贴近生活，反映人性的本质与细节，不着痕迹地表现那左右命运的细微之处，使人在欢笑与泪水中获得关于人生的教益与智慧，一切外在的形式都必须服务于和服从于戏剧这一最为本质的要求。

尤为值得一提的是，德莱顿不仅提出了较为系统的戏剧理论，而且结合自己的戏剧创作，提出了极富实际意义的创作指导原则，其中最具代表性的就是其关于英雄诗剧中双韵体诗句的运用问题。在德莱顿看来，

> 韵律通过声音的共鸣把记忆编织到了一起，只要记住一行中的最后一个词就常常能够回忆起两行诗句。在快速辩论时，韵律优雅无比，且与故事贴切合一，机巧的回答和优美的韵律更把两者的妙处衬托了出来。

　　熟悉韵律有助于记忆,这对演员而言是非常重要的实用技巧。自清教徒执政后,大量剧院被迫关闭,戏剧的受众比起剧院的黄金时代已十分稀少。由于每个剧的重复率很低,演员必须经常熟记新剧本的台词。双韵体借助于乐感非常自然地帮助演员迅速记住台词,并且令观众在机巧的语言中获得一种直接的美感。然而,德莱顿对双韵体戏剧青睐的原因远非仅限于此:

> 我认为韵律的最大益处是对想象力形成一定的有益的制约。因为诗人的想象力常常失去控制,无章可循,就像一只能量很大的猎犬,需要在腿上绑上坠子,以免它在叼取猎物时跑过了头。⑱

　　在此,德莱顿提出了任何一个诗人都必须面对的严肃话题:诗歌是否需要韵律。在英国诗歌史上,诗人们一直围绕着这一问题争论不休。然而,古今中外的文学史告诉我们,一切艺术都是捆绑的艺术,这"捆绑"就是规定某种艺术成为这种艺术的法则,正如康德所说,每一种艺术是以诸法则为前提的,即在诸法则的基础之上艺术作品才有可能产生。在德莱顿看来,诗人必须是使用韵律的高手;200多年以后,中国诗人闻一多在其发表的《诗的格律》中也一再强调,一首诗不仅应该具有绘画美与建筑美,更应该具有音乐美。德莱顿用自己的诗歌实践告诉后人,诗歌之所以不同于散文,就在于它是一种"戴着镣铐"的舞蹈,这正是诗歌的魅力所在。

　　17世纪的英国文化在一定程度上是18世纪欧洲文化的预演。虽然宗教仍然是政治生活中不可缺少的角色,但是,伴随着工业的发展与第三等级的崛起,关于道德生活的解释也出现了不同的声音,契约精神与世俗欲望日益受到社会的尊重,这一切都为个体意识的觉醒提供了良好的社会环境。德莱顿戏剧中的个体意识正是这一时期风云变幻的英国民众精神生活的极佳体现。

　　正如德莱顿在创作时钟爱英雄双韵体一样,他对塑造个体英雄形象情有独钟。戏剧《格拉纳达的征服》(*The Conquest of Granada*,1670)中英雄阿尔曼佐的形象就是一个绝佳的例子。在这部充满了仇

恨、妒忌、欺骗、权欲、爱情等诸多人性基本元素的作品中，英雄阿尔曼佐并不是一个善于谋略的智者，恰恰相反，他总是被人利用和欺骗。但是，他有着义无反顾的勇气与不可阻挡的力量，他那极为桀骜不驯的天性是对一切社会化的道德约束的天然挑战。戏剧中阿尔曼佐在反驳国王博阿迪林时的一段话充分表现了他的性格特征：

> 没有任何人比我更不顾忌生命。
> 但你从哪里获得赐我一死的权力，
> 如同臣民服从君主的旨意？
> 你要知道，只有我自己才是我的国王。
> 卑鄙的奴役制开始之前，
> 我就像大自然初创人类时一样自由自在，
> 那时，品格高尚但尚未开化的原始人
> 在森林中狂奔乱跑。[③]

在作者的笔下，"品格高尚但尚未开化的原始人"是其灵魂深处真正认同的生活模型的写照。正是在这个粗野、彪悍但却直率、真诚的英雄阿尔曼佐的身上，读者看到了德莱顿本人隐晦的内心独白。事实上，德莱顿对于英国社会中愚昧的、压抑人性的陈规烂俗的批判是极为引人注目的。在戏剧《摩登婚姻》（1672）中谈及爱情与婚姻时，作家直截了当地说道：

> 当感情已经变质淡忘，
> 为什么我们还要用一个
> 很久前定下的婚约，
> 把现在的我们捆绑在一起？
>
> 如果我在一个朋友身上找到了乐趣，
> 进而引发出了爱情，
> 那么，欢乐已尽、再也无法给予我情趣的他

又有什么过错？
如果他嫉妒我，或我阻止他与别人接触，
那是愚蠢的。
当我们谁也无法阻止对方，
我们得到的只能是带给双方的痛苦。⑭

今天的人们读到这一现在看来平淡无奇的情感宣言一定觉得这样的观点极为平常，但是，在个体意识仍然广受压制的 17 世纪英国的宗法社会环境中，德莱顿的观念无疑是相当前卫的。在德莱顿所有谈及爱情的戏剧中，最突出的作品无疑是悲剧《一切为了爱情》(1678)中罗马三执政之一安东尼和埃及女王克莉奥佩特拉之间轰轰烈烈的爱情故事。值得一提的是，作家并没有过多地重复这一人所共知的古罗马政治事件的背景，而是将战争作为戏剧的背景，删去芜杂的人物形象，将安东尼与克莉奥佩特拉为了爱情不惜牺牲一切的忘我精神放大到极限。在这一令人动容的爱情故事的终了，作家借女王克莉奥佩特拉之口毫不掩饰地表达了他的爱情观念。女王将她濒临死亡的情人安东尼揽在怀中时说道：

不要难过，你坚持到了
我最后这一灾难的时刻。
想想我们有过的晴朗灿烂的日子，
上帝仁慈地把风暴推迟到夜色降临之后，
十年的爱，我们没有虚度其中的一分一秒。
一切都升华为最大限度的快乐。
而现在当我们离开这个世界的时候，
我们仍然属于对方；就这样告别人世。
当我们手拉手在冥府的树丛中漫步时，
一群群情侣化作的精灵将簇拥着，
追随在我们身旁。⑮

　　"不自由,毋宁死",这一震撼人心的人生宣言在《一切为了爱情》这一悲剧中表现得淋漓尽致。我们有理由相信,作家反复强调的个体意识与自由观念正是其生命理念的真实表达,更是一位真诚的艺术家对丰富充盈的人生的认同与期盼。

　　1688年,德莱顿因为拒绝宣誓效忠新政权而被削去了一切公职,他的荣誉诗人的地位也不复存在,晚年的他不得不依靠自己的写作和古典文学翻译谋生。在饥寒与疾病的困扰下,德莱顿于1700年病逝,被葬于西敏寺。

　　纵观德莱顿的一生,他不仅是一位多产的作家,也是一位非常睿智而又深刻的理论家。虽然英国戏剧并没有因为德莱顿的出现迎来又一个黄金时代,但是,德莱顿作为一位集古典精神与现代意识于一身的作家,在英国文学思想史上起到了不可替代的承上启下的作用。

　　正如诗人艾略特在论及英国诗歌的历史时所说,德莱顿是英国18世纪诗歌的一切优秀品质的鼻祖;如果不能很好地欣赏德莱顿,我们就不能真正评价18世纪英国诗歌的历史。①我们有理由相信,德莱顿作为一座不朽的17世纪英国文学的艺术丰碑,必定会令世代人驻足凝望。

　　毫无疑问,17世纪英国文学最为主要的思想特征体现为启蒙精神的全面展开。发端于15世纪意大利诸城邦的文艺复兴精神恰恰在17世纪的英国文化中全面展开,并获得了较为成熟的现代形态,这实在是一个极为耐人寻味并且值得探究的历史之谜。然而,仅从不列颠民族与生俱来的理性气质与求真务实的文化传统来看,这一切都充满了历史的必然性。

　　任何一个伟大民族的智慧从来都不是单一的,对一种文化形态与道德原则的肯定,必然包含着强烈的文化自省意识。就此而言,处于启蒙精神初期阶段的英国文学家们充分体现了弥足珍贵的自我批判精神。他们对传统人伦社会的迷恋、对生命终极关怀的思考、对科学实验态度的反思以及对席卷一切的启蒙精神进行的深入考究,开启了批判现代性文明的先河。然而,不容置疑的是,无论批判的呼声多么强烈,充满朝气的现代文明及其在意识形态上的集中表达——启蒙精神——还是以一种不可遏制的趋势降临到英国生活中了,其内在的丰富性在

18 世纪的英国文学中得到了更为具体而多样的表达。

注释

---

① 《培根随笔》，冯雪松编译，南京：南京大学出版社，2009 年，第 2 页。

② 梯利(美)：《西方哲学史》，北京：商务印书馆，2000 年，第 289 页。

③ 参阅(美)梯利：《西方哲学史》中关于休谟的讨论。并请参阅库恩：《必要的张力》，福州：福建人民出版社，1981 年；库恩：《科学革命的结构》，上海：上海科技出版社，1980 年。

④ 斯佩丁：《培根的书信及其思想》，牛津大学出版社，1925 年，第 96 页。

⑤ 帕斯卡尔：《思想录》，北京：商务印书馆，2005 年，第 185 页。

⑥ 杜兰特：《探索的思想》，北京：文化艺术出版社，1991 年，第 120 页。

⑦ 约翰·洛克：《论本国语言的重要性》，《英语散文 100 篇》，高健译，北京：中国对外翻译出版社，2001 年。

⑧ 王佐良、何其莘：《英语文艺复兴时期文学史》，北京：外语教学与研究出版社，2006 年，第 34 页。

⑨ 王佐良：《英语散文的流变》，北京：商务印书馆，1998 年，第 15 页。

⑩ 王佐良、何其莘：《英语文艺复兴时期文学史》，北京：外语教学与研究出版社，2006 年，第 268 页。

⑪ 同上，第 269 页。

⑫ 参阅(英)索利：《英国哲学史》，段德智译，济南：山东人民出版社，2007 年，第 105—108 页。

⑬ 梯利(美)：《西方哲学史》，第 345 页。

⑭ 同上，第 348 页。

⑮ 同上，第 354 页。

⑯ 列奥·施特劳斯等主编：《政治哲学史》，李天然等译，石家庄：河北人民出版社，1998 年，第 546—557 页。

⑰ 同上，第 575 页。

⑱ 洛克(英)：《政府论》，刘晓根译，北京：北京出版社，2007 年。

⑲ 塔利(英)：《语境中的洛克》，梅雪芹译，上海：华东师范大学出版社，2005 年。

⑳ 洛克(英)：《教育片论》，熊春文译，上海：上海人民出版社，2005 年。

㉑ 马蒂尼奇(美)：《霍布斯传》，陈玉明译，上海：上海人民出版社，2007 年。

㉒ 索利(英)：《英国哲学史》，段德智译，济南：山东人民出版社，1991 年，第 58 页。

㉓ 刘小枫、陈少明主编：《霍布斯的修辞》，北京：华夏出版社，2008 年。

㉔ 梯利：《西方哲学史》，第 301—303 页。

㉕ 马歇尔·米斯纳：《霍布斯》，北京：中华书局，2002 年，第 50—51 页。

㉖ 同上,第 68 页。

㉗ 施米特(德):《霍布斯学说中的利维坦》,应星、朱雁冰译,上海:华东师范大学出版社,2008 年。

㉘ 马歇尔·米斯纳:《霍布斯》,第 75—77 页。

㉙ Patrick Grant, *Literature and the Discovery of Method in the English Renaissance*. Macmillan Press, 1985, p. 48.

㉚ Ibid., p. 49.

㉛ 王佐良、何其莘著:《英国文艺复兴时期文学史》,北京:外语教学与研究出版社,2005 年,第 159 页。

㉜ Patrick Grant, p. 55.

㉝ Ibid., p. 62.

㉞ 王佐良、何其莘著:《英国文艺复兴时期文学史》,北京:外语教学与研究出版社,2005 年,第 162 页。

㉟ Patrick Grant, p. 74.

㊱ 王佐良、何其莘著:《英国文艺复兴文学史》,北京:外语教学与研究出版社,2005 年,第 158 页。

㊲ W. Courthope, *A History of English Poetry*, Vol. Ⅲ. Macmillan. 1917. p. 150.

㊳ Ibid., p. 153.

㊴ 王佐良、何其莘著:《英国文艺复兴文学史》,北京:外语教学与研究出版社,2005 年,第 243 页。

㊵ 同上,第 158 页。

㊶ 同上,第 244 页。

㊷ 参阅 Douglas Trevor, "John Donne and Scholarly Melancholy." *Studies in English Literature, 1500 - 1900, Vol. 40, No. 1, The English Renaissance*. Winter, 2000, pp. 81 - 102。

㊸ 同上,第 165 页。

㊹ Scott Elledge, "Milton's Lycidas". New York: Happer & Row Publishers, 1996, pp. 163 - 167.

㊺ 安妮特·鲁宾斯坦:《英国文学的伟大传统》,陈安全等译,上海:上海译文出版社,1996 年,第 186 页。

㊻ 同上,第 178 页。

㊼ 同上,第 193 页。

㊽ 同上,第 200 页。

㊾ 同上,第 202—203 页。

㊿ 同上,第 183 页。

(51) 同上,第 186 页。

(52) 同上,第 189 页。

(53) 同上,第 190 页。
(54) 王佐良、何其莘:《英国文艺复兴文学史》,第 324 页。
(55) 同上,第 326 页。
(56) 同上,第 328 页。
(57) 安妮特·鲁宾斯坦:《英国文学的伟大传统》,第 217 页。
(58) 同上,第 234 页。
(59) 同上,第 239 页。
(60) 同上,第 241 页。
(61) 同上,第 256 页。
(62) 同上,第 259 页。
(63) 同上,第 261 页。
(64) Bernard Shaw, *Our Theatres in the Nineties*. London: Constable, 1932, pp. 2 - 3.
(65) Norbert Donnell, "Shaw, Bunyan, and Puritanism". *PMLA*. Vol. 72. No. 3. 1957, pp. 520 - 533.
(66) 尼采:《偶像的黄昏》,卫贸平译,上海:华东师范大学出版社,2007 年,第 89 页。
(67) Bernard Shaw, "The Quintessence of Ibsenism". Dover Publications. New York, 1994. p. 129.
(68) Bernard Shaw, "Man and Superman". *The Preface*. Cambridge: Mass, 1954. pp. 35 - 36.
(69) 马克思、恩格斯:《马克思恩格斯选集》第 1 卷,中央编译局,人民出版社,1982 年,第 9 页。
(70) 转引自安妮特·鲁宾斯坦:《英国文学的伟大传统》,陈安全等译,上海:上海译文出版社,第 237 页。
(71) 尼采:《朝霞》,田立年译,上海:华东师范大学出版社,2007 年,第 151—153,第 226—227 页。
(72) 安妮特·鲁宾斯坦:《英国文学的伟大传统》,陈安全等译,上海:上海译文出版社,1996 年,第 274 页。
(73) 同上,第 274 页。
(74) 同上,第 275 页。
(75) W. Courthope, *A History of English Poetry*. Vol. Ⅳ. Macmillan Company, 1916, p. 397.
(76) 屈勒味林:《英国史》,钱端升译,北京:中国社会科学出版社,2008 年,第 448 页。
(77) J. Douglas Canfield, "Anarchy and Style: What Dryden 'Grants' in Absalom and Achitophel." *PLL* 14, 1978, 83 - 87.
(78) 刘意青主编:《英国 18 世纪文学史》,北京:外语教学与研究出版社,2006 年,第 21 页。

㊀ 参阅《英国 18 世纪文学史》,第 26 页。

㊁ 同上,第 33 页。

㊂ 同上,第 27 页。

㊃ 同上,第 35 页。个别部分作者进行了修改。

㊄ 同上,第 37 页。

㊅ 同上,第 39 页。

㊆ 同上,第 40 页。

㊇ T. S. Eliot,"John Dryden." *Selected Essays*. London：Faber and Faber，1932，p.305.

第四章

理性主义与感伤主义：
思想的交锋和流变

　　1660 年是英国历史上重要的一年。流亡法国的查理二世在各阶层的欢呼声中回到伦敦，标志着斯图亚特王朝的统治在中断 11 年后重获延续。不过，这只是表面现象。实际上，真正复辟的是国会。国会通过废除共和、请回国王等一系列的运作，成功地遏制了曾经是神圣的王权，成为"不可抗拒、无可争议的英国统治机构"①。随着形势的发展，国会在英国政治中继续发挥着决定性的作用。

　　继查理二世登上王位的是他笃信天主教的兄弟詹姆斯二世，他上台后采取的各种措施使得民众深深担忧英国又将重回天主教信仰。这一次，还是国会，而不是国教教会，主导了 1688 年的"光荣革命"。托利和辉格两党达成一致，出面邀请荷兰的奥朗日亲王威廉和他的妻子玛丽（詹姆斯二世的长女）前来英国，在他们发表了由上、下议院拟定的《民权宣言》后，让他们接受了王位。自此，王室权力受限制即以宪法的形式固定下来。

　　1694 年，英国人依据宪章成立了英格兰银行，为政府和国家的未来奠定了崭新的财政基础。就这样，长期以来困扰着英国的宪法问题、宗教问题以及财政问题在 17 世纪末期基本得以解决，18 世纪的英国就在这个基础之上飞速发展起来。

　　无论对于英国还是对于欧洲大陆来讲,18世纪都是社会生活各方面发生轰轰烈烈的变革的时代。政治舞台上,君主立宪政体确立,政权由新贵族和资产阶级共同执掌,托利党和辉格党上演了一幕幕"你方唱罢我登场"的闹剧。文化上,受工业和贸易飞速发展的推动,自然科学,特别是数学、力学、化学和天文学,取得了长足的进步,为世纪中叶的工业革命奠定了理论和技术的基础。牛顿物理学被广泛接受之后,从中推导出来的普遍规律以及自然界整齐秩序的概念影响深远,帮助西方社会以理性思维净化甚至取代了经院哲学的神秘。

　　科学的发展推动了哲学的发展,认识论的崛起在18世纪达到了顶峰。托马斯·霍布斯提出了机械唯物论的观点:物体的基本属性是"广延",无形的精神体,如上帝和灵魂,因为不具广延性,所以是不存在的;人类的一切知识都从感觉而来;而人是自然的生物,自然状态下人与人的关系就是狼与狼的关系;为了避免互相残杀,人类约定社会契约,国家和统治者由此产生,所以君权归根结底是"人"授而非"神"授。约翰·洛克阐发了唯物主义经验论的基本理论,最终完善了近代英国唯物经验论:他的"白板论"提出人类的全部知识是建立在经验之上的,一切观念起源于经验。他把观念分为简单和复杂两类,人心通过组合、并列和分离的手段在简单概念的基础上形成复杂概念——解释了困扰前人的感性如何上升到理性这一问题。在对人和国家的看法上,洛克接受了霍布斯的自然形态说和社会契约论,但他强调的是自由思想。国家和政府建立后若是不能保护人类的自然权利,人民就有权破坏这个契约,收回给政府的仲裁权。他据此提出了立法权、行政权和对外权的"三权分立"说以及君主立宪制下的议会主权论。他们与欧洲大陆上的伏尔泰、卢梭和狄德罗等哲学家一起,掀起了启蒙运动,用唯物主义思想反对唯心主义思想,提倡理性,希冀用"自由"、"民主"的口号以及知识的力量把西方人从中世纪的愚昧和黑暗中唤醒。

　　伴随着产业革命而来的还有种种社会变革,圈地运动、通货膨胀、海外殖民的发展迫使英国本土的下层民众和殖民地人民一起忍受痛苦的生活。牛津的历史学家弗雷德里克·约克·鲍埃尔就说过:"英国人民从来不是由于瘟疫、饥馑或战争,而是由于建立了没有正当保护措施的工厂制度,才使自己的生命力遭到如此致命的打击。[②]"这样的现实和资产阶级崛起时提出的"自由、平等、博爱"是相悖的,当思想者们发现理性治国解决不了这个问题的时候,他们中的一些人开始反思唯理王国的种种不合理之处。

　　这样的变化也反映在了文学的创作和思想上。无论是把文学看成是社会的"镜"还是"灯",文学家的目标都是利用手中的笔,刻画人类社会的方方面面,希望以此表现自己对世界的看法和对人类命运的思索,从而引导人们进入理想社会。在这段时间里,前30年的文学思潮表现为初期启蒙主义,新古典主义的创作和评论是主流,代表人物为亚历山大·蒲柏、丹尼尔·笛福和乔纳森·斯威夫特。他们和其他作家、思想家一起,凭借自己在文学上的影响力,为打破封建统治的枷锁、粉碎僵硬的宗教教条对人类思想的束缚做出了贡献。在接下来的40余年里,随着贫富差距的加大,社会各阶层对道德的期盼和呼唤在塞缪尔·约翰逊博士、塞缪尔·理查逊以及亨利·菲尔丁的作品中得到了完美的诠释。这三位作家都有一种道德的自觉,认为替年轻人指出一条健康、正确的人生道路是作家责无旁贷的任务。而到了18世纪的最后10余年,人们对理性至上的怀疑日见其盛,强调情感的"感伤主义"流派逐渐抬头。一批以劳伦斯·斯特恩和奥利佛·哥尔德斯密为代表的作家开始用夸张的手法渲染受压迫者的痛苦,以多情善感表现社会的道德困惑。他们的作品中反映出来的人道主义思想催生了下一个世纪的浪漫主义作品。就总体而言,18世纪的英国文学思想呈现出理性主义与感伤主义思想的交锋与流变。

第 一 节

笛福和英国政治哲学

　　丹尼尔·笛福(1659—1731)[③]在英国文学史上算不上最有名望的文学家,但是,他的作品却在全世界都小有名气,尤其是在孩子们的心

目中。他的文学成就虽然远远比不上莎士比亚、乔叟、弥尔顿那样的大家,但是,可以毫不夸张地说,凡是有人知道莎士比亚的地方,就必定有人读过《鲁滨孙漂流记》(*The Life and Adventures of Robinson Crusoe*,1719)。这本小说是笛福在年届花甲之际才动笔撰写的处女作,从问世起就广受欢迎,在将近 300 年后的今天,虽然不复当年街谈巷议的盛况,却仍然在很多小读者心中留下对荒岛漂流生涯的向往和憧憬。最看重商业利益的好莱坞,也多次把这本小说搬上银幕。究其原因,自然是小说主人公鲁滨逊·克鲁索富有传奇色彩的荒岛经历对于每一代的读者都有抵挡不住的魅力。其实,作者本人坎坷的生活经历远比他笔下的鲁滨逊还要来得起伏跌宕。

笛福生活的时代正是英国历史上一个极其关键的时期。从政治上来说,1660 年护国公政权垮台后,流亡法国的查理二世在非常议会的请求下返回英国,开始了长达 18 年的王政复辟时期。1688 年光荣革命之后,托利和辉格两个党派正式出现了,这是英国政体两党制的开始①。从宗教角度来说,英国国教(Anglican Church,也称英国圣公会)的主教也返回了英格兰,从此罗马天主教、英国国教以及新教展开了博弈以及一轮又一轮的角力,最终奠定了国教一教独大的局面。从文化上来说,英国文学从 1650 年开始了长达半个多世纪的奥古斯都时期(Augustan Age),给后人留下了无数的文学瑰宝。同时,英国国内工商业在这阶段乃至后来长达一个多世纪的迅猛发展以及海外贸易迅速扩张的势头不但对政治产生了重要的影响力,而且促成了资产阶级这一新生阶级在政治舞台上崭露头角。而 1665 年的大瘟疫以及 1666 年的伦敦大火则以比战争更厉害的破坏力使得英国,尤其是首都伦敦,一度笼罩在愁云惨雾之中。

正是在这样一个多事之秋,笛福出生在伦敦一个清教徒家庭,他的父亲詹姆士·福⑤信奉的是非英国国教的长老会。这不是主流教派。笛福出世后不多久,议会于 1662 年通过了克拉伦登法典(Clarendon Code,1661-1665),根据公祷书宣布不信奉国教为非法,非国教教徒不得担任公职,他们的下一代也不能进入牛津、剑桥深造。所以,笛福只能就读于专门为清教徒教派培养牧师的纽伊顿学校。纽伊顿废止了传统的希腊文教学,拉丁文的重要地位也被英语所取代,校长查尔斯·莫顿先生重视的是英文作文、数学、历史、地理以及政治学。

笛福很感谢父亲在教育上对他的投入,但是显然对牧师这个行业缺乏兴趣,所以后来走上了经商的道路。但是,他的家庭出身以及教育背景对他的宗教思想起着不可磨灭的影响,而他在这所开明学校里接受的训练也影响了他日后的思想以及写作风格。莫顿先生后来由于宗教迫害的原因移民美国,被公推为哈佛大学的第一任校长,不过由于先有哈佛后有美国,而远在伦敦的宫廷对他的非国教思想记忆犹新,所以他只被批准为副校长。因此可以夸张地说,笛福虽然没有经历过牛津或是剑桥导师烟草味的熏陶,却因祸得福,体验了哈佛奠基时期的教学思想。

现在这个世界记住笛福的原因是因为他创作了《鲁滨孙漂流记》,其实,笛福本人更愿意当一个政治活动家、社会改革家或者成功的商人。鲁滨逊的故事虽然妇孺皆知,可是很少有人知道,笛福的作品共有560多部,而且多半是政论文和小册子。在《剑桥英国文学史》里,光是这些作品的名称就占据了足足 14 页。有人统计过,他的作品中,至少有 50 部探讨的主要是政治问题,其余的部分,包括他的小说,都与社会问题有关[6]。

这一切都离不开笛福的宗教背景。身为非国教教徒,笛福从小就感受到了宗教迫害的可怕之处。在他还是个孩子的时候,由于当时在位的国王有天主教背景,凡是新教教徒,不管是哪个宗派的,都担心天主教随时有可能卷土重来。他们为了保有自己的信仰,做了许多防范措施。比如说,因为害怕英文圣经被当局没收,很多非国教教徒都用速记法把圣经全文抄录下来。当时的笛福,虽然年纪还小,也是埋头苦干,拼命抄完《旧约全书》的前 5 卷,直到自己疲惫不堪为止。这样的经历使得笛福对于宗教和政治有着强烈的忧患感,只要政治上有点风吹草动,笛福就会放下手头的工作和生活,冲到第一线为自己的信仰冲锋陷阵。因为血液里的冒险和实干因子,笛福多次陷入了政治和经济上的绝境。

把笛福从绝境里最终拯救出来的是他那支还算灵动的笔杆子。早

在 1697 年,笛福就写过一篇《论开发》(*An Essay upon Projects*),他在其中详尽切实地提出了许多计划,包括:修筑公路、为穷人设立养老金和保险机制、为精神病患者开办医院、设立完善的银行系统、开办军校和女校、开征所得税,等等。这是笛福为了遏制贫困现象、杜绝乞讨而提出的计划,是他对社会改革的看法,也是他对契约社会里政府功能的具体理解。这在当时是对资本主义社会如何完善发展的预测。今天看来,这份开发提案书的完善程度,不像是预测,倒像是对资本主义社会历史的一个总结。笛福对社会改革的洞察力从中可见一斑。他的这篇作品不仅在当时为他赢得了声誉,而且此后的两个世纪里,他的这些建议有很多都被后世的政治家采纳了。

随后,笛福发表了一系列的政论文和诗歌,支持辉格党和威廉三世。其中最负盛名的是《纯血统的英国人》("The True Born Englishman",1701)。这首诗针对英国地主阶层有关威廉三世是荷兰人不是纯粹英国人的指责进行了不遗余力的批驳,博得了国王的青睐,笛福因而被罗致进朝廷的顾问班底。可惜三年以后,国王在骑马时不幸堕马,半个月后不治身亡,笛福失去了最强有力的保护者,命运变得越发坎坷起来。

1702 年 12 月,笛福匿名发表了一本小册子《惩治非国教教徒的捷径》(*The Shortest Way with the Dissenters*),本义是假托托利党成员的名义用反讽的手法挖苦、抨击当时的托利政府对非国教教徒的迫害与限制,没想到模仿得太像了,先是惹火了辉格党,而等到政府和圣公会回过味儿来的时候,反击也很厉害,他们悬赏逮捕了笛福,处以罚金和三天枷刑。为了替自己辩护,笛福在狱中写下了《枷刑颂》("Hymn to the Pillory",1703),笛福的亲友帮他广为印发,结果笛福在三天的枷刑期间收到的不是羞辱而是荣耀的鲜花,他也成为争取宗教自由的知名人士。不过三天的荣耀过后,笛福又得回到新门监狱服刑,只有得到安妮女王的赦免才能出狱。笛福万般无奈之下,只好收起傲骨,向女王的重臣——托利党人(当时的国务大臣)罗伯特·哈利求援。哈利看中了笛福手中那支笔的分量,为他疏通,免了他的牢狱之苦,也从此把笛福收归麾下。

自此以后，笛福的生活又多了一层色彩，他成为政府（更确切地说，是哈利）的秘密情报员，开始为政府做事。他先是用恩主哈利提供的秘密资金发行了《法兰西与全欧政事评论》(*A Review of the Affairs of France and of All Europe*，1703－1713)，评论范围涵盖政治、宗教、经济、科学、艺术、妇女问题等社会生活的方方面面，同时也显示了笛福对于商贸的浓厚兴趣。令当代读者吃惊的是，笛福集作者、编辑、经理以及出版人为一身，《评论》上所有的文章均出自他的笔下，而且无论狱内狱外，还是奉命前往苏格兰公干期间，他没有耽误过任何一期的出版发行。虽然笛福领取了托利党政府的资金，但是通过《评论》，"笛福倡导了报刊的信息和知识性，把报刊从作为狭隘的党同伐异工具的处境中解救出来，将其引向了真正报道新闻的道路。"⑦也就是在这个意义上，笛福被称为"现代新闻之父"。

与当时的其他观点相比，笛福发表在《评论》上的观点，无论是政治的还是宗教的，都相当温和。所以后世的人们把他和蒲伯、艾狄生、斯蒂尔和理查逊一起归入了启蒙主义温和派之列。⑧

笛福个人对社会和宗教的认同趋近辉格党，但他却为托利效劳。而后，哈利又把笛福推荐给了他的辉格继任者。奇就奇在辉格和笛福双方都对哈利的推荐欣然接受，辉格党人自然是看中了笛福的价值，只是笛福一仆二主、两头效忠的行为无论在当时还是现在都广受质疑，很多人因此怀疑他的人格，指责他是墙头草。威廉·敏托就在他的《笛福传》中直指笛福是个"大骗子，真正的大骗子"。⑨查尔斯·兰姆更是破口大骂，痛斥笛福是世上最恶劣的人。可是，如果细察笛福的人生经历和政治抱负，就能发现其中既有无奈的因素，也有笛福本人"咬定青山不放松"的政治理念。

从不得已而为之这方面来讲，笛福其时早已过了血气方刚的年龄，他有7个孩子需要抚养，期间还经历了牢狱磨难、商海沉浮，他已经不是早年那个在蒙茅斯起义失败之后目睹同学及战友死亡、自己也面临着死亡的威胁却还是痴心不改一有机会就投入军中为了理想而搏杀的年轻人了。恐惧与害怕慢慢爬上了他的心头，逼得他怯懦起来。笛福在逃亡途中曾经写信向一位朋友坦承过：

　　我一直受到监狱、枷锁以及诸如此类的东西的威胁，它们已使我相信自己缺乏应付外界事变的勇气。如果现在有人叫我懦夫，我绝不会认为自己的名誉受到了损害。⑩

　　这是笛福与现实妥协的结果。他不是特殊材料制成的，做不到弥尔顿的那份坚持。他不是英雄。但是，英国人津津乐道的"光荣革命"本来就是妥协年代里妥协的产物，所以笛福被恐惧驱使，作出妥协之举，也是这个时代的必然产物，后人没有必要苛责。何况，从笛福的政治理想来看，对党派政治的妥协并不一定意味着出卖自己的政治良心。

　　笛福博览群书，通晓五六门语言，对欧洲先贤的哲学思想颇有研究，尤其是对英国的两位政治哲学家霍布斯和洛克的学说充满了热情。虽然德国学者汉斯—迪特里希在仔细审视笛福的政论文献后得出了"笛福是个了不起的政治家"（Defoe war ein grosser Politiker.）⑪的结论，但是相对于笛福在社会改革方面的远见卓识，笛福本人对于政治哲学并无独到的看法，他只是接受了霍布斯和洛克的学说而已。我们在他的作品中，即使是在他的小说里，例如《鲁滨孙漂流记》，都可以清清楚楚地看到霍布斯和洛克对他的影响，尤其是两人有关自然法和社会契约的思想。

　　霍布斯在《利维坦》中指出，国家的实质是担当起全体自然人的人格的一个人格，掌握了人们交付的所有权利和力量的公共权力，国家的政体形式可以分为君主制、贵族制和民主制，其中君主制最为优越。⑫

　　洛克和霍布斯的区别是他主张建立君主立宪制的代议制政府，但两人都主张君主制下的中央政府。笛福不但接受了他们的学说，在自己的作品中积极推广，也尽力在现实生活中为之而努力。他曾经为了英格兰和苏格兰的合并多次奔走，有几次还差点丧命。不过，这一使命符合他的政治理念，他的出发点除了报效哈利之外，还有实现个人政治抱负的热情。至于托利和辉格的党派之争，在他眼中，远不及为英国政府尽职尽力重要。他的这种看法，在当时也不算特立独行。海里法克斯就认为，为了确保国家这一航船不沉，完全可以根据政治风向来调整风帆的方向。⑬

　　笛福的另外一个动机是"感恩"，而"感恩"是霍布斯"自然法则"中必不可少的一个理念，它是人类为了避免陷入混乱和战争状态而建立起来的道德法则之一。如果没有哈利，笛福不仅要在监狱里度过漫长的时光，而且经济上还要面临窘境，所以笛福对哈利有一份感恩之心。既然自己的恩主与托利和辉格两党都相处甚欢，那么笛福自然也就没有必要拘泥于党派之见。

　　况且，无论霍布斯还是洛克，都认为人首先是"自然物"，一举一动都受其"自然本性"的驱使，在这样的情况下，支配人类一切行为的原则就是"自我保存"，趋利避害。

　　所以，在墙头草的表象之下，在党派倾轧的缝隙之间，可以发现的是笛福对于自己政治理念的执著，也是他对人性弱点和自身弱点的清醒认识。但是，笛福即使是在为了生存而努力左右逢源的同时，还是不忘推广他所欣赏的政治哲学。他的努力也得到了后人的激赏。有一位名叫Ａ·Ｌ·史密斯的人是这样评价笛福的工作的：

　　　　除了理论上缺乏独创性这个缺点之外，无论从哪个方面来讲，笛福对推动当时的政治进步都有贡献。对伪善，笛福一笑置之；对偏见，笛福羞得它哑口无言；对付谬误和歪曲，他的常识就是威力巨大的武器。他写了数不胜数的政论文（比如说，《纯血统的英国人》和《惩治非国教教徒的捷径》），这些作品在历史上的重要性将永不磨灭。他只手撑起《评论》，甚至连读者来信都是由他执笔的，这样的工作具有一流的价值，因为他帮助整个民族培养了政治观和道德感。运用和推广洛克理论的不是别人，正是笛福。⑭

除了在政治上热心于君主立宪制，在宗教上热切推崇宗教自由的思想，在媒体上热衷于宣扬霍布斯和洛克的政治哲学以外，笛福对于发展资本主义贸易和商业活动也很有心得。他除了经商谋利之外，更热衷于扮演一个英国经济咨询师和设计师的角色，这从他写的《英国商贸方略》（*A Plan of the English Commerce*，1728）和《英国商人大全》

（*The Complete English Tradesman*，1726－1727）等作品中就能看出来。他在其中鼓励自由贸易，认为英国发展的关键在于商贸的发展，只有通过勤劳和智慧，个人和国家才能积累财富，繁荣起来。但同时，他也认为贸易上的自由放任主义是行不通的，因而主张贸易平衡，为此，他认为市场和劳工的发展需有政治责任心。笛福还煞费苦心，提出了多种商贸策略，为商人设计了进行商业活动时的行动指南。他认为新生的资产阶级比旧贵族更有前途，同时，他倡导新生的资产阶级要表现斯文，获取文化，以便最终与旧贵族平起平坐。据记载，本杰明·富兰克林就认为《英国商人大全》中的思想对他很有帮助，使他获益良多。⑮

可惜的是，笛福感兴趣的东西太多了，对时事的敏感性也太强了，这使得他没有时间和情绪坐下来系统、深入地考虑自己有关社会、政经、宗教等各方面的看法。他的思考随着历史舞台上的白云苍狗而律动，东一鳞，西半爪，虽然不时绽放出智慧的火花，却没有能够自成一家，闯出一片新天地来。所以西方有学者感叹过，若是笛福能够顺着自己在《英国商贸方略》和《英国商人大全》里的思路深入下去，并且使之理论化，他就将成为亚丁·斯密的引路人。

笛福的小册子早期多与政治有关，后来他把精力集中在社会问题上，但当他于1719年动笔撰写《鲁滨孙漂流记》的时候，他笔下流淌出来的不止是经过加工的苏格兰水手亚历山大·塞尔格荒岛余生的故事，他本人这许多年来的商人、报人、政治幕僚的经历以及贯穿始终的思考也随着鲁滨逊的一举一动，自觉不自觉地，洋溢在字里行间。结果，读者可以从多种角度对这本小说进行解读。少年人看见冒险故事，基督徒看到清教思想，理想主义者发现一个理想岛国，废奴主义者谴责其中的贩奴蓄奴行为，历史学家目睹了第一个正面形象的资产阶级开拓者和殖民主义者，经济学家把鲁滨逊用于自己"经济人"理论的图解，人类学家顺着鲁滨逊的视线体味了今人和古人共生的状态，文学评论家欢呼英国现实主义小说的兴起以及流浪汉小说和冒险故事的合流⑯，而哲学家则从中找到了霍布斯和洛克思想的点点滴滴。

伊恩·瓦特在《小说的兴起》一书中指出："正是个人通过直觉可以发现真理的见解产生了现代的现实主义——这种见解来源于笛卡尔和

洛克"，他进一步指出，"笛福和理查逊是我们的文学史上最早的其情节并非取自神话、历史、传说或先前的文学作品的大作家。"⑰这是笛福小说创作的大背景，是文艺复兴以来以个人经验取代集体传统这一趋势的显现。

在笛福的小说创作中，以《鲁滨孙漂流记》和《摩尔·佛兰德斯》（*Moll Flanders*，1722）为例，可以很清楚地看到霍布斯和洛克学说中的自然法则、宗教法则以及个人契约等概念。

在笛福那个时代，自然状态下的人类社会已经不可得了，为了凸显"自然状态"这一前提，笛福把鲁滨逊安排为自然人。为此，笛福把自己的主人公放到了一个资源丰富的荒岛上，给他配备了得心应手的基本工具，他得到了绝对的个人自由——孤岛就是他个人的王国，在那里，他可以予取予求。这一点很符合霍布斯和洛克有关公共权力和绝对权威产生以前自然人的自由状态的描述。随后，又给他安排了一个奴隶，再后来又是一批臣服的西班牙人，他的自我感觉是家长、领主和国王，拥有至高无上的权力。笛福让鲁滨逊如此描绘自己在岛上的地位：

> ……我坐在中间，俨然是全岛的君王。我对自己的臣民拥有绝对的生杀之权。我可以任意处置我的臣民，要杀就杀，要抓就抓，要放就放，而且不会有反叛者。
>
> 再看看我是怎样用餐的吧！我一个人坐在那儿进餐，其他都是我的臣民在一旁侍候。我的鹦鹉仿佛是我的宠臣，只有它才被允许与我讲话。我的狗现在已又老又昏聩了，它总是坐在我右手；而那两只猫则各坐一边，不时地希望从我手里得到一点赏赐，并把此视为一种特殊的恩宠。⑱

但在最后搭救他的英国船长的口中，鲁滨逊的身份有了显著改变，他成了这个岛的总督——读者必须意识到前者和后者的区别，一个是自然人，另一个是公民，他的身份里有国家权威的影响。而在《摩尔·佛兰德斯》中，笛福给自己的女主人公安排的是一个社会"孤岛"的生存状态：生母为罪犯，由吉普赛人抚养大，后来进入抚养院，经济上缺乏安

全感,社会上没有合法地位——摩尔的心理状态与鲁滨逊初到荒岛上时是一样的。这一切对摩尔·佛兰德斯来说,既是威胁,也是奋斗的动力。摩尔的苦恼与孤岛上的水手类似,与那些18世纪初的女权主张反而有不小的距离,这是作者把笔下的人物安排到自然状态的典型体现。

鲁滨逊把自己看成是这片领土的国王是在他发现这是一个没有人烟、没有猛兽的荒岛之后。如果这片自由的土地上还有别的自由人,鲁滨逊会是什么反应呢? 我们能不能看到资产阶级在那个时期所倡导的"自由、平等和博爱"呢? 笛福是这么安排鲁滨逊的一举一动的:

> 一天中午,我正走去看我的船,忽然在海边上发现一个人的脚印;……这简直把我吓坏了。我呆呆地站在那里,犹如挨了一个晴天霹雳,又像大白天见到了鬼。我侧耳倾听,又环顾四周,可什么也没有听到,什么也没有见到。……我跑到脚印前,看看还有没有别的脚印,看看它是不是我自己的幻觉。可是,脚印就是脚印,而且就这么一个,不容置疑。……这使我心烦意乱,像一个精神失常的人那样,头脑里尽是胡思乱想,后来就拔腿往自己的防御工事跑去,一路飞奔,脚不沾地。可是,我心里又惶恐至极,一步三回头,看看后面有没有人追上来,连远处的一丛小树,一枝枯树干,都会使我疑神疑鬼,以为是人。……我一跑到自己的城堡……一下子就钻了进去,好像后面真的有人在追赶似的。……我跑进这藏身之所时,心里恐怖已极,就是一只受惊的野兔逃进自己的草窝里,一只狐狸逃进自己的地穴里,也没有像我这样胆战心惊。⑩

鲁滨逊在看到海滩上的脚印之后看似过分夸张的恐惧反映,明显是出自于霍布斯有关"自然状态"是"一切人反对一切人"的战争状态的观念。他明显地感觉到,脚印表示这个岛上还有人,一种在智力和能力上与他平等的生物。由于孤岛面积和资源有限,多出一个人就多一个人对此岛使用权的要求。在资源有限的前提下,新出现的人势必是鲁滨逊的死敌。鲁滨逊若是杀不死他,就会被他杀死。这样的推演就使笛福对鲁滨逊的描述显得十分自然。若是洛克关于人类最初的自然状态是人人平等自由的和平状态这一学说在笛福脑海里占了上风的话，渴望有人陪伴的鲁滨逊应当喜出望外，绝不至于被一个脚印吓得魂飞魄散，也不需要到处寻找新的藏匿场所、迫不及待地完善防御工事。同时，读者会注意到，鲁滨逊是用"野兔"和"狐狸"来表现他那一刻的本能反应，也就是说，在那一刹那，可怜的鲁滨逊只是一只本能地趋利避害的动物而已。

霍布斯指出，为了走出人与人之间的战争状态，保存生命，人类需要建立于理性之上的自然法则。鲁滨逊与别人打交道的时候，恪守的就是自然法则。其中之一是感恩。星期五和他的父亲对鲁滨逊的服从来自于感恩以及对火枪的恐惧。而后来的欧洲人一样认可他的权威，也是基于同样的感恩法则。鲁滨逊回到正常社会后，花了很多时间和金钱报恩。而他被人诟病得最厉害的一点是把祖利卖给葡萄牙船长为奴。这也有多种动机，除了牟利之外，也有对买主的感恩心理。有人质疑，为何不见鲁滨逊对祖利的感恩之情呢？其实他对祖利还是有感恩之心的，但是这份感恩之心一则是由于祖利的奴隶身份而自然而然地相形失色，二则也体现在买主对十年后给予祖利自由的承诺里。

说到守诺，就触及了另一个自然法则。由于自然法则的产生来源于性恶论，人与人之间的冲突不可避免，为了避免陷生命于绝境，人们需要许诺并且守诺。笛福笔下的角色非常重视诺言，对于他们而言，或者确切地说，对于笛福而言，诺言无异于口头契约，具有相当的约束力。鲁滨逊如此，他的那些合伙人莫不如此。小说结尾时，鲁滨逊提及了自己的美德：

> 我仍然履行了我先前许下的诺言，每年付给这位老人一百块葡萄牙金币，直到他逝世；并在他死后，每年付给他儿子五十块葡萄牙金币作为他的终身津贴。原先这笔钱是我许诺从种植园的每年收益中支取的。⑩

而小说中清晰的簿记意识也是这一点的表现。当那个葡萄牙船长

周济他 100 葡萄牙金币时,鲁滨逊是这样表现的:"一边说,我一边止不住流泪。简单地说,我只拿了他一百个葡萄牙金币,我叫他拿出笔和墨水,写了一张收据给他"。在这显示了资产阶级经济人对于簿记和契约近乎本能的敬畏。《摩尔·佛兰德斯》的女主人公在几十年的经历中,对于亲情和爱情着墨很少,但是对钱财就不一样了,她和鲁滨逊一样,对于每一笔经手的钱财,无论多少,都会不厌其烦、清清楚楚地记下来。

笛福在自己每一部作品的序言中都强调了他对文学的道德教诲功能的重视,他的创作是为了"使有罪的人幡然悔悟,或者告诫天真无辜的人免入歧途。"不过,他宣扬的道德不再是神和英雄的至高无上的道德,而是现实社会中个人的可敬品质。因而,霍布斯和洛克的社会政治思想以及随之而来的道德诉求正好满足了笛福对道德教化的要求。这正好解释了笛福小说作品中为何充满了霍布斯和洛克的影响。

综上所述,笛福用他形形色色的文字作品诠释了霍布斯和洛克政治哲学中有关自然状态和社会契约的思想,体现了自然法则在这个理性主义时代的表现形式——个人在道德和社会正义上的诉求。笛福思想上有他的局限性,比如说,他拥护奴隶制度,也不觉得童工和低工资有什么不妥之处。笛福的文字大部分湮没在历史的长河里,但是其中折射的 18 世纪英国政治哲学的光彩却超越了那个时代,给现代读者带来阅读的愉悦与思想的满足。

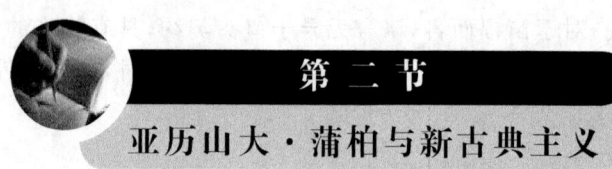

第 二 节

亚历山大·蒲柏与新古典主义

古希腊哲学,作为欧洲文明的基石,有三个分支:伦理学、物理学以及逻辑学。时代的车轮来到 17 世纪,物理学有了长足的进步。被时人誉为"旷世奇才"的牛顿于 1687 年和 1704 年先后出版了《物理原理》和《光学》。这两部自然科学的巨著表明自然界的确存在着可用物理和数学证明的规律,向世人展示了宇宙惊人的对称以及如同机械一般的确定性，证明了"宗教的神秘可被理性思维净化甚至取代"[20]。亚历山大·蒲柏（Alexander Pope，1688－1744）为牛顿所做的铭文以仿圣经《创世记》的句式极好地显示了社会以及诗人本人对牛顿以及牛顿所代表的理性世界的崇敬："自然与法则，黑暗中匿藏/主曰：'牛顿出'，世界乃生光"；同时，蒲柏的这句铭文也集中体现了这个时代的新古典主义文艺风格：以古为本，明确典雅；反映时事，理性智慧。新古典主义的出现有其历史原因。

在社会政治形态上，这是一个新旧思想碰撞、交替更迭的时期。封建制度日趋没落，但还占据着统治者的位置。资产阶级的力量和影响与日俱增，开始要求政治地位。文学作为社会的镜与灯，既反映了新兴阶级的崛起，又与哲学一起成为宣传新思想的重要途径，表现出来的时代精神便是启蒙运动。孟德斯鸠、伏尔泰、卢梭、狄德罗在法国，康德、赫德在德国，洛克、休姆在英国，大力宣扬资产阶级思想，主张自由、平等、博爱，提出"天赋人权"，理性主义是他们评判一切的标杆，他们的理论依据就是自然法则，他们因此提出了社会自然秩序的要求。

在英国，启蒙主义者可以分为两类：一类要求的是国家管理彻底民主化，代表作家有斯威夫特、菲尔丁和谢里丹等人，另一类比较温和，觉得光荣革命之后的现存制度有其合理性，只要求局部改革，笛福、蒲柏、理查逊、斯梯尔等作家都属于这一派。

在文学创作上，这些作家大多主张新古典主义（Neo-classicism）。英国的新古典主义时代起始于 1660 年英国斯图亚特王朝的复辟时期，结束于以 1798 年华滋华斯和柯勒律治合作出版的《抒情歌谣集》为标志的浪漫主义创始时期。新古典主义，从字面意思上理解，就是希腊、罗马时期古典文学在新时代的复苏。新古典主义者提出了"回到希腊、罗马去"的口号，认为文学创作应当以古希腊、罗马的著作为范本，特别推崇如荷马、维吉尔、霍拉斯、奥维德等大家的作品。另外，当时法国高乃依、拉辛和莫里哀的经典著作也是他们效仿的对象。他们强调文学创作应基于理性的思维，讲究明晰、确切、对称、节制和典雅，所以他们的作品风格取之于古典时期，反映的是时代的问题，寄托的是文人对未来社会的思考。这种和谐优雅、充满了理性智慧的文学形式很快在知

识阶层里发展起来。

亚历山大·蒲柏是这个时期最伟大的诗人,诗作完美地体现了新古典的风格,18世纪的前30年便是因为这个缘故而被称为蒲柏时代。他的创作思想隶属于新古典主义学派,崇尚理性,注重形式,受法国古典主义诗人和文艺批评家尼古拉斯·布洛瓦的影响很深。布瓦洛继承古希腊、罗马尤其是贺拉斯的理论传统,总结法国古典主义文学的创作经验,著成在文学史上被认为是古典主义文学理论经典的《诗艺》一书。布洛瓦在书中提出了自己的美学思想:"请爱慕理性吧;务使你的一切诗文,仅凭着理性获取光辉和价值"[②]。也就是说,在他看来,"理性"是一切的准绳,是文艺创作的根本原则,能够经受住人类理性考验的作品才是优秀的文学作品。布洛瓦提出的"理性",指的是常识、天性,它是永恒、普遍、自然的。美源自理性,美必然合符理性,因而具有绝对的价值和普遍永恒的评价标准。艺术创作的原则就是师法自然,所谓"自然",即"人的自然"或"自然人性",即经过理性净化了的自然。在这个前提下,布洛瓦提出了"只有真才美",文学要追求真善美的统一,"能使人耳怡目悦而绝不腐蚀人心"。作品要处处把善和真与趣味连在一片,让读者观众在欣赏中获得妙谛真知。

出生于伦敦一个批发商家庭的蒲柏,年纪轻轻就经受了一系列的磨难。由于父母都信仰天主教,蒲柏受到压制,既不能上大学,也不能担任公职,不过,更大的打击来自后天的疾病。他12岁时得了脊椎结核,因病致残,成年后的身高只有1.37米,还要靠特制的硬背心才能把上身支撑起来,这个疾病为他的一生带来了无尽的痛苦。天生才华不容宗教偏见遮掩,肉体苦痛只有靠精神上的追求才能忽略。蒲柏从孩提时代起不但遍览英、法、拉丁文诗章,还提笔作诗,21岁时发表的四首仿维吉尔风格的《田园组诗》("Pastorals",1709)就让不少批评家惊讶。而两年后发表的《批评论》(*Essay on Criticism*,1711)更是让蒲柏一鸣惊人。

《批评论》不仅反映了蒲柏的新古典主义观点,而且它本身就是一部典型的新古典主义作品。蒲柏继承了贺拉斯和布洛瓦以诗论文的传统,在《批评论》中详尽地阐述了古典主义诗歌的原理,提出了自己的创作观,还针对文学评论提出了批评的标准,即一个批评家应该如何进行批评——"追随自然,以自然原则判断,自然的合理准则永远不会变。"②

这样的创作观并不是蒲柏的首创,他笔下种种精辟的见解乃是信奉古典主义的先贤们早已表达过的观点。蒲柏所做的是把这些信条打上英伦的标记,他表达得更为巧妙、更加动听、更有气势。比如说,《批评论》中再现了布洛瓦对文学作品中语言过度雕琢、想法过度偏激的反对。布洛瓦曾在《诗艺》中这样告诫创作者千万不能执于偏激或丧失理性,因为光怪陆离的文章不合常理:

> 大部分人迷惑于一种无理的偏激,
> 总是想远离常理去寻找他的文思;
> 在他的离奇诗句里他专想矫激惊人,
> 别人和他一样想,他便觉跌下身份。

在布洛瓦看来,奇思怪喻的危险在于作者若是把精力放在离奇的诗句、浮华的辞藻、运思的纤巧上,固然能创造出美轮美奂的文句来,但是却有可能误导读者买椟还珠,反而遮去了理性的光辉④。布洛瓦用了四行诗句表达的概念,蒲柏是这样铺陈和点题的:

> 有的诗人只偏爱奇思怪喻,
> 巧妙的构思突出于每行诗句。
> 满足于异想联翩和巧喻堆砌;
> 那样的作品不恰当也不合适。
> 整篇诗章遍用金玉铺砌堆成,
> 借装饰手段掩蔽艺术的无能。
> 写诗如同作画,似这般怎能描绘
> 大自然的真实面目和纯朴的妩媚?
> 真才气是把自然巧打扮,
> 想法人常有,表达欠圆满。
> 有的诗篇一看就知道写了真实的状况,

因为如实反映了我们脑海中的印象。
平易朴素才能施展机智，豪情奔放，
如同背景晦暗才能使光线格外明亮。
作品里奇思怪喻壅塞并没有好处，
人体的血液过多会走上死路。①

蒲柏的这 16 行诗句可以被视为其本人的创作信条：他在诗篇里显示的过人之处就是把前人的思想（"人常有"的"想法"）用隽永的语言、优美的音韵、灵动的变化这样"圆满"的"表达"写成警句名言，读来朗朗上口，细思启人心智，美好的形式和理性的概念一起，给读者带来强烈的审美愉悦感，容易记忆，便于引用，从而造就了诗人的美名。这一切，就是他自己在诗中所说的：

真才气是把自然巧打扮，
想法人常有，表达欠圆满。

这两行巧妙的诗句中蕴含的新古典主义创作原则贯彻了蒲柏文学生涯的始终。他不仅在创作《批评论》、《道德论》（*Moral Essays*，1731 - 1733）、《人论》（*Essay on Man*，1733 - 1734）等作品时遵循了这一原则，就连翻译荷马史诗和编纂莎士比亚戏剧集时，都毫不犹豫地按照自己对于巧智的理解把原文"巧扮"了一番。无论是《伊利亚特》还是《奥德赛》，蒲柏不但采用了乔治时代的高雅英语和精妙的英雄对偶体，而且还删去了他认为是粗俗、原始的部分。所以，蒲柏翻译的效果就好比是让柳永改写苏轼的词，把粗犷、威武的关西大汉变成了娉婷秀美的妙龄女郎。所以当时就有评论家直言不讳地指出："这是部非常优美的长诗啊，蒲柏先生，千万别说这是荷马的作品"②。不过，18 世纪人们的品位正是如此，经历了 17 世纪的风云动荡之后，审美从壮美转向了秀美，蒲柏不忠实但才华横溢的翻译正好迎合了这个转变，所以替他赢得了声名和钱财，从此摆脱了文人穷困的命运。

在《人论》中，蒲柏也是博采众长，把古希腊先贤关于人在宇宙中的性质和地位的看法，例如，宇宙自有和谐之律，有理性的人意识到这一点即可排解生活中的矛盾，等等，用意味深长的格言警句表达出来。请看《人论》第 289—294 行：

> 整个自然都是艺术，不过你不领悟；
>
> 一切偶然那都是规定，只是你没看清；
>
> 一切不谐，是你不理解的和谐；
>
> 一切局部的祸，乃是全体的福。
>
> 高傲可鄙，只因它不近情理。
>
> 凡存在都合理，这就是清楚的道理。⑦

这一段诗句中蕴含的技艺比《批评论》又有了精进，成为人们口口相传的警世格言。从意义上来讲，这一段的主题包含了矛盾的两方面，是对世间万物辩证的看法，集理性智慧之大成，体现了人类的思辨美；从诗艺上来讲，体现了英雄对偶体的优势——整齐优美，而蒲柏个人在音韵上的才华则避免了这种诗体的弊端——死板单调，成就了语言中的音律美。他在整齐中安排了变化，这里的每一行诗中都至少有一个停顿，每个停顿不光是为了意义的转折，还是朗读时吸气的所在，可以强调诗人想要突出的诗眼。像在最后一行（One truth is clear, / Whatever is, is RIGHT.）中，"clear"之后有一个停顿，强调了这个词，接下来"Whatever is"虽然只有两个词，但是读起来势必要作第二个停顿，以便暂时留个悬念，更加突出后面的结论"is right"。这样朗读起来，停顿的位置不一，音韵上重读和轻读相互呼应，对比强烈，正好用来体现思想的辩证。整句诗读起来干脆利落，有力又不失优雅，带来很强的诵读乐感。这也是可以把这六行诗当做新古典主义诗歌范本的根本原因。

《卷发劫》（*The Rape of the Lock*，1713，1717）是蒲柏另一篇名动一时的长诗。诗歌叙述的故事其实很简单，一个青年贵族恶作剧，偷偷从背后剪走了贵族小姐贝林达的一绺头发，小姐气愤，兴师问罪，最后把鼻烟涂到男士的脸上算是报复。这首诗的起因是两个天主教家庭因

小事而结怨,蒲柏因邀写了这首游戏之作来为两家做和事佬,为了让女方消气,蒲柏还安排了一个美丽的结局——小姐的那绺秀发最后飞到天上化作了一颗星。这样琐碎的一个事件,经蒲柏妙手巧录,《卷发劫》居然好评如潮,到今日仍有很多读者喜欢。

奥秘在于蒲柏用了新古典的巧妙笔法来刻画这绺青丝的遭遇。他自称写的是"英雄体滑稽诗篇",鸡零狗碎的一点小事,却动用了如椽史笔,无论是题旨、场面,都照足了歌颂伟大英雄事迹的史诗来安排,长度也由1713年初版时两章的篇幅到了1717年定稿时扩充到五章,出场的不仅有双方的家人友好,甚至如同荷马史诗里的众神一样,精灵也加入了这场一绺头发引起的战争。古典体裁的恢弘与现实题材的琐碎之间产生了巨大的反差,小题大做,恰似牛刀杀鸡,蒲柏得到的效果正是柯勒律治后来所说的"让渺小成伟大,伟大变渺小,使两者都被贬损"㉘,一本正经地嬉笑嘲弄,令人捧腹的喜剧效果由此而生,上流社会的无聊也就被无伤大雅地轻刺了一下。

在这首诗里,蒲柏除了灵活运用古典时期的文学体裁,还用上了自己所有的诗艺,停顿、音韵、轻重音节的巧妙搭配带来了音乐性,多种修辞手法被用来渲染伟大的渺小,所以《卷发劫》的细节经得起几个世纪来的推敲,其中的精妙手法给英语读者带来了极大的享受。遗憾的是,《卷发劫》的某些诗节却正是因为意、音、形结合得太巧妙了,因而没有办法翻译成中文。

作为新古典主义领军人物的蒲柏不但用诗歌来做评论、讲故事,还像古典时期的诗人那样用诗歌来写信,尤其是在后期,发表了他《道德论》、《仿贺拉斯诗札》以及《致阿巴斯诺特医生书》(*Epistle to Dr. Arbuthnot*,1735)等很多诗札。《仿贺拉斯诗札》中值得一提的有献给乔治二世的《致奥古斯都》(*To Augustus*)。此诗探讨的是诗与诗艺,将国王比作罗马帝国的开国皇帝,也有把当时的英国诗坛与奥古斯都治下文学繁荣时期相提并论的含义,这也就是为什么后来的文学史家将18世纪上半叶的英国文学称作"奥古斯都时期文学"的来由,可见蒲柏的一家之言引起了文坛的共鸣。

《致阿巴斯诺特医生书》运用了对话体,风格口语化,读者可以在其中找到《理想国》的影响。蒲柏在信中回敬了一些对他恶语相向或是暗中拆台的家伙。对于那些直接攻击的真小人，蒲柏也用刻薄的语句直接痛斥：

> 阿：什么，那个穿绸的家伙，
>
> 　　司包勒斯，那驴奶凝成的一小垛？
>
> 　　唉，讽刺和理性岂能把他触动，
>
> 　　碾蝴蝶又何必用车轮？
>
> 蒲：一个小指就弹走这只金翅的臭虫，
>
> 　　这个涂脂抹粉，又臭又毒的泥人……⑳

而对于曾经的朋友，后来暗中拆他台的政客文人艾狄生，蒲柏是这么刻画的：

> 他对人阳里不屑一顾，背里妒羡向往，
>
> 自己走捷径起家，却恨别人这种伎俩。
>
> 要大骂先小捧，明里点头，暗中白眼，
>
> 自己不肯讽刺，却教唆别人讥讪。
>
> 想伤害人，又不敢亲自动手出击，
>
> 心中不满只暗地示意，吞吐迟疑。
>
> 该责怪或是该赞扬，都不肯开口，
>
> 真是个胆小的敌人，多疑的朋友。

时人读蒲柏的诗，往往会根据身边的人和事，对号入座，会心一笑；而当日的种种纠葛，今日早成过眼云烟，现代读者读到这一段，很少会有人想起艾狄生，他们往往会想到身边的那些伪君子正符合诗中刻画的形象。原本是为特定人物度身打造的诗句，不经意间成了对典型人物的白描，这即是文学的魅力，也是蒲柏的魅力。

蒲柏有名的作品还有讽刺诗《愚人记》（"The Dunciad"，1728），通过讲述一个"沉闷"女神挟蠢材之王统治"乏味"王国的寓言故事来

讽刺当时社会里种种短视蠢笨、反对理性的人和事。不过,蒲柏主要还是用这个作品来泄私愤,攻击自己在文坛上的敌人,所以意境不高。

总的说来,蒲柏诗歌的题材凸显了他对理性的推崇和赞美,作品中强调的理念并不深奥,甚至可以说连深刻都算不上,但却是希腊、罗马时代以来人类社会普遍接受的真理。蒲柏选用的英雄对偶体体裁短小精练,然匠心独运之下,竟能完美地反映原本有可能表达得枯燥乏味的大道理。虽然 19 世纪的诗歌审美与 18 世纪不同,讲究抒情和奔放,蒲柏的诗歌受到冷遇,马修·阿诺德甚至认为蒲柏的作品是散文而不是诗歌,不过,英雄对偶体在蒲柏手下发出的光彩,前无古人,后无来者,再加上他精练雅致的文风,使得蒲柏对英语诗歌的贡献不可能被埋没。20 世纪的读者在一个轮回之后,再一次发现了蒲柏笔下的新古典之美。他的才气和名声,会和那些简练有力的格言警句一起,长久地流传下去。

第 三 节
理查逊和菲尔丁:引领道德风尚的一代宗师

塞缪尔·理查逊(Samuel Richardson,1689 - 1761)和亨利·菲尔丁(Henry Fielding,1707 - 1754)是 18 世纪英国文坛上熠熠生辉的双子星,尤其是在长篇小说的领域里。这两人看似相生相克,不同的出身、不同的气质导致了不同的道德诉求形式以及不同的小说艺术表现形式,为此两人还结下了很深的个人恩怨,但实际上两人在文学上的成就却相辅相成,不但引领一时的道德风尚,而且为英国的长篇小说艺术创作奠定了基础,为此两人都享有英国小说之父的美誉。

理查逊和菲尔丁走上长篇小说创作的道路各有不同,但是两人都有强烈的道德动机,他们都想运用手中的笔,引导读者走正确的路。卢梭认为,倘若他人不把人们引入歧路,我不认为自己有权教导人们。用这种观点来概括理查逊和菲尔丁写作长篇小说的出发点再恰当不过了。前者看到世风日下,希望用以清教思想为基础的资产阶级道德体系来提倡美德,因此在自己的第一本小说《帕梅拉》(*Pamela. Or Virtue Rewarded*,1740)中宣扬美德得报。而后者则在前者近乎完美的说教中看到了虚伪和功利,为了在道德引导的问题上正本清源,遂针对《帕梅拉》,以《莎梅拉》(*Shamela*,1741)为起点,基督教义为经,贵族思想作纬,嬉笑怒骂,把自己的才气之矛对准了世上的不道德与伪道德。菲尔丁转向长篇小说的创作与《帕梅拉》的成功密不可分,而菲尔丁对理查逊道德观一针见血的挖苦和嘲讽也促使理查逊写出了美德在现世不曾得报的《克拉丽莎》(*Clarissa*,1741-1748)来回应对《帕梅拉》的攻击。两人就这么针锋相对,一部接一部地开始了长篇小说的创作,在此过程中,他们为小说的道德教育功能以及艺术表现形式而做的不懈努力为这种文学的新体裁在英国乃至欧洲的繁荣打下了坚实的基础。

理查逊和菲尔丁对长篇小说在英国的崛起所做的最大贡献之一就是他们成功地利用长篇小说对社会进行道德规劝,让世人在阅读的愉悦中心悦诚服地接受道德训诫。把基督教教义悄悄地塞入消遣性的娱乐活动,是菲尔丁小说创作动机与理查逊的吻合之处,也是他们两人各自道德观的基础,他们宣扬的道德都是基督教的道德观,两人在道德观上斗得不亦乐乎的地方是两人不同的阶级立场。

那么,驱使成功的中产阶级商人理查逊和家道中落的贵族子弟菲尔丁动笔对世人进行道德规劝的外在因素是怎样的呢?理查逊和菲尔丁生活的年代是一个道德沦丧的时代。当时,英国封建贵族还在舞台上占据主要位置,新兴的资产阶级地位正在冉冉上升,代表了不同利益团体的不同政党派别各施手段,对外战争不断,在内党派纷争,"根本原则已经不起主导作用,政治感情被政治利益所代替,社会生活由于单纯追求物质利益而开始堕落,政治斗争则成为辉格党内各派争夺权势和国王恩宠的手段"[③]。对于普通民众而言,1688 年光荣革命之后,贵族圈地已得到国会批准,农民失去了耕地,一小部分受雇于农场,大部分则涌入城市,靠在手工工场做工来养家糊口。

　　上层社会继续着荒淫的生活，而昔日的农夫如今的城市贫民却陷入了穷苦之中。正如管子所言，"仓廪足而后知礼节"，贫穷本身不是罪恶，却将贫困中的人民推入了男盗女娼的境地。而那些不必为生存苦恼的阶层出于贪婪的人性，渴求更多的财富。当时在英国，上上下下的阶层都在为发财而奔忙，最典型的事例就是南海泡沫的出现和破灭。蒲柏是这样评论南海这一丑闻的：

> 终于，腐败犹如洪水铺天盖地……
> 将淹没众人；贪欲潜行不止
> 像雾霭从地面升起，遮天蔽日；
> 政治家和爱国者全都玩股票
> 贵妇和仆役头儿一起遭殃。①

　　物极必反，举国上下财迷心窍、不顾廉耻的潮流在南海危机之后更加猖獗。于是社会有识之士开始反省，清教徒的宗教道德意识渐渐占了上风。1740 年左右，道德改良运动兴起了。很多知识分子着手编写书信范文和操行指南，希望凭借自己的努力，为当时的年轻人指点迷津，端正社会风气。这可以看成是理查逊和菲尔丁所处时代的大趋势，它与理查逊本人的道德价值观正好合拍，《帕梅拉》就是在这样的土壤上开花结果。

　　理查逊本人又秉持了哪一种道德理念呢？他出身于英格兰北部德比郡的一个细木工家庭，父亲是虔诚的清教徒。理查逊从内心深处继承的是清教阶层的实用道德观：在上帝和机遇面前，每个人都是平等的，虔诚、老实、忠贞、勤劳和简朴是社会良知的支柱和道德改良的基本理念，同时也是个人取得成功的必由途径。理查逊虽然出身清贫，连大学都读不起，但是刻苦、诚实、勤劳等美德引领他一路向上，从一个小学徒奋斗成了伦敦三大印刷业主之一，还成为下议院和国王指定的印刷商。美德帮助他取得了成功，而成功则进一步巩固了他的清教徒道德观。理查逊目睹社会上人人期盼不劳而获的不良风气，自然而然产生了藉美德之力匡正社会风气的想法。

1739 年，有两位伦敦的出版商慕名邀请他撰写《模范尺牍》（*Letters Written to and for Particular Friends on the Most Important Occasions*，1741），这原是辅助读书不多的年轻人写信用的，主旨则是指导这些涉世未深的青年，尤其是少女，如何处世，向他们灌输正统的道德概念。其中一封信的主题是"女儿在外打工，雇主企图引诱，其父闻讯致书该女"以及女儿接受父亲劝告决定辞职回家的复信。这两封信无疑触发了理查逊珍藏了 25 年的一份记忆：当时理查逊还在乡村求学，邻村一位贵妇去世了，她的贴身侍女出身贫寒但是虔诚规矩，年轻的男主人垂涎她的美色，对她百般勾引和调戏。女孩年岁不大，但却坚贞不屈，最后感动了男主人，不顾地位悬殊，毅然娶其为妻。女孩的美德还赢得了原本鄙视她的男方的一众亲友的心，博得了他们的一致赞扬。

在这个故事的启发下，原本踏踏实实经营印刷业从未写过虚构作品的理查逊把其他主题的书信暂时放下，用擅长的书信体，把自己的记忆通过一个年方 15 的纯洁少女帕梅拉以书信和日记向虔诚的清教徒父母汇报自己处境的形式表达出来，这就是书信体小说《帕梅拉》的由来。理查逊在创作《帕梅拉》的过程中并不知道后世将其称为英国第一部正式的长篇小说，也从未就小说创作撰写过专门的评论文章，但是他对长篇小说创作的思考都反映在其小说序言以及与周遭友人的通信中了。

理查逊的自觉性首先表现为他有明确的小说创作目的——他要以此来提倡以清教思想为基础的道德体系，在《帕梅拉》中这一道德抱负是通过实现"理想的正义"②来达到的。虽然有学者认为，18 世纪所有的小说家都将小说作为道德劝善的工具③，但实际上，当时每年都有许多小说出版，为了生存，不少作家靠色情或半色情的描写来吸引读者，伦敦坊间充斥着各种被公认为不太道德的作品。理查逊本是一个殷实的印刷商人。谋生对于许多作家和诗人是一个跨不过去的障碍，但对他来说，却根本不是问题，他完全可以为宣扬道德而创作。这一点本来就是他撰写《帕梅拉》的主要目的，在他心目中，《帕梅拉》将成为一本寓道德教育于阅读愉悦之中的好书。

好书是理查逊进行文学创作的首要标准,他认为要想教育年轻人,就要保证他们读的都是好书。《帕梅拉》的第五封信中提及了老夫人的好品行:"她还很高兴我念书给她听。她喜欢听我念的书,全都是好书,我们单独在一起时,我们时常念这些书;⋯⋯因此有了这份好差使,我常常觉得就像在家里跟你们待在一起一样。"⑩可见,理查逊和其他道德观念先行的中产阶级人士一样,十分清楚书有好坏之分,而且,好人读好书,好书育好人,像帕梅拉那样的好姑娘自然无论在父母身边还是在雇主那里都是只读好书。

确切地说,理查逊和菲尔丁对长篇小说这种新体裁的最大贡献之二就是提升了它的社会地位,把它与在人们的心目中声名不佳的罗曼史(Romance)区分开来,为小说的崛起和流行扫清了伦理上的障碍。1700年以后,小说的数量和种类在英国骤增,那些冠以"罗曼史"或"秘史"、"野史"名头的劣质小说多以色情手法来吸引读者,所以被视为洪水猛兽。正如简·奥斯丁在《诺桑觉寺》中指出的一样,说到社会期望,淑女不应当对小说感兴趣。若是有女孩子被人看到在读小说,她准会羞愧难当。《帕梅拉》也反映了这种看法:B先生为了替自己辩解,给帕梅拉的父亲去信把帕梅拉的信件内容归咎为"自从她仁慈的夫人逝世之后,她沉溺于阅读传奇小说、恋爱故事等这一类无聊的书籍"⑤,试图编排帕梅拉的阅读喜好以此否定她的人品——可见当时罗曼史导致少女误入歧途的说法深入人心。

这样的成见促使理查逊怀着强烈的宗教和道德使命感开始涉足虚构作品的创作。在他看来,小说固然可以误导人心,但若善加利用,则可劝人向善,且比之别的文体,更有事半功倍的效果。这一点可以在他与他的崇拜者伊其林夫人的通信中发现——"训诫,夫人,是药丸;乐趣是镀上去的金膜。那些不能激发起愉悦之情的作品不可能打动人心。"⑥一言以蔽之,理查逊的药丸就是他苦心孤诣宣扬的中产阶级实用道德观——"美德得报"——"美德"就是帕梅拉的坚贞和虔诚,"报"就是通过联姻的方式成为上流社会的一分子。

理查逊的道德观与社会中下阶层的意识发生了共鸣:18世纪,英国以往固若金汤的阶级划分出现了变化,各阶级之间的流动开始了,贵

族可能沦落,学徒工也有可能当上伦敦市长。所以,《帕梅拉》于 1740
年出版后不胫而走,轰动伦敦,短短一年间就再版了五次。年轻的女主
人公帕梅拉的坚贞和虔诚不仅感动了浪子男主人公,还感动了无数读
者,他们为帕梅拉的坚贞折服,替她的处境担心焦虑,等到帕梅拉终于
嫁给 B 先生的一刻,兴奋的伦敦市民居然冲到教堂敲响了祝福
的钟声㉒。

　　也正是因为这样的道德观,理查逊遭到了来自以菲尔丁为首、视贵
贱不同为道德大防的上流社会的抨击。菲尔丁虽然是后世公认的 18
世纪英国和欧洲大陆最优秀的小说家,但在《帕梅拉》引发全国轰动之
前从未动笔写过小说,他的文学才华只在舞台上放射过光芒。1837 年
英国议会通过戏剧检查法后,菲尔丁被迫放弃剧本创作,但他最初并无
意涉足小说创作,而是投身法律,获得律师资格后直接运用法律惩恶扬
善,减少犯罪。就在此时,《帕梅拉》横空出世,掀起了全国性的阅读热
潮。在这部理查逊用来宣扬美德的作品中,菲尔丁看出了虚伪和功利,
同时由于阶级出身的不同,他对小说中宣扬的美德得报有可能扰乱社
会秩序这一点极度敏感而不安。于是,在理查逊自以为是的道德引导
中,菲尔丁则嗅出了有可能对他心目中划定的下等人的行为产生误导
的危险信号。

　　菲尔丁的戏剧创作生涯已经向世人显示了他的战斗性,这一次,帕
梅拉这个成功进入上流社会的女仆轻而易举地引爆了菲尔丁的道德
感,后者迸发了他沉睡达三年之久的文学才华和讥讽灵感,两者结合,
讽拟作品《莎梅拉·安德鲁斯生平的辩护》(*An Apology for the Life of
Mrs. Shamela Andrews*)一举出炉,给了《帕梅拉》狠狠一击。在《莎梅
拉》这篇短短的即兴之作中,菲尔丁保留了原作的书信体形式、一部分
情节和人物,戏仿了它的叙事风格,同时又把自己以往笑闹剧创作的风
格发挥得淋漓尽致,给原书中原本已经存在的矛盾和潜在的荒唐以有
意的曲解和无限的夸大,从而彻底颠覆了理查逊煞费苦心地为帕梅拉
树立的贞洁形象,呈现在读者眼前的是一个精于算计的女仆版马基雅
维利。

　　为了揭示"美德得报"的庸俗和虚伪,菲尔丁把理查逊笔下的小女

仆更名为莎梅拉(Shamela),"莎"(sham)在英文里就是"伪"。他唯恐世人看不出自己的意图,还为《莎梅拉》加了一个长长的副标题"……这是对一本叫做《帕梅拉》之书中的许多臭名昭著的虚假和误导的揭露和批判,将那年轻的计谋家的高明手段一一还原,……"

为了在读者中消除《帕梅拉》的影响,菲尔丁号称《莎梅拉》才是忠实于真实的版本,他在书中说帕梅拉其实原名莎梅拉,《帕梅拉》只是某个名声可疑的写手被雇佣来美化莎梅拉的捉刀之作。比如说,帕梅拉的写作能力远非当时的女仆阶层可及,菲尔丁利用了这一点,让莎梅拉的笔下流出了粗鲁但是活生生的语言,恢复了那个阶层的本来面目,增加真实性,加强了讽喻的效果。帕梅拉真心担忧丧失贞节,她说:"我对我的美德看得比全世界还重,我宁做最穷的人的妻子,也不做最阔的人的婊子。"莎梅拉发出了一模一样的誓言,可是,菲尔丁却小小地更改了一下拼写,让莎梅拉像当时的多数仆佣那样发音不准,从"美德"变成了"霉德",这一"亵渎"动摇了《帕梅拉》的道德基础。理查逊最为得意的"写至此刻"手法菲尔丁也没放过,后者以此来揭露莎梅拉的算计和计谋能力。

这样的改动在《莎梅拉》中俯拾皆是,结果就是看过《莎梅拉》的人再看《帕梅拉》就不可能把它看成是一部严肃之作,《帕梅拉》和作者的道德引导作用被严重削弱了,这是从小就一本正经的理查逊无论如何也意料不到因而也无法接受的。所以,理查逊和菲尔丁的梁子就算是结下了,不过两人的这一矛盾却在文坛结出了硕果。

在理查逊这一方面,为了捍卫帕梅拉的贞洁形象,也为了维护自己道德导师的地位,他写了《克拉丽莎》①,一部百万字的皇皇巨作。这一次,理查逊不想再授人口实,笔下的女主人公美丽贞洁依旧,不过家世良好,但是她的美德没有给她带来俗世的报偿,相反,邪恶在人世间战胜了贞洁,克拉丽莎安详地死去了,死后她的书信才被披露出来,向世人展示她高尚的情操。其实,因为《克拉丽莎》是分三卷出版的,历时八年,因此结尾之前,很多读者(包括被感动了的菲尔丁)不忍目睹美好被黑暗吞噬,写信要求作者手下留情。可是理查逊心志坚定,他让女主人公拒绝了加害者的悔悟和求婚,镇定地走向死亡,因为死亡是证明她的非功利性的唯一途径，而女主人公的死亡又鲜明地证明了作者的非功利性，他已经打定主意要用克拉丽莎的死亡证明他的道德观不止是庸俗的"美德得报"。理查逊坚持悲剧结局为他带来了意想不到的成功，克拉丽莎的影响力越过了英吉利海峡，在欧洲引无数读者一掬热泪，在唯理主义式微的西欧引发了感伤主义的热潮。这部小说空前的表现力度、表现手法以及表现内容不仅使得此前压根不把理查逊放在眼里的菲尔丁转而盛赞《克拉丽莎》，连狄德罗、卢梭、歌德那样的大家都对其做了很高的评价。

另一方面，写完《莎梅拉》的菲尔丁还觉得意犹未尽，为了进一步揭示《帕梅拉》在道德上的虚伪性，他紧接着又创作了一部戏仿小说《约瑟夫·安德鲁斯及其朋友亚伯拉罕·亚当斯先生的冒险故事，仿塞万提斯的风格而写》(*Joseph Andrews*，1742)⑧。这是菲尔丁的首部喜剧性散文史诗作品，书中菲尔丁用来衡量道德与不道德的标准是基督教的教义。男主角约瑟夫是帕梅拉的英俊弟弟，他在姐姐的少东家 B 先生的叔叔家里帮佣。男主人布比先生过世后，洁身自爱的约瑟夫受到了女主人布比太太的骚扰。约瑟夫道德高尚，对自己的心上人忠贞不贰，抵御了贵族夫人的威逼利诱，因而被辞退。菲尔丁把男主角命名为约瑟夫，与《圣经》里雅各的小儿子约瑟同名（Joseph 的圣经译名），而约瑟夫最早的遭遇也与约瑟的如出一辙：两人皆因拒绝女主人的非礼要求而遭驱逐。约瑟夫上路后不久被歹徒抢劫，不但被痛打一顿，连衣服也被剥光，他躺在路边等死的情节其实是《圣经》撒玛利亚人救死扶伤的寓言故事在当时英国社会的投影。此外，在菲尔丁最好的小说《弃儿汤姆·琼斯传》(*The History of Tom Jones*, *a Foundling*，1749)中，他把道德化身奥尔华绥先生的府第称为"天堂府"。对上帝的虔诚其实是菲尔丁与理查逊在道德教化上的共同点，他们矛盾最尖锐的地方在于对阶级的不同看法。

菲尔丁对于阶级划分十分敏感，他把中下层人士向上爬视为不道德，觉得像帕梅拉那样成功晋身上流社会的人必定是不择手段的下流人。这是因为菲尔丁出生于破落的贵族家庭，家境曾经殷实，少年时求学伊顿，但大学生活却由于经济窘迫而被迫中断，后来靠撰写剧本谋

生。而在当时的社会舞台上,贵族的地位也正走向衰落,他们怀着鄙视和失落的心情注视着中产阶级的出现和崛起,对于阶级流动十分介意,因为无力阻止后者蚕食上流社会的地盘而耿耿于怀。菲尔丁个人的人生曲线与贵族阶层的发展曲线有着相同的轨迹,却与理查逊的相反,所以他会对理查逊视为珍宝的女仆发迹史无法容忍。这说明《莎梅拉》的出现是个必然,是贵族阶层为了维护旧有等级秩序而对广受市井阶层推崇的《帕梅拉》在道德层面上所作的抵御。

在菲尔丁眼里,各阶层的划分清晰明了,容不得混淆,帕梅拉作为女仆,地位更在中产阶层之下,竟然能够实现三级跳,成为上流社会的一员,必然是阴谋诡计的产物。在理查逊笔下,B先生的形象是立体的,他是贵族中的浪荡子,虽然有几分邪恶,但是不失品味、见识和本性中的良善。菲尔丁为了维护自己的阶级观,却把他塑造成了一个不折不扣的笨蛋,在一群刁仆的包围下,轻易就落入了一个企图利用自己的"美德"和美貌向上爬的女仆彀中。

为了突出帕梅拉这类人物在道德上的虚伪性,菲尔丁在自己的作品里把整个仆佣阶层刻画成了上层阶级的敌对面。在这个阶层里,读者可以看到精明、算计、贪婪和觊觎,却找不到善良、宽容、诚信和荣誉感。无论是在《莎梅拉》,还是在其最负盛名的《汤姆·琼斯》中,菲尔丁塑造出来的仆佣群像概括起来就是贪婪和卑劣。

首先,《莎梅拉》中的仆人,无论是理查逊笔下善良的杰维斯太太、贫穷然而清白的帕梅拉父母还是邪恶的朱克斯太太,还有男佣和马车夫,到了讽拟作品里全成了莎梅拉的帮凶。他们不问善恶是非,利益是他们行事的最终动机,所以他们自发结成了同盟军,帮着莎梅拉算计布比先生。而在这个贪婪下贱的同盟军内部,一旦涉及利益上的分歧,冲突和间隙就自然而然地产生了。比如说,莎梅拉的母亲一发现布比先生对自己的女儿有兴趣,立刻提醒女儿要设法卖个好价钱,可是一旦莎梅拉爬上高枝,她就不乐意公开认亲娘了,更别提在林肯郡和她沆瀣一气的朱基斯太太了。

在随后的《汤姆·琼斯》里,那些底层人物和《莎梅拉》中的一样,他们的社会地位有多么低贱,道德底线就有多么轻贱。首先,汤姆·琼斯一直照顾着看守猎场的黑乔治,牺牲自己的利益也在所不惜,可是当黑乔治捡到被扫地出门的琼斯丢失的 500 镑傍身钱时,毫不犹豫地收进了自己的腰包,即使知道这是恩人丢的钱也没有一丝要归还的意思。当苏菲亚托他送 16 个基尼给琼斯的时候,黑乔治内心经过了良心和贪欲的交战:

> 路上,他脑子里冒出一个想法:应不应该把这笔钱也吞下来。这个念头一动,良心马上震惊起来责备他不该这么忘恩负义。贪心答辩说,在他吞没可怜的琼斯那五百镑的时候,良心就应该出来指责呀;既然那么一大笔款子都心安理得地吞了下去,如今又在区区这笔小数目上假装出什么不安的样子⑩,这如果不是地地道道的伪善,就是荒谬。听到这席话,良心就像是一个明辨是非的律师,指出现在这种显然是背信弃义的行为和先前拾到失物留归己有是完全不一样的。……这时幸亏恐惧插进来,帮良心的忙,它极力强调说,这两种行为真正的区别到还不在道义上的高低,而在于安全程度的不同:吞没那五百镑所冒的险是微乎其微的,而扣下这 16 基尼却极其可能被察觉出来。⑪

最后,身无分文的琼斯终于收到了 16 基尼,帮助他的不是黑乔治的良心,而是他的恐惧。也就是说,如果黑乔治能耐瞒天过海的话,他才不会在乎自己的恩人怎么活下去。为了突出这一人物的真实性,菲尔丁又在下一卷中借朋友之口进一步强调生活中黑乔治那个阶层的人的卑劣:“诸位先生,尽管这家伙是个坏蛋,然而作者是根据自然(指生活本身——笔者注)描绘出来的。”⑫

其次,黑乔治的女儿毛丽,原本应当是一个情窦初开、天真烂漫的少女,她和琼斯成其好事似乎是“有女怀春,吉士诱之”的结果,但是为了维护自己心目中的上等人琼斯的形象,避免汤姆的风流病影响他在读者心目中的得分,同时为了强调下等人的卑劣天性,菲尔丁是这样向读者描写毛丽和毛丽家庭里其他女性的形象的:

当琼斯为着苏菲亚的缘故要跟毛丽分手的时候,“毛丽足足沉默了

几分钟,然后声泪俱下地责备汤姆:'你糟蹋了我,如今又这样把我丢了。……男人个个都是假情假意的,专会用嘴骗人;等你们在我们身上达到了那罪恶的目的,就该腻了;……你拿去了我的心,……你为什么要跟我提旁的男人? 我这辈子再也不会爱另一个男人了。'就在她这么说的当儿,……这块该死的毯子突然脱落,……出现了哲学家斯奎尔先生,……头戴毛丽的睡帽"。菲尔丁用这一幕把 15 岁的毛丽刻画成一个不光不知廉耻地卖淫而且懂得为了自己的利益而把廉耻玩弄于股掌之上的世故女人,同时,他还不忘揭露这一家另外两个不知廉耻的成员:"既然那个老妇人从女儿这种罪恶勾当的进项里有光可沾,她就极力去怂恿女儿,还给她保镖。可是毛丽的姐姐非常忌恨她,尽管她也多少分享一些战利品,却宁可放弃那点油水而毁掉她的妹妹,破坏她的生意。因此,她才告诉琼斯说,毛丽在楼上睡觉哪,一心盼望琼斯去捉奸。"⑬

毛丽一家人不是《汤姆·琼斯》里唯一人品轻贱的角色,同样工于算计的还有很多,比如说,苏菲亚的女仆昂诺尔大姐。菲尔丁这样刻画社会底层人物的目的就是为了揭示:美德固然是上层社会的稀罕物,可是同样也不属于下等人。合乎逻辑的结论只有一个,帕梅拉靠善良和贞洁感动 B 先生从而进入上流社会进而成为道德楷模完全是理查逊的一厢情愿。

所以,理查逊与菲尔丁在道德问题上的争论完全可以看成是阶级斗争的一种表现。在《克拉丽莎》中,女主人公身受自己家族和拉夫雷斯的双重迫害,其中最根本的就是家族迫害。她所在的哈娄家族按财富划分属于有地产的士绅阶层,但是有别于金字塔顶端的贵族,哈娄家的财产性质是被上流社会鄙薄的"新钱",所以这一家人心心念念的就是早日获得一个"爵士"的名头,进入更高的社会阶层,方法是把家族所有的财产集中到长子小詹姆斯身上。在小说开头,花花公子拉夫雷斯虽然名声不好,但是他的贵族背景以及拥有的财产已使他成为哈府的座上宾,而且是女婿的候选人,深得家长老詹姆斯的推崇。可是下任家主长子小詹姆斯从苏格兰回来后,情形就不一样了。

与父亲比较起来,小詹姆斯的社会地位又高了一层,他与拉夫雷斯是大学同学，崛起的中产阶层有能力让自己的后代享受与贵族相同的教育背景，可是避免不了他们的"子弟（尽管家境富裕）在贵族青年群体中所受的羞辱"，再加上拉夫雷斯并不讳言自己对哈娄家族的鄙薄，所以两人之间结怨颇深。小詹姆斯的遭遇与理查逊本人在《帕梅拉》令他一夕成名之后在贵族圈子里的遭遇十分相像，所以理查逊对小詹姆斯这个人物的设计不自觉地带上了自己的感情。小詹姆斯无法容忍拉夫雷斯追求自己的妹妹，更别提这场婚姻有可能带走祖父留给妹妹的一大笔财产，他对拉夫雷斯的忌恨最后转化为对妹妹不遗余力的迫害。在摒除财富因素之后，很多读者发现小詹姆斯的所作所为已经超出了理性的范围，能够解释这一点的只有他"对拉夫雷斯不可化解的深刻夙仇"。这股非理性的仇恨掺杂在对财产、地位的追求之中，最后使克拉丽莎死于一场不可避免的阶级斗争——贵族阶级与上升中的资产阶级的斗争——拉夫雷斯对克拉丽莎的迫害里也隐藏着他想借此羞辱老詹姆斯父子的动机。

这场阶级斗争在《汤姆·琼斯》中也有体现——汤姆·琼斯和布利非的对立。他们两人其实是同母异父的兄弟，布利非长大后对汤姆的忌惮可以用害怕财产旁落的因素来解释，可是，菲尔丁让读者看到的却是布利非从小就嫉恨汤姆，而后者的身份只是一个来历不明的弃儿和私生子，地位和前途与布利非根本无法相提并论，这是一种原本不会发生的逆向嫉恨，因为嫉恨是一种由上等人在下等人身上引起的可怕情绪。从作者对汤姆·琼斯不遗余力的赞赏和宽容中，读者很容易认定汤姆是上等人的代表，他不仅具备了上等人的高贵品质，而且具备了上等人的血缘。那么，根据这样的布局，布利非只能充当下等人的代表了——布利非是一个伊阿古式的小人。尽管与故事表面相矛盾，但是仔细阅读菲尔丁对他的描述，这个结论无疑在情理之中。

首先，在小鸟事件中，大多数读者和苏菲亚一样，认定汤姆心地光明善良，布利非心地恶毒——而恶毒是贺拉斯给低俗小人贴上的标签，熟读古希腊经典文学的菲尔丁曾在自己的文章里直接把恶毒和下等人联系起来。其次，布利非从小就喜欢并擅长用道貌岸然的话语来诋毁汤姆，美化自己。虽然这一套把戏也是上流社会所熟悉的，但是在《汤

姆·琼斯》中,尤其是在人物安排相对简单的"天堂府"背景中,把这一套使用的得心应手的无疑是下等人,比如上文提及的毛丽、黑乔治以及斯奎尔先生。再次,当小说结尾汤姆大获全胜时,菲尔丁给布利非安排了一个不屈不挠往上爬的结局——布利非为了一笔年金向汤姆服软,然后就远离天堂府。为了做议员,布利非皈依了循道宗,还打算娶同宗的一个有钱寡妇。基督教流派众多,菲尔丁为何独选循道宗?因为这是一个在社会底层兴起和传播的宗教派别——如此轻描淡写的一笔却进一步揭示了布利非下层人的本质。同时,还应注意的是,菲尔丁刻画笔下人物的目的是刻画一类人而非某一个体。就此而言,布利非应当是菲尔丁心目中十恶不赦的一类人——不择手段往上爬的那一群。从当时的社会背景来看,显然就是向社会中心靠拢的中产阶级。汤姆代表的天生的高贵道德与布利非骨子里的不道德大碰撞,导致两人从小不合,这是阶级斗争在道德战场上的表现形式。若是让中产阶级的理查逊来刻画布利非,恐怕会是另一番光景了。

正因为两人都以道德诉求为己任,《克拉丽莎》和《汤姆·琼斯》碰撞之后,理查逊和菲尔丁抓紧手中之笔,继续塑造道德楷模,维持自己道德导师的形象。在帕梅拉和克拉丽莎这两个女性道德楷模之后,理查逊在第三部小说《查尔斯·葛兰迪森爵士传》(*Sir Charles Grandison*, 1753–1754)中着手描绘自己心目中正义化身的男性楷模,因为一方面理查逊一支生花妙笔写活了在作者设想中应当人神共愤的拉夫雷斯,让他获得了许多女性的青睐,结果不得不用葛兰迪森来消除拉夫雷斯的不良影响,另一方面他觉得菲尔丁塑造的上等人汤姆·琼斯每到一地便欠下他的风流债。理性在野性面前不堪一击,他实在不够资格成为道德楷模。汤姆越是受读者欢迎,他对社会的危害性就越大。而菲尔丁在塑造约瑟夫和汤姆之后,浓墨描绘的是一个女性道德楷模——阿米丽亚——"理查逊式的善良多情的'受难贞女'"[①]。

以今日的眼光来看,理查逊的道德感代表了新兴阶级的价值取向,而菲尔丁代言的阶级则江河日下,因此两人塑造的贞洁女性楷模在生命力上具有很大差别。帕梅拉式的辛德瑞拉故事在满足市井读者意淫要求的同时还触动了他们的心境。当 B 先生的邻居和朱克斯太太之类的恶仆认同 B 先生作为封建领主对自己的仆人拥有无上的权力时，帕梅拉坚持认为自己是个自由身，B 先生软禁她与强盗打劫不属于他们的财产在本质上是一致的："我怎么就变成了他的财产？"……"除了盗贼号称对赃物拥有的占有权以外，他对我能有什么权利？"⑩帕梅拉的质问中蕴含的力量显然来自于中下阶层民众自主意识的觉醒。

能让这些读者产生强烈共鸣的还有这个小女仆的"平等"意识，她觉得自己不仅在上帝面前而且在精神层面上与 B 先生是平等的，这在小说中多处出现。很多年以后，勃朗蒂笔下的家庭教师简·爱说她在上帝面前和罗切斯特先生是平等的，她的话感动了后者，也感动了读者，是时代精神的体现。那么，帕梅拉作为一个女仆所要求的平等无疑走在了时代的前面。反观菲尔丁笔下的完美女性阿米丽亚，承载的是社会既有的道德价值，逆来顺受，压抑被动。她的形象与帕梅拉比较起来无力而苍白，她的生命力无法同那个生气勃勃的小阴谋家莎梅拉相比，即便与《汤姆·琼斯》时代的苏菲亚相比也要逊色得多。

理查逊和菲尔丁对于长篇小说的贡献之三就是他们根据各自不同的才华对小说的不同表现形式所做的不同探索。理查逊作为小说家的自觉性体现在他对书信体这种体裁的选择上，这种艺术表现形式虽然在西方早有渊源⑪，但是理查逊的创作活动大大丰富、深化了这种文体的艺术表现力，赋予了这种文体新的生命力，使得它在 18 世纪的欧洲大放异彩。

首先，书信体的开头不同于以往传统型小说作者以全知全能的角度直接告诉读者故事背景的办法，而是通过第二人称的运用，让读者感觉自己是在偷窥别人的书信，给人强烈的真实感。比如，《帕梅拉》的开头是这样的：

亲爱的父亲和母亲：

我写这封信，想要告诉你们一件十分痛心的噩耗和一些令人欣慰的消息。痛心的噩耗是，慈善的老夫人已与世长辞了，她患的病以前我曾对你们说过；我们大家都因为失去了她而十分悲伤。她是一位善良并值得敬爱的夫人，对所有的仆人都很仁慈厚道。

过去夫人曾把我调来当她的贴身侍女,如今我十分担心,今后我又将一贫如洗,不得不再回到你和可怜母亲的身边,而你们连维持自己的生计都极为艰辛。

读者看到此处的感觉与阅读当时主流的流浪汉小说截然不同,期待也就不同,他们会随着文字的进展自然而然地跟着写信人的思绪走,为她失去了一位好夫人而惋惜,又开始担心她今后的命运。虽然有人认为书信体对理查逊最大的好处是使他免于开头结尾的构思,但是从实际效果来看,这样的开头对于帮助或是引诱读者进入主人公的内心层面有着事半功倍的效果。同时,为了增加小说的真实感,理查逊只用书信和日记来叙述整个故事,而不是像之前的书信体创作那样要依靠一个叙述者来把书信串联起来。为了做到这一点,他的技巧主要是运用"附言",小说共由 69 封信件组成,其中 23 封带有附言,大部分附言使得前后两封信的内容有了合情合理的转折和过度,也有的附言为"写至此刻"作了必要的补充和铺垫,是《帕梅拉》不可分割的重要部分。

在第 19 封信里,帕梅拉讲到自己不知什么时候才能回到父母的身边,因为她要完成主人的绣花背心,由于她在前几封信里已经告诉父母邪恶的主人对她欲行不轨,所以她一心渴望回到他们身边,那么给背心绣花这样一个微不足道的理由就会让读者误以为帕梅拉内心并不想离开庄园,所以这封信的附言就起了一个很重要的作用。帕梅拉告诉父母完成绣花背心的打算其实不是自己的本意,而是听从了好管家杰维斯太太的劝告——"杰维斯太太非常希望我能留下来把那件背心的花绣完。她相信,绣好之后,主人将会送我一件正正当当的礼物(我可以这样称呼它)。真是善良的女人!……"同情帕梅拉的读者自然就不会把她看成是一个心机很深的女孩。

理查逊所用的另一个很聪明的技巧就是"写至此刻(write to the moment)",使故事的叙说总是与"此刻发生了什么"保持同步。这样,读者就有一种强烈的感觉:自己是在与故事中的人物一起经历或是目睹事件发生的每一个瞬间,这一技巧无疑增强了小说的戏剧性,读者就像是一边读信一边在剧院里看着故事一幕一幕地上演,情不自禁地被作者带进小说。理查逊还利用书信撰写常会因为各种突发事件被打断的事实，让帕梅拉在最紧张的关头搁笔，从而极大地增加了小说的悬疑性，让读者的心弦紧绷，欲罢不能。

这一技巧给理查逊带来了另一个便利，那就是可以详尽地记载写信人"此刻在想什么"，读者不仅看到了事件，而且可以直接看到事件在写信人心里引起的第一反应。理查逊因此开始了英国小说中心理描写的传统。显然，这是理查逊有意识的选择，他曾在《克拉丽莎》的前言中写道："所有这些书信，都是作者以一种身临其境的心情写成的。信中不仅充满紧张局面，而且充满逼真的描写和感受"，"处在现时现刻的悲伤之中，深受前途未卜的痛苦的煎熬……这种人的写作风格必然胜过那种叙述已经被压制得困难重重的人的风格。前者要生动得多，留给人的印象也深刻得多，而后者则显得干巴巴、毫无生气"^①。后来的《克拉丽莎》比之《帕梅拉》，在心理描写上更是深了一步，理查逊发展了书信体写作的技巧，让读者透过不同的写信人去看同一事件，同时还能看到由于视角不同而对同一事件的不同反映。在这一点上，理查逊无疑是后世现代派小说的先驱，影响深远。

其次，在创作过程中，理查逊坚持的是真实性。即使在他因为《帕梅拉》和《克拉丽莎》享誉英伦乃至欧陆以后，他仍在《葛兰迪森》的序言里声称自己只是这部作品的编纂者，只是由于了解内情的几个友人的坚持，才把落在他手上的这些私人书信公之于众，好让大家见识一位高尚的绅士。这是他所坚持的客观真实，也与当时的创作时尚密切相关，笛福、菲尔丁的作品遵循的也是这一路径。

而主观真实这一点则始终贯彻在小说中的心理描写上。理查逊深入内心，塑造了一系列有血有肉的角色，把普通人带到了艺术舞台的中央。理查逊坚持让读者看到写信人心中的所有想法，哪怕这种真实意味着人物心理因前后矛盾招致读者和批评家的质疑。《帕梅拉》出版后引起了极大的争议，有很大一个因素是理查逊把帕梅拉的心理活动真实地反映在书信里。

书信体对理查逊塑造出令人信服并且令人同情的主人公居功甚伟。理查逊在文学创作上强烈的道德使命促使他把笔下的主人公塑造

为道德楷模。与他有相同抱负的作家其实不在少数,但是他们之中很少有人能像他那样创造出像帕梅拉和克拉丽莎那样成功的角色。其中,书信体提供的心理真实感功不可没。在他的笔下,帕梅拉把自己心中的每一个念头都记了下来,不但有她对主人骚扰的害怕之情、对上帝和父亲的崇敬之心这样可以为她加分的正面描写,还有连她自己都说不清道不明的对 B 先生的好感以及她为自己所做的打算。

在第 16 封信中,帕梅拉提到主人将宣她前去告诉她今后的命运,她的理智告诉自己要鼓起勇气,"选择贫穷与贞洁,而不选择富裕与邪恶,这样的选择将会幸福得多",但同时,她也诚实地记录下了自己的感觉:"因此我就让自己高兴起来;可是我可怜的心却消沉下去,我的情绪十分沮丧。稍有一点动静,我就以为是喊我去接受审判了。我害怕它,但我又希望它来临。"①如果帕梅拉的内心深处真的把 B 先生看成是恶魔,觉得自己是在捍卫美德,那么,她就不会因为 B 先生对她会有何种看法而惴惴不安。所以,在帕梅拉内心深处,她最在意的是自己在主人心目中的形象。当然,她的意识并没有发现这一点,所以才会以理智与情感的矛盾这样的形式显露出来。

甚至在帕梅拉被主人以诡计软禁起来,对坏女人朱克斯太太深恶痛绝的时候,她对主人还是恨不起来,她自己也很明白这一点。在她被囚禁起来的第 31 天下午,她听说主人在打猎中险些淹死时,她的内心发出了这样的声音:"尽管他用种种方式苛刻地对待我,我对他却恨不起来,这是怎么回事?……他确实做了很多事足以使我恨他,他若死亡也可能会使我获得自由,但当我听到他遭到这个飞来横祸时,心中却情不自禁地为他的平安脱险而感到高兴。……啊,如果他肯放弃他的卑劣企图,改邪归正,那么他在我眼中将会是一位什么样的天使啊!"这样的叙述向读者展示了一个 15 岁少女朦胧的怀春之心。

此外,《帕梅拉》的畅销与理查逊"镀金药丸"的观点也密不可分。首先,《帕梅拉》从本质上来讲是一个灰姑娘发迹的故事,对于一心求发达的人而言,尤其对于渴望改变自己处境的穷苦少女,此书有莫大的吸引力。蒙塔古夫人曾感叹《帕梅拉》赢得了"各国女仆的欢心"②,很多侍女在读了这本书之后都希望自己可以成为第二个幸运的帕梅拉,理查逊只好在《帕梅拉》的续集里让帕梅拉出面对这个问题作自己的代言人——他特地设计了一个情节让帕梅拉告诫自己的侍女应该恪守女仆的本分，不要勾引 B 先生的外甥，因为主仆有别，女仆成为贵妇人的事例毕竟少之又少。所以理查逊选择的题材是小说畅销的必要元素。其次，理查逊的金膜还包括了由他首创了后来一度成为畅销书保证的公式："引而不发的强奸（procrastinated rape）③"。无论是在《帕梅拉》，还是在他的第二部作品《克拉丽莎》中，"引而不发的强奸"都是一个极强的悬念，读者看到了帕梅拉和她身后放荡的 B 先生，克拉丽莎和邪恶的拉夫雷斯，而作者不时暗示两个姑娘的贞洁随时都有可能被人以暴力手段剥夺。例如，理查逊让帕梅拉在第 32 封信里这样告诉她的父母："你们怎么能知道你们可怜女儿的可怜处境，我怎么才能向你们透露呢！在你们得知她的奇灾恶运之前，不幸的帕梅拉可能已经被摧毁糟蹋了"③。而书信的私密性使得读者对眼前读到的一切深信不疑，"写至即刻"的手法又吊足了他们的胃口。这是理查逊当时出奇制胜的法宝之一，但同时也是《帕梅拉》招人诟病的另一个主要原因。

除了道德观上的坚持，菲尔丁坚持的还有丝毫不亚于理查逊作为小说创作艺术家的自觉性。首先，《约瑟夫·安德鲁斯》对于尚处在崛起阶段的小说创作有着里程碑的意义，对于小说家本人更是意义非凡，因为他在创作中意识到自己正在创造一种新的文学种类，他管它叫"喜剧性散文史诗"⑤。小说一开始并无多少独特之处，但渐渐地，菲尔丁笔下的人物有了自己的灵魂。当约瑟夫踏上了回乡的道路时，菲尔丁也开始了他小说创作的自觉道路。他在创作中融进了自己的文学思想——无论史诗和戏剧都可以悲喜剧来分类，喜剧性散文史诗不同于悲剧和正剧，展现的是社会的全貌，内容丰富全面，主要人物的身份从贵族转向普通人，讽刺和取笑不是这种文学新体裁的目的，作家通过这种手段来揭示生活中种种荒谬的现象，也就是社会中的不道德现象。

其次，菲尔丁精心设计了自己的小说结构。在菲尔丁所处的时代，小说刚刚兴起，当时的小说艺术尚在摸索中，缺点和缺陷比比皆是。很多作者无暇顾及小说的结构和寓意，连笛福这样有影响力的作家所创作的作品结构上也十分松散。与他们相比，菲尔丁像古典主义作家那

样在作品结构上颇费心力，这让《汤姆·琼斯》成为英国小说中结构最
完美的作品之一。这本 18 卷的作品一共分为三部分，每一部 6 卷，场
景分别是天堂府——流浪的路途中——伦敦，在这三处发生的故事概
括起来就是乐园——失乐园——复乐园。每一卷书的篇首为序章，菲
尔丁以叙述者的口吻风趣幽默地谈论世俗人情、探讨道德哲学，甚至解
释自己的文学见解并且卖弄学识和见识。对于情节安排，他也有自己
的看法。他在序章中提出了一部作品能够让读者爱不释手的三个原
则：循序渐进、突出重点以及情节的合理性。

此外，在人物塑造上，菲尔丁虽然没有像理查逊那样深入内心、创
造出富有个性的角色，但是他依据自己对人性和社会的认识，致力于不
同类型的人物的刻画。这一点，从《汤姆·琼斯》里主人公的命名就可
以看出来，这个类似于汉语里张三李四的姓名，充分说明了菲尔丁从创
作一开始，就打算要通过刻画一个人达到描写一类人的目的。菲尔丁
也的确做到了这一点，他笔下的琼斯、魏尔德、奥斯华绥、亚当斯牧师等
人物虽然属于 E·M·福斯特划分的扁平类角色，但具有象征意义，是
社会各阶层的具体代表。

综上所述，理查逊和菲尔丁在一个道德沦丧的时代通过撰写长篇
小说所做的努力，无论是对道德的全力提倡还是在小说创作手法上的
种种创新，都丰富了小说在崛起时期的创作思想和技巧，提升了小说的
社会影响，推动了后世对小说这门艺术的发展。当奥利弗·戈哥斯密、
弗朗西斯·伯尼、简·奥斯汀、勃朗蒂姐妹等大批作家开始创作小说的
时候，他们站在两位巨人的肩头，继承了他们的思想。

第四节
斯威夫特对理性至上的批判

自然科学的伟大力量使得文艺复兴以来主宰人文思想领域的热情
和感性让位于新古典主义主张的秩序和理性。正如梁实秋所说的："欧

洲全 18 世纪是在'启蒙运动'笼罩之下，所谓启蒙运动是指对当时宗教、社会、经验之一种革命的看法，依赖科学、经验、理智，而一反往昔权威武断的新作风"⑤。秩序与理性是新兴资产阶级强有力的思想武器，他们在"自然法则"的基石之上建立起了以自由、平等、博爱为号召的天赋人权论，而理性则是他们对待旧世界、规划新世界的唯一标准。与理性主义相悖的一切，无论是社会形式还是国家形式，都会被无情地推开。保罗·费耶阿本德⑰曾在《告别理性》一书中引用了 C. 米洛茨的《咒语》来反映当时知识阶层对理性主义的推崇：

> 人类的理性是美丽而且无畏的；
> 监狱、带钩的铁网、捣乱的书、
> 流放的惩罚都不能战胜它。
> 它用语言树立了普遍观念，
> 并指引我们用大写字母书写真理和正义，
> 用小写书写谎言和压迫。
> 它把"应该是什么"凌驾于事物的现状之上，
> 它是绝望的敌人，希望的朋友。
> 它不知道犹太人和希腊人，努力和努力着的区别，
> 后者给予我们全世界的财富来使用。
> 它从被歪曲语言的卑鄙的争论中
> 留下了朴素和透明的语言。
> 它说阳光下每件事都是新的，
> 松开过去捏紧的拳头。
> 哲学和诗歌是美丽而且年幼的，
> 她在善中结盟。
> 就在昨天，自然庆祝了她的生日。
> 独角兽和回声把这个消息带给山峦。
> 她们的友谊是光荣的，她们的光阴无限。
> 她们的敌人已经把自己送向毁灭。

　　这首总共 20 行的诗歌用了 19 行对理性大声讴歌，丝毫不吝赞美之词，最后一行宣布了理性超然的地位，这很能反映当时人们对理性的推崇，或者说，对某些人来说，对理性的虔诚和膜拜。可就是这最后一行，却让人看到了对理性的膜拜达到极点之后，宽容、民主、自由、博爱却失去了立足之地。启蒙运动和理性主义帮助西方走出了中世纪的蒙昧和黑暗，但是过于理性显然会对人类文明构成威胁。同时，资产阶级政府自诩为理性的统治并没有把底层人民从痛苦的生活中解救出来。在人们对理性的盲目崇拜中，有识之士看到了这一点。他们开始运用手中的笔大声呼吁，用各种手法提醒那个时代，理性虽然重要，可是和世间万物一样，过犹不及。乔纳森·斯威夫特（Jonathan Swift, 1667 - 1745）就是这样的智者，他在自己的作品里，运用其擅长的手法——辛辣的讽刺——警示社会：崇尚理性也需适可而止，千万不能把人性从理性中抽离出来，否则，就会走向理性的反面。

　　斯威夫特一生的信念可以从他的墓志铭里看得清清楚楚：

　　　　此地安卧着

　　　　乔纳森·斯威夫特

　　　　生前曾任本教堂教长

　　　　如今，狂野的怒火

　　　　再也不会折磨他的心

　　　　前进吧，过路人

　　　　如有胆量，就学习他的榜样

　　　　为捍卫人类的自由而奋斗

　　在政治上，斯威夫特崇尚"光荣革命"的原则，热爱自由，倾向于辉格一派，但是后期，因为辉格党同情清教，反而是托利党支持他的爱尔兰教会事业，他转而为托利党动笔撰文，还结交了一帮托利色彩的文人朋友。在宗教上，他一直觉得国教教会在英国的地位应当是至高无上的，1704 年，斯威夫特发表了《木桶的故事》（"A Tale of a Tub"），以寓言的形式，用父亲指代基督教，大儿子指代罗马天主教，二儿子指代路德教派和英国国教，三儿子指代加尔文教派和英国非国教教派。故事假托父亲临终前传给三个儿子一件外套，还叮嘱他们不得改变衣服的式样，三个儿子却各有各的做法，有的给衣服乱加装饰，还镶上金边；有的动刀动剪，随意剪断袖子和下摆。故事的寓意是天主教和加尔文教对这件外套所指代的基督教基本原则随意增删，只有代表国教的马丁对此做的改动不大，是三兄弟中最正确的。作者在1709再版这个故事的时候，加了一个《作者声辩》，进一步挑明英国国教在原则信仰上胜过其他一切派别。有的评论家认为，斯威夫特在这部作品中表面上替国教张目，实际上书中大量对教会诸行为的尖锐、严厉的评论、对弟兄三人执行遗嘱时的诡辩行为的讥讽以及对神学观点的嘲弄，流露了他对宗教的怀疑态度⑩。不过，纵观斯威夫特一生的宗教和政治态度，对《木桶的故事》表露的这种态度，笔者认为，伏尔泰的看法比较中肯："斯威夫特的鞭子真是太长了，他打儿子的时候，父亲也挨了几下揍。"⑪

不过无论斯威夫特的政治和宗教信仰如何，他看得最重的是人权和自由。除了上文提到的墓志铭外，他还曾戏谑地写过《调侃斯威夫特博士之死》（"Verses On the Death of Dr. Swift"，1731），在这首诗里，他除了想象自己的敌友得悉自己离世后的各种反应外，还替自己做了个总结：

> 美好的自由是他的终身追求，
> 为了她，他不惜献出生命；
> 为了她，他不怕孤军奋战；
> 为了她，他经常牺牲自身的自由。

这一点清清楚楚地表现在斯威夫特为爱尔兰所做的呼吁和奔走上。斯威夫特虽然不满自己被安置在都柏林，远离英格兰，但是到任后，他很快就研究了爱尔兰社会的方方面面，尤其是经济和政治，发现英格兰残酷地盘剥爱尔兰，所以1720年前后，他出版了一系列批评辉格党爱尔兰政策的小册子，脍炙人口的有《关于普遍使用爱尔兰货物的建议》（*A Proposal for the Universal Use of Irish Manufacture*，1720）、

《布商的信》（*Drapier's Letters*，1724）、《一个小小的建议》（*A Modest Proposal*，1729），尤其是后者，它的全名是《为了防止爱尔兰贫民的孩子成为父母或国家的包袱，为了它们给公众带来利益而提出的一个小小的建议》（*A Modest Proposal*，*for Preventing the Children of Poor People in Ireland*，*from Being a Burden to Their Parents or Country*；*and for Making Them Beneficial to the Public*），斯威夫特假借一个忧国忧民的市民之口，使用当时一些无耻的"政治算学家"科学地把每个爱尔兰贫民估价为 30 英镑的口吻，郑重其事地提议把爱尔兰穷人的婴儿当成肉卖给富人做美味。

《一个小小的建议》开头描述了爱尔兰贫民和他们的孩子的悲惨生活，然后用献策者的口气说要"找到一条公正、便宜并且易行的出路，使这些孩子成为我们国家健全和有用的成员"。接下来，斯威夫特的文笔把英国文学中的反讽传统带到了最顶峰，因为这条"公正、便宜并且易行的出路"竟然直通权贵的餐桌——除了留下两万名做种外，所有的小孩都应在养肥后当上等肉食供应，而且他们的头发和骨头还能制成工艺品，进一步繁荣市场。请看这一段：

> 我在伦敦认识的一位见多识广的美国人对我担保说，一个健壮的婴儿在一岁上，无论是炖，是烧烤，烘烤，还是煮，都是道非常可口、营养丰富又有益健康的食品；我敢说用它来做原汁肉块或蔬菜烧肉，味道也不会差。
>
> 因此，我斗胆把这个建议提供给公众考虑。目前的 12 万已经统计入数的孩子里，可以留出两万来传种，其中四分之一应为男性——这个比例已经大于我们留作种畜的羊、肉用牛或猪的数字。我的理由是，这些孩子本来就很少是正当婚姻的产物——我们的这些野蛮人从不在乎这类问题，所以一个男人可以配四个女人使用。其他的 10 万可以在一岁时上市，卖给全国各地有钱有地位的人。别忘提醒做妈的最后那个月要喂足奶水，这样它们就会长得圆圆胖胖，成为好菜肴。一个孩子够做两个菜，来招待朋友。当家人自己进餐时，前腿或后臀就够吃一顿了。如果用点胡椒和盐抹

过，第四天煮了吃，是冬天的好食品。⑩

　　这段文字的风格是斯威夫特对当时"科学"味十足的理性主义文体的戏仿，不带丝毫感情色彩，读者会感觉自己是在研读一份有关最新食品的科研报告或是如何解决贫穷问题的经济报告，而不是如何吃人——只要不曾丧失理智，无论在哪个社会，"吃人"都是大忌，可是这个献策者却说得不动声色、理所当然，仿佛穷人的孩子天生就该被有钱人吃掉一样。

　　为了达到这个目的，作者在选词上也用心良苦，胳膊不说"胳膊"，而是"前腿"，就像在谈论肉猪或菜牛一样；结婚生子成了"一个男人可以配四个女人使用"。鉴于斯威夫特对文风的看法是"将恰当的词放在恰当的位置便是最好的文风"⑪，所以此处的措辞显然是为了揭露献策者献媚的那一个阶层根本就没有把殖民地人民当人对待——"我承认这种食品可能会比较贵，所以供地主享用十分合适。他们吞噬了多数孩子的父母，似乎最有资格来享用这些孩子"。

　　通篇理性文字，句句为国为民，读来令人实在是毛骨悚然，不寒而栗，让每个读者都深深意识到自我标榜为理性统治的资产阶级以及他们豢养的政治经济学家是如何鱼肉爱尔兰百姓的，这样的效果不是义愤填膺地直接控诉统治阶级吃人不吐骨头可以比拟的。中国读者在这份建议的字里行间还能够读出的是"救救孩子"——很久以后鲁迅在《狂人日记》里发出的直白的呼喊声。

　　斯威夫特对过分理性的批判集中体现在《格列佛游记》（*Travels into Several Remote Nations of the World by Lemuel Gulliver*，1726）的后两卷中。1726 年，也就是笛福的《鲁滨孙漂流记》问世 7 年之后，斯威夫特在斯克里布莱斯俱乐部一帮朋友的建议下，写作并发表了《格列佛游记》。故事的开头与《鲁滨孙漂流记》颇为相似，都是英国中产阶级家庭里的小儿子出海谋生遇险，漂流到一个陌生的荒岛上，但与笛福竭力追求真实感不同，斯威夫特是把想象力发挥到了极致，游记共分四卷，主人公格列佛医生流落到了小人国、大人国、飞岛国和慧马国。咋一看，这几个想象出来的国度与英国的社会与生活截然不同，其有趣的

种种细节至今让世界各地的孩子们津津乐道。但实际上,《格列佛游记》是一部游记体的讽刺寓言,虽说开头戏仿《鲁滨孙漂流记》,斯威夫特并不认同鲁滨逊式的个人发展之道,在《小人国》和《大人国》两卷里,他把矛头对准了当时英国上层社会统治阶级内部不同集团之间的尔虞我诈、明争暗斗和贪污贿赂等种种腐败现象,在《飞岛国》中目标定为英国对爱尔兰和海外殖民地的奴役行为以及过分理性带来的种种荒谬行为,而《慧马国》针对的是人性中可鄙的两面——动物性和极端理性主义。

《飞岛国》的国名暗含了斯威夫特对理性的揶揄和讽刺。他给飞岛取名叫做"拉普塔",英文写作 La Puta,这个词来自西班牙语,意思是"娼妓"——马丁·路德看到理性对人们的宗教信仰构成威胁时,说出了一句流传甚广的名言:"理性,你这了不得的娼妇(Reason, Thou Great Whore)"!飞岛游记写的是格列佛医生第三次出海遭海盗洗劫,漂到一个石岛。有一天,一个巨大的云团降落下来,走近一看,却是一座可以随意升降和驱动的城池,他管它叫"飞岛"。岛上的居民都是思想者,他们的工作就是抽象思维,没有仆人协助的话,不要说生活了,就连对话交流也没法进行。飞岛统治着几个国家,格列佛一一参观。

这一卷书的主题思想延续了斯威夫特在《书战》(The Battle of the Books,1704)和《木桶的故事》里对现代科学文化的保守看法,为了突出所谓的现代学者自以为是但实际上浅薄无知的真实面目,斯威夫特运用"谐谑叙述"之法来达到讽刺效果。比如说,他采用《一个小小的建议》里那种用不露声色的叙述来揭露统治阶级虚伪残暴面目的方法,一本正经地用英国皇家学会会报论文的风格介绍飞岛的操作和运行原理;在巴尔尼巴比的科学研究院,让格列佛带读者去看各种各样匪夷所思的研究工作——这些工作都被冠以科学研究的名义——政治学家忙着从排泄物里寻找叛国阴谋,科学家热衷于在黄瓜中提取阳光、用冰块造火药,语言学家主张废除语言、以物代词,等等。这些研究工作的结果是:老百姓被折腾得极其贫困,仍对科学家们的才智佩服得五体投地。读者在一个又一个不切实际的科学设想中发现荒谬和无稽,在结局里体会科学或抽象思维至上论可能给人类带来的威胁。

《慧马国》表面上看起来是对理性的讴歌和对人类的无情鞭笞，很多读者和评论者看过格列佛眼中慧马这种完美的理性生物和亚猢这样懒惰、恶毒、贪婪、奸诈的人形动物后，尤其是当他们发现格列佛后来宁可和马做伴也不肯和人，甚至是家人，在一起生活的时候，都认定作者是一个痛恨人类的家伙。小说家萨克雷就是这么描述他心目中《慧马国》作者的形象的：

> 他用急促而含糊的语言狂叫，咬牙切齿地诅咒着人类。他撕下了每一片端庄朴实的外表，撕掉了每一点男子汉的气魄。他言辞肮脏，思想下流、狂野，令人厌恶。⑳

其实，斯威夫特塑造慧马和亚猢的目的，并不是为了赞美理性和讽刺人类的非理性，相反，他是为了帮助人类看清文明发展中的两个陷阱——过分理性和屈服于欲望的动物性——有多可怕，从而找到一条正确道路，达到人类最终的自由。

就此而言，斯威夫特"不仅是启蒙时代的伟大作家，他还超越了启蒙时代的价值观"㉑。启蒙时代以后，欧洲社会的人笃信理性，相信人类自身的力量，认为人类能不断进步以臻完美，这是格列佛的信条，也是他在小人国和大人国所言所行的出发点，但是到了慧马国，斯威夫特通过格列佛来彻底颠覆对人类的看法。

慧马国在格列佛眼里是一个美好的乌托邦，治理这个国度的是一种叫做慧伊尼姆的马形理性生物，它们拥有极度理智的头脑和友好、平等、仁慈等美德，行事正派又有礼貌，住所干净卫生，生活平静简单。这个国家生活着另外一个主要族群是亚猢，亚猢归慧马役使，长相与人类一致，但是生活和行事方式却如动物一般，住在龌龊不堪的地方，身上发出恶臭，以青蛙、死鱼和烂肉为食。与慧马比较起来，他们完全没有理智可言，彼此之间争斗不休，丑态百出。这一切让格列佛极度自惭形秽，他努力模仿慧马的一言一行，因为慧马没有把他和亚猢归为一类而欣喜，他最大的痛苦就是想要做马却不能如愿。

斯威夫特对亚猢的描写的确是把人类最丑陋不堪的一面毫不留情

地揭露出来，有关亚猢生活细节的描写充满了污秽和排泄的意向，令很多读者从生理和心理上感到恶心和无法接受。但是那些就此认为斯威夫特痛恨人类的读者和评论家其实是忽略了他对慧马理性社会另一面所做的描述。即使依照那个如同燕国少年邯郸学步一般心心念念想要在慧马国里学马的格列佛的眼光来看，读者也能看到慧马国里枯燥无情的一面。那里没有恋爱，只有婚姻，究其实质，只是婚配，每一对公马和母马在生过一只雄性和一只雌性的小马之后就不在一起生活了，因为他们已经完成了婚姻繁衍后代的功能。在逻辑、理性和智慧的炫美外表下，慧马国里的生活像科学实验一样，只是一种单调可复制、没有感情可言而且结局可以预测到的程序而已。格列佛由于盲目崇拜慧马的唯理性生活，最后连自己原本就不多的理智也没能保住，真的像极了那个燕国少年，邯郸学步之后连走路也不会了，只能爬回家。

显示斯威夫特通过《慧马国》来揭示极端理性主义对人性的戕害作用的更重要的证据是，格列佛（Gulliver）这个名字在英文里与 gullible（易受骗的，轻信的）同源，他以鲁滨逊的架势出了场，担当的却是个讽喻性情节中最典型的"天真的叙述者"，最大的特点是不经世事而且头脑简单，叙述固然是他的职责，但是作者赋予他最重要的任务是带来反讽效果。读者若是真的跟着格列佛的判断走，那就在不知不觉中也成为作者讥讽的对象了。所以格列佛对慧马的盲目崇拜其实是斯威夫特给人类的警告：理智若是克制不了欲望，人类就会堕落成可恶的亚猢；可是如果盲目地理性至上，把感情等人性化的因素抽离，那么就损害了生命的整体价值，也就会像格列佛那样，变得很可悲。也就是说，斯威夫特在《慧马国》里表现的不是对人类的痛恨，而是一种恨铁不成钢的痛苦。

概括地说，斯威夫特对人的看法似乎是个悖论：即一方面通过刻画亚猢把人类描写成世上最丑陋、最可恶的东西，另一方面他又把自己奉献给爱尔兰人民的自由事业，辞别人世之时还留下遗嘱用自己所有的财产建立圣帕特里克救济堂。但如果辩证地看"人"的概念，也就是说，把人分成两个层面：个体的人和总体的人类，那么斯威夫特愿意牺牲自己的自由"使英国的亚猢们的社会变得好些"，这是对具体的"人"真心的爱；对于整体的"人"而言，斯威夫特并不认同启蒙学者们持有的态度：即借助理性，人类可以日臻完美。"作为奥古斯丁的信徒，斯威夫特憎恶人的缺陷，这些缺陷都已包括在所谓罪是原始的、可饶恕的、致命的等等不同定义中。他关于人性的观点不仅包括因原罪而与生俱来的堕落，而且还包括持续不断地沉溺于罪孽中，没有受到理性自律、利他道德或神助的约束。"⑩总之，斯威夫特的作品不是为了取悦世人，也不是为了折磨世人，而是为了刺痛世人，以图人类的自我提升，这是一种明知其不可为而为之的殉道者态度，这或许可以解释为何斯威夫特生前就忙着为自己做身后的评判。

第 五 节
斯特恩的观念联想和眼泪

18世纪和斯威夫特一样向冷酷的理性至上发起挑战的还有劳伦斯·斯特恩（Laurence Sterne，1713-1768）。斯特恩在文学史上的地位主要建立在他的两部作品之上：《绅士特里斯舛·项狄的生平和见解》（*The Life and Opinions of Tristram Shandy*，*Gentleman*，下称《项狄传》，1760-1767）和《约克里先生穿行法国和意大利的感伤之旅》（*A Sentimental Journey through France and Italy*，下称《感伤之旅》，1768），感伤主义这股文学思潮即得名于《感伤之旅》，斯特恩也因此被认为是感伤主义的代表作家。

斯特恩与斯威夫特同为神职人员，但两人的创作动机却有天壤之别。写作对于斯威夫特而言，是履行社会和宗教责任、追求社会意义的途径；而斯特恩写作不是为了什么深刻的社会意义，而是为了引起社会轰动。所以，斯特恩从来没有像斯威夫特那样把义愤的怒火对准社会的不公、人类的缺陷，支配他言行和创作的，是游戏人生、及时行乐的态度，是与理性至上观念对着干的乐趣，具体到小说创作的指导思想，则是洛克的观念联想理论以及对灵魂和情感的重视。

斯特恩的人生观有其形成的客观基础。一是其家庭背景。他的父

亲是个下级军官，斯特恩从小跟随父亲生活，小小年纪就看到了军旅生活里狂放、粗鄙的一面。这是影响他日后情趣和品位的一个因素。二是他的疾病。斯特恩十几岁就得了肺结核，这种消耗性的不治之症是他一生挥之不去的阴影。通宵咳嗽，肺部血管破裂导致大出血，这些反复发作的病症把斯特恩笼罩在惶恐不安的情绪里，扭曲了他对人生的看法，这使得他总觉得自己时日不多，因此他在游戏人间的同时又多愁善感。此外，斯特恩在剑桥求学期间，对"睿智的洛克"的哲学和作品推崇备至，因为在洛克的观念学说中他发现了对他自己的善感禀性的一种解释。他后来宣称洛克对他的思想和写作的影响在"他的字里行间"都可以发现。换言之，没有洛克的观念联想理论，就不会有《项狄传》这本书。

"观念联想"是洛克在 1690 年出版的《人类理解论》中提出的理论。洛克一向主张人类应当用理性思维指导行为，但他清醒地认识到，人的理智认识是有限的，日常生活中就有很多心理活动与理性不合，因此他用观念联想来解释这一现象。为了证明这一点，洛克用了很多例子，比如说小孩子恐书症的来由是在小学时候因为背错书受体罚，从此一看到书就联想起体罚。不过，最出名的是舞者和箱子的例子："据说某君学会了跳舞，且舞艺极高。他练舞的房间碰巧有一只箱子，箱子和舞艺就此莫名其妙地联系起来了。如果把箱子搬走，他就难以起舞，在其他地方跳舞时，也必须放上这么一只箱子，他才能舞姿翩翩。"[⑤]

洛克理论中有关观念与理性不合的说法表现在《项狄传》中，这就是斯特恩从头到尾遵循的一个规则：一些观念在人的心里产生联合，要么是通过它们的自然联系，要么是通过机会，通过习惯，这些联合在一起的观念"总是成群结伙的，任何时候只要一个出现于理解中，它的伙伴则会跟着出现；如果这样的联合有两个以上，则所有观念都不可分离，因而会同时呈现出来"。[⑥]

这一观点首先表现在《项狄传》奇特和怪诞的形式和结构之上。小说的前两卷于 1760 年面世，当时《克拉丽莎》和《汤姆·琼斯》均已流传了 10 年之久，《项狄传》把这两本小说刚刚建立的小说的形式彻底颠覆了。"它是所有 18 世纪小说中离线性叙述最远的一部，是对史诗和历史建立的叙述模式摆脱最彻底的一部"⑰。同为小说家的毛姆是用"既不协调又不连贯，而且枝蔓横生"⑱来形容《项狄传》的叙事手法的，而福斯特则认为小说里"藏着一个神明，它的名字就是'混乱'"。⑲

《项狄传》的排版手法也十分奇特和怪诞，就算是一个觉得笛福和菲尔丁已经过时了的 21 世纪新新人类读者拿起它信手一翻，也会觉得新奇，因为他会看到空白页、黑页、大理石纹页、成串的星号、大量的破折号和其他随性而用的标点、半截短句、大小不一的字体、整页整页的希腊文或是拉丁文段落。

随后，读者就会发现另一个特立独行之处：《项狄传》是一部文不对题的作品。小说家 T. 斯摩莱特在其 1753 年出版的《斐迪南伯爵》的献辞中对小说这种新文学样式做了一番解释："小说是一幅复杂的大图画，包括安排在不同组群，表现不同态度的活生生的人物，目的是为一个统一计划和完整行动，每个人物都必须从属、服务于此。但是，要使这种统一计划的执行得体、可信或成功，就不能缺少一个主要人物，他凭其重要性，吸引读者注意力，把事件连为一体，提供走出迷宫的线索，最后结束全书。"⑳斯摩莱特明确地解释了为何当时重要的小说都以主人公的姓名来命名。而在斯特恩笔下，项狄作为传主，在 600 余页的小说中出场的次数并不多，小说的主要故事是成年后的项狄讲述自己以及自家府上发生的各色趣事，其中记录得最详尽的是项狄的叔叔托比的生平事迹，报道得最全面的是项狄的父亲沃尔特·项狄的见解。小说开头时，项狄在母腹中受孕，到第四卷终于降生，等他到了穿裤子的年龄，全书已完成了三分之二，第九卷里作者草草提及传主在度过多灾多难的童年之后，成了一个既不英俊又不健壮的青年，曾去欧洲旅行——当时去欧洲游历是英国绅士教育的一部分。

显然，项狄的生平事迹并不具备斯摩莱特所言的重要性，根本不足以"吸引读者注意力"，起不到"把事件连为一体，提供走出迷宫的线索，最后结束全书"的作用。那么，什么才是《项狄传》贯穿始终的主题呢？

离题，或者是跑题，正是这个问题的答案，这一答案的理论依据就是观念联想。离题只是表现形式，实质是《项狄传》与以往小说不同，主

人公的经历不是从出生而是从受孕开始的。小说开篇,特里斯舛把日后自己的多舛命途归结为受孕时刻父系雄风被母亲的问题打断。那是一个不合时宜的问题:项狄父亲每月第一个周日的晚上必做两件事,给钟上弦,然后夫妻行房。久而久之,项狄母亲便将上弦和行房联系在一起,所以那天行房之时就发问:"亲爱的,你没忘了给钟上弦吧?"这是洛克舞者和箱子的一个典型表现。

从这里开始,全书充满了各种与主人公的经历并无多大关联的情节和插曲,而每个这样的插曲都是由主人公"头脑中思想的延续"这根线串起来的。虽说小说一开头项狄母亲已经受孕,但是因为牵丝攀藤地叙述了一系列彼此连接的跑题故事,母亲在第二卷才开始阵痛,而他更是到了第四卷才呱呱坠地。但是这么长的篇幅,从阵痛到孩子出世,实际时间只用了半日。在此期间,读者看到的故事主线可以用一句话概括:项狄母亲阵痛之后,男仆奉命去请医生,经过种种曲折,医生终于拿到新式接生器具产钳,把主人公从母体带到世上来,还不小心夹扁了他的鼻子。在这洋洋洒洒将近百页的叙述中,斯特恩拉拉杂杂地介绍了男仆的性格和背景,闲话了项狄父亲的假发和新式接生器具,叙述了医生如何笨拙地骑着小马来到项狄府。其中,男仆取来产钳后医生为了对付产钳袋的死结,用牙咬,用手扯,嘴里还要诅咒那个男仆,这一段文字有八页之多。

叙述者不像当时其他小说那样按照时间顺序平铺直叙,因此小说的进展是根据叙述者刹那间产生的联想或是感觉进行的。汪曾祺曾经形容废名的小说:"行文好比一溪流水,遇到一片草叶,都要去抚摸一下,然后又汩汩地向前流去。"[①]这与斯特恩的情形很像,只不过后者的行文更像是浩浩荡荡的意识洪流,泥沙俱下,毫无节制。这一点很符合弗吉尼亚·伍尔夫在评论现代小说时所说的:"考察一下一个普通的日子里一个普通人的头脑吧。头脑接纳成千上万个印象,有的琐碎,有的奇特,有的转瞬即忘,有的深刻如利钢所隽。这些印象如无数的原子不停息地从四面八方纷至沓来;……所以,作家如果可以自由写作,不必听命于人,如果他可以不受限制写下自己的选择,如果他可以打破成规,依据自己的感觉工作,那么他写出来的东西没有情节,不是喜剧,不是悲剧，也没有大家认可的那种爱的兴奋或是灾祸"。⑦弗吉尼亚·伍尔夫说的是现代普遍认可的意识流手法，而这也正是《项狄传》给读者留下的印象，所以很多评论家把《项狄传》看作现代意识流小说的源头。

不过，细细分析起来，斯特恩的手法与乔伊斯、伍尔芙和福克纳还是有很大不同的。意识流小说家是"严肃认真地在那里挖掘人物内心活动，以放弃情节为代价来获取深层的人物塑造"③，《项狄传》与其说是特里斯舛的意识流自述，不如说是斯特恩本人的观念联想。不光作者把特里斯舛当成自己的肖像，连当时的读者和评论家也用"特里斯舛·项狄"来指代作者。这样的结果其实与斯特恩写作小说的动机有关。

其次，斯特恩与那些理性主义启蒙者不同，他从来没有把自己看成是道德导师，相反，他毫不隐讳自己的写作动机是名利和游戏。1760 年 1 月，《项狄传》刚刚出版不久就引起了轰动，斯特恩写信给朋友说："我写作不是为了糊口，而是为了出名"⑦。叙述的随意、性隐喻和性玩笑的无处不在、印刷和排版的怪诞、拉丁文和希腊文的引用，都服务于两个目的：自娱娱人，惊世骇俗。自娱娱人是为了求开心，斯特恩自知病重，逃不过英年早逝的宿命，他狂放不羁的生活、独树一帜的写作手法，都是"carpe diem（及时行乐）"的表现而已。

由于把出名看成是最大的动机，斯特恩在小说里常常直接和读者交流起来。"写作，只要控制得法，不过就是对话的别名而已"⑦，显然斯特恩是把他的读者看成了自己的对话者。虽然《项狄传》通篇只是斯特恩的独白，但是他时不时要跳出来提醒读者：这不是真实的故事，与其关注特里斯舛这个在第六卷里才到穿裤子年龄的小屁孩，不如关注眼前这个妙语连珠、知识渊博、不拘小节的作者。比如说，他在第四卷里借主人公之口谈论小说家想要忠实记录生活的窘境：

> 这个月我比 12 个月之前又大了一岁，正如您所见，我都快要写到第四卷的一半了——才讲了我人生的第一天——这说明我眼下要写的比我动笔之初又多了 364 天，……是不是我生活中的每

　　一天都这样忙碌呢？——为什么不是呢？……情况就是这样，诸
位阁下，我写得越多，要写的就会更多——结果，阁下读得越多，要
读的就更多。

　　这对阁下您的眼睛会有好处吗？⑯

　　由于作者不断站出来揭示小说的虚构特性以提醒读者，《项狄传》
被后现代主义评论家挂上了元叙事的标签。另外，文本中的时间观念
与实际时间相去甚远，比如说，为了突出观念联想，托比叔叔的一句话
前后跨了七个章节，其间有形形色色的事件、感想以及联想，作者很大
胆地用文学时间同时表达过去、现在和将来的画面。所以，长期以来，
文学评论家们把《项狄传》当成了试验小说的标本，探讨斯特恩种种新
奇手法之后特立独行的深意。

　　其实，斯特恩在自己的作品中更像是一个想要获取大人注意力的
小孩，时不时跳出来卖弄一下或是骚扰一下，提醒读者自己的存在，"读
者屡遭骚扰，废书而叹，必然会想到作者。而这正是斯特恩期待的效
应。他要使自己的思想、自己的意识成为众人瞩目的中心。他要把读
者和故事之间的交流变成和他的交流，——你看故事干吗？看我呀！我
多好看！"⑰

　　因为《项狄传》是斯特恩借以出名的工具，所以他希望在小说里给
自己塑造一个受社会欢迎的形象：确切地说，斯特恩想要替自己塑造的
形象不是"好看"的人，而是一个高贵的智慧闲人。无论是他对自我形
象的经营，还是笔下项狄父亲及托比叔叔形象的刻画，突出的都是非功
利性。这么做，一则是因为当时的社会风气使然。英伦文人和贵族一
向讲究有学问的俳谐，斯特恩更是想在这个成本高昂的传统上卓尔不
群。试想，如果不是有钱而且有闲，有谁能有这么大的学问、这么多的
时间和这么轻松的心情来掉书袋、搞隐喻、玩文字游戏？

　　这也就是为何斯特恩要强调项狄父亲及托比叔叔的绅士身份，还
要点明父亲是进入士绅阶层的成功商界人士，叔叔是退伍军官。如果
这两人不属于生活优渥的食利阶层，怎么可能有书中突出描写的种种
怪癖？老哥俩一个沉迷于玄学，一个热衷于军事，这正是当时上流社会

引以为豪的身份象征——闲逸无为——上等人无论做什么，都无关生计。第五卷用很大的篇幅描写了父亲得悉长子博比去世的消息之后的表现。相较于第四卷中得悉新生儿由于种种错误被取名特里斯舛的时候表现出来的伤心，这时候项狄先生的表现尤其会让东方的读者觉得莫名其妙。他没有像其他失去儿子的父亲那样痛苦，相反，却开始展示学问和机智了。他冲着自己的弟弟长篇大论地背诵哲人们有关死亡的看法，还因为在和仆人的口舌之争中自己一语双关地开了一个和性有关的笑话，结果"眼里游动着得胜的泪水"。再加上叙述者东拉西扯地说起了项狄府上此时各色人等在听说大少爷死讯后闹剧一般的表现，读者会觉得这一卷的喜怒哀乐与日常经验格格不入。可实际上，这是当时的风气使然。

首先，悲痛和悲哀，在当时的社会里，不仅仅是一种情绪，而是一种事情，是要好好操办的，所以连项狄府上的仆人们都会热烈讨论、积极设想，很像是一场闹剧。第二，高贵的人应当把自己的悲哀收藏在内心，如果情郁于中而泄之于外，不但不显得真挚，反而给人俗气或者说是小家子气的感觉。18 世纪某个家境不错的寡妇在谈到父亲死亡时说："性情中人的悲哀是无欺的，他厌恶那些公开展示痛苦的俗套子。他更愿意独自享受心头那份秘密的高贵的感觉，那是庸俗之人永远也不会有的感觉。"在闹剧的背后，才是项狄先生的丧子之痛，学问和机智只不过暂时将它排遣。像项狄先生这样的绅士，悲伤是需要独自品味的，不过，那样的时刻，特里斯舛是看不到的，因而读者只有自己体会。

这种风气造就了斯特恩的《项狄传》，也是由于这种风气，这本妙趣横生、轻松洒脱的智慧游戏小说才会一夜走红。斯特恩得遂心愿，伦敦的头面人物纷纷邀他见面，作家得意洋洋，向自己的情妇夸耀："我的住所，每时每刻都挤满了你的那些要人，他们争先恐后地向我表示敬意——甚至连所有的主教也向我致敬，我将在星期一早晨前去拜访他们——这个星期我要跟切斯特菲尔德勋爵一同进餐——下个星期天罗金厄姆勋爵要领我进宫——尽管我房间里有很多人，我还是抓住这片刻工夫告诉我最亲爱的小咪这一切，以及我永远永远都将属于她。"

所以读《项狄传》最重要的是把阅读当成一个可以让读者自我感觉

在身份上、智商上和知识面上都高人一等的游戏。这就解释了为什么像康德、罗素、马克思那样的哲学家都喜欢这本小说,而约翰逊博士却对它和它的作者嗤之以鼻,因为博士无疑认为小说应当起一个道德教化的作用,而不是游戏。

也因为这样,斯特恩并没有像某些评论家认为的那样义无反顾地对当时的社会价值、文学形式发起挑战。他只是一个自知命不久长、自觉风流多才的聪明人,即便对社会、宗教、婚姻有什么不满的地方,也只是用机巧的俳谐或是感伤的眼泪展示在世人眼前,他强调的,不是表达的内容,而是表达的方式。所以他虽然不断提醒读者,这部小说是跟着联想展开的,但实际上,联想又是跟着作者的感觉走的。这就解释了斯特恩为何要在第六卷的最后一章画出如下五根曲线,他用这五根线条表示自己叙事的轨迹:

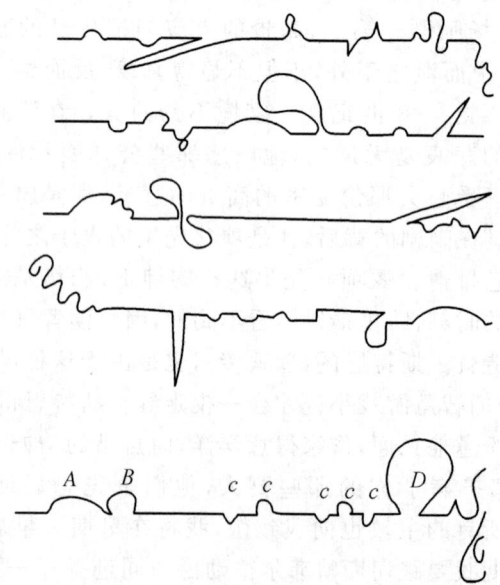

斯特恩对这些线条作了自鸣得意的解释,旨在说明"叙事根本就不是用尺子画出来的一根直线。倘若是那样的话,就不会引起读者的兴趣。叙事之趣味在于插曲或者节外生枝。"[⑩]斯特恩就这么得意洋洋地东一弯,西一绕,把自己头脑里有关这个唯理世界僵硬之处的趣怪联想不断地抽出来炫耀给人看,最后我们就得到了《项狄传》这种蜘蛛网一样的结构。

当斯特恩以此书求得了名气转而追求名誉的时候,他用眼泪来柔化苦难的画面。《感伤之旅》就是这么一部用眼泪来显示内心善良的作品。其实他哀婉温情的这一面,在《项狄传》中已有表现。很多评论者指出,斯特恩的俳谐,也有人说是幽默,十分微妙,"他的幽默带着温和的伤感情调,对人物持一种同情和宽容的态度,充满了淡淡的人情世道沧桑之感,是一种感伤和幽默的契合。"⑦读者如果了解约克郡的方言,就会知道"特里斯舛·项狄"的含义是"一个悲伤而古怪的家伙",书里面塑造的人物大都是些怪人,性格古怪,行为风趣,说话天马行空,做事异想天开,但是他们其实都是些内心善良的人,极其多愁善感,一点点小事都能让他们一掬同情之泪。叔叔托比就是一个典型。他连一只苍蝇都不忍伤害,放生的时候还说:"走吧,可怜的东西,你走吧,我又何必伤你? 世界大得很,尽能同时容下你和我。"

斯特恩的温情还来自于他对理性统治的失望,他因此转向了感性,在自己的笔下强调感情的力量。斯特恩一方面受到肺病阴影的笼罩,深感人生苦短酸楚,另一方面也出自一个神职人员的思维,始终相信在理性之上有一个更高的法则,因而十分看重灵魂和情感。这一点在他的《感伤之旅》中表露无遗:

> 我靠近她坐下;玛利亚由着我用手帕擦去她不断落下的眼泪——我擦了她的泪水就忙着用手帕擦自己的——然后又去擦她的——再擦自己——再擦她的——而就在我这样擦着眼泪的时候,我感到内心生出一种无以名状的感情,我敢说那是一种无法用任何物质和运动理论解释得了的感情。
>
> 我十分肯定自己有一个灵魂,那些唯物论者写出来毒害这个世界的所有书籍都无法令我相信我没有灵魂。

斯特恩就是要通过笔下的人物里约克牧师来告诉世人,眼泪是"一

切珍贵的喜悦和一切高尚悲哀的情绪取之不尽的源泉",希冀人物的不幸和眼泪可以打动读者,让他们注意到人性与现实的矛盾,从内而外,用温情来改善这个社会。

综上所述,《项狄传》和《感伤之旅》是小说史上具有里程碑意义的作品⑧,《感伤之旅》则是公认的感伤主义文学的起源之作。造就斯特恩文名的就是他的写作宗旨:洛克的观念联想理论、"及时行乐"的生活态度以及死亡阴影下挥之不去的淡淡伤感。

第 六 节

谢里丹:感伤剧的终结者

理查德·布林斯利·谢里丹(Richard Brinsley Sheridan,1856 - 1950)是公认的18世纪英国戏剧舞台上的第一人。他投身剧本创作的时候,伦敦舞台上大行其道的是感伤主义戏剧,人物性格单薄,情节矫揉造作,台词浮夸无味,剧作家把催人泪下当成了戏剧的唯一目的。谢里丹拿出精心修改过的新风俗喜剧,把感伤喜剧当成了取笑的对象,语言诙谐幽默,风格与17世纪末盛行的风俗喜剧相比较显得清新雅致,观众立刻喜欢上了他的妙语和巧智,还有那种久违了的莎士比亚式的轻松愉快的喜剧氛围。

虽然谢里丹投身戏剧创作的主要时间不过是从1774年至1779年短短五年,但却留下了《情敌》(The Rival,1774)、《圣·帕特里克节》(St. Patrick's Day,1774)、《少女的监护人》(The Duenna,1774)、《斯卡波罗之游》(A Trip to Scarborough,1777)⑨、《造谣学校》(The School for Scandal,1777)和《批评家》(The Critic,1779),其中《造谣学校》是18世纪英国舞台上最精彩的剧作,深得观众和评论家的好评,上演至今。

谢里丹当选议员之后,把大部分精力都投入了政治,所以他的思想在短短的五年里表现出来的主要只有两点。第一点是把当时为了催人泪下一味追求哀伤的感伤主义戏剧看做是戕害青年人，尤其是青年女子的毒药；第二点就是对当时上流社会中人的虚伪的反感。他在自己的作品中积极塑造的正面人物是典型的自然人。

谢里丹最大的成功之处也在于把感伤主义的表现形式作为剧本里的笑点。在谢里丹眼里，感伤剧的故事不切实际，人物缺乏人性的光彩，实在是喜剧创作的好素材。在此很有必要回顾一下感伤主义文学在 18 世纪的兴起、兴盛和最后的式微。感伤主义，又称多情主义或主情主义，根据百度百科，"感伤主义文学是 18 世纪 60 年代至 80 年代末发生在英国的一股文学潮流。产业革命以后，现实矛盾加剧，人们开始对理性社会产生怀疑，但又无可奈何，只得寄希望于艺术和情感来表达对现实的不满和逃避。感伤主义这一潮流在文学形式方面将欧洲带入一个新阶段。它不仅是 19 世纪初欧洲声势浩大的浪漫主义文学运动的先驱，而且可以说是现代派文学的源头。"⑧感伤主义盛行之时，上流社会和中产阶层皆以善感多泪为荣。绅士在同情中看到了自己在情感方面温柔得体的一面，淑女流着泪水展示着自己的高尚道德。无论男女，他们争相欣赏感伤主义的文学作品，在中下阶层的苦难和郁闷中发掘自己身上的人性闪光点，虽然，究其实质，这不过是"一种自我关注、自我赞美、自我提升的行为"⑧。

为了迎合这一思潮，感伤主义小说和诗歌纷纷出炉，它们标榜的是"用感人肺腑、催人泪下的情感宣泄来进行伦理指导"⑧，荡涤人心，提升人性。可是实际上，眼泪代表的多"情"善感此时已经程式化了，成为做作的时尚符号，它再也不是情感的自然流露，而只是美化人心的胭脂水粉。自然，感伤主义很快就变得很可笑，"感伤"也从原本偏重褒义的"美好高尚的情感"成了贬义的显示"浮夸肤浅的感情"，这个变化在司各特 1826 年收到的一封信中显示得清清楚楚，那个名叫路易莎·斯图亚特夫人的写信人自述 14 岁读约翰·麦肯齐的《重情者》时"唯恐自己哭得不够多，不能让人称赞她具有得体的情感"，而今再给朋友诵读此书时，"却没有人哭泣，而且，当读到某些我过去一向认为无比精彩的段落和字句时——哦，天呀！——他们笑了起来。"⑧

戏剧也一样。虽然风俗喜剧依然出现在 18 世纪初叶的舞台上，但

是戏剧的主流已经变成了致力于道德改造的感伤主义戏剧。感伤剧试图展示人类的痛苦,教导人类的心灵追随美德的脚步,感伤剧的鼻祖考利·西伯(Colley Cibber)⑧"认为'放荡的剧院最容易腐蚀人心',这种局面只有用'合适的方式'把剧院办成'道德行为学校'来改变"⑩,他还按照这样的理念创作了《爱情塑造人》(*Love Makes a Man*)以及《自在丈夫》(*The Careless Husband*)等剧作。很多剧作家追随西伯的脚步,创作出更多的感伤剧,比如说理查德·斯蒂尔的《温存丈夫》推崇家庭道德,理查德·坎伯兰写出了《西印度人》、《时髦情郎》等感伤喜剧。这些剧作以说教为目的,情节一味悲怆哀婉,赚人热泪,人物性格单薄,都是 E·M·福斯特笔下的扁形人物,没有余味。随着感伤主义思潮的式微,感伤剧很快失去了吸引力,在莎士比亚之后,有着优秀传统的英国戏剧竟然在 18 世纪很长的一段时间里暗淡无光了。

戏剧式微的局面一直持续到哥尔斯密和谢里丹的剧作出现在舞台上把英国戏剧从"感伤主义的深渊"里"拯救出来"⑩为止。谢里丹的创作回归了戏剧的娱乐功能,笔下的人物回归了莎士比亚人物的人性光彩,作品中轻松、亲切的气息也回归了莎氏愉悦、浪漫的喜剧氛围。

谢里丹是爱尔兰为英国贡献的又一位剧作家。虽然由于经济原因,谢里丹未能进入牛津或剑桥深造,但是因为出身书香门第,依然接受了良好的教育。谢里丹的父亲是个出色的演员,担任过剧院经理,母亲喜欢创作,她写的小说和剧本在当时还颇受欢迎。谢里丹显然从父母那里得到了戏剧天分,他还师从父亲学习英语修辞,又向其他老师学习数学、拉丁文以及击剑术、骑术等贵族必修课程。

谢里丹年纪轻轻就邂逅了人生伴侣,音乐家托马斯·林利的女儿伊丽莎白,当时两人都还未成年。谢里丹为了这位有着美妙歌喉的美丽女孩决斗过两次,第二次还受了重伤。因为双方父母都反对,这对年轻的爱侣不得不分开一年多。不过,谢里丹成年后不顾父亲的反对,1773 年迎娶了伊丽莎白。

婚后,为了解决经济问题,谢里丹开始尝试创作剧本。他的第一部作品《情敌》(1775)首次公演时反应惨淡。在剧院经理的鼓励下,谢里丹精简了剧本的结构,修改了部分台词,再次上演后,这部节奏明快、充满活力的戏剧大获成功，谢里丹名利双收，他趁热打铁，同年又创作了闹剧《圣·帕特里克节》和音乐喜剧《少女的监护人》。

《情敌》的主线是杰克·阿布所鲁特上尉和丽迪亚·兰桂希小姐的恋爱故事，这个恋爱故事吸引观众的主要原因是谢里丹把女主角设计为深受感伤主义文学毒害的女孩子。丽迪亚貌美，富有，是青年人择妻的好对象，她读了很多浪漫言情小说和感伤主义文学作品，少女情怀和优裕生活使她醉心于其中浪漫哀伤的描写，一心想当一场感伤恋爱的女主角，扬言宁嫁靠薪俸生活的掌旗官也不稀罕年收入 3 000 英镑的男爵之子。在她天真的想象里，最浪漫的举动莫过于和清贫的心上人私奔。她这种幼稚的偏执，不但导致男主角的求爱道路格外曲折，还差点引起两场决斗。当然，不切实际的浪漫幻想遭遇实际场景的危险之后，被感伤主义作品洗过脑的丽迪亚终于清醒了，她和观众一起发觉了感伤主义作品的可笑，于是放弃私奔的幻想，重新牵起了男主角的手。

除了把感伤主义作品作为创作的靶子之外，谢里丹深恶痛绝的还有虚伪做作以及假仁假义。在《造谣学校》里，谢里丹塑造了性格迥异的兄弟俩：约瑟夫·塞菲斯和弟弟查尔斯·塞菲斯。表面上（他们的姓氏 Surface 即表面之意），哥哥很重感情，不过他只是一个满嘴仁义道德实际上一毛不拔的伪君子。而弟弟正好相反，在他出场之前，一帮子爱嚼舌根的绅士和太太众口铄金，把他说成是一个挥霍无度的浪子。但是剧情发展却出人意料：兄弟俩的叔叔奥利弗爵士回国了，为了考察这两个十几年未曾谋面的侄子，决定谁来做自己的继承人，他以假身份分别约见了两人。查尔斯的确挥金如土，但是他知道感恩——为了弄到钱，家里列祖列宗的肖像他都敢卖，唯独叔叔奥利弗的那幅肖像，无论多高的价格也不卖；而且，他对穷亲戚斯坦利十分慷慨。而约瑟夫在考察中却表现得十分虚伪吝啬，丝毫不念旧恩，拒绝承认得到过叔叔的资助。在约瑟夫虚伪的面具揭下来之后，谢里丹通过查尔斯之口对观众讽刺说："怎么——道德家也哑口无言了？……这世界上最高尚的莫过于多愁善感的人了！"[②]

谢里丹从政之前撰写的最后一部讽刺戏剧作品《批评家》更是把矛头对准了前文提的一个感伤剧作家坎伯兰，不但讽刺他是个剽窃者，

还用第二、第三幕中的剧中剧《西班牙无敌舰队》影射坎伯兰的《黑斯廷斯之战》，暗示后者的人物塑造矫揉造作，情节荒诞不经，语言空洞不当，而这的确是大部分感伤剧的通病。

谢里丹的人物塑造回归了"汤姆·琼斯"式的自然人形象。欧洲文学历来有塑造自然人的传统。卢梭借《爱弥尔》开篇第一句话说："出自造物主之手的东西，都是好的，而一到人手里就变坏了"，他和其他一些启蒙学者"把自然与文明及社会对立起来，认为人的天性是美好而善良的，而现代文明腐蚀了它，使它逐渐变坏"⑨，为了让文学回归人性，伏尔泰、孟德斯鸠、狄德罗、卢梭、歌德等都塑造了自然人。菲尔丁也一样，他的弃儿汤姆·琼斯就属于欧洲文学里典型的自然人。

《造谣学校》里的塞菲斯哥儿俩很容易让观众联想到《汤姆·琼斯》中的汤姆和布利非少爷。前者天性纯良，宽容厚道，豪爽侠义，充满阳光和活力，他与人相交讲的是真情实感，对奥斯华绥先生的恩情念念不忘，后者虽是一母所生，但却算计精明、势利伪善，每次出场都以仁义道德开道，却给人阴暗僵死的感觉。菲尔丁塑造这样一对人物是为了强调人的天性的善良，张扬自由的人格，突出上流社会让人的纯洁本性变质的染缸特点。当然，汤姆也有缺点，他虽然深爱着苏菲亚，但在男女情感上却把持不住自己，好几次与别的女人发生关系。不过，男主人公这样的道德缺憾体现了自然人的真实性。

查尔斯也是这样一个有着道德缺憾的自然人。18世纪的新风俗喜剧规避了复辟时期的猥亵，所以他没有像汤姆那样在男女问题上管不住自己，而是在金钱上克制不住自己的欲望，大把撒钱。除了这个缺点，查尔斯与汤姆一样心地善良，知道感恩，乐于助人——自然人各有各的缺点，但是他们的优点却是相似的，所以在故事的结尾，他们都会得到品行高洁的好姑娘的青睐，妻子还会给他们带来钱财——苏菲亚和玛丽亚都有丰厚的嫁妆。

与感伤喜剧作家们空洞无味的语言比较起来，谢里丹在语言上的天才表露无遗。他为角色设计的台词十分符合他们的身份，富有个性色彩。《情敌》中丽迪亚的监护人马拉普洛太太（Mrs. Malaprop）就是这样的例子。这个自以为了不起的女人说话长篇大论，爱用大词，但是

英
国
文
学
思
想
史

常常错用，一句话里就能冒出三四个语病。比如说，她讲过这么一句经典台词，"Sure，if I **reprehend** any thing in this world，it is the use of my **oracular** tongue，and a nice **derangement** of epitaphs（黑体为笔者所加）!"这其中，她把 apprehend 说成 reprehend，oratorical 说成 oracular，arrangement 说成 derangement，epithet 说成 epitaph。这样的台词极其鲜明地刻画了马拉普洛太太的个性，使得这个人物走出了《情敌》，融进英语词汇，成为一个形容词，malaprop，意思是"用词错误、可笑的"，其衍生词汇有 malapropism 等。至于《情敌》中那些戏仿伤感文学腔调的台词，入木三分地揭示了丽迪亚幼稚不成熟的特点，观众在被逗得哈哈大笑的同时，越发意识到伤感剧的做作与荒诞。剧院扬起的笑声越多，那些为感伤而感伤的感伤主义戏剧就越发失去了立足之地。

　　漂亮而俏皮的台词是谢里丹在舞台上的成功不可或缺的因素。可惜，谢里丹 1780 年当选下院议员以后专心于自己的政治生涯，只在 1799 年创作了《皮扎罗》（*Pizarro*），切合了爱国热情高涨的观众的要求，十分卖座，但是没有多少艺术价值，从文学史的角度来讲，还不如不写。即便如此，哪怕谢里丹只写了《情敌》和《造谣学校》，他对感伤主义思潮在英舞台上退潮这一大趋势恰到好处的把握以及他的新风俗喜剧幽默清新的风格已经为 18 世纪的英国戏剧舞台充分贡献了值得后人在 21 世纪继续关注的理由。

第 七 节

塞缪尔·约翰逊：保守的新古典主义宗师

　　2009 年是塞缪尔·约翰逊博士（Dr. Samuel Johnson，1709 - 1784）诞辰 300 年，由于他对英语语言和英国文学不同寻常的贡献，英语文化圈予其以不同寻常的关注。1984 年 12 月，英国的主流报纸《泰晤士报》在纪念塞缪尔·约翰逊博士去世 200 周年的社论中声明他是

有资格做"英国的主保圣人"的第一人,因为二战以后,实力的下降导致"日不落帝国"的光环日益黯淡,能让英国人引以为豪的就是他们的语言了,而他在 200 年以前的成就对今日英语的国际地位起了关键的作用。

约翰逊是英国 18 世纪继蒲柏之后最后也是最有成就的新古典主义启蒙者。他一生笔耕不辍,著述甚多,同时,他交友甚广,谈吐既幽默风趣又有卓识妙想。幸运的是,他的这些名言不曾随风而逝,而是由另一个妙人詹姆斯·鲍斯维尔不辞辛苦地记了下来。无论在自己的谈话还是著作中,约翰逊表露出来的既有博学,又有对人类的同情,他一直把自己和其他作家一起看成是有责任并且有能力帮助人类从俗世的愚蠢之中找到生活之路的教化之师。因而,说教是他的创作中很重要的一部分。他在大部分自己的作品里,无论是评论、诗歌,还是小说,不遗余力地告诉世人,人类的欲望和追求虽是前进的动力、创造的源泉,但归根结底却是虚妄的。

反映约翰逊有关人类欲望是虚幻的思想的最典型的诗歌有《人世希望多虚幻》(*The Vanity of Human Vanity*,1749)。在《人世希望多虚幻》中,约翰逊用精练流畅的语言细诉人世的种种理想与愿望统统难以实现,即使大权在握的伟人,能够留下的也只有令人闻之色变的名头而已,其他一切,都是徒劳。约翰逊用世俗追求的无常不定来强调人类应当对上帝的意志耐心服从。与读者喜欢的轻快机敏的讽刺诗比较起来,这首诗触及了心灵的更深层面,显得艰深一些,被评为"英语诗歌中最具罗马风味、最反映拉丁式情感及思想光华的作品"[①]。

作者的这种思想同样反映在小说《拉塞勒斯,阿比西尼亚[②]王子的故事》(*The History of Rasselas*,*Prince of Abyssinia*,1759)之中。小说的由来是 1759 年约翰逊的母亲去世,为了偿付葬礼的费用,替母亲偿还债务,约翰逊花了七个晚上的时间,写下了这部他一生中唯一的小说。有的评论家认为,要想了解约翰逊,这本小说是最好的起点[③]。故事很简单:根据阿比西尼亚的传统,皇四子拉塞勒斯王子在继承王位前必需居住在幸福谷,谷中风景如画,生活无忧无虑,宛如世外桃源。时间久了,王子厌倦了成日的享乐和舒适,觉得谷中生活极其无聊,就和妹妹公主内卡娅、哲人易穆拉克及一个侍女,一起偷偷出谷寻求幸福。他们来到了埃及,足迹遍及尼罗河、开罗城、金字塔和大沙漠,寻访各色人物,研究各种社会现象,结果发现幸福还是无处可寻。不过易穆拉克的高论"人生多为忍受,少为享受"倒是在旅途上找到了根据,公主内卡娅则发现是有选择权时,"做出选择并感到满足"是最重要的⑬。尽管读者在书中读到了很多充满了智慧的语句,可是找不到王子苦苦寻求的幸福所在,小说的最后一句说这一行人最后决定返回阿比西尼亚。

从主题和叙事形式来看,《拉塞勒斯》其实是《人世希望多虚幻》的延续:拉塞勒斯一行人邂逅学者、隐士、权贵,一方面发现人生没有纯粹的幸福可言,所谓的幸福都有对人不利的一面;另外一方面,约翰逊又通过隐士的行为以及对这种行为的讨论指出:"现状,不论它怎样,都让我们感到苦恼,并不得不承认这一点;如果隔开一段距离看同一状况,想象就会把它渲染成值得向往的了。"⑭全书并未就如何寻找幸福给读者一个放诸四海而不变的程式。不过,在书中还可以看到约翰逊眼中诗人的责任:诗人该研究的不是个人而是全体人类,他要做的不是细数郁金香花瓣上的条纹,而是解释自然,为人类定规范,这样才能决定后人的思想和行为。

这一种责任感贯穿了约翰逊文学评论和辞典编纂的始终。1747年,约翰逊开始编纂《英语辞典》(*A Dictionary of the English Language*, 1755),他在《序言》中言明了他的指导思想:辞典编纂可以保持英语的纯洁性,促成它的规范化和稳定性。约翰逊的辞典与以前的辞典比起来,引用的例句特别丰富,为了做到这一点,约翰逊阅读了大量的英国文学作品来挑选例句,但是"那些损害宗教和不讲道德的作家以及他们的作品他一概不选"⑮。世人对他于1765年编纂完成的《莎士比亚戏剧集》(*William Shakespeare's Plays*)有不同看法,因为他会出于自己的喜好,对原文进行删改,但即使是对这点有所诟病的学者也不能否认约翰逊为该集子所做的前言对莎士比亚研究的贡献极大,是18世纪最有分量的文艺批评。

在这篇文章里,约翰逊把莎士比亚定位为一个有缺点的伟大作

家,因为他的戏剧作品表现了"普遍人生的真实状态",真切地刻画了人性,而刻画人性正是文学作品的最大意义。约翰逊是一个古典主义者,但是比起那些因为莎士比亚没有严格地遵循古典戏剧奉为戒律的"三一律"就否认其伟大的评论家来,约翰逊更看重莎士比亚在叙述故事、塑造人物上自然流露出来的才华,他因此把后者抬到了一个前所未有的高度:"与其他的作家比起来,至少是与所有的现代作家比起来,莎士比亚天生是个诗人,他为读者竖起了一面忠实反映生活的镜子。"

同时,约翰逊从自己的人生哲学出发,指出了莎士比亚的缺点——他的戏剧故事缺乏道德目的,常有趣味低下、是非不分之时;结构有松懈之嫌,布局也有不够严谨之处;技巧虽然娴熟,却常常炫耀过头,双关语使用太过,过犹不及;语言固然华丽,部分句子失之拖沓,部分台词失之粗野。不过这一切,在约翰逊看来,与莎士比亚表现和唤起高尚情感和塑造各色生动人物的能力比较起来,都可以忽略不计。

从约翰逊对莎士比亚的评价可以清楚看出,约翰逊在文学作品批评上的指导原则是偏向保守的。他认为作家必须坚持普遍真理和经验或者天性,在作品中不能触犯基督徒的宗教信仰,不能宣扬不道德的行为。理查逊和菲尔丁是一时瑜亮的两个长篇小说作家,在文学艺术和道德教化方面都取得了卓越的成就,当时人们对他们两个都相当推崇。但是,约翰逊博士对两人的评价却有云泥之别。两人小说创作的目的都是为了宣扬德教,但是博士对理查逊小说的道德主题大加赞赏,对菲尔丁的,却因为其作品中那些粗鲁的荤段子而不大客气。在对比两人对人性的洞察时约翰逊更曾经用了一个钟表的比喻,意思是菲尔丁只能看到钟盘上指针的走动和它显示的时间,而理查逊高他一筹的地方在于他还了解了钟表的内部结构,意思是理查逊在作品中挖掘出了人物深层的心理变化。

约翰逊本人的作品也贯彻了这一道德准则。他曾创作过一部无韵体悲剧《艾琳》(*Irene*),1749 年在加里克的帮助下公演,这部剧的结构和语言无懈可击,整部戏就像是宣讲道德的对话。由于没有戏剧张力,《艾琳》在舞台上的公演失败了。约翰逊由此意识到自己既不具备能够触动人心的悲剧创造力，也缺乏洞察悲剧的判断力，从此不再做尝试，而是把才学和智力用来创办由他独家撰稿的刊物《漫游者》(*The Rambler*，1750.3 – 1752.3)。《漫游者》主要探讨日常宗教和道德问题，风格庄重，主题严肃，语言铿锵，比喻精辟，思想深刻，与文笔轻松流畅的刊物《旁观者》形成了对比。《漫游者》一周出两期，到 1752 年 3 月 17 日停刊为止，共出版了 208 期，其中只有 5 期是别人撰写的。1758 年 4 月至 1760 年 4 月，他又创办了《懒散者》(*The Idler*)。在这份刊物里，约翰逊利用自己敏锐的感觉和对人性老于世故的了解，轻松、明快地描写了懒散者的不幸。

　　对于新式的文学表现形式和哲学概念，约翰逊的态度不够宽容。他对当时人人争相阅读的斯特恩的小说《项狄传》给予很低的评语。还在小说流行之时，约翰逊博士就断言：“古怪的东西长不了：特里斯舛·项狄就不长命。”⑦话中流露出来博士不像斯特恩那样对“观念联想”充满了兴趣和热情。当然，令约翰逊博士对《项狄传》缺乏兴趣的还有书中如同野马脱缰般随时随地会跑出来的粗鲁的性玩笑。这与博士的道德准则严重相违背，令他对作者没有好感。约翰逊博士见过斯特恩之后说：“在最近我参加的一次社交聚会中，特里斯舛·项狄自我介绍了一番；特里斯舛·项狄难得坐下来，他告诉我们他一直在写一篇给斯宾塞勋爵的献辞；他 sponte sua 从口袋里把它掏出来；说 sponte sua，是因为没人请他读；他就开始朗读起来；没读几行，sponte mea，先生，我告诉他说那根本不是英语。”⑧虽然没有直接置评，可是约翰逊对斯特恩的不屑却跃然纸上。

　　约翰逊对玄学派诗人的评介也与他的保守观念有关。他虽然发现了这些诗人的才华，但是对于他们的一些奇思怪想都不欣赏。在《考利传》中，约翰逊对玄学派诗人做了令人信服的评价。在肯定玄学派诗人在创新上下了很多工夫的前提下，他说：

　　　　玄学派诗人都是有学问的人，而他们致力的就是显示学问；但是不幸的是他们选择了用韵文来达到这个目的，结果不是写诗歌，而是写了些押韵的句子，而且时常这些句子只经得住手指头的检

验,但经不住耳朵的考验;原因是他们的节奏太差,只能靠音节来
证明是诗行。

……

玄学诗人多半是这种意义上的才智,把最最不着边际的想头
生硬地揪扯到一起。为了追求说明想头的例证、比拟和隐喻,他们
用尽了各种技艺。他们的学问可以教育人,他们钻牛角尖的本领
无人能及,但读者一般认为他们受到益处的代价太昂贵。

约翰逊的宗教态度在他的作品中也得到了体现。再以诗歌《人世
希望多虚幻》为例。约翰逊在诗歌结尾处这样写道:

> 探究者啊,你停止吧,但祈求仍旧存留,
> 上天会听到它,虔诚绝不会徒劳。
> 为了善良的目的继续你的祈祷,
> 但是让上帝去衡量和选择:
> 放心地把自己交到他的手中,他的慧眼
> 能识破彬彬有礼的祈祷中包藏的恶意。
> 请求他帮助,相信他的抉择,
> 听凭他的赏赐,他赐给的总是最好的。

诗中呈现的是纯真的基督徒之心,这是一只曾经迷途的羔羊再回
到主的阳光之下重新吟出的虔诚之音。塞缪尔·约翰逊家境贫寒,年
幼时还得过淋巴结核,落下了严重的后遗症,外貌、视力和健康都大受
影响,所以他从孩提时代起就敏感、忧郁。九岁起约翰逊就因为淋巴结
核在面容上留下的伤疤而远离了教堂,随后便远离了基督教。在牛津
求学期间,他阅读了威廉·劳撰写的《唤起神圣的使命》,他对上帝的真
爱被重新唤起。从此,约翰逊对文学道德教化功能的重视和强调,都是
出于一个虔诚的基督教徒的正义感。

不过对于斯特恩以及玄学派诗人的微词并不能说明约翰逊就是一
个食古不化、墨守成规的宿儒。为了更好地评议莎士比亚的戏剧,约翰

逊曾别出心裁，创造出"悲喜剧"一词，以便强调莎剧的特性：悲中有喜，喜中含悲，并"不是严格意义上的悲剧或喜剧，而是一种自成一体的结合物"。

约翰逊在评论莎士比亚和其他诗人的时候，尤其善使比喻。他的比喻很有气势，一气呵成，很能帮助读者了解他所评论的对象，无论是莎士比亚还是《英国诗人评传》（*Lives of the English Poets*）中那52个诗人。他是这么用比喻来说明莎士比亚作品中的广博气象、丰富层次的：

> 一个循规蹈矩的作家，他的作品是精心打造、辛勤耕耘的花园，园中有阳光，有树荫，花香袭人；而莎士比亚的作品是森林，林中橡树茂密，枝叶舒展，松木参天长，其下树荫里，有杂草，有荆棘，间以长春花和玫瑰。目之所及，壮观瑰丽，变化万千，直叫人心满意足。

在《德莱顿传》中，约翰逊高度评价了德莱顿对莎士比亚的评论，认为那就是千古定论了。他把德莱顿的文学评论称为"诗人所写的文学批评"，写得真实生动，文字优美得一如诗歌，读起来有美的享受。为了突出德莱顿的评论才华，约翰逊把他和托马斯·莱莫（Thomas Rymer）做了个比较，把读德莱顿的批评比作是在花园里漫步，处处是扑鼻的花香，而读后者的评论却像是走在荆棘丛里，举步维艰。他的总结是这样的："德莱顿的文学批评具有皇后一般的庄严华贵；而莱莫的批评却具有暴君般的凶恶与残虐。"⑨虽然不一定要认同他对这两人的评价，但是约翰逊的比喻无疑很有感染力。1781年出版的《英国诗人评传》最出色的有《弥尔顿传》、《德莱顿转》、《蒲柏传》、《考利传》和《斯威夫特传》⑩。

约翰逊是文学大家，除了评论、戏剧、小说、诗歌之外，他的散文也是英国文学中的一绝，"集拉丁散文的典雅、气势与英文散文的雄健、朴素于一体"⑪，素有"约翰逊体"一说。尤其是三句排偶的修辞技巧，他使来得心应手，情感和口气句句叠加、增强，所以读来酣畅淋漓。

约翰逊的《致切斯特菲尔德爵爷书》是英国散文中公认的精品，被誉为欧洲文学史上文人的"独立宣言"，其中最为人称道的句子就运用了三句排偶法："你居然赏光，注意起我的作品来了。假若你及早关注我的作品，这种注意就会是善意的。但是它来晚了，我已无动于衷，对此关心无法消受；我已孑然一身，无法与人共享；我已成名对此并不需要（The notice which you have been pleased to take of my labours，had it been early，had been kind；but it has been delayed till I am indifferent，and cannot enjoy it；till I am solitary，and cannot impart it；till I am known，and do not want it.）。"⑩很多和约翰逊处境相同的作家读到此句都会击节赞叹，因为从 indifferent、solitary 到 known，感情和语气层层深入，而固定的句式更是把作者心头这一口憋了几年的怨气吐露得干干净净。类似的句式在《英语辞典》序言中也能找到。

约翰逊的句中对偶也是后世作家竞相模仿的对象。比如，"英语辞典的编写没有学者的帮助，也没有大人物的奖励；这项工作不是在安适、恬静的隐居生活中，或是在学府的荫庇下进行的，而是在艰苦和烦扰当中，在抱病和悲伤当中写成的（that the English Dictionary was written with little assistance of the learned，and without the patronage of the great；not in the soft obscurities of retirement，or under the shelter of academic bowers，but amidst inconvenience and distraction，in sickness and in sorrow）。"⑩。这句话里的对仗十分工整，其中 assistance of the learned 与 the patronage of the great 以同样的语法结构相互对偶，in the soft obscurities of retirement 与 under the shelter of academic bowers 结构一致，意思互为补充，起同样作用的还有 inconvenience 和 distraction，in sickness 和 in sorrow，后者还含有另一个修辞手法——头韵，所以这个句子读起来很有音乐性，品味起来余音袅袅，余味无穷。

约翰逊的一生充满了磨难和艰辛，但是他留给这个世界的却是很美好的精神享受。无论是他的作品、他对其他作家的点评，还是他的宗教观和道德观，都是英语世界的财富，18 世纪的后半期以他来命名，是后人对其出众学问和才华的认可。

注释

① 丘吉尔：《英语民族史》第二卷，广州：南方出版社，第 249 页。

② 阿萨·勃里格斯：《英国社会史》，北京：中国人民大学出版社，第 225 页。

③ 笛福的出生年月尚有疑问，也有学者考证为 1660 年。

④ 1679 年，英国议会就詹姆斯公爵（即后来的詹姆斯二世）是否有权继承王位的问题展开了激烈辩论。反对派议员被敌对派议员讥称为 Whigs（可能是苏格兰语 Whiggamores 的简称，意思是好斗的苏格兰长老会教徒），拥护方则因为詹姆斯的天主教背景被讥为 Tories（爱尔兰人对抢劫和杀害英国移民的天主教歹徒的称呼）。后来分别演变为自由党和保守党。

⑤ 笛福出身平民，姓氏为福（Foe），婚后一个时期，笛福把妻子的嫁妆经营得很得法，生意兴隆，生活富裕，所以就在自己的姓氏前加了一个代表贵族身份的笛（De），以提高自己的社会地位。

⑥ Heanshaw F. J. C. ed. *The Social & Political Ideas of Some English Thinkers of the Augustan Age*. London, Bombay and Sydney：George G. Happap & Company, p.157.

⑦ 刘意青主编：《英国十八世纪文学史》，北京：外语教学与研究出版社，2006 年，第 122 页。

⑧ 蒋承勇等著：《英国小说发展史》，杭州：浙江大学出版社，2006 年，p.37。

⑨ 转引自 John Rohetti, *Defoe's Life*, Blackwell Publishing Ltd, 2005, p.1。

⑩ 转引自《英国荒岛文学》，魏颖超著，北京：外语教学与研究出版社，2001 年，p.244。

⑪ 转引自 *Defoe's Politics*, p.1。

⑫ 张志伟：《西方哲学十五讲》，北京：北京大学出版社，p.269。

⑬ 转引自 Carol Kay, *Political Constructions*, p.57。

⑭ *Cambridge Modern History*, Vol. vi, p.817, 转引自 *The Social & Political Ideas of Some English Thinkers of the Augustan Age*, ed. F. J. C. Heanshaw (London, Bombay and Sydney：George G. Happap & Company Ltd.), p.170.

⑮ *The Social & Political Ideas of Some English Thinkers of the Augustan Age*, ed. F. J. C. Heanshaw (London, Bombay and Sydney：George G. Happap & Company LTD.), p.183.

⑯ 吉列斯比：《欧洲小说的演化》，上海：三联书店，1987 年，pp.117-118。

⑰ 伊恩·瓦特：《小说的兴起》，上海：三联书店，1992 年，p.4, p.6。

⑱ http：//www.liuxue.net/wenxue/f5/lubinxun/05.htm.

⑲ 同上。

⑳ http：//www.liuxue.net/wenxue/f5/lubinxun/10.htm.

㉑ 安德鲁·桑德斯：《牛津简明英国文学史》，北京：人民文学出版社，2000 年，p.408。

㉒ 转引自 http：//baike.zhyww.cn/npost/200812/19252.html.

㉓ 转引自《英国文学通史》，p.235。

㉔ 引自 http：//wenxue.yuxi.gov.cn/yxwxnew/xs_xxxs.asp?id = 20030110090732。

㉕ 吕千飞译，引自 http：//www.canadameet.com/forum/archive/index.php?t - 110486.html。

㉖ 转引自《英国文学通史》，p.240。

㉗ 王佐良译：《英诗的境界》，上海：三联书店，1991 年，p.26。

㉘ 转引自黄梅：《推敲自我》，p.294。

㉙ 译文转引自转引自刘意青主编，《英国十八世纪文学史》，p.81。

㉚ 温斯顿·丘吉尔：《英语民族史》第三卷，pp.80 - 81。

㉛ Pope, *Poetry and Prose of Alexander Pope*, l.124 - 142.

㉜ poetic justice，由英国 17 世纪批评家莱梅提出，意即作品中的人物在大结局时都应该善有善报，恶有恶报。

㉝ 殷企平：《英国小说批评史》，上海：上海外语教育出版社，2001 年，p.34。

㉞ 《帕梅拉》：译林出版社，1997 年，p.8。

㉟ 《帕梅拉》：译林出版社，1997 年，p.100。

㊱ 转引自《哥伦比亚英国小说史》，北京：外语教学与研究出版社，p.5。

㊲ 申丹等著：《英美小说叙事理论研究》，p.22。

㊳ 《克拉丽莎》被誉为英国的第一部悲剧性长篇小说。

㊴ 《约瑟夫·安德鲁斯传》被誉为英国第一部真正的戏剧性长篇小说。

㊵ 当时 20 镑按最低生活标准够一个三口一家过活一年，所以 500 镑的确是一大笔款子。

㊶ 菲尔丁：《弃儿汤姆·琼斯的历史》，萧乾、李从弼译，北京：人民文学出版社，1994 年，p.303。

㊷ 《汤姆·琼斯》，p.312。

㊸ 同上，pp.210 - 213。

㊹ 黄梅，p.206。

㊺ 同上。

㊻ 同上，p.234。

㊼ 同上，p.264。

㊽ 《帕梅拉》，译林出版社，1997 年，p.192。

㊾ 最早的书信体小说诞生在 15 世纪的西班牙。1678 年，第一部翻译书信体小说《葡萄牙人信札》在英国出版，同期英国女作家阿弗拉·贝恩以书信形式揭示女性内心世界。但是这些早期作品都有一个共同点：比较粗糙，在文学价值上无

法与理查逊作品相比。

(50) Samuel Richardson, *Clarissa*, ed. William King and Adrian Bott, Oxford: Basil Blackwell, 1929 - 1931, 1: xiv.

(51) 《帕梅拉》,p.213。

(52) 转引自《牛津简明英国文学史》(上),p.449。

(53) 转引自 Walter Allen, *The English Novel*, the Whitefriars Press Ltd, London, 1965, p.44。

(54) 同上,p.108。

(55) 菲尔丁在《约瑟夫·安德鲁斯传》的前言里给喜剧性散文史诗下了定义。

(56) 转引自蒋承勇等:《英国小说发展史》,杭州:浙江大学出版社,2006 年,p.34。

(57) 保罗·费耶阿本德,1924—1994,当代最著名的科学哲学家之一,贝克莱大学哲学教授,提倡科学自然主义,反对方法和理性。

(58) 转引自蒋承勇等:《英国小说发展史》,杭州:浙江大学出版社,2006 年,p.91。

(59) 转引自阿尔泰莫诺夫等:《十八世纪外国文学史》,上海:上海文艺出版社,1959 年,pp.52 - 53。

(60) 王佐良、周珏良等主编:《英国文学名篇选注》,p.371。

(61) 转引自侯维瑞、李维屏著:《英国小说史》,上海:译林出版社,2005 年,p.124。

(62) 转引自《英国小说史》,p.132。

(63) 高继海主编:《英国小说名家评析》(上),北京:中国社会科学出版社,2006 年,p.18。

(64) 安德鲁·桑德斯:《牛津简明英国文学史(上)》,北京:人民文学出版社,2000 年,p.421。

(65) John Locke, *An Essay Concerning Human Understanding*, Oxford: Clarendon Press, 1975, p.399.

(66) 詹姆斯·A·沃克,http://www.yilin.com/book.aspx?id=2518。

(67) 安德鲁·桑德斯:《牛津简明英国文学史(上)》,p.462。

(68) 《毛姆读书随笔》,p.67。

(69) 福斯特:《小说面面观》,p.96。

(70) 斯摩莱特:《蓝登传·序言》,杨周翰译,上海:上海译文出版社,1980,p.3。

(71) 汪曾祺:《万寿宫叮叮响》,http://www.sinology.cn/book/1/mjwj/ff/feiming/zzz/015.htm。

(72) 转译自 Walter Allen, *The English Novel*, Penguins Book Ltd, England, 1965, p.77。

(73) 刘意青主编:《英国十八世纪文学史》,北京:外语教学与研究出版社,2006 年,p.206。

(74) 转译自 http://webcache.googleusercontent.com/search?q=cache:Ha0U8alSrJcJ:www.scribd.com/doc/34585204/Companion-to-Laurence-Sterne+Laurence+Sterne+food+fame&cd=3&hl=zh-CN&ct=clnk。

⑦⑤ 转译自 Walter Allen，*The English Novel*，Penguins Book Ltd，England，1965，p.77。

⑦⑥ 同上，p.78。

⑦⑦ 吕大年：《替人读书》，China Academic Journal Electronic Publishing House，p.141。

⑦⑧ J·希利斯·米勒：《解读叙事》，申丹译，北京：北京大学出版社，2002 年，p.66。

⑦⑨ 刘意青主编：《英国十八世纪文学史》，北京：外语教学与研究出版社，2006 年，p.207。

⑧⓪ 米兰·昆德拉在《被背叛的遗嘱》里把《项狄传》列入欧洲最伟大的小说的行列，因为他认为小说叙事手法的无序性造成文本散漫、无主题但又具有复调性，使《项狄传》成为欧洲小说在意识流方向发展的源泉和宝库。他据此认为，《项狄传》是世界文学中两部绝对不能缩写、完全不可重写的小说之一。

⑧① 根据范布勒的《堕落》改编。

⑧② http：//baike.baidu.com/view/141958.htm.

⑧③ 黄梅：《推敲自我：小说在 18 世纪的英国》，北京：三联书店，2003 年，p.318。

⑧④ 侯维瑞、李维屏：《英国小说史》，上海：译林出版社，2005，p.135。

⑧⑤ 黄梅：《推敲自我：小说在 18 世纪的英国》，北京：三联书店，2003 年，p.322。

⑧⑥ 考利·西伯于 1696 年发表的《爱的最后转变》一般被看成是感伤戏剧的开端。

⑧⑦ 安德鲁·桑德斯：《牛津简明英国文学史（上）》，p.439。

⑧⑧ 侯维瑞主编：《英国文学通史》，上海：上海外语教育出版社，1999 年，p.328。

⑧⑨ *Restoration and Eighteenth-Century Comedy*，Scene Ⅲ，Act Ⅳ，Norton，New York，1973，p.324.

⑨⓪ 蒋承勇：《西方文学"人"的母题研究》，北京：人民出版社，p.201。

⑨① 刘意青主编：《英国十八世纪文学史》，北京：外语教学与研究出版社，2006 年，p.131。

⑨② 阿比西尼亚是埃塞俄比亚的旧称。

⑨③ Fred Parker，*The Skepticism of Johnson's Rasselas*，*The Cambridge Companion to Samuel Johnson*，上海：上海外语教育出版社，2000 年，p.127。

⑨④ 译自 Samuel Johnson，*Rasselas*，http：//andromeda.rutgers.edu/～jlynch/Texts/rasselas.html♯49。

⑨⑤ 同上。

⑨⑥ 鲍斯维尔：《约翰逊传》，p.27。

⑨⑦ 转引自 Walter Allen，*The English Novel*，Penguins Book Ltd，England，1965，p.79。原文为：Nothing odd will do long：Tristram Shandy did not last。

⑨⑧ 詹姆斯·A·沃克，http：//www.yilin.com/book.aspx?id＝2518。

⑨⑨ 译自 http：//www.online-literature.com/samuel-johnson/3203/。

⑩⓪ 转引自刘意青主编：《英国十八世纪文学史》，p.140。

⑩　侯维瑞主编：《英国文学通史》，p.291。

⑩　译文选自李赋宁：《英国文学论述文集》，北京：外语教学与研究出版社，1997年，p.168。

⑩　译文出处同上。

第五章

19世纪的浪漫主义思想

　　从18世纪末叶到19世纪中期,英国的文学思想出现了重要转变。以布莱克、彭斯、华兹华斯等为先驱的一批诗人在创作手法上逐渐摒弃古典主义追求典雅、规范的原则,转向重个性、好想象、尚自然、反权威的创作思路。总的来说,英国浪漫主义文学十分注重个人情感的抒发和理想境界的呈现,他们放弃了古代哲人亚里士多德所主张的"诗是模仿"的信条,也摒弃了哲学家贺拉斯所提出的"诗是甜美有用"的模式,构建了"诗即感情"的诗学格调,诚如浪漫主义的重要代表人物华兹华斯给诗歌所下的经典定义,"诗是强烈情感的自然流露"。因此,在浪漫主义文学中,诗是否忠实于自然并不重要,重要的是它是否与诗人的真诚情感相吻合。

　　这种对情感的强调也体现于浪漫主义诗人的美学观念中。几乎每一位浪漫主义诗人都考虑过"诗"与"美"的必然联系,不论是华兹华斯所强调的自然之美、济慈的纯美论,还是柯勒律治的有机主义美学观点,蕴含在美中的情感都是其最主要的元素。对他们来说,精神的升华、情感的纯洁便象征着美的实质,即柯勒律治所谓的:激情是诗的灵魂,情感是诗的精髓。

　　与此前的古典主义文学思想相比,浪漫主义思潮具有以下六大特点。一、浪漫主义运动崇尚自由,它对习俗的束缚和统摄始终具有强烈的反抗意识,因为在浪漫主义文人眼中,这些习俗和规范通常会在科学、神学和文学等各个领域内桎梏人类的自由。二、浪漫主义的文学题材转向自然,与古典主义所擅长描写的市井宫廷题材形成了鲜明对比,在浪漫主义诗人看来,乡野村夫的质朴天真远胜于贵族绅士的矫揉造作。三、浪漫主义对人的内心表现出浓厚的兴趣,它推崇自我表现,常将描绘对象转向人的内心,形成了重直觉、轻理性的特点。四、浪漫主义文学重想象,它将想象视作一种诗意的思维方式,力图通过想象创造出全新的艺术领界。五、浪漫主义文学表现出对"遥远"境界的向往,在想象力的推动下,浪漫主义的文学作品有的怀旧,以神话或中古时期的传说为依托,有的前瞻,以遥远未来为想象力恣意挥洒的空间,还有的向往遥远的地域,充满了异国情调,甚至有一些还带有超自然的色彩。六、浪漫主义文学思想具有极强的革命性,它敢于反对权威、标新立异,对被压迫阶级表现出充分的同情,并试图改变腐朽、沉闷的社会氛围。应该说,浪漫主义文学思潮的总体倾向是破旧立新、求变尚美的。

当然,文学思想的发展变化不可能出现于一朝一夕之间,而是逐渐体现在作家的具体创作实践之中的。在英国文学思想史上,许多前浪漫主义诗人如爱德华·杨格、威廉·古柏等,都为浪漫主义在英国的兴起做出了贡献。不过,真正被当做浪漫主义先声并产生重要影响的两位诗人当属布莱克和彭斯,前者强调"诗意的想象"和"诗才"的重要性,预示了浪漫主义想象论、天才论的发展趋势,后者以深厚的农民情怀呼应了浪漫主义思潮对民主和自由的向往。然而,浪漫主义文学思想在英国的全面兴起则是以华兹华斯和柯勒律治两人共同创作的《抒情歌谣集》为标志的;其中,华兹华斯为《抒情歌谣集》撰写的"再版序言"更被后人视作浪漫主义的美学宣言,他所提倡的诗歌题材、语言风格和想象媒介也对后世产生了重要影响。第二代浪漫主义诗人如拜伦和雪莱等,以热情的诗歌、崇高的理想推动了革命浪漫主义的发展,并大胆地表达了对现状的不满和叛逆。而在另一位浪漫主义诗人济慈的身上,人们则发现了极具深度的艺术美学思想,他对"真"与"美"的论述以及对创作心理的探索无疑影响了后来的文学思想。到了19世纪下半叶,浪漫主义文学的鼎盛时期已经过去,然而浪漫主义思想的余波仍然影

响着当时的文人,在勃朗宁、丁尼生、拉斯金和罗塞蒂等人的诗作中,人们仍能感受到浪漫主义的文学气质。而这在身为文学家、史学家的卡莱尔身上则得到了更为充分的体现,他所倡导的英雄史观既反映出文学家对社会现状的思索,也表现出浪漫主义余波的力量。在经历了浪漫主义文学大潮后,站在浪潮尾声的诗人和批评家阿诺德对浪漫主义文学,尤其是 19 世纪上半叶的重要诗人,做出了评价,他的批评思想既反映出同时代人对文学的反思,也预示着下一个时代可能出现的思想变迁,这对我们理解文学思潮的发展是颇有助益的。总之,英国 19 世纪的浪漫主义文学思想表现出极大的活力,它充满变革和想象,形成了一个充满动态变化的、有机发展的思想体系。

第 一 节
布莱克的早期浪漫主义思想

在 18 世纪 60 年代到 19 世纪 30 年代之间,欧洲主要国家的意识形态领域发生了一场剧变,这场运动首先在德国兴起,然后以一种激荡的态势向欧洲其他国家蔓延开去。然而,英国的浪漫主义却因威廉·布莱克(William Blake,1757－1827)的文学和艺术创作拥有了相对独立和本土化的起源。作为诗人、雕刻家和画家,布莱克的思想呈现出一种多元化、全方位的辐射状态,其创作也因超越同时代人的复杂程度而被后人冠以"朦胧"、"晦涩"和"神秘"之名。然而,纵观其文学思想的发展,人们可以发现一些清晰的线索,它与 18 世纪末叶不断涌现的反启蒙主义思潮相呼应,并预示了 19 世纪浪漫主义思想在英国的蓬勃兴起。

作为英国浪漫主义的先驱,布莱克的思想几乎涉及浪漫主义的全部核心问题。它摆脱了早期许多新思潮中常见的弊病,如简单化和原始化,体现出高度的辩证性和对立性,从而为英国浪漫主义思想树立了一个较高的起点。与柯勒律治、华兹华斯相比,布莱克作为浪漫主义重要诗人和艺术家的地位是逐渐被确立起来的,这与他所选择的诗歌题材和表现方式密切相关,而其后期诗作中复义化、朦胧化程度的不断加深也为后人对其思想的理解设置了障碍。

综观布莱克的诗歌和散文作品,读者可以发现,他的思想主要是围绕着以下几个方面展开的:首先,布莱克强调以一种诗意的想象实现对18世纪理性主义的反叛,从而脱离物质世界的奴役,获取真正的自由。"想象"是浪漫主义的核心问题,但布莱克所提倡的"诗意的想象"与其宗教理念和政治主张息息相关,因此表现出与其他浪漫派诗人的差异,从一个独特的角度阐释了这一核心问题。其次,布莱克关注"诗才"(poetic genius)在理解世界、感悟宗教和艺术创作方面的重要性。浪漫主义文学思潮中,以"天才论"为代表的作家占据主流,但他们对"天才"的理解却不尽相同。布莱克所提出的"诗才"这一概念包含了他对诗人身份(耶稣、灵视者、预言者、先知)的独到见解,是把握其思想脉络的关键。再次,由于"预言诗"和自创的神话体系在其作品中占据重要地位,所以,可以说,布莱克的宗教思想在很大程度上塑造了他的文学思想。另外,辩证的哲学观也贯穿于布莱克的整个文学创作生涯,不论是早期的抒情短诗,还是后期的长篇预言诗,都充分体现出他对"辩证"和"对立"思维的执著关注。由此可见,布莱克的文学创作思想与他在政治、宗教和哲学方面的观念紧密相依,不可分割。正如英国思想史家以赛亚·柏林所言,浪漫主义是"西方历史上的第一个艺术支配生活其他方面的运动,艺术君临一切的运动"。[①]在这一时期,艺术以其博大的胸怀承载了浪漫主义者在政治、宗教、哲学等方面的革新和反叛,从而也造就了像布莱克这样思想丰富、值得后人深入研究的作家。

应当指出,布莱克所提出的"诗意的想象"既表现出浪漫主义思想反抗禁锢的特点,也反映了他对"自由"的关注。他的自由观又进而表现在他对科学理性、宗教和政治的态度上。因此,他对"想象"的论述与这些方面的观念相辅相成,彼此辉映。在他看来,诗意的想象是夺取自由的重要手段,而自由是全方位的,是对任何精神禁锢和政治压迫的反抗。18世纪是秩序至上的时代,科学与理性取得了辉煌的胜利,随着应用技术的迅猛发展,人们通过感官经验和理性来认识世界的可能性被

无限放大。洛克和牛顿的哲学思想是该时期的重要代表,他们认为人的感官是了解自然的主要媒介,人们可以通过对感官系统的研究,将人与自然的关系调整到最佳状态。然而,布莱克却认为,这种对外在物质世界的过分依赖无疑会造成人类精神的石化,从而使人成为理性的奴隶。因此,他在艺术创作中将培根、洛克和牛顿视为最大的敌人,把他们的精神投射在冷漠的理性之神"尤利壬"②(Urizen,或译"由理生")身上,集中表现了理性掌权之后,人类所面临的压抑和困顿。布莱克认为,人的身体及其感官体验不仅不能帮助人们体察宇宙世界的万般变化,还会成为灵魂的"囚笼",因此人们只有借助灵视(vision)和想象的创造力,才能将自身从感官的奴役中解救出来,走向真正的自由。卢梭在《社会契约论》中写道,"人生而自由,却又无往不在枷锁之中"。③批评家弗莱阅读布莱克的重要著作《可怕的对称》,将布莱克与卢梭的观点进行对比,他发现,卢梭从道德和社会理性层面提出的"囚禁"感被布莱克推演为人在想象力缺乏的状态下的基本存在方式,这时"人不是被枷锁束缚,而是为肉身所束缚","他虽生,却在沉睡中僵死",④而通往精神自由的唯一途径便是想象。

对布莱克来说,"想象"的重要作用在于它能破除局限性。他曾将这种"局限性"比作"心灵铸成的镣铐"(mind-forg'd manacles),并认为它极大地制约着人们的自由,使生存变得与死亡无异。这一思想在他的著名短诗《伦敦》("London")中可见一斑,诗中的伦敦城象征着人间地狱,是一座被规约束缚的城市,城中的每一个人——"扫烟囱的孩子"、"不幸的士兵"、"年轻妓女"和"新生婴儿"都在"道道禁令中"⑤忍受着精神枷锁的辖制,甚至连泰晤士河这样的自然景观都被人为地划分成不同的辖区。可以说,诗中所描写的伦敦城将"心灵铸成的镣铐"具象化,给读者带来了切身体验,诗人借此激发出人们对"自由想象"的热切盼望。读者发现,《伦敦》这首诗所选取的人物形象既包括"扫烟囱的孩子"这样的"天真"孩童,也包括"年轻妓女"这种饱受世事沧桑的"经验"个体,他们的想象力都受到控制与剥夺,显得痛苦不堪,这表现出布莱克对"想象力"的辩证见解,即它既不先验地存在于孩童的天性之中,也不产生于成年人的感官体验之内。这就使布莱克有别于许多后来的浪漫主义诗人，他辩证地看到了"天真"的局限和"经验"的压抑。

的确，布莱克的诗作中，"想象"经常与"天真"和"经验"并置，作品勾勒出想象与这两种对立的精神状态的复杂联系。对比《天真之歌》（*Songs of Innocence*，1789）和《经验之歌》（*Songs of Experience*，1789 -1794），读者就可以发现，《天真之歌》中常用的"孩童"视角虽然清新自然、惹人怜爱，但他们对世界的理解往往受制于"被灌输"的理念，缺乏自己独立的见解。例如，在《羔羊》（"The Lamb"）一诗中，孩童坚信世界为上帝所造，既然羔羊显得如此柔顺、温和，它的造物主上帝也必将是柔顺、温和的，这首诗形象地表现出孩童在现实生活中所受到的宗教熏陶，暗示想象的空间可能会受制于代代相传的宗教观念。在《扫烟囱的孩子》（"The Chimney Sweeper"）中，天真更屈服于权威，被动地接受了各种因循的教条，使想象力无处可施，诗中受尽贫苦和压迫的小汤姆不仅没能享受现世的自由，连想象的自由也受到世俗观念的压制，在种种欺骗和影响下，他的头脑中只剩下这样的观念："只要是好孩子，/ 就会有上帝做父亲，再不缺欢娱"，⑥"所以尽本分了，就不必怕受到伤害"。⑦由此看来，布莱克并不认为天真是孕育想象的温室，而是认为其易受影响，可能会阻碍想象的发展。

同样，经验个体的想象力也受到不同程度的制约，尤其是在知识与理性的影响下，其想象力不断受到侵蚀，人们囿于感官经验，反而无法再体验到想象的永恒与无限。例如《经验之歌》中的《少女之失》（"A Little Girl Lost"）一诗便反映出人世间经验和理性的约束力量，纯真的少女本应该尽情享受"黄金时代"的欢愉，她曾"在和煦的光中裸着游戏"，⑧这象征着人类的自由和奔放的想象力，然而在经验世界中，少女不可能摆脱"父母"、"陌生人"的约束和控制，当她走到"善意的父亲跟前"，"他那疼爱的神色/ 就像那圣经"，⑨将她的自由驱散殆尽，父亲的"灰发"象征着在理性世界所累积下来的经验，他对少女的规劝让"她害怕得娇躯抖抖瑟瑟"，⑩只得重归理性的轨道，然而这种"自在"的丢失正代表了少女在经验世界所丧失的纯洁和想象。由此看来，在布莱克的

诗作中,"想象"同"天真"和"经验"并不存在对应关系,而是处于复杂的角力状态,通过张扬"诗意的想象",布莱克试图抵制精神层面的压抑和禁锢,力求开辟一条通向精神自由的途径。对"想象"的重视是浪漫主义文学思想的重要特色,布莱克在英国浪漫主义发端之际便将"想象"置于极其重要的地位。但与后来诗人所不同的是,布莱克的"想象"不仅指向艺术自由,更成为一种对抗的工具,它包含他在文学、宗教和政治等各方面的理想。当然,也正因如此,他对"想象"的论述才不像后来的华兹华斯和柯勒律治等人那般具有清晰可辨的轮廓。同样,他对"诗才"的论述也与其宗教观念丝缕相连,显得飘忽不定、难以捉摸。

布莱克对"诗才"的定义带有神秘主义的色彩,他认为这种诗意才能与想象力紧密联系,代表了人的精髓。在名为《所有宗教如出一辙》("All Religions Are One", 1788)的短文中,布莱克指出,诗才是万教之本,是所有哲理的源头,代表着预言精神。诗才位于各种思想形态的源头,因此,它具有生产性,可以跨越各种精神的疆域,通过灵视感受到永恒,与"机械的思维方式相对"。[11]在布莱克看来,"理性"的分析和推理是机械思维的典型运作方式,它作用于感官体验之上,虽与诗性思维互补,但隶属于较低的等级,而诗才则无所不包,其自身便成为一种自在之物。诗才孕育于"真正的人"(True Man)之中,[12]但其外在体现往往千姿百态。然而不可否认的是,它在诗人和预言者身上表现得最为突出。一般认为,布莱克在"诗人"和"预言者"之间建立关联的思想可能受到弥尔顿的影响,但他对预言者特质的判断则具有高度的原创性。他认为预言者并不预测未来的发展走向,也不判断具体事件的可能结果,而是要揭示永恒的真理,因此"每一个诚恳的人都是预言者","预言者是灵视者,而非专断的暴君"。[13]这种观点可以在他的两部诗作《亚美利加:一个预言》(America, a Prophecy, 1793)和《欧罗巴:一个预言》(Europe, a Prophecy, 1794)中窥见一斑,其预言诗的内核并不聚焦于当下事件,也不直接描绘政治风云,而是诗意地透视历史和未来的精神脉络,由此看来,他"所预言的不是外在世界的变化,而是人类精神世界的未来"。[14]可以说,正是布莱克这种对人类整体精神进行把握的倾向,促使他在诗歌创作中建立起了自己的神话体系,这种大胆的浪漫主义文学思想为济慈和雪莱等后继诗人开辟了新的道路,也为浪漫主义的诗歌创作树立了崇高的风格和重要的范例。

布莱克诗作中浓郁的宗教和神话氛围使它们具有浪漫主义诗歌的恢弘气势,然而,值得注意的是,他是一位"创神话的"(mythopoeic)诗人,而并非援引神话的诗人。他在诗歌中所建立起的一套自成体系的宗教神话系统,寄托了其独特且完整的宇宙观和文学思想。读者可以发现,在布莱克的创作阶段中,比较系统的神话预言诗出现在其后期作品内,以《四天神》(*Vala*,*or the Four Zoas*,1795-1807)中较为完整的神话形象和体系为标志。⑮布莱克从早期清新、自然的短诗转向长篇神话诗的创作轨迹并不难理解,他自幼广读各类神话作品,对宗教和哲学具有独到的见解,甚至对神秘教义也颇有涉猎,若想在艺术作品中寄寓这样庞杂的思想,就必须在创作篇幅和艺术形式上有所突破。首先,在作品篇幅方面,短小精悍的抒情诗不足以表达诗人深刻的哲思,它们显得较为零散,缺乏深层次的联系,与之相比,长篇神话诗的时间和空间容量都更为丰富。其次,布莱克的宗教思想十分大胆,在当时的历史环境下甚至可以被视为"异端",因此,仅一些零碎的宗教意象还不足以全面寄托他那独特的思想体系,可以说,他对艺术形式的改革与其庞大的思想体系和深邃的宗教见解密不可分,其"艺术观几乎代表了他试图在人类社会实现宗教灵视的努力"。⑯

布莱克自创的宗教神话系统及其独到的灵视思想在长诗《四天神》中得到了充分体现,同时也与其他的预言诗作形成照应。诗中的四天神缘起于元神阿尔比安(Albion)的陨落,其体内四个部分之间长期争斗,造成了各执一方、互不相容的局面。分裂出来的四天神分别是尤利壬、鲁法(Luvah)、塔玛斯(Tharmas)和尤索纳(Urthona),其中尤利壬代表头脑和智性,鲁法象征心绪和爱,塔玛斯代表着感官,尤索纳则意味着慧心和想象。这四天神原本存在于永恒的和谐之中,然而他们之间的争斗和分裂导致人类堕入经验世界,灵视力也随之遭受蒙蔽。其中最为突出的便是尤利壬的掌权,作为智性的象征,他压制了其他三种力量的勃发,更与尤索纳所代表的"想象"决然相对,他所制定的律法和

规矩无法实现理想境界,他对秩序和理性的追求反而成为一种破坏力量。在整首诗中,布莱克都表现出对重塑亘古和谐的向往,这"便是他的宗教的核心"。⑰这种具有终极意味的宗教内涵具有广泛的意义,它表现出浪漫主义思想广博且丰富的特征。可以说,全诗的意象与主题不仅指向个人心灵膂力的割裂与融合,也象征着整个人类的堕落与拯救。同时,这种思想也体现于布莱克在创作手法方面的革新。诗中最突出的写作策略便是对梦境的借用,梦境的不断交织象征着各种力量重新相逢的可能性。在诗歌创作中以梦境为框架古已有之,英诗中则以朗格兰和乔叟的诗作为典型,然而布莱克的过人之处正在于"他从不将梦境局限于某一独立个体头脑中所特有的事件之内",⑱而是以纵横交错的线索形成不断变幻但又相对完整的视角,自由地穿梭于不同个体的梦境之间。这表现出他高度的辩证对立的思维特点。

在布莱克的文学思想中,对立与统一的辩证思维得到了突出体现。尽管布莱克所生活的年代处于浪漫主义蓄势待发之际,但他的创作却早已走出 18 世纪追求对称、典雅的规矩之外,并不断地并置各种"惊世骇俗"的对立观点。可以说,布莱克对辩证思维有着近乎执著的追求。值得注意的是,在布莱克的创作理念中,"对立面"并不意味着"反面",他不是在肯定一端的同时压制另一端,而是力图以两种对峙极端的共存来昭示真理。正如他自己所指出的那样,"真理总是存在于几种极端状态的共存之中——务请保留它们"。⑲因此,在他的作品中,读者不仅能够感到对立状态的共存,更能够感受到布莱克不断激发这种辩证思维的努力。总的来说,这种辩证思想可以理解为主体从特定视角中漂移而出并不断变换审视角度的思维方式,它不仅体现在布莱克的单篇诗作之中,而且表现于其艺术的总体布局之内。

读者可以发现,辩证思维在布莱克的诗歌中无处不在,即使在一首短诗乃至一句诗行中,也能发现这种不断跳跃、充满自否力的视角。例如,在短诗《蝇》("The Fly")中,一只小小蝇儿的夏日游戏被叙述者"不慎拂去了",这个动作仿佛顿然引发了叙述者的换位思索,他不禁感叹"难道我不是/ 你一样的蝇么?/ 你不也是/ 我一样的人么?"⑳当然,这一辩证视角的用意绝不仅限于表达对蝇儿的同情,其主客体之间的自然置换意味着更深刻的哲思,它对蝇儿与人的思索超越了"人生如蝇,短暂而渺小"的窠臼,看到的是世间万物和延绵连缀的瞬间中所包蕴的神性,以及宏伟、庞大与微鄙、渺小中可能孕育的无限。在辩证思维的审视之下,人的自我中心意识生发出一种既崇高又可笑的悖论感。同样,对这种辩证的物我关系的领悟也体现于布莱克的不少经典诗行之中,例如,他的著名诗句"一沙一世界,一花一天堂,掌中握无限,刹那成永恒!"便表现出一种能够于边界之内展现广袤的辩证思维的力量,它延伸了精神与物质的交界面,其丰富的可能性也表现出辩证思想的张力及其拒绝阐释的特质。

此外,布莱克在作品的总体安排上也体现出辩证主义的意识,为后来的浪漫主义思想树立了典范。他的两部诗集《天真之歌》与《经验之歌》原本单独出版,后来结集成册,读者可以发现,两者之间常常隐含着一种对立的辩证关系。在布莱克诗歌接受史的早期,人们曾认为,从《天真之歌》到《经验之歌》的发展体现出布莱克在这一时期中世界观的变化,例如从对"纯洁"与"天真"的歌颂到对"经验"与"成熟"的惋惜,但随着后来人们对布莱克文学思想与绘画创作的不断研究,读者发现"辩证对立"是这两部诗集创作过程中自始至终贯穿于其间的艺术考量,诗人并没有对天真与经验中的任何一者表现出明确偏好,而是以两者之间的对立关系创造出一片空袤且富有张力的阐释空间。可以说,布莱克在其文学创作中所表现出的对立思想通常都不是固定、静态的,而是以两种对立观念的共同变幻展现出充满"自我影射"的动态平衡关系,从而包容了许多在当时的社会语境中被视为"异端"的思想。因此,诸如"善是服从理性的被动的东西,恶是从力中产生的主动的东西"、[①]"单一的思想充满了无限"[②]等观点在布莱克的作品中比比皆是,正如他自己在《天国与地狱的婚姻》中所阐明的那样,"离开对立面就没有进步。"[③]总的来说,辩证思想为布莱克的浪漫主义文学创作开辟了广阔的空间,表达出丰富的内涵,也使他的作品真正脱离了18世纪古典主义的疆域,表现出浪漫主义文学充满革命气息的全新视野。

综上所述,作为英国浪漫主义文学的先驱人物,布莱克的文学思想

与启蒙精神中的理性主义相对,其颠覆性和革命性昭示着随后浪漫主义思潮的到来。应该说,布莱克所代表的反叛并不主张重回简单和原始的状态。他提倡诗意的想象,期望以此来打破心灵的枷锁,他颂扬"诗才"的包容力并倡导一种诗性的思维方式,他通过自创的神话体系充分表达了自己的文学理念,并以高度的辩证性为 19 世纪的浪漫主义思想提供了一个较高的哲学起点。的确,布莱克把"宗教神秘主义、社会批判、感官的强度和哲学的思辨奇妙地熔于一炉",^②虽然他并未得到同时代人的理解,但其破除窠臼、追求自由、推崇想象的文学理念和创作方式预示着 19 世纪文坛即将发生的重大变革。

第二节
彭斯的农民情怀

18 世纪后期的英国诗坛上出现了另一颗璀璨的新星,他就是苏格兰有史以来最杰出的农民诗人罗伯特·彭斯(Robert Burns,1759 - 1796)。在其短暂的一生中,他收集、整理、复兴了众多的苏格兰民歌,进而创作出了几百首脍炙人口的诗歌,彭斯以其深厚的农民情怀表达了对民主与自由的颂扬与渴望,出色地反映出苏格兰人民的劳动、生活、风俗和情感,为 19 世纪浪漫主义诗歌的发展带来了一股浓郁馨香的泥土气息和令人耳目一新的社会风尚。

1759 年,彭斯出生在苏格兰西南部一个贫穷的农民家庭,母亲熟知大量古老的歌谣和故事;姑妈则常常用她那美妙的歌喉为孩子们引吭高歌。这些歌谣和故事深深地印在彭斯幼小而又敏感的心灵上。彭斯的父亲为人耿直,虽为农民却十分有见识。他没日没夜地干活以养家糊口,同时与邻居一道聘用一位教师,让孩子们得到启蒙教育。由于家境贫寒,彭斯十三、四岁时已成为一个全劳力工作的农民,父亲早逝后,他便义不容辞地挑起了全家人生活的重担。过早的田间劳作和贫困生活损坏了他的健康,然而他性情乐观、豁达,喜欢社交,干活时,总不忘口袋里揣本书,有空就读。闲暇时，他阅读了大量苏格兰诗人和英国作家的作品，既丰富了自己的生活又大大开阔了眼界。15岁时，彭斯爱上了一位美丽的姑娘，并萌发了创作的欲望。白天他边劳动边酝酿诗句，夜间便把诗句记录在纸上并朗诵给朋友、邻居们听，由此创作出大量的诗歌。1786年，他出版了《主要用苏格兰方言写的诗》(*Poems*, *Chiefly in the Scottish Dialect*, 1786)，此诗集大获成功，给他带来了声誉和报酬。他衣锦还乡，娶了他诗中常常颂扬的杰恩姑娘。他与妻儿一起干农活，同时创作新的诗歌，继续整理苏格兰民间歌谣。长期的贫困和艰辛的劳作令彭斯的健康状况日益恶化，37岁时他便因心脏病突发而撒手人寰。英年早逝的彭斯给世人留下不尽的遗憾，但也为世人留下了一笔宝贵的诗歌遗产。

彭斯的农民情怀首先体现在其民主和自由的思想上。他的诗歌贯穿着对民主与自由的颂扬和渴望，这一切是伴随着他贫困艰辛的农村生活而产生的。常年的田间劳作使他与劳苦大众结下了深厚的情谊，也播下了对压迫者、剥削者仇恨的种子。梦想建立一个人人平等的社会的朴素民主意识逐步在他的脑海中浮现，他为此写出了许多歌颂革命、自由、平等和反对专制的杰出的政治诗歌。他讴歌美国人民争取独立的战斗精神，饱含深情地写下了《华盛顿将军生辰颂歌》("Ode for General Washington's Birthday", 1794)，赞美民族独立，鞭挞英国当局的罪行。他拥护"将暴君打得屁滚尿流"的法国革命，还冒着风险，买下四门火炮运往法国。在《自由树》("The Tree of Liberty", 1794)中，他祈求古老的英格兰也能种上象征自由、平等、博爱的"法兰西树"，也能来一次如同伟大的法国革命似的社会变革，给资本主义反动统治以猛烈的打击。在《罗伯特·布鲁士向班诺克本进发》("Robert Bruce's March of Bannockburn", 1793)中，诗人缅怀苏格兰抗英起义中殉难的英烈，歌颂自由，号召人民行动起来，反对一切暴政，迎来灿烂美好的新生活。这首充满民族气概的战斗诗篇常被民众誉为"苏格兰人民的马赛曲"，它借古喻今，吹响了战斗的号角。彭斯以直白的语言告知同胞："死一个敌人，/少一个暴君！/ 多一次攻击，添一分自由！"除了战斗，别无他路。此诗成为苏格兰与英格兰人民争取民主与自由的豪迈宣言。美国近代著名作家爱默生由此感言："《独立宣言》和《马赛进行

曲》作为强有力的宣传自由的文件都比不上彭斯的诗歌。"

彭斯乐观向上、激情澎湃的民主自由的思想在《不管那一套》("For a'That and a'That",1795)一诗中得到了极为深刻的体现。它运用民歌的叠句,嘲弄王公贵族、土豪劣绅,坚信人人平等的光明前景必将到来,全诗充满了热情洋溢的乐观主义精神:不管怎样变化,明天一定会来到,那时真理和品格将成为整个地球的荣耀,那时全世界所有的人,都成了兄弟,不管他们那一套!在诗中,彭斯藐视上层阶级的黑暗统治,号召人们别管他们那一套,并认为总有一天人们将崇尚真理和令人敬畏的美好品格,统治阶级玩弄的束缚人们民主自由思想的这一套那一套都会被打倒在地。待全世界的人们都成了兄弟,迎来了那大同的美妙的天下,谁还管他们那一套?

作为一名从田野走来的农民诗人,彭斯还写了大量的讽刺诗,揭露残暴、黑暗的专制,嘲弄贪婪的权贵,讽刺虚伪的宗教,宣传平等、民主、自由的思想。他的讽刺诗幽默诙谐,令人玩味,尖锐锋利,入木三分,读来别有一番情趣。《威利长老的祈祷》("Holy Willie's Prayer",1785)是彭斯最具代表性的讽刺杰作。当时的苏格兰基督教由长老派主宰,在道德上,他们所宣扬的加尔文主义异常严厉,在诸多方面干涉人们的自由和道德、精神生活。彭斯与杰恩姑娘彼此真心相爱,本该得到祝福,却被痛斥为伤风败俗,双双被罚,站在教堂门前的忏悔凳上示众,受尽羞辱。然而,那些道貌岸然的长老们的胡作非为以及他们玩弄女性的丑恶行径却被掩饰。诗中厚颜无耻的威利长老便是这一邪恶势力的代表。威利是摩希林地方教堂的长老,他既好色又贪杯,即阴险又狡诈,一副人模狗样。一次,他与当地一位绅士发生争执,便向该地长老大会控诉,但因证据不足,对方被判无罪。威利恼羞成怒却又无计可施,只有求助于上帝。彭斯得知这一情形,用人物自白的方式写下了《威利长老的祈祷》这首名诗。威利伪善丑恶的嘴脸通过他的独白,在诗中得到深刻的揭露:"是啊,我得招认,淫欲也往往扰我心神,有时我信了世俗的标准,发展了劣根性,但您记得我们是罪孽沾身的泥土灰尘。"由此可见,这位威利长老一肚子男盗女娼,很快原谅了自己的"劣根性",变得心安理得。正如他的祷告词所言:"但您记得我们是罪孽沾身的泥土灰尘。"一方面他欲火中烧,心神不宁,另一方面却对别人的纯洁爱情大加破坏与干涉。这是怎样的受社会"敬重"的长老啊?彭斯犀利的笔触使他丑陋的真面目昭然若揭,令人觉得既解恨又可笑。这首诗的另一闪光点在诗的开端:"主啊,我主坐镇在天上,凡事随心所欲,都只为主的荣光。作恶,行善,全不相干。"威利相信自己死后定会升上天堂,而且这与他作恶、行善丝毫没有关联。他罪恶深重,却要求上帝宽恕他的种种劣行,让他及家人享尽一世的富贵、荣华:"但是主啊,请记住我和我的家人,/赐我天上地下一切鸿运,/让我有福有财无比光彩。"读到这里,读者禁不住会发出疑问:这是怎样的宗教?善恶不辨的上帝难道只是威利的庇护神吗?由此可见,彭斯站在正义的立场,无情地揭开了教会虚伪的面纱,使其自私、丑陋、贪婪、残暴的本质一览无余,该诗反映了诗人漠视权贵、渴求人人平等的平民阶级的思想感情。

彭斯的农民情怀还反映在其近 370 首抒情诗歌中,其中一些诗歌是他根据流行的歌谣部分或全部改写的,还有一些诗是根据民间歌曲创作的。这些诗的主题涉及爱情、友情、大自然和平民阶层的日常生活,绝大多数依旧凸显出他追求民主、自由、平等、博爱的理念。

彭斯的抒情诗中最光彩夺目的当属他的爱情诗。不受阶级、地位的羁绊,不受金钱、财富的左右,不受陈旧、迂腐观念的束缚,追求两情相悦、浓情蜜意的自由爱情成为他爱情诗的主旋律。他一生追求纯洁、美好、自由的爱情,是一颗"多情的种子"。每当他热恋上某个女子时,他都会写出美妙的诗篇,来颂扬他们的情事。他多产的爱情诗便是他与多个女子产生恋情的见证。他珍视他爱过的每一个女性,将每一位情人看做他怀中的美玉。他的妻子是他的初恋情人,她的父母反对他们相爱,直到他成名后才默许了他们的结合。这得来不易的爱情使彭斯心花怒放,也大大激发了他创作的激情,使他深信平等、真挚、油然而生的淳朴爱情定能取得最后的胜利,他因此写下许多脍炙人口的爱情诗篇。

他那首脍炙人口的爱情诗《一朵红红的玫瑰》("A Red, Red Rose,1794")开创了英国浪漫主义诗歌的先河。全诗用苏格兰方言写成,情感淳朴真挚,语言清新明快,读起来朗朗上口,极富乐感,是一首打动人

心的"甜甜的曲子"。诗中叠字复句的应用独具匠心,"纵使大海干枯水流尽"的重复,承上启下,既划分了全诗又衔接了两个截然不同的境界,意味深长。前两节展示了爱人的美好和主人公刻骨铭心的爱情。用"红玫瑰"这一姿容娇媚、色彩艳丽、品格高贵的花朵凸显"爱人"的美貌,又用和谐、合拍、悦耳、甜美的曲子来展现"爱人"内心的柔情和甜蜜。后两节将岩石、大海、太阳带入,利用空间的广阔和时间的长远来讴歌爱情的坚贞和永恒,既拓展了时空,又深化了爱情。诗的结尾可谓感人肺腑,一句"我准定回来,亲爱的,哪怕跋涉千万里"更是道出了久经风霜考验而升华了的爱情之不朽,表达了诗人炽烈的情感以及对爱情的执著和忠贞。

《一朵红红的玫瑰》充分反映了劳动人民纯真的爱情观。诗中的女性形象不谈名利,不讲地位,也不苛求财富和金钱,她只颂扬两情相悦、你中有我、我中有你的坚贞不渝的美好感情。那貌美如花的姑娘和那迷恋她的小伙子分明就是大地的儿女。他们拥抱美好的情愫,在大地母亲的怀抱里自由自在地相爱,自由自在地成长。更为精彩的是,这首抒情诗还达到了意象派诗人羡慕不已的意象密度,那娇艳的玫瑰、甜美的爱人、奔腾的大海、火热的太阳、炽热的岩石、缥缈的灰尘、难以捕捉的人的气息令读者在对这七种物象欣赏之余,又浮想联翩,禁不住想起马致远的《天净沙·秋思》:"枯藤老树昏鸦,小桥流水人家,古道西风瘦马。夕阳西下,断肠人在天涯。"它们是那样的异曲同工、精妙绝伦,其大师手笔令人望尘莫及。此外,这首诗情景交融,意境优美,唤起普通大众对甜美、纯真爱情的渴望,同时又给读者以强烈的艺术享受,那呼之欲出的激情点燃了灵性的光辉,从而在崇尚理性、感伤怀古的18世纪掀起一股势如破竹的人性主义狂飙,为19世纪的浪漫主义诗歌,特别是抒情诗,创立了极佳的典范。

彭斯对爱情的深刻理解不仅体现在他对青春恋的赞颂上,也表现于他对夕阳情的讴歌上。《约翰·安德生,我的爱人》("John Anderson,My Jo",1796)便是这方面的代表作。诗中老妪的真情道白淋漓尽致地表达了老年人对爱情深切的感受,那美好的回忆仿佛使这一对老情侣又回到了相爱时青春年少的时光,捕捉到了曾经美好、浪漫的情愫。诗中最后两句"让我们搀扶着慢慢走,到山脚下双双躺下,还要并头!"把老妪对老翁无比爱恋的绵绵情意和相伴到死的决心写得哀婉、真切、感人肺腑。

彭斯的农民情怀还表现在他对友谊之质朴、平等和真诚的歌颂上。他借助朴素的民间歌谣,对友谊展开真挚而热烈的赞美。在朋友间,他提倡平等、真诚、忠实、博爱。在《往昔时光》("Auld Lang Syne",1788)一诗中,他以一支古老而优美的曲调吟诵出时光无法侵蚀友谊、"友谊地久天长"的心声:老朋友哪能遗忘,哪能不放在心上?老朋友哪能遗忘,还有往昔的时光?再来痛饮一杯欢乐酒,为了往昔的时光!那句朴实无华、温暖人心的"为了往昔的时光",在歌声中起伏跌宕,引得无数歌者感慨并怀念旧日的朋友和值得追忆的过去的时光。此诗的感染力历经几百年光阴的检验,魅力依旧不减,令人一唱三叹、唏嘘不已。

由此可见,贯穿彭斯作品的是一种豪迈、激昂、纯朴、活泼的诗风,与他质朴的农民情怀交相辉映。《致拉布雷克书》("Epistle to J. Lapraik",1786)、《我的心儿在高原》("My Heart's in the Highland",1794)等名诗就是其中典型的例子。《我的心儿在高原》是一首根据苏格兰民歌重新填词、韵律单纯质朴的抒情诗。诗人以:"我的心儿在高原,/我的心儿不在这里"为歌唱主调,铿锵悦耳,激情飞扬,充分表达了他对自己的祖国——北国高原"英雄的故乡,可敬的家园"的无比挚爱之情。时至今日,人们依旧吟诵此诗以寄托远离故土的游子的思乡之情;依旧伴随优美的旋律唱出普天下所有人共有的经历和浓浓的情谊。在这些佳作中,面对当时英国新古典主义诗歌过于看重文雅、讲究节制的迂腐风气,彭斯提出了诗的灵感源于大自然、诗的价值在于用真挚的情感打动读者心灵的浪漫主义思想。他的观点极大地鼓励和影响了后来那些杰出的浪漫主义诗人,他们都或多或少地汲取了他的诗艺、他的文学理念和思想,这也使得19世纪的浪漫主义诗歌璀璨夺目、无限风光,对此,彭斯功不可没。

应该说,彭斯的农民情怀表现在他对生活的热爱和对艺术的执著追求上,他一生贫穷,为了养活9个子女,不遗余力地奔波、劳碌,并因此损坏了健康,但他穷困却不潦倒,对生活抱有满腔的热情,对艺术的

追求孜孜不倦。他热爱苏格兰的山山水水,热爱淳朴忠厚的苏格兰人民,热爱苏格兰的民俗、民乐、民歌和民间传说,吸取其丰富的养分,并将之发扬光大。他的诗爱憎分明,笔锋犀利,既深刻鞭挞了封建统治阶级的专制与腐败,又揭露了教会的残忍和虚伪,并处处体现出诗人对祖国、故乡的赤子之情,对人类和平、自由、平等、博爱的追求,对普天之下皆兄弟的理想社会的向往。难能可贵的是他对自己的诗艺和诗歌语言界定得异常清晰:首先,他是苏格兰的民族诗人,大多数诗或歌都用苏格兰方言写就。其次,他是一个农民,他来自于农民,具有深厚的农民情怀,为农民而讴歌,为农民而创作。最后,他是世界上最伟大的书写歌曲的作家,对苏格兰古老的歌唱传统的把握达到了极致,并从中获取丰富的养分,这便是他取得成功的主要因素。可以毫不夸张地说,他的作品不仅代表了 18 世纪下半叶诗歌发展的巅峰,而且也为英国浪漫主义诗歌的崛起奠定了基础。

无可置疑,在当时的英国,没有哪位作家像彭斯那样热情地创作出反映劳苦大众的生活与农民情怀的诗篇,他是不折不扣的农民诗人。他从田野走来,带着泥土的芳香,带着麦穗的金黄,带着劳动的艰辛,也带着丰收的欢畅。他一路走来,吟唱着歌颂人民的诗歌,也为人民所景仰。每年 1 月 25 日的彭斯节就是为了纪念这位伟大诗人而设立的节日,它有时也被称作“彭斯晚餐”,这个节日起源于苏格兰,现已成为世界各地苏格兰人的传统节日。整个狂欢夜都是在乐曲、美食、饮酒中度过,客人围成一圈唱着《友谊地久天长》的歌曲结束晚餐。彭斯节是对诗人最好的缅怀和褒奖,那余音缭绕的乐曲是对诗人不朽的纪念。

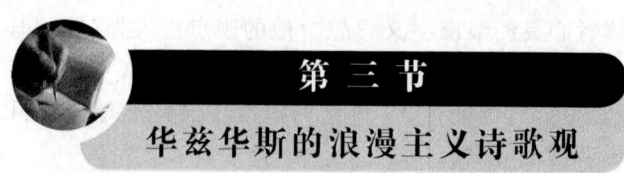

第 三 节
华兹华斯的浪漫主义诗歌观

18 世纪下半叶,伴随着布莱克、彭斯的创作,浪漫主义诗歌在英国逐渐兴起。然而,英国浪漫主义文学思想的全面树立则是以威廉·华兹华斯(William Wordsworth,1770－1850)的诗歌创作和理论为标志的。他与柯勒律治于1798年出版的《抒情歌谣集》开拓了全新的诗风，标志着英国浪漫主义文学鼎盛期的到来。而两年后华兹华斯为《抒情歌谣集》所撰写的"再版序言"则从理论的高度阐发了他的诗歌创作观，被称为英国浪漫主义的美学宣言。"序言"⑤涉及诗歌创作中的题材、媒介、主体和过程等重要问题，实现了对诗歌性质的重新审视。可以说，华兹华斯的诗论及其诗作奠定了英国浪漫主义文学的基础，拓宽了19世纪文学批评的视野，并从多个角度昭示了20世纪新诗理论的发展方向。

华兹华斯浪漫主义思想的一个重要体现是其诗歌题材的转向。他一反新古典主义的模仿论思想，选择适合诗人情感的"自然流溢"的创作题材。在"序言"中，他曾明确指出题材的重要性，认为"只要诗人把题材选得很恰当，在适当的时候他自然就会有热情"。⑥概括来说，"自然"、"自由"和"自我"是华兹华斯诗歌中最具代表性的题材，他在这三方面的创作使其诗歌理念和哲学思想得以外化，表达出浪漫主义诗人对自然、民主和人性等普遍问题的执著探索。值得注意的是，这三种题材在华兹华斯的诗歌中并没有明显的界限，而是水乳交融、有机结合的。

首先，华兹华斯以自然为题材的诗歌将原始主义精神视为契机，不仅把"自然"本身作为讴歌对象，体现出一种革新意识和时代精神，更将自然的教化意义延伸开来，与人紧密相连，从而探讨自然在个体的人生历程和整个人类的精神顿悟中所起到的重要作用。应当指出，在华兹华斯诗歌的接收和批评史上，人们曾狭隘地认为其自然诗"寄情于山"、"忘情于水"，是对自然的消极感受。⑦然而，今天看来，他的自然诗超越了对"物质自然"的简单反映，探索了人心与自然的互动，一方面从时间维度上审视了个体从童年期到成年期对自然的不同理解；另一方面从哲理层面上考察了自然与人性的契合。这两条线索都将外在的自然内化，与人心相呼应，体现了华兹华斯浪漫主义思想比前人的高明之处。⑧

自然作为诗歌题材，在华兹华斯的笔下具有三个层面的意义，涉及

自然本身、自然与个人以及自然与人类等哲学思想，呈现出"发散"状的浪漫主义宇宙观。第一，自然本体与工业文明和城市生活的嘈杂形成鲜明对比，它远离人为的理性和规范，寄托了诗人强烈的反叛意识和对自由的向往。华兹华斯曾在"序言"中解释自己为何选择"微贱的田园生活作题材"。他认为，"在这种生活里，人们心中主要的热情找着了更好的土壤，能够达到成熟境地，少受一些拘束"，同时又能实现向更为单纯的精神状态的回归。这些观点都与 18 世纪保守、典雅的文学传统相悖，与 19 世纪追求革新、自由的浪漫主义精神相吻合。第二，在华兹华斯的诗歌中，"自然"与个人成长的各个阶段紧密相连，成为诗人哲思的重要载体。他于 1807 年发表的长诗《颂诗：忆幼年而悟永生》（*Ode: Intimations of Immortality from Recollections of Early Childhood*）是这类自然哲理诗的代表作。该诗看似写景，实则写人，看似描绘自然，实则通过观察自然，反思一个人从幼年、童年到成年各个时期与自然的精神联系。在华兹华斯看来，人性在接受教育、风俗、社会等理性因素的洗礼前，能够与自然保持一种直觉、本能的联系，此时"这世界和每一种普通景物，/ …… / 似乎都有神圣的光辉射出"。而随着不断成长，人逐渐失却与自然的亲密关联，"在成长的少年眼前，这监房的 / 阴影开始在他周围闭合"，最终灵感和启示消失殆尽，成人与自然的联系变得非常微弱。华兹华斯在诗中把孩童比作"哲人"、"明眼人"和"先知"，认为他们拥有预言家的灵性，而成人只能靠回忆来理解自然，并形成理性的意识。然而，与"病态而又愚蠢"的感伤作家不同，华兹华斯并未因这种损失而写出悲情泛滥的诗行。他认为，人虽然在成长过程中逐渐失去与自然的直觉联系，但回忆起曾在自然中领悟到的原初感受，"喧闹的岁月看起来就像永恒寂静中的瞬间"，"苏醒的真理永不会消灭"，成人将会找到理解和珍爱自然的新方式。可以说，华兹华斯的自然诗始终表达出一种浪漫的乐观精神，将成年人的"有涯"之悟同孩童的"永生"之感相呼应，使人与自然建立起循环往复、生生不息的联系，探索了自然对人性的永恒启示。第三，在华兹华斯的诗歌中，"自然"不仅与人性相辉映，还孕育了"神性"，表达出一种浪漫主义的宇宙观。值得注意的是,在他的诗语中,"自然"有时与"自然的"、"质朴的"等概念不分彼此,⑧因此他常能在描写自然景观的同时,不落痕迹地指涉纯朴的人们及其生活。在他看来,这种质朴的乡村生活与人心的基本模式相通,蕴含了人类最根本的哲理。这一观念可以在他的自传体长诗《序曲,或一位诗人的心灵成长》(*The Prelude; or Growth of a Poet's Mind*,1799,1805,1850)中窥见端倪。这首长诗的第八卷名为"回溯:对大自然的爱引致对人的爱",⑯该诗描写了孩童、牧羊人、村妇等仅受过自然哺育却显得无比高尚的人。可以想见,自然在这里担当起了"向导"和"守卫"的职责,它作用于人的想象力之上,不断为人性提供新鲜的养分,而与之相比,书本知识只是贫乏的替代物。⑰在华兹华斯的众多自然诗中,还流露出一种自然神论的思想,将自然与人性的互动不断延伸,继而包容宇宙万物,这与浪漫主义时期"流行的泛神论有密切的关系"。⑱读者可以发现,诗人笔下的整个自然界充满了永生、无限的宇宙精神,一切事物都体现出所谓"神灵"的存在,正是"自然"让人感到身处于宇宙之中,并对同类产生切身的关爱之情。总的说来,华兹华斯注重"自然"题材在其诗歌中的重要地位,不仅描绘自然本身,更关注自然与人的互动关系,因此,其自然观是"人性、理性与神性的结合体",⑲代表了一种开放交融、流动不居的浪漫主义思想。

"自由"是华兹华斯诗歌中的另一个重要题材,也是浪漫主义文学的典型表现对象。华兹华斯对"自由"的关注源于他的民主思想,这与他所生活的时代息息相关。在英国浪漫主义诗人中,他是唯一一个亲临法国、切身感受法国大革命氛围的人,可以说,他的诗歌被深深地打上了革命时代的烙印,散文家哈兹利特(William Hazlitt,1778-1830)也曾表示,华兹华斯的诗是时代精神的产物,"它参与并被我们这个时代的革命洪流所折服",⑳"如果他生活在另一个时代,恐怕就只是无名小卒了。"㉑值得注意的是,华兹华斯笔下的"自由"通常表现为对"平等"、"民主"的迫切向往,在他看来自由不仅应当成为个人生存的状态,也是国家存在的准则。这种思想在其早期诗歌如《景物素描》(*Descriptive Sketches*,1792)中就有所体现,诗中人物呼唤上帝将自由

赋予人间,驱散君王的暴政,期待法国大革命所造成的思想激荡为人类带来自由的曙光。《序曲》也曾对法国大革命的初期做出这样的描写,"法兰西正值金色的时光,/似乎人性再次在世上诞生",⑪虽然大革命后来的走向令诗人倍感失望,但华兹华斯对自由、民主的热切盼望是清晰地展现在这些诗行中的。作为一位毕生对政治抱有高度热情的诗人,⑫华兹华斯的"自由"题材诗也反映了他对国家政治原则的态度。1801年至1816年间,他写了一系列十四行诗,结集成册后取名为《献给国家独立与自由之诗》(Poems Dedicated to National Independence and Liberty),坚定地支持国家自主,认为"国家应当强大而自由"。当法国大革命的民主理想让位于权力和政治争斗之后,华兹华斯强烈反对罗伯斯皮尔和拿破仑的政治行为,在一些激进派谴责其后期思想愈发保守、不再支持革命时,他表示自己并未变节,而是革命变了味,他反驳说"当法国及其统治者放弃自由,将自己交付给暴政、妄图奴役世界之时,便是我抛弃他们之日。"⑬在名为《一个英国人对于瑞士屈服于法国的感想》("Thought of a Briton on the Subjugation of Switzerland", 1807)的诗中,他将瑞士和英国比作"山岳"和"大海",认为拿破仑在瑞士扶植结盟政府的举动无异于将自由女神"从阿尔卑斯的据点赶下来",⑭使英国这个"大海"成为仅剩的自由国家。总的来说,"自由"是华兹华斯浪漫主义诗歌的重要题材,他通过诗的隐喻性和象征性,在一定程度上实现了民主、平等、共和等政治理想的艺术化。

"自我"也是华兹华斯诗歌创作的一大题材。浪漫主义诗人具有强烈的"自我"意识,"把文学的探索作为探寻个性的指南",⑮而华兹华斯在这方面的创作具有先驱意义。在浪漫主义之前,"自我"主要指人的外在实体,是相对意义上的客体,而作为抽象性、主体性的自我则是在浪漫主义诗歌中得以彰显的。"序言"中,华兹华斯给诗下了这样一个著名的定义:"诗是强烈情感的自然流溢"。诗的这种产生过程扭转了"自我"作为客体表现对象的地位,使心灵成为投射性和创造性的主体。⑯华兹华斯的自传体抒情诗(autobiographical lyric)《丁登寺》("Lines Composed a Few Miles above Tintern Abbey",1798)、《决心与自立》("Resolution and Independence",1807)、《永生颂》和《序曲》等都充分体现了这一诗歌观,这些诗的重点不在于描绘公众生活,而在于表达内心情感的波澜起伏。由于"自我"具有较强的个体差异,读者很难从这些诗中提炼出类型化的感悟,但其"流溢"出来的内在情感如"灯"一般将光亮发散开去。如此看来,诗人的心智体验就成了"具有原型意义的内在历练",[⑪]他对精神旅程的审视和情感的抒发就变成了一种自省的手段。需要指出的是,华兹华斯诗歌题材中的"自我"应当是艺术层面上的,是由语言表现出来的,这就意味着它并不拘泥于一个人的感受,而可借力于他人,形成"集体的自我"。[⑱]这种艺术表现方式是华兹华斯对浪漫主义诗歌的一大贡献,与追求自我与个性之无限放大的浪漫主义思想相呼应。

总的说来,"自然"、"自由"与"自我"这三种题材在华兹华斯诗歌中所占据的重要地位与他的浪漫主义思想紧密相关。如果说新古典主义诗歌强调题材的普适性、社会性和权威性,那么浪漫主义诗歌则关注抒发"内心的根本激情"(the essential passions of the heart)。[⑲]华兹华斯的诗以人的情感为中心,其自然题材诗反映了诗人在工业革命对人类的影响逐渐加剧的情况下,渴望启发人性、救赎人心的意愿;其自由题材诗表达了诗人的民主理想;而自我题材诗则承载了诗人对个性和艺术自由的赞誉。它们着重探索人类情感的运行方式,适合抒发难以抑制的激情,代表了浪漫主义诗人渴求提升个体、人心和情感之地位的愿望。

当然,诗歌题材的转变必然导致语言媒介的变化,这也反映在华兹华斯的诗歌语言观上。在《抒情歌谣集》中,他使用了古拙、质朴的语言描绘日常生活里的事件和情节,因为他感到表达思想应该"使用适合它们各自重要性的文字"。[⑳]既然他的诗歌关注自然、人心和凡人生活,其语言也应采用"人们真正使用的语言"。[㉛]这与 18 世纪的古典主义诗语观大相径庭,当时的诗歌讲求题材能"入诗",因此,语言也必须"得体"(decorum),甚至要有一套不同于日常生活话语的"诗意辞藻"(poetic diction)。与这种诗语观不同,华兹华斯认为,诗歌的语言"必然在各个

文学时代引起各种不同的期望",®由于其笔下的凡人在情感和看法上都很"单纯而不矫揉造作",也没有受到"社会上虚荣心的影响",因而是"与最好的外界东西相通的",®这种平凡的语言便是最好的语言,是"更永久、更富有哲学意味的"。®与此相反,泛滥的诗意辞藻已经走到僵死、呆板的境地,无法表达由正常情感而生发的思想。此外,他还进一步指出,诗歌语言和好的散文语言并没有本质区别,因为"最好的诗中最有趣味的部分的语言也完全是那写得很好的散文的语言"。®从这个角度来看,华兹华斯彻底否定了"诗意辞藻"作为诗人"职业标准"的倾向。然而,这并不意味着他同时否定了诗人在语言筛选上的重要作用,因为不加选择的日常用语也是不能"入诗"的。在"序言"中,他明确指出自己在《抒情歌谣集》中所创作的诗歌,虽使用了人们日常生活中使用的语言,但已去掉了它们的缺点以及"一切可能引起不快或反感的因素",®以避免"日常生活的庸俗和鄙陋"。®由此可见,华兹华斯虽然发起了日常用语入诗的语言革命,但"天然去雕饰"并不等于降低诗歌的艺术性,诗人在组织语言方面仍具有不可替代的地位,他与普通人的差别不在于质,而在于度,这种思想也体现在华兹华斯对诗人身份的界定上。如果将他的诗语变革论放置于浪漫主义思想的大背景下,读者就会发现,这种变革不仅涉及诗歌技巧的改良,更是"价值观念的变革"。®它一方面削弱了诗人的"特权",剥夺了他们特有的工具——"诗意辞藻",另一方面对诗人的感悟力、理解力和表达力也提出了更高的要求。可以说,华兹华斯的诗歌语言观是理解其诗论的钥匙,也是他为"诗人"身份做界定的思想基础。

华兹华斯对"诗人"身份的构想是其浪漫主义思想的有机组成部分,与他在诗歌题材和语言方面所持的观点高度一致。一方面,他强调诗人和普通人并无本质差别,所拥有的情感和思想与任何"感觉敏锐"、"头脑清楚"的人完全相同,但另一方面,他又指出,"有助于形成诗人的这些特质之中",虽然"没有一点在种类上与别人不同",但"程度上有差别"。®这种对诗人身份的设想看似矛盾,却很好地融合了华兹华斯的民主观念以及他对个体性(individuality)的提倡。在柏拉图以降的西方文学传统中,诗人常被当做神的代言人,其灵感为神所授,因而无论人们对诗人所持的态度是褒是贬,他们常被赋予不同于凡人的地位。而华兹华斯则指出,"诗人必须从这个假想的高度走下",⑥"以一个人的身份向人们讲话"。⑥这种观念与浪漫主义文学中所提倡的"灵魂对话"相吻合,凸显了华兹华斯的民主理想,它貌似将诗人拉下神坛,实则拓宽了诗歌的接受范围。正如他在"序言"中所写到的,"诗人绝不是单单为诗人而写诗,他是为人们而写诗"。⑥诗人的职责是成为"捍卫人类天性的磐石",⑥其作品应当表达普遍的人性,阐发普适的真理,从而深刻地感染读者,让"全人类都跟他合唱"。⑥

然而,拥有"一般人的热情、思想和感觉"⑥并不意味着任何凡人、庸才都能成为诗人。这就涉及诗人在创作过程中对素材的运用。华兹华斯曾指出,诗人"比别人更容易被不在眼前的事物感动",⑥能以"热情和知识团结布满全球和包括古今的人类社会的伟大王国"。⑥可以说,诗人比常人更有能力将思想和感情外化成诗。由此推知,诗人需要一种能力,使不在眼前的事物仿佛"就在面前似的",⑥此能力在敏锐度上的差别是诗人高出常人之处,也是使他能够以"高高在上的人的资格"、以"天才和权威的人的资格向读者讲话"的原因所在⑥。诗人所依赖的"热情"和"知识"是情感与理性的表现,它们能够将"全球"这一空间范围和"古今"这一时间范围内的人类经验高度集中。华兹华斯这种探究"诗歌产生过程"的精微思路进一步界定了诗人的特性,它与布莱克的"灵视"构想相契合,代表了一种诗性思维,是"在此问题上英国浪漫主义诗人对西方诗论的一个贡献"。⑦

正如上文所说,诗人在创作时需要将情感与理性相调和,需要使不在眼前的事物仿佛"就在眼前似的"。此时,沉思和想象就在诗歌的产生过程中起到了关键作用。在1815年版的《抒情歌谣集》"序言"中,华兹华斯列出了写诗所需的数种能力——观察和描绘的能力、感受性、沉思、想象、幻想、虚构以及判断。结合散见于其他言论中的观点来看,沉思和想象在华兹华斯诗歌创作过程论中占有重要的地位。

首先,沉思能够将最初的个人激情沉淀、再造,使"自然情感转换为

艺术情感"。⑪华兹华斯指出,观察和描绘的能力作用于事物本来的面貌,呈现的是"未被诗人心中的任何热情或情感所改变的事物的状态";⑫感受性所作用的对象不是事物原来的样子,而是它们在诗人心中所引起的反应。可以发现,这两种能力仍旧限于直接地、对立地与诗歌素材产生联系,还未上升到生产性(generative)的高度。沉思的作用方式则具有本质差异,它激励和调整诗人的情感,帮助将情感与"重要的题材联系起来"。⑬每当读者提起"诗是强烈情感的自然流溢"这一定义的时候,都不应忘记华兹华斯紧接在其后的进一步说明,"它起源于在平静中回忆起来的情感"。⑭"平静"(tranquility)正是沉思的首要特点,也是华兹华斯诗论区别于其他浪漫主义诗论的特有概念——因为"平静"对布莱克和拜伦等诗人的创作来说并不具有突出价值,但在华兹华斯看来,平静的沉思是思想和情感得以互动的媒介。华兹华斯的诗论讲求"合情合理",这也正是他对"沉思"执著探究的结果。他曾指出,"思想事实上是我们以往一切情感的代表",⑮这就意味着思想与情感不是对立的,而是处于可互化和生成的动态关系中。"沉思"概念的提出,在某种程度上讲,是华兹华斯为了抵御古典主义的"理性"崇拜,希望调解情感与理性在诗歌创作过程中的关系而做出的努力。自然情感在沉思中得到沉淀,但这还不是其终结,它需要再造出一种艺术化的情感,使诗人可以在摆脱事物直接印象的影响后,仍能感受到一种与"所沉思的情感相似的情感逐渐发生",⑯由此产生的艺术冲动若要以具体的诗歌形式体现出来,就必须有"改变、创造和联想的能力",⑰也就是想象力。

　　想象的创造性和驾驭能力在创作过程中具有不可替代的地位。华兹华斯曾表示,诗人需要给平凡的事件和情境抹上一层"想象力的色彩"⑱,使之显得不平凡,这指的就是想象力的"点化"作用。在这一点上,他曾受到18世纪联想主义(associationism)的影响,但又超越了其机械论的思维范式。以大卫·哈特莱(David Hartley,1705－1757)为代表的联想主义者认为,人的头脑受到外界印象的刺激,开始脑神经的振动,随后通过联想机制形成综合意象和复杂的心理经验。这种思想的核心是人类头脑对外部世界的反映功能。而华兹华斯所探究的想象力则摆脱了被动反映的限制，主要是一种能动的创造性力量。它以沉思所得的艺术化情感为动力，自由穿梭于"全球"、"古今"，从而赋予具体的艺术意象以哲思，实现情与理的互通。正因如此，华兹华斯在《序曲》结尾处将想象比作"欣悦之至的理性"、"最高级的理性"，⑲赋予其统领一切的力量。当然，从批评史的视角来看，浪漫主义诗人中曾就"想象"展开讨论的不在少数，华兹华斯的分析相对来说更重直觉和感性，他对"想象"和"幻想"（fancy）的区分也造成了较大争议，但想象在其思想中的重要性更多的是表现于创作实践中，它与华兹华斯的世界观，或者说与"他对世界的感受联系、融合了起来"，成为一种"统一和最终洞见到世界统一性的力量"。⑳

综上所述，华兹华斯的浪漫主义诗歌观在英国乃至西方文学思想史上都具有举足轻重的地位。他关注诗歌题材的重要价值，其诗作以人性为纽带，将"自然"、"自由"和"自我"等适合抒发诗人强烈情感的题材作为主要表现对象。他提出的诗歌语言观一扫古典主义的冗繁、典雅之风，使清新自然的语言成为"合法"的诗歌语言，实现了诗歌表现媒介的变革。伴随着这些变革，诗歌创作的主体——诗人的身份也相应发生变化，诗人与读者的本质关系是人与人的关系，但诗人又必须具有超越凡人的才能。华兹华斯对诗人身份的构想使诗人摆脱了"诗神灵感表现工具"的卑微地位，属于典型的浪漫主义天才论流派。他对诗才的分析，尤其是对沉思和想象在诗歌创作过程中的重要作用的探讨，对文学创作心理的研究产生了一定影响。可以说，华兹华斯在诗歌题材、语言、主体和创作过程等方面提出的独到见解，表现了他对"诗歌性质"的重新审视，而这些观念又隐约预示了文学思想和文学研究方向的一些后继变化。正如一位著名学者所指出的，"西方文化对身份和自我的痴迷，文学理论研究的语言转向，对权力、政治和国家独立状态的关注，……对环境问题的探索等"，这些 20 世纪下半叶"文化视域里的突出问题都在华兹华斯的诗歌和文章中有所体现"。㉑由此看来，华兹华斯的文学思想不仅对浪漫主义，甚至对整个西方文学思想的后继发展，都产生了深远影响。

第四节

"湖畔派"诗人柯勒律治的浪漫主义气质

塞缪尔·泰勒·柯勒律治(Samuel Taylor Coleridge, 1772 - 1834)1772 年 10 月 21 日出生于英格兰西南部德文郡一个乡镇牧师的家庭。父亲是教区牧师,在他 9 岁时不幸去世。10 岁时,他到伦敦基督慈幼学校上学,熟读希腊、罗马文学,精习形而上学。19 岁考入剑桥大学,攻读古典文学。柯勒律治的诗数量不多,但其被称作"魔幻三杰作"的代表诗作《古舟子咏》、("The Rime of the Ancient Mariner",1798)、《克里斯特贝尔》("Christabel",1816)和《忽必烈汗》("Kubla Khan",1816)脍炙人口,是英国诗歌中的精品佳作。他一生做诗不辍,中年时热衷于研究以康德、谢林为代表的德国唯心论哲学。他的诗人气质、他的怪癖、他的个人魅力、他与华兹华斯的微妙关系,尤其是他的文学理念,都使他成为文学史上极具人气的作家之一。

塞缪尔·泰勒·柯勒律治是英国文学史上最具思想厚度和最为多才多艺的文学巨匠之一,同时也是"湖畔派"诗人中最具浪漫主义气质的诗人。与华兹华斯相比,他的诗歌数量要少很多,但是作为文学评论家和理论家,他的作品却是浩渺的,他的判断、思想和理念如今依然极大地影响着文学艺术界。

总的来说,柯勒律治的人生轨迹颇多转折和壮举,是极具浪漫主义色彩的。年轻时代的柯勒律治对政治和宗教都有着非常激进的观点,他对法国革命几近疯狂。1794 年夏,他结识了诗人罗伯特·骚塞,朋友俩着手计划在美国建立一个小小的乌托邦式的社区,柯勒律治把它称为"Pantisocracy"(equal rule by all),即"大同世界"。但是两个人都只是沉湎于梦想的人,根本没有办法将计划付诸实施。1797 年,他又遇见了华兹华斯,在后者的推动下,柯勒律治开始了一生中最快乐也是最多产的时期。两位诗人出版了他们的《抒情歌谣集》。这本诗集标志着他们与古典主义的背离以及浪漫主义时代的开始。诗集的第一首诗就是柯勒律治的杰作《古舟子咏》。在《古舟子咏》中柯勒律治极尽才能,将超越自然的人物和事物介绍给读者。1798 年柯勒律治随同华兹华斯和其妹妹多萝西一起前往德国,开始了他长达一生的对康德、谢林以及其他德国哲学家的研究。在把德国的哲学发展状况介绍给英国诗人和思想家方面,柯勒律治起了重要的作用。柯勒律治还是一位非同寻常的文学评论家,且擅长举办讲座,他口才出众,是浪漫主义时代卓越的代言人。他对莎士比亚以及其他作家的论证成为文学批评的经典之作。他还为报刊、杂志撰稿并且创办了期刊——《朋友》(*The Friend*,1809)。在此期刊内,他创作了一部成功的悲剧《悔恨》(*Remorse*,1813)。随着时间的流逝,他抛弃了年轻时代炽热的革命激情,转向保守。

柯勒律治的文学作品可以很自然地划分成三大类:诗歌类、评论类和哲学类,与其早期、中期和晚期的文学生涯相对应。但他主要还是以诗作闻名于世。他写出过《古舟子咏》、《克里斯特贝尔》和《忽必烈汗》这三篇力作,集中地反映出他的文学理念、主题构思、创作风格、超脱于凡人的想象力以及文学、哲学思想。通过对此三篇杰作的赏析、评论、解惑,可领会诗人那超凡脱俗、神奇怪诞却又紧扣读者之浓厚兴趣的缘由,更好地领会这位被人们普遍认为是"怪才"的湖畔诗人的文学素养和浪漫主义气质。

很多读者与学者都认为《古舟子咏》是浪漫主义诗歌的"宣言书",是柯勒律治所写的一首令人难以释怀的音乐叙事诗。它结构简洁、语言朴素,向人们叙述了一个生动的犯罪与赎罪的故事。《古舟子咏》是柯勒律治唯一一部完整的长诗。这部长达 677 行的叙事歌谣是一个神秘恐怖的浪漫故事:一名老水手对三个赶赴婚宴的客人讲述了他自己的可怕经历。客人们本想不理睬他,自顾着去赴宴,但却被老水手那特殊的表情所打动,情不自禁地把这个故事听完了。老水手和同伴们乘坐一艘船出海捕鱼,一路上很平安,但突然间他们遇到了一阵暴风,暴风过后,老水手无端射死了一只栖息在索具上的信天翁。航海人都相信信天翁是好运的象征,老水手的举动让厄运降临了。船驶进静静的

大海深处,那里无风无浪,毒辣辣的太阳如火般照耀着,海水绿绿的,满载着腐朽之物。船滞留在那里一动也不能动,老水手便是这次厄运的肇事者。全船的人都渴死了,只有他还活着,这其实是上帝对他的严厉惩罚。他一方面觉得自己罪孽深重,害死了其他水手;另一方面在茫茫的大海中,一条船上就他孤零零的一个人——惧怕像毒蛇一样给他注入毒素,使他的内心又经历了一场痛苦与恐惧的折磨。良心和良知是每个人自身内部的道德评析,是对自己道德价值的认识,是一种心理反应。老水手不断对自己进行良心谴责,感到内疚、惭愧和悔恨。这种自我谴责如同一座大山压得他透不过气来,使他倍感罪孽深重。后来,他一想起那时所受的言之不尽的切肤之痛,便不能忍受。他的心在体内燃烧着,一直到把这可怕的故事说了出来,方才觉得舒了一口气。尽管老水手已经虔诚忏悔,但那种负罪感令他依旧难以释怀,于是他渴望被人理解,以排除内心的痛苦,因此,即使对方是路人,他也渴望倾诉,并且表示今后一定要做富有爱心的善良之人。

这首诗可以说是柯勒律治实现其浪漫主义哲学、文学思想的最高成就。总而言之,柯勒律治的这首诗歌以神秘、怪诞著称,其中的心理描写可谓超凡。诗歌探讨了罪与罚、善与恶、生与死等哲学问题,宣传了一切生物皆上帝所创造的教义,把热爱宇宙万物的泛神论思想和基督教思想结合起来。这个老水手经受了无数肉体和精神上的折磨后,才逐渐明白"人、鸟和兽类"作为上帝的创造物,存在着超自然的联系。因而这首诗有许多超自然的人物和事件,充满激昂的基调、古朴的语言和深奥玄妙的特质。柯氏认为诗歌的真正价值并不在于故事本身或它所包含的哲理,而在于以造型艺术的精确性和音乐的流动感,为读者创造出一幅幅神奇、浩渺的画面。比如他对大海的精彩刻画:时而风平浪静,温和安宁;时而风暴骤起,一片喧腾;时而无边无际,时而岸芷汀兰。读者几乎难以相信,在写作此诗时的柯勒律治并不熟悉大海,根本不是一个弄潮儿。但他能凭借常人无法具备的想象力,使真实的情形与幻想的景象互相交织,把平凡的细节与诗意的象征合二为一,充分显示了瑰丽奇特、神秘怪诞的想象能力。在诗艺上,该诗将英国民歌的自由与古典诗的严谨熔于一炉,煅造出适合表达浪漫主义情感的活泼自然的诗体,而长诗的音韵与节奏之美,也表现了诗人能让文字歌唱的非凡才能。在实际创作中,梦幻与现实彼此交融,制造出一幅幅亦真亦幻的情景,这种情景神秘、怪异和朦胧,给读者带来一种难以名状的美感。柯勒律治的文学思想还饱含庞大的隐喻体系和复杂的象征结构,完成了从抽象到具体,再回到抽象的文本创作过程,从而使读者自动摒弃对作品内容的不信任感,而确信描写的真实、逼真。他强调诗的形象思维,但又认为好诗不只依据丰富的意象。一首诗无论意象多么美丽动人,多么忠实于自然,都不一定能算作上品。意象只有受激情的主导、控制,受诗人智力统领时,才能化作好诗,这样的诗其含意是多层次的,足以接受不同时代和不同读者的解析和鉴赏。

概括来说,在柯勒律治的心目中,上帝创世与诗人写诗是类似的活动。他的诗学鲜明地反映出基督文明被创造的宇宙观念,是以人文主义对基督教观念展开重新剖析的典型。人和自然同质,都是神的创造,这是他形而上学的诗学的主要理论基础。虽然人和自然是神的永恒创造的体现,但其形态和品质却不尽相同,人们只有凭借自我意识和沉思冥想,才可领会人与自然之间千丝万缕的联系。

另一首体现柯勒律治浪漫主义气质的诗作是他的抒情诗片断《忽必烈汗》。这首诗是柯勒律治在1797年的一个夏梦中编织的作品,虽然只有54行,但仍被公认为柯勒律治的代表作之一。该诗诗句合辙押韵,长短不一,韵律铿锵,极富乐感。柯勒律治写道:在埃克斯穆一个农庄作短暂逗留时,由于病痛吃了鸦片,不久后便睡着了;入睡前他正好在看英国牧师兼旅行收藏家珀切斯的《珀切斯游记》,其中写到因马可·波罗的介绍而在西方出名的元世祖忽必烈汗修建宫殿的事情。柯勒律治在睡梦中,诗句脱口而出,纷至沓来;入睡之人直接看到一系列形象,听到一连串写景叙事的词句。几小时后他从梦中醒来,蛮有把握地认为自己已经作好或者传授了一首300行左右的长诗。他记得异常清晰,赶紧记录下了那个片段。然而,一位不速之客打断了他的创作,之后,他无论如何也回忆不起其余的诗句,永远没有能够完成这本该是二三百行的长诗。"我相当惊骇地发现,"柯勒律治写道,"我只是模模糊糊地记得大概的情景,除了八九行零散的诗句外,其余的统统消

失,仿佛水平如镜的河面被一块石头打碎,它反映的景象怎么也恢复不了原状。"即便如此,现记录下来的片段依然是英语韵律中最高的典范,像天边的云霞闪亮耀眼,但又难以解析。在作品中,诗人把东方的历史与古希腊、罗马的文化与文明融为一体,使作品产生奇特的艺术效果。在忽必烈汗的宫殿里,城墙与高塔四面环绕,清澈的小溪在涓涓地流淌,明媚的花园里,丁香、豆蔻花香四溢。如同小山丘一样的树林环抱着草地,那里无疑是人间天堂。

值得注意的是,《忽必烈汗》并不具备完整的故事情节,细细咀嚼之后,读者就会发现它是一首不注重思想内容,只刻意表现韵律和想象力的"纯粹诗",那富于节奏的音乐美给读者带来悠然自得的快感。欣赏该诗时,读者禁不住会发问,这种种美景柯勒律治又是如何知晓的呢?我国古代杰出的文学理论评论家、《文心雕龙》的作者刘勰认为文学创作活动是人的一种精神活动,能够超越形体的局限,超越时空,想到千年之上、万里以外,其首要特点便是创造性的想象力。主体在艺术构思时,可以从自身现实的王国一跃进入到另一个虚幻的国度,从而超脱客观现实的界定,获得主题自由延展的可能性。这与柯勒律治强调诗性想象的创造并行不悖,也令人感觉到这种创作的无边无际的神秘感。

柯勒律治在这首诗中暗示了诗性幻想的巨大威力:诗人不但能把幻象化作文字,而且可以把它的启迪传达给所有读到或看到它的人。《忽必烈汗》以描绘诗人受灵感驱动做诗的形象终结全诗:诗人因激越的创作热情,目光如电,长发飘飞,下笔如神,给人以神圣之感,令人畏惧。他使人们相信诗人似乎喝过清晨的甘露,饮过天堂的乳浆。在这里柯勒律治描写了因神灵附体而获得灵感的诗人如痴如狂、口若悬河、放荡不羁的情状。此时作家已冲破理性的制约,进入心灵解放和高度自由的状态,思维也随之进入了一个仿佛混沌无序的想象世界。《忽必烈汗》无疑是这种神思佳作,全诗如同一首文字铺就的交响乐,丰富的韵味、场景的跳跃、相悖的意象组合居然可以在诗人的笔下平衡而又和谐地交汇于诗的主题结构中,狂放中隐含着规则,看似随意却又井然有序。

在这首诗中,柯勒律治以细节描绘超自然的神秘事物,表现出细腻的浪漫主义手法。诗中所描写的点点滴滴极为细致,令人甘愿暂时不去考虑普通情理而信以为真,并在领略、欣赏到一种美的同时获得教益或良知的觉醒。"自由、平等、博爱"是资产阶级倡导的道德规范,是资产阶级革命时期提出来的口号。它既是资产阶级的政治主张,又是资产阶级道德的重要内涵。这一口号的提出不仅在政治上推动过历史的进步,在人类道德发展史上也是一个非同寻常的观念。因为它否定了人身的依附关系,肯定了人身自由;否定了等级特权,肯定了人的平等。总之,它肯定了人的尊严、价值以及个体对美好事物和对幸福的追求。所以,它对个性的张扬和强烈的自我意识的拓展,对人们打碎禁欲主义、蒙昧主义、等级主义的枷锁都起到了无可替代的作用,而柯勒律治正是它最积极、也最富影响力的宣传者之一。他最崇尚的是自由,即人人都可以按照自己的意愿生活或写作;他认为人人平等,连他和忽必烈汗也一样,因为死后都得经过坟墓,站在上帝的面前;至于爱人、爱大自然、爱人世间所有美好的事物包括人类所拥有的一切美好品德,更是上帝和人类共同的奢求。一位 18 世纪的英国诗人不可能知道忽必烈汗那座皇宫的蓝图是一场梦,却梦到有关宫殿情景的诗。这种心灵感应,跨越了空间和时间,与之相比,宗教书里提到的白日飞升、死而复生和鬼魂显露与柯氏的诗作相比就显得十分稚嫩,也就算不上神奇了。

柯氏的浪漫主义"魔幻三杰作"还有一个明显的特征就是其浓厚的悲剧氛围和悲剧精神,这主要反映在他的《克里斯特贝尔》中。诗里所有人都充满悲剧色彩。克里斯特贝尔小姐原本有着挚爱的男友、美满的家庭、幸福的生活。出于善良,她好心救起一个女妖,结果却被诬陷、被迷惑,由此给整个家庭带来不幸和变故。也许诗人在未完成的部分会给故事一个不同的结尾,但就目前的片段而言,《克里斯特贝尔》带给我们的是一场不折不扣的悲剧,这部悲剧本身所具备的凝重感和神秘感又一次彰显了诗人所特有的浪漫主义气质。

柯勒律治除了是英国"湖畔派"诗人中最具浪漫气质的诗人之一,还是浪漫派诗人中一位颇具哲学深度的理论家。1818 年柯勒律治作了一系列关于莎士比亚的精彩讲演,结集成《关于莎士比亚讲演集》

（*Lectures and Notes on Shakespeare* , 1818）一书，同时创作了文艺批评论著《文学传记》（*Biographia Literaria* , 1817）。它们都是文学批评史上的杰作，不仅深刻分析了诗的特质和力度，而且对批评原理也有独到的见解。通过对其三部作品的赏析，我们可以归纳出其文学思想的三大特色：1）宗教的形而上学色彩。2）强调想象与象征力。3）崇尚移情论。在英国的浪漫主义运动中，柯勒律治是受德国谢林形而上学哲学思想影响最深的文论家。但他的思想体系又极为复杂，常常折射出从抽象思辨返还人类经验的倾向，神性正是这一倾向的原动力，它将人的精神感觉和理念等同起来，体现出柯勒律治的泛神论思想。心灵把人引向大自然，而非大自然去触动心灵。自然是一面镜子，既反射人，也折射上帝，因为上帝以自己的模样创造了人，人把外在的自然和内在的自我意识结合起来就产生了心灵的想象力。最强有力的心灵在想象中承载着鲜明的象征。柯勒律治特别强调人的自由意志，从而使其诗学最终归结于移情论。他认为诗人"必须将他们现已有的情怀铭印给外界的世界，以便以令人满意的清晰、鲜明的个性在他们的观照之前再呈现出来"。[①]柯勒律治精研人与自然的微妙关系，认为当诗人将其人格向外辐射到自然时，自然也就免不了会烙上拟人化对象的印记了。既然神按照自己的形象创造了人，那么，人在重复神的创世的过程中也就顺理成章地依照人的模样创造自然，这就是浪漫主义的拟人主义。可以说，柯勒律治的诗学是浪漫主义的诗学理念对基督教观念的重新解析、拓展和延伸，是以宗教语言表达新的人文主义审美观点和审美理想的典范。

柯勒律治曾经说过，《圣经》、莎士比亚、弥尔顿对他一生的写作、研究产生过重大的影响。他不遗余力地发挥自己的想象力，在他的文论《文学传记》中，他曾这样表述："诗的天才以良知为躯体，以幻想为服饰，以行动为生命，以想象为灵魂，这灵魂无所不在，它存在于万物之中，让一切形成一个优美而智慧的整体"。[②]因此，他试图通过自己非凡的想象力进入莎翁的内心深处，仔细体会莎翁每部作品的精髓，弄清其内在的组织原理，探求莎翁是如何驾驭其不朽之作的。他强调指出当诗人被大自然美景所吸引时，他的脑海会变幻出一幅幅画面，任何人面对自然美景时都会有自己特有的感受,但并不是所有人都具备能力,用语言符号去传达其内心的景象,而天才就是拥有这非凡能力的人,他可以把心目中的画面呈现在读者面前,使之感同身受,调动起他们的各种心理机制。莎士比亚无疑是这样的天才,既有捕获灵感的天赋,也有激发情感的本领。但天才仅仅具备想象力和激情是远远不够的,还必须拥有深邃的思想。柯氏曾说过,如果诗人不是拥有深邃的哲学底蕴的哲学家的话,那他一定不是一个杰出的诗人。

长期以来,人们对柯勒律治的作品和评论颇有争议,有人认为其神秘而怪诞的诗歌作品时常不可理解,还有人认为其自由、复杂而充满种种自相矛盾的文学思想缺乏系统。除此以外,一些人对其个性化的莎士比亚戏剧评论也颇有微词。具有讽刺意味的是,如今,人们普遍认为他对于英国文学以至于世界文学的贡献恰恰体现在这些方面。

综观柯勒律治其人、其作品,可以说他不愧为"湖畔派"中当之无愧的最具浪漫主义气质的诗人。从欧洲回国后,他继续居住于湖畔地区,与华兹华斯保持往来。与童年时代就失去父爱同样不幸的是,柯勒律治年轻时即患有风湿痛等多种疾病。为求镇痛他长期服食鸦片,竟至上瘾。所以,他那超凡神奇的想象空间、怪诞相悖的心理意象、浓郁难解的悲剧性精神,有时就被部分读者看做是鸦片云雾缭绕、渲染的副作用,是常人所无法拥有的。这一直以来都是文学史上的一个谜,可是没有任何人能够小觑他过人的才华以及他那超越其他诗人的浪漫主义气质。吸食鸦片大大损害了柯勒律治的健康,使得晚年的他贫病交加,痛苦难当。1834 年 7 月 25 日,这位超凡脱俗又颇具争议的浪漫主义诗人逝世于海格特。应该说,柯勒律治的创作实践、理论体系、哲学观点,不仅影响了同时代的作家,也影响了和他政治思想相左的拜伦、雪莱和济慈等诗人,而且,对如今的诗歌艺术探索者和爱好者仍有很好的参考价值。仅凭《古舟子咏》、《克里斯特贝尔》和《忽必烈汗》,他在英国文学史上就占有一席重要地位。他是不折不扣的浪漫主义思潮的杰出代表,是无可厚非的人间"诗仙",令无数痴迷的读者景仰。

第 五 节

浪漫主义时代的拜伦主义

当以华兹华斯、柯勒律治和骚塞为代表的消极浪漫主义诗人思想趋于保守,创作出现滑坡时,以拜伦和雪莱为代表的积极浪漫主义诗人异军突起。他们以卓越的文学成就促使英国诗歌创作迈进高度成熟的阶段,再次形成了波澜壮阔的文学浪潮。乔治·戈登·拜伦(George Gordon Byron,1788－1824)是英国19世纪浪漫主义文学运动的杰出代表,他在短暂的一生中所创作出的美妙诗篇激荡着无数读者的心灵。时至今日,他的诗作已传遍世界各国,他的名字也变得家喻户晓,所谓"拜伦主义"和"拜伦式英雄"等术语已超越了文学范畴,被广泛地应用于政治、哲学和社会学等多个领域。美国著名作家杰克·伦敦就曾经感言:"你们读一百本杂志还不如读拜伦的一行诗"。⑧

拜伦出生于伦敦一个贵族家庭,但家中经济拮据。父亲是个浪荡的花花公子,他在挥霍完妻子的财富后遗弃了她,所以拜伦的童年与母亲在苏格兰度过。拜伦继承了家族的爵位和一些领地,成为这一贵族世家的第6位男爵,从此家境殷实。大学毕业后,拜伦迁居伦敦,并在英国上议院获得了世袭的议员席位。1809至1811年,他走出国门,先后游历了葡萄牙、西班牙、阿尔巴尼亚、希腊和土耳其。此番远游对他的创作意义重大,归国后,他发表了《恰尔德·哈罗尔德游记》(*Child Harold's Pilgrimage*,1809－1818)的前两章,轰动一时。他嘲讽当局者的诗歌引起统治集团的强烈不满,于是他们便利用拜伦的离婚案件对他大肆攻击与诽谤,迫使他于1814年永远离开了自己的祖国。

侨居国外期间,拜伦创作了大量的政治诗、讽刺诗、抒情诗和几部诗剧,充分表达了其独特的"拜伦主义"和浪漫主义的激情。他的反叛精神和革命思想在整个欧洲大陆广为流传。为了支持希腊的独立事业,他将稿酬和变卖家产的钱捐献出来,还亲临战场第一线指挥作战,终因积劳成疾,患寒热症,不治身亡,年仅36岁。他不仅成为不折不扣的希腊民族英雄,而且成为万众敬仰的英雄诗人。

拜伦是英国浪漫主义的杰出代表,也是"拜伦主义"(Byronism)的具体化身。他高傲自大,热情浪漫,藐视传统,愤世嫉俗,在诗中不时表现出反叛意识和自由精神。拜伦这种特立独行的处世风格不仅使其成为许多年轻人崇拜的偶像,而且也在英国文坛催生了一种独特的人生观:即"拜伦主义"。随着浪漫主义思潮的不断高涨,"拜伦主义"已经完全超越了拜伦本人的性格特征和价值取向,并逐渐成为浪漫主义时期的一种独特的、无形的、自觉的却又颇受争议的处世风格。"拜伦主义"不仅对19世纪的诗歌和小说创作,尤其是人物形象塑造,产生了积极的影响,而且成了浪漫主义思潮的重要组成部分。

"拜伦主义"首先反映了诗人强烈的民主意识和高度的社会责任感。拜伦是一位争取民主与自由的斗士,所以他的写作始终围绕着英国的政治舞台和社会局势,生动如实地记载了19世纪初期英国乃至欧洲的重大政治事件,鞭挞了统治阶层的腐败与专制,热情讴歌工人阶级为争取自由与人权而进行的斗争,讴歌法国革命,写出了许多带有"拜伦主义"色彩的政治诗。作为贵族出生的他能够如此甘心情愿与劳苦大众为伍,并为他们的利益不懈奋斗,实属难能可贵。

"拜伦主义"精神还表现于他所创作的以拿破仑为题材的诗歌中。拜伦对拿破仑的失败颇为同情,因为在他眼里,欧洲的统治集团和反动势力在摧残人性、破坏民主、剥削和压榨人民大众方面与这个法国皇帝相比是有过之而无不及。在其著名的政治讽刺长诗《青铜世纪》(*The Age of Bronze*,1823)中,作者将第一到第五节的篇幅给予了《咏拿破仑》("Ode to Napoleon Buonaparte",1823)。拿破仑是个颇具争议的政治人物,他从下层脱颖而出,凭借勇气和智慧领导法兰西人民横扫欧洲各国的反动势力;他几经沉浮仍意志坚定。但同时,他又自居为帝,搞军事独裁,对内镇压人民,对外发起侵略战争,因此拜伦对他的评价也混合着诅咒与嘲笑、惋惜与推崇等复杂的情感。在诗的第三节,拜伦先写了拿破仑的辉煌成就,又对他进行嘲讽,并对这位盖世英雄被囚禁

孤岛的下场表示遗憾,深切同情被反动敌人迫害的拿破仑。在第四节,诗人缅怀拿破仑的英雄伟业,称赞拿破仑的名字是英雄的名字:"像色斯卡的战鼓,能使敌人胆寒"。拿破仑在滑铁卢一役大败后一蹶不振,对此拜伦深表同情,同时他又希望浪漫主义的自由平等能挽救这种悲剧。他一针见血地指出,拿破仑失败的原因是没有追随"大西洋的自由之波",因为没有自由和民主的精神,再英勇的伟人也会成为笨伯。

拜伦的另一首精彩的政治诗是《若国内没有自由可为之战斗》("When a Man Hath No Freedom to Fight for at Home",1820),它也表现出"拜伦主义"的显著特征。短短的八句诗行当时传遍了欧洲大陆,在争取独立与自由的人们的心中引起强烈的反响:"若国内没有自由可为之战,/就该为邻人的自由而战;/让希腊罗马的荣耀萦绕心头,/既辛劳又赔性命也心甘。"在简短的诗行中,读者深刻体会到了"拜伦主义"的显著特征,即热情奔放的个性、为自由而战的激情、贵族主义的孤傲以及对英国社会的蔑视。作为有资格在国会和上议院发言的贵族,他的两次发言都强烈指责反动当局,一次是抨击政府血腥镇压破坏机器的工人,另一次是反对政府压迫和奴役爱尔兰人民。在被迫永远离开祖国之后,他步入了真正伟大的境界,成为一名为"自由而战"的"骑士",并且实践了自己诗中的誓言:"为人类求正义","既辛劳又赔性命也心甘。"拜伦为希腊的民族解放事业而献身,其英雄行为饱含着现代自由的理想和浪漫的英雄主义精神,这种精神使拜伦虽流亡国外,依然高举理想的火炬,斗志昂扬,勇往直前,无所畏惧。

拜伦还在他的讽刺诗中展现出无谓的革命斗志。在1811年至1812年兰开夏、约克和诺丁昂等地发生了捣毁机器的事件,拜伦在议会发表了第一次演说,为那些被判死刑的纺织工人辩护,可是他的主张没有被采纳,议会还是通过了惩治工人的法案。义愤填膺的拜伦写下了著名的讽刺诗《"编织机法案"制定者颂》("Ode to the Framers of the Frame Bill",1812)。他义正词严地质问道:"在这哀鸿遍野、到处一片呻吟的时候,为什么人命不值一双袜子,而捣毁机器竟至骨折身亡?"这是英国文坛上引人注目的反映资产阶级剥削制度的作品,不仅深刻揭露了当时英国社会的政治腐败和社会混乱,而且体现了作者强烈的社会责任感和对工人阶级的深切同情,更彰显了诗人对政府当局毫不妥协的大无畏精神。拜伦的政治诗是其作品的重要组成部分,深刻再现了工业革命时期英国国内尖锐的矛盾以及法国大革命后的英国现状和欧洲的动荡局势。毫无疑问,拜伦无愧于一个浪漫主义时代的、为民主与自由而战的无畏的英雄诗人这样一个称号。

应当指出,"拜伦式英雄"是"拜伦主义"的具体象征。对所谓"拜伦式英雄"世人早已有定论,即"拜伦式英雄"是指拜伦在《东方叙事诗》("The Oriental Tales")中所塑造的主人公,他们都是高傲、孤独、倔强的反抗者,蔑视文明社会的宗教和道德,具有强烈的叛逆精神,但他们又脱离群众,带有明显的个人主义和浓厚的悲观厌世情绪。拜伦通过他们对社会决不妥协的反抗精神,反映出自己忧郁、孤独和彷徨的苦闷。这些形象具有作者本人的思想性格特征,被称为"拜伦式英雄"。这样的英雄是大无畏的,是视死如归的英雄,但也是孤独的英雄。因为他虽然热爱人民,却以高高在上的姿态面对他们,像上帝救赎他的子民一般,所以他终不能融入人民当中,不能与人民平等相处。拜伦虽在诗歌中表达了他愤世嫉俗、向往正义的精神,表现了非凡的讽刺笔力,但也表露了一定的孤傲寡合、目中无人的情绪,他往往漠视下层人民的优良品质,沉湎于孤芳自赏,不由自主地落入"拜伦式英雄"的孤寂之中,从而削弱了其诗作的社会批判力。

在浪漫主义文学中,《恰尔德·哈罗尔德游记》是第一部以政治和社会问题作为题材的长篇诗作,叙述了"拜伦式英雄"哈罗尔德游历欧洲的种种见闻,同时将美丽的自然与丑恶的现实加以比较,表达了他对欧洲反动势力以及所有侵略者、压迫者的义愤和对各国民族解放运动的深切同情。诗作塑造了哈罗尔德和诗人"我"两个不尽相同却共通互融的艺术形象,他们都满腔热血,热爱自由、民主、正义和美;他们都反抗专制与侵略,蔑视权贵与独裁者;他们都热情讴歌革命与英雄;他们都极端厌世,孤独清高,特立独行,但心中又充满着爱国主义的美好情愫。拜伦生动、具体地刻画出哈罗尔德的形象:他眷恋故国,却又厌世弃情;他渴望走访异国,却又对故土满怀深情,这似乎是拜伦的影子,表达出诗人饱满的爱国主义精神。

　　《唐·璜》(*Don Juan*，1818－1823)再次生动地体现了"拜伦主义"和"拜伦式英雄的形象"。就总体而言，这是一首大气磅礴、多姿多彩的长篇诗作，以史诗般的宏大规模从各个侧面描述了欧洲各国的社会现状，全面揭露了 19 世纪 20 年代欧洲各国的黑暗腐败、封建专制的野蛮残暴、上流社会的荒淫伪善、侵略战争所带来的灾难、金融资本对世界的控制等等，其中对神圣同盟和英国政府的揭露和批判最为深刻。拜伦指出，神圣同盟是镇压人民、扼杀自由的欧洲第一大刽子手，英国统治者是所有民族的最坏的敌人，他们在世界上干尽坏事，理应受到最严厉的惩罚。《唐·璜》既向读者讲述了一个个曲折动人的冒险故事，又是整个时代与全欧洲的如实写照。诗人以愤慨的情绪和毫不妥协的态度号召人民起来反抗暴君，用革命来横扫地球上的污泥浊水。

　　诗中的典型章节不遗余力地表现出"拜伦主义"的豪迈精神。《唐·璜》第 13 章第 79 到 89 节所再现的《上流社会》可谓精彩中的华章。该部分给人留下最深刻印象的是诗人给上流社会成员们起的形形色色的绰号，它们时而令人忍俊不禁，时而令人哈哈大笑；它们具有集中而典型的概括力，入木三分，具有毫不留情的讽刺效应。在诗中，诗人还尖锐地讽刺了英国贵族夫妇之间的冷漠和虚伪。拜伦身为贵族，却深感上流社会的腐败与堕落，深感自己与他们格格不入。孤寂的折磨、幽默的才华造就了诗人过人的讽刺艺术。《唐·璜》第 3 章第 1 到 16 节的《哀希腊》更是拜伦的登峰造极之作。它语言精致，情感真挚，令人难以割舍。诗人虽不是希腊人，但同样是希腊文明的子孙后代，希腊是诗人心中不容侵犯的圣地，他目睹现实与历史的巨大反差时，不禁黯然神伤："我独自在那里冥想一刻钟，／梦想希腊仍旧自由而快乐；因为，当我在波斯墓上站立，／我不能想象自己是个奴隶。"拜伦写《哀希腊》的目的，不是要大发怀古的感叹，而是要以诗歌来激励人民，号召和鼓舞他们为自由、为恢复希腊的光荣与神圣而战斗。作家瓦尔特·司各特说，《唐·璜》像莎士比亚一样包罗万象，它囊括了人生的每个主题，拨动了神圣的乐器上的每一根弦，弹出最细小以至最强烈、最震动心灵的调子。一个被祖国抛弃的诗人，在国外得到世界范围的称誉，使整个 19 世纪 20 年代成了拜伦的时代。而迄今仍令人津津乐道的是，拜伦笔下的唐·璜几乎就是拜伦自己的化身，"拜伦式英雄"的概念也随之流传至今。

此外，"拜伦主义"在其抒情诗中也得到了充分的展示。热情奔放、追求浪漫是"拜伦主义"的重要特征之一。拜伦在其短暂的一生中写下了大量的抒情诗，充分体现了他对生活的热爱、对美的追求、对爱情的渴望和对大自然的向往，这一切都融入了他那朴实无华、悠扬悦耳的诗句中。《当初我俩分别》（"When We Two Parted"，1813）是拜伦抒情诗中的名篇，它读来简洁晓畅，一咏三叹，生动刻画了失恋者欲恨还爱的复杂情感。诗歌一开头便揭示了分手时令人忧伤的场面：当初我们俩分别，只有沉默和眼泪。由于对方"背信弃义"，双方共同编织的情网已不复存在，情已变，人已改，往日的悲伤又怎能等同于如今的哀怨情长？然而诗人并未指责这位负心女郎，也许在浮华的上流社会中，负心变情只是一道常见的风景线；相反，他凭借诗歌寄托自己对她的绵绵思念之情，以惊人的坦率和伤感的曲调表达了自己炽热的感情和大度的胸怀。

另一首颇具"拜伦主义"特色的抒情诗是《雅典的女郎》（"Maid of Athens"，1810）。这首热情奔放的情诗再现了拜伦与雅典少女特瑞莎短暂而又热烈的爱情。在诗人的笔下，这位闭月羞花的女郎是一切美好事物的象征，在希腊文化的熏陶下，她敢于追求炽热的爱情。她就像古希腊炽热的女诗人萨福一样是希腊自由精神的象征。拜伦深爱着特瑞莎和希腊文化，在离开希腊之际，诗人敞开胸怀，抒发了自己对爱情和希腊的深深爱恋，诗人情不自禁地用希腊语呼喊："我爱你呵，你是我的生命！"《雅典的女郎》体现了拜伦对爱情的热烈追求，同时也折射出他对希腊这一文明古国的无限热爱以及准备用生命来保卫她的坚强决心。他爱自由，所以爱希腊，爱雅典的少女；他爱少女，所以他更爱希腊，更爱自由。他的儿女私情已经与古代文明之恋水乳交融，密不可分。

而《她走在美的光影里》（"She Walks In Beauty"，1814 – 1815）则是拜伦最负盛名的恋爱抒情诗，表现出拜伦浪漫主义诗风中唯美的一面。面对群芳，拜伦视而不见，独对素雅文静的威莫特·霍顿夫人大加赞赏，由此可见诗人审美眼光的独到与高超。他从多个角度描写夫人的美：步态美、仪容美、秋波美、乌发美、脸庞美、微笑美、容颜美、思绪

美、心灵美,此诗是抒情与描写相结合的艺术典范。达·芬奇的蒙娜·丽莎已成永恒,而威莫特·霍顿夫人也透过拜伦的抒情向一代又一代的读者散发出光彩夺目的魅力。他因情至而妙笔生花:"她走在美的光影里,好像/无云的夜空,繁星闪烁"。这一生动的意象把我们带入了清新脱俗、辽阔绵远的想象空间,使我们不由自主地去欣赏这位走在美的光影里的高贵纯洁、风姿卓越、光彩照人的女性。在她的容颜和秋波间,读者捕捉到了一片恬淡的清光,由最美的明暗交汇而成,岂是俗艳之物能相媲美?完美的事物总是让人觉得"增之一分则太长,减之一分则太短",而拜伦眼中的霍顿夫人就具备这样的完美:"多一道阴影,少一缕光芒,/都会损害那难言的优美"。前苏联评论家叶利斯特拉托娃高度赞扬这首抒情诗,说它抒发了人类崇高而美好的理想,"诗中那个栩栩如生的形象已把精神与肉体的美和谐地结合在一起了"。这种和谐是形体美与精神美的统一,形体美寄寓了精神美,精神美又升华了形体美。诗因情生,华兹华斯说过:"诗是强烈情感的自然流露"。只有炽热的感情才能创作出如此美好的作品,这便是拜伦浪漫主义诗歌的理想境界。

拜伦不仅是伟大的诗人、天才的作家,更重要的是他还是一位伟大的革命家。别林斯基曾这样评价拜伦:"他骄傲地战斗着,怀着不朽的悲痛。"此言是对诗人的性格和人生最恰到好处的总结。而拜伦却把对自己的总结凝聚在"天鹅之歌"中——《这一天我满三十六岁》("This Day I Complete My Thirty-Sixth Year",1824)。本诗是诗人为纪念自己36周岁生日而作,作为希腊民族革命武装的指挥官,他正为希腊的独立而浴血奋战,可再过三个月,他就将因恶疾而逝去了,因而这首诗便成了诗人的绝笔,从中我们可以读到孤独与激奋、爱情与理想。诗人向往自由民主的社会,他为自由而战的激情是那样的炽烈,他颂扬自由、唤醒世人的诗是那样的光芒四射,同时他所体会到的恒久的孤独又是那样地具有切肤之痛,这一切统统造就了拜伦,使他的生命和绝笔诗产生了巨大的人格力量。在第6节里,诗人以豪迈的心情想到他所献身的希腊解放事业的正义性质。刀剑、旗帜、疆场,这一切都与希腊或者他本人的命运休戚相关!要么胜利凯旋,要么效死疆场,这些构成了拜伦主义的最动人之处——英雄性,闪现出耀眼夺目的光彩。

　　引人注目的是,"拜伦主义"的流行直接导致了"拜伦现象"。所谓"拜伦现象"是19世纪西方精神文化的重要组成部分。拜伦体现了那个不朽的时代的激情,代表了它的才智、深思、狂暴和力量;他那普罗米修斯式的孤独的反抗意志,在19世纪英国人乃至欧洲人的精神生活中非同凡响,改变着社会结构、价值判断标准及文化面貌。但拜伦是自相矛盾的。这个独立不羁的天才,怀有博大的政治家的胸襟和哲人的才智。他的气质敏感而暴躁,感情深沉而细腻,但他也是个放浪形骸的花花公子、虚荣傲岸的男爵和孤高悒郁的自我主义者。他崇尚伟大的精神,向往辉煌的事业,却被黑暗的时代所窒息,所埋没。他的内心是感伤的,长吁短叹充塞了他的整个人生。所有这些,都把他塑造成了一个反叛者——贵族资产阶级及其陈腐观念的反叛者。毋庸置疑,这反叛包含着巨大的社会进步性,激励着人们涌向正义的历史潮流。

　　拜伦的叛逆性格决定了他在思想上是现存制度的否定者,其思想核心是自由与正义,因此与压迫和奴役人民的社会格格不入。在拜伦的理念中,自由是正义的精髓,首先必须获取自由,然后才谈得上正义。他曾骄傲地表白:"我可以独自兀立人间,但绝不拿我自由的思想换取一座王位。"在他看来,为自由献身无比美好:"啊!自由,你在牢狱里才最灿烂!"由此,他写出了《锡隆的囚徒》(*The Prisoner of Chillon*,1816)这部杰出的诗作。作品中那不自由、毋宁死的大无畏精神激励着每一个囚徒,也教育了如今的人们。拜伦笔下的囚徒是为了恪守自己的信条而被囚禁的,我们读出了诗人发自内心的同情和痛惜。

　　但是拜伦毕竟是西方文明的产儿,与西方精神文化中的个性价值与自我崇拜一脉相承,其自由观包含更多唯我主义成分,极易导致无政府主义,并且脱离不了孤傲自赏的倾向。对自由的热忱使他跳出了狭隘的爱国主义或民族主义圈子,成了所有被奴役者的坚定盟友。他支持爱尔兰的独立运动,支持意大利、希腊等在异族铁蹄下被迫害的人民的斗争;坚守自由的原则还使他超越贵族意识和阶级偏见,成了被压迫者的辩护者和代言人,例如对勒德运动的态度。当然,拜伦思想中的消极方面也是显而易见的,比如常常耽于梦幻、悲观和虚无;他是愤世嫉俗的,却偶尔也百无聊赖;甚至在"宣布人世间万事皆空时,怀有一种忧

郁的快意。"

　　作为浪漫主义的代表人物，拜伦创作了大量颇具影响力的作品。其诗歌在意境风格上大气磅礴，激越纵横，在人物形象上塑造了"拜伦式英雄"。它们虽然宗旨不同，体裁各异，但无不凸显出非凡的才情，显示出特立独行的个性和潇洒自如的风采。在语言方面也表现出口语性、直观性、张力性、动感性和煽动性。

　　拜伦艺术的一个显著特征，是强烈的主观抒情性和鲜明的政治倾向性。其名言"诗的本身即是热情"可谓他诗歌美学的核心。拜伦诗作的每一行几乎都洋溢着澎湃的激情；几乎所有作品都伴有他自己的身影，由此可见其火热的内心和炽烈的性格。由于拜伦是个积极入世的政治家诗人，所以其满腔激情往往升华为对自由与正义的呼唤。他的大部分诗作具有鲜明的政治色彩或倾向性。抒情诗如此，长诗是这样，诗剧亦然。总而言之，在拜伦的世界里，负有沉重历史感的时代豪情常占据主导地位。在他的笔下，高山和大海、高地和草原无不雄奇、豪壮、粗犷、浩渺，是自由的象征，是力与美的融合，是英雄气概与激情的跳动。拜伦诗艺的另一个显著特征是刻薄、辛辣的讽刺性。就气质而言，拜伦主要是位讽刺诗人，他沿袭和发展了英国文学独特的讽刺传统，并将之推向前所未有的广度和深度。他的讽刺手法机智巧妙，变化万千，层次分明，耐人寻味，使其诗作具有特别的战斗性和摧毁性。此外，拜伦并非只是从主观思想方面或内心世界中体验和汲取灵感，而是紧紧盯视着人和人类社会的方方面面，这又使他的讽刺往往一针见血，入木三分，大大加强了作品的可读性、真实性、现实感和生命力。纵观拜伦短暂而又丰富多彩的一生，我们不无崇拜地感言：拜伦无愧为英国浪漫主义时代的英雄诗人。

第 六 节
雪莱的革命浪漫主义精神

　　波西·比希·雪莱（Percy Bysshe Shelley，1792－1822）是英国浪

漫主义时期最伟大的诗人之一,也是颇具影响力的革命家、思想家。在其极为短暂的一生中,他不仅成为英国积极浪漫主义文学道路的杰出开拓者,而且也进入世界文学史上最出色的抒情诗人的行列。

雪莱革命浪漫主义精神的形成与他的成长道路不无相关。1792年,雪莱出生于英格兰苏塞克斯郡的一个贵族家庭,祖父是霍香地区的首富,父亲是个保守的国会议员。生在如此显赫的家庭中,雪莱很小就开始接受严格的教育,向着一位爵位合格继承人的目标一步步迈进。然而雪莱却讨厌这样的家庭和生活,并逐步形成了他的叛逆精神。他疾恶如仇,英勇无畏,敢于反抗社会的种种不公。1804年,他进入著名的伊顿公学,公开反抗高年级欺负低年级和教师体罚学生的行为,被大家称为"疯狂的雪莱"。1810年,雪莱进入牛津大学就读,不久就因发表了一篇题为《无神论的必然性》("The Necessity of Atheism")的文章而被校方认为大逆不道,进而被开除,同时又因为不认错被赶出家门。正是这种几乎是与生俱来的反抗精神才使他成为反对暴政、专制和压迫,饱含革命浪漫主义精神的杰出诗人。

雪莱的文学生涯始于其中学时代。18岁时,他已经出版了两部传奇小说和一本诗集。1813年,其第一部重要长诗《麦布女王》("Queen Mab", 1813)问世,充分表达了他的无神论思想及其政治、哲学和美学观点。移居意大利后,他迎来了文学创作的高峰期,写下了一系列充满浪漫主义激情的传世诗篇。这些诗歌以非凡的想象力和优美的韵律表达了作者对社会的深思、对爱情的赞颂和对大自然的神往,不仅反映了雪莱自由、平等、博爱的思想,而且表达了他对社会变革的热切愿望。1822年7月8日,雪莱与朋友在海上驾驶小船时突遇风暴,这次灾难使雪莱不到30岁即撒手人寰,给后人留下了不尽的遗憾。

雪莱的诗歌表达了浪漫主义时期欧洲的先进思想,他那魅力无穷的诗行中往往闪烁着崇高的思想光辉。其早期的诗作大都反映了他对人生的思考、探究以及对美的赞颂和推崇。例如,《无常》("Mutability", 1815)一诗表达了雪莱对人生的深刻反思。他认为沧海桑田变化无常,世间万物唯独"无常"才是亘古不变的:人类的明天决不同于昨天,万古永恒的,唯有无常。这首富于哲理的诗也表达了诗人

朴素的唯物主义思想，细细品味，意味深长。诗人告诉我们生命中的一切都会走向最终的目的地——死亡。雪莱虽然在诗中表现了人生的短促和难以把握，并且对死亡发出了无奈的感叹，但字里行间蕴含着的对生命的热爱之情，令人读来虽觉哀伤却不感到颓废和绝望。作为一个感情丰富、敏感过人的诗人，雪莱无比执著地赞美青春、友谊和爱情，热爱生命中这美好怡人的一切。我们完全可以想象当年少的诗人将目光投向那神秘而又僵硬的生命终结点——死亡时，他会是怎样的忧郁、悲伤、无奈和怅惘。因此对生的依恋和对死的无可奈何不可避免地会萦绕在一处，构成了《无常》一诗的情绪基调。

在《致华兹华斯》（"To Wordsworth"，1815）一诗中，雪莱借对桂冠诗人华兹华斯的劝诫，表达了自己的革命浪漫主义情怀。在雪莱看来，华兹华斯后期的思想由积极转为消极，由进步变成保守，因此他不无遗憾地写到：在高尚的贫困中你把呼声织成诗歌，奉献给真理和自由；然而，你竟然舍弃了一切，你使我悲哀，于是你曾经很伟大，而今后不再伟大。雪莱的这首早期较为出色的诗歌，反映了初出茅庐的诗人勇于挑战权威的勇敢精神，把曾经的崇拜之情和如今的失望之痛表达得十分明了，同时也在部分程度上体现了积极浪漫主义诗人对以华兹华斯为代表的"湖畔派"诗人的看法和评价。

而《赞智力美》（"Hymn to Intellectual Beauty"，1816）这样的诗歌则表达了诗人对美的无限崇拜与不尽追求，其间感性与理性的碰撞是对雪莱浪漫主义精神的充分展示。瑞士日内瓦的湖上美景给了诗人极大的启迪与赞叹，使他感悟到在物质世界和人的心灵之间存在着一种无形的精神力量，她就是"美的精灵"，或"智力美"。她使人的精神境界得到升华，使人流芳百世、名垂千古。雪莱将"美的精灵"比作上帝，对"智力美"的推崇成为其新的宗教信仰，雪莱发誓为之奉献自己的一切。最后，诗人写到："哦，美的精灵，/你的魅力使他畏惧自己，/却热爱全人类。"面对这"智力美"，诗人的心在骚动，诗人的情变得热诚，诗人在引吭高歌，那年轻的生命、青春的激情仿佛在诗行中跳跃飞翔。诗人年轻时的理想主义境界以及让美的原则主宰大千世界的强烈愿望通过诗行跃然纸上，而这种思想几乎贯穿他的整个创作生涯。作为诗人，雪莱是感性的；作为真理的捍卫者，他又是理性的。正是感性与理性的碰撞，点燃了诗人灵感的火花，使"智力"真正成了一种美、一首诗。

雪莱的革命浪漫主义精神还反映在他的长篇诗歌中。作为进步诗人，他在作品中公开宣布自己的无神论思想，表明对现行制度的不满和对未来空想社会的向往。他的《麦布女王》、《伊斯兰的反叛》（"The Revolt of Islam"，1818）和《阿多尼斯》（"Adonais"，1821）等诗都是英国浪漫主义时期的不朽之作。《麦布女王》是 18 岁时的雪莱所写的第一首著名长诗，具有很大的影响力，基本表露出诗人的世界观和社会立场。作者在诗中严厉抨击专制社会，反对宗教，否定上帝，借主宰人类命运的麦布女王之口表达了对宗教、道德、哲学、社会的看法，宣扬了他的空想社会主义思想。诗歌的中间五章全面观察和深刻揭露了现实社会制度的种种邪恶和弊端，揭露君王的罪恶，抨击经济剥削，继而分析了人民大众受苦受难的种种原因，并对社会邪恶势力给予了无情的谴责：他们的势力就像稀薄的毒液，渗透了荒凉社会无血的静脉。诗人指出，社会改革势在必行，人类的觉醒与进步是不可抗拒的自然规律，他还饱含热情地描绘了人类美好未来的生活画卷，再现了他的乌托邦空想社会主义思想。《伊斯兰的反叛》一诗则综合体现了雪莱的创作思想、艺术风格和审美意识。他仿佛在告诫众人，虽然革命和起义因势单力薄而失败，但要求自由平等和社会变革的呼声已深入人心，广大民众已经觉醒。同时，诗人通过主人公为自由平等而死的献身精神，表现了自己对人民英雄的无限崇敬和对自由必胜的坚定信心。《阿多尼斯》是雪莱为杰出的浪漫主义诗人济慈所写的一首挽诗，沉痛悼念济慈的英年早逝，痛斥社会邪恶势力对这位天才诗人的攻击和迫害，并为他的文学功绩进行辩护。在诗中他把济慈比作希腊神话中的美少年阿多尼斯，用"绚丽的鲜花"和"动人的乐曲"来赞美济慈的丰功伟绩，寄托自己无尽的崇敬和哀思：我为阿多尼斯哭泣——他已经死了！他的命运和名声将成为永恒的回音和光辉。在挽歌中，雪莱十分同情济慈在世时所经受的苦难以及权贵们对他的作品的诽谤，并且安慰大家，认为济慈的去世使他摆脱了世俗的偏见和诋毁，从而使灵魂得到了安息，他的英名将万古流芳。

此外,雪莱的诗剧也充分反映了他的革命浪漫主义精神。雪莱不仅是一位杰出的诗人,而且是一位非凡的诗剧作家。他对古罗马和古希腊的文明和戏剧极为赞赏且怀有浓厚的兴趣,并从中借鉴了许多创作经验。例如,古希腊关于普罗米修斯的神话传说给诗人带来了灵感和创作的渴望。普罗米修斯同情人类的处境,盗取天火送给人类,惹怒了众神之父宙斯。宙斯为了惩罚他,将他锁在高加索山崖上,并让一只神鹰不断啄食他的内脏,使他备受折磨。然而,普罗米修斯宁死不屈,表现出坚定的意志和大无畏的精神。著名的古希腊剧作家埃斯库罗斯曾写过一部名为《被缚的普罗米修斯》的悲剧,该剧的结尾是受苦受难的普罗米修斯与上帝达成妥协。雪莱无法接受这样的结局,认为这种软弱无能的结尾是让一个捍卫真理的斗士与压迫者妥协,损害了英雄的光辉形象。因此,在他的诗剧《解放了的普罗米修斯》("Prometheus Unbound",1820)中,雪莱借用了埃斯库罗斯的题材,却彻底改变了故事的结局:宙斯被推翻,普罗米修斯被大力神赫拉克勒斯救出,终于获得解放并且与恋人重新团聚。宙斯的垮台使宇宙发生了翻天覆地的变化,新的文明诞生了,雪莱激动地向人们描绘整个世界的伟大胜利和喜庆场面。《解放了的普罗米修斯》塑造了一个智慧、正直、坚韧的人类解放者的形象,也是雪莱心中的自由人形象。在这出四幕喜剧的结尾,诗人写道:"善良、正直、无畏、美好而坦荡;这才是胜利的统治、生命的欢畅。"借此作品,雪莱表达了他对残酷欺压人民的反动势力的不满。他对人民为自由而进行的斗争怀有必胜的信念,因为不向神权、专制、暴君、黑暗势力低头的英雄就在人民大众之中。该诗剧气势恢宏,引人入胜,不愧为传世之作。

雪莱的革命浪漫主义精神还体现在他的数部歌颂暴力斗争的诗剧中。《钦契一家》("The Cenci",1819)就是这样的作品,它在一定程度上体现了作者对暴力斗争的肯定。当消极抵抗和道德感化失效之后,暴力行为必然成为同邪恶势力和独裁统治作斗争的唯一方式。在他最后一部诗剧《希腊》("Hellas",1822)中,作者以庄严的诗行和激昂的语调描述了希腊人民抗击土耳其侵略军的斗争历程,讴歌了希腊义勇军保卫祖国和人民的英勇行为和牺牲精神。

雪莱的抒情诗无疑是他作品中最辉煌、灿烂的部分,同时也是浪漫主义时期最耀眼的诗篇,许多脍炙人口的诗行给读者留下了深刻的印象。他的抒情诗主题大致可分为三类:爱情、政治和自然。他的爱情诗纯洁、真挚;政治抒情诗振奋人心,巧露锋芒;自然抒情诗气势磅礴,热情奔放。它们都具有很强的音乐感,可以朗朗上口,又充满深刻的思想内涵,突显出作者对爱与美的追求,而这种追求正是雪莱革命思想产生的强大动力。对美好事物的追求使雪莱对丑恶的东西越加憎恨;对自由的渴望提升了他对禁锢人们思想的残酷社会的反抗。雪莱对"爱"字的使用非常频繁,他憧憬并呼唤着一个爱与美的宇宙,他说:"我爱大地披上葱绿的新装,/也爱夜晚的星星;/我爱秋天的傍晚,/和那拂晓时分的金雾弥漫。"在他看来,爱比一切甚至比死亡更有力量。这是一种令人感慨而又被人广为认同的精神力量。

《印度小夜曲》("The Indian Serenade", 1822)是雪莱爱情抒情诗的代表作,它充满东方色彩,描述了一位纯洁美丽的印度少女对爱情的憧憬和追求。这位情窦初开的姑娘从美梦中醒来,起身下地,眺望窗外。夜风习习,星河灿烂,她禁不住走到心上人的窗前,抒发浓浓的情意和渴望:让你的爱像雨点一样在亲吻中降落。寥寥数词便将一个恋爱中的东方少女的浪漫情怀和纯洁可爱的形象展示在读者面前,生动而又逼真,且极具美感,从而给读者带来视觉和听觉的双重享受。读完全诗,读者更感到一种如梦如幻的朦胧和像印度夏日一样炽热的情感,仿佛自己也融入了那亦真亦幻的夜色里,陶醉在那轻柔的夜曲中。渐渐地,那花香淡去了,夜莺的吟唱也已沉寂,诗人思念的姑娘和我们想象的美景像雾一样地飘散了,如真如幻,依稀同梦一般,虚无缥缈,却又有一种难以名状的美感。

《给英格兰人民的歌》("A Song: Men of England", 1839)是雪莱最具声望的政治抒情诗之一,充满政治激情和饱满的正义感和社会责任感,是一首富有战斗性的革命浪漫主义的诗作。诗人一开始就告诫英格兰人民,在这个世界上人人平等,不要把你们艰辛劳动的所得白白拱手交给那些不劳而获的老爷们,并以一句反问唤醒人民:为什么要如此辛苦地纺纱织布,用锦缎去打扮暴君的身体?雪莱愤愤不平地指出

人民辛勤工作,却一无所获,而那些寄生虫则不劳而获,坐拥一切,人们啊,不要继续为"老爷"卖命,该是挣脱身上枷锁的时候了!诗歌所具备的很强的号召力使得它在当时的失业工人中广为流传,再现了雪莱明确的政治思想和社会立场。

雪莱对大自然情有独钟,写下了一首首赞美大自然美好景象的抒情诗。他借景抒情,表达自己奔放的革命热情和浪漫的情怀。《西风颂》("Ode to the West Wind",1820)是雪莱最重要的抒情诗之一,无论从思想内容还是从艺术形式来看都够得上是浪漫主义诗歌的精品。西风象征着强烈的革命风暴,风卷残云,摧枯拉朽,废除反动的旧势力,西风拂过,新生的种子生根发芽,将幸福与自由布满人间。《西风颂》还表达了作者泛神论的思想,西风代表自然,而自然即神灵的体现;西风是一股强大的精神力量,是自由的象征;西风所到之处,落叶飘零;西风越过高山,跨过海洋,所向披靡,让诗人对未来充满憧憬和希望并坚定了必胜的信念。他更借助西风的力量,喊出了预言的号角:"既然冬天来了,春天还会远吗?"全诗处处体现出诗人对自由的渴望和对美好新生活的向往,他渴望像西风一样传播预言的种子,把革命思想传遍四面八方。该诗读来令人振奋,令人遐想无限。

《致云雀》("To a Skylark",1820)是雪莱又一首著名的抒情诗,也是一首赞美大自然的美好颂歌,表达了诗人向往美好未来、渴望用空灵的曲调宣传革命理想、为美好世界而战斗的心情。雪莱热爱自然,更喜欢大自然中的鸟类。他羡慕小鸟,因为它可以在田间觅食,更可以在高空翱翔,自由自在,无拘无束。像西风一样,云雀既是诗人描绘的对象,又具有深刻的象征意义,是诗人精神境界和艺术思想的载体。云雀的振翅高飞体现了诗人的执著奋进;云雀的隐形不露、播撒歌声体现出诗人不求私利、只为唤起人间的爱与美的高尚情操。诗人似乎将云雀,特别是它的欢叫,看做是天籁之声和幸福的象征,表现出诗人对幸福和美好生活的追求,显示了作者特殊的精神境界和艺术抱负,同时也充分表达了他的人道主义、乐观主义、浪漫主义以及自由主义思想。诗人写道:"你好啊,欢乐的精灵!你似乎从不是飞禽,像一片烈火的轻云,掠过蔚蓝的天心,永远歌唱着飞翔,飞翔着歌唱。"在诗人的笔下,云雀"唱着自由的歌声"，"唱着缠绵的歌声"，像玫瑰"隐藏在绿叶之中"。诗人热切地希望自己也能像云雀那样自由自在地歌唱美好的革命理想。《致云雀》从性质上讲不过是一篇咏物之作，可它又岂止是单纯的咏物呢？作者在有限的篇幅中融入了自己的个性、气质和精神，可谓诗如其人，以至于马克思都称颂雪莱为时代的战士。

雪莱是一个革命的浪漫主义诗人，是劳动人民的诗人。他在思想上完全挣脱了宗教思想的束缚，穷其一生反对宗教、暴政和压迫，引起反动分子的极大仇恨。雪莱离世时，他们喜不自禁地写道："雪莱，一个反宗教诗歌的作者，已经被淹死了；现在他该知道上帝是否存在了。"敌人对雪莱的憎恨从侧面体现了雪莱的伟大。

雪莱的诗歌传播民主、自由、平等、博爱的思想，向往没有剥削和压迫的理想社会，极具鼓动性和激励性。他被恩格斯称为"天才的预言家"，他的诗不但促进了浪漫主义文学的发展，而且对随后的英国宪章派诗歌具有很大的影响力。雪莱在人世间只活了短短的 29 年，他曾经立下誓言："我发誓，必将尽我的一切可能，做到理智、公正、自由。我发誓，绝不与自私自利、有权有势辈同流合污，甚至也绝不以沉默来与他们变相地同流合污。我发誓，要将我的一生献给美……"我们可以清楚地看到雪莱完全实现了他的誓言。他执著于自由、平等、博爱的政治理想，借助诗的阶梯，进入了美的国度，从而挣脱了现实的沉重枷锁，达到了精神的无拘无束。每当我们看到那小小的云雀，每当西风扑面，我们就会想起这位不朽的诗人，想起他那辉煌灿烂的伟大诗篇。

从历史的长河来看，所谓的审美先锋主义思想是以浪漫主义为源头的，雪莱就是最早的代表人物之一，其思想体系主要表现在三个方面：首先，诗人是精英；其次，未来主义和乌托邦是他着力渲染和向往的目标；其三，他的诗歌反映了其浪漫主义的自由观。诗和哲学历来都是人类理性与智慧最为集中和精彩的表达方式，是开放在读者面前的人性之花。诗是感性的极致，伴随着诗人炽热的情感，成为歌咏生活的最高语言艺术，而哲学是高深莫测的理性的顶峰，把二者绝妙地糅合在一起便是诗意的最高成就。在这方面雪莱的把握恰到好处，这也使他的诗歌得以长久流传。

正义思想在古代哲学家柏拉图的《理想国》里得到了精辟的论说，受其影响，雪莱的诗中的许多推理和形象塑造都来自柏拉图的哲学理念，这彰显出诗人改造世界的意愿和求实的精神。对于正义的探求该从哪里出发呢？他认为大自然中含有许许多多"自然的东西"，于是他热情颂扬大自然以阐明自己求索的过程及成就。他的思想体系就是整个世界公平合理，人人平等，没有高低贵贱之分，大家共同劳作来创建一个更为美好、纯洁的世界。

在雪莱的脑海中，诗是"生命的形象表达在永恒的真理中"，是在"至美至善的时刻"表现"至美至善的思想"，是用豪迈的歌喉歌唱真理、正义、自由、仁爱、社会进步和人类文明。雪莱的文学理论在其诗论《为诗一辩》（"A Defense of Poetry"，1821）及大量的书信中得到了体现。从创作初期开始，雪莱就一直主张用诗歌语言来改造世界，教育大众，并认为诗艺更应该对社会改良施加影响。随着时间的流逝，他在对诗歌伦理学的理解不断加深的同时，逐渐登上了浪漫主义诗坛的又一个高峰。

第 七 节

济慈的浪漫主义美学思想

在第二代浪漫主义诗人中，约翰·济慈（John Keats，1795－1821）的作品以独特的感官形象、绵密的思绪和强烈的音韵美著称于世。他短暂一生中的创作时期仅持续了不足四年，[①]然而，其作品数量之大、质量之高足以使他位列最重要的英语诗人之列。从文学接受史上来看，济慈在世时并未得到公众的强烈认可，从某种程度上说，这与他对"美"的极力表现有一定关系。由于当时社会中弥漫着浓厚的革命情绪，而济慈的诗歌似乎并不热衷于抒发这类情感，反而着重表达遥远的思绪和对美的向往。因此，他在世时并未像拜伦一般，得到世人的欣赏和追随。然而，自济慈去世至今，他在诗坛的地位不断上升，得到了评论界的更多关注。相对而言,拜伦的声望则有所下降,这可以从一个侧面反映出人们对"美"的永恒追求也符合文学接受史的一般发展规律。从作品本身来看,济慈的诗歌所表达出来的意象美、音乐美和结构美都极具特色,因此他常被称为"诗人中的诗人"(poet of poets),甚至有评论家认为他的诗,尤其是颂诗,"堪称英语美的终极体现"。⑥这样一位对"美"执著追求并极具表现力的作家不可能没有自己的美学观念,但与华兹华斯、柯勒律治等其他浪漫主义诗人不同,济慈生前没有公开发表过任何诗论,也没撰写自己的"美学宣言",甚至曾表示诗歌"足以自辩,……无需任何评论"。⑥尽管如此,人们在其身后出版的大量信件中仍能发掘出一些独到的文学见地,可以借此探索他的诗歌美学思想。

总的来说,济慈的浪漫主义美学思想以"真"与"美"的辩证关系为核心,将"美"作为诗歌的要旨前置(foreground),对诗人提出"消极能力"(Negative Capability)和"无个性"等要求,以被动包容主动,以诗人对自我的节制激发读者对美的感悟。在英国文学史上,济慈不属于"哲思诗人"(poet of ideas)一列,他的诗歌不追求新异的主题,往往探讨的是"人生艰难"、"生死难料"、"自然慰藉"等常见诗题。⑥在很大程度上讲,济慈的文学成就不依赖于其诗歌哲理的深邃莫测,而建立在其诗作带给读者的美的享受上。因此,济慈的诗歌创作也印证了他将"美"置于其他一切考虑之上的思想。⑥

纵观济慈的创作生涯,读者可以发现,对"真"与"美"的思索贯穿于其思想始末。在诗歌创作的初期,济慈就明确意识到艺术上的"美"与现实生活中的"美"并不相同,后者主要与个人感觉的愉悦、快乐相关,而前者则涉及诗歌素材透过"诗人之眼"(poet's eye)所产生的艺术效果,与直观形态的美丑并没有直接联系,也不等同于常人内心所感受到的愉悦和满足。他的诗中不乏对痛苦、死亡、忧伤甚至丑陋的描写,但这些诗笔往往能够升华为"美",这种艺术美的产生需要调动诗人和读者的共同情绪,使素材中"令人不快"的因素转而激发出读者的强烈情感。济慈曾在信中断言,"任何一种艺术的高超之处就在于强烈动人,能这样就会因其与真和美紧密联系而使一切令人不快的成分烟消云

散"。^⑩这封信撰写于 1817 年 12 月,是济慈创作生涯的早期,可以发现,他此时已经意识到"强烈动人"的艺术能够"引人深思",^⑪其产生的效果也能使艺术创作同"真和美紧密联系",但他还未将真与美的具体关系以诗的形式表现出来。

在《希腊古瓮颂》("Ode on a Grecian Urn")中,"真"与"美"的相互联系得到了艺术性的表达,而诗歌结尾处那对著名的诗行"'美即是真,真即是美,'这就包括/ 你们所知道和该知道的一切"^⑫("Beauty is truth, truth beauty" — that is all / Ye know on earth, and all ye need to know.)则更清晰地点明了真与美的直接关联。尽管"'美即是真,真即是美'"这句引言在诗中所处的含混语境造成了批评家的理解纷争,^⑬但不可否认,正是这似是而非又戛然而止的论断给读者留下了充分的阐释空间,也使这首诗超越了一般的状物颂诗,引发了人们对艺术之"美"与"真"及其相互关系的思考,甚至在一定程度上说,使这首诗具备了元诗歌的雏形。很显然,"美 = 真"这一等式是艺术层面上的,而不是放诸四海而皆准的价值判断模式,它的指涉范畴和艺术创作中"美"与"真"这两者的沟通方式都具有更深层的意蕴。要进一步发掘这个等式中所包含的美学思想,就需要考察同一创作时期内,济慈诗歌里"美"与"真"的含义。1819 年是济慈的创作成熟期,短短数月间,他就写出包括"六大颂诗"^⑭在内的大批佳作,这一创作高峰期虽然非常短暂,但连续性高,"六大颂诗"均对希腊文化和艺术做出或明或暗的影射,^⑮形成了一个连贯、有机的艺术整体,从客观上为读者理解"美即是真,真即是美"中的浪漫主义美学思想提供了较为连续的背景。读者可以发现,在这一时期,济慈通常认为"美"是短暂易逝的,甚至把这种特征当做"美"的本质来表现。例如在《忧郁颂》("Ode on Melancholy")中,诗人描写温婉的女子"与美共居一处",^⑯但紧接着就对"美"做出这样的限定:"美呀——有着必死的劫数"("She dwells with Beauty — Beauty that must die")。在《夜莺颂》("Ode to a Nightingale")中,诗人也同样叹息"'美'保持不住明眸的光彩",美好的事物如梦似幻,总是难以把握。然而,在《希腊古瓮颂》中,诗人借描绘古瓮上的图景,搭建起美与真的桥梁：绿叶、青草、春天、美少年和恋人等唯美的形象本不能永恒，然而在诗人的笔下，它们定格于古瓮之上，动静交融，美少年渴望亲吻恋人，但在静态的古瓮上，两人将永远保持一种"求而不得，不得而复求"的状态。此时，古瓮本身便成了艺术的化身，将"美"与"真"勾连起来，短暂、易逝的"美"与恒久的"真"不再遥不可及，诗人的想象为两者架设通途，从而形象地表达出济慈的美学构想。诚如一位著名批评家所指出的那样，"这首诗的重要之处和过人之处不在于古瓮上的情节或诗中所描写的内容，而在于诗人对一件艺术品的反应是如何塑造和预示了读者对这首诗本身的反应。"⑫ 这一评价不仅说明《希腊古瓮颂》对"美"与"真"的表现和探讨包蕴了元诗歌的雏形，还指出了诗人的某种能力在表现诗歌思想方面的催化力量，这就是想象力。

　　在济慈的诗歌美学中，想象力是将"美"与"真"连接起来的重要媒介，"美"与"真"的相互认同也是依靠想象力才得以实现的，这一观点在他的"梦境"诗中得到了最为充分的体现。济慈曾在信中探讨过想象力的真理性，认为"由想象力捕捉到的美也就是真的，不管以前有没有（存在）过"。⑬ 这句话看似具有强烈的唯心主义倾向，但它描绘的却是一种艺术思维过程，是审美意识的表达，而非严格的哲学论断。在同一封信中，济慈做了这样一个比喻，"想象力可以比做亚当的梦——他醒来发现梦境成了现实"，⑭ 这也就好比一个人在聆听美妙的歌声时，会"把唱歌的人想象得过分的美"，⑮ 可是因为深被打动，便将这种美信以为真了。因此，在现实生活中，人也许无法摆脱"梦醒美去"的窘况，⑯ 然而诗人却能以其非凡的想象力使梦境升华，以艺术的形式企及"真"与"美"的统一境界。而反过来，想象力那"化美为真"的潜质在梦境中也能得到最好的表达。曾有人做过这样的统计，在济慈的诗中，"'梦'（dream）字作为名词、动词（再加上'梦一般的/地'等形容词、副词）……共出现过 125 次，而'幻境'（vision）和'幻境般的'也出现过 40 次"，⑰ 这一比率之高或可冠浪漫主义诗人之首。此外，他的许多叙事诗也都是以梦境为框架的。济慈为何如此偏爱"梦境"和"幻境"？这可能还需联系它们所蕴含的象征意义。济慈的浪漫主义美学思想追求"美"与"真"的统

一,其诗作渴望从欢乐、痛苦、悲戚等各类情感中提炼出美,这就需要尝试极为大胆的诗意飞跃。此时,外部世界往往就只能作为想象力寻求"真"与"美"的起点,而象征自由、灵性的梦境和幻境则能够最大限度地容纳诗意的联想和跨越,创造艺术的"美"与"真"。在长诗《海伯利安的陨落:一段梦境》(*The Fall of Hyperion: A Dream*,1819)中,济慈借叙述者之口探讨了诗人、梦、梦者、想象力等问题,诗中的女神蒙内塔(Moneta)认为诗人和梦者"迥然相异"。虽然每个人都曾走入梦境,但并非每个人都能成为诗人,后者那觉醒的想象力能助其体验本不属于自己的苦痛与折磨,从而使他们超越自我。诗中人物的经历也将这一体验呈现在读者面前,他不断潜入不属于自己的心智领界,感受灵视的过程。可以说,这首诗的叙事部分仿佛见证了"一位诗人的心灵成长",它带领着读者去体悟诗人想象力发生作用的过程,叙述者在这一过程中所表现出来的能力正与济慈诗歌美学中的另一个理念息息相关,这就是"消极能力说"。⑰

济慈很早便意识到,若要让诗歌表达出丰富的美感,诗人就不能一味地宣泄主观情绪,而应具备一种以退为进的"消极能力"。在 1817 年的一封信中,他将"消极能力"定义为"经得起不安、迷惘、怀疑,而不是烦躁地要去弄清事实,找出道理"的这样一种才能。⑱这就意味着,"消极能力"可以对诗人的心理和思维两个方面产生效果:第一,它能抑制住诗人过分的好奇心,使心灵进入澄明之境,成为接纳各种感受的容器,从而等待情感的自然生发,也就能产生一种控制力,减少诗人自我的过度膨胀;第二,"消极能力"使诗人的思维区别于哲人的思维,它强调诗人要在变幻莫测的世事中把握眼前的美,而不是如哲人那般,寻求解决问题的办法或是高明的道理。因此,不论是在心理层面上控制诗人的自我膨胀,还是在思维层面上为感受力而非真理营造空间,"消极能力说"所倡导的都是一种不求"绝对"的诗意状态,因此为诗意美创造了更多的可能性,这都与济慈的美学理想密不可分。

为了说明"消极能力"对诗歌创作的影响,我们可以将济慈对华兹华斯和柯勒律治的看法与他对莎士比亚的评价进行比较。尽管济慈曾在信中对华兹华斯的诗才表示充分肯定,但他也指出了华氏的缺陷,即以自我为中心的崇高感(egoistical sublime)。他认为,华兹华斯总是试图在诗歌中积极地展现自己的个性,他对美的考虑不足,反而把道德说教当成诗歌的崇高职责,甚至不惜为了表达自己的观点而扭曲诗歌素材,以求展示自己的个性和态度。相较之下,莎士比亚就显得十分高明,他总能"化"入诗境,进入他人的视角,而不去表露自己的个性。就此而言,华兹华斯的诗仿佛是平面镜,读者总能在其中读出他是怎样的一个人,甚至可能发现他"有意要影响我们"。[⑮]相反,莎士比亚的诗仿佛是多棱镜,读者永远不能依据他的诗歌判断其个性。华兹华斯的"积极表现"可能会极大地压缩读者的反应空间,失之矫揉造作;而莎士比亚的"消极能力"却能最大限度地激发读者的感受力,彰显自然。济慈对华兹华斯和莎士比亚的评价可以说明"消极能力"对诗人创作心理的影响以及其诗作所引发的审美效果。为了说明"消极能力"对诗歌创作思维所造成的影响,济慈又将莎士比亚与柯勒律治相比较。他认为后者"不能满足于半知半解",总是要寻求真相,这就会"放弃从神秘的殿堂中得到美妙孤立的近似真理",[⑯]从而令诗的美感大打折扣,甚至导致诗歌不断接近哲学命题。与之相反,莎士比亚的诗并不对人与自然界的万物做出精确的判断,正是这种"满足于半知半解"的创作思维最大限度地扩展了其诗歌的阐释空间,并使之产生了永恒的艺术魅力,而济慈本人也盛赞这类诗人为"变色龙诗人"(chameleon poet)。读者可以发现,通过将华兹华斯与莎士比亚进行比较,济慈主要反对的是华兹华斯诗歌中弥漫的"自我中心"情绪,突出了两者在创作心理上的差别,而将柯勒律治与莎士比亚相比,则凸显了后者开放性的创作思维。但总的来说,济慈的"消极能力说"所表达出的是他对艺术自由的向往,而反对的则是通过一劳永逸的哲学思索来解决诗歌美学上的多元问题。从这个角度上来看,"消极能力说"与济慈对诗人特性(poetical character)的判断具有很大的共性。

济慈曾提出"诗人无个性论",强调了诗歌创作中主客体交融的必要性,反映出他对"自我"在诗歌(尤其是浪漫主义诗歌)中地位的反思,是其浪漫主义美学思想的重要组成部分。早在 1817 年济慈就曾在信中指出,天才的伟大之处就在于他们"没有固定的性格","能作用于本

身无倾向的才智上面"。⑩不过此时,他对"天才无个性"的思考仍较为朦胧,在一年后的另一封信中,他才对"诗才"展开了更深一步的探索。他指出,诗才"一切皆是又一切不是",不管牵涉到的"是美是丑,是高贵是低下,是穷是富,是卑贱还是富贵",⑪都应予以表现,因此像莎士比亚这样伟大的诗人,对塑造"伊阿古"和"伊莫琴"这一恶一善两个截然相反的角色都能表现出同样的热情。不仅如此,在表现不具有生命特征的物质时,诗人也需要减灭自己的个性,进入客体对象的处境,以消融两者之间的明显界限。正如诗人的好友伍德豪斯在评价济慈时所提到的那样,济慈这种"无个性"的诗人"能够将自己想象成一只弹子球,并为自身的圆润光滑以及运动时的流畅和速度而感到欣喜"。⑫这就使诗人能够融入任何一种表现对象,从而消融了古典主义诗歌中主客体的对立关系,同时又使浪漫主义诗歌不拘泥于自我情绪的表达。可以说,"诗人无个性论"很大程度上呼应了"消极能力说",在以表现论为特色的浪漫主义文学思想中独树一帜,呈现出一种以静制动、以被动彰显主动的状态。

通过运用"消极能力"并遵循"诗人无个性论",诗人本身的特性和想法都得以弱化,不再成为读者关注的焦点,这便在无形之中将诗歌的美感置于中心地位。济慈曾明确指出,诗人"是上帝创造的最没有诗意的动物",由于他"不断地要去成为别的什么",因此他所说过的任何一个字都不能被当做是由其"本身性格里流露出来的"。⑬这就意味着读者在阅读诗歌时,应聚焦于诗人"要去成为"的事物,或是感悟其思绪和语言发生变化的艺术过程。可以说,这种诗学理念在当时非常新颖,甚至在以虚构为特征的小说中都不多见。在18、19世纪的现实主义小说中,许多作家选择以长篇大论探讨自己的价值取向,并毫不避讳地展露自己的个性,而在当时的诗坛,更有不少像华兹华斯和拜伦那样,以展现自我个性为要旨的诗人。在这样的创作环境中,济慈对诗人的定义就更显独特,而他的诗作也具有极大的包容力。正如一位评论家所指出的那样,济慈有能力创造出"迈克尔"和"唐·璜"那样的形象,但相反"迈克尔"绝不会出现于拜伦的笔下,"唐·璜"也不可能由华兹华斯创造出来。[⑫]总的来说,济慈的"消极能力说"和"诗人无个性论"融入了某些戏剧创作的原则,它们倡导诗人潜入被表现对象的深层感受,将诗人从"封闭性的宏伟"中解脱出来,[⑬]从这个意义上来看,济慈的文学理念关注的是诗歌的美学效果,着力于为诗人拓展更广阔的艺术空间,虽然他的诗歌并不脱离社会现实,但他不像华兹华斯和雪莱等诗人那般,强调诗歌的社会意义和道德启示。

在诗歌的表现程度方面,济慈又提出了"淋漓饱满"、"自然而然"的艺术准则。可以说,他一方面追求艺术力度,另一方面又反对矫揉造作,这种思想与浪漫主义文学尊崇自然的美学主张是一致的。首先,济慈认为诗歌应该"淋漓饱满",[⑭]具有充足的表现力,其"妙处要到十分",[⑮]但他又反对以怪异、夸张的素材来吸引读者的注意力,而是强调对艺术力度的追求应该"使读者心满意足而不止于屏息瞠目"。[⑯]这就意味着在阅读过程中,读者需要自然而然地感受到诗歌的美,从而领悟艺术浸染身心的快乐,达到"忘去利害的境界"。[⑰]然而,若想对读者产生自然而然的影响,诗作也必须采用自然而然的写法,正如济慈自己所宣称的那样,"如果诗来得不像树上长叶子那么自然,那还不如没有的好"。[⑱]而从细节上来看,诗中"形象的产生、发展、结束"也应该"自然得像太阳一样",[⑲]从而激发读者在阅读过程中的自我感受,而不显得"强加于人"。[⑳]济慈曾严厉批评过那些企图对读者施加影响力的诗作,并将它们比作不甘寂寞的花,嘲笑它们似乎总想向世人高喊"羡慕我吧,我是紫罗兰! 爱我吧,我是报春花",[㉑]这种直白的表现方式和过度的自我意识反而消减了自然的美感。由此可见,济慈在诗歌表现程度方面所提出的两条艺术准则也都是为了最大限度地表现美,以求自然而然地激发读者的共鸣,映和了其诗歌创作的总体思路。

总的来说,济慈的浪漫主义美学思想关注"美"与"真"的联系,提高了"美"在诗歌艺术中的地位。在其梦境诗和幻境诗中,济慈充分利用想象力建立起"美"与"真"的直接关联,拓展了诗歌艺术的表现空间,反映出诗人对艺术自由的执著追求。此外,济慈提出的"消极能力"和"诗

人无个性"等观点在浪漫主义文学思想中独树一帜。虽然在当时的文学语境里,大批浪漫主义诗作都以自我情感的抒发为目标,然而济慈的诗并没有明显地沿袭这一潮流,甚至可以说他有意在诗中压制了自我情感,但这并不意味着济慈的诗作缺乏感情,相反在想象力的帮助下,诗人的意识得以潜入各种心境,其诗歌反而呈现出更丰富的韵味和更强烈的张力。可以说,"消极能力说"与"诗人无个性论"在一定程度上表达了诗人超越自我、寻求自由的诗意理想。诚然,济慈的浪漫主义美学思想散见于他的信件和部分诗作,还不足以形成完善的体系。但结合其具体诗歌所创造出的新鲜意象,读者可以发现,他那强调主客体交融的艺术理念发掘出了创作心理内部的认知过程,与艾略特的"非个性化"理论具有某种契合,对后来的意象派诗歌也产生了深远的影响。由此看来,济慈的文学思想对现代艺术具有前瞻性的意义,他对"美"的执著追求也呈现出超越时代的影响力,他既是"属于现代世界的",也是"我们的同时代人"。⑫

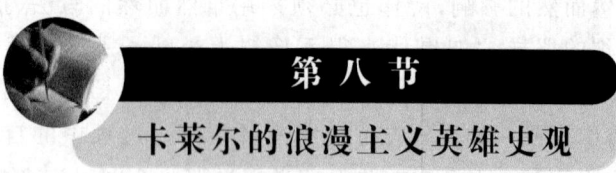

第 八 节
卡莱尔的浪漫主义英雄史观

作为一位在文学史上颇具特色的作家,托马斯·卡莱尔(Thomas Carlyle, 1795 – 1881)的身份归属问题一直是极具争议的话题。他虽与济慈同年出生,但并不像后者那般,被视作浪漫主义文学的典型代表。究其原委,主要有三。首先,与济慈的英年早逝相比,卡莱尔的长寿使他见证了工业革命的全面兴起和维多利亚社会的千姿百态,因此在时代归属方面,他处于承上启下的历史时期;其二,他对社会问题和历史人物十分关注,其创作题材与维多利亚时期的现实主义小说有相通之处;其三,卡莱尔以散文体的历史著述为主要创作体裁,他并未承袭浪漫主义文学的主流传统,亦即诗歌,也不属于浪漫主义小说家的范畴。更有一些批评家甚至认为,卡莱尔应归入历史学家一列,而不应在文学史上对其做过多论述。的确,卡莱尔的创作处于文学与史学的交界处、浪漫主义与维多利亚精神的转折点,然而,他利用想象力大胆糅合历史素材的写法继承了浪漫主义文学重想象、轻规则的创作精神,他将诗人与文人视作"英雄"和"预言家"的观念也属于布莱克以降的浪漫主义传统。

总的来说,卡莱尔的文学创作以历史书写为主要表达方式,集中描写了法国大革命、宪章运动等重要历史事件,突出展现了神灵、先知、诗人、教士、文人和君王等六类"英雄"。在分析社会问题的症结和解决方法时,他将"英雄"视作神圣天意在现实世界得以表达的重要渠道,并对普通大众提出警示和规劝。可以说,卡莱尔的主导思想是以德国唯心主义哲学为基础的,在这一点上,他与众多浪漫主义作家不谋而合,他所提出的"自然的超自然主义"(Natural Supernaturalism)是传统宗教历史观的进一步深化,表达出人们在工业、机械时代的非物质化理想,与此前的浪漫主义精神一脉相承。就此而言,将卡莱尔置于19世纪的浪漫主义文学思想中进行讨论并不为过。

英雄作为历史主宰的观念始终贯穿在卡莱尔的著述中,在其1837至1840年的演讲中,这一观点得到了更加明确的阐述。在讲稿里,卡莱尔提出了一个重要理念,即"世界的历史,人类在这个世界上已完成的历史,归根结底是历史上耕耘过的伟人们的历史",[⑩]而"整个世界历史的灵魂就是这些伟人的历史"。[⑫]由此可见,卡莱尔将英雄及其所参与的历史活动视作整个人类历史的骨架,正是英雄以超凡的膂力驱散了人类社会中混乱和虚空的精神。在划分"英雄"种类的时候,卡莱尔将他们分为六类,也就是前文提及的神灵、先知、诗人、教士、文人和君王。他们虽然在外表上相异,但其精髓却具有惊人的相似之处,即都拥有强烈的感召力,能够成为神圣天意的媒介,将真理传达给世人。在混乱的时代和社会局势中,英雄的力量能够将其间动乱的精神斧正,清扫一切腐败、虚伪的风气。

然而,卡莱尔对英雄的赞誉和膜拜并不意味着他将英雄视作"神性"的化身。在其浪漫主义的历史哲学观点中,宗教概念上的神明只是转变了形态,成为自在的"神圣天意",而英雄人物"仍然是附属于神灵

的次级存在物"。⑬因此,英雄从本质上来说也仍然是凡人,但与普通民众相比,他们多了感受和传播神性的慧心,既然先验的自在世界本身就存在,英雄引导人民便成为理所当然的公理。如果他们不能担负起这样的重任,就应该受到神圣天意的惩罚。例如在《法国大革命》(*The French Revolution, A History*, 1837)一书中,卡莱尔指出,当"伪英雄"成为统治民众的权威时,其结果便是革命、暴乱和无政府主义的泛滥,这种社会局面是来自神圣天意的惩罚。应该说,《法国大革命》一书的意义不仅在于讨论法国历史上的一个重大事件,它更具有预言书的效应,告诉人们"伪英雄"的蒙蔽不可能长久,民众在历史上也具有重要的创造力,同时它还表达了卡莱尔警示当下英国社会的决心,也蕴含着卡莱尔"英雄"史观的目的和对现实世界的指导意义。

在卡莱尔所划分的"英雄"种类中,诗人和文人英雄具有特殊的深意。传统历史上,人们通常说的"英雄"是政治、社会和宗教生活中的显赫人物,如君王、将领和宗教领袖,而诗人和文人往往被认为缺乏对现实世界的改造能力。从某种程度上来说,卡莱尔将诗人和文人英雄单独列出并加以褒扬,这承袭了浪漫主义文人所普遍怀有的"救世"情结,也反映出他传达真理、启迪世人的愿望。在论及诗人英雄时,卡莱尔将但丁和莎士比亚视作魁首,而在讨论文人英雄时,则列举了约翰逊、卢梭和彭斯等18世纪的作家。在他看来,诗人英雄是古代的英雄模式,不可能出现在他当时生存的社会环境中,而文人英雄则"完全是新时代的产物",并将"成为一切未来时代的英雄主义的主要形式"。⑮虽然这两类英雄产生于不同的时代,但他们都具有一个共同特征,即真诚。他们接受了神圣天意所委派的命运,以极大的真诚、冷静的慧眼去探求真相,追求事物的本质,他们所拥有的便是超凡的洞察力。正如卡莱尔所揭示的一般,"创造性、诗的创造,如若不是充分洞察事物又是什么呢?"⑯通过这种洞察力,诗人和文人英雄得以把握事物的本质,因此他们在观察事物时,"不是揭示出它的这一面或那一面",而是展现其"内在核心和总的秘密"。⑰

这里所谓的"秘密"又被卡莱尔称作"伟大的秘密",此说法在其英雄史观中具有重要的地位,并被反复提及。卡莱尔认为,"伟大的秘密"是神圣宇宙的终极奥义,但它并非隐匿不现,而是"对所有人公开",且"存在于每一地方的每一事物中",只是"几乎没有人看到"。⑬这时,诗人和文人英雄的重要性就凸显出来了,他们需要在民众对"伟大的秘密"视而不见的情况下,向人们深刻地揭示它。卡莱尔甚至明确指出,文学代表了"大自然的启示",也是"'公开的秘密'的一个展示",⑭它虽然不能直接改变社会现状,但通过这种方式,诗人和文人英雄以自己的洞见影响了世人,"公正地同万物和人相关联",⑮帮助人们在纷繁的俗世中寻找内在的和谐。卡莱尔的这种观点与美国浪漫主义时期的超验主义思想具有相通之处,正是这种共识促使他与爱默生建立起了长久的友谊。

卡莱尔在论及诗人英雄时,还曾提出一个颇具特色的观点,即诗必须在思想、表达和理念上都具有音乐性。这个"音乐性"的具体含义到底是什么?应该说,卡莱尔所强调的音乐性并非旋律的"流畅悦耳",它所代表的是一种透视表层、感受本质的思维方式,意味着思想层面的深刻与真诚。因此,在《英雄与英雄崇拜》的讲稿中,他特地区别了"真实的歌唱"与"虚伪的歌唱"这两种不同的状态。他认为,"真实的歌唱"就仿佛"因某种神圣的东西而陶醉一样",而"虚伪的歌唱"则表现出"一种完全不真诚的、令人不快的东西"。⑯读者可以发现,"神圣"和"真诚"这两个常用于描绘宗教感受的词被他当做检验歌唱真伪的试金石,很明显,这里所要讨论的"歌唱"是象征意义上的,是潜藏于人心深处的那种对神圣天意的回应,正如卡莱尔自己所说的那样,"一切真实的歌唱都具有崇拜的性质"。⑰因此,诗人和文人英雄的歌唱,是他们作为一个时代的先知在向民众传达神圣的天意,而人民作为听众或是接受者也通过他们的传达,领悟到了"真实的歌唱"所带来的启示,从而拥护和崇拜英雄的引领。据此看来,民众在卡莱尔的历史思想中也同样具有不可忽视的价值。

依卡莱尔所见,民众虽依附于英雄、受英雄的引导,但他们在历史、社会的风云变幻中也起到一定的作用,其职责就是去辨明真伪英雄。

这一观点与卡莱尔的"神圣天意"论属于同一渊源。既然英雄和凡人的差别在于感受神性的能力强弱,那么他们就都可以依赖于同一个不变的、超验的存在。从这个角度上来讲,民众与英雄建立起了天然联系,遵从于他们的领导就意味着通过一个更强的媒介,感悟到神性。正如卡莱尔在《过去与现在》(*Past and Present*,1843)一书中所写到的那样,"当一个民族所选定的人确定之时,这个民族的可贵与否也就确定了。英雄的民族选择英雄,这样的民族是幸福的;而奴才或仆从的民族则选择假英雄,也就是那些江湖骗子,将他们想象成英雄,这样的民族是不幸的"。⑬由此可见,在卡莱尔的思想观念中,民众以英雄为中心建立起了现实世界的秩序,虽然他们在重要性上处于次一级的地位,但也同样不可替代。当然,读者可以发现,卡莱尔的意识深处潜藏着对普通大众的教化意图,他更希望民众能够真心实意地追随"作为时代先知"的英雄,而他对民众在英雄崇拜中所扮演角色的探讨,甚至可以说展现出了"集体无意识"概念的雏形。

总的来说,卡莱尔的浪漫主义英雄史观受到德国哲学及浪漫主义文学的影响,不过其英雄史观的立足点也可以用他自己首创的一个说法来总结,即"自然的超自然主义"。所谓"超自然主义"便是一种超验的、不受现世影响的神性领地,它虽然与现世秩序相分离,但能够反映于现实世界之内,并无形地指导着现实世界的运行和变化。所以,尽管物质世界变化纷呈、难以把握,但它"仅仅是一种投影","只有作为物质秩序基础的精神秩序才是终极的实在"。⑭读者可以发现,尽管卡莱尔历史著述的写法独特,对宏观和局部的把握也都呈现出前所未有的力度,但其深层的哲学思想并没有偏离宗教理念太远,而是以一种看似不同的说法,重新表述了人们追随更高存在的职责,并试图激发出民众的这种意愿。因此,他的思想在19世纪很容易得到读者的认同,并与他们曾保有的宗教观念相联系。

当然,卡莱尔对19世纪英国文坛的贡献还远不止此,他那充满英雄主义色彩的历史书写,尤其是饱蘸想象力的创作方式,不仅继承了浪漫主义文学的风格,还有所发展,从而创造出了独特的"卡莱尔式"文风。在他之前,启蒙时期的历史著述以客观的描绘与分析为主,其目的在于追求普遍的知识。相较之下,卡莱尔则力图在纷繁复杂的历史素材和细节中,以自己的理解和想象力组织材料,寻找内在的线索。读者可以发现,他在撰写历史著述时,经常变换视角,当发现某些需要深入讨论或全面放大的细节时,便会使用现在时态,甚至第一人称,从而为读者创造出一种身临其境的效果。因此,他的作品读起来不像历史著述,反倒与后来狄更斯的许多小说有相似之处。那么,卡莱尔为何在历史著述中采用如此不合传统的写法?这还需探究其思想深处的创作源头。如前文所述,卡莱尔撰写历史著述的目的在于揭示历史运转的内在动力,亦即神圣天意,从而进一步阐发英雄在引导人民遵从神圣天意方面的作用。可以说,他认为理解历史便是掌握真知,认为这也是一种诗意的行为。既然历史著述的创作目的并非刻板地描绘历史进程,那么作者便可以利用想象力为真实的历史框架增添血肉,帮助读者获得洞见。这种思路就导致卡莱尔的创作具有预言书的特性,它试图从多到令人窒息的历史素材中攫取最具启发意义的片断,"采铜于山",再精心铸炼,从而形成对历史的独到见解。

这种创作思想也反映在卡莱尔的著述风格和形式上,使他的文体"富有浪漫主义的风格",且"看上去纯属一种自我表现的工具"。[15]的确,在19世纪的英国文坛,卡莱尔的风格就曾引起极大的震动和争议。小说家萨克雷曾将其作品在读者中造成的反响总结如下,"如果听一派人的意见,你会认为作者不过是一个乏味的疯子,沉溺于语言的乖张异想,却顾不上常识与理性,而另一派人则正好相反,认为他的观点近乎神启,其雄辩的力量不亚于他的天才。"[16]虽然这两派观点恰好相反,但无论哪一派都明确意识到卡莱尔那沉浸于自我表达的倾向,他的论述和行文风格里都带有一种孤独感和怀旧的情绪,仿佛在讨论英雄人物的同时,他也把自己或者说历史学家当成了孤独的预言者和不被人理解的英雄。

如果将卡莱尔英雄史观的内容和他的创作风格结合起来,读者便能发现,这两者都与他所处的时代和社会状况息息相关。作为一个对社会变化极其敏感并深具洞见力的作家,卡莱尔清楚地意识到,英国当时的社会已随着工业革命的兴起产生了巨变,整个时代已步入

机械化阶段,物质生产的快速发展造成了功利主义思想的泛滥,人与人之间的关系丧失了道德与精神关联,而陷入了"现金交易关系"(the cash nexus)的深渊。这样的社会状况使卡莱尔深感担忧,他将民众精神的蒙蔽部分归因于真英雄的缺失,并试图以大声疾呼的演讲和感召力极强的文字呼唤人们的觉醒。应该说,在卡莱尔作品中随处可见的英雄故事和英雄气概都是为了"反衬他那没有英雄的年代",⑩也表达出一介文人试图力挽狂澜、警醒世人的理想,而这也正继承了浪漫主义文人推崇"个人英雄"、反对理性主义和科学主义的思想传统。

综上所述,卡莱尔的浪漫主义英雄史观贯穿于其作品始末,通过描写重大的历史事件和重要的英雄人物,他试图向人们展示其对历史运转原动力的理解,亦即神圣天意的决定力量,以及英雄在社会和历史中所扮演的重要角色。在卡莱尔的思想观念中,英雄是真诚且具有慧心的人,他们虽然不能直接代表神圣天意,却可以帮助民众把握那"自在"却又"不可见"的伟大秘密。在卡莱尔对英雄的分类中,诗人和文人英雄是比较特别的模式,而将诗人和文人归入英雄之列的思想表现出卡莱尔所受到的浪漫主义影响,以及浪漫主义诗人以"预言家"自居的传统。然而,在历史上,卡莱尔的英雄史观因为强调某一些极富感召力的英雄的力量,同时又认为英雄是神圣天意的传达者,所以极易遭到法西斯主义和种族主义者的利用,这也导致人们在二战后对其研究热情的降低。然而,在今天看来,若想较好地把握卡莱尔的思想,人们必须将其英雄史观的诞生放置于特定的历史条件下,才能深刻地理解其观点对维多利亚时期工业化社会的象征意义和警示意图。而在文学思想的影响力方面,卡莱尔虽然主要以历史学家的身份跻身英国文坛,但他对后来的许多文学家都产生了深远影响,在狄更斯、乔治·艾略特和迪斯累利等人的小说中,人们都能够隐约感受到卡莱尔的风格、主题和道德劝诫的痕迹。正如艾略特本人所言,"我们这一代几乎所有出色与活跃的心灵都曾受到卡莱尔的影响,如果没有他,恐怕过去10年甚至12年间的英语作品都将换副模样"。⑩

第九节
阿诺德对浪漫主义文学的批评

　　在 19 世纪下半叶纷繁复杂的社会局势和思想浪潮中,马修·阿诺德(Matthew Arnold,1822－1888)的文化、社会和宗教批评观脱颖而出,他强调"批评"在营造整个社会文化氛围和心智环境等方面的重要作用。从某种程度上来说,正是他建立起了现代意义上的英国文学批评传统。[⑩]作为一位诗人和对西方文学传统有着深刻理解的批评家,他的文学批评也同样具有重要意义。其中,较为突出的是他对英国浪漫主义文学思潮的批评,尤其是对浪漫主义时期"五大诗人"(华兹华斯、柯勒律治、拜伦、雪莱和济慈)的评价,他不仅提出了相对系统的观点,而且自始至终保持了较为统一的批评原则,这在维多利亚时期尚显混乱的思想潮流中就更加难能可贵。应该说,阿诺德所处的时代位于浪漫主义文学大潮之尾声,因此,在尚不具备足够的批评距离的情况下,其批评见地所具有的深度显得弥足珍贵。这也使他的观点成为后人在评价浪漫主义诗人时的重要参照。尽管阿诺德对浪漫主义文学的批评不可避免地受到时代、宗教及其自身文学观念的影响,但正如 T·S·艾略特所指出的那样,即使到了 20 世纪 30 年代左右,"学术界对浪漫主义诗人的评价仍主要建立在阿诺德的观点之上",[⑩]他对浪漫主义诗人形象的树立及其批评见解在今天仍具有借鉴意义。

　　总的来说,阿诺德对浪漫主义文学尤其是浪漫主义诗人的评价,与他自己的文学理念有密切联系,他的文学观点夹杂着三个方面的重要因素,即天才论、道德论和古典主义原则。这与他所处的时代和成长环境不无关联。首先,由于阿诺德出生于 19 世纪,他本人在成长过程中便受到了浪漫主义文学的熏陶,更与不少浪漫主义诗人和小说家有过切身接触。当时的英国文坛在经历过浪漫主义文学的洗礼后,也已基本接受了"诗歌即诗人天才之流溢"的观点。因此,阿诺德的诗论中也

不乏这样的思想，他甚至将诗歌的道德取向与诗人的才华直接关联，认为具有伟大人格的诗人才能创作出伟大的诗歌。其次，维多利亚时期的社会现状使阿诺德对诗歌的功用十分关注。他认为诗歌应该成为"对人生的批评"（criticism of life），承担起重整社会道德的重任，甚至在将来"有可能会取代宗教和哲学"。[⑩]因此，阿诺德对浪漫主义诗人尤其是济慈评价不高，这与其诗歌道德论有直接关系。第三，阿诺德自幼家学甚笃，他对古典文学尤其是古希腊文学表现出极大的热情，在文学原则上，他尊崇亚里士多德所提出的悲剧理论。在诗歌创作的具体层面，他强调选择重大题材，认为诗人"必须选择一个很卓越的行动（action）"，才能产生"永久不渝，始终如一"的感情；[⑪]其次，他认为，诗人还需在创作上精确构思，创造出完整的总体风格；而在诗歌语言方面，他提倡人们效仿古代诗人，使用纯朴的表现风格，并批评当时不少诗人满足于"修辞感及好奇心"，[⑫]诗歌语言过于华丽。正因如此，他对华兹华斯所选用的卑微题材评价不高，对拜伦、雪莱和济慈等人"笔端倾泻出来的光彩夺目的诗行"也颇有微词。

在对浪漫主义诗人的总体地位和风格的评价上，阿诺德认为他们生活的"后革命"时代，不具备产生伟大作品的条件，但这并不影响批评家对这一时期的文学做出评价。也就是说，虽然阿诺德所推崇和向往的是古典的文学原则，但他完全可以"保留自己对'最佳'、'完美'的界定，与此同时，欣然接受'次佳'的作品"。[⑬]在阿诺德看来，浪漫主义诗人的共同特点是感情充沛，但智性不足，这导致他们在创作题材的选择上不够庄重，在表达层面上则过于注重直觉和情感的抒发，缺乏对通体风格的把握，其作品不乏漂亮的诗行和诗段，却没有对诗歌总体效果的控制力。的确，在文学思想的发展史上，许多思潮都呈现出此消彼长的状态，当古典主义的规范和理性对诗人造成了束缚的时候，浪漫主义诗人便主张打破陈规，让情感自然流溢，而当浪漫主义的情感流溢逐渐被二三流的诗人当做滥情伤怀的借口时，人们便会反思智性的重要。

阿诺德的文学思想折射出文人对当时文坛现象的反思，虽然他的评价并不完全正确，甚至不乏一些偏激之见，但他的确以诗人和批评家的慧眼看到了浪漫主义诗歌的长处和缺点。他曾指出,19世纪"前25年的英国诗歌虽然有丰富的活力、丰富的创造力,但没有足够的知识,这使得拜伦如此空洞,雪莱如此缺乏条理,甚至华兹华斯都如此缺乏完整性和多样性,虽然他如此渊博"。⑯这反映出阿诺德对浪漫主义诗人评价的总体原则,即诗才与诗智并重。在后人所熟知的浪漫主义"五大诗人"中,阿诺德对华兹华斯的评价最高,同时把拜伦视作时代精神的体现,此外,他虽然认为济慈缺乏道德关注,但最具备诗人的天分和气质,至于雪莱和柯勒律治则比上述三人略逊一筹。也许他的评价并不完全具有说服力,但相对于维多利亚早期的许多批评家来说,他更准确地把握到了浪漫主义诗人的精神和特质。正如一位评论家指出的那样,在为浪漫主义诗人定位时,"阿诺德的预言看来比史文朋更加准确,正是华兹华斯和拜伦,而非柯勒律治和雪莱,成了浪漫主义时期经典英语诗歌的试金石"。⑯从总体思想来看,阿诺德对浪漫主义诗人的评价表现出他对时代精神的关注,他认为诗歌在诗人所处的时代中应产生道德影响和精神效应。此外,与维多利亚时期的许多批评家不同的是,阿诺德本人也进行诗歌创作,因此他不仅关注诗歌的内容,也强调诗性和诗的形式美。这些特点都在阿诺德对浪漫主义"五大诗人"的评论中有所体现。

从诗作的价值和地位来看,阿诺德认为华兹华斯是19世纪英语诗人中的翘楚。不仅如此,他甚至表示在"从伊丽莎白时期至今"这一时期内,华兹华斯的诗歌堪称杰作,可以说,他的地位应仅次于莎士比亚和弥尔顿。⑰阿诺德曾表示,"诗性的伟大菁华在于诗人对人生做出崇高且深邃的表现",⑱而华兹华斯诗歌的卓越之处也正是因为它对生活做出了执著的探索,其诗歌表现出对人生潜流的把握。阿诺德曾多次在批评论述中引用华兹华斯的诗行,把华氏的诗歌思想概括为"对人、自然以及人生"的思考,并盛赞他以简洁明快的抒情诗表达出了生命的启示。

然而,阿诺德并不像同时代的"挺华兹华斯派"那般,对这位伟大的诗人一味赞颂和吹捧,而是十分尖锐地提出了自己的批评见解。当然,

读者可以发现,阿诺德在提出这些观点的时候还是遵从了亚里士多德式的古典文学原则。例如,他认为诗歌题材的选择重在"行动",而华兹华斯的诗中却很少有值得书写的英雄和行动,尤其是像《序曲,或一位诗人的心灵成长》那样的后期诗作,这逐渐将诗人自己与时代精神相隔离,把描写的重心转向了自我,忽略了个人与文化整体以及国家的关联。结合阿诺德自己的诗歌创作,读者就能发现,他对身处其中的时代、文化及其潜流十分关注,《多佛海滩》("Dover Beach",1851,1867)明则写景,实则写社会精神,反映出作者对时代变化以及相应产生的信仰危机的思考。由此看来,我们也就不难理解为何阿诺德认为华兹华斯的某些诗歌过分关注个人,缺少普世价值。

其次,阿诺德曾一针见血地指出,华兹华斯的诗才最适宜的表现渠道是他的抒情短诗,而非哲理长诗。众所周知,华兹华斯曾在创作生涯中受到柯勒律治的鼓舞,后者不断激励他撰写长篇哲理诗,并表示只有写出过这类作品的诗人才能称得上"伟大的诗人"。在这种思想的驱使下,华兹华斯写下了《漫游》和《序曲》等诗作。然而,阿诺德却并不认可华兹华斯的努力,认为这两首诗缺少诗歌的美感,没有其抒情短诗中所表现出来的真情实意和恰到好处的天才流露,由于华兹华斯过分希望将诗歌与哲理结合起来,诗性的美与真反而有所减损。对此,阿诺德曾犀利地批评道,"不论(这些诗中的)教条有多么正确,它全然缺乏诗意的真,而这种真才是我们希望从诗人身上感受到的东西"。⑧在这一点上,阿诺德倒与济慈颇有契合,也正是这种对诗性的感受力和把握力使他能够在古典的诗歌原则之外,看到浪漫主义诗人的长处和才情。

阿诺德对拜伦的评价与自己的同时代人有所差别,但也不同于19世纪上半叶遍布英国的拜伦追随者。在阿诺德所生活的时期,拜伦的声望已经开始下降,许多诗人和批评家认为他诗艺不精,有负盛名,甚至有人指出,拜伦的声望只是一个时代的产物。尽管如此,阿诺德仍视拜伦为19世纪英国诗坛的代表人物,并表示,他的诗虽然经常是匆匆写就,失之粗鄙,但其可贵之处就在于他抓住了那个动荡不安的时代的革命精神。这种观点的产生与阿诺德本人的文学功用论以及他对社会批评的热衷密不可分。拜伦对那个时代所造成的冲击是许多囿于书斋的诗人所不可企及的,可以说,他在整个社会中的行为方式就表现出了最大的诗意。当然,阿诺德的这种观点与当时人们对诗意的理解方式并不矛盾,在19世纪的人看来,"诗意"并非只能体现于文学或者诗歌创作中,绘画和雕塑等其他艺术形式里也时常可以发现"诗意",依此看来,体现在拜伦这个"人"身上的诗意也就具备了更为纯粹的价值。

虽然阿诺德对拜伦的地位表示充分肯定,但他并没有忽略拜伦作为"艺术家"的缺陷。在阿诺德看来,拜伦是一个极富诗意且具有很高的天分的人,但却没有创作出艺术上震颤人心的作品,实在可惜。他笔下的英雄形象通常没有发展,似乎执拗地纠缠于难以化解的困境,这也就导致其诗歌的悲剧情绪不断叠加,却未能得到"宣泄",从而阻碍了人们对诗意的享受。阿诺德本人受到亚里士多德悲剧理论的影响,认为悲剧的情绪必须要得到宣泄才能构成一部佳作,如果"悲痛的情感无法宣泄于行动之中;精神的痛苦的状况持续不断",⑧作品就只能是病态、刻板的。当然,完整的创作需要艺术家具有通盘构思的能力和极强的控制力,否则作品的效果便难以平衡,这也正是阿诺德在拜伦身上所发现的"重大缺陷"。他曾明确指出,拜伦"缺少一个伟大艺术家在塑造行动或刻画人物方面那深刻且绵密的技巧,……不过,他倒是能生动地构思某个单独的事件或是某个单一的场景,将自己全身心地投入其中,写得栩栩如生,仿佛他亲眼所见、身临其境那般"。⑨这也就是为什么拜伦的诗歌似乎既不会让人感觉"毫无价值",但也不会让人感到"心满意足"。虽然阿诺德对拜伦的诗艺颇有微词,但他把握到了拜伦的精神价值,并从整个人类社会的角度对其加以评判。尤其是站在阿诺德所生存的年代来看,对任何一个需要理想和激情的民族来说,拜伦所代表的对自由与平等的追求都是一股重要的精神力量。也正因此,阿诺德认为,虽然拜伦与华兹华斯的伟大各不相同,但他们二人都可谓19世纪"英语诗人中最为光辉的形象"。⑩

阿诺德对济慈的评价则明显地表现出他本人作为诗人和批评家的复杂情绪,因为他一方面认为济慈缺少思想深度,但另一方面又被济慈那充满诗意的语言所折服。在阿诺德的批评文章中,人们可以发现,他对济慈所持的主要观点与维多利亚时期人们对济慈的总体看法相一

致。由于济慈的诗歌表现出对"美"的执著追求,维多利亚时期的人们通常认为他是一个超脱时代的诗人,他不关心政治和宗教,而是把自己的全部诗情和才华都用于表现"美"。结合阿诺德的诗歌功用论来看,就不难理解他对济慈的批评。阿诺德认为,在一个时代或是一个社会中,诗人的职责远远不止于描绘"美"的图景那么简单,他应该以自己的诗作开启人们的心智,他需要对时代、社会乃至道德等重要议题加以表现并作出回应。而这正是济慈诗歌所缺少的,他既不探索古代的智慧,似乎也对周遭的时代变化和精神变迁视而不见。这对阿诺德来说是无法接受的,因此,在他看来,不论济慈的诗语多么具有美感,多么能激发人们的想象力,他仍然失之浅薄,此外,他的诗歌也正是因为缺少总体的精神追求,才显得凌乱无章,其新鲜动人的语言也似乎难有所依。

然而作为诗人,阿诺德深知语言的力量以及遣词为诗的艰辛,因此他能够深刻体悟到济慈诗歌中所蕴含的美感。同时,作为一位敏锐的批评家,他捕捉到了济慈那难掩的诗人气质。因此,在诗语之美方面,阿诺德甚至认为济慈堪比莎士比亚,他曾对济慈的名作《伊莎贝拉》做出分析,认为"几乎每一诗节都具有不同的生动活泼的措辞特征,它使描述的对象在想象中闪耀,使读者的感官立即得到欢快的刺激"。⑤读者发现,阿诺德从直觉和感悟力上已经领悟到了济慈诗作的卓越品质,但在理性上他仍然不能认同这样一类"构思不力,组织松散"的作品。⑤他本能地欣赏济慈诗中的美,但又因为这种美所依附的诗歌总体上不符合他的诗歌原则,所以他后来对济慈的诗才做出了这样的概括,"济慈可能的确拥有臻于完美的诗歌天分,但他英年早逝,作品太少,还太不成熟,无法与这两位诗人(华兹华斯和拜伦)相匹敌"。⑤这样的说法表现出阿诺德的矛盾心态,他似乎对济慈的诗才既欣赏又惋惜,以至于他后来甚至一相情愿地认为,如果济慈的生命得以延续,他定能成为一名圣哲诗人。应该说,阿诺德虽然将华兹华斯和拜伦视作浪漫主义诗人中更重要的代表,但在诗艺方面,他对济慈做出了充分肯定,甚至有批评家认为,阿诺德自己在诗歌创作中的"措辞、韵律以及意象产生的方式"也在很大程度上受到了济慈的影响。⑤

　　然而,在阿诺德看来,浪漫主义"五大诗人"中的另两位——雪莱和柯勒律治成就不高,他曾叹息柯勒律治是"毁在鸦片烟雾里的诗人和哲人",[⑮]又将雪莱比作"美丽而无能的天使,在虚空中徒然地扇动着那对发光的翅膀"。[⑯]读者可以发现,阿诺德的言语中似乎充满了惋惜之情,但这也正暴露出他评判诗人文学成就时的一个习惯,即过分执著于自己的文学原则和期望值,反而忽视了诗人本身的特性。同时,他对诗人个性的喜恶与否也在一定程度上影响了他的判断。当然,这在维多利亚时期的文学批评中并不鲜见。

　　阿诺德对雪莱的批评主要围绕着其诗作的题材和风格展开,但不少论断显得过于绝对,有失公允。他曾认为,雪莱的诗歌缺少重大题材,当然在他看来这是浪漫主义诗人的通病。不过他又补充说道,即使是在描写自然的时候,雪莱也无法将自然与更崇高的人性相联系,他甚至尖刻地指出,"当人们赞美雪莱是云之诗人、落日之诗人的时候,不过是在说他其实没有找到诗人创作的合适题材","(雪莱的)原创诗歌还不如他的翻译,因为在翻译作品中,题材倒是现成的"。[⑰]然而,当人们回顾雪莱的诗歌创作时,这种看法似乎并不可依,因为其诗作中充盈着对自由、平等的向往,充满革命的豪情和对大自然的赞颂,这都反映出雪莱那个时代的精神。除了对雪莱的诗歌题材不满之外,阿诺德还批评了雪莱的创作风格,认为其诗歌虽然乐感很强,但给人的总体印象是模糊而芜杂的,即使像《被解放的普罗米修斯》这样的名作也显得含糊不清。他甚至讽刺道,"雪莱的天分是在音乐领域,……他能够把握声音媒介,但对文字这种更为艰深的媒介来说,他的智性和理性都无从胜任"。[⑱]其实,结合拜伦和雪莱的诗作来看,两者的共性颇为明显,然而阿诺德对拜伦的赞誉和对雪莱的贬抑似乎落差过大。在一篇名为《雪莱》("Shelley")的批评文章之中,阿诺德详尽地分析了雪莱的性格、特质和人际关系,但这给读者造成的印象是,他对雪莱性格的厌恶阻碍了其判断的公正性,而这种现象也同样出现在他对柯勒律治的评价之中。

　　在浪漫主义的"五大诗人"中,柯勒律治是唯一一位没有得到阿诺德专文探讨的作家,因为阿诺德对他的理解并未跳脱维多利亚时期的

总体印象。对 19 世纪中下半叶的人来说,柯勒律治的诗歌显得缥缈不定,仿佛与时代无关,他的思想头绪过多,缺乏条理。此外,在阿诺德以及维多利亚时期的其他诗人(如勃朗宁和拉斯金等)眼中,柯勒律治的鸦片烟瘾令人难以接受。由于维多利亚时期的诗歌观通常将诗作看成诗人品质和情操的外化,所以柯勒律治的行为不仅意味着他缺乏道德感,甚至其诗作也有可能被当做鸦片烟刺激下的产物,而失去了其自在的艺术价值。结合阿诺德所坚持的古典文学原则来看,读者便能够理解他对柯勒律治的评判,在他看来《古舟子咏》和《忽必烈汗》这样的诗的确壮观,但其题材脱离了现实,以超自然和过度的想象力为依据,因而不具备道德价值。虽然阿诺德并不欣赏柯勒律治的诗歌创作,但他肯定了后者对真理的客观追求,并表示,柯勒律治"本能地不懈努力着,……他试图企及并揭示问题的真相,不论这些问题涉及文学、哲学、政治还是宗教,这样的努力在我们这个国家还前所未有"。① 可以说,阿诺德作为一位批评家的高超之处,正在于他能够在一定程度上接受自身原则之外的艺术追求。

总体来看,作为一位身处于浪漫主义文学尾声的诗人和批评家,阿诺德对浪漫主义诗人的评价具有较高的价值。他在一定程度上继承了浪漫主义的文学思想,把握了诗歌由内而外、自然喷发的情感价值。此外,由于他本人还是一位对社会问题和时代精神充满关切的文化批评家,他的文学思想便表现出对重大题材、道德以及社会问题的关注。在这一点上,他吸纳了自亚里士多德以降的古典文学原则,强调好的诗歌重在"行动"之伟大、结构之完整以及风格之崇高。在这种原则的影响下,他必然持有恒定的艺术观,并希望以先验的艺术思想引导文学的创作。因此,从某种程度上来说,阿诺德不仅认识到了浪漫主义文学的伟大革新及其价值所在,也从某些侧面发现了它的缺陷。他对浪漫主义文学的批评在总体导向上具有一定的价值,并反映出了文学思想的变迁。然而,站在文学思想史的发展脉络之上,读者便可以发现,他所倡导的"回归古典"的策略并不能真正适用于一个业已变化的时代。

综合全章所述,从 18 世纪末叶到 19 世纪中叶,英国文学思想受到了席卷欧洲的浪漫主义思潮的影响,表现出对启蒙时期理性主义的反叛,强调作家强烈的、个性化的情感在文学创作中的重要性。虽然这种倾向不是在一朝一夕之间发生的,但它以一种不可阻挡的态势出现于一批英国作家的创作中。应该说,对"诗人"和"想象力"的不断诠释贯串于整个浪漫主义时期的文学思想,从布莱克的早期浪漫主义思想对"诗才"和"诗意的想象"的辩证思考,到华兹华斯、柯勒律治等人对诗人及其创作的重新定义,再到济慈围绕着"艺术美"对诗人及其想象力提出的要求,这一脉文学思想的变迁和发展成就了英国浪漫主义作家在文学史上的突出贡献。到19世纪中叶前后,随着时局和社会生活的变化,浪漫主义思潮的声势逐渐消退,但它所造成的影响是不可逆转的,读者依然可以在卡莱尔、阿诺德、丁尼生和勃朗宁等人的创作中感受到浪漫主义文学的气息。而时至今日,站在200多年以后的历史结点上来看,浪漫主义思想已然跨越时代和地域,其精髓已广为传播并得到接受,成为一种具有普遍价值的思想力量。

注释

① 以赛亚·柏林:《浪漫主义的根源》,吕梁等译,南京:译林出版社,2008年,第3页。

② Urizen,谐音 Your Reason,是布莱克在其预言诗系列中创造的一个形象,象征理性、法规和秩序。

③ 卢梭:《社会契约论》,北京:商务印书馆:1980年,第8页。

④ Northrop Frye. *Fearful Symmetry: A Study of William Blake*. Toronto, Buffalo and London: University of Toronto Press, 2004, p.257.

⑤ 本书所引布莱克诗歌译文为张炽恒译本,见布莱克:《布莱克诗集》,张炽恒译,上海:上海三联书店出版社,1999年,第73页。

⑥ 布莱克:《布莱克诗集》,张炽恒译,上海:上海三联书店出版社,1999年,第42页。

⑦ 同上,第43页。

⑧ 同上,第77页。

⑨ 同上,第78页。

⑩ 同上,第78页。

⑪ 丁宏为:《灵视与喻比:布莱克魔鬼作坊的思想意义》,《外国文学评论》,2007年,第2期,第81页。

⑫ 参见 William Blake. "All Religions Are One". *The Complete Writings of William Blake*. Ed. Geoffrey Keynes. London：The Nonesuch Press，1966，p.98.

⑬ William Blake. "Annotations to 'An Apology for *The Bible* in *A Series of Letters Addressed to Thomas Paine by R . Watson , D . D . , F . R . S .'*". *The Complete Writings of William Blake*. Ed. Geoffrey Keynes. London：The Nonesuch Press，1966，p.392.

⑭ 张炽恒：《译者序：一名不该忽视的诗人》,《布莱克诗集》,张炽恒译,上海：上海三联书店出版社,1999 年,第 6 页。

⑮ 参见胡孝申、邓中杰：《威廉·布莱克创作阶段划分刍议》,《外国文学研究》,1998 年,第 1 期,第 104 页。

⑯ Northrop Frye. "Blake's Treatment of the Archetype". *Northrop Frye on Milton and Blake*. Ed. Angela Esterhammer. Toronto：University of Toronto Press，2005，p.193.

⑰ 张炽恒：《译者序：一名不该忽视的诗人》,《布莱克诗集》,张炽恒译,上海：上海三联书店出版社,1999 年,第 9 页。

⑱ S. Foster Damon. Ed. *A Blake Dictionary: The Ideas and Symbols of William Blake*. Hanover，New Hampshire：University Press of New England，1988，p.143.

⑲ Alexander Gilchrist. *The Life of William Blake*. Mineola，New York：Dover Publications，1998，p.390.

⑳ 布莱克：《布莱克诗集》,张炽恒译,上海：上海三联书店出版社,1999 年,第 67 页。

㉑ 同上,第 186 页。

㉒ 同上,第 190 页。

㉓ 同上,第 186 页。

㉔ 转引自张德明：《魔鬼的智慧——谈〈在地狱中采风〉的布莱克》,《读书》,1988 年,第 8 期,第 108 页。

㉕ 下文如无特别注明,"序言"专指华兹华斯于 1800 年《抒情歌谣》再版时撰写的序言。

㉖ 华兹华斯：《抒情歌谣集》序言,曹葆华译,《十九世纪英国诗人论诗》,刘若端编,北京：人民文学出版社,1984 年,第 13 页。

㉗ 与华兹华斯同时代的批评家弗朗西斯·杰弗里（Francis Jeffery,1773 - 1850）时任著名的《爱丁堡评论》的编辑,将华兹华斯、柯勒律治和骚塞归为"湖畔诗人"(Lake Poets),称他们的诗歌总体来说是消极的、反社会的,仅仅简单、粗暴地反映自然,缺少艺术性。20 世纪 50 到 70 年代,华兹华斯在我国也被当做"消极浪漫主义"诗人的典型,受到批判。参见苏文菁：《华兹华斯诗学》,北京：社会科学文献出版社,2000 年,第 300 页。

㉘ 将华兹华斯的自然诗与詹姆斯·汤姆逊(James Thomson,1700－1748)的《四季》和托马斯·格雷(Thomas Gray,1716－1771)的墓园诗相比较,读者可发现后两者的诗歌虽描写自然,但更多地停留在对外在世界的描写上,仍属于传统的模仿论范畴。

㉙ 华兹华斯:《抒情歌谣集》序言,曹葆华译,《十九世纪英国诗人论诗》,刘若端编,北京:人民文学出版社,1984年,第5页。

㉚ 本书所引《颂诗:忆幼年而悟永生》为黄杲炘译本,见华兹华斯:《华兹华斯抒情诗选》,黄杲炘译,上海:上海译文出版社,2000年,第182页。

㉛ 同上,第185页。

㉜ 华兹华斯曾在"序言"中明确批判当时文学中所弥漫的滥情、感伤的氛围,他认为"以往作家的非常珍贵的作品……已经被抛弃了,代替它们的是许多疯狂的小说、许多病态而又愚蠢的德国悲剧以及像洪水一样泛滥的用韵文写的夸张而又无价值的故事。"参见华兹华斯:《抒情歌谣集》序言,曹葆华译,《十九世纪英国诗人论诗》,刘若端编,北京:人民文学出版社,1984年,第8页。

㉝ 华兹华斯:《华兹华斯抒情诗选》,黄杲炘译,上海:上海译文出版社,2000年,第189页。

㉞ 参见华兹华斯:《序曲,或一位诗人的心灵成长》,丁宏为译,北京:中国对外翻译出版公司,1997年,第ⅩⅤ页。

㉟ 本书所引《序曲,或一位诗人的心灵成长》为丁宏为译本,见华兹华斯:《序曲,或一位诗人的心灵成长》,丁宏为译,北京:中国对外翻译出版公司,1997年。可参考 William Wordsworth. *The Prelude: 1799, 1805, 1850*. Eds. Stephen Gill and Jonathan Wordsworth. New York: W. W. Norton & Company, 1979. 以及 William Wordsworth, *The Prelude: The Four Texts* (*1798, 1799, 1805, 1850*). Ed. Jonathan Wordsworth. London: Penguin Books, 1995.

㊱ 在短诗"The Tables Turned"中,华兹华斯明确地表达了这一想法:"One impulse from a vernal wood/ May teach you more of man,/ Of moral evil and of good,/ Than all the sages can."

㊲ 严忠志:"论华兹华斯的诗歌创作观",《四川外国语学院学报》,1996年,第2期,第17页。

㊳ 刘若愚:《外国文论简史》,北京:北京大学出版社,2005年,第159页。

㊴ William Hazlitt. "Mr. Wordsworth." *The Spirit of the Age, or, Contemporary Portraits*. New York: John Wiley, 1849, p.124.

㊵ Ibid., p.123.

㊶ 华兹华斯:《序曲,或一位诗人的心灵成长》,丁宏为译,北京:中国对外翻译出版公司,1997年,第142页。

㊷ 华兹华斯曾表示,尽管自己是"以诗人之名为世人熟知",但他常花"十二个小时考虑社会现状及其前景,只花一个小时考虑诗歌"。参见 F. M. Todd. *Politics and the Poet: A Study of Wordsworth*. London and Southampton: The

Camelot Press, 1957, p. 11.
㊸ 转引自 T. V. Smith. "Wordsworth and the Sense of Guilt." *Ethics*, Vol. 71, No. 4, July, 1961, p. 243.
㊹ 华兹华斯:《华兹华斯抒情诗选》,黄杲炘译,上海:上海译文出版社,2000 年,第 276 页。
㊺ M. H. 艾布拉姆斯:《镜与灯:浪漫主义文论及批评传统》,郦稚牛,张照进,童庆生译,北京:北京大学出版社,2004 年,第 21 页。
㊻ 参见 M. H. 艾布拉姆斯:《镜与灯:浪漫主义文论及批评传统》,郦稚牛,张照进,童庆生译,北京:北京大学出版社,2004 年,第 76 页。
㊼ 丁宏为:《理念与悲曲——华兹华斯后革命之变》,北京:北京大学出版社,2002 年,第 2 页。
㊽ 当代文学批评对华兹华斯诗歌中的"自我"提出了很多新观点,认为这种"自我"应当是华兹华斯与其他诗人——尤其是与柯勒律治的思想互动产生的,是艺术层面上"对话的自我"。参见 Paul Magnuson. *Coleridge and Wordsworth: A Lyrical Dialogue*. Princeton: Princeton University Press, 1988. 以及 Gene Ruoff. *Coleridge and Wordsworth: The Making of the Major Lyrics, 1802 – 1804*. London, Sydney, and Tokyo: Harvester Wheatsheaf, 1989.
㊾ 语出"序言",曹葆华译本为"人们心中的主要热情",参见华兹华斯:《抒情歌谣集》序言,曹葆华译,《十九世纪英国诗人论诗》,刘若端编,北京:人民文学出版社,1984 年,第 5 页。
㊿ 华兹华斯:《抒情歌谣集》序言,曹葆华译,《十九世纪英国诗人论诗》,刘若端编,北京:人民文学出版社,1984 年,第 9 页。
(51) 同上,第 5 页。
(52) 同上,第 4 页。
(53) 同上,第 5 页。
(54) 同上,第 6 页。
(55) 同上,第 10 页。
(56) 同上,第 5 页。
(57) 同上,第 12 页。
(58) 苏文菁:《华兹华斯诗学》,北京:社会科学文献出版社,2000 年,第 269 页。
(59) 华兹华斯:《抒情歌谣集》序言,曹葆华译,《十九世纪英国诗人论诗》,刘若端编,北京:人民文学出版社,1984 年,第 18 页。
(60) 同上,第 19 页。
(61) 同上,第 13 页。
(62) 同上,第 19 页。
(63) 同上,第 17 页。
(64) 同上,第 17 页。
(65) 同上,第 18 页。

(66) 同上，第14页。
(67) 同上，第17页。
(68) 同上，第14页。
(69) 华兹华斯：《抒情歌谣集》附录，曹葆华译，《十九世纪英国诗人论诗》，刘若端编，北京：人民文学出版社，1984年，第28页。
(70) 丁宏为：《灵视与喻比：布莱克魔鬼作坊的思想意义》，《外国文学评论》，2007年，第2期，第81页。
(71) 苏文菁：《华兹华斯诗学》，北京：社会科学文献出版社，2000年，第71页。
(72) 华兹华斯：《抒情歌谣集》1815年序言，曹葆华译，《十九世纪英国诗人论诗》，刘若端编，北京：人民文学出版社，1984年，第36页。
(73) 华兹华斯：《抒情歌谣集》序言，曹葆华译，《十九世纪英国诗人论诗》，刘若端编，北京：人民文学出版社，1984年，第6页。
(74) 同上，第22页。
(75) 同上，第6页。
(76) 同上，第22页。
(77) 华兹华斯：《抒情歌谣集》1815年序言，曹葆华译，《十九世纪英国诗人论诗》，刘若端编，北京：人民文学出版社，1984年，第37页。
(78) 同上，第5页。
(79) 华兹华斯：《序曲，或一位诗人的心灵成长》，丁宏为译，北京：中国对外翻译出版公司，1997年，第352页。
(80) 雷纳·韦勒克：《近代文学批评史》，第二卷，杨自伍译，上海：上海译文出版社，1989年，第183页。
(81) Stephen Gill. "Introduction." *The Cambridge Companion to Wordsworth*. Ed. Stephen Gill. Cambridge: Cambridge University Press, 2003, p.1.
(82) Samuel Taylor Coleridge. *Biographia Literaria*. Ed. James Engell and W. Jackson Bate. Princeton: Princeton University Press, 1983, p.301.
(83) 章安祺：《西方文艺理论史精读文献》，北京：中国人民大学出版社，1996年，第425页。
(84) 引语见：http://book.beifabook.com/product/BookDetail.aspx?Plucode=702006131。
(85) 以济慈诗歌开始出版算起，他的写作生涯为1817至1820年，不足4年。
(86) Helen Vendler. *The Odes of John Keats*. Cambridge: The Belknap Press of Harvard University Press, 2003, p.3.
(87) 见1818年1月2日济慈写给弟弟乔治·济慈的信件。参见 John Keats. *The Letters of John Keats, 1814－1821*. Ed. Hyder Edward Rollins. Cambridge: Cambridge University Press, 1958, Vol. 2 p.21.
(88) 参见 John Keats. *John Keats: Complete Poems*. Ed. Jack Stillinger. Cambridge, Massachusetts and London: The Belknap Press of Harvard

University Press，1982，p.xxii.

⑧⑨ 济慈曾在 1817 年 12 月 21 日及 12 月 27 日致乔治和汤姆·济慈的信中写道，"对一个大诗人来说美感超过其他一切考虑，或者不如说消灭了其他一切考虑"。参见济慈：《一八一七年约十二月二十一日及二十七日致乔治和汤姆·济慈》，周珏良译，《十九世纪英国诗人论诗》，刘若端编，北京：人民文学出版社，1984 年，第 172 页。

⑨⓪ 济慈：《一八一七年约十二月二十一日及二十七日致乔治和汤姆·济慈》，周珏良译，《十九世纪英国诗人论诗》，刘若端编，北京：人民文学出版社，1984 年，第 171 页。

⑨① 同上。

⑨② 本书所引《希腊古瓮颂》采用穆旦先生译文。

⑨③ 据批评家考证，"美即是真，真即是美"引自约书亚·雷诺兹（Sir Joshua Reynolds）。参见 Dennis R. Dean. "Some Quotations in Keats's Poetry." *The Philological Quarterly*. Volume：76. Issue：1，1997，pp.69 - 85.

⑨④ 通常认为，济慈的六大颂诗包括《心灵颂》（"Ode to Psyche"）、《夜莺颂》（"Ode to a Nightingale"）、《闲适颂》（"Ode on Indolence"）、《希腊古瓮颂》（"Ode on a Grecian Urn"）、《忧郁颂》（"Ode on Melancholy"）和《秋颂》（"Ode to Autumn"），均创作于 1819 年。

⑨⑤ John B. Gleason. "A Greek Eco in 'Ode on a Grecian Urn'." *The Review of English Studies*，New Series，Vol. 42，No.165，1991，pp.78 - 80.

⑨⑥ 本书所引《忧郁颂》、《夜莺颂》均采用穆旦先生译文。

⑨⑦ Andrew Bennett. *Keats，Narrative，and Audience*. Cambridge：Cambridge University Press，1994，p.134.

⑨⑧ 济慈：《一八一七年十一月二十二日致贝莱》，周珏良译，《十九世纪英国诗人论诗》，刘若端编，北京：人民文学出版社，1984 年，第 167 至 168 页。

⑨⑨ 同上，第 168 页。

⑩⓪ 同上，第 169 页。

⑩① 傅修延认为，"美即是真"是济慈这类诗歌的诗眼，并指出，"'梦醒美去'用等式表示就是'美≠真'"，而"美即是真"（"美＝真"）是济慈用以"抵御这种审美恐惧"的等式。见傅修延：《济慈评传》，北京：人民文学出版社，2008 年，第 286 页。

⑩② Jack Stillinger. "Introduction." *John Keats: Complete Poems*. Ed. Jack Stillinger. Cambridge，Massachusetts and London：The Belknap Press of Harvard University Press，1982，p. XV.

⑩③ "Negative Capability"一词曾出现过多种中文译法，如"消极感受力"、"消极的才能"、"客体感受力"等，不同的译法实际上表现出译者对济慈思想的不同解读，本书采用"消极能力"这一译法。

⑩④ 济慈：《一八一七年约十二月二十一日及二十七日致乔治和汤姆·济慈》，周珏

良译，《十九世纪英国诗人论诗》，刘若端编，北京：人民文学出版社，1984 年，第 172 页。

⑩⑤　济慈：《一八一八年二月三日致雷诺兹》，周珏良译，《十九世纪英国诗人论诗》，刘若端编，北京：人民文学出版社，1984 年，第 175 页。

⑩⑥　济慈：《一八一七年约十二月二十一日及二十七日致乔治和汤姆·济慈》，周珏良译，《十九世纪英国诗人论诗》，刘若端编，北京：人民文学出版社，1984 年，第 172 页。

⑩⑦　济慈：《一八一七年十一月二十二日致贝莱》，周珏良译，《十九世纪英国诗人论诗》，刘若端编，北京：人民文学出版社，1984 年，第 167 页。

⑩⑧　济慈：《一八一八年十月二十七日致理查·伍德豪斯》，周珏良译，《十九世纪英国诗人论诗》，刘若端编，北京：人民文学出版社，1984 年，第 184 页。

⑩⑨　Walter Jackson Bate. "Negative Capability." *John Keats: Modern Critical Views*. Ed. Harold Bloom. New York：Chelsea House Publishers，1985，p.27.

⑩⑩　济慈：《一八一八年十月二十七日致理查·伍德豪斯》，周珏良译，《十九世纪英国诗人论诗》，刘若端编，北京：人民文学出版社，1984 年，第 184 页。

⑪⑪　Jacob D. Wigod. "Negative Capability and Wise Passiveness." *PMLA*. Vol. 67，No. 4（Jun.，1952），p.387.

⑪⑫　济慈：《一八一八年五月三日致约翰·汉米尔顿·雷诺兹》，周珏良译，《十九世纪英国诗人论诗》，刘若端编，北京：人民文学出版社，1984 年，第 181 页。

⑪⑬　济慈：《一八一八年十月二十七日致理查·伍德豪斯》，周珏良译，《十九世纪英国诗人论诗》，刘若端编，北京：人民文学出版社，1984 年，第 184 页。

⑪⑭　济慈：《一八一八年二月二十七日致约翰·泰勒》，周珏良译，《十九世纪英国诗人论诗》，刘若端编，北京：人民文学出版社，1984 年，第 177 页。

⑪⑤　同上。

⑪⑥　济慈：《一八一九年二月十四日至五月三日致乔治和乔治安娜·济慈》，周珏良译，《十九世纪英国诗人论诗》，刘若端编，北京：人民文学出版社，1984 年，第 187 页。

⑪⑦　济慈：《一八一八年二月二十七日致约翰·泰勒》，周珏良译，《十九世纪英国诗人论诗》，刘若端编，北京：人民文学出版社，1984 年，第 177 页。

⑪⑧　同上。

⑪⑨　济慈：《一八一八年二月三日致雷诺兹》，周珏良译，《十九世纪英国诗人论诗》，刘若端编，北京：人民文学出版社，1984 年，第 175 页。

⑫⑩　同上。

⑫①　王佐良：《英国浪漫主义诗歌史》，北京：人民文学出版社，1991 年，第 292 页。

⑫②　卡莱尔：《英雄和英雄崇拜——卡莱尔讲演集》，张峰、吕霞译，上海：上海三联书店出版社，1992 年，第 1 页。

⑫③　同上，第 2 页。

⑫④ 陈文海:《激扬华章下的恒流与变异——关于卡莱尔及其历史观念》,《学术研究》,2007年,第4期,第105页。

⑫⑤ 卡莱尔:《英雄和英雄崇拜——卡莱尔讲演集》,张峰、吕霞译,上海:上海三联书店出版社,1992年,第253页。

⑫⑥ 同上,第173页。

⑫⑦ 同上。

⑫⑧ 同上,第129页。

⑫⑨ 同上,第267页。

⑬⓪ 同上,第173页。

⑬① 同上,第147页。

⑬② 同上,第268页。

⑬③ 译文转引自钱青:《19世纪英国文学史》,北京:外语教学与研究出版社,2006年,第221页。

⑬④ A·L·勒·凯内:《卡莱尔》,段忠桥译,北京:中国社会科学出版社,1987年,第43页。

⑬⑤ 同上,第40页。

⑬⑥ William Makepeace Thackeray. "An Unsigned Review, *The Times*, 3 August 1837, 6." *Thomas Carlyle: The Critical Heritage*. Ed. Jules Paul Seigel. London and New York: Routledge, 1971, p.69.

⑬⑦ 殷企平:《卡莱尔〈英雄〉观的积极意义》,《杭州师范大学学报》(社会科学版),2009年,第6期,第87页。

⑬⑧ George Eliot. *Leader*, 27 October 1855.

⑬⑨ 正如J. H. Raleigh所言,"在学术界,或者对许多人来说,阿诺德代表了英国批评家的永恒形象,要成为一位英语教授似乎就意味着成为阿诺德的追随者。"转引自李振中:《追求和谐的完美》,上海:上海外语教育出版社,2009年,第1页。

⑭⓪ T. S. Eliot. *The Use of Poetry and Use of Criticism: Studies in the Relation of Criticism to Poetry in England*. Cambridge, Massachusetts: Harvard University Press, 1986, p.102.

⑭① Matthew Arnold. "The Study of Poetry." *The Portable Matthew Arnold*. Ed. Lionel Trilling. New York: The Viking Press, 1963, p.300.

⑭② 马修·阿诺德:《诗歌题材的选择》,吴苏静译,《十九世纪英国文论选》,北京:人民文学出版社,1986年,第184页。

⑭③ 同上,第188页。

⑭④ Matthew Arnold. "On Translating Homer: Last Words. A Lecture Given at Oxford." 1862.

⑭⑤ 转引自钱青:《19世纪英国文学史》,北京:外语教学与研究出版社,2006年,第183页。

⑭⑥　Paul Hamilton. "Wordsworth and Romanticism." *The Cambridge Companion to Wordsworth*. Ed. Stephen Gill. Cambridge：Cambridge University Press，2003，p.213.

⑭⑦　参见 Matthew Arnold. "Wordsworth." *The Portable Matthew Arnold*. Ed. Lionel Trilling. New York：The Viking Press，1963，p.336.

⑭⑧　Ibid.，p.341.

⑭⑨　Ibid.，p.347.

⑮⓪　马修·阿诺德：《诗歌题材的选择》，吴苏静译，《十九世纪英国文论选》，北京：人民文学出版社，1986 年，第 183 页。

⑮①　Matthew Arnold. "Byron." *The Portable Matthew Arnold*. Ed. Lionel Trilling. New York：The Viking Press，1963，p.358.

⑮②　Ibid.，p.377.

⑮③　马修·阿诺德：《诗歌题材的选择》，吴苏静译，《十九世纪英国文论选》，北京：人民文学出版社，1986 年，第 191 页。

⑮④　同上。

⑮⑤　Matthew Arnold. "Byron." *The Portable Matthew Arnold*. Ed. Lionel Trilling. New York：The Viking Press，1963，p.377.

⑮⑥　Harold Bloom. "Introduction." *Modern Critical Views: Matthew Arnold*. New York and Philadelphia：Chelsea House Publishers，1987，p.2.

⑮⑦　Matthew Arnold. "Byron." *The Portable Matthew Arnold*. Ed. Lionel Trilling. New York：The Viking Press，1963，p.378.

⑮⑧　Ibid.

⑮⑨　Matthew Arnold. "Byron." *The Portable Matthew Arnold*. Ed. Lionel Trilling. New York：The Viking Press，1963，p.355.

⑯⓪　参见 Matthew Arnold "Maurice de Guérin" 一文的注释。Matthew Arnold. "Essay on the Life and Genius of Maurice de Guérin." *The Journal of Maurice de Guérin，with an Essay by Matthew Arnold，and a Memoir by Saint-Beuve*. Ed. G. S. Trebutien. New York：Leypoldt & Holt，1867，p.10.

⑯①　Matthew Arnold. "Joubert." *Lectures and Essays in Criticism*. Ed. R. H. Super. Ann Arbor，Michigan：The University of Michigan Press，1990，p.189.

第六章

批判现实主义思潮

19世纪伊始,英国已经完成了第一次工业革命,一脚迈进了资本主义国家的大门,雄心壮志地开始了工业大生产。随着维多利亚女王的继位,英国国势趋于鼎盛。这种鲜花着锦之盛催化着英国人文思想的发展,现实主义思潮取代了浪漫主义思潮成为19世纪英国文学的主流样式。然而,并非各行各业都欣欣向荣。突飞猛进的英国逐渐暴露出资本主义的种种弊病,社会矛盾大规模激化。这一切都让作家痛心疾首,所以他们以笔代枪,诘问世态。从此,作家们以裨补时阙为己任,在小说中刺血社会病痛,使社会批判成为小说的又一功能。

世纪之交的英国受到法国大革命和拿破仑战争如急风暴雨般的震荡,个人主义思潮鼓动着整个民族。哲学上,康德的辞世标志着理性时代的结束,启蒙运动让位于黑格尔的辩证法。在思想领域,以德国的狂飙突进为先声,英国出现了声威浩瀚的浪漫主义运动。在文学上,以诗歌的发展最乘时乘势,而小说仍在襁褓中汲取养分、蓄势待发。其中,简·奥斯汀笔触细腻的社会风俗小说不仅使她载誉,更架起一条通往批判现实主义的桥梁。从此以降,英国文学便迎来了现实主义思潮的兴盛,更见证了小说社会批判功能的全面展开。

1837年维多利亚加冕,成为英国在位时间最长的女王,并造就了英国的空前盛事,这就是"维多利亚时代"。

她在位的 60 余载,英国在经济、政治、科学、艺术等诸多方面都由方兴未艾发展到鼎盛。然而,新兴的中产阶级渴望更多参政的权利,工业社会的问题纷至沓来。轰轰烈烈的宪章运动迫使英国先后在1832 年、1867 年、1884 年进行了三次议会改革,将选举权逐步交给男性成年公民。1834 年,《济贫法》的颁布缓解了穷人对社会的不良影响,保证了社会的稳定。1846 年英国通过《谷物法》,废除对谷物进口的限制,倡导自由贸易。哲学及经济学家约翰·密尔宣讲功利主义,提倡"最大多数人的最大幸福",这种哲学观念折射到经济上,便是自由放任的经济政策。这一切造就了英国的空前繁荣,英国从此开始领跑世界经济。与此同时,英国凭借雄厚的经济军事实力,在世界各地大肆进行海外扩张,从而在殖民贸易上收入不菲。这时的英国已经牢坐殖民霸权的交椅,骄傲地称呼自己为"日不落帝国"。文学也因科教事业的发展呈现出空前繁荣的景象。"因制造业的改良,书籍的印刷变得越发容易,因此它们也加入了绅士家庭新猎获的财产之列"。[①]

由于教育的普及,期刊取代了昂贵的三卷本,继中产阶级之后,很多普通百姓得以微掷分文便可享受读书的乐趣。由于这些热切的读者在学识上参差不齐,小说不费吹灰之力便成为了他们的宠儿,浪漫主义诗歌被置诸高阁。当时,最为流行的要数新型的连载小说,狄更斯的第一部小说《匹克威克外传》便是以此种形式问世。此书一经发表便成为街头巷尾的谈资,风靡一时。狂热的读者群滋养着英国小说的发展,年轻的作家也慢慢走向了成熟,其中不乏异峰突起的女性作家,如玛丽·雪莱、夏洛蒂·勃朗特、伊丽莎白·盖斯凯尔、乔治·艾略特等。18 世纪末,现实主义文学思潮开始盛行。现实主义者反对浪漫主义的艺术成规,追求艺术的真实模式,强调真实客观地再现社会现实,重视人与社会环境的关系,以表现典型环境中的典型人物为主旨。因现实主义以叙事文学为主,所以小说取代了诗歌,成为维多利亚时期最受欢迎的文学样式。这大大促进了英国小说的发展,使其走向了成熟和繁荣。

随着工业的飞速发展,社会结构也发生了急剧变化,但英国人还

陶醉在自豪之中,以致一些积弊慢慢暴露出来,贫富差距扩大,劳资纠纷加剧,甚至经济危机爆发。文人骚客对潜在危机和社会矛盾的反应特别强烈。狄更斯、萨克雷、伊丽莎白·盖斯凯尔、乔治·艾略特等作家都跻身批判现实主义作家的行列。他们不仅为后人提供了19世纪的社会历史画面,而且用文学作品揭露资本主义社会现实的罪恶与腐败,严厉地批判了种种弊端和邪恶。除此之外,勃朗特表达了对男女社会地位不平等的不满,玛丽·雪莱则阐发了对科技发展的担忧。此时的文学作品大多注重道德内涵。现实主义者怀着强烈的社会责任感,同情下层人民的疾苦,提倡社会改良,表现出对人类命运和前途的深切关怀。当时的美术评论家约翰·罗斯金就督促人们进一步认识自己的思想格调,提高自己的道德修养,以自己所崇拜的人物来衡量本人的行为,激励自己在社会生活中不断追求更高尚的目标。著名批评家马修·阿诺德也主张社会通过内在的"甜蜜与光明"这种个人文明来战胜与我们相伴的机械的、物质的文明。[②]然而,维多利亚时期的谦恭、内敛却不能掩盖辉煌一时的英国衰落的开始。

资本主义的生产关系已经不能适应生产力的迅速发展,以致在1857年爆发了经济危机,经济危机很快波及美、法、德等国,形成了第一次世界性资本主义经济危机。经济危机加速了大资本吞食小资本的过程,使英国由自由竞争的资本主义过渡到垄断资本主义。经历了克里米亚战争和两次波尔战争的英国,国际地位和经济水平每况愈下。哲学上,一直存在的非理性主义抬头,以丹麦哲学家克尔凯戈尔和德国哲学家尼采为代表的存在主义思潮、德国叔本华的悲观主义论调成了末世哲学的主旋律。在文学上,有哈代的作品呼应,延续19世纪中叶文学补查时政的作风。

1901年,维多利亚女王辞世,同时也标志着繁盛时代的结束。以维多利亚为大背景的英国现实主义文学思想也风采不再,逐渐让位于战后出现的现代主义思潮。

第 一 节
奥斯汀对社会风俗的观察与调侃

　　"两寸牙雕",饮誉至今。打破男性小说家独霸文坛局面的简·奥斯汀(Jane Austen,1775-1817)向来不缺乏读者,就连当时还是摄政王的乔治四世都痴迷于她的作品,所有住所都有一套奥斯汀小说,以备随时阅读,无奈的奥斯汀也只得被迫将《爱玛》(Emma,1816)这部小说违心地献给他。同时期名噪一时的沃尔特·司各特爵士(Sir Walter Scott,1771-1832)亦对其大加赞赏,他在日记中写道:"那种细腻的笔触,由于描写真实,情趣也真实,把平平常常的凡人小事勾勒得津津有味,我就做不到"。③在1843年,英国著名历史学家、文艺批评家麦考莱(Thomas B. Macaulay,1800-1857)就将奥斯汀与莎士比亚相提并论,称"作家当中其手法最接近于这位大师的,无疑就要数简·奥斯汀了,这位女性堪称是英国之骄傲"。④吉卜林(Rudyard Kipling,1865-1936)的短篇《简迷》("The Janeites")又为忠诚的读者冠以雅号,使得阅读简·奥斯汀成为一种潮流。现代美国学者、评论家埃德蒙·威尔逊(Edmund Wilson,1920-1950)也再度肯定了奥斯汀在英国文学史上的地位,说"文学口味的翻新,影响了几乎所有作家的声望,唯独莎士比亚和简·奥斯汀经久不衰"。⑤而这种热情并没有随着时间的推移而退去,它绵延至今,感染了一代又一代人。何以一个既不寄情山水,又不寻古探幽的乡间女子独揽如此美誉?奥斯汀的这番成就要归功于她对社会风俗小说的钟情。正是将视角投射到特定历史时期的特定阶级,描绘他们的风俗习惯、价值取向、言谈举止,以诙谐的笔调调侃日常生活,才让她的作品于平凡中见伟大。

　　社会风俗小说是现实主义小说的一个分枝,也是批判现实主义思潮的产物。其主要代表人物便是简·奥斯汀。顾名思义,社会风俗小说着眼于一定历史时期、特定社会阶层的风土人情,侧重精雕细刻人们

的举止、行为,如实反映人们的言语习惯,在写作手法上不乏幽默、讽刺,但这一切都以展现现实为基础。此类小说通过琐碎小事来反映个人与社会道德风貌间的冲突,其中不乏潜在的道德教育。

社会风俗小说的兴起与繁荣和 18 世纪末的社会变革存在着密切的关系。正是这种社会大气候使奥斯汀这样的年轻写手得以成长。生于 1775 年的奥斯汀正赶上动荡的年代,经历了英国工业革命、轰轰烈烈的法国大革命和继而发生的拿破仑战争,然而这种风云变幻的政治气候却没有直接折射到奥斯汀的作品中。她一如既往地宁静,似乎疏离了她的时代,只是钟情于自己所熟悉的“一个村镇上的三、四家人”。然而,这有限的几户人家就足以表现一个时代,一个中产阶级崛起的时代。刚刚完成工业革命的大不列颠,进入了高歌猛进的资本主义时期,它的社会结构也发生了根本性的变化。皇室贵族没落了,而中产阶级却成了工业革命的受益者。奥斯汀笔下的人物正对应着这种社会结构的变动,可以说在她的小说中拥有贵族头衔的人物罕受仰慕。[6]而乡绅淑女则是冉冉新星。中产阶级唾弃贵族阶层的势力荣名、上层社会的颓废堕落以及皇亲国戚的恩惠庇护;对于自身,他们则反对效法上层人士、杜绝上流社会的陈风陋习;对于低于自己的下层人民,他们则愈加关注。随着中产阶级与上层社会矛盾的日益尖锐,作家们选择了温和的调停态度,以免因社会差异和矛盾引发法国似的大革命,同时在拿破仑时期保证英国在法国重压下的团结一致。女性作家更是延续传统上中间人的角色,对政治这种非女性话题避而不谈,这也是为什么奥斯汀作品中没有政治风云而是表现平和宁静的中产阶级教区生活的原因之一。以她的作品为例,《理智与情感》(*Sense and Sensibility*,1811)中的姐妹花、《傲慢与偏见》(*Pride and Prejudice*,1813)中的班纳特家闺中的五个千金、《爱玛》中热心的主人公无不出自乡绅中产阶级家庭。这类人物的引入使奥斯汀的小说有别于前人的作品,正如司各特在褒奖有加的评论“一篇未署名的评论《爱玛》的文章”中所说:“它不用五花八门的事件和富于浪漫情调和感伤的画面来使我们惊讶不已或使我们的想象力得到娱乐,这些在过去都曾是虚构人物必然具备的属性,……代替它们的,是按照普通阶级生活的真实面貌来描摹自然的艺术,它向读者提供的,不是灿烂辉煌的想象世界的画面,而是对于他周围日常发生的事情所做的正确而引人注目的描绘"。⑦所以说是新的社会结构改变了小说的口味,而奥斯汀凭借敏锐的观察力,捕捉到这一变动。她放弃了琳琅满目的虚构情节,以真人实事取而代之。对新兴中产阶级的关注以及对他们言行举止的刻画,不仅记录了一个时代,而且将小说引向蓬勃发展的大路。从此,特定历史时期的特定人群变成英国文学创作的核心。这不仅是社会风俗小说的重要特点之一,也是批判现实主义思潮的肇始。

除了社会变革对奥斯汀的影响,奥斯汀的文风发展离不开上一代人的文学积淀。首先,她批判继承了 17 世纪著名作家的行文风格,形成了自己写实又不失优美的笔调。不容置疑,奥斯汀的成功离不开她早年对经典的读不舍手。18 世纪可谓是英国小说崛起的时代,以笛福(Daniel Defoe,1660 - 1731)为先驱,英国文坛涌现了像斯威夫特(Jonathan Swift,1667 - 1745)、理查逊(Samuel Richardson,1689 - 1761)、菲尔丁(Henry Fielding,1707 - 1754)、斯特恩(Laurence Sterne,1713 - 1768)等优秀小说家,青年时期的奥斯汀对他们的作品爱不释手,并将先人的写作技巧融会贯通,以备后日之用。其兄长亨利(Henry Austen,1771 - 1850)为妹妹写的"奥斯汀传略"中提及了这种学习借鉴:

> 理查逊创造并保持人物性格的前后连贯性的能力,尤其是表现在《查尔斯·格兰迪逊爵士》(*Sir Charles Grandison*,1753 - 1754)里的这种能力,使她具有天然鉴别力的头脑得到了满足,同时,她的审美趣味又使她避免了他所犯的风格冗长、结构庞杂的错误。她对菲尔丁的任何一部作品,评价都不是那样高了。她毫不做作地避开一切粗鄙的东西。⑧

可以说,奥斯汀全家都欣赏并赞同理查逊于人于事的观点、态度,包括对托利党的支持、对英国国教的信仰、对语言良好的感知能力、对文化机构的奉献。在小说方面,理查逊倡导贵族与中产阶级的融合,强

调人物表现的内化,注重内在的智力和道德水平,而不仅仅是出身和阶级这些社会标准。杰姆斯·汤普森总结伊恩·瓦特(Ian Watt,1917 - 1999)在《小说的兴起》(*The Rise of the Novel*,1957)中对奥斯汀进行的点评时,称她是第一位既能表现人物外部特征,又能潜入人物心理的作家,她巧妙地结合了理查逊的心理描写技巧和菲尔丁的社会广度。⑨这种写作手法的批判继承,使得奥斯汀在叙事手法上更胜一筹,内外兼得。此外,奥斯汀还欣赏吉尔平(William Gilpin,1724 - 1804)优美的风景游记、约翰逊(Samuel Johnson,1709 - 1784)典雅的散文、考柏(William Cowper,1731 - 1800)与克雷布(George Crabbe,1754 - 1832)的道德性诗歌。无论是在人物的外部刻画方面,还是在内心描写方面,奥斯汀都从前辈那里获益匪浅。整合如上各位的创作手法,奥斯汀聪敏地学会用隽秀的文笔展现乡村风景,精准地捕捉人物的行为、对话、举止,从而传达人物的内心活动。这些创作笔法上的准备为奥斯汀走向现实主义创作之路奠定了基础。

其次,奥斯汀摒弃了 18 世纪末两种流行的小说体例的弱点,对它们进行了涤浊扬清。以芳妮·勃尼(Frances Burney,1752 - 1840)为代表的感伤小说和以拉德克利夫夫人(Ann Radcliffe,1764 - 1823)为代表的哥特式传奇小说,是红极一时的流行小说。然而,这两种流行小说样式现在已被人遗忘,因为它们只注重肤浅的娱乐性,而忽视了艺术性。前者感伤小说的"感伤"二字原本来自斯特恩的《感伤的旅行》(*A Sentimental Journey*,1708),后来学者取其褒义,其意义接近"敏感",但随着 18 世纪后期文学的发展,此词逐渐演变成描绘对于情境的强烈的情绪反应,几乎等同于同情的眼泪。一味诉诸情感使得作品无其他光彩之处,因而显得苍白无力。奥斯汀在 1787 至 1793 年的部分习作被她挑选誊写成《卷一》、《卷二》、《卷三》,明显戏拟了感伤小说。她的早期作品《爱丽诺尔和玛丽安》(*Elinor and Marianne*),即后来的《理智与情感》,便直指"感伤"这块靶子。题名中的"sense"(理智)和"sensibility"(情感)均和"sentimental"(感伤)一词有着千丝万缕的联系。另一种流行体例哥特小说依仗古堡历险、阴森背景、曲折情节给读者带来刺激。但由于其模仿者一味渲染怪异情境、滥无节制,所以只供娱乐,无从探讨道德哲理这样深刻的主题。在 1798 年奥斯汀写《苏珊》(*Susan*)初稿的时候,已能够"把拉德克利夫夫人善意地打趣一下"。[⑩]后来这部作品经修改,由兄长改名为《诺桑觉寺》(*Northanger Abbey*,1817)在其去世后发表。在这部小说中,主人公凯瑟琳就热衷于拉德克利夫夫人的小说《尤多尔弗的秘密》(*The Mysteries of Udolpho*,1794),后来听说将军邀请她到诺桑觉寺作客,欣喜若狂,以为可以去那里体验心惊肉跳,到头来只看到一座现代住宅。接下去的情节无不是对哥特小说的挖苦讥诮,可见奥斯汀的批判现实主义态度。通过对流行小说的戏拟讽刺,奥斯汀破旧立新,用新的题材与手法取代当时充斥英国文坛的平庸无聊的流行小说,为批判现实主义小说的发展铺平了道路。

　　第三,除了对 17 世纪优秀作家的继承和对流行文化的扬弃,奥斯汀还受到同时期的浪漫主义思潮的影响。作为后辈的夏洛蒂·勃朗台曾抨击奥斯汀,说:"她全然不知激情为何物"。[⑪]然而,矢口否认与奥斯汀同时期的浪漫主义思潮对她有影响未免太过绝对。英国浪漫主义运动的领军人物华兹华斯(William Wordsworth,1770 - 1850)仅长奥斯汀五岁,柯勒律治(Samuel Taylor Coleridge,1772 - 1834)也不过长其三岁。《十九世纪英国文学》(*Nineteenth-Century English Literature*,1983)的作者首先就指出:"奥斯汀是一位浪漫主义者,原因在于她描写的每日见闻与行为给人类的经验带来一种新鲜感。柯勒律治对她的优点也评价颇高,有时奥斯汀对人物在精描细绘的背景下准确的定位与柯勒律治对话体诗歌的方式遥相呼应。她崇尚整体感、对自然有率直的反应、拥有纯粹的情感等等"。[⑫]正是她这些属于浪漫主义的品质,使我们在她的作品中可以读到如诗如画的田园风光、择婿攀亲的喜剧情节、青涩女主角的自我发现和皆大欢喜的结局。奥斯汀对女性个体的关注,也正是浪漫主义的根基所在,是个人主义精神在文学作品中的具体体现。

　　可以说,奥斯汀消化了 17 世纪的文学经典,借鉴了 18 世纪的浪漫主义风潮,同时扬弃了 18 世纪末流行小说的粗俗浅薄。在这一学习发展的过程中,她形成了平实又不乏细腻的行文风格。虽然不见恢宏大气,却有别样的恬静舒适;虽然不见天马行空,却有别样的纤巧细致;虽

然不见感伤滥情,却有别样的细腻情感。她的转变不仅成就了社会风俗小说的风格,更昭示着浪漫主义向现实主义的过渡。

成长环境对奥斯汀文学创作的影响至关重要。简·奥斯汀出生于英国南部汉普郡斯蒂文顿村一个教区长家庭。家庭以及社区生活对她的影响尤为显著,周围的乡绅牧师、邻里乡亲、村舍农庄都成了她将来创作的背景、人物和题材。首先,家庭内部的文学交流及文化氛围使得奥斯汀行文幽默讽刺、机智风趣。虽然奥斯汀没有受过系统化的正式教育,但父亲和兄长给了她良好的家庭教育,父亲的藏书更是她的知识源泉。奥斯汀从小就徜徉于历史文学书籍中,饱读经典著作,博览流行小说。两位兄长,亨利和詹姆斯(James Austen,1765－1819),"不仅是渊博的学者,更对各式文学有着高尚的趣味"。^⑬在这种浓厚的文学气氛中,奥斯汀小小年纪就开始写作。16岁时,她戏拟奥利弗·哥尔德斯密斯(Oliver Goldsmith,1728 or 1730－1774)的四卷本《英国历史》(*The History of England*,1771),写就了《英国历史》,署名为"偏心眼、有成见且蒙昧无知的史家"。其中,她有意运用显而易见的偏见、对无知大言不惭的承认、时而富有感情的段落来嘲笑历史编纂的客观性、实事性和权威性,同时也是对男性所特有的、建立在因果逻辑上的行文定式的嘲讽。虽然最初的滑稽模仿是用来娱乐家人的,但这为她将来在文学上的发展打下了坚实的基础。少年时代的风趣诙谐一直留在奥斯汀的作品中,使得她的部部作品都似乡间喜剧。除此之外,家庭内部的文学交流练就了奥斯汀的明理善断。在阅读之余,家人们还积极讨论小说的写作手法和风格。这些快意评论不乏尖刻的嘲讽,但它们使奥斯汀具有了敏锐的观察力与判断力,同时还奠定了她讽刺幽默的行文风格。家人不仅是业余"批评家",还是她的第一读者。无论是在她勤苦临摹的阶段,还是成熟创造的时期,家人都洗耳聆听,并给予评说。家庭的观点代表了那时中产阶级的文化价值观,它与乡绅贵族的发展息息相关,这也是为什么奥斯汀的作品一直反映并推进了此种中产阶级的观念。而且有了这种交流,奥斯汀下笔之际,心中总是装有读者,因而文风沉着妥帖,又不失机敏,风趣横生。可以说,没有这样丰厚的土壤,是开不出如此娇艳的艺术之花的。

奥斯汀作品的又一特点是富于对话和书信,而这一风格的产生与她的生活息息相关。像许多喜爱文学的家庭一样,奥斯汀家里也经常有高声朗读。而且他们还喜好排演戏剧,这种家庭业余戏剧表演在18世纪末风行一时。奥斯汀借用戏剧中的对话形式来创作小说,这不仅给传统小说带来了活力,而且使之成为社会风俗小说的一个主要特点。除此之外,写信这样一件在奥斯汀生活的时代稀松平常的琐事,不仅为她提供了练笔的机会,积累了丰富的素材,还成为她小说创作的一个手法。奥斯汀家族虽然算不上阔绰,却有着密如蛛网的亲戚关系。走亲访友的奥斯汀免不了寄上几封家书给卡桑德拉(Cassandra Elizabeth Austen,1773–1845)(长其两岁的姐姐,也是奥斯汀终生的密友),对各色人物评头品足一番,略表一下对见闻的态度。倘若足不出户,也要写信给朋友、侄儿、侄女,诉家中近况,抑或解他人之忧。总之,这种书信往来为她创造了很多文字交流的机会,是奥斯汀成长为优秀作家的路上的推动剂。她早年创作的小说《爱丽诺尔和玛丽安》与《第一个印象》(First Impressions)都是以书信体写成的,后改写成现在以第三人称叙述的《理智与情感》和《傲慢与偏见》发表。虽然叙事上发生了改变,保留在这两部作品中的书信仍发挥了很重要的作用。由此可见,日常的文化活动不仅为奥斯汀的创作打下了基础,同时转化为她取之不尽、用之不竭的素材。具有敏锐观察力的奥斯汀正是依赖这些常被别人忽视的细枝末节,经过艺术加工,才让社会风俗小说成为喜闻乐见的艺术形式。

注重道德说教是社会风俗小说的又一特点。在奥斯汀的作品中,道德问题不仅是单纯的艺术关注,更是个人修养的体现。身为牧师的女儿,从小耳濡目染,拥护正统观念,笃信宗教,因此自然重视道德修养的培养。利奥纳尔·特里林(Lionel Trilling,1905–1975)在评价《曼斯菲尔德庄园》(Mansfield Park,1814)这部比较成熟的作品时,用下面的段落向我们展示了奥斯汀在道德方面的成就:

> 奥斯汀是第一个表现现代人格及其赖以存在的文化背景的作家。从前的作家从来没有像她那样写人的道德生活,从来没有像

她那样把人的道德生活写的那样复杂,那样艰难,那样累人。黑格尔把"精神的世俗化"说成是现代社会的一个重要特征,奥斯汀第一个对其含义做出解释,她第一个表明社会及其总的文化背景在人的道德生活中的作用,首先阐明了前人从未真正理解的"真诚"和"粗俗"的含义。……我们还感到有必要对自己的生活和风度提出质询,以确保它们不仅在行动上而且在外表上都是属于世俗精神方面的优秀者一边的。[14]

她传达道德准则不是书斋说教,而是巧妙地将其融于讽刺之中。英国文学批评家安・塞・布拉德雷(A. C. Bradley, 1851 - 1935)曾说:"简・奥斯汀有两个明显的倾向,她是一个道德家和一个幽默家,这两个倾向经常是掺混在一起,甚至是完全融合的"。[15]少了威言厉语的批评,代以轻松明快的嘲讽,奥斯汀在不冒犯读者的情况下让他们看清了人们身上可笑的缺点、古怪的癖好、粗俗的行为。她注重个人修养的培养,在作品中不忘教读者如何保持优雅。她相信只要每个人都从点滴之间审视自我、完善自我,那么这种美德就会带动社会的进步、使之更加文明儒雅。奥斯汀虽然生活得平淡如水,但她充分利用了生活中的点点滴滴,并将其融会贯通到作品之中。幽默调侃的笔调、绘声绘色的对话、深入浅出的道德评说,无不成为社会风俗小说的特点。凭借这种文风,奥斯汀让平淡无奇的教区生活变得有声有色。奥斯汀用她的喜剧格调掩饰了对社会陈规陋习、个人怪癖和不足的批评,委婉地传达了她个人的道德准则,同时也昭示着一个批判时代的到来。

　　社会状况、文学积淀、作家的生活环境是促成社会风俗小说兴起与盛行的外在因素,而对女性题材的选择则是由女性作家特有的内在气质决定的。作为一位女性作家,从开始写《英国历史》,拿腔作调地嘲笑男人自以为是的客观公正,奥斯汀的心中就鼓胀着愤愤不平,但囿于时代所限她还是选择了隐居遁迹,默默地、不时地用笔尖戳刺着高高在上的男性遮蔽。虽然玛丽・沃斯通克拉夫特(Mary Wollstonecraft, 1759 - 1798)受法国大革命的平等主义说教的影响,以《为女权辩护》(*A Vindication of the Rights of Women*, 1792)发出了女权主义的先声,但大多数人却因作者的绯闻缠身避而不读此书。社会上认可的女性角色仍然是妻子和母亲,女子的教育侧重的也是个人修养,诸如音乐、绘画、舞蹈等。倘若女子越出社会的雷池半步而成为一位众人皆知的作家,那么大多数人就会对她怀有敌意。而且,在法国大革命之后,文学上出现了强劲的男性主义回潮。18世纪末,女性作家期望用描绘家庭生活为主题的文学开创一番事业,以芳妮·勃尼为代表的女性作家开始启用女主人公来讲述中产阶级生活。奥斯汀就是从勃尼那里发现了家庭小说的可操作性,从而扬长避短,确定了自己在有限的视野内的创作方向,成了第一个现实地描绘日常平凡生活中平凡人物的小说家。她还借鉴了勃尼在《西西莉亚》(*Cecilia*,1782)中运用的权威第三人称叙事、自由间接引语和叙事者对人物内心想法感受的选择性描述。然而,刚刚有些起色的女性创作很快就被男性作家扼杀。奥斯汀无心直面回击这种文化潮流,拒绝成为公众人物,而是潜心创作小说,用实际行动关注未婚女性的成长和她们生活中的困境。由此,爱情、婚姻、家庭成为她小说中不可或缺的成分。以《傲慢与偏见》为例,小说的开篇就是:"凡是有钱的单身汉,必定需要娶位太太,这已经成了一条举世公认的真理"。[⑯]围绕着选亲择婿、婚姻嫁娶、家庭生活这一主线,奥斯汀向读者展现了英国的乡镇生活以及那个时代的世态人情。Margaret Kirkham在《简·奥斯汀和当代女权主义》一文中指出,奥斯汀并不认为自己是位女权主义者,她关注中产阶级的平凡女性,但不认为这是特殊的女性关照,因为这是一种普遍人性的关照。[⑰]她第一部付梓作品《理智与情感》署名为"一位女士",继而发表的《傲慢与偏见》便写成"《理智与情感》的作者",依此类推。直到她去世,其兄长才公开了她的作者权。很明显奥斯汀从男性作家那里获得了很多写作技巧,但是她凭借敏锐的判断力,嘲笑他们的虚张声势,在自己作品中给予回击。在女性小说的发展史上,这是女性作家的必由之路,正如伊莱恩·肖瓦尔特(Elaine Showalter,1941-)在《她们自己的文学》(*A Literature of Their Own: British Women Novelists from Brontë to Lessing*,1977)中所说,女性文学的第一个阶段即对主流传统流行模式的模仿以及对其艺术标准和社会角色观点的内化。[⑱]虽然奥斯汀的作品还带有很多男性

文学的印迹,但她跨出的这一大步在女性文学史上有重要的意义,继她之后我们会读到更多女性的生花妙笔。

从整体上来看,奥斯汀所创作的社会风俗小说更偏向于批判现实主义,像她的小说一样,"理智"战胜"情感"。一来,法国大革命之后,政治气候开始排斥像威廉·戈德温(William Godwin,1756－1836)的《世事如是》(*Things As They Are*,1794)或玛丽·沃斯通克拉夫特的《玛丽亚,或女人的过错》(*Maria,or the Wrongs of Woman*,1798)这样直指政治的作品,而是倾向于强调伦理道德、描绘地方日常生活的文学,奥斯汀恰恰是表现此种国民文化的作家中较为出色的一位。二来,随着奥斯汀年龄的增长,她对生活和小说创作都有了更好的把持。她清楚地意识到,通过言行举止、风土人情来表现日常生活,以小见大、见微知著,不仅是她所擅长的,也是行之有效的创作手法。她经历了热恋情人的猝死、接受求婚第二天悔婚、父亲离世这一系列生活插曲,终于在一番居无定所的迁徙后,与家中女眷安顿在老家附近的乔顿。新的安定使奥斯汀摆脱了此前的阴霾,重新开始了热爱居家的生活,也正是这个时期,她再度开始写作,相继完成了《曼斯菲尔德庄园》、《爱玛》、《劝导》(*Persuasion*,1818)三部作品,并发表了以前的两部作品,《理智与情感》和《傲慢与偏见》。她这一时期的作品已经摆脱了法国大革命时期作品的青涩,对社会风俗小说的创作走向了成熟,思想上有了对大革命后社会的关怀,技法上也臻于完美。从她这一时期对侄儿侄女的写作指导及她和姐姐卡桑德拉的通信中,我们可以对她的艺术观窥见一斑。1814 的下半年,奥斯汀一直通过书信往来点评侄女安娜(Anna Austen,1793－1872)的小说手稿。首先,简姨母肯定了她对人物行为和社会风俗的表现,但是她建议将"人物收集起来,把他们全集中在一点上,这正是我生活中的乐趣。描绘一个村镇上的三、四家人正合适"。⑩虽然这是条提给侄女的建议,但它暴露了奥斯汀个人的创作喜好,一种不同于 18 世纪罗曼司的特点的喜好。罗曼司小说正是依仗丰富的想象、琳琅满目的人物形象和大量对比悬殊的场景的转换来吸引读者的。而社会风俗小说则倚仗再现人物行为举止和社会风俗来表现时代。除了上述关于人物的写作建议,简姨母还对侄女类似于罗曼司写法的场景部分提了建议:"卡桑德拉姨母不喜欢漫无条理的小说,而且很害怕你的小说会太散漫,过多地从一群人换到另一群人,而且有时介绍环境有明显的意图,可是收尾时却没有交代".[20] 其实早先松散的结构乃是奥斯汀早期崇拜的作家勃尼的风格,可是这时的简已经看出了此法的不妥之处。较之卡桑德拉的古板态度,奥斯汀可以容忍别人的这种做法,只是自己仍然注意描写对象的节制和结构的紧密。此时的奥斯汀对男性文风和女性文风有着很好的掌握,在评价侄女时她就意识到两人在文风上的差异。她如是说:"你那强有力的、生气勃勃的素描,充满了变化和色彩,我该拿它们怎么办呢?我能把它们加进我那一小块(两时宽的)象牙上么?——我在这块象牙上用一支细细的画笔轻描慢绘,事倍功半".[21] 对这种差异的敏感表现出奥斯汀对自己特色的掌握以及对此种优势的发展,这时的她已经不用苦心模仿拥有话语权的男性作家,而是将自己的创作理念倾注笔头。摒弃众多繁杂的人物、注重场景的作用、关心局部与整体的关系、用平凡和微小来表现社会全貌,这些都是奥斯汀对英国文学的贡献。社会风俗小说以平凡人物作为描写对象,通过再现他们的日常行为举止,传达人物心理及时代精神,注重道德教育,这些都成为后期现实主义的基石。

从简·奥斯汀开始,英国小说翻开了崭新的一页。她一扫感伤小说和哥特传奇的靡靡之音,为浪漫主义向现实主义平稳过渡做出了极大的贡献。虽然她带给我们的不是恢宏的广袤画卷,不是雄心勃勃的社会改革,但凭借富有喜剧色彩的姻缘,凭借会客室、起居室、田园这个乡村小圈子和对人物及其行为的独到评价,她写就了六部描摹世态人情、展现社会风俗的佳作。她以细腻的人物刻画见长,讲究情节的紧凑,语言揶揄幽默,这些都为后继作者所继承并发扬光大。从她以降,作家们将日常生活中的平凡人物作为文学的对象,现实地反映他们的处境。而且,她的成功使人们意识到家庭文学的可能性。她没有因袭旧规,而是转向对人物和社会的关注,使她的小说更贴近现代风格,而非18世纪的传统。奥斯汀以其现实又不失睿智的散文笔触、幽默又不失讽刺和批判的处事态度,精描细刻了乡绅淑女,巧妙严谨地设计了小说的布局结构,表现出对女性成长及命运的关怀,这些都成为后人褒奖

她的美名和她的作品经久不衰的原因。经她之手,社会风俗小说不仅成为广为人知的小说形式,而且为小说向批判现实主义发展奠定了基础。

第 二 节
萨克雷对上层社会的讽刺和批评

被冠以"讽刺的道德家"的威廉·萨克雷(William Thackeray, 1811-1863)文笔幽默诙谐、辛辣讽刺,透过他的笔墨,读者仿佛看到一幅幅 19 世纪英国中上层阶级的全景图,每幅画卷都展现了当时唯势是趋、唯利是图的社会状况。他的作品具有很强的现实批判力度,其中以《名利场》(*Vanity Fair*, 1848)最为著名,凭借此部力作,萨克雷得以与文学巨擘狄更斯分庭抗礼。然而他却因为自己独特的生活经历和处事态度,和同辈狄更斯有明显差异。杨绛在《名利场》的译本序中引用萨克雷的话说:"在咧着大嘴嬉笑的时候,还得揭露真实。总不要忘记:玩笑虽好,真实更好,仁爱尤其好"。①他相信真实,力求客观,针砭时弊,但他却没有任何天真的幻想,有时甚至悲观绝望。这种冷眼旁观的态度使他对人情世态洞察透彻,更让他在揭露角名逐利的芸芸众生时毫不留情。晚辈夏洛蒂·勃朗特就很崇拜萨克雷,还将《简·爱》的第二版献给了他。1863 年,萨克雷因病撒手人寰,足足有 2 000 人参加了他的葬礼,可见他受欢迎的程度。命运多舛的萨克雷以漫画式的描绘影响了许多后代作家,如英国的乔治·艾略特、美国的霍桑等,也留给后人一笔享用不尽的遗产。他力求真实的写作态度和毫不留情的社会批判奠定了现实主义文学的基本格调,他提出的环境和性格的相互关系更成为现实主义的一大特色。可以说,萨克雷以中上层阶级为描摹对象,深刻揭露了上流阶级、没落贵族的丑恶嘴脸,为英国文学向批判现实主义发展做出了杰出的贡献。

作为一位现实主义小说家,萨克雷擅长刻画中上层阶级的生活面貌。这一写作特点同他的成长历程息息相关,正因为他熟谙这一阶层的精神面貌,所以才创作出入木三分的现实主义小说。1811年,萨克雷在印度的加尔各答出生,父亲是东印度公司的官员,可谓生下来嘴里就含着银勺子。可是这种平和富裕的家境并没有延续很久,他四岁时父亲就去世了,继而母亲改嫁。幸而继父的经济条件也不错,萨克雷得以进入查特豪斯公学这样的贵族学校,也是在这里他接触了绅士的阶级观念与行为,这些精神成了他日后的生活坐标,同时也是他批判的对象。后来,萨克雷进入剑桥大学的三一学院,继续过着上流社会公子哥的生活,大把地挥霍着金钱和青春。一年半后,萨克雷辍学,出游德国的魏玛。在德期间,他饱读席勒的诗歌,并且结识了一些当时的名流,如歌德等。这次经历对萨克雷有三个影响,其一是他对德语及德国浪漫主义文学有了很好的把握;其二是他整日出入上流社会,了解了其中各色人物,为将来揭批他们体面尊贵外表下的势利虚伪埋下了伏笔;其三是经过这番游历,他有了世界性的视野,把眼底英国的虚伪自私嘴脸看得清清楚楚,也因为"不在此山中",得以客观地看待自己熟识的故乡。这些经历为萨克雷在将来的创作中以中上层社会为描写对象奠定了基础。那些富商大贾、小贵族、地主、中小商人各个都活灵活现地出现在萨克雷后期的作品中。也因为萨克雷出身优越,很少接触下层民众,所以在他的笔下能算得上下层的只能是仆人了。1831年,萨克雷回到伦敦攻读法律,21岁那年他继承了一笔不小的遗产,但这却使他精神堕落,散财于不明智的外国投资,并且开始酗酒赌博,过着奢靡的生活。他试图资助两份报纸,以期投稿于此,但它们都经营惨淡,最终关门大吉。适逢银行倒闭,他手中财产挥霍尽净,学业也荒废,只得自谋生路。然而,这次财运不济成了萨克雷生活的转折点。他因此走入文学的圣殿,开始为了生计创作些五花八门、杂七杂八的作品,其中有报刊稿件、散文、游记、札记、中短篇小说,而且质量也参差不齐。更重要的是,他因此而看清了自己原来虚荣的人生观,看破了上流社会浮华的假象。杨绛在《名利场》的译本序中说,"他破产后失掉了剥削生活的保障,可是从此跳出了腐蚀他的有钱有闲的生活,也打脱了局限他才具的绅士架子"。①财运不济换来了萨克雷道德上的觉醒。回首年轻时的豪奢轻

狂,他更深刻地意识到追名逐利有损无益,弃伪从真才是生活的真谛。就这样,萨克雷开始了自己的文学生涯,不遗余力地揭露自己熟悉的上流社会的阴暗面。以其早期最有名的作品《势利人脸谱》(*The Book of Snobs*,1848)为例,这部作品最初以 *The Snobs of England*,*by One of Themselves* 为题,于 1846 年至 1847 年期间连载于《笨拙》(*Punch*)杂志。可见,这时的萨克雷已经对自己的过去进行了反思,并以过来人的身份定义了新兴"势利人"的概念。从这部讽刺的人物素描开始,势利人(snobs)这个词才得以广泛应用,而与其相对的则是贵族(nobs)。出现这类人的原因还在于工业化后财富和权力的重新分配,萨克雷注意到这一时期贵族开始没落,而新兴资产阶级冉冉上升。虽然他们没有名号、土地,但是凭借雄厚的财富他们得以接近贵族的边缘,并以贵族的行为规范来约束自己,上演了一幕幕虚荣虚伪的好戏。当然,比起萨克雷的大作《名利场》,《势利人脸谱》只能算是练笔作品。《名利场》集中体现了萨克雷对资产阶级上层社会的深刻观察与尖锐批评。在这部作品中,萨克雷毫不留情地揭露出诸如尔虞我诈、争权夺利、趋炎附势等丑恶现象,对当时以金钱为本质的社会现实具有批判意义,同时也奠定了英国批判现实主义文学的基础。

为了更客观地描摹世态,萨克雷选择了写实的手法。他反对浪漫主义,反对当时的流行小说,甚至反对狄更斯的多愁善感。在笔法上,萨克雷更机智幽默、辛辣讽刺。但无论挪揄、尖酸,还是冷眼旁观,萨克雷都不忘追求真实,舍此无他。

在写作手法上,萨克雷在很大程度上继承了英国经典作家的写作风格。对于前辈作家,萨克雷高度赞扬 18 世纪的作家菲尔丁,并公然称其为楷模,在创作主题和风格上都明显效仿他。首先,他欣赏菲尔丁写实的手法,追求自然和真实。他曾说"虽然事实并不都是愉快的,但无论如何严肃的作家、思想家都是坐在这把椅子上开始讨论的,讲故事的人也是从这里开始讲的"。^②第二,他沿用了菲尔丁幽默、诙谐的讽刺笔调,尽量不让自己的作品过于严肃。第三,叙事上他参考了偶像的全知叙事视角,而且还采用了菲尔丁夹叙夹议的写法。这样,他得以现身对人物故事评论一番,不过有些评论恰到好处,有些却画蛇添足。在菲尔丁的影响下,萨克雷形成自己独具一格的文风,而且青出于蓝而胜于蓝。与菲尔丁相比,萨克雷的作品更能反映社会阴暗面,具有更强的社会批判性。

秉承写实主义艺术风格的萨克雷对流行的"新门派"小说嗤之以鼻,他的大部分早期作品都是对这种流行文学样式的戏仿。"新门派"小说因新门监狱得名,主要描写犯罪等龌龊行为以及对囚犯的处死。萨克雷于 1839 年发表在杂志上的《凯瑟琳》(*Catherine*)便是调侃当时盛行一时的"新门派"小说。稍后,他在 1847 年发表的《名作家的小说》(*Mr. Punch's Prize Novelists*)是对业已成名的小说家本杰明·迪斯累利(Benjamin Disraeli,1804 - 1881)和爱德华·鲍沃尔—李敦(Edward Bulwer-Lytton,1803 - 1873)的戏仿,其中后者是"新门派"的代表人物。萨克雷对此类小说最强烈的抨击莫过于批评狄更斯的《奥利佛·退斯特》(*Oliver Twist*,1837 - 1839)。萨克雷认为"新门派"小说不仅没有让读者对犯罪行为产生罪恶感,反而变成了对犯罪分子的歌颂,因而不具备批判现实的意义。

对于刚刚过去的浪漫主义风潮,萨克雷同样不屑一顾,因为那些文人骚客所宣扬的文学主张与萨克雷的观点背道而驰,自然在他的创作历程中也可以发现他与浪漫主义的对抗。以《亨利·艾斯蒙德的历史》(*The History of Henry Esmond*,1852)为例,于 1852 年创作的历史小说《亨利·艾斯蒙德的历史》是唯一一部没有分期连载的小说,所以结构严谨、布局精当。该部小说的背景是 17 世纪末 18 世纪初英国对外战争和保国党的复辟活动,小说讲述了女王治下一位陆军上校的经历,是一部自传形式的作品,同时也是一部历史小说。在那个时代,提及历史小说,司各特的威名无人不知、无人不晓。他长于想象,重视虚构,善于描写个人化的私人场景和展现历史的恢宏场面。萨克雷在求学期间就拜读过司各特的流行小说《密得洛西恩监狱》(*The Heart of Midlothian*,1818),对司各特的文风有一定了解,但在自己创作的时候,萨克雷没有演循司各特历史小说的浪漫主义风格,他认为华章流彩掩盖了历史的真实面目,所以依然贯彻写实的创作原则,而从细节上加强时代感。《亨利·艾斯蒙德的历史》开篇之际,萨克雷就借主人公之口说:

历史的女神也有同舞台女神——她的姐妹——一样的繁文缛节……历史女神为什么要无尽期地跪着呢？我赞成她站起来，恢复自然的姿势；不要永远卑屈谄媚，像宫廷的内侍一样随时叩头，在君主面前曳着脚步倒退出门。总而言之，我喜欢一个熟悉亲密的历史女神，不要她轰轰烈烈。我以为霍稼慈［又译霍加斯（William Hogarth，1697－1764)]和菲尔丁两位先生对于现代英国的风教习俗会给我们儿孙一个比较清楚的观念，比那些"邸钞"时报之类要好得多。⑤

对"轰轰烈烈"的拒绝也暗示着现实主义对浪漫主义的拒绝，是文学因社会、经济等的影响再一次的成长。萨克雷充当了领军人，向既有的文学样式和趣味发出挑战，并借此确立了自己的文学方向。

萨克雷为了保持自己批判现实的一贯风格，不仅拒绝了"新门派"与浪漫主义，而且排斥与其同期的大作家狄更斯。在同辈文人中，人们经常拿萨克雷与狄更斯作比。1848 年至 1850 年间，萨克雷《潘登尼斯》（*Pendennis*，1848－1850)的刊载正好和狄更斯的《大卫·科波菲尔》（*David Copperfield*，1848－1850)撞车，引起评论界对他们的第一次比较，从此两个文学巨人的决斗就开始了。萨克雷之于狄更斯，不是借鉴学习的关系，而是对抗关系。在萨克雷开始自己的文学生涯之际，可以说狄更斯已经如日中天。面对这样的文坛格局，萨克雷有意在写作风格上反对狄更斯的手法，他不赞成狄更斯戏剧化地控诉社会上的罪恶，不喜欢他做作的文风，讨厌他对人生多愁善感的歪曲和他在流行历史小说中对道德价值的宣扬。但是，萨克雷曾经说过，"对于狄更斯先生的艺术我可能会争吵成千上万遍，但他的天才却使我欣喜、向往"。⑥虽然两人同是讽刺作家，但是两人对题材的处理截然不同。狄更斯更倾向于情感，而萨克雷则更愤世嫉俗、冷眼旁观。萨克雷很擅长发现人性之恶，而不去塑造那些天真无邪的角色，而狄更斯却总是对人性之善抱有希望，从而有了一些白璧无瑕的完人。那个时代就喜欢女人纯洁、男人高尚、坏人无恶不作、笑得面红耳赤、哭得泪眼汪汪，就欣赏纯粹的情感和纯粹的角色。⑦而萨克雷就没有迎合大众口味，而是不合时宜地将善恶集于人物一身。可是,这样一来,萨克雷的现实主义就更贴近真实,他笔下的英雄人物同样拥有世俗的弊病。他不去营造善恶对立的世界,不去追求善有善报、恶有恶果。但在文学全心全意的态度上,萨克雷稍逊一筹,他并没有发挥自己全部的天赋,对文学使命也没什么责任感。两人的一个共同点就是都是通过自己不懈的努力有了现在的地位,从贫困中走出,迈向文学圣殿,并成为两颗璀璨的明星。但是萨克雷的贫困是自己一手造成的,而狄更斯却是出身贫穷。自认出身优良的萨克雷,对身份卑微的狄更斯总有些蔑视,表现出高人一等的态度。在"嘉里克文学俱乐部事件"("The Garrick Club Affair")之后,两人更是势不两立,直到萨克雷去世之前才握手言和。因为如上不愉快的过往,两人从没有期望和对方有深入的交往,故而有意地回避对方的文学趣味。

　　以上三种反对,即反对"新门派"小说、反对浪漫主义、反对狄更斯式的创作手法,充分体现了萨克雷力求客观、描摹真实的艺术观。他拒绝泛滥的情感,排斥铺陈的情节,舍去一切粉饰,只追求如实地描绘赤裸的现实。因此,萨克雷凭借"贺拉斯式的严谨与笔力满足了最高雅的品位,同时也赢得了最严厉的批评家的敬意"。[⑧]

　　除了重视对现实的深刻观察和如实反映,萨克雷还强调幽默讽刺手法在现实主义文学中的应用。这一特点不仅反映在他的文学作品中,更集中体现在他的访美演讲中。萨克雷于 1852 年和 1855 年两度赴美演讲。第一次他讲了"英国幽默作家"("The English Humourists of the Eighteenth Century")系列讲座,内容涵盖英国 18 世纪的重要作家,共七讲。"幽默"不仅是他演讲的中心,更是他演讲的语言风格。他用机智、诙谐的语言对英国 18 世纪的重要作家进行了回顾,收到很好的效果。第二次访美,萨克雷以"四位乔治"(The Four Georges: Sketches of Manners, Morals, Court, and Town Life)为题,沿用自己擅长的讽刺文风,辛辣痛快地刻画了从乔治一世到四世四位汉诺威帝王的行为举止、道德风貌以及他们的生活作风,把四代皇帝形容得尊严扫地。

　　萨克雷的社会批判不仅反映在他的题材选择上,还反映在他夹叙

夹议的写作手法上。这种写作手法虽然常见于 18 世纪小说家的笔下,也不能算是现实主义的典型手法,但它为现实主义的针砭时弊奠定了基础,是现实主义批判性的早期表现。萨克雷的这一写作特点与连载小说密不可分。随着英国国力的强盛,英国文学迎来了发展的大好时节,这不仅是个佳作频现的时代,还是大众阅读的时代。"这时的中产阶级已经拥有大量闲财,所以他们急需各种娱乐,致使为家庭提供欢愉成为了一项产业,而对这一产业尤为感兴趣的要数出版商。……这是一个阅读杂志、月刊的时代,这是一个阅读旅游书籍、翻印英国经典的时代"。②萨克雷利用分期连载的形式,洋洋洒洒地发表了 34 部作品。除了《亨利·艾斯蒙德的历史》,其他的作品最初都是以分期连载的形式与读者见面的,可见分期连载形式的出现对萨克雷的创作有至关重要的作用,正是这种新兴的出版形式塑造了今天我们眼里萨克雷的文风。19 世纪初期,小说主要的出版形式还是三卷本,而且价格不菲,不是一般百姓能够支付得起的。随着英国综合实力的提升,人民的教育水平也有所提高,再加上出版业的飞速发展,在 19 世纪三、四十年代已经出现了定期出版的杂志。为了满足社会对书籍与日俱增的需求,这些杂志都纷纷分章节连续刊出长篇小说。首先,这种出版形式影响了小说的质量,"特别是小说的结构"。当时的小说家往往不需将整部小说构思妥当再动笔,而是将写好的部分先拿去发表,观其效果。如果读者中意,则继续;反之,则改弦易张。这样一来,作品的统一性和完整性都受到影响。其次,"为了要按期写出一定的章节,小说家有时不得不勉强从事,或是拖延情节,或是横生枝蔓,结果把小说写得既冗长又散乱。"第三,为了弥补不是每期都刊出戏剧性的情节,小说家"便想发一些议论来予以弥补,而这样的议论往往只是些陈腐的说教,有的虽不乏机智和幽默,却又游离于小说主体之外"。③虽然分期连载形式有着如上的弊端,但它也为小说发展做出了应有的贡献,它充分促进了作者与读者的交流,扩大了文学作品的覆盖面,使文学成为一种新兴的文化活动。萨克雷在小说创作中就经常使用夹叙夹议的手法,一边与读者恳谈,一边对所叙述的事件发表评论。他不仅注重小说与读者之间的关系以及读者对阅读的参与,还不失时机地论列是非,引导读者对现实进行反思。这一做法为现实主义走向批判埋下伏笔。当然，萨克雷的创作也受到了此种出版形式的羁绊。鉴于他的绝大多数作品都是以连载小说的形式发表的，所以它们大多缺乏统一的布局，结构松散，但这也成了萨克雷独树一帜的写作风格。他自己也说他只是在开篇之际设计两三个主要人物，对他们的身世大概有个谱儿，然后就任凭人物自行发展，不去费心下一步会发生什么，就让叙事过程中的一切跟着人物的自然发展和人物相互之间关系的变化。③因为没有严谨的布局设计，只是如实记录社会中的芸芸众生，不用顾虑因为形式的美而舍去真实，所以萨克雷的作品更忠实于生活，像镜子一样照出世间百态。综上，分期连载的小说形式很大程度上影响了萨克雷的写作手法。松散的小说结构和夹叙夹议的叙事手法都与此密不可分。虽然后者不是现实主义的典型手法，但它预示着一个批判年代的到来。

　　以批判上层社会为主要特点的萨克雷为英国文学向现实主义发展做出了很大的贡献。他反流行之道而行之，力主描摹真实；他塑造出许多形象丰满、神情毕肖的人物；他强调环境和人格的关系，善于用典型环境和典型人物表现时代特征；他强有力的社会批判昭示着一个批判时代的到来。以萨克雷的经典名作《名利场》为例，读者可以清晰地看到作者的这些成绩。《名利场》是真正让萨克雷与狄更斯齐名的作品，它于 1847 至 1848 年间连载于《弗雷泽》(Fraser's Magazine)杂志。这部小说展现了滑铁卢战争前后十余年英国社会贵族资产阶级的丑恶嘴脸，揭露了他们的荒淫无耻、昏庸无能、道德败坏、浮名浮利，是一部不可多得的社会全景图。在这里，萨克雷将自己对小说的认识发挥到了极致，许多方面打破了当时小说的常规滥调。

　　首先，萨克雷对真实的描摹超过了此前的作家，促进了现实主义记录现实这一原则的发展。杨绛在《名利场》序言中称："他[萨克雷]描写人物力求客观，无论是他喜爱赞美的，或是憎恶笑骂的，总把他们的好处坏处面面写到，决不因为自己的爱憎而把他们写成单纯的正面或反面人物。当时有人说他写的人物不是妖魔，不是天使，是有呼吸的活人"。②萨克雷自己也在第六章开篇不久说："我的读者不能指望看到这么离奇的情节，因为我的书只是家常的琐碎"。③可见，他只想反映现实，

而非什么奇思妙想,抑或传奇逸事。而且从小说的副标题"没有英雄的小说"(*A Novel without a Hero*)可以看出,萨克雷眼中的人都有着这样或那样的缺点,只有真实地反映出人物的本来面貌才算得上真实,否则只是些涂脂抹粉的幻境人物,而非世间蝇营狗苟的浮世绘。其次,萨克雷重视社会背景和历史背景,总是为各个角色设计典型背景。杨绛总结说:"他从社会的许多角度来看他虚构的人物,从许多角度来描摹;又从人物的许多历史阶段来看他们,从各阶段不同的环境来描摹。一般主角出场,往往干一两件具有典型性的事来表现他的性格"。③这一手法后来被现实主义作家广泛应用,从而描写典型环境中的典型人物就成了现实主义小说的一个主要特征。此外,萨克雷在这部小说中依然延续了他夹叙夹议的风格。时而出现在小说中对人物、行为、事态进行评说,用批判的眼光评判故事,从而使"批判"冠在现实主义流派之上。他的批判多掩藏在幽默诙谐的笔触之下,所以很少冒犯读者。这里也反映出现实主义作家的道德关怀,将道德教诲和文学紧密地联系在一起。当然,由于维多利亚时代的风尚所限,在写实与道德两者之间,萨克雷倾向了道德一方,正如杨绛所说,"维多利亚社会所不容正视的一切,他不能明写,只好暗示。所以他叹恨不能像菲尔丁写《汤姆·琼斯》(*Tom Jones*,1749)那样写得真实。他在这部小说《名利场》里写到男女私情,只隐隐约约,让读者会意"。⑤所以,与同时代其他国家的现实主义小说家相比,如巴尔扎克(Honoré de Balzac,1799-1850)、福楼拜(Gustave Flaubert,1821-1880),萨克雷略显保守,可见他深谙维多利亚时代的风尚。不仅如此,一如萨克雷的其他作品,《名利场》也是结构松散。对萨克雷来说,结构有时会限制写实的尺度,使作家放不开手脚,不能按照真实本来的面貌来描摹,而要为了形式美而有所取舍,所以他宁愿舍弃结构,去追求真实,给人物一个自由行动的空间,让他们表现出最自然的面目。上述四点不仅体现了萨克雷个人的艺术魅力,还凸显了他对文学的认识与追求,对现实主义的发展有重大影响。杨绛补充道:"萨克雷又着意写出环境能改变一个人的道德。好人未必成功得意;成功得意的人倒往往变成社会上所称道的好人……在19世纪批判现实主义的文学里,萨克雷第一个指出环境和性格的相互关系,这是他发展现实主义的很大的贡献"。⑧可以说,对于现实主义还很陌生的英国文学界在萨克雷的成功中看到了此种文学潮流的可操作性。《名利场》不仅是萨克雷文学创作上最高的成就,更是批判现实主义的奠基之作。

虽然萨克雷在晚年表现出温情脉脉的一面,但在读者的心目里,他一直都是针砭时事的激进写手,是眼不容沙的批判家。他不能容忍上层阶级的趋炎附势、贪纵懒惰、骄横自满,用讽刺、调侃漫画碌碌营私的丑态。对于浪漫主义及流行小说,萨克雷持否定的态度,并对其戏仿、予以攻击;对于18世纪英国文学的优良传统,萨克雷取其精华,弃其糟粕;对于自己的文学理念,萨克雷都付诸笔头,使它们成为沉甸甸的作品。对于现实主义,萨克雷做出了杰出的贡献,他提倡描摹现实,认为舍此便无任何意义;他采用夹叙夹议的手法,适时地对人物行为进行道德剖析;他放眼社会,对虚伪、无耻进行口诛笔伐。在语言上,他擅讽刺,但又不尖酸,文笔轻快、生动有趣。他提出环境和性格的关系,给读者展开了"一个社会的横切面和一个时代的片断,在那时候只有法国的司汤达(Stendhal,1783－1842)和巴尔扎克用过这种笔法,英国小说史上他还是个草创者"。⑨萨克雷不畏小说的清规戒律,用真实取代虚构,以冷嘲替换柔情。他的作品为英国小说带来了新的气息,推进了英国批判现实主义小说的发展。

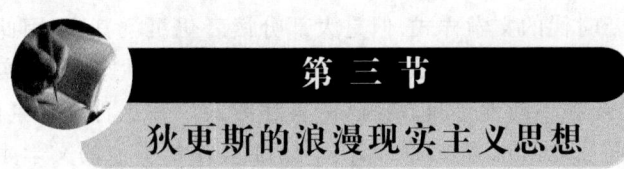

第 三 节
狄更斯的浪漫现实主义思想

提起查尔斯·狄更斯(Charles Dickens,1812－1870),真是无人不知、无人不晓。作为小说家,20世纪英国批评大师李维斯夫妇盛赞他为"小说界的莎士比亚"。⑩从第一部小说开始,他几乎每部作品都受到热烈欢迎,而且直到今日读者仍是源源不断,关于他的各类文学研究也开展得如火如荼。在他的笔下,我们读到活灵活现的人物、以假乱真的背

景、滑稽可笑的巧合、催人泪下的故事,一辈辈读者都沉浸在大师所创作的想象世界里,时而唏嘘,时而莞尔。当然,狄更斯不仅仅是位声名远播的作家,还是享有盛誉的社会活动家、思想家和道德家,他的作品反映社会现实的广度和深度,堪称是英国小说艺术史上的一座里程碑。他怀着人道主义者的真诚和艺术家的敏感,利用自己的作品、编辑的杂志和可以参与的社会活动,揭露和批判维多利亚社会的弊端和阴暗面,对当时的价值观及善、恶、美、丑有明确的界定,促成了很多项社会改革的实施。除此之外,他还是狂热的戏剧爱好者和激情澎湃的演说家。他拥有超人的精力,可以同时写两部小说,还编辑、审阅甚至改写杂志的来稿,参加公众朗诵。正是这种不懈奋斗的精神,使他成为维多利亚时期的代表,他从地位卑微的家庭背景之中脱颖而出,通过个人奋斗成了星光璀璨的文学大家。作为文学家,狄更斯的文学思想具有很强的包容性:他既是激情澎湃的浪漫主义者,用小说传达自己的理想主义情怀和人道主义精神;又是针砭时弊的现实主义者,一丝不苟地记录他的时代,不遗余力地进行着社会批评。虽然两股文学潮流有各自的文学立场,但却在狄更斯的作品中得到了很好的结合。这种兼收并蓄便成为了狄更斯式的浪漫现实主义思想,既体现了他的博爱精神,又包含了他对社会不满的控诉。

狄更斯的浪漫主义情怀主要体现在他的人道主义、理想主义以及充满激情的文风之中。在狄更斯创作初期,虽然浪漫主义的高歌低吟已不再是新时代的文学样式,但是大部分读者仍沉溺其中,因此英国的文学重点并没有全盘转向法国作家所倡导的实验性写作,现实主义还在萌芽中,还在不断地寻找着自己的表述方式。在这种文学氛围下,狄更斯自然而然地沿用着彼时的文学"标准",开始了他的文学生涯。由于出身卑微,他对下层阶级有着深入的了解,从而在文学上表现出对底层人民的无限关怀,在行动上不遗余力地投身于慈善事业,最终将博爱、仁慈、宽容总结为"圣诞精神"。此外,他的浪漫主义还表现在他理想化的创作风格上。那些扁平的人物,是抽象的善恶,那些皆大欢喜的结局,是他对世界的期许。在人道主义精神和理想主义精神的双重关照下,狄更斯的作品富于情感。一方面,他将戏剧表演融于小说,将小说用于诗性的公众朗诵,从而使小说有了戏剧和朗诵的特征,因此也更激情澎湃;另一方面,他戏仿浪漫主义时期的流行小说,复制了感伤主义的情感泛滥和哥特主义的极端情感。无论是人道主义或理想主义精神,还是充沛的情感述说,都说明狄更斯的文学生涯开始时是师从浪漫主义的。强烈的浪漫主义特征虽然弱化了他的现实主义文风,但为他赢得了更多的读者,不失为他思想的独特之处。

狄更斯不似萨克雷,将视角对准中、上层阶级,他更关心社会下层。或许,他的苦痛、艰辛使他和被压迫者惺惺相惜。成名之后,他依然秉着人道主义的信念,倾其毕生为他们争取幸福。狄更斯出身卑微,家中经济拮据,入不敷出。因此,他年幼的时候就被迫进黑鞋油作坊做了童工,开始了苦不堪言的受压迫的生活。更不幸的是,父亲因无力偿还债务而被判入狱,从此少年狄更斯就来往于作坊与牢狱之间,一面是冷血的压榨,一面是绝望的阴暗。虽然他经常"又饿又馋地在街上荡来荡去,和街上的小偷、流氓、妓女擦肩而过",但他却没有走向堕落,而是"从童年的苦难中汲取了对他日后发展有益的东西",……这就是为什么"他的全部作品都渗透着民主精神、人道主义精神、'圣诞精神'"。③他深知劳苦大众在工业制度下所受的压迫、在生存奋斗中所受的凌辱,这都激起了他对苦难儿童及受压迫阶级的深切同情,也都在他日后的作品中有所反映,如《奥利佛·退斯特》和半自传式的《大卫·科波菲尔》。我们从中不仅可以看到狄更斯童年的影子,还能看到他曾接触到的整个下层社会,那些污秽阴暗的场景,那些受人歧视的人物,哪一个不鞭敲着有责任的英国人,哪一个不唤起读者的同情与怜悯?除了童工经历,狄更斯还利用自己记者的身份了解了穷人在急剧变化的社会中的地位。狄更斯在从事议会速记员期间,记录了1831年第一次议会改革的内容,接下来的几年里,他作为记者也报道了那时最重要的政治言论。④这些都让他了解了当时的政治气候。随着社会结构的急剧变化,新兴的资产阶级不满于达官贵人手中掌握的大权,希望能得到与自己的经济地位匹配的社会地位和决策的权力。一方面,他们排斥穷人,因为穷人让这些新贵想起他们的过去,但另一方面,他们又表现为与王室贵族的对立,在政治斗争中,站到了被压迫的一面。与之相比,社会底

层的人们一来没有贵族的头衔,二来没有资产阶级的财力,他们只能在生存斗争中任人宰割,所以他们更需要帮助,更需要同情。狄更斯站在了他们身后,用文学讲述他们的故事,更用他的实际行动推进整个社会对底层百姓的关注。

可以说,狄更斯是一位积极的社会活动家。利用文字这一利器,他为慈善事业奔走呼号、为受压迫者打抱不平,动员起要求社会改革的强大舆论。他的努力直接促成了各项立法,使穷人、孤儿、童工的生活有所改善,监狱、济贫院、私立学校、贫民窟等社会机构也逐渐改进。第二部小说《奥利佛·退斯特》就已经初现狄更斯批判社会弊端的责任心,将矛头指向了 1834 年通过的济贫法。在新济贫法颁布以前,英国一直沿用 1601 年的伊丽莎白济贫法,而国内的济贫院已远远不能应对英国当时的情况。可以说,到了 30 年代,济贫院已经成为破旧不堪、肮脏不洁的地方,在这里病人得不到救助,儿童不能接受教育,甚至被活生生地饿死。面对滑铁卢战争时产生的大量贫民以及工业革命后流离失所的孤寡,英国迫切地需要新的举措来安置这种对社会产生威胁的流民。狄更斯对这种危机有同感,所以在掺揉了自己童年经历的作品中,他描绘了济贫院、贫民窟的悲惨场景,勾画出一位位流浪汉、孤儿,从而揭开慈善机构的虚伪面纱。有人认为《奥利佛·退斯特》属"新门派"小说,但也有人反对。后者更愿意认为狄更斯的小说呼应了约翰·密尔一年前的一个观点,即那些生活充裕、受过教育的阶级人士希望越来越少地看到痛苦,甚至使人痛苦的观点他们也不欢迎。[①]可见狄更斯的意图不是为了亲和"新门派",虽然他的小说或多或少受了这种流行样式的影响,他是为了提醒那些人,社会的阴暗正笼罩在很多无辜百姓的头顶上。随着这部小说的畅销,政府高层不得不对这一棘手问题予以重视,从而小说中的贫民窟雅各岛的原型的情形得以改善。接下来的《尼古拉斯·尼考贝》(*The Life and Adventures of Nicholas Nickleby*,1838 – 1839)是对私立学校的抨击,同样也有着光明的结局,有着直接的社会影响。除了小说创作,狄更斯还创办杂志,为民请命。1850 年,狄更斯自己创办综合性刊物《家常话》(*Household Words*,1850 – 1859),从此以这里为阵地,不仅探讨文学问题,培养出一批杰出的作家,而且还传播进步的政治倾向。这里成了受压迫者的扩音器,使他们微弱的声音可以传播到全国各地。他为大众谋福利,使得伦敦的医疗、卫生、住宿条件都有所改善。后来由于与合伙人办刊观点不一致,狄更斯又于1859 年创办了《一年四季》(*All the Year Round*,1859 - 1870),将他的办刊理念转移到了这个新生儿身上。狄更斯认同歌德、卡莱尔、罗斯金的观点,认为文学就是一剂万灵丹,他也赞成司各特的观点,认为小说家就是一位高产的工人,他的作品是大众财富中有效的部分。狄更斯将慈善行为融于写作之中,用自己的文学作品医治社会疾病。这不仅使得文学有了更强的社会功用,更让他的作品有了浓重的人道主义色彩。

最能体现狄更斯人道主义精神的文学作品要数他的《圣诞故事集》,因为故事中所倡导的圣诞精神正是他对人类幸福的关心,是他博爱主义的集大成。1843 年,狄更斯发表《圣诞颂歌》(A Christmas Carol,1843),并大获成功。这则故事成了日后狄更斯公众朗诵的必读书目,而且继承这一传统,每年的圣诞节他都会发表一些圣诞故事,比如 1846 年发表的《人生的战斗》(*The Battle of Life*,1846)。在这部圣诞故事中,狄更斯劝诫众人,人是有思想、有道德、能够舍身为人、自我牺牲的高级生物。这些陆续发表的圣诞故事最后结集为温情脉脉的《圣诞故事集》。他在其中所宣扬的博爱、仁慈、宽容的"圣诞精神"深入民心,这种精神一直绵延在狄更斯的作品中,而且也成为英国民族精神的重要组成部分。

> 狄更斯牢牢地立足于英国四十年代的现实,这个神话[《圣诞颂歌》]中包含着意义深刻的社会内容;同时,他又充分驰骋着浪漫不羁的想象,淋漓尽致地表现了自己的社会理想。他无情地鞭挞了富贵利达者对劳动人民的日益贫困化视而不见的麻木和冷酷,以严厉的警告唤醒他们的良知,敦促他们改过自新。他表现了受贫困煎熬的普通人民善良、美好的心灵,呼吁全社会要给予他们更多的关心、爱护和帮助。

其实,狄更斯看出了维多利亚时期稳定、繁荣的外表下隐藏的紧张和矛

盾,想通过圣诞故事中的道德教化来缓解阶级对立,以期用怜悯和慈善解决社会的两极分化,这充分表现了他的忧愤之情、仁慈之心。

狄更斯不仅在嘉言善行中发扬了人道主义精神,更将浪漫主义者的理想主义精神引入文学创作之中。从严格的文学意义上来讲,他笔下的人物和皆大欢喜的结局都算不上典型的现实主义写法,因为这些人物都不是按照本来面貌来描摹的,这种故事更多地代表了作者的美好愿望。但是善恶分明的人物塑造、褒善贬恶的情节却成为狄更斯式的招牌写法,是他有别于其他现实主义者的特征。

与现实主义者不同,浪漫主义作家笔下的人物大多有着抽象的象征意义,并非现实中人物的写照,而是艺术夸大的结果。狄更斯笔下的人物也经过了类似的变形,大部分人物都是抽象的、扁平的,要么代表着善与纯真,要么代表着恶与贪婪。为此,他曾遭到亨利·詹姆斯、弗吉尼亚·伍尔夫等人的批评。然而,对于笔下人物的扭曲处理,显然狄更斯是别有用心的。以奥列佛为例,虽然他身陷许多不利境地,和各色乌合之众打过交道,但他的性格却丝毫没有受到影响,而一直保持着天真善良的天性。由此可见,狄更斯是希望通过色彩鲜明的善恶对比来推行他的社会讽刺,以完美的"善"来衬托无边际的"恶",同时利用情感这一武器,催发人们对不幸的下层社会的同情,从而影响社会舆论和国家的政治导向。这种理想主义写法虽然有悖于真实人物,但是它创造出一个是非分明、善恶有别的文学世界,为惩恶扬善埋下伏笔。

狄更斯式的理想主义结局不仅是抽象人物最合理的收场,更是他浪漫主义精神的又一体现。可以说,才华洋溢的狄更斯在 40 年代以前的作品,都带有浪漫的理想主义色彩和充满幻想的乐观精神,故事大多有皆大欢喜的结局。"他的小说在深层结构上大都隐含着由悲到喜、善恶有报的童话模式,人物性格特征被抽象化,成为'善'或是'恶'的代表。在情节向善恶有报的圆满结局发展的过程中,巧合、意外等因素起了重要的推动作用,体现了童话般的神奇风格"。[43]虽然这种理想主义在狄更斯的晚期作品中有所减淡,但并没有完全消失。以狄更斯 1859 年发表的历史小说《双城记》(*A Tale of Two Cities*,1859)为例,他重返法国大革命主题,以那时急风暴雨般的政治风云和社会动荡为背景,借古喻今,反映出他对英国当时的社会矛盾、政治危机的思考。《双城记》也是为了宣扬法国大革命的正义性,可见温和的狄更斯也认为有必要进行一场斗争,来推翻压迫。他一如既往地将理想主义发挥得淋漓尽致,结局完全是利他主义的,以此来应对资本主义的利己主义。由此可见,在狄更斯的大部分作品中,他都更倾向于乐观,而不见现实的严酷,好人好报的理想模式成了文学上的公道。

如果说人道主义是狄更斯浪漫思想的核心,理想主义是他处理人物和情节的手法,那么充沛的情感便是他作品的基调。情感因素的大量出现使得狄更斯的作品更接近于浪漫主义,因为浪漫主义更侧重于强烈情感的抒发,而不是对现实的如实摹写。狄更斯的金兰之友威尔基・柯林斯(Wilkie Collins,1824－1889)曾说过,狄更斯小说的成功之处便是"使他们笑,使他们哭,使他们等"。⑤ 由此可见,诉诸情感是狄更斯的特色,也是他浪漫主义文风的表现。在情感表达上,狄更斯的浪漫情节与他对戏剧、朗诵的喜好以及他早期对流行小说的模仿密不可分。

戏剧不仅影响了狄更斯作品的情节,还影响了他的表述形式。在19世纪中期,戏剧和小说的联系是十分密切的,正如安德鲁・桑德斯(Andrew Sanders)所说,小说滋养着戏剧,反之亦然。⑥ 狄更斯自幼醉心于戏剧艺术,甚至一度想成为专业的演员。他在流行戏剧方面的功底相当扎实(他自己声称在19世纪30年代初,接连两三年都每晚到剧院看戏),在创作类似舞台剧的情节和更传统的人物类型时,他经常从流行的情节剧中取材。⑦ 而且,他在成年时期仍然钟情于此,并成为热心的业余演员,演技纯熟,深得观众喜欢。狄更斯认为戏剧形式可以很好地用于小说之中,他的很多作品,如《大卫・科波菲尔》、《荒凉山庄》(Bleak House,1852－1853)、《双城记》等,都极富戏剧性,不仅有许多独立的喜剧场面描写,而且有类似古希腊悲剧中的那种出自天意的巧合和宿命倾向。对狄更斯十分了解的柯林斯曾说:"狄更斯特别喜欢细想生活中的巧合、相似之物和意想不到的事情,很少有别的事情能如此强烈地激发他的想象力。他会说,世界比我们想象的要小得多;我们大家都被自己所不认识的命运联结在一起,通常以为彼此距离很远的人

们,往往接踵交臂地近在咫尺,而在一切事物中,与明天最相似的莫过于昨天"。⑧因此,狄更斯的作品大多充满闹剧式的松散故事和各种不期而遇的意外,其中"流浪汉小说"《匹克威克外传》就是很好的例子。对于狄更斯来说,这些巧合不仅仅是情节上的小把戏,还是一种宗教式的人本主义信仰,即不论是以何种不可思议的方式,"善"最终能够战胜"恶"。他一直在呼吁:"尽管小说家并不采用戏剧的形式,但他们每人其实都在为舞台创作。文学应该忠于人民,应该热情地提倡人民的进步事业、幸福生活和繁荣昌盛"。⑨由此可见,狄更斯对戏剧的爱好在很大程度上影响了他的小说创作,尤其是喜剧的幽默和悲剧的巧合。戏剧元素的介入使得狄更斯的作品更贴近理想,更有益于情感的表达,而不是对现实的如实描摹。

虽然公众朗诵对狄更斯作品的影响远不如戏剧深远,但也使得狄更斯的语言充满了朗读者的激情。对于那个时代,朗诵还是一种新颖的大众娱乐形式,迎合了日渐富裕的人民对精神生活的需求。狄更斯这位广为流行的作家,每次朗诵都座无虚席,而且随着他富有戏剧韵味的朗诵,掌声和激动的叫声层出不穷。他善于用戏剧表演里的技法朗诵他的作品,铿锵的声音、充沛的感情、变换的角色,无不使观众折服。写作与朗诵相得益彰,难怪他是当时最畅销的作家。

使读者捧腹的是狄更斯笔下的喜剧场面,那么让读者落泪的则是感伤主义的情调。很多狄更斯的早期作品都留有当时红极一时的感伤主义小说的痕迹,对于哥德史密斯和斯特恩的"感伤小说"传统他更不生疏。诸如奥列弗、小耐儿、小保罗等悲剧人物,狄更斯均写得催人泪下。尤其是后两位人物,前者出现在《老古玩店》(*The Old Curiosity Shop*,1840－1841)中,后者出现在《董贝父子》(*Dombey and Son*,1846－1848)中。狄更斯以哀婉的笔触刻画温柔淑贤的小耐儿形象,不仅英伦三岛为之感动,在大洋彼岸的美国,人们焦急地聚在码头,等待刊有《老古玩店》的杂志到港,而且迫不及待地大声喊:"小耐儿有没有死?"而当小保罗夭亡之际,更可谓"举国上下,共同哀悼",不知赚得多少眼泪。感伤主义的影响虽然不是贯穿狄更斯思想的主要因素,但它在其早期作品中的反复出现显现出这一流性文学样式对狄更斯的影响以及浪漫主义思想的存留。

综上可见,在狄更斯的思想发展历程中,浪漫主义是不可或缺的组成部分。虽然这些浪漫主义特征,如上述讨论的人道主义精神、理想主义精神和强烈的情感运用,在他早期的职业生涯中最为明显,到后期逐渐淡出。但是它们都融入了狄更斯的文风,成了他招牌式的写作特点。这种包容性让他赢得了更多的读者,也让他在文坛长盛不衰。

虽然浪漫主义和现实主义两股文学思潮在创作理念和表现手法上迥然不同,但它们却能融洽地并存于狄更斯的思想体系之中,并随着他年龄和阅历的增长,发生自然而然的转变。自第一部连载小说《匹克威克外传》起,狄更斯的现实主义文风就已初见端倪,但这一思想特征的成熟还要到他创作生涯的中后期才能实现。《董贝父子》的发表可以看做是这一新阶段开始的标志。自此,狄更斯的思想和艺术都更加成熟了,在小说创造上已经不是早年意气风发的即兴创作,而是精雕细琢的完整作品。继此部作品之后,狄更斯小说中的感伤情调就逐渐减弱了,取而代之的是愈来愈多的社会关注,他侧重社会结构对人民生活的影响,更多地表现出他理想主义的幻灭。在艺术表现上,狄更斯人物塑造精准,善于展现维多利亚时期的社会风貌,对英国资本主义社会进行深刻的社会批评。正是他对生活的客观反映、对伦理道德的提倡与弘扬以及对人性的广泛而深入的探索,使他成为了英国批判现实主义文学的奠基人之一。狄更斯的现实主义思想可归为以下三个鲜明的特征。

首先,狄更斯的现实主义思想表现在他对普通人物的真实塑造上。他能够敏锐地捕捉到日常生活中的人物特点,并创作出惟妙惟肖的人物。很多时候,他就直接从生活中取材,比如《荒凉山庄》中的哈罗德·斯基坡尔就是以英国散文家李·亨特(Leigh Hunt,1784－1859)为原型的。为了塑造逼真的人物,狄更斯还和插画家合作。插画家根据狄更斯提供的人物细节绘出狄更斯心目中的人物。由此可见,狄更斯对于人物的掌控十分到位,好似作品中的虚构人物都是活生生的现实人物一般。艾略特曾高度评价他说:"狄更斯的人物与但丁和莎士比亚的人物一样,都属于诗的范畴。只要用一句话,不管是这些人物说的,还是别人对他们的评论,就能使他们完整地再现在我们眼前"。①虽然在创

作早期,狄更斯的人物过于扁平,但是他们各个性格鲜明独到,有明显的特色。到《远大前程》(*Great Expectations*,1860-1861)发表之际,狄更斯已经将原来外化的视角内移,表现主人公的心理发展过程。而且,主人公已经不再是个理想化的英雄,虽然不像萨克雷笔下的人物那样复杂,但足以体现狄更斯晚期的思想变化。在狄更斯未完成的遗作《艾德温·德鲁德之谜》(*The Mystery of Edwin Drood*,1870)之中,人物的心理活动就更加复杂。总的来说,狄更斯经历了由浪漫主义抽象人物到现实主义复杂人物的写作变化,但他一直都是从人物所处的社会历史环境中刻画人物性格,从而真实地揭示人物和事件的内在联系、本质特征及发展趋势,通过对典型环境中的典型性格形成过程的描写,全面真实地展示现实生活及其特征,反映整个时代的风貌。

其次,狄更斯的现实主义思想表现为真实、客观地反映生活、展现时代风貌。记者起家的狄更斯,用他敏锐的眼睛,将维多利亚伦敦的中下层阶级清清楚楚地记录下来,为后代留下一幅完整的画卷。"狄更斯的伟大不在于他创作了一两部巨作,而在于他创作了一个想象中的世界,在这里有栩栩如生的男女老幼,甚至小说与小说之间的界限都模糊了。他对社会机构的怀疑、对邪恶道德的憎恨以及对优良美德的颂扬使他时至今日仍然威名不减"。[①]狄更斯强调细节的真实性,强调题材的当代性,以历史学家的责任感书写时代篇章。最能反映英国维多利亚时期时代特征的便是工业革命后中产阶级崛起,无论是狄更斯的个人发展,还是他艺术思想的嬗变,都和这股新兴力量步调一致。

在狄更斯的早期作品中,他更着力展现了下层社会的场景,但最终的目的还是为了迎合中产阶级的阅读趣味。可以说,他虽然以弱者穷人为描写对象,但由于狄更斯恶作剧的无辜纯真和化敌为友的愉快,再加上他基督徒式的柔情万般,他的作品非常适合当时福音派新教徒的口味,对中产阶级来说魅力无比。[②]这时英国的经济、国力都蒸蒸日上,所以中产阶级对未来满怀希望。敏锐的狄更斯自然对这些状况了然于心,而且他也认同这些前途远大的中产阶级。这些人正是他日后描写的对象,他们的趣味与欣赏习惯、他们的精神需求都逃不过狄更斯的眼睛。狄更斯在世时,奥利芬特(Margaret Oliphant,1828－1897)就准确地评价了他迅速脱颖而出的原因,即他是一位阶级作家,虽然他有时俯首去表现下层阶级,有时高攀他不大熟悉的时尚界,但狄更斯先生的作品充斥着中产阶级的气息。[③]而中产阶级正是英国群体最庞大的阶级,是蒸蒸日上的阶级,是流动性最强的阶级。博得了中产阶级的欢心,狄更斯便更容易将他对社会的批评传播到四面八方。在狄更斯的创作初期,他本人这一时期的乐观正好也表现了当时上升的中产阶级的乐观心态,他们利用工业中的获益,来争取权利,期望能够通过改革来完善国家和社会。这些野心勃勃的中产阶级,连同声名鹊起的狄更斯,以各自的方式朝理想迈进。换句话说,"19世纪30年代新兴中产阶级对社会改革抱有乐观的态度,这也是狄更斯开始向他的文学道路迈进的时期,而他就是这种中产阶级理想主义的代表人物之一……而到了50年代,中产阶级的社会观点已变得悲观阴暗"。[③]在这一时期的作品中,1854年发表的《艰难时世》(Hard Times)是最能反映时代背景的小说。工人阶级为争取权利,提出"人民宪章",于三四十年代闹得轰轰烈烈,最终遭到政府镇压。50年代来临,随着阶级分化的日益严重,无产阶级的贫苦程度也随之加剧,所以新一轮的宪章运动又开始了。1853年工人罢工取得成功,从而得到加薪,继而宪章运动的领袖们又在马克思和恩格斯思想的影响下,修改纲领,发动起义。这样宪章运动就分裂成两派,一派为温和的"道义派";另一派是激进的"暴力派"。狄更斯的个人政治观点使他倾向于"道义派",不赞成使用武力来实现自己的政治主张。而且,他认为拥有国民议会的英国,是可以允许工人阶级以和平、理性的方式争取权利的。随着时间的推进,到了六、七十年代,英国开始走下坡路,中产阶级对社会愈发不满,悲观主义哲学抬头,所以狄更斯这个时期的作品也表现出此种幻灭,早期乐观主义逐渐消失,阴郁情绪开始出现。综上所述,狄更斯记述了维多利亚时期英国的变化,尤其是下层社会穷人的挣扎与拼搏以及中产阶级的崛起,从而反映了时代风貌,描绘出一幅19世纪伦敦的全景图。

　　此外,狄更斯与其他浪漫主义作家最大的思想区别在于他不遗余力的道德教育以及毫不留情的社会批评。强烈的道德色彩掩盖了他的

浪漫主义情怀，作品中的道德关怀，范围之广，力度之强，完全可以将他推向现实主义的平台。马克思曾说，"狄更斯在自己的卓越的描写生动的书籍中，向世界揭示的政治和社会真理，比一切职业的政客、政论家和道德家加在一起所揭示的还要多"。⑤自始至终，他都以针砭时弊、戳穿虚伪为己任，每部作品都针对一种或多种社会弊端。社会等级的严重分化、组织机构的不健全、赤裸的金钱关系都是狄更斯批判的重点，它们也同时奠定了狄更斯在英国批判现实主义阶段的无可取代的地位。

狄更斯对贫困问题和当时的社会等级分化有着强烈的批评。在早期作品中，他便对下层贫苦民众的生活做了全方位的展现，还有针对性地探讨了当时最棘手的社会问题，如《奥利佛·退斯特》直指伦敦的贫民窟。在这一阶段，狄更斯更多地表现出他对下层人民的同情，以情动人胜过正言厉色的批评。除了对穷苦大众生活的描绘，狄更斯还对英国的组织机构进行了批判，反映出他对官僚主义的强烈不满。例如，《荒凉山庄》就将矛头指向法院，纠缠不清的司法系统和无休无止的官司充斥着整部小说。再如，《小杜丽》（*Little Dorrit*，1855－1857）是对专利局拖沓的批判。与早期作品相比，狄更斯对社会的批判成分有所增加，批判力度也加大了，他更深入地揭露了英国腐朽的官僚制度和冗繁的机构流程。除此之外，狄更斯还对美国的社会机构展开了批评。在 1842 年访美后，狄更斯同年就发表了《游美札记》（*American Notes*，1842）。虽然他对新大陆的很多方面表示了欣赏，但狄更斯还是不能丢掉起家的针砭时弊的态度，对美国的蓄奴制、政治机器、知识产权的保护等诸多问题提出了质疑，表现了他一如既往的敏锐观察力和正义感。对资本主义社会金钱关系的批判更是狄更斯社会批评的重点。例如在《艰难时世》中，狄更斯就控诉了曼彻斯特学派政治经济学以及功利主义者，它"可以说是狄更斯第一部公开进行社会批判的作品，表现他对维多利亚时代功利主义理想的蔑视"。⑥曼彻斯特政治经济学派以边沁（Jeremy Bentham，1748－1832）的功利主义思想为核心，他强调"最大多数人的最大幸福"原则，约翰·密尔等人也是这一思想的支持者。他们认为社会是由个人组成的，社会利益是组成社会的所有个人的利益的总和,每个人在追求个人利益时,自然就增加了社会利益,只要每个人都在追求他的最大利益,也就达到社会全体的最大利益,由此,应该重视的是个人利益。然而,对个人利益的无限制追求必然导致自私自利和对金钱的赤裸裸崇拜。狄更斯在小说中采用了象征等文学手法,给贪婪冷酷的资本家当头一棒,希望社会上的所有人都能继续发扬互助博爱的精神。对金钱的崇拜只能使人们变得自私虚伪、彼此疏离。换句话说,"狄更斯认为恶之根在于人们的心中缺乏爱和想象力,在于人们没有法律所不能及的同情心,而正是这些原因导致苦难者诉诸革命"。⑦

综上可见,狄更斯不仅注重对人物如实的刻画,善于捕捉人物特点,还能够多视角地展现社会状况,尤其是中下层阶级的生活侧面,再现了典型环境下的典型人物。除此之外,他还毫不留情地揭露了资本主义社会的矛盾,批判了社会的弊端,以小说为工具对读者进行道德教育,对丑陋进行了批判。他的作品推进了维多利亚小说的规范化,"对小说的题材、结构和语言风格均作了不同程度的调整与修正",使得英国的小说走向成熟。⑧

从模仿 18 世纪的小说家开始,狄更斯逐渐形成了自己的文风,幽默、讽刺、抒情、哲理融合,文学界甚至用"Dickensian"一词特指狄更斯式的风格。虽然他被界定为现实主义大师,但他笔下的人物与情节多半都是浪漫主义与现实主义融合的产物。因此,更准确地说,他是浪漫现实主义思想的集大成者。在浪漫主义思想表现上,他侧重人道主义精神的表现,作品极富理想主义色彩,从不掩盖强烈情感的自然流露;在现实主义思想表现上,他善于精准地塑造人物,向世人展现了 19 世纪英国社会的横切面,真实客观地反映了生活,记录了维多利亚中产阶级的崛起,并对当时的社会问题进行了尖锐的批判。这两种思想的结合使狄更斯的作品更具包容性,更容易赢得广泛的读者群,因此也就成就了众多常读常新的作品。总而言之,狄更斯以超群的才气,创造出许多令人难忘的作品,无论是对于现实主义,还是对于整个英国文学思想的发展,他的贡献都是不可估量的。

第 四 节
托马斯·哈代的社会向善论

　　岁至耄耋的托马斯·哈代(Thomas Hardy，1840－1928)得以横跨两个世纪，用诗歌、小说、诗剧多种形式记录着岁月变迁。从拿破仑战争开始，到第一次世界大战，哈代的作品中有数不尽的历史遗痕，它们记录了基督教的衰退、在性问题上从缄口不言到公开谈论、农业社会到现代经济的转型以及渺小个人与无尽宇宙距离的不断扩大。受科学、宗教、哲学等多重因素的影响，哈代逐渐发展了自己的哲学理想，即社会向善论(Meliorism)。社会向善论是乐观主义和悲观主义之间的妥协，因此绝非绝对的乐观或者悲观，而是相信通过适当的努力可以让世界变得更加美好。一方面，他对现世持悲观的态度，认为宇宙残酷无情，他用文学作品记录了了人间的命运悲剧、性格悲剧、社会悲剧，伍尔夫就称他是"英国小说中的最伟大的悲剧大师"。另一方面，他绝非消极厌世，而是相信通过揭露人性弱点、批判社会问题，最终可以带来世界的改观和人类的进步。秉承此种哲学理念，哈代在作品中融入了自然主义写法，探索了人生的种种悲剧，但是他从未将末世悲情等同于绝望无奈。这种看似矛盾的思想极其妥帖地反映了世纪之交人与人之间、人与社会之间的矛盾，也因此让哈代成为英国 19 世纪后期最具代表性的作家。

　　在文学上，哈代的思想以自然主义为表现形式。作为一种创作方法，自然主义一方面排斥浪漫主义的想象、夸张、抒情等主观因素，另一方面轻视现实主义对现实生活的典型概括，而追求绝对的客观性，崇尚单纯地描摹自然，着重对现实生活的表面现象作记录式的写照，并企图以自然规律，特别是生物学规律，解释人和人类社会。在文学艺术上，以"按照事物本来的样子去模仿"作为出发点的自然主义创作倾向首先出现在法国，以左拉(Émile Zola，1840－1902)为先驱人物。为自然主义文艺理论体系奠定哲学基础的实证主义哲学出现于 19 世纪 30 至 40 年代。这一哲学的创始人孔德（August Comte，1798－1857）在《实证哲学教程》（*The Course in Positive Philosophy*，1830－1842）一书中指出，人类的认识已进入第三个理论阶段，即科学阶段，或实证阶段；在这个阶段，人类的精神不再求知各种内在原因，而只把推理和观察密切结合起来，以便发现现象的实际规律；包括社会现象在内的一切现象，都服从于一些"不变的自然规律"。在文学手法上，自然主义与现实主义一样偏重于描绘客观现实生活的精确图画，但两者有所不同。现实主义认为作者倾向应当从场面和情节中自然而然地流露出来，不应当特别把它指点出来，而自然主义则根本否定文学应当服从于一定的政治和道德目的，认为文学应当保持绝对的中立和客观。自然主义作家拒绝做一个政治家或哲学家，而要做一位"科学家"，对所描写的人和事采取无动于衷的态度。自然主义不仅要求作家有科学家的态度，而且要求作家使用科学家的方法，即实验的方法。两者都强调反映自然，但现实主义通过典型化手法所反映的是具有内在必然性的真实的自然，而自然主义所反映的则是随便观察到的庸俗的自然。自然主义者拒绝对普遍的现实生活进行典型的概括，而主张让真实的人物在真实的环境里活动，给读者一个人类生活的片断。

　　自然主义的出现与达尔文（Charles Darwin，1809－1882）的生物决定论和斯宾塞（Herbert Spencer，1820－1903）等人的社会决定论思想密不可分，也正是这些理论基础促成了哈代早期思想的转型。哈代从小顺从父母的意愿，受到神学教育，以期将来成为一名神职人员。但随着知识的增长，以及对达尔文的《物种起源》（*The Origin of Species*，1859）、孔德的《实证哲学教程》、歌德的《浮士德》（*Faust*，1808－1832）等作品的潜心阅读，随着对斯宾塞、赫胥黎（Thomas Huxley，1825－1895）、约翰·密尔等人的思想的深入了解，哈代深感统治宇宙万物的是无情的自然法则，这大大动摇了他的宗教信仰。25 岁那年，进入神学学校这个朴实无华的目标已经对于他没有了意义，因为他不再是原来那个虔诚的基督徒，而是进化论的拥护者。进化论动摇了上帝的权威，让人类意识到我们不是上帝的杰出作品，不再受上帝的庇护，而是与动

物有着亲缘关系的普通生物,要在生存斗争中不断竞争,才能继续生存下去。生物界的"物竞天择、适者生存"在社会达尔文主义者的眼里就变成了优胜劣汰、弱肉强食,社会正是依赖这种竞争机制得以不断发展。在这些思想的影响下,哈代意识到遗传和环境的影响是两股不可抗拒的力量,承认了自然的无情、现实的丑恶,也因此以悲剧的眼光来审视社会和人生。

在小说艺术上,虽然哈代继承了维多利亚小说的现实主义精神和传统的艺术形式,但由于受到达尔文理论和自然主义风格的影响,他独步一时地加入新的元素,昭示着现代小说新的思想和艺术特征。最能体现这一特点的文学表现是他对禁忌问题的突破性讨论。"在现实主义时代,哈代是个满怀诗兴的小说家……自始至终都没受乐观主义影响。对他来说,生物学就是命运;在短暂的性之花开过之后,他笔下的女性们就消退到自己的阴影中,男性则像希腊悲剧中与命运抗争的主角一样,绝望地与自然和遗传斗争着"。⑤性问题的引入不仅反映出哈代对生命、对艺术的态度,更打破了维多利亚时期表面的矜持伪装,引领时代潮流走向现代。在 19 世纪,作家对待性话题是缄口不言的。"对于维多利亚的作家来说,性是与下层人士紧密联系的,而非上层阶级应该讨论的话题。像哈代这般的远见是不受尊敬的。无论是艺术家以复杂的形式表示尊敬,或者是粗俗之人的直接对待,……都被认为是降低社会等级的"。⑥然而,哈代却不认同这一观点。《德伯家的苔丝》(*Tess of the D'Urbervilles*,1891)最初便因过于直白地表达了不恰当的内容而在出版社碰壁。为此,哈代于 1890 年在杂志上发表文章,题为《英国小说中的真实坦率》("Candour in English Fiction"),批判当时的小说缺乏真诚。那些靠杂志吃饭的作家们被迫认同杂志的看法,而杂志则将所有对性和宗教的直言不讳统统排除在外。⑦由于杂志的这种运作规则,哈代的大部分连载小说也在连载之际迫于编辑的要求,删去了编辑认为会"让年轻人脸红"的字句。当时的杂志是为家庭阅读而出版的,所以人们都自然而然地认为年轻女子不应从那里看到丝毫危险的知识,秉着这一原则,小说发表前都经过严格的道德审核。⑧但哈代并不认为坦诚地对待婚姻和性问题是不道德的,所以在出单行本时又将删掉的内容恢复。哈代在文章中强调:"小说要像'雅典人那些不朽的悲剧那样,反映人生,暴露人生,批判人生。人生既然是一种生理现实,要对它作坦率真实的塑造描绘,且不谈其他,必然要大量涉及两性关系,还要大量牵涉以真实的两性关系为基础的结局,取代那种崇尚虚假粉饰的结局'"。⑧在随后的作品《无名的裘德》(*Jude the Obscure*,1895)中,哈代对敏感话题的直接大胆的处理更引起保守矜持的英国社会的一片哗然,因书中表达了否定婚姻神圣和反对国教的看法,哈代受到舆论界的多方责难,有人称小说中的主人公"海淫海盗",大主教当众把一本书烧掉,图书馆禁止出借此书。但这种做法更坚定地显示出哈代蔑视传统道德倾向的勇气,小说描述在社会道德观念、习俗偏见、婚姻制度等陈规陋习的桎梏下,下层青年无以实现自己的梦想,这些枷锁扼杀了他们的自由意志和美好的愿望。从性话题的处理可以看出,哈代用生物进化的眼光看待生命,而不是以世俗的道德观念为标准,从而反映出人类在现实重压下的挣扎。

在文学上,哈代与自然主义运动相切合;在思想上,哈代反映出世纪末大英帝国的悲观情绪,认同悲观主义哲学家的论述。他相信"内在意志力"(Immanent Will),认为宇宙受制于一种超自然的力量,而人类只能听任这种力量的摆布,甚至走上失败与毁灭。这种哲学影响在哈代文学上的反映是悲剧小说的创作,尤其是早期的命运悲剧。借由这些作品,哈代道出了维多利亚社会的危机感以及人类的渺小与无助。

哈代个人的思想变化以 19 世纪末大英帝国的衰退为大的时代背景,那时垄断资本代替自由竞争把资本主义的英吉利拖向危机的深渊,经济的没落引发了人们心理上的危机。作为一位作家,哈代未能看透这个社会的发展规律,而认为此种危机是神秘而不可测的宇宙意志,或天道在敌视作恶多端的人类。哈代不相信资产阶级关于资本主义永恒性的说教,也不相信宗教与传统道德对现实矛盾与危机的掩饰。在强大无比的宇宙威力面前,他认为人是渺小的,人在与环境的冲突中软弱无力,只能受命运的支配,这些都加深了哈代思想上的悲观主义与宿命论。

哈代的悲观主义哲学思想与德国哲学家叔本华和哈特曼（N. Nicolai Hartmann，1882－1950)的影响密不可分。阅读了两人的作品后，哈代便开始用内在意志力来解释来自世间的巧合和悲剧，并把大自然法则归结为"内在意志力"，以此取代造物主。

> 叔本华在其著作中提出，宇宙的一切事物或现象、一切有生命和无生命的实体都受一种他称之为意志的力量控制；他认为意志并不仁慈，意志把能量注入宇宙万物，于是万物为自身的生存和发展而排斥异己；生存必须相互竞争，必须一代一代地不断改善自身才能求得生存和发展。哈特曼持有和叔本华类似的观点，认为意志控制宇宙的一切，意志是一种超自然力，它出于自然，没有意识，是盲目的；这种无意识的意志就像万有引力一样，无所不在。㊵

这种意志力在哈代小说中的反映就是人的精神与科学精神的冲突。随着科学的发展，人情越来越淡薄，科学发展重新塑造了一堆堆冷漠的物质，人的自然感情被压抑到极致，成为社会异化的工具。人与自然、人与社会、人与人、人与自我一系列关系在资本主义社会中越来越不和谐，继而尖锐对立，人性扭曲、变形，不少人在心理上和思想上产生了前所未有的变态心理和恐惧意识。这种人性危机正是世纪末英国的写照，也使哈代从现实主义走向了现代主义。

哈代早期的作品多带有明朗、欢快的气氛，但是随着他思想的变化，尤其是悲观主义哲学观的影响，哈代作品中逐渐出现了悲剧主题。1874年，哈代的《远离尘嚣》(*Far from the Madding Crowd*)面世，以清新自然的风格博得好评。但是他的精神导师穆尔（Horace Moule，1832－1873)的自杀，在精神上给哈代以重创，因此哈代作品中的田园诗气氛逐渐隐退，取而代之的悲剧主题略见端倪。在《远离尘嚣》这部作品中，哈代第一次使用了"威塞克斯"这个地名，表现美好和谐的田园生活正在遭受资本主义的破坏性入侵。继而他出版了《还乡》(*The Return to the Native*，1878)，理想中的美好社会让位于命运的冷酷无情，从此他便开始了关于命运悲剧的写作。其实，"命运的残酷这一想法一直萦绕在哈代心头。他对生命的看法一直是宿命的。他揣度残忍境遇和人们称之为'天意'的不可捉摸之力带来的不公、遗传和环境带来的压倒性力量以及个人难逃命运之数的无能为力"。⑥在这场人与自然的冲突中，个人的渺小是无法对抗宇宙的强大的，因此人类必然是失败的一方，只能任凭命运的摆布，上演着一幕幕农业社会走向衰亡、农民阶级破产的悲剧。

继《还乡》之后，更多悲剧出现在哈代的小说中，但哈代却极力否认自己是悲观主义者，而更愿意被称作"社会向善论者"（Meliorist）。社会向善论是他的思想精髓所在。在生命的最后一个阶段，哈代将各路哲学理论和自己的思想融会贯通，推出了自己的哲学观点。哈代强调世界并没有绝对的善恶，但人类要不断指出世间的罪恶与不公，以便让社会有所改善。秉着这种思想，哈代的写作也由命运悲剧转向了性格悲剧和社会悲剧，从此摆脱了宿命论的影响，走向了严肃的社会批判。

社会向善论的提出使得哈代有别于其他悲观主义者，因为他对社会和人类的发展仍抱有希望。这一思想结合了达尔文的生物进化论、斯宾塞的社会进化论、叔本华和哈特曼的内在意志力论，它的具体内容如下：

> 人类社会的改善就像生物进化一样，需要有一个长期的演变过程；这一过程并不是大自然为人类准备好的，而必须由人类的自身努力才能得以继续；因此，在此过程中人类必须具备三个条件：首先，要对现实抱悲观态度，要承认现实的丑恶，这是改善现实的出发点……其次，要承认大自然（或者说造物主）对人类的疾苦和幸福是一概无动于衷的，所以现存的宗教信仰必须放弃，因为这种信仰错误地教导人们把美好的希望寄托在造物主身上；最后要承认理性的局限性，承认以理性为基础的种种事物如法律、政治和教育等的局限性，进而形成一种以直觉和本能为基础的新的信仰，并从新的信仰中不断得到启示和力量。⑥

虽然社会向善论并不十分乐观，有悲观主义思想，但哈代始终认为，人

类在面对自己悲剧命运的同时,仍有希望通过自我更新去完善自己的处境,最后改变自己的命运。

在社会向善论的指引下,哈代笔下的悲剧首先由命运悲剧转变为性格悲剧。性格悲剧源自哈代最为后人所称赞的"性格与环境小说",从他早期创作《绿荫下》(*Under the Greenwood*,1872)开始,便可以看出田园牧歌中潜伏的可能性悲剧,这也标志了"性格与环境小说"的开始。这类作品大多是通过描述男女主人公一生的奋斗、追求、幻灭,反映人对美好生活和理想的追求,以及在此过程中人与环境、人与人之间的剧烈冲突,因而富有广泛深刻的社会意义和哲理。最具代表性的性格悲剧是《卡斯特桥市长》(*The Mayor of Casterbridge*,1886)。小说的主人公亨察尔性格偏执、保守、冲动、暴烈,他不只一次将命运之轮推向低谷,醉酒后卖掉妻子和女儿,在生意上节节败退,最后孤苦伶仃地死在埃格登荒原。与早前的小说相比,哈代减淡了他所擅长的自然描写,而是聚焦在人物身上,注意到了现代人的精神困境,表现主人公受到传统宗法观念的限制,保守固执,从而在与命运抗争时屡遭打击,逐渐走上崩溃和衰落。虽然命运仍然在悲剧中发挥着作用,它冷酷无情又不可战胜,但它已经不是导致悲剧的唯一原因,因为性格的缺陷也是不可忽视的原因之一。主人公的悲剧就在于,"面对已经变化的环境,他不能积极主动地改变自己、顺应时代的发展。因此可以说,这部小说可以看作是对'性格即命运'的诠释"。①这一转变使得哈代摆脱了早期的宿命论观点,向社会向善论迈进了一步,指出人性的弱点,以期人类可以通过改正这些缺点而走向完美。

继性格悲剧后,哈代的创作进入了社会悲剧阶段,并在思想和小说创作方面达到了高峰。在这个阶段,哈代意识到性格弱点只是引起人类不幸的一个原因之一,而更主要的则是文明的恶果和社会制度的弊端。因此,像许多现实主义作家一样,哈代不遗余力地在小说中对维多利亚后期的阶级矛盾、伦理道德、宗教法律进行了批判。最具代表性的社会悲剧小说是哈代的巅峰之作《德伯家的苔丝》和最后一部长篇小说《无名的裘德》。与现实主义作家不同的是哈代笔下离经叛道的主人公都超越了自己所生活的时代,这昭示着英国小说向现代主义的转变。

社会悲剧小说的出现凸显了哈代社会向善论的完善。只有从根源上找到问题所在,才能提高社会成员的福祉,从而改变世界的面貌。

　　社会悲剧小说的创作是以英国经济体制的根本性变化为大背景的。在哈代的创作初期,资本主义生产方式已经侵入农村宁静的田园生活。但到了他创作的后期,工业资本在农村占据了重要地位,新式农业机器开始被广泛使用。这种变化给淳朴憨厚的农民造成了种种阵痛,使他们不得不从自给自足的经济状态转向受雇于人、被人剥削,成为农业工人。在这种变迁下,社会体制不能立即调整以适应新出现的矛盾,旧有道德标准不能接受人们新的行为准则,因此旧有法律体制限制了社会及人类的发展,这种迫不得已的转变酿成了一幕幕悲剧。以苔丝的悲剧为例,她出生于贫困家庭,父亲是贫苦的乡下小贩,生性怠惰,愚昧无知,母亲过去是挤奶工,头脑简单,爱慕虚荣。为了贴补家用,她不得不连夜赶集,不得不去有钱人家认亲,不得不与不喜欢的人同床共枕。归根结底,这种不幸正是社会体制巨变造成的。面对工业文明带来的后果,以苔丝家为缩影的个体农民只能在经济上陷入贫困的境地。除了家庭因素的影响,社会的不公和法律的不健全也是影响苔丝走向悲剧结局的原因之一。在小说中,亚雷·德伯有钱有势,因此可以无视法律和国家机器为非作歹、为所欲为。然而,与之相对的苔丝,因为地位低下,即使是在遭受强权和暴力时也没有受到法律的保护,相反成了有罪之人。显然,这种伤害来自社会的不公正,是法律的不健全,更是社会不平等的表现。此外,根深蒂固的封建观念和世俗成见更是造成这场悲剧的主要原因。与亚雷给苔丝带来的肉体伤害相比,小说中苔丝最爱的丈夫克莱却给她带了精神上的摧残。虽然表面上克莱是个反抗传统观念、阶级偏见的豁达青年,但他仍然无法摆脱传统伦理道德观念,因此不能原谅苔丝是位失去贞操的女人。他的离开加重了苔丝的悲观情绪,也让她走向了自暴自弃的道路。综上可见,尽管苔丝聪明美丽、勤劳善良,但她出身贫寒,社会地位低下,所以处处受到资本主义社会的凌辱。因此,在一个倚强凌弱的社会下,作为生活在社会底层、依靠劳动生活的农业工人,他们必然要遭受经济上、肉体上乃至精神上的压迫,而这正反映了转型期的英国所面临的社

会问题。通过揭露社会问题、暴露生活悲剧，哈代期望英国在社会法制制度、宗教制度、婚姻制度、虚伪道德等方面都有所改善，从而达到社会"向善"的目的。

哈代的社会向善论思想呼应了维多利亚后期英国的社会变化、科学观念的变化、文学口味的变化以及哲学思想的变化。在他的作品中，哈代集中表现了工业文明与宗法制农村的冲突、人类在命运面前的无能为力、经济衰退的英国的末世观哲学。因受到达尔文、斯宾塞的影响，哈代在写作手法上贴近自然主义，注重表现宇宙无情以及人类的渺小，敢于挑战禁忌话题，展现人生的种种悲剧。在叔本华等悲观主义者的影响下，哈代成功地创作出多部与希腊悲剧相似的命运悲剧和性格悲剧。但最终，哈代根据社会向善论，将早期悲剧发展为社会悲剧，以期找到悲剧的根源，从而让社会逐渐完善，为走出悲观绝望留了一线希望。哈代毕生的创作和思想进程体现了 19 世纪末整个英国的精神风貌，体现了西方哲学思想的演进，更体现了文学创作内容和手法的嬗变，因此他不愧为英国文学思想史上一位承前启后的艺术家。

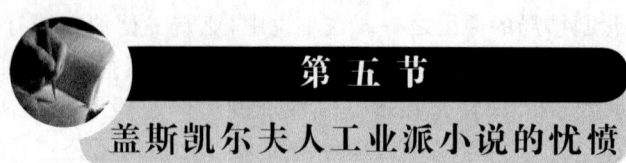

第 五 节
盖斯凯尔夫人工业派小说的忧愤

盖斯凯尔夫人（Elizabeth C. Gaskell，1810－1865），原名伊丽莎白·克莱格雷恩·斯蒂文森（Elizabeth Cleghorn Stevenson），于 1810 年出生于伦敦一个唯一神教派牧师家庭。1832 年，她与曼彻斯特市的唯一神教派牧师威廉·盖斯凯尔（William Gaskell，1805－1884）结婚，成为盖斯凯尔夫人，过着相夫教子的生活。在繁忙的家务管理之余，她以真诚活泼的笔调写出六部小说、许多短篇小说、杂文以及一部传记，为 19 世纪的现实主义大厦添砖加瓦，让后人看破英国的繁荣表象。她的小说记叙了英国从农业社会向工业社会的转变以及工业化带来的社会问题。因其作品记述了社会变革中工人的处境，传达了担忧与愤然，使其成为"工业派小说"(Industrial Novel)的代表人物。但盖斯凯尔夫人本人并非愤世嫉俗,她甚至更习惯维多利亚时代的规约,只是她的同情博爱带她走近现实、展现现实。亨利·詹姆斯很喜欢她的作品,他发觉盖斯凯尔夫人的天才很明显是来自她的友爱、她的情感以及她与外界的接触,而不是来自于她的理性思考,准确地说是她个人性格的一种展现。⑧但也是因为她的这种特质,她的个人论述成了我们理解彼时英国的珍贵的材料,成了文学圣殿不可多得的诚挚之言。

虽然后世更推崇盖斯凯尔夫人的工业流派小说,但是乡村风情从来没有从她的笔端消失。通过如实地描述田园生活和独具地方特色的风土人情,盖斯凯尔夫人捕捉到即将消失的村镇文化,同时也为城乡冲突埋下伏笔。她幼年丧母,跟姨妈在柴郡的纳茨福德镇生活,这座偏僻小城的风俗人情成为她日后创作的素材,老镇因为她而不朽。在她的小说中,《克兰福德》(Cranford,1851-1853)中的克兰福德与《妻子与女儿》(Wives and Daughters,1865)中的小镇豪林福德,都是以她自己熟悉的柴郡纳茨福德镇为原型,还有不少短篇小说也是以此为背景,她描写了狭隘、宁静、和睦的乡村小镇生活,笔调诙谐亲切、饱含感情。乔治·艾略特就曾承认盖斯凯尔夫人的《克兰福德》中对乡村生活以及那里的人物的描写对她产生了深远的影响。在文学史上,《克兰福德》被公认为"是她最有独创性、最著名、最优美的散文叙事作品。故事亲切地叙述了在柴郡农村的几个普通人的故事,把幽默和伤感与细致的理解结合了起来"。⑨这脉主题在盖斯凯尔夫人的创作中从来没有消失,经过对不同题材的小说的尝试之后,她还是在成熟的晚期回归到柴郡的纳茨福德镇。《妻子与女儿》是盖斯凯尔夫人的最后一部小说。此时的她已进入文学创作的成熟时期,对作品有很强的驾驭能力,并对预期效果成竹在胸。"她在《克兰德福》中已经显示出来的幽默现在已经更加温和,成为一种宜人的温和笔调,甚至在描写男男女女的心灵中的严肃斗争时,她仍旧很重视'柔和的颜色——真实生活的半浓淡的颜色'——这是乔治·艾略特渴望《露丝》(Ruth,1853)这部小说能够体现出来的"。⑩乡村风景和日常生活取代了工业城市,足见田园风情在她创作中的重要性。

　　虽然盖斯凯尔夫人眷恋恬静的乡村生活,但是她大部分时间都是在工业城市度过的,这一境遇让她目睹了两者的截然不同,通过记录乡村日常生活和工业大生产的对比,她为读者展现了 19 世纪英国的城乡冲突以及工业革命带来的剧变。婚后,盖斯凯尔一家定居在曼彻斯特这座工业城市。那时的曼彻斯特是一座令人震惊的城市,它的经济以令人难以置信的速度飞速发展着,但它又是社会矛盾最尖锐的一个城市。正是这个矛盾的焦点催发了盖斯凯尔夫人的创作灵感,让她用真实的笔触记下周遭的一切。在小说《南方与北方》(*North and South*, 1854 - 1855)中,盖斯凯尔夫人就将自己遭遇的城乡文化冲突付诸笔端。女主人公玛格丽特家住黑尔斯登,英国南方的一个村庄。但是后来随父举家迁居至北方棉纺织业城市密尔顿。密尔顿是座热热闹闹的工业城市,高耸的烟囱乌烟滚滚,从自然环境到居民的行为举止、生活习俗都与玛格丽特的家乡大相径庭。在《克兰福德》中,盖斯凯尔夫人再一次展现了城乡的文化差异。克兰福德镇与相距 20 英里的德拉姆堡这个商业大镇形成了鲜明对照。克兰福德沉静寂寥、守旧落后,而德拉姆堡镇却是勃勃生机,生产和商业飞速发展。通过对比两种不同的生活方式和思想观念,盖斯凯尔夫人敏锐地捕捉到英国的变化以及这种变化给人们的生活带来的冲击。虽然工业革命为英国经济带来了改观,但与此同时也引起了贫困和不满。

　　最让盖斯凯尔夫人声名远播的是她的工业派小说。查尔斯·金斯利(Charles Kingsley, 1819 - 1875)曾在《弗雷泽杂志》上撰文《制造业的穷人》("The Manufacturing Poor"),建议那些备受压迫的穷人去读盖斯凯尔夫人的《玛丽·巴顿》(*Mary Barton*, 1848),可见盖斯凯尔夫人的作品揭露了当时的社会问题。工业派小说是维多利亚小说的分支,它的兴起与英国工业革命及其引起的社会问题密不可分。盖斯凯尔夫人如实地描写了工人阶级困难的生活状况,表现了当时紧张的劳资关系,因此成为工业派小说的代表人物之一。

　　若要理解盖斯凯尔夫人的思想变化,就要探究当时的社会状况。19 世纪,劳力民生成为英国市民关注的焦点。从 30 年代末出现的工厂问题,到 40 年代的大饥荒,再至后期的谷物法的废除以及宪章运动,英国内部的阶级矛盾日趋尖锐。正如本杰明·迪斯累利（Benjamin Disraeli，1804－1881）在小说《西比尔或两国》(*Sybil，or The Two Nations*，1845)中所描述的,英国已经分裂成穷人和富人两个对立的国度。1834年通过的新济贫法让民众意识到英国贫困问题的严重性。1836年,工人发起了宪章运动,旨在通过议会民主来达到社会和经济的改革,但一次次的请愿都被驳回,愤怒的工人阶级发起了游行示威,示威进一步发展成暴乱。宪章运动从本质上来说是对迅速变化的经济社会的第一反应,是对现有状况的不满。工业革命的开始使英国出现了翻天覆地的变化,农业社会逐渐让步于工业大生产。新旧观念的冲突使人们处于进退维谷的状态,一方面他们欢迎这种变化,一方面他们又惧怕轰隆隆的工厂和高高的烟囱。马克思和恩格斯社会主义观念的传播,使处于混沌状态的下层阶级开始觉醒,使他们认识到自己面临的剥削压迫。1839年,卡莱尔用"英国状况"问题（The Condition of England Question)一词来形容工业革命初期英国民众所经历的社会政治状况,尤其是工人阶级的被剥削和社会的骚动不安。18世纪的政府管理方式已经不能解决由经济飞速发展带来的紧张局面,由于乡村人口的大量涌入,城市人口密集,引发了多方面的问题,如住房和卫生设施的不匹配、就业情况不均衡、贫困问题未能缓和等。面对突飞猛进的工业化和城市化进程带来的诸多不满,人们更倾向于接受女性对穷人问题的处理,而不是抽象的政治经济分析。盖斯凯尔夫人正是结合了这一时期的社会现实,参与到经济萧条时期的论战中的。虽然她对幕后的经济原因不甚了解,但她对工人阶级的悲惨状况和工人斗争的真实描写足以打动读者。

面对这样的社会现实,在19世纪40年代,英国出现了两种新型小说样式:政治小说和社会小说。工业派小说属于社会小说,是维多利亚早期的一种流行文学样式,也是现实主义的一个分支。它侧重描写工业革命时期城市工人阶级的艰苦生存状态,大多数作品都表现了对宪章派的同情,盖斯凯尔夫人也不例外。她的小说触及封建秩序坍塌后的人类状况和城市工业化的发展,从不同社会阶层的视角展现工业革命对人民生活方式的影响以及对传统思想的冲击,建设性地提出缓和

劳资矛盾的方法,是反映英国风貌不可多得的记录。

工业派小说不仅奠定了盖斯凯尔夫人的文学声誉,更能体现她对待时事和文学的态度。她的第一部小说《玛丽·巴顿》于 1848 年问世,小说以英国当时的宪章运动和劳资冲突为背景,描写了老工人约翰·巴顿及其女儿玛丽的生活和命运,出版后引起公众和文学界的注意,轰动全国。"这部小说的独特之处却在于:它不仅直接反映了当时英国的工人生活,还首次描写了当时英国社会的劳资矛盾"。⑦小说的副标题就是"曼彻斯特工人生活的故事",创作于曼彻斯特暴乱之后。在这部小说出版之际,英国的宪章运动已进入最后阶段,英国内部的劳资矛盾日益尖锐。盖斯凯尔夫人不仅亲眼目睹了这次工人起义,还继续关注了日后为减轻工人的痛苦所采取的行动,她通过《玛丽·巴顿》来反映工人的悲惨状况以及资本家的冷酷无情、自私自利。这部小说有力地打破了关于资本主义制度的永恒性的幻想,让读者意识到劳资之间很难相互理解,两者之间存在着不可逾越的鸿沟。

然而,盖斯凯尔夫人并未将反映劳资矛盾、揭露社会问题视为小说创作的目的,而是在日后的创作中提出了解决这一社会问题的方法,那便是彼此互助互爱、共同发展。这一思想变化源自她的宗教信仰,最能体现她从事文学创作的初衷。盖斯凯尔夫人的父亲威廉·斯蒂文森(William Stevenson,1772 – 1829)是唯一神教(Unitarism)的牧师,她自幼就在唯一神教的精神熏陶下成长。唯一神教只相信有唯一的上帝,不相信圣父、圣子、圣灵三位一体的教义,因此唯一神教拒绝接受原罪和赎罪的观点,而将基督尊崇为楷模,而非借其显示上帝对人类的慈悲。最重要的是他们肯定思想的自由,而且强调理性在追求真理的过程中所产生的作用。在这种自由乐观的教义潜移默化的影响下,盖斯凯尔夫人本人也提倡宗教式的宽容、理解和博爱,像父亲和姨妈一样,她对万事万物都充满了感动。可以说,

> 盖斯凯尔夫人并不是思想家,也不是我们今天所说的"学者",但是由于她从小受唯一神教熏陶,宗教的人道主义原则使她对社会斗争中的受害者充满了同情,所以当她下笔去描写现实和种种

事件的时候,往往有她自己意识不到的揭露性。在《玛丽·巴顿》和《南方与北方》中,她试图让读者理解 19 世纪三、四十年代的工业争端使两方都遭受了痛苦。而在《露丝》和《西尔维亚的恋人》(*Sylvia's Lovers*,1863)中,她的主题却是爱情与社会习俗的冲突带来的痛楚。[72]

以《北方与南方》为例,虽然这部小说也描写了曼彻斯特的阶级斗争,并生动地表现了 19 世纪工业化所引起的诸多变化和冲突,但它与《玛丽·巴顿》有明显区别。盖斯凯尔夫人最后还是以温和的态度对待了劳资矛盾,宣扬了阶级调和的思想,以宗教思想来对待社会问题,希望劳资双方通过增进彼此间的互相理解和同情,从敌对关系发展成友好互助的关系。因此,有学者指出:她对社会问题的回应是本能的,带有基督教式的宽容和对个人需求的尊重。她拒绝用阶级把问题笼统化,也不支持具体的立法。[73]这就是为什么她的作品说教味浓厚。盖斯凯尔夫人将宣扬宗教精神、调节社会矛盾视为作家的职责,通过小说创作,来号召社会各阶级互忍互让,从而达到家庭和睦、社会安定的目的。

概括地说,像盖斯凯尔夫人这样一位性情乐观、活泼开朗的维多利亚女性,在不违抗维多利亚社会规约的同时,在文学领域有了这番建树实属难能可贵。盖斯凯尔夫人凭借敏锐的观察力和敏感的心灵,记录了工业革命前夕宁静的田园生活以及工业生产引发的城乡差异。最重要的是,她笔下的工业派小说体现了她对社会问题的洞察、对劳动大众的同情以及她促进社会的不同阶级、不同方面的相互了解以及和解的意愿,是 19 世纪英国工业图景的写实。她栩栩如生地刻画了代表一个时代的工人形象,可谓是英国小说史上第一个真正把工人形象再现在艺术创作之中的作家。由于盖斯凯尔夫人在工业小说上的贡献,她得以和狄更斯、萨克雷齐名,与他们一道被马克思称为"一批杰出的小说家"。她的作品都有着真挚的情感和宗教式的博爱同情,是维多利亚文学中温婉却又不失力度的女性声音。

第 六 节
夏洛蒂·勃朗特的女性主义抗争

在世界文学史上,勃朗特三姐妹同登文坛,并各自以风格别致的作品留名载誉,实属罕见。夏洛蒂·勃朗特(Charlotte Brontë,1816－1855)的《简·爱》(*Jane Eyre*,1847)、艾米莉(Emily Brontë,1818－1848)的《呼啸山庄》(*Wuthering Heights*,1847)、安妮(Anne Brontë,1820－1849)的《阿格尼斯·格雷》(*Agnes Grey*,1847)都引起了英国文坛的轰动。而三姐妹中,属夏洛蒂的作品最丰厚,成就最突出。在孱弱的外表之下,她们有强大的灵魂力量,敢于挣脱沉重的枷锁,让世人听到女性的声音。在短暂的生命中,她们不仅为后世留下了脍炙人口的名著,还展示了女性的才华。萨克雷在纪念夏洛蒂的文章《最后一幅素描》(*The Last Sketch*,1860)中说:"'凡是读过她的书的人,谁不钦佩这位艺术家典雅华贵的英语文体,谁不钦佩这位妇女对真理的炽热的爱,她的勇敢,她的纯真,她对邪恶的义愤,她热切的同情心,她虔诚的爱和信仰,她激越的荣誉感?'"① 随着时间的推移,夏洛蒂·勃朗特不仅和萨克雷等著名男性作家一同成为经典大师,而且还是当之无愧的女权主义先驱作家,是女性追求平等的先声。

今天的读者拿起《简·爱》时,恐怕难觅彼时读者的心境,很难看出这是一部超凡脱俗的作品,无非是相貌平平的女家庭教师的成长过程以及她的爱情追求,何以占尽美名? 只有当我们把它置放在原始的历史背景之下,我们才得以看清夏洛蒂·勃朗特的女权主义思想如此地超越时代。在维多利亚时代,女性以萨拉·艾里斯(Sarah Ellis,1812－1972)所著的《英国妇女》(*The Women of England*,1839)为参考手册,书中内容似中国的"三从四德",约束着女性的行为,强调女性应服从于男性,它界定了何谓优雅,传播着所谓的美德。书中指出:"对知识的追求不要超越客厅文化,否则就违背了自然和宗教传统。女性通常都是用这些与性别有关的特点去衡量的,即温柔、天真、热爱家庭、顺从。在这些美德下,女性就成了考文垂·巴特摩尔(Coventry Patmore,1823－1896)同名诗歌'家里的天使'(*The Angel in the House*,1854－1862)中的'天使'"。⑮虽然女性教育业已开始,但妇女真正可以获得大学学位还要到 20 世纪,而直至 19 世纪末,女性的职业还只局限在家庭教师这个类别里。维多利亚时期强调的似乎也是"女子无才便是德",倘若跨出雷池半步,企及成为作家,或拥有男性专有的职业,那就得曲折行事。那些严守时代美德的女性,过着貌似优哉游哉的生活,但实质上这种生活是对女性自由的压抑。它无形中扼杀了女性的创造力,也令她们的生活黯然无光。夏洛蒂·勃朗特作为一位敏锐的革命者,不仅意识到此种性别歧视的危害性,而且利用文学对其口诛笔伐。在《谢利》(*Shirley*,1849)中,她描写了主人公无法释放自己的能量,甚至无聊地想通过死亡寻求解脱。⑯

在这样的背景下,勃朗特的文学追求并非一帆风顺,而是在社会的重重阻挠下进行的。早在 1836 年,夏洛蒂就曾将自己的几首诗寄给了当时著名的桂冠诗人骚塞(Robert Southey,1774－1843),不料骚塞对她的这一举动十分不满,他回信写到:"文学不能也不应成为妇女的终生事业。她在她应尽的职责方面做得越多,就越无闲暇从事文学活动,即便作为一种才艺和消遣亦是如此。你现在尚未负起那些职责,等你负起那些职责时,你就不会那样热衷于成名了"。⑰骚塞认为夏洛蒂没有特殊的写作才能,但最重要的是他认为女性不应该从事这项事业,这是男人的专权。骚塞的观点并非一己之见,而是维多利亚社会对性别角色的划分,是历史遗留的性别歧视。面对这样的状况,夏洛蒂并没有自暴自弃,而是倔强地坚持文学创作。

虽然夏洛蒂·勃朗特并非孤军奋战,但是同时代的其他作家在对待女性状况问题上远没有夏洛蒂的魄力。从 19 世纪 60 年代开始,很多女性作家以写女性的罪行来赢得读者,逐渐成为女性文学的传统,只有一小部分作家意识到这一传统的局限性。比如伊丽莎白·勃朗宁(Elizabeth Barrett Browning,1806－1861)为女性争取获得"精神食粮"(Nourishment for the Mind)的权利,容琪(Charlotte Yonge,

1823 -1901)和查尔斯·金斯利两位作家的小说表现出个人激情、宗教道德和义务的调和。⑦但是他们中没有任何一位作家能像夏洛蒂·勃朗特那样勇敢地站出来反对英国文学传统。奥利芬特第一个注意到《简·爱》改变了女性传统的方向:"或许,和她[夏洛蒂·勃朗特]同时代的作家,没有哪个可以像她一样为当代文学烙下印记,也没有哪个可以吸引如此多的追随者走上这条奇特的道路"。⑦夏洛蒂·勃朗特很清楚自己对女性文学传统的反叛,在她的书信中,夏洛蒂曾为自己定下一个写作标准,即:

> 小说里那些标准的男女主人公,我向来不感兴趣,我不相信他们是自然的,也无意去模仿。倘若我被迫不得不去抄袭这样的人物,那我肯定干脆什么也不写。……除非我有自己的话要说,除非我的眼光能够超越最伟大的文学大师,去研究自然本身,我无权描绘什么。除非我有勇气使用真理的语言,摒弃世俗的陈词滥调,我理当保持缄默。⑧

在崇高理想的指引下,夏洛蒂·勃朗特以饱含激情的笔调,写出了新女性小说。虽然她阅历有限,但凭借丰富的想象力和对情感的理性控制,她创作出有别于过去的女性形象,成为女性主义的先驱作家。

囿于生活环境和性别的种种限制,夏洛蒂·勃朗特只能徘徊于狭窄的题材范围内,所以作品具有强烈的半自传性。自传体小说已经随着狄更斯的大作《大卫·科波菲尔》为人所知,其后的作家经常会利用自己最驾轻就熟的题材进行创作,女性作家的这一特点尤为明显。像大多数作家一样,夏洛蒂·勃朗特以个人经历、周围环境和人物为题材,她的小说深深地扎根于自己的童年和青春期的生活经历之中。1824 年,夏洛蒂被送进了附近的一所寄宿学校读书。那里环境恶劣、教规严厉,两个姐姐纷纷染病,并相继去世,夏洛蒂也回家自学。这段记忆在她幼小的心灵上留下深深的印记,在她创作《简·爱》的时候,这所寄宿学校就搬进了作品中,同时为了纪念姐姐,夏洛蒂还创造了海伦·彭斯,一位可爱的小姑娘的形象。1824 至 1831 年间,夏洛蒂与弟弟、妹妹在家接受父亲和姨妈的教育。为了缓解家庭经济,父亲希望女儿成为家庭教师,所以在其后的一段时间内夏洛蒂·勃朗特做了两份家庭教师的工作,但这一切只让她更讨厌这份工作,她亲身体验了作为一名家庭女教师的辛苦与屈辱。这也是为什么夏洛蒂·勃朗特在《简·爱》中赋予了女主人公更多的自由,并让她得到理想中的平等。为了自力更生、贴补家用,她建议妹妹们在霍沃思一起创办自己的学校。由于法语不好,她们用姨妈给的一笔钱去布鲁塞尔攻读法语。她们选择的法语学校由黑格夫妇创办,并由黑格(Constantin Heger,1809 - 1896)先生亲授法语。黑格先生的法国文学造诣很深,他不仅在短短一年内让勃朗特姐妹掌握了法语的基础知识,还令她们对法国文学产生了浓厚的兴趣。姐妹们阅读了大量法国文学名著,还了解了各种流派的作家的创作风格和艺术特点。夏洛蒂对黑格先生的崇拜逐渐转为暗恋,她认为这位先生对年轻女子非常有吸引力,他容易激动,有点粗鲁,但十分率直爽快,又聪明过人。但她没有将这份情感公之于众,而是默默地埋在心底。从事文学创作时,她经常重温这段往事,《教师》(*The Professor*,1857)便以她在布鲁塞尔的这段经历为蓝本;最后一部作品《维莱特》(*Villette*,1853)也是对她的苦恋的艺术再现。由于人物和情节都与她自己的生活息息相关,所以夏洛蒂·勃朗特的作品具有充沛的个人感情,在表现女性挣扎于男权世界中时有很强烈的冲击力,这是英国小说史上未曾有过的,可以说半自传性在她的文学创作中得到了充分的运用。

作为女性作家,夏洛蒂·勃朗特的另一特点是想象力丰富,作品中有着浓厚的浪漫主义气息。在她小的时候,离群索居的姐妹们无以排解孤寂,于是开始在文字中寻找慰藉,任凭想象力在沼泽旷野驰骋。而就在游戏之时,她们已经开始了幼稚但又认真的创作活动。夏洛蒂和弟弟勃兰威尔(Branwell Brontë,1817 - 1848)合作编写了《安格利亚》(*Angria*),写一个虚构的非洲王国的战争和冒险;艾米莉和安妮则联手创作了《贡达尔编年史》(*Gondal*),讲述了神秘的南北太平洋岛国的战争和阴谋。夏洛蒂的成名作《简·爱》明显带有《安格利亚》的传奇色彩,罗彻斯特古怪的性格和神秘的过去都使他成为一位拜伦式的英雄。

而简·爱也没有向命运屈服,经过一番周折才有情人终成眷属。除此之外,她早年对浪漫主义作品的钟情也对她思想的表达产生了不容忽视的影响。儿时,夏洛蒂可以徜徉于父亲的书房,随意翻看喜欢的作品,不受清规戒律的限制。那时她最喜欢的要数拜伦和司各特。她读了《该隐》(*Cain*,1821)和《唐璜》(*Don Juan*,1819–1820),这两部诗集可算得上是女孩的禁书,可是由于她特殊的个人背景,没有人左右她的选择。夏洛蒂自然还读了容易接受的《希伯来歌曲》(*Hebrew Melodies*,1815)和较为流行的《恰尔德·哈罗德游记》(*Childe Harold's Pilgrimage*,1812,1816,1817)。在拜伦作品的影响下,夏洛蒂·勃朗特塑造了罗彻斯特这个典型的拜伦式的黑暗英雄,他有隐秘的过去,骄傲自大,喜怒无常,愤世嫉俗,眉宇间有着挑衅,心中却满怀悲哀。但他情感饱满,敢恨敢爱。对于小说,她最推崇司各特,认为司各特之后的小说都"分文不值"。⑧当她和弟弟一同创作《安格利亚》时,她们便是以上面这两位作家为楷模,作品中充满了少年狂想,感情激烈澎湃。在女性人物表现上,夏洛蒂·勃朗特笔下的女性都有强烈的个人意识,这是浪漫主义的核心思想之一。比如,在《简·爱》中,女主人公向往冒险,主张自由平等,追求自我完整。整部小说不乏激情和想象力,它强调个人的情感,女性人物细腻的思想变化和强烈的情感世界都跃然纸上。对强烈感情的表现继续出现在夏洛蒂·勃朗特后期的作品中,很显然这是早期浪漫主义影响结出的硕果。而彼时的现实主义风气却对此不屑一顾,所以当夏洛蒂将它揉进现实之中,读者眼前一亮,大为称赞。

虽然夏洛蒂·勃朗特富于情感,但她遏制住了感情的洪水,理智地控制自己的思想,用现实主义弥补浪漫主义的不足。她转向小说创作的初期,抛弃了儿时的瑰丽想象,采用平淡的现实主义风格创作了《教师》,但作品在出版商处遭遇滑铁卢,此书直至她死后才得以出版。夏洛蒂痛定思痛,总结了失败的教训,重新将自己擅长的浪漫主义感情吸收到现实主义之中,创作出《简·爱》,并一举获得成功。《简·爱》中既有惟妙惟肖的现实画卷,又揭露了社会的不平等、上层社会的虚伪和罪恶以及贫苦百姓的不幸遭遇。透过女家庭教师的眼睛,读者看到了当时的社会状况和在此种环境下个人的挣扎。在反映社会问题的同时，小说也关注细密的心理世界，是浪漫主义和现实主义的完美结合。夏洛蒂·勃朗特羡慕狄更斯和萨克雷了解社会的深度和广度。"看到《汤姆叔叔的小屋》(Uncle Tom's Cabin，1852)的作者斯托夫人(Harriet Beecher Stowe，1811－1896)有魄力、有能力处理奴隶制这样一个重大题材，她甘拜下风"。她记得乔治·亨利·刘易斯(George Henry Lewes，1817－1878)对《简·爱》的批评，不要让自己的小说变成情节剧，不要远离自己熟悉的经历。倘若任《简·爱》中的情感如潮水般涌出，那么她就会成为第二个简·奥斯汀。夏洛蒂·勃朗特向来不喜欢奥斯汀，若是在这个关键时刻步她的后尘，那可就太有讽刺意味了。为了走出描写个人激情和内心生活的狭窄圈子，夏洛蒂·勃朗特挑战自我，转向广阔的社会画面，试图处理工人运动和劳资冲突的重大题材，于是，以1812年约克郡的工业暴乱为背景的《谢利》便诞生了。在一番曲折的摸索、追求之后，夏洛蒂·勃朗特终于知道自己的特长所在，所以创作《维莱特》时，她已是驾轻就熟。《维莱特》重返个人内心生活题材，被誉为夏洛蒂最成熟的作品，是继《简·爱》之后的又一佳作，备受褒奖。很明显，她丝毫没有松懈地控制着作品的协调性，克制了跑题的冲动，使作品有了更紧密、贯穿融会的风格。难怪这时马克思将夏洛蒂·勃朗特同狄更斯、盖斯凯尔夫人、萨克雷并列，称之为"当代杰出的英国小说家"。

在浪漫主义和现实主义两种特质并存的情况下，夏洛蒂·勃朗特更倾向于将自己的作品归入现实主义。她在书信中明确地说："我以为，作家的第一职责，是忠于真实和自然；第二职责，是勤勤恳恳地钻研艺术，以雄辩而有效地阐释这两位伟大神灵所宣示的教谕"。秉着这种精神，夏洛蒂在创作中总是真实地反映生活，尤其是那些不合理的社会现象和弊端。她赠给萨克雷的美名是"当代第一位社会改革家"、"力求匡正时弊的工作者队伍的领袖"。同时，这也是她自己努力的目标。她注重作品的社会功能，希望它们能给读者带来道德上的帮助，这也正是现实主义的一个侧重点。

　　她写作的宗旨不是为艺术而艺术,不为自娱或取悦于少数有闲者。她坚持作家的社会职责,坚持文学的社会功能。她强烈反对不道德的文学艺术。"一个真正热爱人类的人,应该献出毕生的经历来保护和捍卫人类;应该荡涤每一种诱惑,横眉怒对它的鬼蜮伎俩。"(848)她强调说,一个作家写的东西"如果对读者没有好处,他会感到主要目的没有达到,白白浪费了自己的时间和劳动。"(318)这个"好处",首先是道德上的裨益;是促进人性的升高和净化,不是使它堕落;是宣扬真、善、美,鞭挞假、恶、丑。其次,才是给人以美的感受。⑧

　　忠实于自然和文学服务于社会这两个特质都让她的现实主义风格更强劲,让她与现实主义大家并驾齐驱。她利用主观叙事视角、惟妙惟肖的人物刻画,将时代所拥有的经济、道德、社会生活如实地呈现出来。加之不寻常的女性人物以及她们顽强不屈的追求,夏洛蒂·勃朗特至今仍有大量的读者。

　　夏洛蒂·勃朗特不仅利用了女性情感丰富的优势,适时适度地克制了滥情的趋势,成为感性与理性并存的优秀作家,还通过新女性形象的刻画当之无愧地成为女性主义先驱。夏洛蒂·勃朗特最为人称道的是她在女性题材作品中的突破。在她的小说中,她善于表现思想独立的女性所面临的问题,她们要求在情感、知识上独立自主的强烈愿望,使女性人物不只属于"家里的天使"(Angel in the House)和"阁楼上的疯女人"(Madwoman in the Attic)两种既定模式,她们不接受命运的摆布,顽强地寻找自我。比如,她谴责家中天使的形象,创造了家庭教师简·爱这一女性形象,她其貌不扬,但却有着复杂的成长经历,从女孩到年轻女性,经历了重重危险,理解了生命的真正意义。在英国文学史上,简·爱是第一位不屈于世俗压力、独立自主、积极进取的女性形象,而她的创造者夏洛蒂·勃朗特也是英国表现这种女性的呼声的第一人。

　　弗林特在她的文章"女性作家,女性问题"(Women Writers,

Women's Issues)中提及奥利芬特对夏洛蒂·勃朗特小说的评价，即夏洛蒂·勃朗特使女作家展现世俗外衣下女性心灵这一题材成为可能。恰恰是将女性的内心世界展露于世、拒绝被动、承认女性对积极生活的需要使勃朗特与保守的同辈女作家有了区别，也正是这种精神成了最有价值的文学遗产。⑧

勃朗特因此影响了后代的众多女性作家，让她们关注女性自身的命运，可谓书写"现代女性小说"的楷模。

夏洛蒂·勃朗特在短短的一生内，对文学进行了不懈地探索，一次又一次地向社会和自己发出挑战。她突破了时代对女性的要求，否定了传统文学中的女性形象，成为具有先锋精神的女性作家。因其阅历有限，所以她的作品具有很强的自传性。除此之外，她凭借丰富的想象和澎湃的激情，将浪漫主义风格发扬光大。最终，夏洛蒂·勃朗特将浪漫主义与现实主义融会贯通，使浪漫主义有所约束，使现实主义不那么苍白。夏洛蒂满怀激情地向不合理的社会现象和陈规陋俗发起挑战，但她最为人称道的是对待妇女和爱情婚姻问题的态度以及她鲜明的叛逆精神，可谓在老派外衣下表现出光荣的异端思想。她笔下的女性人物有着饱满的生命力，虽在世俗桎梏中挣扎，但从未放弃对平等和幸福的追求。像她笔下的人物一样，夏洛蒂·勃朗特凭借她的女性主义追求不仅奠定了自己的文学地位，而且发展了英国文学，影响了一代代作家。

第七节
玛丽·雪莱的科幻恐怖小说引发的思考

玛丽·雪莱（Mary Wollstonecraft Shelley, 1797－1851）是"英国最著名的文学女继承人"，一直和许多著名的人物脱不了干系。⑨她的父母均是小有名气的思想家，丈夫雪莱（Percy Bysshe Shelley, 1792－

1822）又是大名鼎鼎的浪漫主义诗人。他们无形地影响着她的成长，为她的创作埋下了种子。她将满 20，正值豆蔻年华之时，就写出了经久不衰的《弗兰肯斯坦》（*Frankenstein，or The Modern Prometheus*，1818），震惊了英国文坛。何以斯文小姐涉猎恐怖题材，但又超越了常见的哥特小说之界？玛丽·雪莱整合了迷离的科幻色彩、毛骨悚然的恐怖因素、深切的人文关怀，创作出一部不朽的长篇小说。有人称她为科幻之母，有人赞誉她的小说是最伟大、最恐怖的作品之一。《弗兰肯斯坦》几度被搬上舞台、拍成电影，又被翻译成 100 多种语言，流传于全世界，它不仅是一部长盛不衰的流行小说，更是玛丽·雪莱由科学幻想和哥特风格引发的社会思考。她挑战了传统女性题材，表现了科学突飞猛进下社会的矛盾心理，将宗教、道德、政治、女性四要素融会其中。一面是不羁于世的奇思妙想，一面是深切入微的社会关怀，两者巧妙地融合，让一部科幻恐怖小说在文学经典的殿堂里也熠熠生辉。

《弗兰肯斯坦》的诞生开创了科学幻想作品的先河。它与一般传统小说的区别在于它与科学技术的发展有着直接的联系，但它又是一种文艺创作，并不担负传播科学知识的任务。这一新型文学样式在 19 世纪初科学万能与理性前锋的风气之下出现，自然就带有科学的烙印。它又富于幻想，脱离现实，在写作上比较靠近浪漫主义风格。科学内容与文学幻想的结合使得这部作品独出机杼，成为现实主义文学花园中的一朵奇葩。

《弗兰肯斯坦》是一部科幻小说的范例。在玛丽·雪莱生活的年代，英国的科技创新层出不穷，它们改变了人们对世界的认识，同时也影响了人的思想。从 18 世纪开始展开的工业革命，给科学幻想作品带来了决定性的影响。1765 年瓦特发明蒸汽机，1807 年富尔顿发明蒸汽轮船，1814 年史蒂文森制造了火车。科学不仅是贵族闲暇的奢侈休闲品，也深入普通人民的生活。在科学与理性逐渐深植民心的状态之下，一方面，人们有高涨的求知热情和进行创造的自信；另一方面，他们又处在新旧交替的十字路口，对突如其来的科学知识深感疑虑，心情矛盾。对于文学创造者来说，科学无疑为他们开创了一个新的发展领域。玛丽·雪莱的广泛阅读让她对最新的科学发明创造并不陌生，所以在创作哥特小说的时候,她巧妙地利用了电、化学、解剖学等知识,使小说更离奇。其中,《弗兰肯斯坦》的灵感也是来自于查尔斯·达尔文的祖父伊拉兹马斯·达尔文(Erasmus Darwin,1731－1802)的一个试验。在作品酝酿阶段,玛丽·雪莱无意间听到了雪莱和拜伦的一段谈话,他们谈到伊拉兹马斯·达尔文"将一段细面条放置于一个玻璃容器中,直至它以某种特殊方式开始做自发运动"。[⑩]虽然此试验无据可考,但它却激发了玛丽的想象力,她将生物学和流电学结合,想出了造人的这个话题,写完了《弗兰肯斯坦》。无心插柳柳成荫,因为科学因素的介入,《弗兰肯斯坦》成了早期科幻小说的源头。科幻小说借鉴科学探索,关注尚未发生的事情的可能性,对科技发明或者科学思想的性质发表批判性的看法。可以说,《弗兰肯斯坦》是第一波科技浪潮的产物,是科学飞速发展的人文反映。随着科技的不断发展,科幻小说后来有了长足的发展,而玛丽·雪莱的尝试却起到了抛砖引玉的作用,配合英国的工业革命和达尔文进化论,促进了真正的科学幻想小说的发展。

除了科学的渗入,《弗兰肯斯坦》还受到浪漫主义文学传统的影响。在个人经历上,玛丽深受丈夫诗人雪莱的影响。他们两人有很多共同语言,喜欢一起读书讨论。雪莱称玛丽是一个能体会诗情和理解哲学的人,玛丽也从丈夫那里吸收了很多文学思想,她称丈夫的思想远比自己的"敏锐、深邃"。[⑪]在玛丽·雪莱后来的创作过程中,她从雪莱的诗歌中得到很多启发。其次,她与其他浪漫主义诗人过往甚密,所以她的作品中也反映出他们的话题和写作手法。例如,玛丽·雪莱借鉴了柯勒律治(Samuel Taylor Coleridge,1772－1834)的《抒情歌谣》(*Lyrical Ballads*,1798)中《老水手之歌》("The Rime of the Ancient Mariner")的写法,这首诗有强烈的戏剧性,并大量运用象征手法。[⑫]第三,在文学表现上,《弗兰肯斯坦》也体现了诸多浪漫主义特点。玛丽·雪莱创造了拜伦式的人物,"有个性","有罪感","内心苦闷"。[⑬]并在小说中展现了自然的神奇壮美,如日内瓦的湖光山色、北极的茫茫冰原。除此之外,小说人物有强烈的情感表述,尤其是怪物这一角色。作品自身也充满了非凡的想象力,正是科学和幻想的结合缔造了科幻小说这种新的

小说样式。

玛丽·雪莱不仅在《弗兰肯斯坦》中成功地运用了科幻元素，还融合了哥特形式的多种艺术表现手法，达到了激发读者内心恐惧与怜悯这一审美意图。此部小说的创作缘起于一本鬼故事书 Fantasmagoriana（*Tales of the Dead*，1813）。因对这部流行小说的痴迷，玛丽·雪莱夫妇及医生兼作家的波利多里（John William Polidori，1795－1821）应拜伦的提议，开始了一场写鬼故事的比赛。谁知两位大诗人的诗情雅致全然不适合恐怖情节，而玛丽和波利多里却在这次比赛中写出了千古绝唱。波利多里的作品《吸血鬼》（*The Vampyre*，1819）成了英国第一部吸血鬼小说，而玛丽的《弗兰肯斯坦》不仅成了第一部最有影响力的科幻小说，而且还是哥特式小说在其经典时代的巅峰之作。玛丽·雪莱阅读过大量哥特式流行小说，自然在创作中受了哥特风格的影响。除了在度假期间消磨时间所读的哥特小说之外，雪莱夫妇恰巧正在读威廉·贝克福德（William Beckford，1760－1844）的《凡特克》（*Vathek*，1786），这是一部具有东方风格的哥特作品，拜伦更是对此书大加追捧。除此之外，刘易斯（Matthew Gregory Lewis，1775－1818）的《修道士》（*Ambrosio; or The Monk*，1796）、拉德克利夫夫人的《尤多尔弗的秘密》都在她的读书列表之内。关于造人的话题，在当时的哥特小说中并不多见，歌德和戈德温曾对此话题有过处理，但并未因此留下值得回味的作品，反而年纪轻轻的玛丽·雪莱对这一题材的加工影响最为深远。恐怖的造人场景、超自然的神秘力量、未知地域的描写，《弗兰肯斯坦》中样样不少。玛丽·雪莱运用了各种手段，让她的故事怪诞诡奇，读者不由得毛骨悚然。后哥特时期的作品都延续浪漫主义的诸方面的特点，强调幻想、黑暗、奇异、鬼魅，与启蒙时期的理性和现实主义的客观相悖，性质上更接近拜伦、雪莱等第二代浪漫主义诗人的风格。玛丽·雪莱以浪漫主义作为桥梁，很好地联结了科幻与哥特元素，并将这两种流行小说样式融于文学正典。

玛丽·雪莱的作品之所以没有流俗，而是成为了一部雅俗共赏的佳作，是因为她博大的社会关怀与小说中所涵盖的大量警世因素。她不仅用寓言式的方法探讨了科学与宗教的关系，尤其是宗教由于科学的突飞猛进愈显式微化,而且指出了科学发展带来的道德问题。除了对科学与宗教、科学与道德的关照,玛丽·雪莱还将政治与女性两大因素融入到科幻恐怖小说之中,使其具有更直接的社会联系和更深远的政治意义。

19世纪初,宗教受到科学冲击,地位动摇,面对此种状况,玛丽·雪莱在《弗兰肯斯坦》中大量使用了圣经的引喻,影射科学对宗教的挑战。小说主人公维克多·弗兰肯斯坦扮演了上帝的角色,企图通过科学创造生命。这一对应关系暗示了宗教核心地位的岌岌可危。然而,在那个充满科学万能、人类社会将迎向一片光明的普遍论调之下,玛丽·雪莱并没有轻易地认为科学即是“良性”的。因为玛丽有所保留的态度,所以在人物塑造上就产生了“怪人”这一悲剧性的形象。一方面,怪人和亚当极其相似。获得生命的时候,他们各自的造物主都以为可以造出完美的生灵;生命伊始,怪人有着和亚当一样的纯真。另一方面,怪人与撒旦处境相近。两人同被造物主遗弃,由对造物主的依恋变成反抗、报复,走向罪恶的一端。这一变化暗含了玛丽·雪莱相信科学正在挑战宗教,有朝一日科学可能会实现上帝的宏伟计划,取代宗教的权威。但与此同时,她也表达了对科学的怀疑。科学能否对自己的成果负责,那还得另当别论。

由科学引发的道德问题在玛丽·雪莱的作品中主要表现为“人类要对自己的行为负责任,正如上帝要对他神圣的设计负责一样”。[⑨]为了传达这层含义,玛丽·雪莱借鉴了普罗米修斯的神话,小说的副标题便是“现代的普罗米修斯”(*The Modern Prometheus*)。普罗米修斯的传说以埃斯库罗斯(Aeschylus,525-456 BC)的《被缚的普罗米修斯》(*Prometheus Bound*,430 BC)为基础,讲述普罗米修斯创造了人类,并充当人类的老师,教他们如何生活。为了人类的幸福,他盗取了火种,得罪天神宙斯,被缚于高加索山。神鹰每天白天来啄食他的肝脏,可到了夜晚肝脏又长出,他就在这样的折磨下生存着,直到赫拉克利斯将他解救。玛丽·雪莱小说中的弗兰肯斯坦颇似普罗米修斯,他们两人都创造出人,日后又因自己的创作遭到惩罚。现代的普罗米修斯,即弗兰肯斯坦,与他同名的前辈不同的是,他没有对他的作品负责,没有像父

亲一样教育怪物,而是遗弃了他,让他在孤独中误入歧途。换言之,科学和技术的不当使用会变成滥用,会危害社会,所以道德是游走于两者之间的砝码,缺乏正当的道德原则和心中的仁爱,科学技术的恶性发展可能带来灾难性的后果。人类必需担负起应有的责任,而不是只痴迷于创新,但却忽视后果。这一批判直面当时高歌猛进的科技发展,为过度乐观的科学拥戴者敲响了警钟。

除了表现科学的动摇、提出科学发展中的潜在道德问题,玛丽·雪莱的《弗兰肯斯坦》还与社会现实紧密联系,它不仅影射当时的政治状况,还赞扬弱者的反抗精神。在这方面,玛丽受到父亲的影响最为明显。她的父亲威廉·戈德温有自由主义者、哲学家、无政府主义者、小说家等多重称号,在 19 世纪初影响不凡。父亲戈德温最著名的小说《世事如是,凯乐伯·威廉斯大冒险》(*Things as They Are; or, The Adventures of Caleb Williams*, 1794)利用哥特模式探讨思想意识的话题,他另一部政治论述《政治正义》(*An Enquiry Concerning Political Justice, and Its Influence on General Virtue and Happiness*, 1793)预测法国大革命将在英国以和平的方式出现,认为人类只有通过理性思考才能达到完美的境地。《弗兰肯斯坦》中怪物的社会经历呼应戈德温的社会学理论,他就是沿着这样的轨迹成长的,即"当怪物试图适应社会时,他很快发现财产分配不均,有人富贵骄人,也有人贫困潦倒,人们讨厌并排斥那些穷光蛋。如此一来,贫困和孤独就滋生了痛苦和犯罪"。[⑤]由于社会并未接纳怪物,所以他转而有了反叛精神,这种对主人及整个社会不公的反抗揭露了彼时英国黑暗的社会现实,而且还反映出英国思想政治战线上的一场激烈的论战。玛丽·雪莱的父母也参与到其中,所以这种争论对玛丽来说不会陌生。刘新民在翻译《弗兰肯斯坦》时,写了题为"略论《弗兰肯斯坦》的反叛主题"的代序,讲述了这次争论的原委:

> 以辉格党人埃德蒙·伯克(Edmond Burke, 1729–1797)为代表的政客恣意攻击法国大革命,哀叹反动王朝的垮台,将革命党人斥责为食人肉的妖魔鬼怪。为了反击伯克的谬论,著名激进派政

治家托马斯·佩恩（Thomas Paine, 1737－1809）在《人的权利》（*The Rights of Man*, 1791）一书中尖锐地指出,任何不为人民的自由和幸福谋利益的政府都必须被推翻。他号召人民起来革命,彻底摧毁魔鬼般的贵族阶级。威廉·戈德温及玛丽·沃斯通克拉夫特等其他著名激进派政论家亦纷纷著书撰文,抨击法国政府的倒行逆施和上层统治阶级的腐败堕落,强调要以暴力推翻反动的统治阶级。《弗兰肯斯坦》的反叛主题正是呼应了当时那场以压迫与反压迫为中心的大论战。⑧

怪物的反抗与社会上激进分子的反抗形成类比,从个人的叛逆升华到社会上的政治反击战,小说从而有了广度,也表现出作者对世态的关注。这种关注深化了科幻恐怖小说的主题,使其更具有 19 世纪的社会批判性。

除了广阔的社会视角,玛丽·雪莱的作品中还融入细腻的女性关怀。虽然小说没有着力塑造女性形象,而是讲述沃尔顿、弗兰肯斯坦、怪物三个男人的故事,但是它却处处与女性经历相关,展现了母爱缺乏的后果以及女性的不平等地位,是女性作家独特思想的展现。

在玛丽·雪莱看来,母爱的缺失是怪物走向毁灭的主要原因之一。在小说中,怪物渴望拥有人的身份和归属感,他向往爱情和友谊,然而却被他的造物主所剥夺,所以他自暴自弃,走入歧途。这一心理与法国哲学家卢梭（Jean Jacques Rousseau, 1712－1778）的教育论述《爱弥尔》（*Emile*, 1762）中的思想是一致的。卢梭强调母爱的缺失会对孩子造成永久的伤害,对于这一观点玛丽·雪莱更是感同身受,所以她笔下的怪物没有母亲、缺乏母爱,甚至创造他的人也没有负起父亲的责任。在社会和心理的两种压迫下,怪物无以选择地走上毁灭他人、毁灭自己的道路,这就是作品发出的警报讯号,发人深省。

虽然玛丽·雪莱不算是女权主义者,但她仍然在小说中借怪物的境遇表现出男女不平等的经历,是女性主义较早期的表现,这也是她有别于男性作家的特点之一。女性题材的摄入与玛丽·雪莱的母亲的影响密不可分。她的母亲玛丽·沃斯通克拉夫特因《为女权辩护》成为女

权主义的先锋人物，她提倡女性教育，对女性独立有着不可忽视的影响，为西方女权主义的后期发展奠定了基础。由于玛丽·沃斯通克拉夫特的个人问题，维多利亚读者对她的大作并未表现出过分的钟爱，当时的评论界认为玛丽·沃斯通克拉夫特是一位"哲学上的荡妇"（a "philosophical wanton"），所以人人都对她过度狂热的观点避而远之。[⑦]但她的女儿却在失去生母的岁月里，竭尽全力地去了解母亲，认真阅读母亲的作品及其评论，领悟她的思想。《为女权辩护》的核心思想是男女教育的不平等，玛丽·沃斯通克拉夫特强调女性应该享受同样的教育，应该有选举的权利，能够行使政治权利，可以在外工作，而不是只是家庭主妇。在《弗兰肯斯坦》中，两位男性沃尔顿和弗兰肯斯坦都未能将女性视为平等的伴侣，这也正是当时男性态度的写照。在怪物要求拥有自己的新娘的时候，他遭到了弗兰肯斯坦的拒绝。可见，在两位男性眼里，女性是微不足道的。除此之外，怪物有时和妇女有一样的社会境遇，承受着与女性类似的命运。他没能接受教育，只能自学。广义上来讲，书中的怪物和女性都是受歧视的弱者，所以玛丽·雪莱很容易将女性的境遇移植到怪物身上，借以传达平等的思想。因此，《阁楼上的疯女人》（*The Madwoman in the Attic: The Woman Writer and the Nineteenth-Century Literary Imagination*，1979）的作者认为《弗兰肯斯坦》虽然有表面的男性特征，但却完全是一部女性小说。吉尔伯特和古巴强调："玛丽·雪莱这一时期的思想还伴着她特有的女性生理和心理变化，她迎来了自己的性觉醒期，并正经历着将为人母的突兀转变，而她的作品也呼应了这种女性变化，用莫尔斯（Ellen Moers 1929 - 1979）的话来说，《弗兰肯斯坦》就是一部关于诞生的神话（a 'birth myth'）"。[⑧]但总的来说，玛丽本人对女性主义思想的贡献并不大，她只是继承和发扬了母亲的思想，并没有创建自己的理论。但是，她的女性关怀使得小说突破了流行小说的轻浮，让其更具深刻的含义。

综上所述，玛丽·雪莱在思想巨人的影响下，建构着自己的思想体系，一个包含人文和科学、高雅文化和通俗文化的体系。凭借她的颖慧好学、富于想象，玛丽·雪莱创作出了《弗兰肯斯坦》这样传世之作，创下文学史上的很多第一。玛丽·雪莱把一部本来可能只局限于娱乐的作品写成了一部现代寓言,表达了她对现代生活的严肃考量,关涉到科学与伦理、创造与责任、理性与情感等诸多问题,可见她思想的厚实。虽然她的作品数量不丰,除了《弗兰肯斯坦》外,鲜有杰作,但单凭这部作品的艺术成就和文学上的突破就足以让世人对玛丽·雪莱念念不忘。

第八节

乔治·艾略特现实主义的社会关照

玛丽·安·埃文斯(Mary Ann Evans or Marian Evans)一位同时有着男性头脑和女性心灵的维多利亚女作家,用乔治·艾略特(George Eliot,1819 – 1880)这个雄性十足的笔名掩盖自己的女性身份,洋洋洒洒写下数部小说。这些作品不仅确定了她在 19 世纪英国文坛的地位,直逼前辈女性作家奥斯汀,成为与狄更斯、萨克雷齐名的现实主义作家,同时也拓宽了现实主义文学传统,开创了现代小说通常采用的心理分析的创作手法。同样注重心理现实的现代主义女作家伍尔夫曾在艾略特去世 40 多年后撰文,热情地赞扬这位前辈,称"她是女性中的骄傲和典范"。①并再一次掀起阅读乔治·艾略特的热潮。无论是在早期的淳美乡村描绘中,还是在成熟后的广阔社会画面中,乔治·艾略特始终秉承着她的人文宗教观,有着浓重的道德伦理关怀、强烈的社会责任感和无可比拟的细腻心理描写。这些思想特点和艺术成就让她成为维多利亚时期伟大的现实主义小说家。

乔治·艾略特的小说一直以真实的社会历史背景为依托,从不沉迷于幻想世界。她的创作生涯一般被分为两个阶段:前期着力描写自己熟识的英国农村生活,关注普通人的命运,表达了对工业化之前宁静恬适的乡村生活的怀念;后期则扩大了题材范围,转而关心历史事件、社会现象和政治问题,描绘了更广阔的社会画面。无论在清新淳朴的田园牧歌中,还是在错综复杂的社会历史场景中,乔治·艾略特一直坚

持脚踏实地的现实主义风格。在第一部结集发表的作品《教区生活场景》(*Scenes of Clerical Life*，1857)中，她便借叙述者之口说出了这种偏好：我没有崇高的想象，也不善于编造令人娱乐的惊险事件，我唯一的长处便是展现真理，为你们呈现普通人的平凡经历。[⑩]这种对待文学的态度，肯定了她思想上对现实主义的认同。

乔治·艾略特在起步阶段谨慎地选取自己熟悉的乡村生活。那里平凡的人物、普通的家庭和简单的社会关系都是她的创作素材。当时，维多利亚小说正值鼎盛时期，萨克雷的《弗吉尼亚人》(*The Virginians*，1857–1859)和狄更斯的《小杜丽》同时在连载，狄更斯的《双城记》刚刚出版，勃朗特姐妹们已经确立了自己的文学地位。与之相比，乔治·艾略特虽然青涩，但没有熟练作家的高调文风。她笔调清新，稳稳扎根于日常生活。第一部作品《教区生活场景》描绘的就是她熟悉的教区生活。乔治·略特延续农村生活题材，她的第一部长篇《亚当·比德》(*Adam Bede*，1859)仍有恬静和美的田园风情，是对现实生活的如实描摹。虽然艾略特的写作技法仍囿于文学陈规，但《亚当·比德》还是备受欢迎。在成功的背后，乔治·艾略特也对自己未来的文学发展做了思考。她逐渐将小说的重点从情节转向了对生活的表现。[⑩]而后的两部作品，《弗洛斯河上的磨房》(*The Mill on the Floss*，1860)和《织工马南》(*Silas Marner*，1861)更是大获成功，是集中体现现实主义文学思想和艺术的代表作。前者强调家庭价值观，注重展现乡村的褊狭与封闭，后者将一出乡村悲剧演绎成一则不乏教育意义的现代寓言，它们共同奠定了乔治·艾略特在英国维多利亚文坛的地位。

伍尔夫非常概括地指出了艾略特作品的一大特点："她总把同情放在普通人这一边，她也最善于详细描写平凡生活中那些纯朴的快乐和烦恼。"伍尔夫提到了艾略特前期的几部小说，她说它们非常优美，从作品里"我们感受到了只有夏夏独造的大作家们才能给我们带来的那种妙不可言的温暖和轻松。而且，当我们在久违多年之后重温这些作品时，它们出乎我们意料之外，仍然迸发出那样丰富的活力与热度"。[⑩]

取得这些成就的乔治·艾略特不骄不躁,冷静地思考自己小说的走向。在前期小说中,羽翼尚未丰满的她在自己比较熟悉的乡村生活中融入个人经历,创作出具有一定艺术成就的作品。

然而,乔治·艾略特没有故步自封地停留在狭窄题材的创作中,所以在两次意大利之行后,她创作了长篇小说《罗慕拉》(Romola,1863),从此转向重大历史、政治、社会事件的小说创作,进入小说创作的第二个阶段。虽然历史小说《罗慕拉》并未像前期作品那样受到追捧,但它一定程度上证实了艾略特宽广的创作视野和渊博的知识,让读者认识到她不仅是位畅销书作家,还是一位深邃的思想家。继而,她发表了《费立克斯·霍尔特》(Felix Holt,1866)、《米德尔马契》(Middlemarch,1871-1872)、《丹尼尔·德龙达》(Daniel Deronda,1876)。与第一阶段的作品相比,乔治·略特的后期作品明显"矛盾纠葛复杂,较简单的单线发展的情节转为多线索的、较为复杂的情节结构"。[18]其中,《米德尔马契》在艺术成就上尤为突出,它通常被看做艾略特的代表作,是她艺术创作的巅峰,集中表现了作者的思想。Gerald Bullet 在评价这部作品时说,它表现了"省城习俗的多样性和普通生活的重要性"。[19]艾略特通过众多人物交织的命运深入思考了自由意志和自由选择,得出人应该为自己的道德选择付出代价的结论。小说涉及社会变迁、宗教、婚姻等诸多话题,包含了大量的心理分析,表现出艾略特独到的观察能力和思考能力,传达了人生幻灭的挫败情绪。在当时备受争议的《丹尼尔·德龙达》表现出艾略特对社会多民族多元文化现象的关注和对犹太民族及其文化的尊重。这种对犹太民族的关切与支持暗示了蓬勃发展的大英帝国存在的种族意识危机感,体现了艾略特敏锐的观察能力和她的博爱精神。与此同时,读者也看到一位在文学主题和艺术上永不停歇的探索者,她不仅向自己发起了挑战,还向整个时代精神叫板,带有跨时代的先驱意识。

在宗教思想方面,乔治·艾略特的改变也体现出她个人思想的完善,并为现实主义的道德说教打下基础。艾略特从小受到的宗教传统的熏染,使她在思想上与基督教有着千丝万缕的联系。她幼年时期受到多方影响,经历了与宗教的决裂。到了思想成熟期,艾略特认识到上

帝仍然是不可缺少的存在,只是他不再以原有的形象出现在她的宗教思想里。她眼里的上帝是一种超自然的原始力量,是"爱"的象征,因此她的基本宗教思想是从感情出发、以人为本、以爱为核心的人文宗教观。

无可否认,乔治·艾略特深受基督教思想的影响。她对一切虔诚的宗教感情寄予深切的同情与理解,因此最终也无法完全抛弃上帝和宗教。生于乡村的她从小熟悉英国农村的风土人情。在一首不显眼的小诗中,她曾写到童年的这段时光是"我一切善的种子",她称其为"拥有孩提式满足感的幸福时光"。⑱在淳厚的民风下,玛丽·安·埃文斯受到了严格的宗教和道德教育,她从小笃信福音教,每天潜心阅读圣经,并按时祈祷,经常参加义卖活动。在寄宿学校就读期间,受刘易斯老师(Miss Lewis)影响很深,而刘易斯小姐正是福音派运动的虔诚的信徒。虽然玛丽·安在之后的几年里放弃了福音教,但宗教精神在她身上长存不息。她的性情深受宗教影响,仁善永远都是她最主要的兴趣所在。⑲

然而,在艾略特的思想深处,她又一直对基督教充满了怀疑。20岁那年,她随父迁居考文垂,并在那里经受了人生第一大转折。玛丽·安在新居结识了查尔斯·布雷(Charles Bray,1811－1884)及他的家人和一些志同道合的朋友。这些人都有自由主义思想,经常聚在一起讨论抽象的意念和想法。她阅读了查尔斯·汉纳尔(Charles Hennell,1809－1850)的《基督教起源的调查》(*An Inquiry Concerning the Origin of Christianity*,1838)和其他怀疑主义论著,对自己的信仰产生了怀疑,她越来越强烈地意识到传统基督教的褊狭与非理性。她不堪忍受神对人的压抑,对神权、神学、教会采取了激烈的批评和否定态度,对带有惩罚意味的宗教教条以及宗教崇拜仪式予以拒绝。1842年,受到这些人的感染,得到他们的道德支持,玛丽·安毅然决然地放弃了自己原有的宗教信仰,与形而上学的宗教决裂。

对于原有宗教观的否定使得艾略特走上了信仰人文宗教之路。这一转变与艾略特对欧洲大陆的激进哲学和进步科学思潮的亲近有着紧密的联系。1846年,乔治·艾略特利用自己的语言天赋翻译了德国青年黑格尔派学者大卫·施特劳斯(David F. Strauss，1808－1874)的无神论思想批评学著作《耶稣传》(*The Life of Jesus Critically Examined*，1835)。数年后，她又翻译了费尔巴哈(Ludwig Andreas Feuerbach，1804－1872)的《基督教的本质》(*The Essence of Christianity*，1841)。这两部译作的出版对英国19世纪自由主义思潮的发展有着不可小觑的影响，前者从科学的角度对基督教进行了颠覆性阅读，后者对基督教进行了历史哲学分析。它们不仅让玛丽·安进行了一次文学上的牛刀小试，也奠定了她的思想基础，让她摆脱宗教思想束缚，去追求更自由、更灵活的人文宗教。这时的她更认可孔德的实证主义"人类宗教"，认为它是"一种以'人道'代替上帝的、'以爱为原则，秩序为基础，进步为目的'的宗教观。她否定的是脱离了人的真诚情感的、形式上的宗教，尊重一切真挚虔诚的宗教感情，并把这种思想感受表现在她的作品中"。⑱"人文宗教"由法国实证主义哲学家孔德在《实证主义哲学》中提出，后用来指称一切以人文主义精神为主导的宗教主张而非实际信仰或具体宗派。这种宗教形式崇尚自然、情感，用爱和同情取代信仰。它批判旧宗教体系中存在的虚伪等一系列弊端，肯定并推崇博爱、宽容、克己的精神，推崇利他主义精神。除了直接接触孔德的实证主义教义，乔治·艾略特还从马蒂诺(Martineatu, H.)的删节本《孔德的实证主义哲学》(*The Positive Philosophy of Auguste Comte*，1853)和刘易斯对孔德更科学的阐释中获益匪浅。与此同时，她结识了密尔，英国最进步的知识领袖之一，孔德人文宗教的倡导者，是他让乔治·艾略特确定了自己的宗教哲学观。⑲虽然严格地说艾略特不是一位实证主义者，但在这种宗教精神辉照下，乔治·艾略特用自己广博的学识和哲学思想来表现这些普通生命的重要性，她不仅使这些人物跃然纸上，而且还让他们成为社会的缩影，然后用自己独到的人文宗教道德观来解决现世的道德矛盾和冲突。"对于乔治·艾略特来说，内心生活和外在生活并没有界限，至深的情感、痛苦的精神斗争和律师办公室的争执、选举上的吵闹、农庄厨房或顶楼的闲言碎语也没有界限。所有的一切都被她的深植的人类之爱所统一"。⑳人文宗教观的确立让乔治·艾略特更清楚现实主义写作的意义，也在创作上更有的放矢。

　　乔治·艾略特文学思想的核心是她始终如一地坚持现实主义文学创作观,她有着崇高的社会责任心,致力于道德教育,并通过细腻的心理描写展现深层次的社会现实。无论是对作品的历史背景、文化氛围,还是对具体的人物、语言、行为,她都给予充分的关注,让每个细小琐碎的环节都能表现生活的一面,从而形成一个栩栩如生的世界。她曾经在《亚当·比德》中阐明自己的观点:"我的主要意图,只是将男女人物和所发生的事情,按照他们反映在我意识中的情况老老实实地写出来。这面镜子当然不是没有缺点的,所以反映出的形象往往会有点歪曲和模糊。可是我觉得我应该力求精确地反映我意识中的一切,如同我在见证席上发誓讲述我亲眼见的事物一样……"①她不愿去描写伟大之物,而是将视线投到普通人的身上,用他们平凡的生活来反映时代。艾略特广博的知识和大量的阅读使得她对社会科学诸多领域都有一定的了解,所以她的创作表现出相当高的科学性和精准性。虽然她不赞同现实主义作品宛若镜子,可以反射世界的原貌,但她在个人视角的限制之下,尽量避免了艺术表现上的偏颇。可以说,乔治·艾略特正确地意识到了作家的局限性,从而在文学创作中小心谨慎、精心雕琢。她的兢兢业业不仅让更多优秀作品面世,而且使得现实主义有了长足的发展。

　　乔治·艾略特现实主义思想的表现之一便是提倡小说的道德教诲功能。她在 1851 年至 1858 年期间发表了大量文章和书评,其中大部分体现了她力求通过小说培养"道德情感"(moral sentiment)的思想。在她看来,"小说能够提供一幅人类生活的图景——一幅甚至能使猥琐自私的人都大吃一惊,并转而关注他人的图景;这样的图景可以被称作道德情感的原材料"。②从这段论述可以看出,乔治·艾略特不仅善于表现社会生活全貌,还十分重视道德修养,而小说正是传达此种思想的有效途径。用亨利·詹姆斯的话来说,她的小说"与其说是生活的图景,不如说是道德寓言"。③在文学创作初期,艾略特就秉着"扩大我们的同情心"的宗旨进行创作。她认为作家就应该表现普通人的酸甜苦辣,而不是沉溺于叙述上层社会的虚荣浮华,而这种社会责任感来自于斯宾塞的社会达尔文主义,或者叫做社会进化论的影响。斯宾塞的理论指明了个人与社会的有机关系,虽然个人有权利发展自己的兴趣与追求,但他永远也脱离不了社会,作为其中的一分子,个人也应该对社会负责。这一观念被玛丽·安消化吸收,继而又体现在她的作品中,"在强调个人生存权利的同时,她呼吁人们在任何时候都不能忘记自己的社会职责"。[⑬]结合个人的社会职责和她的人文宗教观,乔治·艾略特认为要做到这一点,就要对人生有深入的理解和无处不在的同情心,就要有雪亮的眼睛,去发现普通百姓的喜悦与心酸,并按照现实的样子表现出来。谈到艺术或文学的现实主义特征与社会道德目的的关系时,她说:"我们从艺术家那儿获得的最大的收益……是拓展我们的同情。……艺术最接近生活;它丰富我们的生活经历,增进我们与自己生活圈外的人的联系。艺术家更神圣的职责是描述人们的生活"。[⑭]

秉着这条原则,她反对作家为迎合读者创造皆大欢喜的结局,也不赞同为一味追求艺术美捏造的悲剧情愫。她强调真真切切的现实,强调平凡中见伟大,因为只有这样才能让读者产生同情、喜爱或憎恶的感情,才能让他们获得道德上的启示。像许多现实主义作家一样,乔治·艾略特喜欢用通俗的文学形式进行帮助读者清醒地意识到人生的意义,帮助他们找到生活的真谛。但她从不用赤裸裸的说教方式传播道德观,而是潜移默化地唤起读者的同情心,用深入浅出的情节传授人生的哲理。

客观再现真实生活是众多现实主义者共有的特点,但是乔治·艾略特不仅极好地做到了这一点,还对更深层次的心理现实有所探索,这体现了她思想发展的新维度。她因"深入到人物的内心世界,显示出对人物心理的洞察力和表现力,为自己的作品赢来了'心理现实主义'的称号"。[⑮]一方面,她受到终身伴侣乔治·亨利·刘易斯的影响,关注人物内心刻画,表现一种更复杂、微妙的现实。学识广博、思维开阔的刘易斯除了拥有英国哲学家、文学批评家、编辑等多重头衔外,还是一位心理学家。他还提出联系社会历史境况治疗心理问题,这是心理学领域的一个重大跃进。另一方面,艾略特一直不断地思考,她认为文学作品不仅应该批判社会,还应该深入地剖析心灵,从而透视内在的精神生活,表现人物行事的动机。以最后一部小说《丹尼尔·德龙达》为例,在小说结尾时,女主人公关德琳发现自己爱慕的德龙达与他人订婚的时

候,开始了激烈的思想斗争,她试图找到正确的处理手法,一方面设法安慰母亲,一方面不让德龙达替她着急。这与小说开始时关德琳骄傲自私的个性形成了强烈的反差,而这种转变被艾略特描写得惟妙惟肖。关德琳激烈的心理活动跃然纸上,十分令人信服,这让关德琳成为艾略特笔下非常有感染力的女主人公之一。在弗洛伊德阐释人类潜藏的意识世界之前,乔治·艾略特就独步一时地对人物心理的微妙变化加以表现,所以她笔下的人物就更复杂、更立体,更接近于人性的本质,故事的戏剧冲突感也就更强烈。艾略特的这种艺术的尝试引领了英国文学的发展,使文学创作技法从传统走向了现代,从外部聚焦到内部。

在乔治·艾略特的有生之年,她已经用自己的文学艺术征服了维多利亚读者,并以其优秀的作品、高超的写作技法、不断探索的精神成为维多利亚后期文学界的领军人。在她辞世之际,“俄国著名作家屠格涅夫(Ivan Sergeevich Turgenev, 1818 - 1883)称她为‘当世最伟大的作家’,英国历史学家阿克顿爵士(John Dalberg-Acton,1834 - 1902)称她为‘历史上最伟大的女性’”。[⑨]艾略特的作品闪烁着智慧,充满了勤恳获得的各种知识和发人深省的洞察力,她能将人性的离合悲欢都展现在世人面前,探索人文宗教观下生命的意义,帮助读者变得有同情心、勇敢、无私。除了这份敏锐的观察和独到的见解,乔治·艾略特还为英国文学思想的发展做出了巨大的贡献。在现实主义后期,她不仅能够沿用这一风格,融合文学的道德探究和反映社会之功用,而且还探索性地加入了心理分析手法,使文学研究内化,由内而外地完成对人物的认识以及对社会的认识。她高尚的抱负和严肃的艺术追求促使英国小说进入了一个新的阶段。她的胜利是理智的胜利,是知识的胜利,是抹杀性别差异的胜利,是维多利亚现实主义文学思潮完美终结的华彩乐章。

小　结

继浪漫主义之后,现实主义思潮成为 19 世纪文学的主旋律。作家们放弃了前者的瑰丽想象与主观情感,又一次将目光投向现实生活,对社会诸方面冷静思虑,并以真实而生动的方式记录着国风民情,不遗余力地揭露社会矛盾、针砭人性卑劣,以期实现社会改良,表现出对人类命运和前途的深切关怀。简·奥斯汀以社会风俗小说首先搭起了浪漫主义与现实主义的桥梁。继而,萨克雷和狄更斯并驾齐驱,确定了现实主义文学的核心地位。前者着眼于上层社会,讽刺没落贵族的丑恶与卑劣,将批判精神带入现实主义;后者以人道主义为武器,展现了社会底层小人物的命运,铺陈出广阔、深刻的社会全景。除此之外,女性作家异军突起,从各个方面揭露社会问题。盖斯凯尔夫人的工业派小说暴露了资本主义工业化的弊端;夏洛蒂·勃朗特发出女性主义的顽强抗争之音;玛丽·雪莱则以恐怖小说阐发了对科技、宗教、社会秩序的思考。至 19 世纪末,批判现实主义文学日趋成熟。其中,乔治·艾略特以其人文宗教观、道德伦理关怀、社会责任感以及细腻的心理描写将批判现实主义推向新高。但随着英国国势的衰微、悲观主义抬头,英国文学也充满了悲剧情愫。此时,托马斯·哈代用一出出悲剧展现出人性弱点及宇宙无情,哈代以社会向善论为根基,深信文学的批判性和暴露性最终能够带来世界的改观和人类的进步。由此可见,现实主义思潮将文学作为审视社会的手段,以文字描绘社会历史画面,批判资本主义社会的罪恶,使文学作品达到了思想性和艺术性的高度统一,为人类认识社会历史发展提供了很好的教材。

注释

① Margaret Stonyk, *Nineteenth-Century English Literature*. London:Macmillan, 1983, p.9.

② Ibid, p.158.

③ 朱虹编:《奥斯汀研究》,北京:中华文联出版公司,1985 年,第 26 页。

④ 同上,第 28 页。

⑤ 同上,第 136 页。

⑥ Edward Copeland & Juliet McMaster, ed. *The Cambridge Companion to Jane Austen*. Cambridge:Cambridge University Press, 1997, p.116.

⑦ 朱虹,第 17 页。

⑧ 同上,第 8 页。

⑨ John Richetti, ed. *The Columbia History of the British Novel*. Beijing:

Foreign Language Teaching and Research Press，2005，p.276.

⑩　朱虹，第 127 页。

⑪　同上，第 157 页。

⑫　Stonyk，p.48.

⑬　Christopher Gillie，*A Preface to Austin*．Beijing：Beijing University Press，2005，pp.11–12.

⑭　朱虹，第 243 页。

⑮　同上，第 63 页。

⑯　简·奥斯汀：《傲慢与偏见》，王科一译，上海：上海译文出版社，1993 年，第 1 页。

⑰　J. David Grey，ed．*The Jane Austen Companion: With a Dictionary of Jane Austen's Life and Works by H. Abigail Bok*．New York：Macmillan，1986，p.156.

⑱　Elaine Showalter，*A Literature of Their Own: British Women Novelists from Brontë to Lessing*．Beijing：Foreign Language Teaching and Research Press，2004，p.3.

⑲　朱虹，第 361 页。

⑳　同上，第 360 页。

㉑　同上，第 362 页。

㉒　萨克雷：《名利场》，杨必译，北京：人民文学出版社，1997 年，第 5 页。

㉓　同上，第 3 页。

㉔　William Henry Hudson，*A Short History of English Literature in the Nineteenth Century*．London：G. Bell and Sons Ltd.，1927，p.231.

㉕　萨克雷：《亨利·艾斯芒德的历史：安女王治下一位陆军上校的自传》，陈逵、王培德译，北京：人民文学出版社，1997，第 13—15 页。

㉖　G. U. Ellis，*Thackeray*．New York：Haskell House Pub.，1971，p.88.

㉗　Ibid.，p.88.

㉘　David Masson，*British Novelists and Their Styles: Being a Critical Sketch of the History of British Prose Fiction*．London：Folcroft Library Editions，1977，p.240.

㉙　Laurence Brander，*Thackeray*．Essex：Longman Group LTD.，1959，p.3.

㉚　刘文荣：《19 世纪英国小说史》，北京：中国社会科学出版社，2002 年，第 75—76 页。

㉛　Hudson．p.231.

㉜　萨克雷，《名利场》，第 13 页。

㉝　同上，第 60 页。

㉞　同上，第 16 页。

㉟　同上，第 19—20 页。

㊱ 同上，第 16—17 页。
㊲ 同上，第 21 页。
㊳ Richetti. p.382.
㊴ 薛鸿时：《浪漫的现实主义：狄更斯传评》，北京：社会科学文献出版社，1996 年，第 12 页。
㊵ Richetti. p.386.
㊶ Stonyk. p.97.
㊷ Ibid., p.147.
㊸ 薛鸿时，第 110 页。
㊹ 蒋承勇等：《英国小说发展史》，杭州：浙江大学出版社，2006 年，第 144 页。
㊺ Maria Frawley, "The Victorian Age, 1832 - 1901". *English Literature in Context*. Paul Poplawski, ed, Cambridge: Cambridge University Press, 2008, p.503.
㊻ Ibid., p.442.
㊼ Richetti. p.398.
㊽ 刘文荣，第 130—131 页。
㊾ 同上，第 109 页。
㊿ 罗经国编：《狄更斯评论集》，上海：上海译文出版社，1981 年，第 105—106 页。
(51) Harry Blamires, *A Short History of English Literature*. London: Methuen & Co Ltd, 1974, pp.360 - 361.
(52) Richetti, p.385.
(53) Lyn Pykett, *Charles Dickens*. Houndmills, Basingstoke, Hampshire: Palgrave, 2002, p.5.
(54) Richetti, p.386.
(55) 薛鸿时，第 279 页。
(56) 王守仁，方杰：《英国文学简史》，上海：上海外语教育出版社，2006 年，第 134 页。
(57) Stonyk, p.149.
(58) 李维屏：《英国小说艺术史》，上海：上海外语教育出版社，2003 年，第 142 页。
(59) Stonyk, p.214.
(60) Richetti, p.534.
(61) Merryn Williams, *A Preface to Hardy*. Beijing: Beijing University Press, 2005, p.30.
(62) Ibid, p.15.
(63) 蒋承勇，第 178—179 页。
(64) 刘文荣，第 251 页。
(65) Hudson, p.285.
(66) 刘文荣，第 252 页。

⑥⑦ 王守仁、方杰,第 148 页。

⑥⑧ Miriam Allott, *Elizabeth Gaskell*. Essex：Longman Group Ltd.，1960，p.5.

⑥⑨ 乔治·桑普森：《简明剑桥英国文学史》,刘玉麟译,上海：上海外语教育出版社,1987 年,第 222 页。

⑦⑩ 同上,第 223 页。

⑦⑪ 刘文荣,第 158 页。

⑦⑫ Allott，p.4.

⑦⑬ Stonyk，p.131.

⑦⑭ 夏洛蒂·勃朗特：《夏洛蒂·勃朗特书信》,杨静远译,北京：三联书店,1984 年,第Ⅻ页。

⑦⑮ Carol T. Christ, *The Norton Anthology of English Literature: The Victorian Age* (7th ed. Vol. 2B). New York and London：W. W. Norton & Company, Inc.，2000，p.1719.

⑦⑯ Christ，p.1724.

⑦⑰ Lyndall Gordon, *Charlotte Brontë: A Passionate Life*. New York and London：W. W. Norton & Company, Inc.，1995，p.65.

⑦⑱ Stonyk，p.128.

⑦⑲ Shwalter，pp.105－106.

⑧⑳ 夏洛蒂·勃朗特,第 188 页。

⑧① Gordon，p.30.

⑧② 夏洛蒂·勃朗特,第 367 页。

⑧③ F. B. Pinion, *A Brontë Companion: Literary Assessment*, *Background*, *and Reference*. Houndmills：The Macmillan Press LTD，1984，p.122.

⑧④ Ibid，p.138.

⑧⑤ 夏洛蒂·勃朗特,第 176 页。

⑧⑥ 同上,第ⅪⅩ页。

⑧⑦ 同上,第ⅩⅧ页。

⑧⑧ Heather Glen, ed, *The Cambridge Companion to the Brontës*, Cambridge：Cambridge University Press，2002，p.190.

⑧⑨ Sandra M. Gilbert & Susan Gubar, *The Madwoman in the Attic: The Woman Writer and the Nineteenth-Century Literary Imagination*. New Haven and London：Yale University Press，1979，p.221.

⑨⑩ 玛丽·雪莱：《弗兰肯斯坦》,刘新民译,上海：上海译文出版社,1998 年,第 13 页。

⑨① 同上,第 10 页。

⑨② Brendan Hennessy, *The Gothic Novel*. Essex：Longman Group LTD，1978，p.19.

⑨③ 苏索才：《维多利亚小说》,《英国 19 世纪文学史》,钱青编,北京：外语教学与

研究出版社，2005，第135页。
(94) Bruce Meyer, *The Golden Thread: A Reader's Journey Through the Great Books*. Toronto, Ontario: HarperCollins Publishers Ltd., 2000, p.397.
(95) Hennessy, p.21.
(96) 玛丽·雪莱，第5—6页。
(97) Gilbert & Gubar, p.222.
(98) Ibid, p.222.
(99) 乔治·艾略特：《弗洛斯河上的磨房》，祝庆英、郑淑贞、方乐颜译，上海：上海译文出版社，1999年，第3页。
(100) Frawley, p.443.
(101) Lettice Cooper, *George Eliot*. Essex: Longman Group, 1951, p.15.
(102) 乔治·艾略特，第3页。
(103) 蒋承勇，第162页。
(104) Cooper, p.25.
(105) Ibid, p.4.
(106) Ibid, p.5.
(107) 蒋承勇，第160页。
(108) F. B. Pinion, *A George Eliot Companion*. London: Macmillan Press Ltd., 1981, pp.63-64.
(109) Cooper, pp.33-34.
(110) 蒋承勇，第165页。
(111) 殷企平等：《英国小说批评史》，上海：上海外语教育出版社，2001年，第61页。
(112) Cooper, p.13.
(113) 马建军：《乔治·艾略特研究》，武汉：武汉大学出版社，2007年，第60页。
(114) 同上，第86页。
(115) 蒋承勇，第162页。
(116) 马建军，第173页。

第七章

传统思想与现代意识

　　在经历了近百年的急速发展与扩张后,英帝国于 20 世纪步入了辉煌不再、日见衰弱的痛苦岁月。资本主义生产方式在带来巨额利润和财富的同时,也滋生出贫富分化和高失业率等严重的社会问题,资本家与工人阶级的矛盾日趋白热化。20 世纪初连续爆发的经济危机和逐渐加剧的社会动荡使人们,尤其是青年一代作家和知识分子,更加看清了资本主义制度的内在缺陷。以费边社为代表的各种改良主义思想和社会主义思想也因此在社会中广泛流行起来。与此同时,由于德国、美国等新兴资本主义国家的迅速崛起,英国逐渐失去了它在海外扩张和殖民活动中的霸权地位,其庞大的殖民体系变得岌岌可危、摇摇欲坠。

　　动荡的政治经济形式和诸多社会矛盾是现实主义文学得以继续发展的沃土,也孕育着新的人文思潮和创作理念。弗洛伊德的现代心理学和柏格森的实证主义哲学在挑战形而上学和唯心主义哲学的同时,为广大中产阶级知识分子和作家提供了观察工业文明背景下的个人精神困顿和批判工业理性和资本主义制度的新视角。

　　20 世纪上半叶的英国文学思想是社会经济文化形势在思想领域里的风向标,呈现出传统思想与新文艺思潮并存共荣的局面。在戏剧批评方面,萧伯纳继承了英国文以载道的思想传统。他在批判当时流行的佳构剧(la piece bien faite)的同时,就戏剧的道德教诲功能及其道德作用的发挥等问题做了系统而全面的论述,对英国现代戏剧的发展与成熟产生了深远影响。对文学(小说)道德、社会功能的讨论同样也是威尔斯和贝内特小说理论的中心内容。威尔斯围绕小说究竟是目的还是手段的问题,与亨利·詹姆斯进行了激烈的论战。他通过对"作者引退"和"限知视角"的批评,重申了小说艺术形式的多样性原则。贝内特的小说理论更多地关注小说家观察、表现现实生活的能力和品质,为小说家全面生动地展现生活提供了有益的理论与创作指导。而吉普林的小说和诗歌则在英国海外殖民活动全方位地展开但又危机四伏的文化语境中,阐发了他意在颂扬英帝国、为英殖民政策的合法性辩护的帝国主义思想。

对浪漫主义唯我论的反拨、对工业文明的批判和如何解决现代诗歌的语言表征危机构成了现代主义诗歌理论的几大核心。其中叶芝主张通过面具,以戏剧化呈现的方式来表现诗人的情感体验和感受,并鼓励读者对诗歌的道德主题做出自己的判断,从而改变诗人介入作品的方式。戏剧化呈现集中体现了叶芝对非个性化诗歌与个性化创作、诗的道德教化和读者的接受等理论命题的思考与回答。艾略特的象征主义诗学理论在重新考察个人与传统关系的基础上,提出诗人应当把个人经验消化在整个传统之中,用一系列实物、场景和事件来表现特定的情感,从而开启了新的诗风。狄兰·托马斯把艾略特的象征主义诗学又向前推进了一步。他主张凸显语言的音乐性和视觉效果等物理属性的语言策略,拓宽了现代语言的意义空间,为反拨理性主义思潮,进而走出现代诗歌的语言表征危机进行了一次有益的尝试。

小说家福斯特和奥威尔延续了 18 世纪以来英国中产阶级文人独有的道德情怀。福斯特通过他的小说创作,表达了他希望通过艺术建立城市中产阶级与自然及自耕农传统的联系,拯救中产阶级发育不良的心灵的自由。奥威尔对中产阶级的特殊群体——知识分子的社会职责的界定继承了西方自由知识分子的文化传统,又与发轫于现代社会、以主权个体为核心的个人主义思想有着千丝万缕的联系。奥威尔的知识分子观充分体现了三、四十年代英国左翼知识分子强烈的社会责任

感和远大的政治理想。

第 一 节
萧伯纳的现代戏剧理论

　　萧伯纳(George Bernard Shaw，1856－1950)是英国现代戏剧理论的先驱。他不仅在戏剧实践方面建立了丰功伟绩，创作了 50 余部高质量的戏剧，而且还是一位了不起的戏剧理论家。在 1895—1898 年担任《星期六评论》(*Saturday Review*)杂志的戏剧评论员期间，萧伯纳撰写了许多文章，对伦敦当时上演的戏剧，包括那些经过删改的莎士比亚戏剧，提出了精辟的见解。在他本人的剧本遭到禁演的情况下，他又通过为作品写序的方式，发表评论，阐明他的戏剧理论。在萧伯纳的所有关于戏剧批评的著述中，最有影响的是于 1891 年出版的《易卜生主义的精华》(*The Quintessence of Ibsenism*，1891)一书。在 1913 年该书再版时，萧伯纳又增加了新的章节，以全面评价易卜生的戏剧艺术，阐发他的创作思想。萧伯纳很以自己的戏剧理论为豪。在他的戏剧评论集再版时，萧伯纳明确表示：他的一些剧评"包含了一套类似理论的东西，因为在写这些评论时，我确实心中有数，知道自己的意图是什么"。[①]萧伯纳的戏剧评论涉及面相当广泛，但这并不意味着我们无法勾勒其戏剧理论的全貌。从总体看，其戏剧批评主要包括三个层面的内容：一是有关戏剧道德教育功能的论述；二是对以易卜生为代表的新戏剧艺术的讨论；三是对具体创作手法的探讨。其中对戏剧道德功能的论述是萧伯纳整个戏剧理论的核心，他对易卜生的评介则是他阐明自己戏剧创作思想与手法的主要途径。

　　戏剧的道德教育功能既是萧伯纳倾注毕生精力加以说明的问题，也是他从事戏剧创作和评论的主旨。萧伯纳明确提出，"只有最能干的评论家才认为戏剧是真正重要的，而在我写评论的当年，评论家中没有谁像我那样给戏剧以如此高的评价；我认为它的重要性只有中古的教会可比,而且它比我写评论那些年的伦敦的教会要重要得多。"② 为了强调自己的观点,萧伯纳进一步指出,戏剧应该是"思想的工厂、良心的提示者、社会品德的说明人、驱逐绝望和沉闷的武器、歌颂人类上进的庙堂"。③ 显然,这些论述充分体现了萧伯纳高度的社会责任感。萧伯纳坚持认为伟大的艺术应当是"载道的"④;并声称"我们需要一种公开宣传教义的戏剧",⑤ 因此他从一开始就旗帜鲜明地反对当时颇为流行的"为艺术而艺术"的主张。强烈的社会责任感使萧伯纳对艺术和艺术家的职责做了这样的概括,"伟大艺术的产生从来就不是为了艺术本身。……所有伟大的艺术家都与公众进行可怕的搏斗,因此穷困潦倒,受尽凌辱,而且无不遭受诽谤与迫害,因为他们相信自己是使徒,他们所做的事用过去的话说是'行上帝之道'……"。⑥ 并且萧伯纳还明确表态,"如果仅仅是'为艺术',我是连写一句话的力气都不肯花的。"⑦

萧伯纳对戏剧道德教育功能的强调继承了英国文学"文以载道"的思想传统,更有针砭当时英国戏剧舞台不良风气的重大作用。英国戏剧有着伟大的传统。以莎士比亚为代表的文艺复兴时代的辉煌之后,复辟时期的康格里夫和 18 世纪菲尔丁、约翰·盖伊、谢立丹等人也都有所建树,他们创作出一些质量较高的作品。但是到了 19 世纪,英国戏剧却一蹶不振。剧作家们竞相仿效法国同行,以写佳构剧为时髦。此类剧作惯用线索、伏笔等手法,剧情也以表现琐碎的家庭纠纷、无聊的三角关系和通奸案件为主。萧伯纳曾不无讥嘲地指责佳构剧的情节布局流于程式化,剧中往往有"一个无辜的人由于环境的原因而被误判有罪,……如果这个人是女性,那她一定被判通奸罪;如果是名年轻军官,那他一定被判泄露机密、卖国通敌——实际情况当然是由于一个美丽动人的女间谍迷住了他,从他那里偷走了那个陷他于有罪的文件……"⑧ 萧伯纳一针见血地批评那些创作佳构剧的作家打着"为艺术而艺术"的幌子,实际只想迎合取悦公众,牟取私利,他们把剧院变成了"糖果铺"。⑨ 萧伯纳指出:

> 佳构剧的制造不是艺术,而是工业。一个文学机器匠要获得

撰写此类剧本的本领一点也不困难,困难的倒是要找一个天性中毫无半点艺术家气质的文学机器匠,因为最能破坏佳构剧的莫过于作品中还有些许艺术成分,或作者本人还有些许的良心。这种剧本有一个口号:"为艺术而艺术",这口号实行起来就变成了"为金钱而成功"。[⑩]

这确实是段痛快淋漓的批评文字。对照之下,萧伯纳一再强调戏剧道德教育作用的论述也就不难理解了。萧伯纳的戏剧创作和批评的出发点便是要扭转并改变当时英国戏剧舞台的庸俗市侩之风,恢复戏剧整饬人心、批评时政的重要作用。

应当指出,萧伯纳有关新戏剧的论述是同他对易卜生的评介结合在一起的。萧伯纳认为戏剧艺术的产生是两个欲望结合的结果:"一个是舞蹈的欲望,另一个是听故事的欲望。后来舞蹈变成放言高论,故事转为剧中场面。"[⑪]但到了易卜生创作戏剧的时代,"戏剧家的艺术已经降为构想场面的本领了,并且戏剧家们都认为场面越怪,剧本越有趣。"[⑫]萧伯纳在称赞易卜生努力改变了这一局面时发表了一段精彩的评论:

> 场面越熟悉,剧本越有趣。我们的叔父不曾谋杀我们的父亲,也不能合法地娶我们的母亲为妻;……我们立债券借钱时,也不会答应以成磅的血肉去还债。凡莎士比亚没有做到的,易卜生都使我们得以满足。他不仅让我们看见自己,而且看见的是处于我们熟悉场面中的自己。他台上人物的遭遇就是我们自己的遭遇。结果之一就是:他的戏剧对我们来说远比莎士比亚的重要。结果之二是:他的剧本能够毫不留情地刺痛我们,也能够使我们充满兴奋地希望——希望能从虚幻想象的束缚之下逃出来——此外又使我们能够预见到将来要过更紧张、更活跃的生活。[⑬]

在以上这段文字中,萧伯纳给出了他对易卜生和莎士比亚的评价,也因此招来了莎士比亚崇拜者的不满与非议。然而,需要强调的是,虽然萧伯纳确实对莎士比亚戏剧的情节安排提出了质疑,甚至曾言辞激烈地批评莎士比亚的《辛白林》:"大部分是最低级传奇剧的毫无价值的舞台糟粕",⑬但萧伯纳对莎士比亚的批评是同他反对佳构剧的立场完全一致的。萧伯纳所担心的是,如果莎士比亚将人生化成感伤、浪漫化情节的创作手法为那些只想讨好观众的剧作家所采用,并被扩大,那么戏剧会因此而日益远离现实生活,丧失它的道德教育作用。虽然在前面的评论中,萧伯纳直到最后才提到戏剧与生活的关系问题,但称赞易卜生戏剧所展现的"我们熟悉的场面"正是观众每天都要经历的日常生活场景。萧伯纳的言下之意是,在处理戏剧与生活的关系的问题上,易卜生为英国戏剧家树立了典范。在他看来,如果不表现现实生活,戏剧的道德教育功能就无从谈起;戏剧的作用就在于以艺术的形式总结人们在日常生活中的经验教训,用以指导他们在未来生活中的言行。戏剧展现现实生活的能力直接决定其作品道德教育作用的强弱与大小。在当时许多剧作家盲目追求离奇和轰动性的舞台效果、忽视戏剧与生活之间的联系的情况下,萧伯纳的这一观点无疑对英国现代戏剧的健康发展起到了正本清源的作用。事实上,萧伯纳切实地在他的戏剧创作中践行了这种戏剧必须全面深入展现生活的观点。他的许多戏剧在针砭时弊方面堪称同行学习的典范。以至今仍常演不衰的《鳏夫的房产》(*Widower's Houses*,1892)为例,剧中男主人公贵族青年屈兰奇是个理想主义者,一直以社会正义和道德的捍卫者自居。他得知未来岳父萨托里阿斯靠收租大发其财后,愤怒地斥责萨托里阿斯的财产都是用压榨、恐吓以及各种卑鄙、残暴的手段从穷人身上搜刮来的。然而,萧伯纳的高明之处在于他对资本主义制度的批判没有停留在屈兰奇式的理想主义层面。他让屈兰奇与萨托里阿斯进一步对话,结果屈兰奇发现自己竟然是萨托里阿斯的房东,他一再强调的正义、道德和良心在社会现实面前不堪一击。屈兰奇最后放弃了他所谓的仁义道德,心悦诚服地与萨托里阿斯一起共同经营更大的房地产事业。以屈兰奇为代表的英国绅士阶层的伪善和资本主义金钱至上的财产制度也因此被萧伯纳揭示得淋漓尽致。

除了主张生动、全面地反映现实生活外,萧伯纳还把"讨论"看作戏

剧道德教育作用得以实现的重要艺术手段。他曾表示,仅仅让观众看见处于熟悉场面中的自己还不够,剧作家还应当"提出并富于启发地讨论对观众有切身利害的行为与品格的问题"。⑮在提出问题的方式上,萧伯纳主张用"冲突"来代替"情节"。他认为就戏剧的创作技巧而言,戏剧首先必须摆脱所谓的"情节",因为"情节一直是使严肃的戏剧——不,一切严肃文学——倒霉的东西"。⑯很显然,萧伯纳这里并不是真的要否定情节对于戏剧的形式意义,他反对的仍是佳构剧中常见的怪诞场面和落入俗套的剧情。针对当时某些剧作家为了设计离奇情节而不顾作品道德意义的做法,萧伯纳提出"冲突"才是一部戏剧得以产生、展开的要素:"在新的剧本中,戏剧通过一些不安定的理想与另一些不安定的理想间的冲突产生,而不是通过庸俗的爱情、贪婪、慷慨、怨恨、野心、误解、怪诞之类不提出任何道德问题的东西。"⑰由于"冲突"取代"情节"成为新戏剧创作中的核心问题,萧伯纳又对展现"冲突"的技巧做了进一步的说明。他提出易卜生在《玩偶之家》中所采用的讨论的方式值得英国戏剧家们学习:"从前,在所谓的佳构剧中,第一幕叙述剧情,第二幕供给场面,第三幕端出真相。现在的程序则变成叙述、场面和讨论,而且靠讨论来考验剧作家的能力,……通过易卜生的《玩偶之家》,讨论已经征服了欧洲,现在每个严肃的剧作家不仅将讨论看作对他最大本领的考验,而且还以讨论为剧本的趣味的真正中心"。⑱为了突出"讨论"对于新戏剧的重要性,萧伯纳还谈到了"讨论"与"动作"的关系问题。他明确指出,"现在我们有一种剧本,其中包括我自己的几部,以讨论始,以动作终;还有一些,则讨论从头到尾都贯穿在动作之中。在易卜生进入英国时,舞台上已听不见讨论,女性也不会写剧本。但不足20年,女性写剧本已比男人高明;她们的剧本从头到尾都是热烈的辩论,其中的动作只是一个等待辩论结果的问题。"⑲萧伯纳同时又指出,一部戏剧是否成功取决于讨论提出的问题。如果剧中讨论提出的问题"不能引起兴趣,或是陈腐的,或显然是假造的,那么剧本也就是差的;如果问题重要、鲜明、富于说服力,或至少叫人感到不安,那剧本就是好的。不管怎样,一个没有议论、没有问题的剧本已算不上严肃的戏剧创作"。萧伯纳这里讲的正是被我们称为"问题剧"的戏剧类型。"问题剧"经易卜生的努力而发展成熟,又经萧伯纳之手步入英国戏剧舞台。受萧伯纳的影响,20世纪初的英国剧坛先后涌现出一批揭露资本主义原始积累肮脏的问题剧,从而丰富了现代英国戏剧表现的主题和内容。

然而,萧伯纳竭力提倡的由"问题"引出"讨论"、由"讨论"带动剧中"动作"的创作手法遭到了某些评论家的质疑与反对。有评论家指出,萧伯纳轻"情节"、重"讨论"的戏剧理论违反了亚里士多德关于戏剧的经典定义。亚里士多德在他的《诗学》中总结了悲剧(戏剧)艺术的六大要素:情节、行动、性格、言词、思想和歌曲。亚里士多德认为在六大要素中,情节与行动是第一位的,"悲剧中没有行动,就不成为悲剧";而思想则是第二位的。"思想"属于"修辞学研究范围",包括"一切必须通过语言而产生的效力,包括证明和反驳的提出以及怜悯、恐惧、愤怒等情感的激发"。亚里士多德主张应"从动作中产生'思想'的效力",使思想"不待说明即能传达出来"。也就是说,亚里士多德认为思想的效力既能通过剧中人物的对话和反驳产生,也能通过动作产生。但亚里士多德更认可由动作产生的思想效力,把来自对话的逻辑力量与诉诸理性的说服效果放在了次要的位置。而萧伯纳的观点同亚里士多德的思想则明显不同。萧伯纳推崇的"讨论"通过提出与观众日常生活息息相关的问题,促使观众运用逻辑和理性的运思,反观自己的生活,得出问题的答案,因此萧伯纳式的"问题剧"更依赖对话的逻辑力量和诉诸理性的说服效果,与理性、判断、评论、抽象和静态等有着密切的联系。但是,有些批评家据此认定萧伯纳的创作技巧与亚里士多德"戏剧是行动的艺术"的定义相悖,显然太过片面。因为,虽然亚里士多德不甚重视戏剧演绎表现思想的功能,但他毕竟还是把"思想"列为戏剧的一大要素。更何况把"讨论"作为舞台技巧的做法古已有之。古希腊喜剧作家阿里斯托芬的《鸟》中就用了两场的时间,让两个雅典人与百鸟一起讨论建立"云中鹁鸪国"的必要性。萧伯纳的"问题剧"事实上深入挖掘并发展了"讨论"这一传统技巧,从而引导英国戏剧走出了"佳构剧"的困境。

当然,备受萧伯纳推崇的"讨论"也并非无懈可击。萧伯纳在借评

论易卜生以阐明自己的创作思想时曾指出,易卜生以及他以后的剧本在技巧上的一大创新点是,"运用了讨论,并将讨论扩大,于是剧中的动作完全为其所掩盖和贯穿,最后为其吞并,而剧本和讨论也变为一体"。㉒然而,问题也因此产生了。一旦剧作家把"讨论"作为戏剧情节的主要结构方式,那就必然会在调动观众的逻辑和理性的同时,削弱戏剧对观众情感与心灵的感染、荡涤作用。并且,过分地依赖逻辑力量和理性还会使观众很快感到疲倦,对讨论的问题失去耐心和兴趣。萧伯纳的中期作品《人与超人》(*Man and Superman*,1903)就暴露出此类问题。在第三幕第三场的地狱场景中,作家通过讨论充分表达了他的创作意图,巧妙地抨击了时弊,但长达几十页的讨论同时也耗尽了观众的兴趣和耐心,成为全剧的一处败笔。萧伯纳在强调"讨论"对观众的理性、道德的启示作用的时候,忽略了戏剧的移情作用及"讨论"与戏剧艺术感染力的关系等问题,这是其戏剧理论的一大令人遗憾之处。

与此同时,还有评论家提出"讨论"这一舞台表现手法在古希腊的戏剧中就已存在,称不上是新技巧。针对有评论家认为"易卜生以后的剧本算不上剧本,它们的技巧也不是技巧"的说法,萧伯纳进行了这样的反驳:

> 这个新技巧只有在现代舞台上才是新的。自从创造了语言之后,它就一直为教士和演讲者所用。它是一种打动人的良心的技巧,剧作家只要有能力用它,没有不用它的。修辞、嘲讽、议论、颠倒矛盾之言、警句、含有深意的譬喻,以及将杂乱无章的事实归于有秩序的和可理解的场面的诸多技巧——这些是戏剧里最老也是最新颖的本领;而你们的情节结构和给观众以心理准备的艺术却只是舞台上耍小聪明的手法和因为道德上空洞贫乏而采用的权宜之计,不是戏剧天才的武器。㉓

换言之,萧伯纳也承认"讨论"这一技巧古已有之,但使"讨论"成为新的舞台手法的,不是这一技巧本身,而是讨论所承载的现代思想。在戏剧的思想内容与表现手法的关系的问题上,萧伯纳给出了这样的比喻，"新思想造成新的技巧，犹如流水造成河道一般"。由于内容比技巧更为重要，因此萧伯纳还提出，虽然我们在艺术上难与荷马、莎士比亚等前人相比，但"就连一个最谦逊的作家，更不要说像我这样狂妄的作家，都可以扬言时至今日他有几句荷马和莎士比亚都未曾说过的话可说"。萧伯纳的以上观点表明，他不是一位单纯追求技巧革新的理论家和剧作家。他坚持新的舞台手法必须服务于作品思想内容的观点既同他反对"为艺术而艺术"的立场完全一致，又是他竭力推崇戏剧道德教育功能的必然结果。

　　针对有些戏剧批评家认为以讨论为趣味中心的戏剧会使剧情沦为空洞说教的担心，萧伯纳也提出了自己的看法。在前面谈到的萧伯纳对易卜生和莎士比亚的评论中，萧伯纳已经提出了剧本要能毫不留情地"刺痛"观众这一重要观点。萧伯纳提出，戏剧要充分发挥它的道德教育作用就必须改变它与观众的关系："过去的规则是：决不可使观众弄错事情。但是新一派的剧作家却想出办法，故意诱使观众先做出十分错误的判断，然后在下一幕里使他们不得不承认自己是错的，往往弄得他们十分难堪"。也就是说，戏剧道德教育作用的实现及其效果最终取决于观众这一接受群体的态度。如果观众对剧情中所蕴含的道德主题漠然置之，那么这部戏剧中的道德讨论必然以失败告终。只有当剧作家想方设法让观众进入剧情、开始同人物一起思索剧本讨论的问题、反思自己的现实生活时，戏剧的道德教育作用才得以发挥；并且观众对讨论问题越投入，戏剧对观众的道德启示作用就越明显。换言之，以讨论为趣味中心的戏剧模式不但不会使观众成为道德教条的被动接受者，反而有助于建立观众与人物的密切关系，鼓励观众积极参与人物的讨论。萧伯纳总结指出，新戏剧不但要把观众"生活中的情事作为剧中的情事"，而且要将"观众变为剧中人物"，使他们参加到剧情中来。为了实现这一目标，萧伯纳建议，"过去为了使观众对不真实的人物和不可能的事情产生兴趣而使用的一些旧的舞台手法，现在应当全部废弃，而代之以审问和辩论的技巧，如反唇相讥、揭穿真相、透过幻想求真理之类，并且无拘无束地自由运用演说家、传道士、辩护律师和行吟诗人

的全部修辞和抒情的技巧。"② 萧伯纳此处对观众接受主体的重视,与后现代主义戏剧中主张打破舞台与现实界限、侧重人物与观众互动关系的艺术主张颇有殊途同归的意味。萧伯纳不把观众看做到戏院寻求感官娱乐的受众,而是强调观众对各类社会现实问题的潜在思考能力和批判能力,他对观众与戏剧艺术接受问题的讨论为后人提供了很多启示。

综上所述,萧伯纳的戏剧理论并非完美无缺,然而瑕不掩瑜,如果没有萧伯纳对戏剧道德教育作用的一再强调,英国戏剧很难走出 19 世纪末的低迷,很难步入充满活力的新时代。

第二节

吉普林的帝国主义思想与文学创作

约瑟夫·鲁德亚德·吉普林(Joseph Rudyard Kipling, 1865 – 1936)是 19 世纪英国最受欢迎、也是最具争议的作家之一。他的文学作品在展现印度人的生活与风俗的同时,传递并强化了英国民众的帝国主义观念,而吉普林也因他颂扬英帝国的语言而获得"帝国诗人"的称号。吉普林的作品所表现的强烈帝国主义倾向源自他希望通过语言构建帝国形象、为英帝国殖民政策的合法性辩护的创作立场。在后殖民理论和文化批评成为文学研究热点问题的今天,对吉普林的小说和诗歌等作品所表现的帝国主义思想的考察和研究,有助于我们更好地把握吉普林及其作品在大英帝国实现其文化表征的过程中所扮演的角色。

吉普林帝国主义思想的产生与维多利亚时代各种旨在宣扬帝国荣誉与优越感的思潮的泛滥密不可分。19 世纪后半期,随着英国在经济、军事、殖民扩张和对外贸易等方面成为世界头号强国,各种有关帝国和殖民活动合法性的言论和提法便应运而生。诗人兼历史学家 T·B·麦可莱不无自豪地宣称,"帝国是一切反常的政治现象中最为奇特的一个。大西洋上一个岛国的一小群冒险家,竟然能够征服远离他们出生地的、地球另一面的一个庞大国家;而就在不远的过去,这个国家对于欧洲各民族来说,还只是童话故事中的一个话题……这实在太不可思议了,世界上从来没有过。"⑩赫伯特·斯宾塞把达尔文的进化论运用到社会学领域。他在《第一准则》一书中提出人类社会也同样遵循"适者生存"的原则,从而暗示英国在海外的急速扩张是基于它的强大实力,是自然、社会发展规律使然。约翰·罗斯金更是在他的就职演说中赤裸裸地呼吁:"命运之神已经降临,这是一个民族所能接受或拒绝的最崇高的命运。我们是一个不曾退化的民族;一个由最优秀的北方血统混合而成的民族……的确,一条普照仁慈和光荣的坦途已在我们的面前展现,这是任何赢弱可怜的灵魂所从来不曾被赐予的。然而,事情就是这样,对于我们来说就是这样:'不统治,毋宁死'。"⑪

吉普林的帝国主义思想脱胎于维多利亚时代帝国主义观念盛行的文化语境,而他同时又通过他的文学创作,对有关帝国的价值观念作了文学阐释。对英国殖民地及其本土居民的刻意丑化与蔑视构成了吉普林帝国主义观念的一个重要方面。在谈及"苏伊士运河以东"地区的落后状况时,吉普林表示那是"圣恩不及"而"兽性"大发的地方。⑫在为英国中小学编写的历史教科书中,吉普林又写道,

> 自 1833 年奴隶制度废除以来,我们曾经最为富庶的领地——西印度群岛的繁荣程度每况愈下。当地的人口主要是黑人……他们懒惰,邪恶,无力取得重大进步,不经强力驱使就无法工作。在那样的气候环境中,几根香蕉就足以养活一个黑人,他为什么还要通过工作来获取更多呢?他非常快活,但又百无一用,把工资的所有剩余都花在奢华的服饰上。⑬

吉普林的以上言论概括性地表达了他对印度本土居民的歧视与贬损。正如后殖民理论向我们所揭示的,吉普林丑化、妖魔化印度本土居民的写作定式掩盖了英殖民者掠夺、剥削殖民地人民的本质,从而确立

起处于殖民关系对立面的宗主国英国的主体权威地位。

在吉普林眼里，印度人是落后、堕落、不思进取的东方蛮夷，而那些深入印度、从事殖民活动的英国人则是文明的使者。在被广为引用的《在城墙上》("On the City Wall"，1888)这一短篇小说中，吉普林借人物之口对英殖民者的形象做了这样的描述：

> 年复一年，英国将一批又一批新手送往最前线——这通常被称为印度事务管理。这些人要么终老异国他乡，要么因操劳过度而献身，要么被焦虑夺去了生命，要么疾病缠身。他们都希望能将死亡、疾病、饥荒和战争从那块土地上驱走；那块土地最终将有能力自己站起来。这块土地永远都无法独立站起来，但这是美好的愿望。人们愿意为之付出生命。……如果获得进展，英国人擦擦额头的汗水，恭身向后，把所有的功劳都归于当地土著的名下；如果遭遇失败，英国人就站出来承担所有的责任。③

吉普林把英国殖民者描绘成为了帮助印度当地居民摆脱落后状态、治理国家而任劳任怨、甘愿牺牲自己的救世主，但是对照历史和吉普林的溢美之词，我们不难发现他试图美化、粉饰大英帝国掠夺行为的事实和良苦用心。仅以东印度公司为例。自 1600 年 12 月 31 日成立后，东印度公司作为英国在印度次大陆实行经济掠夺、政治统治和文化压制的先锋，不但没有协助印度在经济和政治上独立站立起来，反而使得本土居民的生活状况极度恶化。孟加拉的地方长官在其1762 年的备忘录中对东印度公司在印度的巧取豪夺表示了极大的愤慨：

> 他们强行从农民和商人手中拿走农产品和商品，却只支付商品价值的四分之一；他们通过暴力压迫手段要农民等在购买只值一卢比的商品时支付五卢比的价格。⑤

而在英属哥伦比亚，由于殖民战争和苦役，当地土著人口从 1835

年的 7 万人锐减到 2 万人。澳大利亚的土著人口也经历了相似的命运。⑦吉普林小说与历史记录中殖民者形象的巨大差异表明,"帝国是通过军事冲突、通过空前的民族迁徙和对财富的探求等强力而形成的";并且英国等宗主国的霸权"也是通过文化象征层面上的炫耀和展示,才得到肯定、认可和合法化的。"⑧在把英帝国的殖民扩张理想化、象征化的各种文字中,吉普林的小说发挥了不可估量的作用。

需要强调的是,虽然吉普林把英国殖民者描绘成文明的使者,但出于根深蒂固的等级观念和民族优越感,他不认为西方与东方能够实现民族与文化的融合。在短篇小说《苍茫之外》("Beyond the Pale",1888)的开篇处,吉普林就告诫读者:"无论发生什么,人们都不该背离他们自己的社会等级、种族和教养,让白人与白人做伴,黑人和黑人为伍。"⑨小说中英国人特加格与年轻美丽的印度女子贝西莎的爱情以失败告终,就是因为英印两国的巨大文化差异横亘于两人之间,使他们无法相互理解。而在小说《生活的机会》("His Chance of Life",1888)中,吉普林进一步通过主人公密契尔·德克鲁兹的遭遇,宣扬了英国人的民族优越感。小说主人公德克鲁兹是欧亚混血儿,身上流淌着八分之一的白人血统。一名印度当地警察在镇压本地居民暴动的过程中,想到了德克鲁兹,并"听从了仰慕白人血统的古老种族本能",邀请德克鲁兹来指挥镇压行动,而德克鲁兹也意识到"他是当地唯一能代表英国权威的人"。⑨暴乱平息后,原来的地方执行官回到了当地,英国人的出现使德克鲁兹感到"自己越来越深地陷到当地土著之中",⑩失去了继续充当统治者的机会。从德克鲁兹地位的起落与他主体意识的前后变化中,我们不难读出吉普林通过小说传递的带有明显帝国主义印记的惟种族论。德克鲁兹的白人血统使他得以对印度人发号施令,而他的印度血统又让他位居英国人之下。德克鲁兹微妙的社会地位与身份,在某种程度上,正是吉普林试图通过他的文字阐释并确立的以帝国和白人文化为核心的殖民体系的缩影。

把殖民统治看作"适者生存"原则的延续是吉普林以隐喻的方式、通过《丛林集》(*The Jungle Book*,1894)和《丛林续集》(*The Second*

Jungle Book，1895)等小说表达的另一帝国主义观点。小说《丛林集》集中讲述了狼孩莫格利经历种种危险与磨难,最终成为森林统治者的故事。小说一开始,莫格利遭父母遗弃,并被狼群包围,生命危在旦夕。然而,就在狼群即将发起攻击时,年轻力壮的公狼阿克拉救下了莫格利,并使他从此成为狼群的一员。由于瘦小羸弱,莫格利既无力参加狼群的捕猎活动,又不时受到森林中其他野兽的威胁。为了生存,莫格利不得不向对他心存怜惜之情的巴鲁寻求保护。在巴鲁的帮助与教导下,莫格利很快成为狼群中最为强壮、最为优秀的猎手。伴随莫格利的成长与壮大而来的是他对阿克拉、巴鲁等救命恩人或导师态度的重大转变。当日渐年迈的阿克拉对莫格利的身份提出质疑,认为他是人,而不是狼时,莫格利立即拔出手中的刀,向阿克拉砍去。森林中的其他野兽站出来制止了莫格利,并问起事情的缘由。莫格利愤怒地咆哮着,"难道我必须给出我想做所有事情的理由吗?"⑪在莫格利充满威慑力的双眼的注视下,群兽们低下了头,承认了莫格利的统治者地位。需要强调的是,在处理莫格利成为森林之首的这一关键事件时,吉普林并未把莫格利试图杀死阿克拉的行为描写成忘恩负义之举,而是流露出对成年莫格利身上所表现出的力量与权威的激赏与认同。借森林众兽之王猎豹巴格拉之口,吉普林道出了他欣赏莫格利的原因。巴格拉在为莫格利的力量与机智折服时表示,"丛林的主人,在我体力日渐衰落之时,请代表我,代表巴鲁,代表我们大家发言! 在你面前我们是乳臭未干的幼崽,是踩在脚下的断枝,是失去母亲保护的幼鹿!"⑫由此,吉普林告诉我们,在他创造的丛林社会里,力量是决定个体地位与存亡的唯一因素,也是整个丛林借以存在和运行的根本准则。有评论家指出,对生存法则的讨论是吉普林丛林系列小说不时复现的重要主题,也是吉普林思想体系的一大核心内容,"吉普林教育哲学的众多信条都可归结在'法则'这一大标题之下"。⑬不过,正如莫格利的故事所展示的,吉普林的法则以力量和权力为核心,视"弱肉强食,适者生存"为唯一真理,与民主平等观念格格不入。在吉普林眼里,民主不过是短篇小说《行进的团队》("A Walking Delegate",1894)中那匹信奉社会主义的马试图通过计算人数来处理国家事务的荒唐做法。如果没有强有力的统治者,社会就会陷

入一片混乱,权力落入暴民之手,"没有哪位暴君比暴民更残忍,没有哪位君主比暴民更加无用"。⑭《丛林集》中莫格利镇压了瘸脚虎斯亚·克翰和有些狼群的叛乱,从而巩固了他的统治地位,维护了丛林社会的生存法则。如果把英殖民者与土著的关系放在小说所暗示的权力框架体系中,那么英国人对印度等殖民地的统治也是基于同一道理:白人生来就该统治这些民族,因为"东方人不能处理他们自己的事务"。⑮吉普林把"适者生存"的自然法则用于对英帝国和殖民地人民关系的解释中,从而为英帝国对本土居民的统治与压迫找到了合法的借口。

不过,在以文字为英国的帝国统治辩护的同时,吉普林也对帝国运行过程中的各种潜在危机表现出深切的忧虑。危险首先来自印度人的敌对与反抗。短篇小说《顿伽拉的判决》("The Judgment of Dungara",1897)就暴露出吉普林对殖民统治中潜在不稳定因素的敏感与体察。小说中顿伽拉的僧侣把用麻织成的白衬衣赠送给一个基督传教团。一旦穿了这种衬衣后,人身上便会发痒,印度僧侣这样做的目的,就是要让那些"文明人"以及他们所珍视的基督教象征出丑。危险同样也来自英国以外的欧洲其他各国。1873—1896 年间爆发的经济大萧条使欧洲的经济基础发生了变化。德国、俄罗斯、美国等国家不仅在贸易、制造业和技术等方面先后赶超英国,还拼命攫取海外殖民利益,向英国的统治地位发起挑战。吉普林为此忧心忡忡地在《他们》("They",1888)这一篇小说中提出警告,"不足一个夏天英国便隐没在寒冷的阴沉之中。我们再次成为北方与世隔绝的岛国,世界的所有船只都在我们岌岌可危的门户外嘶吼,夹杂在它们的怒吼声中的是不知所措的海鸥的尖利叫声。"⑯然而,令吉普林最为不安的还是英国殖民者的无能与官僚作风。在《山中故事集》(*Plain Tales from the Hills*,1888)中,吉普林对英国驻印殖民官员的官僚作风做了以下描述:

> 现在就漫不经心地办事而言,印度已超过了其他任何地方,……努力工作无关紧要,因为对官员的评价是基于他的最差业绩。按规矩,该官员的最佳表现都会归入另一个人的名下。工作糟糕也无大碍,因为别人干得更糟。不称职的人在印度比在其他

地方待得更长,……除了回国休假和享受津贴外,一切都无关紧要……⑰

出于对英国殖民官员官僚作风的不满,吉普林在他的小说中塑造了许多工于心计、刚愎自用的英殖民者的反面形象。不过,吉普林的小说中同时也不乏基督徒式的殖民统治者。短篇小说《道路的尽头》("At the End of the Passage",1890)和《征服者威廉》("William the Conqueror",1901)的主人公都为了扶助当地土著而操劳过度,过早地离开了人世。对不称职殖民者的批评和对典范人物的赞美是吉普林帝国理想的两个不可分割的重要方面。但是,正如 T·S·艾略特所指出的,"任何细心的吉普林的读者,都不会认为吉普林对英国统治的弊端毫无所察,而这正是因为他(吉普林)认为帝国是美好的事物。"⑱换言之,吉普林对英帝国及其殖民统治的合理性和合法性深信不疑,所以他才会对帝国现实统治所暴露的问题提出批评,希望找到解决问题的良方。但是,吉普林笔下圣徒式的殖民者形象完美而苍白,使读者觉得"威廉和他的同类从未存在过"。⑲一旦抽离了英国殖民活动的经济和政治目的,吉普林心中仅靠仁慈之心和道德力量维系的理想帝国注定是个无法实现的乌托邦。

从丑化、妖魔化殖民地居民以确立英帝国殖民者的主体地位,到用"适者生存"的自然法则解释英国的殖民霸权和殖民体系,吉普林通过他的小说创作全面阐发了他的帝国主义思想,并提出了针对帝国殖民统治缺陷的理想主义解决方案,他的小说在传播和帝国相关的价值观的过程中扮演了令人争议的角色。

第 三 节
威尔斯和贝内特:承接传统的小说理论

赫伯特·乔治·威尔斯(Herbert George Wells,1866－1946)和阿

诺德·贝内特（Arnold Bennett，1867－1931）是两位重要的英国现代小说家。他们文以载道的创作原则和认为小说应当全面细致展现生活的艺术主张，使他们成为20世纪英国文学思想领域承继现实主义传统的重要代表。而这也是我们把这两位小说家放在同一节内进行讨论的主要原因。

　　H·G·威尔斯在小说理论界的声名主要基于他与亨利·詹姆斯长达数年的笔墨之争。在论战期间，威尔斯与詹姆斯书信相答，他在《当代小说》（"The Contemporary Novel"，1911）和《小说杂谈》（"Digression about Novel"，1934）等文章中表达了对小说创作诸多问题的看法，其中不乏威尔斯源于本人创作经验的真知灼见。威尔斯的小说观主要包括两个方面：一是关于小说道德功用的论述；二是他与詹姆斯的争论，其中涉及威尔斯对小说结构与人物创作的基本看法。

　　威尔斯关于小说道德功用的系统论述首见于《当代小说》一文。在文章中威尔斯明确提出要反对当时某些作家撰写小说的出发点，即认为小说应当是读者（尤其是政府官员、律师、企业技师等成功中产阶级人士）的"轻松的调剂手段"；或成为"事业有成者用以打发闲暇时光的无害鸦片"。[①]威尔斯把这种小说应当取悦读者的创作主张形象地概括为"疲乏巨人理论"（the Weary Giant Theory），并针锋相对地表达了他的观点。"我认为小说对体系繁杂、不时进行调整再调整的现代文明是十分重要的，甚至是不可或缺的。"[②]在威尔斯看来，小说促进人类文明进步的功能表现在："小说能够调节社会矛盾，增进人们的相互理解，帮助人自我反省，昭示道德准则，交流良好的行为方式，营造风俗习惯，批评法律机构和其他机构的弊端以及揭露社会观念中的偏见等等。它能为忏悔者提供场所，为求知者打开门窗，为自我探究播下成功的种子。"[③]如果威尔斯以上只是对小说的诸多社会功能做了简明概括，那么接下来，他对小说帮助政府官员实现廉洁自律的功能做了进一步说明："除了小说之外，我认为没有任何手段能……巧妙地对官员们的错误进行批评，对他们形成制约，并帮助自觉的官员有效地自我检查，进而在整个官员阶层保持良好、健康的风气。"[④]威尔斯甚至还把是否读过狄更

斯的《奥列弗·退斯特》作为选拔济贫院院长的重要条件,表示"我希望每个济贫院院长的候选人都必须先通过有关《奥列弗·退斯特》的严格考试"。㉝威尔斯以上对小说的社会功用,尤其是道德教育功能的强调,继承了英国小说批评史上坚持文以载道的思想传统,更体现出他本人强烈的社会意识和责任感。然而,威尔斯毕竟是位成熟的小说理论家,他在标举小说社会功用的同时,并不赞成采用说教的方式来实现小说的上述功能。他明确提出,"我一刻也不认为小说家应当承担教师的角色,成为用笔布道的牧师,让男女老幼相信这个,相信那个,做这做那。小说不是一种新的讲坛,人们若感受到的是说教和教条,小说对人性的感召力也就随之消失了。"㉞

威尔斯进而指出,"小说家应该成为最具说服力的艺术家,因为他将展示行动,完美地设计行动,讨论行动,分析行动,暗示行动,从而完全彻底地照亮行动。"㉟换言之,威尔斯坚决反对小说家进行道德说教,而是提倡通过人物的行动来彰显小说的道德主题。然而,在小说家应怎样通过人物的行动自然地展现小说道德意义的问题上,威尔斯并没有做进一步的说明,这不能不说是其小说理论的一大遗憾。

威尔斯对艺术成规的批评和他对小说社会功用的倚重有内在联系。由于他把小说看作促进人类文明发展的重要手段,因此他对小说创作和批评日显专业化的趋势持保留态度。威尔斯认为,"一种艺术批评一旦变得专业化,一类批评家一经产生,……他们就开始仿效科学的分类和精准的度量,尝试建立服务于类似分类和量度的完美模型和规则。"㊱为了说明专业批评家所谓的技巧通常不过是枉费心机的方法,威尔斯以当时《威斯敏斯特公报》(*Westminster Gazette*,1893-1928)上关于"长篇小说"定义的争论为例,指责那些认为小说的长度应以读者能在晚饭后开始阅读,在 11 点喝威士忌前结束为宜的观点,认为这种认识不仅对小说的发展毫无助益,还有试图迎合"疲乏巨人"之嫌。

威尔斯反对小说创作和批评程式化、形式化的基本立场使他对詹姆斯的小说理论持不同意见,同时也引发了两人旷日持久的公开论战。威尔斯与詹姆斯小说观的根本分歧在于威尔斯把小说看作实现文明进步、协助解决社会问题的重要手段,而詹姆斯则把小说视为艺术,希望小说的"艺术之真"能与"生活之真"⑧相媲美。⑨詹姆斯对小说艺术地位的推崇使他不遗余力地探索能使小说更臻完美的表现方式,并最终形成了关于"戏剧化手段"的系统理论。由于詹姆斯把小说定义为"个人对生活的印象",⑩并且指出个人印象的强烈程度决定小说的艺术价值,所以在刻画人物时,詹姆斯把他的创作视线转向了人物的内心世界。在具体的创作中,詹姆斯主张以某个人物的意识为中心,让该人物的观察、认识、感受和印象构成的"中心意识"贯穿作品的各个部分,使之成为一个有机的整体。由于詹姆斯宣称真实感是"一部小说至高无上的品质",⑪真实感的产生有赖于小说家在制造生活幻觉方面的努力,因此詹姆斯极其重视小说家与人物在叙述过程中的作用。他提出应当采用戏剧化的手法,把人物在复杂人际交往与人生经历中的意识发展直接呈现在读者面前,从而使小说产生由人物讲述自我内心隐曲的艺术效果。除此之外,詹姆斯还主张用某个人物的单一限知视角取代作者的全知叙述,因为这样有利于激发读者的兴趣,给人留下深刻印象。

针对詹姆斯提倡用戏剧化手法呈现人物意识的艺术主张,威尔斯提出了截然不同的观点。威尔斯指出,"自狄更斯的时代以来,小说便开始萎缩;人物刻画开始从属于故事情节,人物描写开始从属于戏剧化手法。"⑫在威尔斯看来,詹姆斯所提倡的戏剧化手法虽然可以提高小说展示人物发展的客观性,但是如果紧紧抱住这一艺术原则不放,人物创作方式的多样性就会受到限制。威尔斯认为,詹姆斯的人物刻画虽然"布局精巧,前后连贯一致;人物描写有深度、全面,富于坚实感",⑬但是詹姆斯"并没有穷尽小说人物刻画的可能性,就像委拉斯盖茨的艺术并没有穷尽绘画的可能性一样"。⑭应当承认,威尔斯的上述评论具有重要的启迪作用:即使詹姆斯的人物刻画已经达到了高超的艺术境界,通向小说艺术殿堂的道路还有千万条。只有小说家们不拘泥于现成的艺术规则,大胆创新,小说艺术才会出现百家争鸣的繁荣景象。

在对塑造人物的素材的选择上,威尔斯也对詹姆斯的方法提出了批评。威尔斯指出,

　　在创作实践中,詹姆斯的选择无非是省略而已。他把所有需要在题外发挥或附带说明的东西一概省略。例如,他省略了人物的主张和见解。在他写的所有小说中,你找不到任何有明确政治见解的人物、任何有宗教思想的人物、任何有鲜明的党派立场的人物、任何有强烈性欲的或异想天开的人物、任何热衷于跟自身利益无关的事业的人物。在他的小说中,没有吃了上顿愁下顿的穷人,没有爱做梦的人——难道我们不全都多多少少地做着自己的梦吗? 此外,你还找不到任何健忘而又不失尊严的人物。如此之多反映人性的东西,在他的故事开始之前就被一扫而光。这就像上餐桌之前的兔子需要被清除内脏一样。⑤

　　威尔斯对詹姆斯对创作素材的取舍标准表示不满,因为在威尔斯看来,刻画并表现典型环境中的典型人物才是小说人物创作的第一要义。他提出成功的小说"应该显示在某种巨大的社会力量即将产生作用时的那一群人中的典型个人。这种相关的社会力量,而不是男女主人公,才是故事运作的真正兴趣所在。"⑥威尔斯在他的小说人物塑造中全面贯彻了这一原则,其小说《吉普斯》(*Kipps*,1905)的男主人公称得上是英国社会阶级构成发生重大转变的时期下层中产阶级的典型人物。威尔斯对人物跻身上流社会后背弃下层民众价值取向行为的讽刺与剖析,既暴露出广大中产阶级人士爱慕虚荣、向上攀升的人生理想的局限性,也使得威尔斯的人物塑造在反映社会生活的广阔场景方面比詹姆斯高出一筹。这样,从小说的社会功用角度出发,威尔斯再次指出了詹姆斯的戏剧化手段在反映社会生活深度和广度上的缺陷,点明了人物塑造艺术的无穷空间,对英国现代小说的健康发展发挥了重要的导向作用。

　　是否应以人物的限知视角取代作者的全知视角构成了威尔斯与詹姆斯争论的另一焦点。威尔斯认为,从根本上讲,"作者引退"是不可能的,因为"即使小说家努力或假装客观公正,他仍然不能阻止他笔下的人物树立榜样;正如人们所讲的那样,他仍然无法避免把他自己的思想塞进人物的头脑中去。"⑦在威尔斯看来,"在某些情况下,小说的全部艺术和乐趣就在于作者的亲自介入。"威尔斯以萨克雷为例指出，"我认为萨克雷的问题不在于他以第一人称介入作品，而是他的介入显得非常不诚实，……萨克雷的确在有些方面俗不可耐。读者看见的不是真实的萨克雷；他没有坦诚地正视读者，没有敞开自己的心灵来争取读者的同情。但这是对萨克雷的批评，不是对作者介入的指责。"也就是说，威尔斯认为只要作者能坦诚地面对读者，不回避小说叙事的虚构性，那么任何小说都能像康拉德的《吉姆爷》那样，"表现出一种深度，表现出一种主观的真实……而不是那种冷漠、有些造作、带有反讽意味的超然。"威尔斯的以上论述在一定程度上道出了小说创作的一则规律，而 20 世纪中后期各类元小说的兴起和受欢迎程度，也切实证明了威尔斯主张作者介入、坚持小说表现方式多样化的论点。

不仅如此，威尔斯还对詹姆斯独尊限知叙事的做法进行了修正，指出了自传体叙事方式在展现全景式社会生活场景方面的优越性。在谈及创作讽刺喜剧小说《托诺—邦盖》(*Tono-Bungay*，1909)的意图时，威尔斯就表示，"根据我的构想，这是一本仿照狄更斯—萨克雷风格的小说……它是按照巴尔扎克的方式规划的社会全景图。"事实上，小说也确实在主人公乔治·庞德莱沃第一人称流畅叙述的基础上，向读者展示了充满欺诈、偏见和混乱的资产阶级发家史的方方面面。对小说社会功用的强调，还使威尔斯主张按照人们认识生活的规律组织小说的情节结构，提出小说应当是"东拉西扯的，它不应限于一个焦点，而应是多个焦点的编织物。人们首先为一种爱好和兴趣所吸引，接着又转向另一处，……我不认为我们能对小说的范围施加任何限制"。为此，威尔斯同时还呼吁，英国小说应重回由亨利·菲尔丁的《汤姆·琼斯》和劳伦斯·斯泰恩的《项狄传》确立的结构松散、自由的传统，因为这不仅与英国国民趋于离散、多样化的精神气质相吻合，而且能全面、充分地表现某个心灵的诸多印象和想法。威尔斯推崇的松散、东拉西扯的小说叙事结构在后现代主义小说中被发挥到了极致，但是在经历后现代主义小说叙事方式的无政府主义状态后，我们不能不对威尔斯的主张保持一种审慎的警觉。然而，尽管威尔斯的小说观不是无懈可击，他反

对墨守艺术成规的主张对现代英语小说的健康发展无疑具有重要的启示作用。

作为与威尔斯齐名的小说家，贝内特通过《五城的安娜》（*Anna of the Five Towns*，1902）、《老妇谭》（*The Wives' Tale*，1908）等小说奠定了他在英国文学史上的永久地位，可是他的小说观却至今乏人问津。虽然贝内特没有提出令人瞩目的小说理论，但他在《作家的艺术》（*The Author's Craft*，1914）一书中，用生动浅显的语言对小说主题与小说家的基本素质、小说写作技巧所作的讨论，为我们更好地理解现实主义小说及其创作方法提供了重要的理论参考，如今读来仍具现代意味。

贝内特在《作家的艺术》的第一章就开宗明义地提出，小说家的首要任务是"洞察生活"。[⑬]这一要求小说家全面、生动地展示生活的观点构成了贝内特全部小说理论的基石。贝内特指出，普通人都"满足于观看，而不是洞察"生活，艺术家洞悉生活的能力首先源自他观察生活的视角。贝内特以狄更斯为例指出，虽然狄更斯能在穿过繁华街区后依次说出所有店铺招牌上的名字，但"如果狄更斯能减少他对琐碎、互不相关的细节的关注，他肯定能成为更加了不起的观察者。"[⑮]在贝内特看来，"敏锐的观察不在于记住各种各样的细节，而是通过一个相对重要的视角组合协调各种细节，最终在尽可能短的时间内达到一个整体印象。"[⑯]贝内特这里提到的"视角"，其实是要求小说家在观察和表现生活时，不应满足于记录有关生活的所有细节，而是要懂得剪裁和取舍。贝内特认为"用天然的、简单的、不加修饰甚至天真无知的方式"考察、表现生活，[⑰]是小说家应该珍视和不断磨炼的重要能力。他的这一主张简明扼要地概括了艺术创作的一个普遍规律，也道出了他小说创作的根本原则。事实上，无论在《老妇谭》里，还是在《克雷亨格》（*Clayhanger*，1910）三部曲中，贝内特都通过其细致入微的考察和冷静客观的描写，准确地捕捉到了 19 世纪后期英国北方工业城镇中产阶级物质和精神生活的特质和全貌，为我们更好地理解、认识 19 世纪 80 年代英国社会的变迁提供了重要的参考和线索。

与此同时，贝内特还十分重视小说家的道德感对其观察能力的指导和约束作用。他强调指出，虽然我们观察生活和他人的热情源自我们的好奇心，但小说家应使他的观察"成为一种道德行为，它必须要能最终促成仁慈的观念……"⑩换言之，如果普通人观察生活只是源于好奇，小说家却要能从他的观察中发现、提炼可以作为小说道德主题的内容，并用他的小说帮助人们培养向善之心。贝内特以上对小说道德功用的强调与英国小说史上重视小说道德教化作用的思想传统一脉相承，体现了贝内特的社会责任感。

　　与观察视角密切相关的是贝内特对小说展现的生活广度和深度的重视。贝内特明确提出，"如果小说家不能清晰地预见观察对象所处的广阔背景，他就会丧失对事物相互作用和比例最为可贵的认识，没有了它们，所有的具体观察都会变得面目全非、隐晦模糊"。⑪贝内特对小说展示生活作用的强调使他对当时小说创作中的极端个人主义倾向提出了尖锐的批评。贝内特指出，在那些表示出狭隘个人主义的英国小说中，"读者会发现某一人物被描写成如同生活在真空之中，或是置身撒哈拉大沙漠，或是孑然立于天地之间。他好像对外界全无反应，外界也好像不对他产生影响，似乎不参照任何外在于他的事物就能将其表现出来。然而，这样的小说怎能满足那些希望获得洞察生活能力，或者是已经获得该能力的读者的要求呢？"⑫单凭贝内特的以上评论，我们很难确定他所谓的个人主义创作倾向是否针对以乔伊斯和弗吉尼亚·伍尔夫为代表的现代主义小说家，但从贝内特对小说与自然、社会关系的倚重，我们不难发现贝内特主张小说应当帮助读者，并加深读者对生活的认识。贝内特认为，小说家必须努力表现个人的性格，但小说不应以对个体的观察为旨归，对个体的观察最终要使所观察对象"成为新群体的一员"；⑬"小说家应能看到人们由于不同的变革而形成不同的群体"。⑭也就是说，小说应能帮助读者更好地观察生活，了解生活。小说家"要牢记这样一个事实，那就是他观察的是生活，是相邻而居的妇女，是乘坐火车的男人，而不是各种抽象观念"。⑮

　　应当指出，贝内特对小说艺术特征的论述是以他提倡小说全面、系统地反映生活的主张为依托的。贝内特认为小说家应当系统地考察、

表现生活中诸多事物的关联和影响,他不无自豪地宣称"……小说比别的任何艺术形式都要高明。"⑧"小说具备,而且将永远具备博大、包罗万象的优点。"⑨"不管什么时候,(小说)传递对生活灼热印象的方式都是其他艺术形式无法匹敌的。"⑩需要强调的是,贝内特在不遗余力地主张小说全方位表现生活的同时,还对小说创作应遵循的审美原则作了较为详细的说明。贝内特不仅明确提出,小说要使读者的"审美观变得更加敏锐",而且还对"美"的概念作了颇具现代意味的解释。贝内特以维多利亚时代的小说家吉辛和19世纪的法国作家于斯曼为例指出,几乎所有富于创新的小说家都曾遭受过作品缺乏美感的非议,但吉辛却"在别的艺术家尚未严肃审视过的生存方式中看到了清晰、未被发现的美";于斯曼的作品一度被指责是"平庸日常生活的肮脏与丑陋的再现",但实际上却具备一种"独一无二的魅力"。⑪贝内特主张小说家努力捕捉、表现生活中未被发现的美,并且认为日常生活的琐碎、肮脏的一面也可作为小说表现对象的观点,使人联想到自波德莱尔以来,西方文学主张"审丑"的审美原则,更让我们感受到贝内特极具现代特征的审美旨趣。更为难能可贵的是,贝内特还进一步提出,在表现日常生活的阴暗面时,小说家的表现手法至关重要,"当一桩丑恶事件——一桩暴力事件——的缘起和它在小说通篇布局中的合理性开始为读者理解时,它便获得了艺术的美感。"⑫也就是说,虽然小说可以表现肮脏、丑陋的生活场景,但小说家必须使他对这一主题的表现超越生活,尝试发掘平庸日常生活所蕴含的艺术感染力。单凭以上对小说家化腐朽为神奇的能力的论述,贝内特就应在英国文学思想史上占据一席之地。

对小说创作技巧的讨论构成了贝内特小说理论的另一个重要方面。在谈到小说应如何把握主题时,贝内特提出了两大原则:第一,作品"应有明确的故事中心";⑬第二,"必须坚持这一故事中心,它可以得到不断强化,不应被削弱"。⑭贝内特的以上论述和威尔斯主张小说应当东拉西扯的观点截然不同。虽然贝内特认为小说应努力表现社会生活的诸多方面,但在小说的谋篇布局上,他奉行的是小说主题的一致性和艺术结构的整体性。贝内特对小说情节布局的讨论也充分体现了这一点。他指出，"小说故事中心得以保持，小说的情节安排也相应地是合理的……除此之外，再无判断作品结构优劣的其他标准。"㉚合理的情节布局不是让"你无法说出接下来会发生什么……而是你迫切地想知道将会发生什么。"㉜与此同时，贝内特还提出"所有的情节安排……都是生活的象征化"，"小说通篇的情节布局都必须与某一象征化传统保持一致。"㉝他的上述主张表明了他关于小说与生活关系的另一重要立场，即小说永远都无法超越生活，小说只能对复杂的现实生活做某种象征化的表达。贝内特据此进一步指出，"我们想象我们已获得一种比我们的先人更能接近生活真谛的象征化表达方式。可能我们做到了这一点，但我们只是比他们更接近生活一点点，我们与先人的差别几乎微不足道。"㉞在英国乃至西方艺术思想史上，贝内特不是唯一认为艺术不能与生活竞争的理论家。这种认为艺术只能有限地再现生活、强调生活与艺术主次关系的观点一直可以追溯到亚里士多德的"模仿说"。但贝内特并未因此否定小说艺术的创新可能和潜力。他在《克雷亨格》三部曲的最后一部《这一对》（*These Twins*，1915）中就对小说的叙述方式进行了大胆试验，尝试分别从埃得温和希尔达的视角展开叙事，小说在呈现人物的性格差异、价值分歧和心理活动方面取得了极佳的艺术效果。由此可看出，虽然贝内特对现代主义作家的技巧创新持保留态度，但在试验和革新成为英国文学思想界主旋律的背景下，他也表现出某种融合传统与革新的理论自觉。

除了十分重视小说的主题和情节布局外，贝内特也就如何塑造人物发表了很有见地的看法。在谈到小说家怎样才能获得塑造人物的素材时，贝内特给出了以下建议，"答案就在于他要在他自己身上发掘素材。从根本上讲，一流的小说是，而且肯定是带有自传意味的。"㉟贝内特提出，小说家无法"凭空编造人物的心理"，而是"几乎只有通过组织和改变他本人的所见和所感，而不是编造，才能实现他的目标"。㊱"在处理每一章节的每一个人物时，小说家必须与他本人个性的那一部分进行谈判，使关乎某一人物的上千细节都令人信服。"㊲在有关作者与人物关系的复调理论成为理论界热点话题的今天，贝内特的上述评论有助

于我们重新认识文学创作的某些基本特征。我们可以谈"作者引退"，关注人物的相对独立性，但我们同时也应看到，小说家塑造的人物都或多或少地包含着作者本人的生活经验，带有作者本人情感体验的印记。诚如贝内特所说，小说家塑造人物的根本才能源自"普世的同情心"；基于"善感、敏锐的心灵"或者是"生活常识"，而这也恰恰是小说家只有通过观察生活、洞悉生活才能获得的。

综上所述，无论是对小说结构形式的讨论，还是就人物创作发表见解，贝内特的小说理论始终如一地贯彻了他认为小说应与生活紧密相连、反映生活的基本观点。以上的评析并没有囊括贝内特小说理论的全部内容，他的论述还涉及小说家与读者的关系、小说的社会功能等重要范畴。不过，以上讨论大致反映了贝内特小说理论中最有特色的部分。

总之，从对威尔斯和贝内特小说观的讨论不难看出，两位小说家的小说理论都是围绕小说反映社会现实、进行道德教化的功能展开的。威尔斯通过他的"疲乏巨人理论"对当时的不良文艺风气提出了尖锐的批评，重申了19世纪以来英国小说理论界高扬小说道德、社会功能的思想传统。他与詹姆斯的争论为坚持小说创作方式的多样性、引导现代小说的健康发展做出了重要贡献。贝内特从小说家观察生活的视角和能力入手，层层推进，在小说创作的审美原则和结构布局等问题上提出了较有见地的看法。他对极端个人主义创作思想的批评对我们反思现代主义文学的得失、利弊具有可贵的借鉴价值。正是由于两位小说家基于继承和批判的理论探索，20世纪上半叶的英国文学思想领域才呈现出传统思想与现代意识共存和对话的局面。

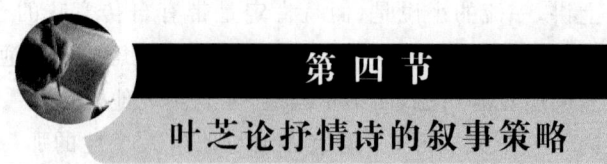

第 四 节
叶芝论抒情诗的叙事策略

在20世纪的诸多现代诗人中，叶芝可谓是创作时间最长的诗坛巨擘。他 19 世纪 80 年代末投身诗坛,此后笔耕不辍,不断锤炼诗艺,至 1939 年还老当益壮地刊出诗集《最后的诗》(*The Last Poems*)。在其漫长的创作生涯里,叶芝不仅写了数量惊人的优秀诗篇,而且还不时地在诗中或随笔里畅谈他的创作原则和感受,形成了极具个人特色的诗学理论。叶芝的诗学观内容深厚、庞杂,涉及神秘哲学、象征主义诗学和爱尔兰民族主义思想等多个方面。限于篇幅,本节将集中选取叶芝对戏剧化呈现这一叙事策略的探索展开讨论。如何摆脱作家的个人情感和价值取向对作品的控制,以及如何正确处理作家与作品的关系,构成了现代主义诗学的一大核心命题,也是 20 世纪许多小说理论家急于回答的、小说艺术技巧翻新的关键所在,因此对叶芝运用戏剧化呈现的意图和策略的考察,不仅有助于阐明叶芝对这一文学热点问题的见解,更能提供一条把握现代英国文学思想流变的重要线索。

叶芝对戏剧化呈现的讨论最早可以追溯到 19 世纪末。有许多评论家指出,初涉诗坛的叶芝明显受到以罗塞蒂为代表的前拉斐尔派的影响,他早年的诗歌趋于多愁善感的思考和内省,读来缠绵低回,充满诗人个人的感伤情绪。不过,叶芝似乎很快就意识到其创作的缺憾,并试图找出使他的作品耽于"多情的感观之娱"的原因。⑧ 在 1904 年写给友人的信中,叶芝明确表示,"几年来我一直努力克服盛行的颓废文艺风气的影响,我想我已经把它们踩在脚下——那就是感伤悲观情绪和女人气的自省。"⑨ 先是从前拉斐尔派艺术家处寻找最初的创作风格,然后决意摆脱前者沉溺于诗人个人感受的自我主义倾向,叶芝对维多利亚诗坛末流文艺风气态度的重大转变,充分体现了他革新诗艺和进行理论探索的决心。事实上,早在《威廉·布莱克作品全集》(*The Works of William Blake*, 1893)的序言里,叶芝已经对诗歌的创作方式提出了自己的见解。他指出,在诗歌创作过程中,"个人的头脑、想象力,或者意识呈现出两大极端;即个性化和非个性化……如果我们依据个性化经验行事,我们会把我们的意识系于一个仿佛燃烧的中心。而反过来,如果我们允许想象力远离这种自我主义情绪,我们便成为人们共有思想的载体,与人们普遍性的情绪融为一体。"⑩ 在上述这段引文中,叶芝着重讨论了诗人的个人感知与综合性意识的关系。在叶芝看来,由于

想象力的不同作用,诗歌的创作方式可以归结为两类:一是创作者完全专注于个人情感,力图在作品中释放他的激情和体验;二是创作者努力从自我的狭隘体验和激情中走出来,力图表达人们普遍共有的情感和意识。在经历前拉斐尔派放纵个体情感的创作方法后,叶芝自然对第二种,即非个性化的方式推崇备至。他直至晚年仍坚持要"投身非个性化的诗歌,摆脱他为爱尔兰的努力使他心灵充满的愤懑、恼怒和仇恨"的表态就充分证明了这一点。⑩从这个意义上讲,虽然叶芝从未像艾略特那样提出过令英语诗坛振聋发聩的"非个性化理论",但随着叶芝对唯我论和诗歌创作认识的不断深入,怎样合理处理诗人的个体经验与人类文化传统的关系,已成为每一个决心改革英诗传统的现代诗人必须回答的理论命题。

为了避免沉溺于诗人的个人情感体验,建立与综合性意识的联系,叶芝对象征主义产生了浓厚兴趣。在收集、整理爱尔兰民间故事的过程中,他发现爱尔兰的民间传说和神话拥有一个复杂的象征体系,那些源自古老民俗和神话的象征有助于减少他作品的个性化特征,因为神话必定是"'客观的,具有渊源和独立的',而不像个体根据内心体验观察外物时那样主观"。⑪在《雪莱诗歌的哲学》("The Philosophy of Shelley's Poetry", 1900)中,叶芝更是明确表示,"唯有借助古老的象征,借助除作家所强调的一两个或所知的五六个含义之外,还有无数含义的象征,高度主观的艺术才能逃脱过于自觉的安排之贫乏和浅陋,进入大自然的丰富和深沉之中……"⑫由于叶芝相信基于传说和神话的象征蕴含着深厚的人类文化、历史积淀,承载着先人的古老记忆和意识,因此进入 20 世纪后,叶芝开始在他的诗中采用源自古凯尔特传奇和玫瑰十字架宗派等象征体系的象征,希望以此摒除原先作品中浅薄放纵的个人情感因素。然而在 1908 年回顾他的象征主义创作时,叶芝发现,他照搬传统象征以逃避个体感知的做法,背离了他高扬的诗人的主体性,他希望坚持个性化创作的初衷。叶芝遗憾地指出,"我在创作之初就抱有把我自己写入诗歌的想法,并把它当做我本人想象的再现,但当我想象的场面与我本人无关时,我的想象变成了装点门面的场景和了无生趣的生命。"⑱叶芝把他的主体感受视为诗歌艺术生命的源泉,他的这一观点继承了以华兹华斯为代表的浪漫主义诗人关于诗歌的基本定义,即认为诗人的情感、思想和感受以及诗人寻求表现的冲动是诗歌得以产生的根本动因,而诗人也因此在整个创作过程中占据中心地位。在早期作品《印度人论上帝》("The Indian upon God",1886)中,叶芝以寓言的方式,从哲学层面讨论了个体的感受和认知与外部世界的关系。由于诗中的不同动物都按自己的形象想象上帝的模样,因此诗人得出结论,个体对外部世界的认知总是不可避免地要受个体认知水平的限制,烙上个体心理结构的印记,"真实在于观者的眼中"。⑲而对诗歌创作而言,情况同样如此。如果以外部世界的某些方面作为诗的本质和主题,也必须先经诗人的心灵和心理活动才能将事实转变为诗。或者说,如果一切外部现实不与诗人的知觉感受发生关联,这样的真实对诗人毫无意义可言,也就无所谓诗的产生。诗歌的价值就在于它表达了诗人对外部世界的独特体验和感受。

　　叶芝对其象征主义创作的反思使他认识到,虽然象征主义可以帮助他的诗歌摆脱唯我论的影响,实现非个性化,但如果因此把诗人从作品中驱逐出去,就意味着放弃诗人在诗歌创作中的核心地位,如何平衡非个性化与个性化的关系才是问题的关键。

　　叶芝对诗人主体地位的坚持促使他寻找除象征主义之外的新表现方式,而他对诗人及诗歌作用认识的转变,也使诗人与作品道德主题的关系问题随之显现出来。初涉诗坛时,叶芝的很多作品流露出诗人缅怀田园传统、寻求归隐的遁世心态。在有读者问及他写作《湖岛因尼斯弗里》("The Lake Isle of Innsfree",1890)的情形时,叶芝给出这样的答复,虽然当时身在伦敦大都市,但"从少年时代起,我一直有一个梦想,要像梭罗那样在因尼斯弗里生活……"⑳需要强调的是,终其一生,叶芝从未停止过对梭罗式隐居生活的梦想,但动荡的时局和交杂涌动的思潮观念让他不得不关注诗人乃至诗歌对社会公众的影响力。叶芝的青年时代适逢维多利亚社会末期,资本主义经济的飞速发展带来了物质生活的昌明,也使各种矛盾日益激化,其中最为典型的莫过于科学进步对基督教赖以存在的根基提出的挑战。在爱尔兰,情况更为复杂。

英国的统治威胁并销蚀着人们的民族意识,而教会的腐败与对英国统治者的谄媚态度,令爱尔兰民众丧失了对天主教会的信心。面对日益衰败的宗教信仰体系,叶芝明确表示,"我认为,艺术现在必须承担从牧师肩头滑落的职责,引导我们重回正轨,在我们头脑中确立关于事物的真谛,而不是关于事物的正确观念"。⑩叶芝希望用诗来匡正世道人心,实现对公众的教化作用。与之相应,诗人也就成为艺术的传教士、当仁不让的道德救赎者。事实上,以诗集《责任》(*Responsibilities*,1914)的出版为标志,叶芝对诗和诗人作用认识的重大转变使他的中后期作品开始着力表现爱尔兰社会生活和民族运动,他的诗也因此参与了对公共生活重大事件的道德评判,成为社会道德和民族意识建构过程的一部分。

叶芝对诗歌道德功用的强调使他的诗歌不再局限于抒发诗人的个性情感,而是要在一定程度上再现具体的社会现实,并做出相应的道德评价和判断。值得一提的是,虽然叶芝从未就诗人个体情感和作品道德主题的关系发表过专门评论,但我们仍然可以从他对文学创作目的的界定中,推断出他对这一问题的看法。叶芝指出,"与说明性、科普性文字不同,文学熔炼某种情绪,或一组情绪……即使文学采用争辩、理论、学识和观察等方式,并且似乎急于肯定或否定某一观点,它也仅仅只是为了能使我们参加各种情绪的盛宴……并且那些争辩、理论、学识和观察都为表达这些情绪服务……"⑪也就是说,虽然出于道德目的,诗歌要诉诸较为具体的自然、现实生活场景,要体现诗人的理性思考和价值判断,但这一切都必须服从于作家(诗人)的情感表达,与之交融,合为一体。只有这样,诗歌才不会沦为空洞的说理,而是让读者在体验作品情感的同时,获得道德上的启示。

与此同时,叶芝十分反对借用修辞手段来说服读者的做法。在谈及同时代诗人的共同特征时,叶芝指出,"我们这一代人由于厌恶维多利亚作家们对修辞的道德狂热,而变得厌恶所有修辞手段。"⑫从叶芝对同辈诗人的这番评价不难看出,他意识到他们对修辞学的认识有失偏颇,但他不赞成作家通过运用修辞手法,即表达技巧,来增强作品的道德说服力。因为这样不仅违背了浪漫主义以自然天成、真挚感情衡量诗歌优劣的标准，而且还有作家把个人的善恶观强加给读者的危险。据此，叶芝认为作者不应对作品所要表现的道德主题做真伪判断，而是应当采取超然的态度，因为"相信众多谬误和少许真理，远远胜过为了否定真理或谬误进行的讥嘲……说完话，做完事后，我们怎会不知道，我们的谬误也许胜过别人的真理呢?"⑩叶芝的这一表态与柯勒律治推崇的"既不否定也不肯定"的"消极信念"有异曲同工之妙。⑪并且，可以说叶芝的上述评论仍从作者的角度看待诗歌和道德信念的关系，但在写给他父亲的信中，他也像柯勒律治那样，表现出对读者接受与审美体验的关注。叶芝在信中谈到，"我已努力通过极其自然和富于戏剧效果的语言，使我的作品令人信服，让观众感到一个正在思考和感知的人的存在"。⑫叶芝意欲让读者感受到的诗歌叙述者的即席存在，其实就是柯勒律治所讲的"舞台演出效果"。⑬经过不断尝试、探索后，叶芝终于认识到可以通过戏剧化呈现，解决非个性化与个性化创作、诗人与作品道德主题的关系问题。

　　叶芝对戏剧化表现方式的讨论首见于 1902 年的一次演讲。他在演讲中指出，"现在不再有人把他自己写入书中，几乎不再有人用戏剧化的方式表现自己；取而代之的是，我们现在获得的是一个飘忽不定、抽象的诗人。……正是由于这种个性意识的缺乏，我们丧失了戏剧效果。如果一个作家不能用戏剧化方式表现自己，他就无力用戏剧化方式表现任何人。"⑭叶芝除了在演讲中重申了作者（诗人）的个体经验对于诗歌主题的重大意义外，还把戏剧化表现方式视为诗人能否在作品中塑造一个感情丰沛的诗人具象的决定性因素。不过，在经历前期创作实践后，叶芝对作者个性的理解已不再局限于自我经验，而是进一步区分出一个通过作品实现的形式主体。在 1910 年一次题为"我青年时代的朋友"（"Friends of My Youth"）的演讲中，叶芝把作者的主体分成"性格"与"个性"（character/personality），并做了相应说明。所谓"性格"，是指"由所有现有习惯构成的那个自我"；"个性比性格更重要，更纯粹……一个在写作中确立风格的作家便是在塑造他的个性"。⑮从叶芝对"性格"与"个性"的界定看，他显然已经认识到，即使诗歌以表现

诗人的个人情感和体验为旨归,诗歌表现的绝不是诗人简单原始的心理、情感活动,诗人要对它进行提炼,使之审美化,并服从于一定的艺术范式。作为一种形式建构,诗歌表现的诗人形象虽然与诗人本人有密切联系,但两者不是同一概念。"个性"才是诗歌表现的主要对象。叶芝把"风格"看作诗人的个性,暴露出他对这一概念的理解仍有些含混,但接下来在《穿行在宁静友好的月光下》("Per Amica Silentia Lunae",1918)和《幻象》("Vision",1925)中,他在原有提法的基础上,又提出了"自性/反自性"这一对概念,并最终用"面具"(mask)来指称"反自性"。作为叶芝诗学理论的一大核心概念,"面具"的含义较为复杂,它不仅涉及叶芝研习秘术的体验,也受到包括王尔德在内的作家关于人格构成认识的影响。⑱不过,单从叶芝对"面具"这一概念的形式意义的界定看,他对诗人主体性的认识已趋成熟。他在《幻象》中指出,虽然有时候"面具"是在无意识状态下创造的,但有一种情况却足以使它成为有意识的产物,那就是:

> 当一个人开始对一大群人,而不是他熟知的两三个人讲话,不是谈论某些事实或数字,而是讨论生活——讨论生活的智慧和生活的忧虑时,他便成为一名演员,通过简化和扩展赢得人们的目光和注意。他可能成功或失败,但他的诚实取决于他能否让这个被简化和扩展的人物成为他表达心灵的恰当形式,而不是用它满足虚荣的野心。⑲

叶芝这里谈到的"对一大群人讲话",其实就是指作家(诗人)面向读者的创作。而作家必须成为"演员",加工、提炼自己的经历来吸引读者,这是叶芝经过长期艺术实践后得出的结论。在作品全集的总序里,⑳叶芝也表达了类似的观点,把建构一个审美化的、艺术的诗人形象作为其诗歌创作的首要原则。他明确表示,"诗人在他以生活的悲剧为素材的最佳作品里,总要写他个人的生活,无论是怎样的生活、悔恨、失恋或纯粹的孤独",但"诗人从来就不是那个偶然地、缺乏条理地坐在那儿用早餐的人,甚至当他看起来与本人最相像的时候……"因为此时诗人"已再生为一种思想、某种意料中的完美之物"。[⑱]叶芝所谓的获得再生的诗人就是他在前面提到的"面具"。这样,叶芝不仅最终明确了营造戏剧化效果所应采取的艺术手段,即通过面具人物呈现诗人对社会现实的体验和感受,而且更认识到面具对于其创作成败的决定作用。

对叶芝抒情诗中面具的分类,批评家们提出了各自的看法。不过,据叶芝本人的提法,他笔下的面具大致可归为两类。在 1910 年初在伦敦的三场讲演中,叶芝呼吁要重新建立"文学与个性——作者在抒情诗中的个性,或戏剧中由想象产生的个性人物——的联系"。[⑲]叶芝的这一呼吁也道出了他本人创作的努力方向,即他诗歌中的面具有一类是基于作者本人的现实经历,而另一类则是作者根据戏剧中的某些人物原型,发挥想象创作的。在具体的表现手法上,叶芝诗中的第一类面具把诗人的情感遭遇和人生体验作为审美关照的对象,通过比较诗人与文学经典、民间传说和神话中某些原型人物的共同点和相似之处,发掘并阐明诗人个人经验的文化内涵和象征意义,使诗歌塑造的诗人形象成为融合诗人现实经验与文学、神话等公共性知识的完美象征。第二类面具多是乞丐或似癫非癫的疯子。这两类人物通常是戏剧家为了退居幕后同时又对舞台上发生的事件进行评说而设,是戏剧家让读者预知故事真相和隐情的重要手段。为了充分发挥诗歌的教谕功能,又不致使诗人的道德评论显得生硬突兀,叶芝借用了戏剧家的这一表现手法,从"疯子"、"乞丐"等人物的限知视角审视、批判社会现实和主导意识形态。这样,通过面具,同时借鉴他的戏剧创作经验,叶芝的中后期抒情诗克服了唯我论影响下诗人陷于个体感受的主观抒情色彩,避免了道德说教,表现出强烈的戏剧化效果。

非个性化理论是现代主义诗学中重要的创作方法论。在处理诗人个人感知和综合性意识的关系问题上,叶芝没有像艾略特那样主张诗歌应当逃避感情,逃避个性,而是选择以戏剧化的方式,通过"面具"呈现、阐发诗人情感和人生经历的文化意蕴,叶芝这种寻求平衡非个性化与个性化的做法,正是他非个性化理论的一大特色。他对经验作者与面具所作的区分,既使他的诗歌在一定程度上实现了非个性化,又同时坚持了诗人的认识、情感主体地位,从而在客观形式主义思想和浪漫主

义高扬的诗人主体的观点间获得了一种和解。不过,虽然叶芝也把面具看作一个比作者本人更为重要、通过具体作品实现的形式主体,但他的"面具"和叙事学界流行的"隐含作者"概念存在显著区别。由于韦恩·布斯提出"隐含作者"这一概念,意在批判当时热衷研究作者生平、社会语境等外在因素,忽略文本自身的批评潮流,因此布斯十分强调文本的相对独立性以及真实作者与隐含作者的差异,他认为从阅读的角度看,"隐含作者"就是读者从整个文本推导、建构出来的作者形象。⑪与布斯不同,虽然叶芝也主张对经验作者和面具加以区别,但他并未因此偏废经验作者。因为如果否定经验作者的意义,也就放逐了作品的认识和情感主体,意味着彻底背离浪漫主义诗学传统。与此同时,如果布斯更多的是从读者的角度界定"隐含作者",那么在叶芝那里,面具是现代人在主体意识出现分裂的情况下,重构统一主体的重要途径,也是诗人创造神力的有力佐证。理查德·艾尔曼指出,叶芝自传体中篇小说《约翰·舍曼》中,舍曼与霍华德这一对性格迥异的人物见证了诗人内心现实自我与理想自我的冲突,⑫表明叶芝同许多现代人一样,也曾面临自我意识分裂导致的主体危机。但与乔伊斯、艾略特等现代主义作家不同的是,叶芝不认为艺术家应当就此接受自我分裂的命运,表现现代人的精神困顿和危机,而是坚持作家可以通过艺术,再造一个完整的主体,也就是"面具"。作为一个艺术形式建构,面具不仅完美统一,而且还可以极大地丰富作者本人的人生体验,使作者与面具难分彼此,使他成为"他自身经历的幻觉场景的一部分"。⑬正是由于诗人可以凭借艺术,像上帝那样创造出一个新的主体,因此叶芝甚至表示"天地无所知,因为它们不创作任何东西,我们无所不知,因为我们创造了一切"。⑭在现代人面临主体危机的情况下,叶芝捍卫现代人——尤其是诗人主体地位——的苦心由此可见一斑。

叶芝对诗歌道德教化功能和读者接受问题的关注,使他超越了传统浪漫主义的崇尚情感,追求个性的表现论,强调了除诗人以外读者接受的主体性。在当时的英国文坛,叶芝不是唯一主张借鉴戏剧表现手法、改变作者介入作品方式的重要作家。"戏剧化呈现"或"作者引退"

在 19 世纪中叶前后，⑮"已被普遍地用作小说批评实践中的一条标准"。⑯而英国诗坛更是具有使用戏剧性独白的传统。但需要强调的是，虽然叶芝也希望通过面具实现诗中作者的引退，营造叙述者自己袒露心声、针砭世事的错觉，但严格地讲，叶芝的戏剧化呈现不属于戏剧性独白，而是戏剧性抒情（dramatic lyric）。⑰因为，他诗中经常出现两个或更多的叙述者，况且他并不以塑造叙述者的性格为己任，而是让叙述者专注于陈述自己的观点，或是启发对方说出他的看法。布斯在分析叶芝戏剧化呈现的效果时指出，叶芝诗歌的戏剧化效果只限于"要求读者对诗歌的陈述做出推断"，而未把面具人物置于戏剧冲突之中。⑱特伦斯·布朗也认为，叶芝对"乞丐"这一类叙述者的认识，只停留在"文学沙龙对乞丐的理解"上，与这一阶层的现实生活状况相差甚远。⑲叶芝创作的"隐士"、"疯子"等面具人物形象也存在类似问题。

值得一提的是，在作者与面具的关系问题上，叶芝提出了类似于巴赫金复调理论的主张：

> 戏剧化行动必须摧毁的应当是作者的观点；在写作时，作者有必要知道所有不属于行动的因素。戏剧家通过思考和研究，使人物经他的双手和双眼，摸索到他们可以用语言表达的一切，但这一切必须由人物控制。这也正是古代哲人认为诗人或戏剧家精灵附体的原因所在。⑳

然而，从具体作品看，叶芝并没有放弃对面具的控制，他笔下的第二类面具并不具备巴赫金所提倡的独立意识，而是显露出诗人某种事先设定的情感和道德立场。著名传记作家兼评论家艾尔曼道出了叶芝艺术主张和实际创作脱节的根本原因。艾尔曼指出，虽然叶芝在很大程度上继承了浪漫主义诗学传统，但"事实上，他的看法在有些方面更接近休姆所谓的古典主义"，把人看作"有限、恒定的生物"。㉑或者根据艾丽丝·默多克对浪漫主义所作的分析，"浪漫主义的主要特征之一恰恰是讲究形式，强调秩序和事物的必然性"。㉒虽然叶芝对唯我论持批判

态度,承认自我之外还存在其他事物,但他对面具人物类型化、脸谱化的处理表明,他眼中的"他人"只是一些秩序和形式,而不是鲜活的人。叶芝在本质上仍是一位浪漫主义诗人,他的戏剧化呈现和意在塑造叙述者性格的戏剧性独白有显著区别,与复调理论等西方后现代诗学有着更大的距离。

从希望创作非个人化的诗,到主张对作品的道德主题持超然态度,叶芝对戏剧化呈现的不懈探究表明他的创新意识和理论自觉绝不亚于艾略特等年轻一代。尤其难能可贵的是,他始终坚持浪漫主义诗歌关于诗歌的基本定义,并在此基础上区分出一个有别于经验作者、由具体作品实现的第二自我——面具,从而较为合理地回答了困扰现代诗坛的非个性化诗歌与个性化创作、诗的道德教化与读者的接受等理论命题。显然,叶芝这种熔炼传统与新文艺思想的理论眼光与探索为英国现代文学思想的发展做出了重大贡献。

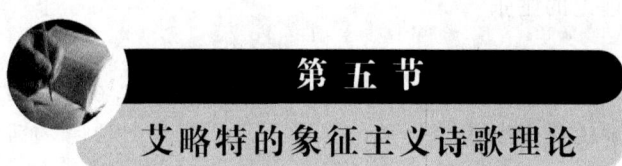

第 五 节
艾略特的象征主义诗歌理论

托马斯·斯特恩斯·艾略特(Thomas Sterns Eliot,1888－1965)是 20 世纪英国诗歌批评领域最为重要的批评家和理论家之一。他对维多利亚时代诗歌创作的批评与反思不仅影响并改变了 20 世纪英语诗歌的表现方式,而且他的许多论述还对新批评派的观点有一定启发意义,他因而被视为"新批评"的圭臬。艾略特一生发表了许多论文与评论,主要收录在《圣林》(*The Sacred Wood: Essays on Poetry and Criticism*,1920)、《论文选》(*Selected Essays*,*1917－1932*,1932)、《追求异神》(*After Strange Gods*,1934)、《论诗和诗人》(*On Poetry and Poets*,1957)和《批评批评家》(*To Criticize the Critic*,1965)等书中。他的诗学理论涉及范围很广,要勾勒其全貌实属不易。本节将集中讨论艾略特对现代英语诗歌创作产生深远影响并引发评论界诸多争议的象征主义诗歌理论,旨在对该理论作出较为公允的评价。接下来的讨论将包括三方面的内容:一是艾略特在反思浪漫主义诗歌传统的基础上对"传统"这一概念的重新界定;二是艾略特的"非个性化"理论;三是艾略特的"客观对应物"说对诗歌意象生成机制的影响。

对维多利亚时代英语诗歌及其创作的批评构成了艾略特象征主义诗学理论的起点。艾略特涉足诗歌创作和批评的年代,英语诗歌呈现出日见衰落的趋势。在 1914 年写给康拉德·艾肯的信中,艾略特表达了对当时英语诗歌现状的担忧,指出"这是诗歌发展的低迷时期"。[⑬] 为了找到使英语诗歌陷于低谷的原因,艾略特研读分析了维多利亚及乔治时代许多诗人的作品,并得出结论:自浪漫主义运动以来,过度张扬诗人个性的诗学传统是导致维多利亚时期的诗歌流于感伤、沉迷于滥情主义的症结所在。在 1919 年刊出的一则书评中,艾略特不仅十分赞同原书作者浪漫主义时期是"智力陷于混乱的时期"的观点,而且还进一步就浪漫主义运动对后期文学(诗歌)的影响提出了质疑——"不知道这个年代,作为一个时期,能对未来时期产生多大的影响;它引发这样一种怀疑情绪:那就是我们的时代也将呈现类似的混乱和徒劳无功。"[⑭] 艾略特深厚的哲学修养还使他追根溯源,把对浪漫主义的批评矛头最终指向法国启蒙主义思想家卢梭。他认为卢梭哲学思想中"抬高个性与个人,排斥典型性;重视情感,忽视思想"的倾向正是浪漫主义诗人所奉行的唯我论的思想根源。[⑮] 值得一提的是,艾略特对唯我论思想的批评是与他对独尊个人、个性的自由主义哲学的批判相辅相成的。艾略特继承了 19 世纪后半叶以来马修·阿诺德、托马斯·卡莱尔等人批判自由主义的精神衣钵,使之成为其文化和社会批评的一项重要内容。

艾略特对浪漫主义诗歌传统的否定和批判使他成为青年一代诗人的杰出代表,也使得他与浪漫主义的关系问题成为学界争论的焦点。事实上,虽然艾略特对浪漫主义的批评言辞激烈、尖锐,但已有很多研究者指出,艾略特本人的诗歌受到了包括雪莱、丁尼生和斯温伯恩等在内前辈诗人的潜移默化的影响。艾略特诗歌的浪漫主义特征恰恰表明,他对浪漫主义的批判并不以割裂传统为旨归,而是希望在批判的基础上,进行继承和创新,而这种兼收并蓄的精神与态度也正是英国文学

思想的精髓。

艾略特对浪漫主义乃至自由主义哲学的批判与反思,使他认识到合理处理个人与传统文化、个体意识与综合性意识的重要性,并提出了一种颇为新颖的传统观:

> 假若传统或传递的唯一形式只是跟随我们前一代人的步伐,盲目地或胆怯地遵循他们的成功诀窍,这样的"传统"肯定是应该加以制止的。……传统是一个具有广阔意义的东西。传统并不能继承。假若你需要它,你必须通过艰苦劳动来获得它。首先,它包括历史意识。……这种历史意识包括一种感觉,即不仅感觉到过去的过去性,而且也感觉到它的现在性。这种历史意识迫使一个人在写作时不仅对他自己那一代了若指掌,而且感觉到从荷马开始的全部欧洲文学,以及在这个大范围中他自己国家的全部文学,构成一个同时存在的整体,组成一个同时存在的体系。[18]

艾略特以上关于传统的表述至少包含两层意思。首先,作家不应简单地把传统理解为亘古不变的方法和规则,不应因循守旧地蹈袭前人的作风。作家在意识到传统的历史延续性的同时,更应关注传统的共时性特征,因为文学传统常常因某位作家和他的作品而产生新的组合,"现存的不朽作品联合起来形成一个完美的体系。新的(真正新的)艺术品加入到它们的行列中,这个完美体系就会发生一些修改。"[19]其次,艾略特认为作家应通过不断努力培养一种历史意识,"这种历史意识既意识到什么是超时间的,也意识到什么是有时间性的,而且还意识到超时间的和有时间性的东西是结合在一起的。有了这种历史意识,一个作家便成为传统的了。这种历史意识同时也使一个作家最强烈地意识到他自己的历史地位和他自己的当代价值。"[20]换言之,艾略特对传统的定义要求诗人必须首先牺牲自我或放弃个性,以便将自己融入更为宽广的历史文化语境,使个人成为历史意识和文化传统的载体。但是,作家又不是消极、被动地因袭传统,而是要通过自己的创作和作品,实现同传统和经典的沟通与对话。

不难看出,艾略特所推崇的深刻的历史意识是以作家弱化个人主体意识为前提的,也与他反对唯我论和自由主义的立场有着内在的联系。在此前提下,艾略特提出了令当时诗坛振聋发聩的"非个性化理论"。他不仅认为"一个艺术家的进步意味着继续不断的自我牺牲,继续不断的个性消灭",而且还借用一种科学的类比来描述他所倡导的非个性化的过程:

> 剩下要做的事就是对个性消灭的过程,以及对个性消灭和传统意识之间的关系加以说明。正是在个性消灭这一点上才可以说艺术接近了科学。因此我请求你们,作为一个启发性的比拟,考虑一下当一小块拉成细丝的白金放入一个含有氧气和二氧化硫的箱内时所发生的事情。
> 上述两种气体,由于白金丝的存在,产生化合作用形成硫酸。只有当白金存在时才能发生这种化合。……诗人的头脑就是那少量的白金。这个头脑可能部分地或全部地在诗人本人的经验上进行操作。但是,诗人的艺术愈完美,在他身上的两个方面就会变得更加完全分离,即一方是感受经验的个人,另一方就是进行创作的头脑。头脑也就会变得能够更加完美地消化和改造作为它的原料的那些激情。[⑬]

艾略特还提出,"诗人有的并不是有待表现的'个性',而是一种特殊的媒介,这仅仅是一种媒介而已,它并不是一种个性,通过这个媒介,许多印象和经验以奇特的和料想不到的方式结合起来。"[⑭]在艾略特眼中,诗人不仅没有什么个性可以表现,而且只是一个特殊的媒介,各种印象和经验、历史与现实、材料与感情都有机地在这一媒介中被组合起来。因此,艾略特认为"诗人的任务并不是寻找新的感情,而是去运用普通的感情,去把它们加工成为诗歌,并且去表达那些并不存在于实际感情中的感受。"[⑮]

在英语诗人普遍沉溺于个人情感、把诗歌作为宣泄个人情绪对象的文艺风气中,艾略特的"非个性化"理论无疑对当时盛行的唯我论具

有较为积极的反拨作用。不过,艾略特反复强调的"诗歌不是感情的放纵,而是情感的脱离;诗歌不是个性的表现,而是个性的脱离"的观点遭到了同时代诗人与批评家的质疑。在《现代诗歌》("Modern Poetry",1936)一文中,叶芝不但批评艾略特的诗学革命"仅限于风格",⑩而且还以否定的口吻提出现代诗歌运动,"由于受到艾略特的现代主义和战时诗人社会运动热情的制约,屈从于一种非个人的、哲学性的诗歌,而爱尔兰诗人辛格和詹姆斯·斯蒂芬斯等却未转向非个性化的哲学,而是表现为更为深刻坚实的个性。"⑪叶芝从创作主题的角度对艾略特等人提出了批评,是因为他没有领会艾略特提出"非个性化"理论的真正意图。在 20 世纪社会经济、文化发生重大变革后,尤其在第一次世界大战后,艾略特和战时诗人把表达现代人的战争经验和幻灭感作为他们作品的主要内容具有重要的现实意义。不过,从另一个角度看,叶芝认为诗歌必须表达诗人个性的观点,看似传统保守,却是对诗歌这一艺术类型本质特征的信守与坚持。在对诗歌的定义上,叶芝继承了以华兹华斯为代表的浪漫主义诗人关于诗歌的基本定义,即认为诗人的情感、思想和感受以及诗人寻求表现的冲动是诗歌得以产生的根本动因,而诗人也因此在整个创作过程中占据中心地位。艾略特对浪漫主义的批评帮助他找到了使现代英语诗歌陷于危机的原因,但如果因此将诗人从作品中驱逐出去,就意味着否定诗歌赖以存在的基础。因为诗歌即使以外部世界的某些方面作为诗的本质和主题,那些事实也必须先经诗人的心灵和心理活动才能转变为诗。或者说,如果一切外部现实不与诗人的知觉感受发生关联,那么这现实对诗人就毫无意义可言,也就无所谓诗的产生。诗歌的价值就在于它表达了诗人对外部世界的独特体验和感受。最后,艾略特本人也意识到他最初的提法过于极端,后来做了相应修正,提出诗人往往是从个人的情感体验出发开始写作,但优秀的诗人能将自己的苦痛和快乐提升到普遍的非个人高度,用新奇的语言和表达捕捉到世人共有的情感。艾略特认为但丁和莎士比亚是这方面的典范,前者"从个人的本能冲动中建造出永恒和神圣的东西",后者的写作犹如一场艰苦卓绝的斗争,"斗争的目的就是要把个人的和私自的痛快转化成更丰富、更不平凡的东西,转化成普遍的和非个人的东西。"⑭

如果说艾略特的"非个性化"理论是针对诗歌创作者的个性和情感,那么作为艾略特象征主义诗学理论的另一项内容的"客观对应物"说,则是对这一理论具体艺术表现手段的讨论。不过,在考察艾略特有关"客观对应物"的论述前,我们有必要先看一下艾略特对以约翰·多恩为代表的玄学派诗人的评论。在《玄学派诗人》("The Metaphisical Poets")中,艾略特指出,普通人的经验是杂乱零散的,但玄学派诗人却具有糅合各种经验并使之不断形成新的整体的心智。艾略特不无遗憾地表示,玄学派诗人的这种感觉机制在约翰·弥尔顿和约翰·德莱顿的作品中已丧失殆尽,艾略特把这称为"感性的脱节"(disassociation of sensibilities)。⑮艾略特的这篇文章一经刊出,就对三四十年代的诗歌评论产生了巨大影响。有评论家、甚至考古学家试图从各个角度来证明艾略特的这一观点,评论界一时兴起一股重读玄学派诗歌的热潮。在现代英语诗歌面临发展危机的情况下,艾略特试图从 17 世纪诗歌艺术中寻找启示、探寻新的表达方式的做法本无可厚非。但正如他本人后来在 1947 年重新评价弥尔顿时所承认的,把"感性的脱节"完全归咎于弥尔顿和德莱顿是错误的。⑯艾略特的"感性的脱节"这一提法也值得商榷。弗兰克·克莫德在他的《浪漫主义的意象》的第八章中专门讨论了艾略特的"感性脱节"说,认为艾略特的观点大胆,但论证却牵强粗疏,难以令人信服。因此,任何试图从文学史、思想史的角度求证这一观点的努力都意义不大,"感性的脱节"这一提法体现的是艾略特本人的旨趣爱好,"其目的是为他自己的诗作和品味正名"。⑰

事实上,在评论玄学派诗人安德鲁·马韦尔时,艾略特正是通过他对马韦尔诗作的解读,讨论了他对诗人的感觉机制和读者审美体验的关系的看法。艾略特称赞马韦尔智性与感觉的完美结合使诗人的智性对读者来说"犹如玫瑰的芬芳一样直接"。⑱诗人怎样才能使读者像嗅到玫瑰花香那样准确地把握诗人的心智,正是艾略特之前在《哈姆雷特及其问题》("Hamlet and His Problems",1919)一文中讨论的重点。在艾略特看来,"用艺术形式表现情感的唯一方法是寻找一个'客观对应

物’；换句话说，是用一系列实物、场景、一连串事件来表现某种特殊的情感；要做到最终形式必然是感觉经验的外部事实一旦出现，便能立刻唤起情感”。⑭艾略特对"客观对应物"的论述与他的非个性化原则是相辅相成的。如果非个性化原则关注的是诗人个性与文化传统的关系，那么"客观对应物"则试图解决诗人的主体意识与诗歌表现对象的矛盾。在传统浪漫主义诗人那里，诗人与诗歌表现对象的关系通常表现为以下形式：诗人的主体意识在诗歌创作中占据统治地位，诗人在写诗时，把自己的思想、想象和幻觉等都投射到外部的自然界，使之成为人格化的事物。作为对浪漫主义表现论、唯我论的一种反拨，艾略特的"客观对应物"提倡的是一种截然不同的"物我"关系。艾略特一再声明，诗应该像玻璃一样，读者可以透过它看到窗外的景物。在这见解的背后是一种哲学观，即事物的本体不应被诗人的个性或心理所遮蔽，我们应该尊重客体，专注于思想和感情的对象。⑮

应当指出，艾略特所标举的"客观对应物"说在其具体作品中是通过象征实现的。对艾略特的象征主义诗学产生过重大影响的有包括查尔斯·波德莱尔在内的象征主义诗人和亚瑟·西蒙斯等理论家。艾略特在哈佛读书期间接触到波德莱尔的作品《恶之花》，并从中得到关于诗歌主题和艺术表现手法的启发，表示"我最初从先行者波德莱尔那里发现了现代大都市生活的肮脏面、污秽的现实与梦幻的融合、现实和想象并置的可能性，这种可能性是任何一个用英语写作的诗人未开发过的"。⑯艾略特称赞波德莱尔的《恶之花》为后人提供了"一种解脱和表达的方式，这不仅仅是因为他使用了普通生活中的意象，也不是因为他使用了大城市肮脏生活中的意象，而是因为他使这样的意象达到了最大的强度——将意象按原样呈现了出来，却又使它代表远比它本身更多的内容"。⑰西蒙斯的《文学中的象征主义运动》帮助艾略特了解到更多的象征主义诗人和他们的创作理念及特征。斯特芬·玛拉美对暗示作用的强调就与艾略特的"客观对应物"颇有异曲同工之妙，他们都主张诗的情绪不应该直率而明晰地透露出来，而应该选择一个事物暗示出来。玛拉美提出，"叫出一个事物的名字就会破坏诗的大部分乐趣，诗是靠一点一点的琢磨产生乐趣的。理想的方法是暗示事物。这种神秘方法的完美运用就成为象征。必须一步步地引发事物以表现心灵状态;或反过来,选择一个事物,用一系列破译的方法引出某种心灵状态。"⑬不过需要强调的是,尽管艾略特非常崇拜法国象征主义诗歌,但他与玛拉美等象征派有显著差别。玛拉美极其重视诗与音乐的关系,认为"诗歌语言如同乐曲的音符一般能引发允许不同阐释的意境;在纯诗里,诗人本人的声音必须停止,而让文字进入动态,它们在运动中互相撞击,发出火花,就像镰刀擦过宝石一样。"⑭玛拉美所倡导的"纯诗"就是要让诗歌像音乐那样升华到纯而又纯的境界,使它成为自身存在的最终目的。虽然艾略特也认为诗歌"有它自己的生命",但他并不因此割裂语言与现实世界的映照关系,而是希望"诗能像窗口和路标一样指向独立于诗人的客体"。⑮在评论斯温伯恩时,艾略特指出,"处于健康状态的语言代表了客体,它与客体如此接近,两者合二为一。"但是斯温伯恩为了使用"疲倦"这词而用它,他以词害意的做法使他的诗歌成为不关外物、由语词堆成的文字世界。

综上所述,对诗人个性与文化传统、诗人主体意识与诗歌表现对象这两组关系的关注与讨论构成了艾略特象征主义诗学理论的两大基点,体现了其改革维多利亚时代文艺风气的努力方向和目标。虽然艾略特认为诗歌应当逃避个性的观点太过绝对,他对玄学派诗人与弥尔顿的评介也有失公允,但在反拨唯我论的消极影响、改变现代英语诗歌的表现方式方面,艾略特的象征主义诗学理论指明了英诗发展的新方向,因而功不可没。

第 六 节
奥威尔的知识分子观与小说创作

乔治·奥威尔(George Orwell, 1903－1950)是 30 年代英国文坛令人瞩目的文人斗士。他不仅以记者的身份亲身经历了西班牙内战,

参加过二战期间对欧洲战事的报道，而且他的《动物庄园》（*Animal Farm*，1945）和《1984》（*Nineteen Eighty-four*，1949）对集权专制所做的预言至今尚无人能够超越。由于奥威尔曾明确表示，文学与政治是不可分割的，"尤其在我们的时代，政治性的恐惧、仇恨和忠诚成了人们意识中首当其冲的东西，不可能有非政治性的文学。"[⑱]因此批评家们对奥威尔的评论，通常着眼于他的作品所表达的政治思想，认为文学创作是奥威尔用以阐明其政治立场和观念的重要手段。关于奥威尔文学作品的政治性，学界已达成共识。但是，这种通行的奥威尔研究方法，忽略了奥威尔选择以文学阐发其政治思想的最初动力——通过他的文学创作向世人揭示令人不安的真相，践行他本人的传统知识分子的角色。本节将以奥威尔的散文、小说和新闻报道为研究对象，集中考察他有关知识分子的论述。对奥威尔知识分子观的讨论无疑有助于我们更好地理解他的作品和他在英国文学思想史上的地位。

奥威尔极其重视知识分子的社会作用和责任。在 1939 年一篇名为《查尔斯·狄更斯》（"Charles Dickens"，1939）的评论中，奥威尔通过对狄更斯这位 19 世纪的批判现实主义小说家的赞美，表达了他的知识分子理想。奥威尔指出，狄更斯是"19 世纪的自由主义者，是自由的知识分子，是那些正在试图争夺我们的灵魂的、散发着臭气的褊狭的、正统观念共同憎恨的一个典型"。[⑲]从上述评论中，我们不难看出奥威尔对知识分子及其社会责任和义务的基本理解——知识分子应该是自由的思想志士，应该永远站在各类褊狭、陈腐观念的独立面，与之进行斗争。在奥威尔看来，知识分子努力反对正统思想和教条的本色和立场还使他们成为得天独厚的、社会变革的领导者。在全面阐发其政治抱负的《狮子与独角兽》（"The Lion and the Unicorn"，1941）中，奥威尔提出，英国社会的中间阶层如何作为将直接关系英国能否成功地实现社会主义。按奥威尔本人的说法，他所谓的中间阶层（middling social group）是指"各类技师、享受高薪的技术工人、飞行员和他们的机修师、电台管理人员、电影出品人、大众媒体的记者和工业化学家等"。[⑳]也就是通常意义上的具备一定或相当专业知识和技能的知识分子。奥威尔把知识分子看作社会变革的重要力量，他对知识分子的倚重由此可见一斑。

在对知识分子寄予厚望的同时,奥威尔清楚地看到现代知识分子正在蜕变为驯服的专业人士,为某些阶级和利益集团所收编,被用以赢得更多的权力、获得更多的利益。对这类知识分子的批判构成了奥威尔知识分子观的一个重要方面。他本人也因此被有些评论家看做是"20世纪上半叶对知识分子最具批判眼光的知识分子"。[⑭]奥威尔对知识界的批判首先见于《巴黎伦敦落难记》("Down and Out in Paris and London",1933)。在亲眼目睹并经历伦敦和巴黎贫民区的生活后,奥威尔开始对资本主义制度和基于财富多寡的阶级关系提出怀疑,进而关注起受过教育的中产阶级人士在社会中所扮演的角色。奥威尔在书中批评中产阶级知识界急于融入富有的统治阶层,实行对贫穷阶级的统治,因为"他们认为,任何赋予贫穷阶级的自由都将对他们自己的自由造成威胁"。他们视贫穷阶层为"低等动物,一旦有了闲暇,就会制造危险;因此让他们忙得没有时间思考才安全"。[⑮]在发表于《党派评论》(*Partisan Review*,1934-2003)的一篇评论中,奥威尔对中产阶级知识界支持极权统治的心理做了更为尖锐的剖析。奥威尔认为"苏联对于工人阶级和左翼知识分子的意义很不相同。前者亲俄是因为他们认为俄罗斯是由普通人掌管一切的工人阶级的国家,而知识分子则是部分地受到了权力崇拜的影响"。[⑯]在稍后的另一篇评论中,奥威尔进一步指出,如果考察一下亲俄人士的构成,"就会发现他们绝大部分属于'职业管理阶层'(managerial class),也就是说,他们不是狭义上的企业管理者,而是科学家,技师、教师、记者、新闻播音员、政府官员和专业政治家。总体来说,这些中层人士感觉他们在部分保留贵族传统的社会体制中同属一个阵营,但同时又渴慕更多的权力和荣誉。这些人把目光投向苏联,看到或是认为他们看到了一种体制,这种体制彻底根除上层阶级,使工人阶级安于现状,并把不尽的权力交给类似于他们的阶层。……英国的大批知识分子对此表现出了兴趣。"[⑰]奥威尔以上对英国左翼知识分子的社会主义观的批判显得偏激、有失公允。但他对知识分子,尤其是专业人士的批评却涉及了西方现代社会文化、哲学领域的一个热点议题,即有关现代知识分子角色的讨论。

　　有社会学家提出，从 20 世纪四、五十年代起，伴随着知识工业的迅速发展，知识分子在西方工业社会的地位不断上升，由学院专业人士、技师、记者、律师等组成的知识分子逐步取代了原来的有产阶级，成为社会中的新兴阶层。意大利政治哲学家安东尼奥·葛兰西（Antonio Granci，1891 - 1937）在其有关"有机知识分子"的论述中把这一新兴阶层描述成有目的、有影响力、有组织的知识分子：

　　　　新兴知识分子的存在模式不再在于口才雄辩，这只是一种情感和激情的短暂的外在表现力，而是在于作为建设者、组织者和永恒的游说家，而不仅仅是作为简单的演说家（但同时又高于那些抽象的数学思维），积极地参与实践生活。从"技术是工作"发展到"技术是科学"再到历史上人文主义的概念，没有了口才，一个人依然能成为"专业化专家"，但绝对成不了"发号施令的领导"（既专业化又政治化）。[⑩]

　　然而，更多的哲学家、社会学家在承认知识分子地位上升的同时，对这些新兴的专业人士进行了猛烈抨击，认为他们不再是真正的知识分子，不再是能向权势说真话的人，而是通过掌握、管理知识，与世俗权力集团保持密切的关系。以法国哲学家班达为例。他在《知识分子的背叛》一书中提出，真正的知识分子是才智出众、道德高超的哲学家国王（philosopher-kings），他们构成人类的良心。真正的知识分子支持、维护的正是不属于这个世界的真理和正义的永恒标准，他们与那些为了物质利益和个人晋升而攀附世俗权力的知识分子有天壤之别。[⑪]班达的论述在 50 年代的西方社会引起了巨大反响，但奥威尔在班达之前就已通过他的寓言小说《动物庄园》对背离社会职责的知识分子进行了生动的揭露与批评。小说一开始，猪群和庄园中的其他动物在公猪"拿破仑"的领导下赶走了农场主琼斯，取得了诺曼农场的领导权。为了把猪类和其他动物区分开来，确立他们在农场中的统治地位，猪群捡回了被琼斯的孩子当做垃圾丢弃的识字读本，并开始偷偷地学习阅读和书写。3 个月后，猪群利用一次偶然的机会向其他动物展示了他们的学识，从而确立了他们的知识权威地位,顺理成章地扮演起农场领导者的角色。在赶走农场主琼斯后的第一次收割劳动中,猪群们不再下地干活,而是指导和监管其他动物的劳作。小说中猪群通过掌握、利用知识实现社会分工、爬上农场领导阶层的做法显然是对现代某些背弃公共责任、利用知识谋求私利的知识分子的尖锐讽刺和责难。

然而,在讽刺和抨击知识分子放弃职守、背离原则的同时,奥威尔对现代知识分子的艰难处境有着深切的体会。在《作家与利维坦》("Writers and Leviathan",1948)一文中,奥威尔坦言,"很不幸的是,现在承担政治责任就意味着使自己向各类正统观念屈服",向"党派路线"及"它所包含的懦弱和欺骗性屈服"。⑱作为知识分子,奥威尔本人感受到的、要求个人屈从于权力集团和主导意识形态的压力在他的政治科幻小说《1984》中得到了淋漓尽致的表现。小说主人公温斯顿在被思想警察逮捕后,接受了强制性的洗脑。极权统治的人格化身——思想警察奥布莱恩一次又一次地强迫温斯顿指鹿为马,甚至让温斯顿否认他自己的存在。小说中,奥威尔对思想警察剥夺、宰制个人思想自由的粗暴行径的细致描写令人触目惊心,但他对各类洗脑手段的夸张描写背后更蕴含着他对知识分子与权力关系的深入考察。奥威尔通过"双重思想"(double think)这一颇为新颖且尖锐的提法,集中概括了极权统治下,知识分子被迫放弃个人思想,被迫接受所谓正统观念与集体意识的现实和命运。

知道不知道:意识到全部的事实却在说着精心编造的谎言;同时拥有两种针锋相对的意见,一方面知道他们之间的矛盾性,一方面又两者都信;用逻辑来反逻辑;一方面批判道德,一方面又认为自己有道德;相信民主是不可能的,另一方面又相信党是民主的保卫者;忘掉一切需要忘记的,然后随时在需要记起的时候再回想起来,接着马上又再次忘掉——最重要的是,对于这个过程本身也要照此处理。最奥妙之处在此:要清醒地诱导自己进入不清醒状态,然后对自己被催眠浑然不知。甚至理解"双重思想"这个词也要用到双重思想。⑲

需要指出的是,知识分子与权力的这一特殊关系是由他们"统治—被统治"的双重身份和社会地位决定的。法国哲学家皮埃尔·波第耶在论及知识分子的社会地位和文化身份时提出,"他们(知识分子)处于统治地位,因为他们所拥有的文化资源赋予他们以权力和各种特权;他们中的某些人所占有的文化资源数量之多甚至足以对文化资源本身施加影响。但在与享有政治、经济权力者的关系中,作家和艺术家却处于受支配的地位。"⑥换言之,因为集中掌握民族的知识和文化,知识分子在社会的文化生活中占据主导地位,对社会文化的发展和思想的流变具有举足轻重的影响力;但知识分子同时又因他们独特的文化身份被国家政治和经济利益集团牢牢控制,后者要求他们为自己服务和效命。奥威尔明确指出,当时英国新闻媒体的记者中就不乏听命于英国政府者,社会生活中不乏为政府的殖民和种族政策辩护的典型事例。他在1943年发表的一篇题为《如我所愿》("As I Please")的评论中,做了一番统计,发现大多数记者,甚至包括左翼报刊的记者,仍在沿用对亚洲人的污蔑性称谓;"黑人"一词的首字母也仍以小写形式出现。⑧在《政治与英语》("Politics and the English Language", 1946)中,奥威尔在深入分析语言的堕落与权力运作的关系后一针见血地指出:

> 在我们的时代,政治演说、政治文章通常都要为无法辩护的事情进行辩护。像英国继续维持对印度的统治、俄国的大清洗和大迁移、在日本投掷原子弹……诸如此类的事,辩护也是可以辩护的,可是辩护的理由在大多数人看来太不讲人道了,而且与这些政党公开宣布的宗旨不符。因此,政治言论就不能不含有大量的委婉语、回避问题的闪烁其词和完全含混的语言。⑨

奥威尔进而暗示,记者等媒体专业人员、报业集团的管理者在滥用语言掩盖真相,诱使大众被动地接受政府、政党的政策和利益标准方面扮演了极为不光彩、极为可耻的角色。奥威尔明确表态,这种甘愿为权力集团代言的新闻专业人员不是真正的知识分子。在1942年与几名作家的论战中,奥威尔写道:

　　我从未攻击所有的"知识分子"或"知识界"。我耗费大量笔墨，并使自己遭受巨大伤害的攻击指向那些相继出现、使这个国家受到侵扰的文学派系。这不是因为他们是知识分子，恰恰是因为他们不是我认为的真正的知识分子。……一个文学派系通常存在大约五年。在我从事写作的足够长的时间里，我目睹了三个此类派系的诞生……我批评他们是因为他们创作了思想上不真实的宣传作品，使文学批评沦落为拍马屁。⑫

　　那么根据奥威尔的看法，真正的知识分子应具备什么特质？该如何作为呢？在猛烈抨击那些"御用文人"的同时，奥威尔在《政治与英语》中把作家—知识分子的一部分界定为表达"个人的见解"，而不是遵守"党的路线"的"某种反叛"。⑬在《为小说一辩》（"In Defence of Novel"，）中，奥威尔公开向读者表示，"我宁愿你们坦荡地与我存在意见分歧，也不想强迫你们改变观点，顺从正统观念。"⑭奥威尔以上对知识分子的解说和他本人的表态与爱德华·萨义德有关知识分子的论述有异曲同工之妙。萨义德在其著名的《知识分子论》（*Representations of the Intellectual*，2002）一书中也提出，知识分子最不应该的就是"讨好阅听大众，总括来说，知识分子一定要令人尴尬，处于对立地位，甚至造成不快"。⑮萨义德进而表示：

　　　　知识分子是具有能力"向（to）"公众以及"为（for）"公众来代表、具现、表明讯息、观点、态度、哲学或意见的个人。而且这一角色也有尖锐的一面，在扮演这个角色时必须意识到其处境就是公开提出令人尴尬的问题，对抗（而不是制造）正统与教条，不能轻易被政府或集团收编，其存在的理由就是代表所有那些惯常被遗忘或被弃置不顾的人们和议题。⑯

　　从奥威尔的文学创作和评论看，他确实不折不扣地践行了他的知识分子角色。他的《巴黎伦敦落难记》详细地记录并展示了底层民众每

日挣扎在贫困线上的真实生活状况。⑮在小说《在缅甸的日子里》（*Burmese Days*，1934）和《马拉喀什》（"Marrakech"，1938）等评论中，奥威尔大胆地说出了殖民统治的本质和真相。虽然小说《动物庄园》和《1984》中有关社会主义的讨论值得商榷，但小说引发的激烈争论却恰恰实现了奥威尔希望公众参与讨论极权统治是否有诸多潜在危险的创作目的。就与西方现代文化思潮的关系而言，奥威尔有关知识分子的论述不仅继承了西方自由知识分子的文化传统，而且也继承了产生于现代社会的、以"主权个体"（sovereign individual）为核心的个人主义思想。奥威尔的知识分子观集中体现了他厚重的人文道德关怀，使他成为20世纪英国文坛奉行文以载道创作思想的又一重要作家。

第七节

福斯特的自由·人文主义思想

福斯特（Edward Morgan Forster，1879－1970）是英国20世纪重要的小说家和批评家。他的《小说面面观》（*Aspects of the Novel*，1927）堪称英国文学批评史上的经典著作。由他发明的"圆形人物"和"扁平人物"已成为小说人物批评中常被使用的两个术语。与大多数同时代的小说家和理论家不同的是，福斯特在哲学、社会学等领域都有造诣，他的小说创作深深地扎根于他的哲学观和社会观，是他的自由·人文主义思想孕育出的艺术奇葩。

自由·人文主义思想是人文思潮与18世纪理性主义交融的产物，在19世纪英国中产阶级文化精英中尤为盛行。不过，自由·人文主义思想并不是自由主义和人文主义的简单相加，而是一种在汲取启蒙理性哲学和浪漫主义文化运动的基础上形成的、反思并批判资本主义现代性的文化批判范式。自由·人文主义思想既肯定理性的批判力和整合力，又推崇浪漫主义的想象力和激情，反对资本主义工业社会运行机制中一切与人性相悖的不合理因素，主张重新建构现代性富于人性和诗意的完美意象。托马斯·卡莱尔和马修·阿诺德是 19 世纪英国自由·人文主义思想的始作俑者。对工业社会的理性批判和对社会中完美与和谐力量的颂扬"是他们社会文化道德批判中不可分割的两个重要方面"。⑫

福斯特的自由·人文主义思想继承了阿诺德等人的衣钵,在其世界观和艺术观中占据十分重要的地位。虽然与阿诺德生活的时代相比,20 世纪初期的英国已步入后工业城市化阶段,社会城市化、郊区化进程都呈现出许多不同的变化,但福斯特同样对资本主义城市化以及随之而来的传统文化价值观的贬值心存忧虑。在其《最漫长的旅程》(*The Longest Journey*,1907)的再版前言中,福斯特为传统田园牧歌式生活方式的消亡发出了这样的悲叹:

> 《最漫长的旅程》显得过时了,令人心酸地过时了。因为那个史蒂芬认为如此美好,并且似乎注定要继承的英格兰已经被毁灭。人口的膨胀和科学的应用一起毁灭了她。现在的这一代人无法想象出昔日空气的清新、户外的昂然野趣。我暗自庆幸自己了解我们的乡村,在公路变得太危险以至于无法在上面行走、河流变得太脏以至于无法在里面游泳之前;在蝴蝶和野花被含砷的喷气毁坏之前;在莎士比亚的故乡艾汶河泛起去污剂的泡沫、卡姆河里的死鱼肚子朝天地漂浮在水面上之前。⑬

在感喟乡村生活与文明衰落的同时,福斯特更关心城市化进程中整个中产阶级的命运。在《英国性格琐谈》("Notes on the English Character",1920)一文中,福斯特曾开宗明义地指出,正如工人和农民代表俄国,武士象征着日本一样,中产阶级体现了英国的民族形象,"英国人的性格,基本上是中产阶级的性格"。⑭福斯特的以上观点不无道理。中产阶级在 19 世纪英国资本主义经济的发展和工业革命中扮演举足轻重的角色是不争的事实。进入 20 世纪后,由于城市空间的急速膨胀,新崛起的城郊居民也跻身中产阶层,从而使中产阶级的内涵不断扩大,成为英国社会的主导阶级。福斯特把他的全部注意力都集中在

中产阶级身上,不是因为这一社会阶层的影响力如日中天,而是为了救赎中产阶级那颗"发育不良的心"。诚如 I·A·理查兹在评论福斯特时所提出的,福斯特的小说是"关于当代英国显赫阶级(中产阶级)的社会学论题"。⑱对中产阶级生存状态的考察既是福斯特小说的一大主题,也是其整个社会文化批评的出发点。由于疏离了自然和乡村生活,福斯特笔下的中产阶级人物无论在身体,还是在心智上都变得麻木不仁、无可救药。小说《霍华兹别业》(*Howards End*,1910)中的威尔科克斯一家便是这样一群典型。小说开始不久,威尔科克斯太太从她的自耕农祖先那里继承了农庄霍华兹别业,并举家前往农庄度假。然而,威尔科克斯一家却对农庄周围的自然环境很不适应。田野上的干草散发出的气味使原打算在花园里练习击棒球的威尔科克斯父子直打喷嚏,最后两人只好作罢,回到室内。在与周围农民打交道的过程中,威尔科克斯一家也觉得心存隔膜,无法沟通。这样,由于无力融入乡村生活,无法理解乡下人的情感和交往方式,威尔科克斯一家试图摆脱城市文化的束缚、试图回归自然的努力不得不以失败而告终。更具讽刺意味的是威尔科克斯一家"家园"意识的失落。虽然拥有七处房产,但他们却与每处房子都建立不起人与栖居之所的亲近感。因为这些房子在满足他们的占有欲的同时,便于他们把家族商业活动的触角伸向更为偏远的农村。

与自然和传统文化精神纽带关系的断裂,还使得英国中产阶级从19世纪上半叶充满自信、刚毅果敢、鲁滨逊式的创业英雄退化为毫无生机与活力的新型城市人。《天使不敢涉足的地方》(*Where Angels Fear to Tread*,1905)中的菲力普·赫里顿就给人以毫无活力、缺乏想象力的印象:

> 他(菲力普·赫里顿)是个个子很高、身体虚弱的年轻人。为了使自己的形象无可挑剔,他得在穿着上衣的肩部塞上厚厚的衬垫。他脸部的轮廓令人沮丧地觉得平凡,奇怪地混合着好的和糟烂的特征。饱满的前额配上一个轮廓分明的大鼻子。两只眼睛显得富有观察力并充满了同情。可鼻子和眼睛以下的部位却一团

糟。那些相信嘴和脸颊的特征能决定一个人的运数的人看到他时
一定会不无遗憾地摇摇头。[12]

菲力普的家庭生活也了无生趣,体现了爱德华时代自由·人文主
义知识分子 C·F·G·马斯特曼所归纳的中产阶级生活的三大特征:
"有保障的生活,管理职业的生活,体面的生活"。[13]生活在远离自然的城
市化社会中的中产阶级还有一种远离他人、被囚禁的感觉。《霍华兹别
业》中的玛格丽特在注视威尔科克斯太太迈向电梯时,对开放的城市空
间中个体与他人人际关系的危机有了瞬间的顿悟:

> ……玛格丽特注视着那高高的、孤独的身影悄然飘向大厅里
> 的电梯。随着电梯的玻璃门关上,她有了一种被囚禁的感觉。先
> 是那颗美丽的头消失了,她手上还戴着皮手套。接着长长的拖裙
> 消失了。一位有着难以形容的罕见气度的女性正在升向天堂。她
> 像装在玻璃瓶中的标本一样。升向怎样的天堂——如地狱般阴
> 暗、似煤渣般黑沉沉的天穹,黑色的灰尘正从天穹落下来![14]

在《现代英国文学的社会语境》一书中,马尔科姆·布拉德伯里也
谈到了在开放的城市化社会中,个体与他人、与熟悉的乡村文化和生活
方式疏离后产生的这种幽闭心理。作者指出,"在一个城市化的、流动
的社会里,绝大部分人彼此之间形同陌路。问题变得更棘手,世界变得
更陌生,个体意识似乎笼罩在孤独之中。"[15]

除了深入分析后工业化时代的城市化进程和功利主义对人们身心
和人际关系的破坏外,为中产阶级指明未来的救赎之路是福斯特自
由·人文主义思想的另一关键。"艺术"是福斯特为身心俱损、成为物
质主义奴隶的中产阶级开出的一剂良药。有评论家指出,福斯特把人
类世界的"秩序"(order)分成四类,即社会政治秩序(social order)、天
文秩序(astronomical order)、宗教秩序(religious order)和艺术秩序
(aesthetic order)。这四类依次递进,其中社会政治为最低级的形式,

而审美或艺术则是最高级的。[⑮]因为福斯特认为,"秩序是一种内心衍生出的东西,而不是外部强加之物。它是一种内心的平衡,一种富有生命力的和谐。除了历史学家为方便起见而进行的描述之外,它从来就没有在社会和政治的范畴里存在过。"[⑯]在艺术怎样才能滋养人的内心的问题上,福斯特进一步提出人需要通过回应艺术之美才能表现并完善自己。艺术是"实现精神价值的最高尚的手段",或是人类"内在灵魂的最壮美的物质表现和延伸"。[⑰]福斯特把艺术看作滋养内心、帮助人实现精神价值的重要手段,他的以上论述中明显可见阿诺德文化批评思想的影响。阿诺德在他的经典著作《文化与无政府状态》(*Culture and Anarchy*,1882)中提出,文化有助于人们"了解世界上最优秀的思想和言论",帮助人们看清他们尊奉的诸如财富、进步、体面、阶级等"固有观念"的庸俗性和欺骗性,最终引导人们"认识到人性的完美是和谐的完美,开发我们人性的所有方面;作为一种普遍的完美,发展我们社会的所有部分"。[⑱]需要强调的是,虽然福斯特未在上述评论中提出要通过艺术荡涤人们固有的观念和习惯,但他对英国公学教育的批判充分体现了他希望借助文化艺术,帮助中产阶级重铸完美、和谐人性的人文主义立场。有评论家指出,福斯特对公学教育制度的批判与他本人在汤布里奇公学的经历有关,后者促成了他思想中的两大观点——憎恨"那里传授的保守价值观"并"认识到公立学校制度形成了英国中产阶级典型的软弱性"。[⑲]

　　福斯特对公学教育的批判在他小说的许多男性人物身上得到了全面反映。《最漫长的旅程》中的赫伯特·彭布罗克就是其中典型一例。在负责索斯顿公学寄宿部的管理工作期间,彭布罗克制订了各种严苛的规章制度,不惜扼杀学生的个性以培养所谓的荣誉感和团队精神。他不仅按学生的年级、甚至游泳成绩设计了不同的颜色的服装和配饰,而且还视教授古典人文学科的杰克逊为眼中钉,意欲除之而后快。由于彭布罗克不断向学生灌输诸如爱国主义、帝国荣誉之类的帝国价值观,许多像瓦尔登那样的学生都沦为体制化意识形态教育的牺牲品,除了会机械地服从学校禁令和口号外,无半点个性化思想可言。作为公学教育制度的全力践行者,彭布罗克本人也难逃智性泯灭的厄运。在向奥尔太太的求婚遭到拒绝后,彭布罗克突然意识到他也是公学教育的受害者。多年来对权力和学识的偏执追求,使他丧失了爱的能力,他最终皈依基督教,希冀在宗教的冥想和修炼中找回对生活的激情。情感能力的丧失同样也发生在《霍华兹别业》中的亨利·威尔科克斯身上。作为公学教育制度的产物,亨利深谙务实进取的经营之道,是成功的中产阶级商贾。但是在操办女儿埃薇的婚礼时,亨利使用的仍是精于利弊考量的簿记式语言,未流露出丝毫的痛惜之情。诚如福斯特在《英国性格琐谈》一文中提出的,"中产阶级的核心是公立学校制度……他们进入其中,有着发育良好的身体,十分健全的大脑,却没有发育良好的心脏。"⑬

　　为了与扼杀个性、"灌输群体化和制度化的忠诚、顺从、'男子汉式'的自控……"等固有观念的公学教育相抗衡,福斯特在小说《霍华兹别业》的开篇处提出了"唯有连接"这一重要概念,希望通过文化艺术拯救心智发育失去平衡的中产阶级,帮助他们重新实现人性的完美与和谐。小说中福斯特对威尔科克斯和希莱格尔这两个家庭的不同态度就充分体现了他的这一文化连接观。作为资本主义商业社会物质主义价值观的人格化身,威尔科克斯父子只崇尚经济利益,讲究实际效率,但思想肤浅,缺乏想象力。在人际交往中,他们对善良、同情心等德行心存鄙夷;在处理两性关系时,他们都本能地惧怕爱情,而仅有原始的肉体冲动。与威尔科克斯父子形成鲜明对比的是希莱格尔姊妹。玛格丽特和海伦对古典哲学和音乐有着浓厚的兴趣,热衷于提高自己的文化修养和情操。丰富的精神和文化生活使她们情感细腻丰沛,把人与人之间的真诚交往和相互理解视为人生的乐事。在批评威尔科克斯父子的物质主义和赞扬希莱格尔姊妹的艺术修养的同时,福斯特还在小说中让保罗父子分别爱上了玛格丽特和海伦,暗示了恋爱关系背后,威尔科克斯父子这一中产阶级商人之家与希莱格尔文化之家的连接。

　　在赋予文化艺术重建完美和谐人性的重大使命的同时,希望借文化批判恢复个体与自然、与自耕农传统的联系是福斯特连接观的另一项重要内容,也是他小说创作的一大主旨。在《最漫长的旅程》中,具有

自耕农血统的史蒂芬·旺汉姆离开汇聚城市文明的伦敦大都市,重返乡村世界的人生经历就以象征的形式,为被囚禁在城市空间的城市中产阶级指明了回归自然和传统农业生活的精神之路。在小说中,史蒂芬是福斯特眼中有健全心灵的理想人的集中代表。与《霍华兹别业》中的威尔科克斯一家不同,史蒂芬在荒野乡间感到如鱼得水。他在雨中、在日光下自由地奔跑、嬉戏,与大地亲密无间。史蒂芬浑身上下所散发出的生命力和生机使深陷城市文明的、死气沉沉的中产阶级对美好心灵有了新的感悟。虽然菲林先生未及史蒂芬成年就去世了,但他在看到史蒂芬不肯洗澡、光着身子溜到屋顶上胡闹时,"感到这种胡闹和美都将长存,而自己那沉重、丑陋的病体和心灵却必将消亡。"⑩菲林太太也同她的丈夫一样清楚地看到了史蒂芬对于她的意义——她把史蒂芬比作新鲜空气,"新鲜的空气! 新鲜的空气使史蒂芬新鲜、强壮、可爱。即使新鲜空气会要了我的老命,我也要把新鲜的空气放进屋子里来!"⑩史蒂芬身上的不竭活力来自他的独特的文化身份——他是一位中产阶级妇女和一位自耕农的私生子。但是,在小说中,史蒂芬没有因他是私生子而感到羞愧,因为"人必有父母,否则他不会来到这快乐的世上",⑬而且菲林太太也认为史蒂芬父母结合的意义重大——"他们是神圣的,他们是自然的力量,他们像火山"。⑬菲林太太对史蒂芬独特文化身份的顶礼膜拜,不由使我们联想到福斯特在《霍华兹别业》中关于自耕农和城市中产阶级的评论。在福斯特看来,自耕农代表着悠久的田园文化传统,是"英格兰的希望","他们笨拙地举起太阳的火炬,直到民族醒悟……求助于一个更为高贵的群体,繁衍自耕农。"⑱但是以威尔科克斯父子为代表的城市中产阶级却是"另一种自然之神惠顾的种类——帝国型……其繁衍的速度跟自耕农一样快……他是个毁灭者。他为世界主义铺平道路。尽管他可能实现自己的抱负,可他继承的土地将蒙上灰色。"⑲福斯特的以上评论实际上触及了自由·人文主义思想所关注的一个核心问题:在一个高度工业化、城市化的现代社会中,英国乃至整个欧洲的伟大文化传统应由谁来继承? 威尔科克斯家族和希莱格尔家族显然都无力承担这一使命,因为前者只关注现实的经济收益,太急功近利;后者沉迷于形而上的世界,严重脱离现实。福斯特把希望寄托在像史蒂芬这样融合了农业社会传统价值和工业文明务实进取精神的特殊文化群体之上。从这个意义上讲,史蒂芬这一人物的混合文化身份以隐喻的方式,阐释了福斯特文化连接观的一项重要内容,即主张将中产阶级的启蒙理性和崇尚自然的传统农业社会价值连接起来,从而赋予英格兰社会的主导阶层——中产阶级以新的生命。

福斯特的文化批判深刻地揭示了城市化进程对个体身心的危害,但是他的文化连接观却带有明显的折中主义特征。仔细考察一下福斯特小说中频频出现的"自然"一词,我们不难发现他所推崇的"自然"既指人们居住的外在自然,也指人的内在自然,即那种感性与理性尚未分离的原始状态。《最漫长的旅程》中的史蒂芬的心灵便是这种物我两忘原始境界的典范。福斯特认为田园牧歌式的生活方式和自耕农传统能帮助城市中产阶级"发育不良"的心灵重回这种感性与理性统一和谐的原始状态。但是福斯特却恰恰在对自然和无意识状态顶礼膜拜时忽略了一个重要事实,那就是存在于传统农业价值观中的意识形态。福斯特希望通过自然和田园牧歌式的生活弥合感性与理性的分裂看似最自然不过,但是他的文化连接观中却隐含着深刻的、自身无法克服的矛盾。福斯特的理想是在城市化英国和乡村英格兰、理性与感性、历史与现实之间拓展想象的空间,整合中产阶级的心智和混乱的社会现实,可是他的自由·人文主义实际上以连接为代价,弱化甚至取代了现实的文化政治。威尔科克斯父子之所以成为中产阶级,与中产阶级主导文化的压制和霸权有着千丝万缕的联系。就这个问题上,福斯特没能给出令人满意的答案,这不能不说是其自由·人文主义思想的一大遗憾。

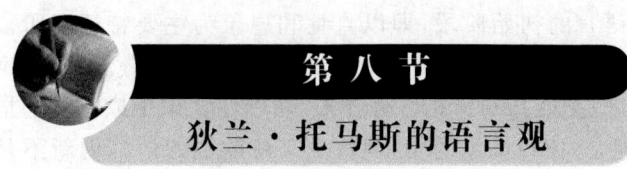

第 八 节

狄兰·托马斯的语言观

狄兰·托马斯(Dylan Thomas,1914-1953)是继艾略特之后,英

国现代主义诗坛的一位重要诗人,素有威尔斯神童之称。他的诗歌语言独具特色,受到法国超现实主义和英美意象主义等各家诗风的影响。托马斯早期诗歌中大胆新奇的语言变异和匠心独运的音韵节奏安排传达出诗人洋溢着天才光辉的独特经验。本节将通过对托马斯语言观的考察,在揭示其诗歌语言的魅力的同时,反思现代主义诗歌运动主张打破正常句法的语言策略,重新评价此类语言观的得失利弊。

应当指出,托马斯主张充分展示和运用语言的形式因素、削弱或淡化诗歌语言指示功能的语言观,是和现代诗歌的语言表征危机密切相关的。进入 20 世纪后,诗歌这一古老的文学形式面临着严重的语言危机。产生这种危机的原因,既有社会的,也有诗歌创作本身的。在民主的、机械的城市社会到来前,人们认为语言的结构与世界的结构是一致的,语言可以真实地表征世界。语言好像一面透明的镜子,透过它,人们可以清晰地看到世界、认识真理。语言是联系人与世界、人与人的中性的工具,无须人们予以特别的关注。然而,随着西方社会文化和价值观念的转型,统一的社会价值分化成不同的价值观念,语言分裂成形形色色的社会方言,原有的语言结构和社会结构次序出现了严重的分离。从此语言不再是人类简单的表达工具和媒介,通过它,人们未必能看到物质世界和精神世界,未必能顺利地交流、顺畅地表达主体的情感和体验。[18]日益抽象化、概念化的语言,既隔离了人与世界的直接关系,也割断了人与人的直接关系,使语言成为需要人们特别关注的对象。对现代主义诗人而言,语言已经成为现代诗歌的首要问题。

为了寻求新的表达机制、尝试新的创作手法以面对语言的表征危机,现代主义诗人纷纷提出各自的语言策略,探索语言表征现实的新的可能性。为了重建一种统一而又唯一的语言,诗人们不约而同将目光转向人类语言的初始阶段,即以直觉和想象为主要特征的阶段。在这一阶段,"语言与世界尚未分离,使认识主体与世界分离、把语言从事物中分离出来、把能指与所指区分开来、使理性认识生成意义的情况尚未发生。"[19]但是,值得注意的是,现代主义诗歌中的语言创新不是要简单地后退到语言的原始状态,而是希望通过凸显本能、欲望、直觉、想象等非理性因素,取消或淡化诗歌语言的指示功能,使语言由中介化为原材料。⑱也就是说,通过直接展示语言的物质属性,突出诗歌语言的视听效果,使诗歌渗入绘画和音乐领域,让读者无须经过理性思维就能直接感知和把握诗歌。在法国解释学家保罗·利科看来,在这种诗里,"意义已经被置换,'被转移':词语在诗中的意指与他们在散文中所意指的完全不同。一种意义的光环萦绕在它们周围,这时他们由于响亮的声音形式再现而互相被迷住。"⑲随着诗歌语言指示功能含混性的增加,语言的意义空间扩大,趋向于多义。同时,20 世纪西方盛极一时的反理性主义思潮,如尼采的意志哲学、弗洛伊德的精神分析学说、克罗齐的直觉主义美学和柏格森的生命哲学等,都为现代主义诗人反理性、重直觉的语言策略提供了理论基础。

在整个西方诗坛面临语言表征危机的期况下,托马斯提出应当放弃理性主宰一切的想法,重视语言中的形式因素。在他看来,诗歌的语言应该是音响、色彩、旋律的协调一致,而不是逻辑、理性推理的结果。诗歌语言中与情感直接相连的形式因素是诗歌语言的本质因素。诗人斯蒂芬·斯彭德在评论托马斯的诗歌全集时指出:"他的诗歌是对英语语言中牛津、剑桥、哈佛式唯理智论的反叛……这种理智的语言已成为一种习惯用法,它能表现提炼后的美,却无力营造惊人的效果、显示粗糙的纹理、描绘强烈的色彩。"⑳狄兰·托马斯完全赞同斯蒂芬·斯彭德对他的评论,认为"这是迄今以来,对我的创作最为清晰、最为令人满意的评判。"㉑

狄兰·托马斯反理性的语言策略,可集中归结为力图打破词语与客观存在物在本体论上的界限,使词语实体化,表现出以语言本体取代世界本体的倾向。诗人曾经说过:"不论我体验什么,我都将把它作为一件物体和一个词语来体验,两者都让人感到惊奇"。㉒词语的实体化让词语同其他客观存在物一样,具有形状、密度、大小等物理属性。在诗人的眼中,一个词语除了与其他词语相联系外,还有生命,有各自的个性。它既是物质,又是媒介,是所指对象与所指的合二为一。J·希利斯·米勒指出:"托马斯(诗歌中)的语言将人们的注意力引向语言本身。语言不会因为被使用而成为工具。语言是个自足的世界。语言不

是一种透明的媒介,通过它,人们不能看到与意识分离的事物的原貌。"⑭语言的指示功能的削弱与淡化,使得语言不再是一层材质和形式都隐蔽的玻璃。相反,语言变成了镜子上的裂痕,变成一个使人觉得陌生和新奇的存在物,具有只有存在物才有的质感。

　　狄兰·托马斯将诗歌语言实体化的主张,是诗人希望摆脱语言危机、采用一种新的语言表征现实的有益尝试。为了从根本上摆脱现代语言面临的困境,诗人语言创新的目标直接指向自启蒙运动以来一直在社会中居主导地位的理性主义思潮。在西方现代社会刚开始形成的启蒙阶段,理性无疑担当了反宗教、反神学的任务,实现了世界的世俗化、解魅化和社会形态理性化。"理性使得资本主义在它发展的初始阶段,能够估算效用、区分并划定人与事物所属的范畴,并对他们予以控制。"⑮但也正是这种机械理性将社会结构和价值观念层层切分,使得原本统一的语言四分五裂,"化成不同的社会性方言,代表各种分化了的价值观念,只具有相对的意义和价值。"⑯同时,崇尚理性的技术社会,还使得语言逐渐沦为逻辑、抽象的代码,在表达个体独特经验、人与人进行情感交流时变得苍白无力、束手无策。正是在这个意义上,托马斯希望通过语言创新,用一种新的诗歌语言来克服语言的表征危机。通过突显语言所具有的物理属性,诗人改变了诗歌语言的肌理,使得现代主义诗歌中的语言,如罗兰·巴特所描述的那样,"形成一种形式的连续体,从中产生了知识和情感的浓度。"⑰如果现代主义诗人能通过语言创新在社会中起什么作用的话,正是由于诗人笔下直觉、想象的语言,使人们重新认识到长期被理性压制的情感和生命冲动的重要性。如果人们惯有的理性思维方式对直觉、想象的语言感到生疏,甚至震惊不已,那么现代主义诗歌就能够使人们的思维方式和感受模式经历崭新的体验。这样,读者就会从诗的文本中走出来,用一种新的眼光来看待曾经不假思索地接受的世界。

　　托马斯主张将诗歌语言实体化的语言策略,首先表现在他对诗歌语言音乐性的追求上。诗人秉承威尔士吟咏诗歌的古风,对诗歌音韵节奏的驾驭令人叹为观止。例如,在《我折断的这片面包》("This Bread

I Break", 1936)这首取材于基督教传说的诗歌里,诗人对诗中词语的节奏巧妙安排,突出了词语的听觉效果。诗歌以基督教关于圣餐的传说为背景,酒代表基督的血,面包代表基督的肉,诗歌的题材并不新颖,但是诗中单音节词和爆破音频频出现,使诗歌在语言的音乐性上极具特色。全诗共 100 个词,其中单音节词 95 个。因为英语单音节词中,辅音出现的频率大大超过元音,所以诗中便少了圆润、和谐的元音,而代之以短促、干涩的辅音。同时诗中 /p/、/b/、/t/、/d/、/k/、/g/ 等爆破音反复出现,也使得诗歌听来像节奏急促、顿挫有致的急板。为了点明基督教圣餐蕴含的宗教意义,烘托基督为拯救世人、牺牲自我、经历种种苦痛和磨难的精神,托马斯在诗里四次重复"折断"(break)这一动词,使得"切割"这一动作贯穿诗歌始终;他在末了处用"崩断"(snap)一词,使全诗达到高潮。这样,在诗歌急促而又沉重的节奏中,托马斯又加入了雷鸣般的鼓点。读者在大声朗读诗歌的过程中,就能直觉地感受到隐藏在诗里的强烈的音乐节奏,感受到基督被犹大出卖后内心剧烈的情感变化。"折断"一词的间歇重复,一方面象征音乐中的鼓点,一方面也是基督为了唤起教徒之间的爱,唤醒人类间的爱,牺牲自己、灵魂获得最终升华的过程。在诗歌急促、顿挫有力的旋律里,人们对基督遭受的苦痛产生了强烈的共鸣。总之,通过调动词语的听觉效果,直接诉诸感官,托马斯不落痕迹地将基督受难前的心灵的升华过程与人们用圣餐时的心情、感受联系起来,让读者无须经过思维转换,就能直接产生情感上的共鸣。正是在这个意义上,托马斯通过词语和词语间的节奏拓宽了意义的空间,使诗歌渗入到音乐领域。因为音乐比文字更能诉诸人的情感,用同样十分关注语言音乐性的乔伊斯的话来说:"歌曲是情感的简单的节奏性释放。"⑩ 由此,托马斯成功地使诗歌的意义通过语言的形式因素得到直接展示,拓宽了语言的意义空间。更为重要的是,通过强调语言可能产生的听觉效果,诗人改变了诗歌语言的肌理,淡化了语言的指示功能,使语言不再是相对、分裂的,在和谐的音乐般的节奏声中,诗歌语言重新获得了统一。

　　托马斯将诗歌语言实体化的另一做法是发掘诗歌语言的视觉效果。诗人试着将诗歌进行特殊印刷排列,通过拟态来充分展示语言的

物质属性,使读者直接从诗歌词语的造型中感受到事物的情态。语言由此变得像绘画艺术中的扁圆和长方形一样,通过形状来表达意义。因而,诗歌就不再像莱辛所说的那样,"是时间的艺术",在托马斯眼里,诗歌具有成为"空间艺术"的潜力和可能。在 1946 年出版的诗集《死亡与出场》(*Deaths and Entrances*)里,托马斯在这方面进行了有益的尝试。例如,诗歌《梦幻与祈祷》就采用了奇特的句式排列。在诗歌第一段,诗人先是依次增加,随后逐步递减每一行的词汇,从而获得一个悬置的菱形图案。

<blockquote>
你
是谁
降生在
我的身旁
轰然然作响
我听见那子宫
……
人心灵的印痕
不接受洗礼
唯有黑暗
将庇护
那婴
孩。
</blockquote>

像托马斯的其他一些诗篇一样,《梦幻与祈祷》用出自《圣经》和神话的象征来表示胎儿的前意识,讨论死亡与时间、梦幻与下意识活动。诗歌以即将出世的胎儿与另一已降生的婴儿的对话开始。前者似乎已经意识到从离开母体子宫的那一刻起,就开始迈向死亡,时间不过是奔跑着的坟墓。只有子宫中的胎儿才能摆脱时间的统治,免受死亡的威胁。被排列成菱形的诗行,是对分娩时子宫的收缩与痉挛的动态模仿,使诗句"我听到子宫的开启"获得了最为直观的视觉效果。席勒认为只

有从形式的感染力入手,诗歌才能对读者产生深刻的审美影响,托马斯让诗歌的印刷排列直接诉诸视觉,在一定程度上实现了席勒所追求的理性与感性的结合。

在同一首诗里,托马斯还用形似沙漏的句式排列来暗示像流沙般迅速滑走的时间。成年人挥之不去的时间与死亡意识,将"自我"与"死亡"隔离开来,使得"自我"在奔向死亡的过程里,感受到一种无边无际的异化感。死亡是徐徐下落的暮色,是无底的深渊:

······
在海洋大地间
我们正渐渐
体悟一切
寓所
路
迷宫
幽深长廊
街区与坟墓
都是无尽沦落。
······

诗歌不同寻常的印刷排列,无疑对人们通常的阅读习惯造成了冲击,使人们注意到语言中受到理性抑制的形式因素的存在。然而,强调诗歌语言的物质属性,并不等于完全取消诗歌语言的指示功能。雅各布森就认为,在诗歌语言中,指示功能虽然不占主导地位,但是,"诗歌功能对指示功能的优先地位不是消灭指示作用,而是使指示作用变成含混的作用"。^⑤因此,托马斯充分展示语言形式因素的尝试,使诗的意义趋向于多义,增加了诗歌语言的语义密度。依据萨特的观点,充分强调语言的物理属性使"意义也变成自然而然的东西了:它不再是人类的超越性始终瞄准但永远不能到达的目的;它成了每个词的属性,类似于脸部的表情、声音和色彩的或喜或忧的微小意义。意义浇铸在词里,被

词的音响或外观吸收了,变厚、变质,它也成为物,与物一样是被创造出来的,与物同寿。"⑱语言中的声音、节奏、视觉形象构成了语言的形式因素,这些物理属性"与其说是表达意义,不如说是表现意义"。⑲意义不再是语言背后某个孤独的抽象概念,而是读者诉诸直觉、感官后就能直接感知的客观存在。

托马斯诗歌特殊的排列形式是对英国诗歌传统中"实体诗"(concrete poetry)的继承和发展。上面所引《梦幻与祈祷》,不禁使人想起被称为"玄学派诗圣"的乔治·赫伯特的诗作《圣坛》与《复活节的翅膀》。诗人笔下的诗行汇成圣坛状,象征诗人的心灵幻化作基督的圣坛,沐浴在上帝的恩泽中;而那在复活节展开的双翼,使诗人像云雀一样,跟随上帝升腾到永恒之地。赫伯特以上诗作被批评家贬斥为"虚妄的巧智"。⑳很久以来,人们对诗歌语言的本质认识一直存在分歧,这一分歧可以上溯到柏拉图和亚里士多德。柏拉图强调诗歌语言是空间的艺术形式,而亚里士多德则关注其时间维度,浪漫主义以降,诗人们一直试图解决诗歌语言运行机制在时间、空间上的矛盾。㉑19、20世纪诗人关于诗歌创作有机论的隐喻(以柯勒律治为例),让诗人更为关注诗歌语言的形式因素,到现代主义诗歌发展的鼎盛期,诗人更是不遗余力地发掘语言形式蕴涵的内容和意义。除本节讨论的托马斯以外,美国诗人卡明斯、卡洛斯·威廉姆斯和欧洲大陆的法国诗人阿波利奈尔的现代主义诗作,都以"古怪的印刷体形式"取得直观的视觉效果。不过与赫伯特不同的是,现代主义诗歌奇特的排列形式已上升为诗人美学观念的一部分,被自觉地运用于创作实践。

托马斯凸显诗歌语言的物理属性及反理性的语言观,使诗人语言创新的锋芒最终直指统辖日常语言使用的语法规范。对任何语言而言,语法是构成该语言的最稳定的部分,对构词成句、语篇组合、传递信息起指导、规约作用。然而,托马斯认为自启蒙运动以来,在社会思想领域占据主流地位的理性主义是现代语言面临表征危机的症结所在。托马斯认为,旨在规约语言使用的语法规则,压抑了语言的潜在表达力,扼杀了人们使用语言的想象力和创造力。为此,他要摒弃语言运用的理性原则,通过打破现存的语法次序,彰显反理性的语言运用方式和手段。

托马斯诗歌里的语法变异,新奇诡异,扰乱正常句法规则,反理性的决心直逼语句的深层结构,其中以诗歌《一次悲伤前》("A grief ago", 1936)最为典型。根据现代英语语法,要使"……之前"这一结构成立,介词"ago"之前的名词必须是表示时间单位的名词,如"分钟"、"日"和"年"等。托马斯故意创造"一次悲伤前"这一特殊范式,是要表达一种对时间的不同理解。在他看来,能表示时间概念的,并不只有那人为设定的钟表时间单位,如分、秒、小时。除此之外,人的感情、情绪等主观感受也能用于划分时间。一股悲伤情绪持续的时间也可看做一个时间单位。在这里,我们看到许多现代主义作家在时间问题上的相同态度,即对钟表时间的否定和对心理时间的推崇。依据法国非理性主义哲学家亨利·柏格森的心理时间学说,"人的情绪、思想和意志犹如一股绵绵不绝的动流,无时不在变化中。这股动流包含了任何时间内的全部意识。由过去、现在、将来直接表示的钟表时间是一种刻板、机械和人为的时间观念。只有心理时间才是真实和自然的。时间并不是许多单独、孤立分散的分秒单位的机械的组合,而是一种立体的、多层次的、与意识融为一体的具体过程。"⑩由此可见,托马斯诗歌中的语言变异承载着诗人的主观意识体验,体现了诗人的现代时间意识。

在托马斯的代表诗作《羊齿山》("Fern Hill", 1946)中,我们还可以发现许多类似的语法变异的例子,比如"溪流欢跃,/如太阳般悠长流淌"和"置身马厩,/我听见夜鹰的鸣叫/月亮般久长"等。在诗中,诗人用"太阳"和"月亮"来代替"白昼"和"黑夜",意在突出诗中少年日出而作、日落而息、顺应自然节奏的生活。《羊齿山》是首具有浓厚的自传色彩的诗歌。诗歌的名字《羊齿山》其实是托马斯的婶娘所住的一间房子,童年时代的托马斯在这里度过了多个夏天。在托马斯笔下,童年是天真无邪的,而成年期充满异化感,死亡和时间意识时刻盘旋在心。"这首诗从一开始就包含了华兹华斯所谓的'两种意识',即儿童的意识与成人意识之间的对比以及儿童与成人眼中呈现

的有关自然的不同景象。"⑩诗中出现的语法变异,恰如其分地突出了童年时期儿童意识的自然、单纯与神圣,抒发了诗人对自由、无邪的童年生活田园颂诗般的追忆和歌颂,表达了诗人希望童年永恒的美好愿望。诗歌别出心裁地打破理性的语言模式,非常贴切地例证了诗人反理性的感觉方式和思维模式。正如维特根斯坦在 1921 年《逻辑哲学论》里所言:"我的语言的界限,也是我的世界的界限。"⑩显然,依靠语言认识世界存在一定的局限性,而语言对人的思维方式也有限制作用。因此,诗人的语言创新冲击着现存语言规范,有助于人们反思现有的思维方法。

托马斯将诗歌语言实体化的语言策略以直觉、想象的语言取代合乎逻辑的、抽象的语言,发掘出表达人类主体独特经验的新的可能性。但是,托马斯在语言创新的过程中,对直觉、本能、欲望、感觉等非理性因素的过分推崇,使得诗歌变得晦涩难懂,失去了许多读者。正如巴赫金所言,建立一种理想而又唯一的语言,一种上帝式的语言的努力,具有乌托邦式的、非现实的倾向。⑱运动派诗人唐纳德·戴维也在他的《英诗中用语的纯洁》中提出,"在诗中抛弃句法并不是开创或迁就一种文学时尚;而是抛弃对于人类思想和行为,一如对于人类口语来讲,都极其重要的传统。"⑲巴赫金和戴维的批评不无道理。如果人们都效法托马斯,通过扰乱正常句法规则求取得新奇诡异的语言效果,那么,不仅我们的日常交际会大受影响,而且人类文明传统的传递也将岌岌可危。直至今日,对托马斯乃至其他现代主义诗人的语言策略的讨论仍是诗人和学界讨论的热点话题,毕竟如何在遵循现有语言规范的情况下通过破格来取得新奇的语言效果是每一个成功诗人都必须回答的问题。

总之,正是由于新老一辈作家的共同探索和理论争锋,20 世纪上半叶的英国文学思想才得以在承接传统的基础上,孕育出新的理论创见。传统思想与现代意识的共存、碰撞与交融使秉承现实主义传统的作家也表现出探求完美艺术形式的理论自觉,更为现代主义文学的繁荣提供了充分的理论先导。

注释

① Bernard Shaw, *Dramatic Opinions and Essays*. Vol.1, ed., J. Huneker, New York：Bretano，1906，p.xxii.

② J. Huneker，pp.xxii – xxiii.

③ Ibid.

④ Bernard Shaw, *Pygmalion*. Preface，Penguin Classics，2004，p.xi.

⑤ Bernard Shaw, *The Quintessence of Ibsenism*，Penguin Classics，2001，p.238.

⑥ Bernard Shaw, *Preface to Three Plays by Brieux*，New York：Brentano's，1914，p.xx.

⑦ Bernard Shaw，*Man and Superman*，Preface，Penguin Classics，2000，p.iii.

⑧ Bernard Shaw，*Preface to Three Plays by Brieux*，pp.xxii – xxiii.

⑨ Ibid, p.xxi.

⑩ Bernard Shaw, *Preface to Three Plays by Brieux*，p.xx.

⑪ Bernard Shaw，*The Quintessence of Ibsenism*，p.230.

⑫ Ibid.

⑬ Ibid.，pp.230 – 231.

⑭ Bernard Shaw, *Dramatic Opinions and Essays*，ed.，J. Huneker，New York：Bretano，1906，Vol.2，p.52.

⑮ Bernard Shaw，*The Quintessence of Ibsenism*，p.219.

⑯ 王佐良：《英国文学论文集》,北京：外国文学出版社,1980年,第293页。

⑰ Bernard Shaw，*The Quintessence of Ibsenism*，p.221.

⑱ Ibid.，pp.213 – 214.

⑲ Ibid.，p.221.

⑳ Ibid.

㉑ 亚里士多德：《修辞学》,北京：三联书店,1991年,第24页。

㉒ 同上。

㉓ Bernard Shaw，*The Quintessence of Ibsenism*，pp.233 – 234.

㉔ Ibid.，p.232.

㉕ 援引自王佐良：《英国文学论文集》,北京：外国文学出版社,1980年,第289页。

㉖ 同上,第289页。

㉗ Bernard Shaw，*The Quintessence of Ibsenism*，p.232.

㉘ Ibid.，p.233.

㉙ Ibid.，pp.233 – 234.

㉚ 艾勒克·博埃默：《殖民与后殖民文学》,盛宁、韩敏中译,沈阳：辽宁教育出版社,牛津大学出版社,1998年,第12页。

㉛ 同上,第 12 页。

㉜ 同上,第 28 页。

㉝ Raskin Jonah, *The Mythology of Imperialism*, New York: Dell Publishing Co. Inc., 1971, p.95.

㉞ Rudyard Kipling, *Twenty-One Tales by Rudyard Kipling*, London: The Reprint Society, 1946, p.17.

㉟ C.C. Eldridge, *Victorian Imperialism*, London: Hodder & Stoughton, 1978, p.62.

㊱ 艾勒克·博埃默,第 21—22 页。

㊲ 同上,第 14 页。

㊳ Rudyard Kipling, *Plain Tales from the Hills*, Penguin Books, 1994, p.17.

㊴ Ibid., p.82.

㊵ Ibid., p.83.

㊶ Rudyard Kipling, *The Jungle Books and Just So Stories*, Bantam Books, 1986, p.176.

㊷ Ibid., p.193.

㊸ Robert F. Moss, *Rudyard Kipling and the Fiction of Adolescence*, London: Macmillan, 1982, p.65.

㊹ 陈兵:《帝国与认同:鲁德亚德·吉普林印度题材小说研究》,合肥:中国科技大学出版社,2007 年,第 84 页。

㊺ Rudyard Kipling, *Twenty-One Tales by Rudyard Kipling*, London: The Reprint Society, 1946, p.15.

㊻ Ibid., p.332.

㊼ Rudyard Kipling, *Plain Tales from the Hills*, pp.16 - 17.

㊽ Raskin Jonah, *The Mythology of Imperialism*, New York: Dell Publishing Co. Inc., 1971, p.33.

㊾ J. I. M. Stewart, *Eight Modern Writers*, Oxford: Oxford University Press, 1962, p.245.

㊿ Leon Edel & Gordon N. Ray (ed.), *Henry James and H. G. Wells*, London: Rupert Hart-Davis, 1958, p.133.

51 Ibid., p.131. 文章此处参考了殷企平《英国小说批评史》中的译文。

52 Ibid., p.154.

53 Ibid., p.150.

54 Ibid., p.151.

55 Ibid., p.154.

56 Ibid., p.154.

57 Ibid., pp.134 - 135.

58 Henry James, "The Art of Fiction", *The Victorian Criticism of the Novel*,

ed., Edwin M. Eigner and George J. Worth, CUP, 1985, p.196.

(59) 在1884年9月在《朗文杂志》发表的文章里,詹姆斯用了"与生活媲美"("does compete with life")这一表达。然而在将文章收入《一幅不完整的画像》(*Partial Portraits*, 1888)时,他把"与生活媲美"改作了"表现生活"("does attempt to represent life")。

(60) Ibid., p.199.

(61) Ibid., p.202.

(62) Leon Edel & Gordon N. Ray (ed.), *Henry James and H. G. Wells*, p.137.

(63) Ibid., p.220.

(64) Ibid., p.220.

(65) 援引自殷企平:《英国小说批评史》,上海:上海外语教育出版社,2001年,第133—134页。

(66) Patrick Parrinder & Robert M. Philmus, ed., *H. G. Wells's Literary Criticism*, Harvest, 1980, p.71.

(67) Ibid., p.143.

(68) Ibid., p.141.

(69) Ibid., p.141.

(70) Ibid., p.141.

(71) Michael Draper, *H. G. Wells*, London: Macmillan, 1087, p.82.

(72) Leon Edel & Gordon N. Ray (ed.), *Henry James and H. G. Wells*, p.136.

(73) Ibid., pp.138 - 139.

(74) Arnold Bennett, *The Author's Craft*, London: Hodder and Stoughton, 1914, p.2.

(75) Ibid., p.14.

(76) Ibid., p.14.

(77) Ibid., pp.16 - 17.

(78) Ibid., pp.17 - 18.

(79) Ibid., p.20.

(80) Ibid., p.24.

(81) Ibid., p.33.

(82) Ibid., p.34.

(83) Ibid., p.18.

(84) Ibid., p.38.

(85) Ibid., pp.38 - 39.

(86) Ibid., p.40.

(87) Ibid., pp.42 - 43.

(88) Ibid., p.18.

(89) Ibid., p.52.

⑨⓪　Ibid．，p.55．

⑨①　Ibid．，pp.55－56．

⑨②　Ibid．，p.56．

⑨③　Ibid．，p.58．

⑨④　Ibid．，p.58．

⑨⑤　Ibid．，p.61．

⑨⑥　Ibid．，p.62．

⑨⑦　Ibid．，p.63．

⑨⑧　Norman Jeffares，*A New Commentary on the Poems of W．B．Yeats*． London：Macmillan，1984，p.140．

⑨⑨　George T．Wright，*The Poet in the Poem：The Personae of Eliot*，*Yeats*，*and Pound*．Berkeley：University of California Press，1960，p.103．

⑩⓪　E．J．Ellis & W．B．Yeats，*The Works of William Blake*，Vol．1．London：B． Quaritch，1893，p.212．

⑩①　Douglas Archbald，*Yeats*，New York：Syracuse University Press，1983， p.236．

⑩②　Richard Ellmann，*Yeats：The Man and the Masks*，Penguin Books，1987， p.56．

⑩③　W．B．Yeats，*Essays and Introductions*，London and New York：Macmillan， 1961，p.87．

⑩④　Richard Ellmann，*Yeats：The Man and the Masks*，Penguin Books，1987， p.166．

⑩⑤　John Unterecker，*A Reader's Guide to William Butler Yeats*，Fourth Printing． New York：Noonday Press，1957，p.70．

⑩⑥　W．B．Yeats，*Autobiographies*，London：Macmillan，1955，p.153．

⑩⑦　W．B．Yeats，*Essays and Introductions*，p.193．

⑩⑧　Ibid．，p.195．

⑩⑨　Ibid．，p.497．

⑩⑩　Richard Ellmann，*The Identity of Yeats*，Oxford University Press，1964， p.58．

⑪①　艾布拉姆斯：《镜与灯》，郦稚牛等译，北京：北京大学出版社，1989 年，第 525 页。

⑪②　W．B．Yeats，*The Letters of W．B．Yeats*，ed．，Allan Wade．New York： Macmillan，1954，p.583．

⑪③　艾布拉姆斯，第 525 页。

⑪④　W．B．Yeats，*Essays and Introductions*，p.91．

⑪⑤　Gale C．Schricker，*A New Species of Man：The Poetic Persona of W．B．Yeats*， Pennsylvania：Bucknell University Press，London and Toronto：Associated

Press, 1982, p.13.

⑯ Richard Ellmann, *Yeats: The Man and the Masks*, pp.73 - 79.

⑰ Gale C. Schricker, p.15.

⑱ W. B. Yeats, *Essays and Introductions*, London and Now York: Macmillan, 1961, p.509.

⑲ W. B. Yeats, *Essays and Introductions*, p.509.

⑳ Gale C.Schricker, p.13.

㉑ Wayne Booth, *The Rhetoric of Fiction*. Chicago & London: The University of Chicago, 1961, pp.71 - 77.

㉒ Richard Ellmann, *Yeats: The Man and the Masks*, pp.81 - 87.

㉓ W. B. Yeats, *Essays and Introductions*, p.509.

㉔ Ibid., p.510.

㉕ 关于英国小说批评史上"戏剧化呈现"和"作者引退"问题的讨论可参见 Edwin M. Eigner and George J. Worth ed. *Victorian Criticism of the Novel*, (CUP, 1985); Richard Stang ed., *The Theory of the Novel in England 1850 - 1870*, (London: Routledge & Kegan Paul, 1959); 殷企平:《英国小说批评史》(上海: 上海外语教育出版社,2001 年)中相关的章节。

㉖ 殷企平:《英国小说批评史》,上海:上海外语教育出版社,2001 年,第 77 页。

㉗ M. H. Abramns, *A Glossary of Literary Terms*. Beijing: Foreign Language Teaching and Research Press, 2004, p.70.

㉘ Wayne Booth, p.162.

㉙ Terence Brown, *The Life of W. B. Yeats: A Critical Biography*, Oxford: Blackwell, 1999, p.209.

㉚ W.B. Yeats, *The Letters of W. B. Yeats*, pp.72 - 74.

㉛ Richard Ellman, *The Identity of Yeats*, p.4.

㉜ 殷企平:《英国小说批评史》,第 248 页。

㉝ T. S. Eliot, *The Letters of T. S. Eliot*, ed. Valerie Eliot, London, 1988, p.69.

㉞ 张剑:《艾略特与英国浪漫主义传统》,北京:外语教学与研究出版社,1996 年, 第 2 页。

㉟ 同上,第 2 页。

㊱ 艾略特:《艾略特文学论文集》,李赋宁译,南昌:百花洲文艺出版社,1994 年, 第 2—3 页。

㊲ 同上,第 3 页。

㊳ 同上,第 2—3 页。

㊴ 同上,第 5—6 页。

㊵ 同上,第 9 页。

㊶ 同上,第 10 页。

⑭ W. B. Yeats，*Essays and Introductions*，London and New York：Macmillan，1961，p.499.

⑭ Ibid.，p.506.

⑭ Frank Kermode，*Selected Prose of T. S. Eliot*，London：Rupert Hart-Davis，1975，p.137.

⑭ 同上，第287—288页。

⑭ T. S. Eliot，*On Poetry and Poets*，London：Faber，1957，pp.152-153.

⑭ 张剑，第13页。

⑭ 同上，第7页。

⑭ Frank Kermode，p.145.

⑮ 陆建德：《破碎思想体系的残编》，北京：北京大学出版社，2001年，第92页。

⑮ T. S. Eliot：*The Man and His Work*，Allen Tate ed.，London：Chatto & Windus，1967，p.316.

⑮ Frank Kermode，p.113.

⑮ 袁可嘉：《欧美现代派文学概论》，上海：上海文艺出版社，1993年，第121页。

⑮ 同上，第121页。

⑮ 陆建德：《破碎思想体系的残编》，第92页。

⑮ George Orwell，*Collected Essays*，*Journalism and Letters of George Orwell*，ed.，Sonia Orwell & Ian Angus，London：1968，Vol. Ⅳ，p.65.

⑮ Anthony Stewart，*George Orwell*，*Doubleness*，*and the Value of Decency*，New York and London：Routledge，2003，p.23.

⑮ George Orwell，*The Lion and the Unicorn*，London：Penguin Books，1982，p.69.

⑮ Anthony Stewart，p.15.

⑯ John Newsinger，*Orwell's Politics*，London：Macmillan Press LTD，1999，p.26.

⑯ Ibid，p.120.

⑯ Ibid.

⑯ 安妮·肖斯塔克沙逊：《葛兰西的政治》，明尼阿波利斯：明尼苏达大学出版社，1988年，第122页。

⑯ 朱利安·班达：《知识分子的背叛》，孙传钊译，长春：吉林人民出版社，2004年。

⑯ Anthony Stewart，p.33.

⑯ 乔治·奥威尔：《一九八四》，孙仲旭译，南京：译林出版社，2002年，第35页。

⑯ Anthony Stewart，p.12.

⑯ Anthony Stewart，p.27.

⑯ 奥威尔：《奥威尔文集》，董乐山编，北京：中国广播电视出版社，1997年，第158页。

⑰　Anthony Stewart，p.34.

⑰　奥威尔：《奥威尔文集》，第 157 页。

⑰　Anthony Stewart，p.35.

⑰　萨义德：《知识分子论》，单德兴译，北京：三联书店，2002 年，第 17 页。

⑭　同上，第 16—17 页。

⑮　John Newsinger，pp.24－25.

⑯　陶家俊：《文化身份的嬗变——E. M. 福斯特小说和思想研究》，北京：中国社
会科学出版社，第 26 页。

⑰　E. M. Forster, *The Longest Journey*，Oxford：OUP，1960，p.xiii.

⑱　福斯特：《福斯特散文选》，李辉译，天津：百花文艺出版社，1994 年，第 3 页。

⑲　陶家俊，第 111 页。

⑳　E. M. Forster, *Where Angels Fear to Tread*，New York：Vintage Books，
1992，p.68.

㉑　陶家俊，第 121 页。

㉒　E. M. Forster, *Howards End*，New York：Bantam Books，1985，p.138.

㉓　陶家俊，第 114 页。

㉔　殷企平：《英国小说批评史》，第 152 页。

㉕　同上，第 152 页。

㉖　同上，第 153 页。

㉗　陶家俊，第 23 页。

㉘　John Colmer, *E. M. Forster: The Personal Voice*，London：Routledge &
Kegan Paul，1975，p.5.

㉙　福斯特：《福斯特散文选》，李辉译，天津：百花文艺出版社，1994 年。

㉚　E. M. Forster, *The Longest Journey*，New York：Bantam Books，1997，
p.116.

㉛　Ibid，120.

㉜　Ibid，p.209.

㉝　Ibid，p.230.

㉞　E. M. Forster, *Howards End*，p.255.

㉟　Ibid，pp.255－256.

㊱　赵志军：《文学文本理论》，北京：中国社会科学出版社，2001 年，第 3 页。

㊲　Julie Rivkin, et al. *Literary Theory: An Anthology*，Massachusetts：Blackwell
Publishers Inc.，1998，p.336.

㊳　胡劲之，张首映：《二十世纪西方文论选》，北京：中国社会科学出版社，1989
年，第 302—303 页。

㊴　同上，第 299 页。

㊵　John Ackerman, *Dylan Thomas: His Life and Work*，Basingstoke：
Macmillan，1991，p.15.

⑳ Ibid.

⑳ Walford Davies, *Dylan Thomas: New Critical Essays*, London: J. M. Dent and Sons LTD, 1972, p.33.

⑳ Miller, J. Hillis. *Poets of Reality: Six Twentieth-Century Writers*, Cambridge: Harvard University Press, 1965, p.195.

⑳ 胡劲之，张首映，第 335 页。

⑳ 赵志军：第 3 页。

⑳ Roland Barthes, (trans. Annette Lavers and Colin Smith). *Writing Degree Zero and Elements of Semiology*, Boston: Beacon Press, 1970, p.43.

⑳ James Joyce, *Stephen Hero*, New York: New Directions Books, 1944, p.176.

⑳ 波利亚科：《结构—符号文艺学》，佟景韩译，北京：文化艺术出版社，1994 年，第 199 页。

⑳ 萨特：《萨特文学论文集》，施康强等译，合肥：安徽文艺出版社，1998 年，第 75 页。

⑳ 同上，第 76 页。

⑪ M. H. Abrams, *The Norton Anthology of English Literature*, (Vol.1) New York: W. W. Norton & Company, 1993, p.1370.

⑫ Murray Krieger, *Ekphrasis: The Illusion of the Natural Sign*, Baltimore and London: John Hopkins University Press, 1992, p.204.

⑬ 李维屏：《英美现代主义文学概观》，上海：上海外语教育出版社，1998 年，第 74—75 页。

⑭ 侯维瑞：《英国文学通史》，上海：上海外语教育出版社，1999 年，第 811 页。

⑮ Michael Bell, "The Metaphysics of Modernism", Levenson, Michael. (ed.) *The Cambridge Companion to Modernism*, Shanghai: Shanghai Foreign Language Education Press, 2000, p.17.

⑯ 巴赫金：《巴赫金全集》（第三卷），白春仁等译，石家庄：河北教育出版社，1998 年，第 177 页。

⑰ Donald Davie, *Purity of Diction in English Verse*, London: Routledge & Kegan Paul, reissued with postscript, 1967, pp.97 – 98.

第八章

现 代 主 义 文 学 思 潮

　　在 1910 年至 1940 年的 30 年间,英国文坛发生了巨大的变化。流派林立、理论更迭、五花八门的实验主义作品竞相问世。一批追求革新的作家争先恐后地登上文坛,以标新立异的艺术手法反映现代意识和现代经验。这便是半个世纪之后才被人们认识和接受的现代主义文学思潮。然而,何谓现代主义思潮? 其性质与内涵究竟是什么? 作为 20 世纪初流行于英国社会的一种意识形态,现代主义思潮具有哪些基本特征? 它与现实主义之间在审美原则上存在何种共性与差异? 显然,这些问题对我们深入研究英国现代主义文学思潮具有重要的意义。尽管发生在 20 世纪的那场声势浩大的文学运动已经成为历史,且当时的作家与作品都已步入经典,但催生了一系列全新艺术和传世佳作的现代主义思潮却依然值得我们思考与回味。正如一位英国评论家所说:"就像我们讨论文艺复兴运动那样,我们需要用一种话语来讨论现代主义。同样,讨论的标准会随着时间的流逝而变化。20 年之前有关现代主义的批评就与现在的不同,20 年之后的批评当然也会发生变化。"①

　　"现代主义"是"一个用于解释 19 世纪末以来所有创造性艺术领域出现的国际性倾向和运动的综合性术语。"②它是涵盖各种激进的、反传统的艺术流派和思潮,集各种富有革新精神的艺术形式于一体的整体概念。就此而言,20 世纪初风行于英国文坛的印象主义、立体主义、表现主义和意

象主义等诸多违时绝俗的艺术形式都不同程度地折射出现代主义思想的印记。从某种意义上说,英国文学中的现代主义思潮可以被视为一种全新的艺术观,一种普遍的、抽象的且又高度自觉的创作理念。在艺术上,现代主义思想不受任何传统观念或固有模式的束缚,而是反映了一种独特的审美意识。它不仅使现代作家对传统文学进行全面反拨,而且使他们得以超越必然王国,走向自由王国。

应当指出,英国现代主义文学思潮的流行具有与其相适应的历史氛围和社会土壤。20世纪初是一个危机四伏和革旧鼎新的时代。在政治、经济、科技、文化和道德等领域中发生的巨大变化表明,这无疑是英国历史上最为复杂的一个时代。这一时代的基本特征是急速变化和矛盾重重。传统的社会体制开始解体,新的秩序尚在构建之中,那些表面看似确凿无疑的事物纷纷遭到怀疑和摒弃。与此同时,人们对自身和环境的认识正在发生微妙的变化。在这个时代,油灯、煤气灯和电灯交相辉映,马车和汽车衔尾相随,乞丐和富翁摩肩接踵,封建礼仪和现代文明分庭抗礼。在这个时代,新旧事物鱼龙混杂,传统观念与先进思想之间互相碰撞。显然,这种新旧交替、喜忧参半的社会动荡不仅给现代人的生存带来了巨大压力,也严重影响了人际关系以及人与环境之间的关系。此外,时空观念的变化、距离的缩短和生活节奏的加快也极大地改变了人们的生活方式。不仅如此,西方哲学、美学、心理学和科学技术领域的快速发展也使人的意识发生了深刻变化。正如著名女作家弗吉尼亚·伍尔夫所说:"1910年12月左右,人性变了……人的一切关系都变了——主仆关系、夫妻关系、父母同子女的关系。当人际关系发生变化时,宗教、行为、政治和文学也同时发生了变化。"③从某种意义上说,英国现代主义思想的流行和传播是包括英国现代主义作家在内的英国知识分子对时代的必然反应。

现代主义思想不仅具有极其丰富和深刻的内涵,而且在本质上体现了一种全新的艺术观。以背离传统、崇尚实验为核心的现代主义思想代表了一种在陈旧的艺术世界和混乱的现实社会中顽强崛起的"美学英雄主义"(aesthetic heroism)。现代主义者不仅藐视传统的文学秩序和创作准则,而且追求艺术革新,不断将文学推向深奥和新奇的领域。引人注目的是,20 世纪初在英国文坛崛起的诸多文学流派和艺术思潮都无一例外地带有现代主义思想的印迹。换言之,几乎每一个与现实主义传统背道而驰的文学样式,如意象派诗歌、意识流小说或荒诞派戏剧等等,都是现代主义的缩影。尽管这些形形色色的文学样式体现了不同的艺术宗旨或纲领,而且风格迥异、延续的时间也不尽相同,但它们都以实验和开拓为口号,着力追求文学的改革与创新。就此而言,现代主义思想既是英国乃至整个西方文学走向现代化和多元化的基础,也是现代文学中一切创新和实验的原动力。

作为 20 世纪上半叶流行于西方社会的一种意识形态,现代主义与现实主义之间依然存在着某些共性。在英国文学史上,现实主义思想可谓根深蒂固。千百年来,这种思想从原始、朴素的状态发展到高度成熟的阶段,体现了极强的生命力和感召力。现实主义文学以历史演变为经,以社会现实为纬,忠实地反映了社会的变迁,具有强烈的时代意识和生活气息。然而,20 世纪广为流传的现代主义思想与现实主义思想并非水火不相容。事实上,两者至少在两个方面具有惊人的相似之处。首先,现代主义和现实主义都以反映社会生活为宗旨。尽管两者在文学题材、创作技巧和艺术风格上存在着极大的差别,但就表现生活和反映现实而言,它们在本质上是一致的。当旧的社会结构迅速解体而现代文明和都市生活发生深刻变化时,现代主义作家十分明智地采用了新的艺术形式来反映现实。像现实主义作家一样,大多数现代主义作家始终将社会生活和人的经历作为文学创作的重要源泉,只是采用了不同的观察角度和表现方式。其次,现代主义和现实主义均真实而又生动地反映了典型环境中的典型人物。无论是现代派作家还是传统的现实主义作家都认为,一部作品的成功与否在很大程度上取决于对人物的描绘。因此,两者不仅讲究人物的真实性,也强调人物的典型性。读者不难发现,无论是笛福笔下的鲁滨逊和狄更斯笔下的大卫·科波菲尔,还是乔伊斯笔下的布鲁姆和伍尔夫笔下的达罗卫夫人,都是典型环境中的典型人物。显然这些人物的性格和意识完全符合他们所属的那个社会阶层和时代背景,充分体现了生活在特定环境中的那个社会群体的典型特征。

然而,现代主义与传统的现实主义之间毕竟具有明显的区别。这种区别不仅客观地反映在两种文学的题材、形式、技巧和语言上,而且也充分体现了不同的创作理念和价值取向。概括来说,现代主义大致体现了以下五个显著的特征。

一、现代主义摈弃传统的价值观念,主张以作家本人的世界观和生活感受为基本的审美原则。20世纪初,随着西方的政局波动、经济起伏和社会动荡,以及第一次世界大战的爆发,作家的价值观念和审美意识也发生了深刻变化。在一个严重异化的时代和充满幻灭感的历史氛围中,英国的现代主义者对传统文学的价值取向进行了认真的反思和拷问。在他们看来。生老病死、悲欢离合、贫富冲突、善恶较量、个性解放和婚姻自由等传统题材在新的现实面前已显得不合时宜,而昔日的理想主义和浪漫主义更是无稽之谈。现代主义作家不仅拒绝传统文学中司空见惯的创作题材和人物形象,而且也不愿像高尔斯华绥、威尔斯和贝内特等现实主义作家那样将文学作品视为伸张正义、宣传美德、劝诫说教或促进社会改良的有效工具。换言之,他们崇尚离经叛道的审美态度,不是按照约定俗成的艺术标准而是根据自己的独特视角和价值取向进行创作。读者不难发现,大多数英国现代主义作家既没有塑造英雄人物和伟大形象,也没有讲述人间的浪漫爱情或动人故事,更没有将文学作品作为针砭时弊、伸张正义和警世醒人的工具。他们不约而同地将视线转向了那些平凡得不能再平凡的市井百姓,那些具有严重孤独感、异化感和病态心理的芸芸众生。不言而喻,英国现代主义者价值观念的重大转变是导致创作题材和艺术形式不断翻新的根本原因。

二、现代主义遵循重精神、轻物质的原则,倡导"向内心看看"的创作理念。现代主义和现实主义争论的焦点是精神与物质之间的矛盾。受到资本主义社会重物质、轻精神现象和商品拜物教倾向的影响,英国传统作家大都追求表现物质世界,刻意描绘人的生活环境,并注重反映人物的体貌特征和举止言行。这种现实主义创作风格原本是无可非议的,它有助于揭示社会生活和时代气息。然而,为了精确地记录生活以造成一种逼真的印象,不少现实主义作家对物质世界的描绘过于琐碎,有的甚至到了无孔不入、无以复加的地步。与其相反,以伍尔夫为代表的现代主义者主张"向内心看看",探讨人的精神世界。当时代急剧变化、社会面临转型之际,现代派作家不约而同地将创作视线从外部世界转向精神领域。他们高度关注人物的感性生活,不厌其烦地揭示意识活动,其根本目的是通过人物的精神世界来折射外部的物质世界。现代派作家认为,随着现代资本主义社会各类矛盾的日趋尖锐,人的精神危机与日俱增,因而充分揭示现代人的异化感和绝望心理是作家义不容辞的责任。在他们看来,如果继续像文学前辈那样刻意描写人的物质生活和生存环境,不仅无法反映人的内在真实,而且也与现代经验和现代意识的变化格格不入。从某种意义上说,文学作品究竟应反映精神世界还是描绘物质世界,不仅是现代主义和现实主义争论的焦点,而且也是两者之间的分水岭。今天,越来越多的批评家认为,英国现代主义者"向内心看看"的创作理念本质上是一种由里及表、由微观到宏观的美学原则。这种美学原则不仅将人的精神世界视为重要的创作源泉,而且强调通过人物的内心世界去反映社会现实,对西方社会的矛盾与危机具有明显的暴露作用。

三、现代主义崇尚全新的时空观念,并将时空秩序的重构视为文学实验的重要环节。纵观 20 世纪上半叶的英国现代主义作品,我们不难发现,现代主义者不仅成功地摆脱了钟表时间和物理空间对文学作品的束缚,而且创造性地组建了新的时空秩序。在现代派作家看来,钟表时间和物理空间极大地限制了作家的艺术想象力,使他们无法随心所欲地从事创作。尽管现代派作家并没有否定钟表时间和物理空间在作品中的应有地位与作用,但他们似乎认为,要获得真正的创作自由,就必须毫不留情推翻时空固有的模式,构建现代主义语境中的时空秩序。引人注目的是,几乎所有现代派作家都将时空问题作为艺术创新的突破口。他们从爱因斯坦的相对论和伯格森的"心理时间"学说中看到了重新安排时空的可能性。事实上,20 世纪上半叶英国的现代主义文学大师们对时间与空间大都表现出非凡的驾驭能力。他们在创作中成功地跨越了时空界限,或通过两者的巧妙组合使其在作品中展示出无穷的艺术魅力。于是,英国文坛出现了以一日为框架或一夜为布局的长篇小说,或以捕捉人物瞬间的意识来反映生活本质、揭示永恒真理的实

验性作品。显然,这种以有限的时间来展示无限的空间,或在有限的空间内充分发挥时间的作用,是文学创作中的一个重大突破。从某种意义上说,无论是时间的跳跃与重叠,还是空间的错位与分解,都构成了现代主义文学的显著特征。

四、现代主义反对陈旧的创作技巧和艺术手法,高度关注艺术形式的改革与创新。应当指出,在表现形式和创作技巧上是革故鼎新还是因循守旧是现代主义作家与传统作家之间最明显的区别。英国文学的发展历史表明:传统作家在艺术形式和创作技巧上大都遵循固有的模式,不敢跨越雷池半步。他们与读者之间在审美方面往往具有一种令人愉快的默契与合作精神。不仅如此,传统作家大都不会轻易改变两者之间这种约定俗成的关系,更不敢向固有的艺术准则和审美意识提出挑战。然而,现代主义文学的先驱詹姆斯曾明确指出:"艺术的生存依靠争论、实验、好奇、各种尝试……"①现代主义思想的实质就是崇尚文学实验、追求艺术创新。现代主义者从反传统起步,以先锋派面目登上文坛,对传统的艺术形式进行了脱胎换骨式的改造,并创造性地构建了全新的艺术体系。

应当指出,现代主义者在艺术形式上的创新主要体现在谋篇布局和创作技巧方面。在谋篇布局方面,作品显示出多样性和灵活性的特点。现代派作家似乎认为,在一个前所未有的混乱时代,井然有序的谋篇方式无法反映错综复杂的现代经验,而生动有趣的故事情节也难以唤起读者对荒诞世界的真实感受。于是淡化故事情节成为现代主义文学最显著的特征之一。当故事情节被降到可有可无的地位时,原有的叙事规则也随之失去了作用。引人注目的是,现代主义作家在淡化情节的同时,对作品的内在统一和静态平衡表现出异常的兴趣。读者发现,英国的现代主义上乘之作大都在杂乱无章的表层结构下面隐伏着一种完美和谐却又耐人寻味的深层结构。显然,现代派作家希望读者不再试图从作品中寻找一个有趣的故事,而应设法找到一种富有内涵和美学价值的深层结构或内在逻辑。在创作技巧方面,现代主义作家也进行了不懈的探索与实验。在他们看来,传统作家的创作手法已经趋于僵化,无法真实反映现代经验和现代意识。伍尔夫在批评以贝内特为代表的"物质主义者"时曾明确指出："他们制造了工具并订立了服务于他们的使命的章法,他们的使命不是我们的使命。对我们来说,这些章法意味着毁灭,这些工具等于死亡。"⑤从某种意义上说,创作技巧的离经叛道和标新立异是现代主义文学的重要标志。在现代派作品中,视角转换、内心独白、自由联想、时空跳跃、蒙太奇、梦境、幻觉以及文理叙事的印象主义或超现实主义色彩比比皆是。此外,小说诗歌化、诗歌图案化、戏剧悖理化以及将神话、科幻、现实和荒诞融为一体的创作倾向也屡见不鲜。毫无疑问,艺术形式的改革与创新不仅极大地丰富了现代主义文学的表现力,而且也为英国文学的现代化和多元化起到了积极的推动作用。

五、现代主义高度关注语言实验,并极为强调语言文体的艺术功能。应当指出,文学题材和艺术形式的更新必然会导致语言文体的重大变革。引人注目的是,英国现代主义作家大都对语言实验有浓厚的兴趣,并热衷于发掘语言文体的表现力。他们在运用语言和遣词造句方面显示出极大的创造性和灵活性。为了生动地揭示飘忽不定的意识和错综复杂的经验,并求得形似和神似的双重效果,他们经常通过对英语词汇的重新组合或改编创造出许多新的文学词汇。乔伊斯等现代主义作家似乎并不满足于双关语的表意功能,往往将几个词汇的多种意义注入同一个词汇,并不时利用语言对声音的模拟功能,根据英语词汇不同的音韵、音色和音质来构造句子,充分发挥语言的有声外壳和音韵效果对作品主题和人物形象的渲染作用。不仅如此,在现代主义作品中,行文不见标点、没有大小写之分和不合语法规范的句子屡见不鲜,而残句和破句也比比皆是。这与传统的现实主义作品中结构严谨、句法考究、文辞优美的文学语体形成了鲜明的对照。尽管现代主义文学的语言偏离甚至违背了英语的基本法则,其异乎寻常的行文风格一度被视为洪水猛兽,但这种语言文体对表现心理变态、神志恍惚、人格扭曲或精神失常的人物不仅极为恰当,而且有助于读者真实感受人物纷乱复杂的精神世界,充分领略现代主义作品的艺术魅力。从某种意义上说,现代主义者的语言实验是其艺术革新的重要组成部分。它在充分发掘语言的艺术潜力的同时,也向读者提供了一种全新的视角和审

美方式。

应当指出,英国现代主义文学思潮的实质是追求文学的"现代性"。作为文学革新的原动力,现代主义思潮反映了一部分作家对传统文学秩序的反叛与重构的迫切心理。英国文学的发展历史表明,以往每一次新的文学运动在当时都具有一定的"现代性",无论是文艺复兴运动,还是浪漫主义运动,都体现了作家的现代意识和创新精神,其作品往往给人一种"新式"和"入时"的感觉。然而,发生在20世纪初的这场现代主义文学运动,无论从改革的力度还是从实验的结果来看,与以往的文学运动之间都存在着明显的区别。它不仅是迄今为止唯一被冠以"现代主义"这一称号的文学运动,而且其"现代性"也大大超过了以往所有的文学运动。就总体而言,现代主义文学的"现代性"反映在作品的题材和形式两个方面。在题材上,英国现代主义文学大都着力探索西方现代社会中最令人烦恼的问题:即现代人严重的异化感和绝望感,追求表现一个痛苦的甚至是病态的"自我"。无论现代主义文学的各种流派或"主义"怎样演示自己,通过揭示那个出了毛病的"自我"来反映社会现实已构成其"现代性"的基本特征。在形式上,现代主义文学的"现代性"集中体现在五花八门的新潮艺术和令人眼花缭乱的尖端技巧上,仿佛给人一种无"新"不成书的感觉。在现代主义思潮的影响下,各种标新立异的形式、结构、技巧和叙事策略纷至沓来,争先恐后地在文坛亮相。毫无疑问,英国现代主义思潮所催生的文学作品的"现代性"在世界文学史上是罕见的。这不但极大程度地颠覆了传统的文学秩序,而且成功地构建了全新的文学体系。

英国现代主义文学思潮是西方资本主义文明日趋衰弱、传统社会结构全面解体时的一种意识形态。作为危机时代的产物,这种意识形态不仅客观地反映了现代主义作家在特定的历史条件下的人生观、价值观和审美观,而且也折射出他们对现实世界的不满情绪和反叛心理。因此,现代主义文学对英国社会与文化具有不可忽视的暴露作用和认识价值。英国现代主义作家虽不像政治家和社会改革家那样公开表达自己的政治主张,但他们大都对各种社会问题和人们所面临的困境表现出深切的关注,并不遗余力地反映西方文明的沉沦以及由此引起的道德瘫痪和精神危机。乔伊斯早在创作初期便明确表示："我之所以选择以都柏林为背景是因为我觉得这个城市是瘫痪的中心。"⑥即便一向被认为不关心政治的伍尔夫也在日记中明确地表达了自己的创作意图："我想以最严厉的方式批评这个社会制度，并且揭露它的真相。"⑦显然，崇尚现代主义思想的作家大都体现了较为积极的政治态度和社会立场。他们不仅是才华横溢的艺术家，而且也是富有正义感的社会批评家。当然，由于现代主义作家的创作经历和审美意识不尽相同，因此他们在揭示社会现实和反映生活本质的方式和程度上存在着一定的差别。然而，五花八门的艺术形式和标新立异的创作技巧并不是现代主义作家的最终目的，而是他们探索现代意识、反映生活本质行之有效的艺术途径。总之，作为 20 世纪上半叶流行于英国社会的一种意识形态，现代主义思想除了倡导艺术革新之外，还体现了较为积极的政治倾向。

　　然而，作为 20 世纪西方文化和思想体系的重要组成部分，英国现代主义文学思潮不可避免地具有一定的消极因素和历史局限性。尽管现代主义作家采用离经叛道的艺术手法来表现尖锐的社会矛盾和严重的精神危机，但他们既无法完全摆脱西方社会与文化的各种消极影响，也未能放弃他们固有的小资产阶级知识分子的立场。由于不少现代派作家在严酷的现实生活中怀才不遇或备受挫折，其心灵受到了极大的伤害，因此他们有意无意地在作品中表现出悲观情绪或没落意识，有的甚至将文学作品视为他们放纵无度地发泄不满情绪的工具。此外，以Ｔ·Ｓ·艾略特为代表的一些现代派作家在政治上不时体现出保守主义的倾向，并与那些关注社会局势和意识形态问题的左翼作家之间保持着明显的距离。这与他们艺术上的激进主义形成了强烈的反差。尽管英国现代主义文学充分反映了动荡不安的社会中人们的异化感和绝望感，但有些作品也同时体现了作家对人类的历史与存在价值的怀疑与轻蔑的态度。不仅如此，在现代主义文学作品中，尽管主题严肃、形式完美的上乘之作不胜枚举，但内容荒诞、格调低下、粗制滥造的作品也屡见不鲜。显然，这些作品不仅无法引起读者的共鸣，而且也对现代主义文学产生了一定的负面影响。不可否认，英国现代主义思潮的历史

局限性和各种消极因素在一定程度上削弱了某些文学作品的社会效果和文学价值。尽管如此,英国现代主义思潮在促进文学现代化和多元化的过程中起到了十分积极的作用,并为世界文学的历史增添了极其辉煌的一页。

综上所述,现代主义文学思潮是英国社会和文学均面临严重危机时的产物,也是 20 世纪上半叶在英国知识分子中十分流行的一种人文精神。它不仅造就了一批极为罕见的艺术天才,而且引发了一场惊世骇俗而又轰轰烈烈的文学变革。英国现代主义者以丰富的想象力和非凡的艺术才华反映了现代社会的种种危机与矛盾,揭示了纷繁复杂的现代意识和现代经验。正如一位批评家所说:"现代主义者表现出一种敏感的道德洞察力;他们为科学时代创造了一种良知。"⑧今天,虽然现代主义思潮已经失去了昔日的轰动效应,曾受其影响的英国作家和作品大都也已步入经典,但它为推动英国文学事业所做的贡献是举世公认的,其重要的历史作用也是不容置疑的。

第 一 节
詹姆斯的现代小说观

亨利·詹姆斯(Henry James,1843－1916)是现代英美文坛巨匠,也是现代主义文学运动的先驱。这位出生在美国而长期生活在英国的艺术天才不但是大西洋两岸文化交流的伟大使者,而且是现代主义小说的先驱。作为以狄更斯和劳伦斯为代表的英国两代作家之间出类拔萃的传承人物,詹姆斯为英国小说和小说批评的发展做出了重大的贡献。在英国小说从传统到革新的转型时期,詹姆斯对小说创作进行了一系列有益的探索和实践,并取得了卓越的成就,同时还发表了许多中肯而独特的见解。他也许是第一位真正将小说作为一门艺术加以研究的英语作家。从某种意义上说,他的小说理论对现代主义小说的诞生起到了强烈的催化作用。

詹姆斯是现代小说批评的奠基人。自 20 世纪 80 年代以来,他的小说理论引起了国内外许多学者的高度关注。"亨利·詹姆斯的文学批评文章,尤其是他在 1905 年至 1907 年期间为其纽约版小说写的序言,通常被视为英美小说理论的基本文献。"⑨詹姆斯关于小说家和小说批评的文论在英国文学批评史上具有十分重要的地位。其中,《小说家及其他评论》(*Notes on Novelists and Some Other Notes*,1914)、《笔记和书评》(*Notes and Reviews*,1912)、《文学评论集》(*Literary Reviews and Essays*,1957)以及他为自己 10 余部小说写的序言充分反映了他的现代小说观。在他的文论中,最有影响的莫过于他在 1884 年发表的论文《小说的艺术》(The Art of Fiction)。越来越多的西方批评家注意到,詹姆斯对小说的批评与前人相比不仅在方法和质量上截然不同,而且充满了真知灼见。但如果詹姆斯仅仅声称小说像诗歌那样具有美学意义,或能展示艺术价值,那么他的小说观似乎还不足以成为小说理论。半个多世纪以来,批评家们发现,他所发表的一系列小说批评文论具有内在的统一性和连贯性,成为英国文学批评有史以来最具独创见地和影响力的文献之一。"詹姆斯发明了一门新的学科,因为他不仅相信小说值得批评分析,而且还为这种分析建立了术语。"⑩尽管批评家们对詹姆斯的现代小说观的内涵尚未达成共识,但有一点是肯定的:即詹姆斯的创作实践和小说理论为英国现代主义小说的顽强崛起奠定了极为重要的基础。

应当指出,小说理论与创作实践的有机结合使詹姆斯成功地构建了一个较为系统和相对可靠的美学体系。作为引领现代小说发展的关键人物,詹姆斯不仅创作了十余部主题新颖、形式独特的小说,而且还发表了大量见解独到、论述精辟的批评文章。尽管并非所有的批评家都认为他的小说观具有完整性和连贯性,但他们似乎都承认,詹姆斯近 40 年的创作实践和文学批评集中反映了他对小说的深刻思考和系统描述。就此而言,他所构建的小说理论是一种建立在实践与经验基础上的现代文学批评体系,其目的是诠释小说的作用(function)、界定小说的要素(elements)以及探索小说的机制(mechanism)。值得注意的是,詹姆斯的小说观至少具有两个明显特征。一是其小说理论的开拓性。

他不仅将小说视为一门高超的艺术,而且对此展开深入的研究。他将先前零敲碎打的英国小说批评提高到了一个新的层次,使其成为一种较为科学和系统的批评话语,从而开创了英国现代小说批评的传统。二是其小说理论的宽泛性。足迹遍及欧美大陆的詹姆斯对新旧世纪交替之际的文学思潮和批评动态极为关注,同时还对与小说相关的诸多理论、学说和知识表现出浓厚的兴趣。因此,他的小说观既反映了其本人的创作经验与感受,又体现了其渊博的知识和广泛的艺术兴趣。詹姆斯的小说批评不仅涉及作家与文化、艺术和生活之间的关系,而且也包含了形式、情节、叙事和视角等小说的技术问题,可谓内容丰富,视野宽广。今天,人们显然已达成了这样的一种共识:即詹姆斯是一位具有丰富创作经验的小说家,同时也是一位对小说艺术具有独到见解的批评家。他本人长达40年的创作实践和艺术探索不仅使他超越了一般职业文学批评家的视野和想象,而且也使他的小说理论对现代主义作家的创作更具有参考价值。概括地说,詹姆斯的现代小说观主要体现在以下四个方面。

一、重构小说和生活的关系,强调形式与内容的完美结合。詹姆斯早在创作生涯初期便开始关注小说与生活之间的关系,并执著追求形式与内容的有机统一。与19世纪的小说家不同的是,詹姆斯既不愿将小说视为记录生活或叙述故事的场所,也不愿使小说仅仅关注人的命运与遭遇,更不愿使小说成为说教和促进社会改良的工具。事实上,早在1865年,詹姆斯已经觉察到以狄更斯为代表的传统小说家所面临的困境及其小说质量不断滑坡的状况。他曾撰文公开批评狄更斯晚年的小说《我们共同的朋友》,称其为作者"最糟糕"的小说。詹姆斯认为,传统作家之所以陷入困境,一个重要的原因是他们未能真正地理解小说与生活之间的关系,往往用生活的真实性来取代小说的真实性。在詹姆斯看来,传统小说的虚构十分明显,很多人物、事件和结局令人难以置信。他在《小说的艺术》一文中明确指出:"一部小说存在的唯一理由就是它确实试图反映生活。"[11]然而,詹姆斯认为,"生活包罗万象及混乱无序,而艺术则需要鉴别和选择。"[12]换言之,生活的真实性和艺术的真实性不容混淆,两者之间的根本区别在于选择。显然,詹姆斯的观点不仅十分中肯,而且也是在现代主义运动前夕对小说与生活的关系的重构。这对正处于困境中的现代小说家无疑具有重要的指导意义。

在大胆重构小说与生活的关系的同时,詹姆斯还竭力提倡小说的形式与内容的完美结合。尽管大多数作家都明白形式与内容完美结合的重要性,但很少有人像詹姆斯那样执著追求两者的和谐与统一。众所周知,形式与内容的关系本质上就是艺术与生活的关系。詹姆斯认为,小说是一种直接地再现生活的艺术。然而,只有当艺术将形式赋予生活时,生活才会显得有意义。在他看来,形式是一部小说的最大价值所在,因此作家必须义无反顾地选择最佳形式来反映生活。他甚至表示:"艺术家所面临的最敏感的问题是通过自己的几何图案绘制艺术与生活看上去非常和谐的圆圈。"[13]引人注目的是,形式与内容的完美结合在詹姆斯的早期代表作《淑女画像》(*The Portrait of a Lady*,1881)中已经得到充分的展示。这部小说的书名表明:审美是其中的一个重要内容。"画像"不仅需要读者的"观察",而且与女主人公伊莎贝尔的审美意识密切相关。如果说伊莎贝尔在用好奇的目光观察生活,那么读者也在仔细观察她的微妙变化。作者在小说中巧妙地为女主人公安排了一系列供她"观察"的重要场面。这些场面错落有致,恰到好处,对小说的主题具有强烈的渲染作用。换言之,小说的艺术形式与伊莎贝尔对欧洲文明的观察这一基本内容是非常吻合的。女主人公在欧洲的生活经历是一种"精神投资",是将自由和纯洁的自我投向古老的文明并以此来获得"经验"和发现自我与历史之间的关系的行为。因此,她对外部世界的观察成为其生活经验的重要组成部分。詹姆斯为了实现其创作意图,精心选择了与小说主题相吻合的艺术形式。他别开生面地将伊莎贝尔置于小说的中心,通过她的视角和观察来展开叙述。这种艺术形式的一个最大优点是使女主人公的观察始终占有主导地位,并成为她体验人生、认识世界和发现自我的重要途径。显然,《淑女画像》不仅向人们展示了一种独特的审美意识,而且也是小说形式与内容完美结合的杰出典范。

二、淡化小说的故事情节,追求表现精神世界。作为英国现代主义文学的先驱,詹姆斯以其敏锐的洞察力看到了 19 世纪现实主义小说艺

术在后狄更斯时代止步不前的现象。他认为传统小说的情节化和程式化是其艺术陷入困境的根本原因。在詹姆斯看来,几乎所有的传统小说都是叙事性作品,旨在讲述一个曲折动人或扣人心弦的故事。不仅如此,传统作家大都将故事情节的精彩与否视作小说成功与否的评判标准。詹姆斯在批评狄更斯的《我们共同的朋友》时指出:"它的糟糕不是出自一种暂时的窘迫,而是一种永久的疲惫。它缺乏灵感。"⑭如果说,传统小说大都热衷于描写人在世上的行为和命运,以及在特定的环境中怎样生存,那么詹姆斯的小说更关注人在生活中的经验与感悟。读者发现,詹姆斯的长篇小说往往进展有序,节奏缓慢,情节不多。通常,一篇发表在通俗刊物上的侦探小说比《淑女画像》具有更多的故事情节。与传统小说家不同的是,詹姆斯淡化小说的叙事功能,并反对作者一味充当讲故事的能手。他认为,现代小说家应该关心的问题是人在生活中"真正的经验和感悟",即人在复杂的社会与人际关系中的意识发展和心理变化。詹姆斯的小说既没有曲折的情节,也没有惊人的事件,而只有一连串的情景、对话和感悟。从某种意义上说,他的创作理念对后来盛行的淡化情节乃至取消故事的现代主义小说起到了重要的导向作用。

如果说淡化小说的故事情节只是一种艺术手段,那么詹姆斯真正的创作目的是生动地表现精神世界。在现代主义文学的新纪元尚未来临之际,他似乎已经觉察到英国小说转型的必然性。在答复友人究竟作家该写什么的问题时,詹姆斯的回答只有一个词,即"孤独"。在他看来,生活在新旧交替之际的人将不可避免地面临秩序解体、生活多元和观念混乱的困扰,其结果便是异化和孤独。尽管他的观点在维多利亚王朝后期的人听来未免有些陌生,但若干年之后,几乎每一位知识分子都不同程度地意识到了这种危机。显然,詹姆斯已经果断地向现代小说家提出了反映人物内心世界(interior characterization)的口号。他明确指出:"小说成功的程度取决于它在多大程度上揭示一个特殊心灵的与众不同之处。"⑮在詹姆斯看来,小说一旦转向"内省",它不仅能更深刻地反映现代经验和生活本质,而且也会导致其艺术形式的革新。从某种意义上说,淡化小说情节的创作倾向是小说的表现对象由外向内转换的必然结果。詹姆斯似乎认为,既然人物的所思所想成为小说反映的焦点,那么他的所作所为也就微不足道了。换言之,当作家追求表现精神世界时,小说艺术必然会随之发生质的变化。例如,在《淑女画像》中,詹姆斯通过女主人公伊莎贝尔的"意识中心"(center of consciousness)来揭示小说的主题,将她细微的心理感受和微妙的意识变化描绘得丝丝入扣。小说的一切描述都从她的"意识中心"出发,通过她的观察、印象和感悟来反映生活,从而增强了小说的真实感。正如詹姆斯所说:"一部小说是一个人对生活的直接印象;这首先构成了它的价值,而价值的大小则取决于印象的强度。"⑯从某种意义上说,《淑女画像》是詹姆斯表现精神世界的实验场,其价值并不在于故事情节,而在于女主人公对生活的直接印象。因此,今天看来,这部甚至比哈代的《德伯家的苔丝》还要早 10 年问世的"新小说"在艺术上的一系列革新既出人意料,又在情理之中。不言而喻,詹姆斯的审美观和小说观不但是对传统作家的习惯思维和创作模式的重要反拨,而且具有一定的前瞻性和预示性,对蓄势待发的现代主义文学起到了积极的导向作用。

三、借重经验与文化价值,发挥人物的载体作用。詹姆斯的现代小说观在他对经验与文化的发掘以及人物的塑造方面也得到了充分的展示。他在阐述其小说理论时十分强调现代经验与文化的艺术价值。在他看来,一部小说只有充分反映人物的经验并突显人物的文化价值才算成功。从某种意义上说,他早期塑造的"美国人"、"欧洲人"或更为具体的"波士顿人"都是新旧世纪交替之际受到复杂经验和文化差异困扰的西方人的真实写照。关于小说反映现代经验的问题,詹姆斯曾经有过一段十分中肯的解释:"何种经验值得反映? 它始于何处而又止于何方? 经验既是永无止境的,也是永不完整的;它是一种无限的感受,是悬挂在意识私房中由最纤细的丝线织成的一个巨大的蜘蛛网。"⑰显然,詹姆斯所说的经验是人对于客观世界的反应与感受,是印象、体验、认识和透视等各种复杂心理过程的总和。在詹姆斯看来,人物的意识和经验是现代小说最恰当、最重要的题材,因为在一个前所未有的复杂时代,人物的体貌特征、言行举止和社会活动根本不足以反映生活的本质。此外,詹姆斯在创作中十分重视人物的文化价值,并因此享有"大

西洋两岸文化的解释者"的美誉。从某种意义上说,他着力表现的"国际性主题"(the international theme)不仅生动地反映了新旧世纪交替之际大西洋两岸文化观念的冲突,而且也赋予那些代表不同文化观念的人物极为丰富的内涵,并凸显其特有的文化价值。尤其重要的是,詹姆斯成功地将人物的文化价值与其经验的变化彼此交织,使文化支配经验,以经验印证文化。显然,詹姆斯的现代主义人物观不仅使其小说在艺术上有别于传统的现实主义小说,而且也能从文化和心理学两个层面上帮助读者解读他的作品。

在借重人物的经验与文化价值的同时,詹姆斯还注重发挥人物的载体作用。他笔下的人物大都代表他所熟悉的群体。由于他本人出身书香门第,家境优裕,因此他塑造的人物大都是富翁、阔少、贵妇人、书香子弟或大家闺秀。引人注目的是,这些人物既不同于维多利亚时期的小说人物,也有别于乔伊斯或伍尔夫现代主义小说中的人物。他们不仅是某种文化的代言人,而且也是现代经验的载体。显然,詹姆斯开创性地塑造了一群英国小说史上前所未有的以承载文化价值和主观经验为主的上层社会人物。作者对其笔下的人物了如指掌,并且对他们的真实性深信不疑。在他看来,这些人物为他深入探索精神世界、揭示主观经验和文化冲突提供了最恰当和便利的途径。应当指出,人物的载体作用与詹姆斯小说的"国际性主题"之间的关系恰到好处,两者可谓珠联璧合、相辅相成。作为现代经验载体的人物代表了新旧大陆两种文化和道德观念的冲突,而"国际性主题"则深刻反映了人物的文化价值。在作者关于"国际性主题"的小说中,几乎所有重要人物都是某种文化价值和道德观念的化身,美国人的无辜、单纯、善良、坦诚、慷慨和轻信同欧洲人的世故、圆滑、虚伪、庸俗、势利和诡诈形成了鲜明的对照。尽管这与传统小说中代表"善"与"恶"的二元对立型人物十分相似,但詹姆斯笔下的人物无论在体现"价值效应"还是在承载主观经验方面都别具一格。事实上,在詹姆斯之前的小说家中,从未有人像他那样如此出色地发挥人物的载体作用,也从未有人像他那样如此大规模、长时间地用人物来揭示同一个主题。正如英国小说家安东尼·伯吉斯所说,"詹姆斯只有一个真正的主题,该主题始于《美国人》,止于《奉使记》：那就是世故的、狡猾的、腐蚀的欧洲对轻信的美国人的影响。"⑱值得一提的是,詹姆斯在后期小说《奉使记》(*The Ambassadors*,1903)中将人物的载体作用几乎发挥到了极致。读者不仅再次目睹了揭示新旧大陆文化观念冲突的"国际性主题",而且也领略了作者在发挥人物的载体作用方面更加精湛的技巧。尽管《奉使记》也将主人公作为经验的载体,但作者在成功塑造"载体人物"的同时,还巧妙地运用"反观角色"来揭示主题。作为专使的"载体人物"斯特莱塞不仅起到了聚焦的作用,而且也扮演了反映者(reflector)的角色,即作者通过他的视角来反映其他人物和事件。然而,引人注目的是,作者在小说中别出心裁地安排了多位"反观角色"。通过他们的目光来反观斯特莱塞,从而弥补了"载体人物"的视角可能留下的叙事空白。显然,"载体人物"和"反观角色"的同时运用是詹姆斯晚年对人物的载体作用的深入发掘,同时也体现了其小说观的进一步发展与成熟。

　　四、极力推崇印象至上的原则,努力探索视角艺术。作者的印象和人物的视角是詹姆斯小说观的核心内容之一。詹姆斯将小说视为"对于生活的直接印象"的产物。他明确指出:"显然,问题在于艺术家最初的感觉程度如何,这是产生其题材的土壤。这片土壤的质量和容量,它产生新鲜与直接的生活印象的能力不同程度地再现了所反映的道德。"⑲在詹姆斯看来,艺术家"最初的感觉"对小说再现生活是至关重要的。他明确告诉他的同仁:"只要是对生活的直接印象,任何视角都是有趣的。你们每个人都有受个人情况影响的印象,将它变成一幅图画,一幅由你的智慧构成的图画,那就是对美国社会的洞察。"⑳在詹姆斯看来,对生活的印象构成了一部小说的基本价值。无论是作者的印象还是人物的印象都是对生活的真实反映,因而需要高度重视和优先考虑。詹姆斯认为,艺术家和普通人对于生活的印象具有明显的区别:"他和邻居在观看同一场演出,但一个看到的多,而另一个却看到的少;一个看到黑色,而另一个却看到白色……"㉑尽管詹姆斯认为艺术家和老百姓之间在审美方面存在很大差异,但他认为,若要成功地传达对生活的直接印象,小说家不仅要具备接受直接印象的能力,而且还必须完全忠实

于他同别人共享的东西。对此,他强调指出:"我能为写小说想到的唯一条件就是真诚。"㉒值得注意的是,詹姆斯一方面要求作家"根据经验"来写作;另一方面,他希望作家"试图成为一个能洞察一切事物的人。"㉓从某种意义上说,詹姆斯也许是英国文学史上对印象讨论最多并且在小说中将印象表现得最出色的作家之一。

詹姆斯在主张印象先行的同时,还对现代小说的视角进行了深入的探讨与实践。"詹姆斯为小说家的创作权勾勒了两种互相竞争的理念:一方面,成功的小说家应能以最透明的方式来表现其对生活的独特印象;另一方面,成功的小说家不能允许其本人的观点来阻碍他对生活形成印象。"㉔尽管早在 19 世纪中叶就有一些批评家提出了小说的视角问题,但詹姆斯在凝练视角艺术方面无疑成为现代小说家的楷模。小说的视角问题是詹姆斯毕生关注且又在创作实践中努力解决的问题。在他看来,由于传统小说的目的在于对事物的价值判断和引发道德启示,因此作家大都热衷于采用全知视角或限知视角,并经常强行介入小说的叙事。詹姆斯认为,传统小说的视角既不足以反映日趋复杂的现代意识和现代经验,也不能有效地发挥人物的载体作用。他在创作中对小说的视角艺术进行了大胆的实验,并成功地创造了"视角人物",即通过小说核心人物的视角来展开叙述。尽管"视角人物"缺乏通晓全局、洞察一切的能力,但他的"意识中心"及其贯穿始终的观察、印象和感悟足以反映生活的本质,同时也能在一定程度上克服经验的虚构性,增强作品的真实感。不仅如此,"视角人物"的出现还有助于作者引退,从而充分展示主人公的载体功能。詹姆斯对视角艺术的探索几乎贯穿其整个创作生涯,这一点在其早期作品《美国人》(*The American*,1877)中已可看出端倪,在其后期小说《奉使记》中达到了高峰。由 12 个部分组成的《奉使记》集中描写了主人公斯特莱塞的印象与感受。"它具有复杂的形式和精湛的技巧,通过斯特莱塞在实践中不断扩展的视角来展示故事,是詹姆斯最优美、最成熟的艺术的典范。"㉕《奉使记》似乎是作者探索视角艺术的试验场。读者发现,这几乎是一部完全基于观察、印象和感悟的"内省"小说。作者巧妙地通过"视角人物"斯特莱塞的观察和印象来揭示小说的主题。主人公对巴黎生活的观察体现了三个不同的层面：一、观察外部世界是否和谐；二、观察事物的本质；三、观察后的印象与感悟。在小说中，上述三个层面上的观察既循序渐进，又彼此交融，使主人公的视角和"意识中心"的作用发挥得淋漓尽致。

　　综上所述，詹姆斯的小说观既是他近 40 年对小说艺术执著追求的结果，也是现代英国小说面临危机与转型时的产物。在英国小说史上，詹姆斯是真正将小说当做一门艺术并且毕生致力于小说理论研究的少数几位作家之一。从早期的《淑女画像》到后期的《奉使记》，詹姆斯始终恪守他关于真实的观念。在其每一部作品中，他不仅试图寻找能生动反映真实并能给读者带来享受的最佳形式，而且对小说理论进行了认真的探索与实践。正当传统小说的局限性暴露无遗而现代主义文学蓄势待发之际，詹姆斯成功地构建了他的小说理论体系，对现代主义小说的崛起产生了积极的推动作用。

第 二 节
康拉德的早期现代主义思想

　　如果说，文学中的现代主义是 20 世纪上半叶风行于西方文坛的一种激进的、反传统的艺术思潮，那么，约瑟夫·康拉德（Joseph Conrad，1857－1924）无疑是这一潮流的引领者之一。如果说，现代主义文学运动大致可分为初期、盛期及后期三个阶段，那么，康拉德无疑是现代主义初期的一名勇敢的探路人。康拉德的《吉姆爷》（*Lord Jim*，1900）、《黑暗的心灵》（*Heart of Darkness*，1902）和《诺斯特罗摩》（*Nostromo*，1904）等重要小说都发表于现代主义文学运动风起云涌之前。然而，这些作品不仅使同时代的读者大开眼界，而且也明白无误地体现了作者的早期现代主义思想。作为维多利亚时代和现代主义新纪元之间承前启后的重要人物，"康拉德是一位似乎无意识地凭直觉便知道在他之后小说将发生重要变革的作家。"⑩

从本质上讲,康拉德是一位深受 19 世纪文学传统影响却又清楚地意识到其艺术局限性的早期现代主义者。在他童年时代,狄更斯、萨克雷和乔治·艾略特等现实主义小说家依然活跃在英国文坛,而他们的作品后来成为这名出生在波兰、常年漂泊在海上、以非英语为母语的水手爱不释手的读物。此外,康拉德对法国现实主义大师巴尔扎克、福楼拜和莫泊桑的崇拜也印证了他与 19 世纪文学传统的联系。这种联系表明:由于 19 世纪的现实世界拒绝作家反映人的意识,康拉德日后看到了现实主义小说的不足之处,并转向揭示外部世界与精神领域的冲突。读者不难发现,即使康拉德稍后发表的许多小说也不同程度地体现了传统小说的痕迹。其中《特务》(*The Secret Agent*,1907)和《在西方的注视下》(*Under Western Eyes*,1911)等作品尤为明显。如前者开局时主人公弗洛克迈步伦敦街头的情景和后者关于圣彼得堡的描写部分均充满了现实主义色彩。在 19 世纪的小说家中,也许乔治·艾略特与康拉德的创作观念最为接近。康拉德在反映人的道德困惑方面与乔治·艾略特具有惊人的相似之处。他们均围绕道德考验构建小说的情节,并且着重揭示其根本原因和严重后果。如果说,艾略特认为人物在过去的所作所为是导致其目前状况的根本原因,那么,对人的道德选择同样颇感兴趣的康拉德则认为,人的生活将没完没了地受到某一次失足或道德沉沦的影响。这一现象在吉姆、诺斯特罗摩和弗洛克等人物身上得到了充分验证。然而,与艾略特不同的是,康拉德始终将自己视作一位具有强烈现代意识的作家,并声称:"从本质上说,我的作品揭示的是一种观察到、感觉到并且以我的真实情感来解释的行为。"[②]尽管康拉德与艾略特在构建小说情节和人物形象时都倾向于借助道德考验这一载体,但康拉德能够揭开人物的面纱,触及其骚动不安的心灵,并以印象主义手法和绝对的真实感来展示人物的内心冲突。这既是他与维多利亚前辈之间的重要区别,也是他的早期现代主义思想在小说中的具体反映。

作为一名熟知笛福和狄更斯的现代主义作家,康拉德并没有盲目地继承他们的文学传统,而是大胆地探索新的艺术途径。他的创作生涯始于 19 世纪 90 年代,即现代主义运动初期,因此,他通常与亨利·

詹姆斯一起被称为英国早期现代主义者。无论从英国文学的转型过程还是从其个人的创作风格来看,康拉德更接近詹姆斯,而他与乔伊斯之间则存在明显的差异。像詹姆斯一样,生活在新旧世纪交替之际的康拉德似乎已经预感到英国小说的新纪元即将来临。在其 1905 年发表的《对亨利·詹姆斯的评价》("Henry James：An Appreciation")一文中,康拉德明确指出:"凭借其作品和力量,詹姆斯是一位艺术的英雄……他是'意识的编史家'。"②在康拉德看来,詹姆斯的创作至少标志着现代主义文学的两个重要特征：即小说形式的变革和对精神领域的探索。康拉德将詹姆斯视为"艺术的英雄",这无疑反映了新旧世纪交替之际现代主义者颂扬实验精神和艺术革新的倾向。这不禁使人想起乔伊斯的主人公斯蒂芬在《青年艺术家的肖像》中呼唤古希腊能工巧匠迪德勒斯以反映"我的民族尚未创造出来的良知"的情景。如果说詹姆斯运用其独特的语言风格探索了康拉德未探索的经验,那么康拉德则采用了富于象征主义色彩的语言和噩梦般的形象揭示了完全超越詹姆斯想象力的精神领域。从某种意义上说,这两位现代主义文学的先驱在艺术上既表现出各自的单独走向,又具有某种互补的、殊途同归的特征。

应当指出,康拉德的早期现代主义思想体现出某种原始性和自发性。作为一个常年在海上漂泊和自学成才的艺术家,他不仅长期脱离当时的文学潮流,而且也很少结交文学界的朋友。"康拉德即便在名望不断上升时也在当时的主要作家和文学运动面前保持独立……他对弗洛伊德的著作和科学的发展几乎一无所知,对乔伊斯、劳伦斯、伍尔夫以及其他实验主义小说家也完全不了解。"③尽管如此,康拉德凭借本人的直觉和经验将小说视为一种富有艺术潜力的文学形式。像詹姆斯一样,康拉德将自己对传统小说的不满情绪转变成对小说进行实验与改革的决心。在没有先例和样板的情况下,他不但努力尝试新的创作手法,而且从斯特恩、理查逊、狄更斯、陀思妥耶夫斯基、福楼拜和詹姆斯这些看似毫不相关的作家那里摄取艺术精华。不过,在谋求形式与内容的统一方面,上述作家中也许只有詹姆斯对康拉德的影响最为直接。显然,对旧小说的不满、对新小说的向往以及对实验的决心最终使康拉德改变了疲惫不堪的维多利亚小说,并为现代小说营造了一种全新的

气氛和艺术品质。

　　作为一名经历曲折而又阅历丰富的小说家,康拉德对蓄势待发的现代主义运动无疑抱着欢迎的态度。这位既不能算是纯粹的波兰人,也不能算是正宗的英国人的小说家以海洋般博大的胸怀愉快地接纳了风行于欧洲大陆的新潮艺术。他在博采众长的同时,不断提高和完善自己的小说艺术,并在创作过程中一再表达他的现代主义思想。概括地说,康拉德的现代主义思想主要表现在以下三个方面。

　　一、康拉德在小说中一再反映世纪交替之际西方人的悲观情绪和没落意识,其独特的世界观为日后崛起的现代主义文学奠定了基调。众所周知,"末日感"(the sense of doom)是现代主义文学折射出的主基调。尽管自19世纪下半叶起,乔治·艾略特和托马斯·哈代等作家已在小说中通过描写充满敌意的世界来表达他们的怀疑主义和悲观情绪,但康拉德似乎有意将艾略特关于个人对其命运负责的观点与哈代的宿命论交织一体,并赋予其新的内涵,从而为日后崛起的现代主义文学奠定了基调。从某种意义上说,他的小说既反映了艾略特作品中司空见惯的个人道德危机,又体现了哈代小说中的"内在意志"和宿命论的色彩。康拉德曾经在给友人的一封信中将宇宙比作一部冷酷无情的机器,"它将我们织进织出,它编织着时空、痛苦、死亡、堕落、绝望和所有幻想,一切都毫无意义。"③ 显然,康拉德的悲观情绪和末日感与其文学前辈相比有过之而无不及。这种情绪和意识随着第一次世界大战的爆发演变成为严重的虚无主义,并且在全面崛起的现代主义文学中得到了更加充分的宣泄。就此而言,康拉德的世界观代表了新旧世纪交替之际西方社会中一部分知识分子的意识形态,成为前后两代作家在思想方法和创作观念上的过渡与转折。

　　被一些评论家称为"现代主义宣言"的《黑暗的心灵》充分展示了现代西方人的"末日感",折射出康拉德对日趋严重的"道德沉沦"的忧虑,其悲观主义情绪是显而易见的。在康拉德的笔下,小说主人公科兹是一个被贪婪和残暴剥夺了人性并已完全被罪恶蛀蚀一空的殖民主义者的化身。他掠夺成性,杀人如麻,其心灵深处潜伏着一个黑暗的地狱。在康拉德看来,"整个欧洲都为造就科兹做出了贡献。"这个反英雄人物

英国文学思想史

的罪恶是西方殖民主义横行时期欧洲文明堕落的象征。科兹临死前发出的"可怕呀,可怕"的喊叫不仅是对其一生罪恶的高度概括,而且也是对日薄西山的殖民统治的深刻感悟。事实上,康拉德小说中的悲观情绪和没落意识已经成为19世纪下半叶乔治·艾略特的小说同20世纪上半叶的现代主义文学之间必要的而且是不可替代的过渡与转折。换言之,"康拉德本人哲学上的怀疑主义是瞻前顾后的。"⑪他笔下早已被罪恶蛀蚀一空的殖民主义代言人科兹不禁使人联想起诗人 T·S·艾略特笔下的"空心人"(The Hollow Man),两者均象征着人物的道德沦落和没落意识,并体现了作者对现实世界的悲观态度。显然,康拉德的小说为日后充满悲观色彩和虚无主义气氛的现代主义文学奠定了基调。

二、康拉德在小说中全方位地运用印象主义手法,为英国小说的表现对象从外部世界转向精神领域起到了积极的导向作用。印象主义是19世纪与20世纪交替之际在欧洲唯美主义与自然主义基础上形成的艺术流派。它最初表现在绘画上,后来渗透到文学领域。印象主义者追求表现人的主观感受和瞬间印象,强调光、声、色、形、影对主题的渲染作用。康拉德认为,文学作品像绘画一样有赖于人的感觉和印象。一部小说只有通过生动的视觉和声觉形象以及富于印象主义色彩的语言才能激发读者的联想。在他同时代的作家中,几乎没有人能像康拉德那样真实而又富于激情地记录自己对生活的印象。康拉德明确表示:"我所要努力完成的任务是通过文字的力量使你们听到,使你们感觉到,尤其是使你们看到。仅此而已。"⑫在他近30年的创作生涯中,康拉德始终坚守自己的诺言,严格遵循其美学原则。在他看来,一部小说的吸引力"必须来自通过感官传递的印象。"⑬因此,"如果我们必须使用一种名称的话,那么'印象主义者'是用来形容康拉德的最恰当的名称。"⑭

应当指出,康拉德也许是英国文学史上最早全方位地将印象主义技巧运用于小说的作家。这位甚至在20岁对英语依然目不识丁的小说家别开生面地采用了一种具有浓郁的印象主义色彩的语言风格来表现西方世界的道德沉沦和精神危机。在刻画人物形象时,康拉德很少

描写他们的行为,而是向读者展示一种强烈的印象以及人物"道德上的发现",而这种发现往往能揭示出西方现代社会的本质。例如,在《吉姆爷》中,作者以近似模糊的语言和紊乱的叙述形式向读者揭示了一个充满罪恶和危机的世界。作者有意抹去了传统小说语言的逻辑性,通过一系列代表黑白与明暗的形象以及支离破碎的信息来反映主人公吉姆所处的环境。在康拉德的笔下,光与影、白与黑以及明与暗的对照象征着善与恶、生与死的对立。读者发现,《吉姆爷》的世界完全被一种阴郁的、充满怀疑主义的氛围所笼罩。不仅如此,作者还充分利用各种形象和场景的交替重叠来折射主人公的复杂情感和道德困惑。每个形象或场景都使读者获得了有关吉姆的某种印象。康拉德似乎在向读者暗示:吉姆的世界已不再像一幅匀称的全景图,而是有点像一个损坏的万花筒。在这部小说中,作者的印象主义技巧集中体现在色彩的运用上。大多数批评家认为,《吉姆爷》中的基本形象结构是白与黑、明与暗的对立。例如,小说开局时,吉姆"从头到脚穿着一身白色衣服",暗示他的善良和无辜。当帕特那号轮船行将遇险时,黑沉沉的天空不时"吐着火光",但黑色始终笼罩着大海。在小说最后几章中,吉姆的世界更是一团漆黑。而临死前的吉姆"只是一个微小的白色斑点,一个在黑暗的世界捕捉到全部光线的白色斑点。"康拉德充分发挥了语言的描绘功能,像印象派画家那样用色彩和形态来渲染主题。显然,通过这种便于读者"看到"人物的描写艺术,康拉德不知不觉地将读者带入了现代主义时代,"一个永远无法了解真理并且在认识上充满怀疑主义的氛围。"①事实上,作者的印象主义手法在《黑暗的心灵》等其他小说中也得到了充分展示。从某种意义上说,康拉德的印象主义小说体现了英国早期现代主义小说的艺术特征,因而具有积极的导向作用。它是英国小说家从描写外部世界转向反映意识领域的有益尝试。

　　三、康拉德对小说的叙述形式进行了大胆的实验,积极推进现代主义叙事艺术的发展。使康拉德成为新旧世纪两代作家和两种文学之间的重要联系的另一个原因便是他在小说叙述形式上的实验与革新。康拉德的早期现代主义思想在一定程度上战胜了他原有的矛盾心理。在相对稳定的维多利亚时代成长起来的康拉德原本信奉秩序和责任,但他在新旧世纪交替之际感觉到了一种企图破坏所有秩序和责任的混乱。他似乎比同时代的作家更早意识到了伪善、贪婪、欺诈和道德堕落等社会恶习的滋生和蔓延。在康拉德看来，菲尔丁、奥斯汀和狄更斯等作家的叙述形式基本上是清晰和有序的。这种叙事策略总体上反映了他们对道德秩序和社会前景抱有的信心。然而，小说清晰、直接、有条不紊的叙述程序难以真实反映混乱的现实和精神世界。在现代英国小说面临重大转折之际，康拉德已经悄然拉开了小说叙事革命的序幕，为现代主义叙事艺术的诞生鸣锣开道。他果断地放弃了传统小说家惯用的全知叙述或像鲁滨逊、简·爱和大卫·科波菲尔那样热衷于开怀畅谈本人经历的第一人称叙述。康拉德十分强调作者的"非个性化"和独立性，因为他认为作者若强行介入作品便会影响作品的客观性。为了充分反映人类经验的复杂性和判断经验的不确定性，康拉德在《吉姆爷》和《黑暗的心灵》等小说中别开生面地采用了一个名叫马罗的"牵扯于其中的叙述者"（the involved narrator），使小说的叙述形式发生了重大变化。这种"牵扯于其中的叙述者"与传统小说的第一人称叙述者迥然不同。他同时扮演了小说的叙述者、旁观者和重要人物的角色，集故事的记录者、事件的参与者和作者的代言人于一身。不言而喻，这种陷入事件中心、富于洞察力和想象力且又渴望道德发现的叙述者既使小说成功摆脱了全知叙述或逐步推进的分析式叙述形式，又满足了作者试图真实反映现代经验的创作需要。显然，康拉德的叙事革新不仅拓展了同时代作家的创作视野，而且为现代英国小说的叙事艺术注入了新的活力。

　　康拉德的现代主义叙事艺术在《吉姆爷》和《黑暗的心灵》中得到了成功的演示。作为英国早期现代主义小说的杰出范例，《吉姆爷》充分反映了作者审美意识的变化和叙事形式上的革新精神。"康拉德摒弃全知视角而采用一种牵扯于其中的叙述策略，"⑧让曾经当过水手且生活经历与自己十分相似的马罗充当喉舌，并同时扮演叙述者、参与者和旁观者等多重角色。《吉姆爷》由三个部分组成，共45章。作者在第一部分通过第三人称来描写吉姆的性格特征和他在港口充当职员以及帕特那号船在航行中误触漂船失事的经过。这一部分虽由第三人称叙

述,但时间顺序已不复存在,倒叙、追叙以及各种镜头的重复与重叠不断显现,构成了一个纷繁复杂的小说世界。第二部分由马罗以第一人称叙述,描写了他对吉姆的印象以及他跳海逃生之后的沉浮。马罗时而牵扯于其中,时而超然物外,并不时向读者发表他的道德感受。而小说的第三部分则由马罗致友人的信件、手稿及其他材料组成,进一步追述了吉姆生前在帕妥塞岛的生活片段。显然,作者在小说中的叙述形式是无序的,用他本人的话来说,是"来回运动的"。从某种意义上说,一部小说采用三种不同的叙述形式在英国小说史上可谓史无前例。正如一位批评家所说:"伴随着康拉德(如同伴随着詹姆斯和乔伊斯一样),我们开始跨入了现代主义时代;而伴随着《吉姆爷》,我们可以说……小说已经变成了非叙事性体裁,它不再遵循一条线索,而是像一个互相交织的平面那样无限扩展。"⑤康拉德的现代主义叙事艺术在《黑暗的心灵》中同样得到了充分的展示。这部小说一个最显著的现代主义特征是引起评论界广泛关注的叙事策略。作者别出心裁地采用两个第一人称叙述者交替叙述的手法。第一个"我"(无名氏)叙述小说的"框架故事"(the frame story),而第二个"我"(马罗)则叙述小说的真实故事(the real story)。在小说中,两个叙述者分工明确,各司其职,小说不时进行视角转换。无名氏"我"主要介绍小说的场景和马罗的性格与形象。而马罗则详细叙述他的刚果之行和科兹的罪恶生涯,他的"真实故事"在无名氏所叙述的"框架故事"的"箱体"内展开。然而,引人注目的是,无名氏"我"除了负责小说的开局和结局的叙述之外,还不时自由进入"箱体",作一些有趣的插叙和必要的补充。他的每一次出现和消失都引起了视角的转换。显然,无名氏"我"的叙述不仅向读者交代了许多重要信息,而且填补了马罗因无法叙述而留下的某些空白。马罗在这两部小说中的地位是举足轻重的,其艺术作用也是不容置疑的。他的精彩叙述将读者引入小说,而他的好奇、假设、想象、疑虑和自我辩解则使小说产生了强烈的艺术感染力。评判人物的行为与道德是这两部作品的基本内容和意义所在,因此,当马罗作为一名好奇的探索者不断发掘事实时,读者也不由自主地"牵扯于其中"了。马罗这一人物的难能可贵之处不仅在于他破天荒地为一个具有复杂经验和道德危机的现代人充当叙述者,而且还在于他为现代主义叙事艺术提供了成功的范例。显然,《吉姆爷》和《黑暗的心灵》的叙事策略在英国小说史上是前所未有的。这不仅是对传统叙述形式的重大突破,而且也是作者早期现代主义思想的成功实践。

综上所述,康拉德的早期现代主义思想既是新旧世纪交替之际的产物,也是他在特定的历史时期对现实和文学的必然反应。由西方文明堕落和精神危机而导致的"向内心看看"以及因小说艺术的僵化而出现的形式革命,都在他的小说中得到了充分的展示。今天,当我们重新审视康拉德的现代主义思想时,我们不难发现,康拉德不是一名在坎坷不平的文学道路上蹒跚的孤独的艺术家,而是新旧世纪两代作家和两种文学之间承前启后的重要人物,康拉德在创作中表现出了强烈的反叛意识和革新精神,为日后现代主义文学的繁荣与发展起到了极为重要的引领和示范作用。

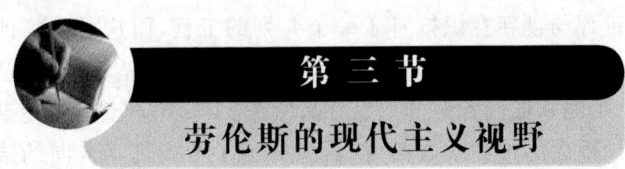

第三节
劳伦斯的现代主义视野

在 20 世纪的英国文坛上,劳伦斯(D. H. Lawrence, 1885 - 1930)无疑是一位独立不群而又颇受争议的人物。这位出生在诺丁汉郡偏僻矿区的小说家曾经被不少批评家视为现代主义运动的边缘人物。其主要理由无非有两条。一是自命清高的劳伦斯不仅与当时的现代主义作家交往甚少,而且也对他们缺乏足够的敬意。二是他在创作思想和艺术手法上同乔伊斯和伍尔夫等作家之间不仅具有明显的区别,而且看上去也不像他们那样充满实验精神。尽管西方批评家大都认为,一向独来独往的劳伦斯是一个地地道道的工业社会的叛逆,但他们一度对劳伦斯究竟是现实主义者还是现代主义者争论不休。然而,时至今日,这种争论已经显得毫无意义。"劳伦斯属于英国文学中不愿墨守成规的伟大传统。"[⑧]事实上,"劳伦斯在当时和现在都为产生于同一背景的

现代主义提供了一种极为重要的视野。"⑧

　　劳伦斯的视野折射出一种独立而又自觉的现代主义精神。劳伦斯与现代派作家之间的关系若即若离,但他始终与现代主义文学有着不解之缘。众所周知,现代主义文学运动造就了乔伊斯和伍尔夫等一群英国现代文学史上最优秀的作家。尽管他们的创作经历不尽相同,审美意识和艺术风格也大相径庭,但他们大都热衷于反映现代人的异化感和精神危机,以光怪陆离的形象来折射备受机械文明压抑和扭曲的人性。就此而言,劳伦斯与这些现代主义者之间具有惊人的相似之处。但他同时又是一位置身于这场文学运动中心却又独立不群的艺术家。当现代主义文学思潮风起云涌之际,劳伦斯对盛极一时的意象主义、未来主义和弗洛伊德主义表现出浓厚的兴趣。尽管他的创作视野有别于其他现代主义者,但在因循守旧还是改革创新这一原则问题上,他的立场从未动摇。事实上,劳伦斯对传统小说的题材与形式的反感程度绝不亚于其他现代派作家。他虽未主动与同时代的现代主义者为伍,但"他(劳伦斯)以强烈的批评与创新意识投身于一个并列的工程,而这对正确评价其他现代主义作家是至关重要的;他们对劳伦斯缺乏理解,有时甚至不够友好,这恰恰是他和他们各自的重要意义所在。"⑨ 20 世纪初,劳伦斯既目睹了当时英国社会的种种矛盾与危机,又面临了个人艺术方向的选择。然而,劳伦斯独特的创作视野、审美意识和艺术才华不但使他成功地在英国文坛实现了"软着陆",而且也使他在现代主义的竞技场上别树一帜,成为20 世纪最杰出的现代主义者之一。即便名声显赫的美国诗人庞德也不得不承认:劳伦斯比他先找到了"恰当处理现代题材的方式。"⑩ 也许这是与劳伦斯同龄且同样清高的庞德对他人所做的最好的评价了。今天,虽然西方学者对劳伦斯的看法因人而异,但他们似乎已达成了这样一种共识:即生活在英国社会转型期的劳伦斯拥有与众不同的视野,而这种视野明显地反映了一种独立而又自觉的现代主义精神。

　　概括地说,劳伦斯的创作视野体现了从现实主义向现代主义的执著跨越。这位在维多利亚时期末年出生于煤矿工人家庭的小说家从小接受的是现实主义文学的熏陶,喜欢读乔治·艾略特、哈代、霍桑和陀思妥耶夫斯基等作家的小说,因此,他的《白孔雀》(*The White Peacock*,

1911)和《逾矩的罪人》(*The Trespasser*，1912)等早期小说具有较为浓郁的现实主义色彩。显然,青年时代的劳伦斯对文学传统具有一种亲近感。然而"他对英国小说传统的批评之尖锐绝不亚于他的亲近感。"② 步入创作旺盛期的劳伦斯逐渐表现出他的现代主义视野。在他看来,英国小说在经历了约 300 年的发展历程之后变得更加循规蹈矩了,不仅形式显得刻板僵化,而且题材也变得枯燥乏味。劳伦斯认为,这不怨小说,该怨的是小说家,因为他们写得千篇一律了。在他看来,传统现实主义小说的题材在 20 世纪新的现实面前已经不合时宜。由于现代机械文明与人的自然本性之间的冲突已经成为当时西方社会一个十分尖锐的矛盾,人性遭到资本主义制度的严重压抑与扭曲,因此,小说家必须发掘新的题材来反映现代经验和现代意识。引人注目的是,从《儿子与情人》(*Sons and Lovers*，1913)开始,劳伦斯的创作视野体现了从现实主义向现代主义的执着跨越。尽管他对小说家应描写什么和如何描写等问题的看法与其他现代主义者大相径庭,但他的小说在反映现代人的精神危机方面可谓别出心裁,具有异曲同工之美。

应当指出,生活在英国社会转型期的劳伦斯对世界、人性和文学的见解体现了一种不媚时俗的独立性。在叔本华、尼采和弗洛伊德的学说流行之际,在第一次世界大战的硝烟弥漫欧洲大陆之时,劳伦斯在其小说和文论中所表现出的思想是复杂的、矛盾的,也是与众不同的。这位了解英国矿工生活、当过职员和教师的艺术家与那些身居欧洲繁华都市的现代主义者之间在对世界、人性和文学的问题上虽有同感,但也存在着一定的分歧。这种同感和分歧不仅明白无误地体现在劳伦斯的小说题材和艺术形式上,也充分反映在他独具慧眼的创作视野上。在对劳伦斯的《儿子与情人》、《虹》(*The Rainbow*，1915)、《恋爱中的女人》(*Women in Love*，1920)和《恰特莱夫人的情人》(*Lady Chatterley's Lover*，1928)四部主要小说作一番哪怕最粗略的浏览之后,我们不难发现,他的现代主义视野主要表现在以下四个方面。

一、劳伦斯的创作视野充分体现了原始主义与现代主义的结合。原始主义(primitivism)和现代主义原本是两个风马牛不相及的术语,但用来概括劳伦斯的视野却颇为恰当。面对咄咄逼人的工业机器和资

本主义文明,劳伦斯以现代主义者的良知公开呼唤自然人性的回归。他认为,现代人的心灵和本性遭到了机械力量的严重压抑和摧残,这使人与人以及人与社会之间的关系变得格外紧张。劳伦斯对大自然和有机的农业社会情有独钟,曾试图寻找能使现代人安居乐业、修身养性的世外桃源,其足迹遍及美国、墨西哥和澳大利亚。这些国家充满生机的风景与欧洲日趋衰落的机械文明形成了强烈的反差。这不仅使劳伦斯的意识受到极大的冲击,而且也使他的视野更加宽广。作为一名现代主义者,他对自然与人性推崇备至。在他看来,无论社会现实、生活方式和文学形式如何急剧演变,人类似乎具有一种保持原样的巨大能力,那就是人性。他曾经在给朋友的一封信中写道:"我的伟大宗教是对血与肉的信仰,它们比才智更明智……我想直接对我的血做出反应,而不受理智、道德或其他任何事物的干扰。"① 劳伦斯将人的自然本性视为一种抗拒机械文明的原始力量,并认为人性的复归和自然欲望的解放是帮助现代人走出困境的唯一途径。从某种意义上说,劳伦斯也许是英国文学史上对机械文明与原始力量之间的冲突最为关注的作家之一。推崇原始力量,相信血的意识以及强调人与自然的和谐不仅体现了劳伦斯个人思想的核心和创作视野的本质,也构成了他全部作品的基本内涵。生活在被乔治·艾略特称作"英国心脏地区"的劳伦斯从叔本华、尼采和弗洛伊德等人的学说中摄取营养,从急剧演变的世界中接受现代主义思想,并将他的原始主义与现代主义融为一体,通过新颖的艺术形式加以表现,从而使其小说折射出一种独特的现代主义视野。

原始主义与现代主义的有机结合在劳伦斯的自传体小说《儿子与情人》中得到了充分的展示。作者以现代主义的手法来表现工业社会中人物潜意识领域的骚动和原始主义的"恋母情结"。在这部被评论家视为"第一部弗洛伊德式的英语小说"中,② 作者不仅充分揭示了机械文明对人性的压抑和摧残,而且还生动地描绘了作为人体内原始丛林第一标志的性意识以及心灵的黑暗王国与工业文明制度之间的激烈冲突。小说主人公沃尔特夫妇之间无休止的争斗与其说是夫妻之间的感情纠纷,倒不如说是机械文明时代的男人与女人之间以及自然本能与现代意识之间的必然冲突。保罗的情感障碍无疑是工业社会中人性扭曲的一个典型病例。劳伦斯也许是弗洛伊德心理学在英国文坛最忠实的代言人，而《儿子与情人》则算得上现代心理学理论高度艺术化的杰出范例。劳伦斯不遗余力地通过人物的"性欲望"（libido）、"恋母情结"（Oedipus complex）、"另一个自我"（alter ego）和"阳具意识"（phallic consciousness）等原始力量来揭示人物心灵的黑暗王国与工业机器之间的激烈冲突。作者用现代主义的视野来观照隐埋在人物内心深处的那个黑暗的原始丛林，并使读者一再听到人物的"本我"（id）在原始丛林中徘徊时发出的吼叫。显然，《儿子与情人》不仅是弗洛伊德主义小说化的成功之作，而且也是原始主义情节与现代主义理念有机结合的艺术样板。

二、劳伦斯的创作视野体现了他对时间、意识和技巧的高度关注，全面反映了他的现代主义审美观念。英国文学中的现代主义是一个涵盖多种分散独立、互相矛盾却又彼此交融的思想及艺术倾向的综合体。尽管在这错综复杂的综合体内部所涌现的作家在创作观念和艺术风格上千差万别，但他们大都在作品中刻意构建一种由时间、意识和技巧组成的三位一体的现代主义艺术体系。几乎所有的现代派作家都将这三大要素作为创作的兴奋点和突破口。当然，劳伦斯也不例外。从某种意义上说，他的创作视野既反映了20世纪现代主义文学的本质，又成为这场波澜壮阔的文学运动的一个缩影。尽管劳伦斯的审美意识有别于其他现代主义者，而且他的现代主义精神主要反映在小说的题材和语体上，但对时间的处理、对意识的探索以及对技巧的关注无疑构成了其创作视野的基本特征。劳伦斯凭借其独特的审美意识和创作才华，在小说中巧妙地处理了时间、意识和技巧三者之间的关系，取得了不同凡响的艺术效果。

劳伦斯的代表作《虹》成功地构建了一个时间、意识和技巧三位一体而又相得益彰的现代主义艺术体系。就对时间的处理而言，劳伦斯不仅采用飘忽不定的过去进行时来描述布朗温一家三代人的生活经历，而且还生动地反映了祖先与后辈某些一脉相承的性格特征，包括过去对现在的影响以及现在对过去的重构。换言之，其笔下的人物完全根植于某种共同的时间经验之中。毋庸置疑，劳伦斯对时间的处理带有现代主义的色彩。在探索意识方面，《虹》深刻揭示了布朗温家族三代人从沸腾的自然情感到强烈的现代意识的演变过程，使第一代老汤

姆到第三代厄秀拉不断涌动的血的意识得到了充分的发掘,取得了与《尤利西斯》等意识流小说不尽相同的艺术效果。就创作技巧而言,《虹》的象征主义手法、延展性结构、开放性结局以及从朦胧到清逸的语体变化无不反映出作者对创作技巧的高度关注。显然,《虹》全面反映了劳伦斯与其他现代主义者十分相似却又不尽相同的创作视野。他的审美意识既体现了现代主义文学的多元性,又反映出了现代主义作家在处理时间、意识和技巧方面的艺术倾向。

三、劳伦斯的创作视野清晰地折射出他对现代人的异化感和身份危机的全面观照。20世纪英国现代主义文学作品可谓五花八门,令人眼花缭乱,但无论各种流派或"主义"怎样令人生畏地交织或重叠在一起,几乎所有的现代派作品都刻意追求表现西方现代人的异化感和身份危机。从某种意义上说,义无反顾地通过揭示一个痛苦的、茫然的甚至是病态的"自我"来反映充满敌意的社会现实已经成为现代主义作家的共同目的。尽管劳伦斯对现代人的异化感和身份危机的认识与其他现代主义者并不完全一致,其表现方式和刻画的程度也不尽相同,但在机械文明日益猖獗之际,他清楚地意识到:"我们还有一个极大的秘密尚未解开,那就是现时的、眼下的自我。"⑮作为一名现代主义者,劳伦斯自始至终关注工业社会与人性之间的严重对立,并不遗余力地探索人物骚动不安的精神世界。他曾在信中明确告诉友人:"人物旧的稳固的自我"在他的小说中已经不复存在。⑯像其他现代主义者一样,劳伦斯认为,由于世界大战的爆发和工业社会的非人化倾向,现代人的身份和精神面貌与他们的先辈已经截然不同。因此,现代作家对此决不能视而不见或无动于衷。从劳伦斯的几部重要小说所反映的题材来看,他不仅将人物所面临的严重困境作为其反映的焦点,而且始终对现代人的异化感和身份危机予以高度关注和全面观照。

劳伦斯的长篇小说《恋爱中的女人》深刻揭示了英国年轻一代严重的异化感和身份危机。小说以两对男女青年(伯金与厄秀拉、杰拉尔德与古德伦)的感情波折为主线,以一对男子(伯金与杰拉尔德)朦胧的同性恋为次要情节,并且以伯金与贵妇人赫梅尔妮以及古德伦与德国颓废艺术家的暧昧关系为插曲,充分反映了工业社会中年轻人错乱的性意识和严重的身份危机。虽然这几对关系性质不同,进展不一,且结局也大相径庭,但它们无疑构成了第一次世界大战前后混乱不堪的人际关系的一个缩影,同时也体现了作者对人性的堕落与变态的高度关注。难怪劳伦斯称这部小说是"对自我的最深沉经验的纪录。"⑰小说开局,劳伦斯通过厄秀拉和古德伦姐妹俩的对话深刻揭示了造成现代人两性关系混乱和身份危机的社会根源:"这简直是一个地狱中的国家……所有一切都污秽不堪。"作者笔下的煤区小镇是"一个黑暗、死气沉沉而又充满敌意的世界",这不仅使年轻一代的性格与个人身份遭到了严重的扭曲,而且也使"男人和女人成为一个整体中的碎片",精神空虚、茫然若失。工业巨子杰拉尔德无疑是其中最典型的一个人物。他失去了人应有的自然本性,成为现代工业和机器的化身。"他全身已经麻木","无法同其他任何灵魂建立任何纯粹的关系。"杰拉尔德的身躯"就像一棵内部组织受过霜冻的植物",古德伦仿佛从这位"工业拿破仑"身上看到了"一股腐蚀性极大的死亡之流"。同样,伯金与厄秀拉的感情波折也反映了第一次世界大战前后青年一代的精神困惑和身份危机。伯金的所谓"博爱精神"不仅使他失去了把握自己身份的能力,而且也使他在追求人性的复归过程中误入歧途,染上了极度混乱的性意识和性关系。他与厄秀拉的婚姻矛盾,与杰拉尔德的同性恋以及与赫梅尔妮的婚外恋足以表明,严重的异化感和身份缺失已经成为时代的一种顽症。显然,《恋爱中的女人》在反映现代经验的复杂性与不确定性的同时,表露出作者对现代人精神困惑的全面观照以及对人类命运的忧虑。

四、劳伦斯的创作视野凸显了现代主义语境中的性描写。20 世纪初,随着现代主义思想的广泛传播,西方固有的文化基础和价值观念受到了前所未有的怀疑,自文艺复兴时期以来所建立的文化秩序开始土崩瓦解。当时社会上争论不休的性解放问题也逐渐蔓延到文学领域。"性解放和通过性行为获得解放是当时人们关注的中心问题。"⑱然而,在现代主义作家中,真正公开、直接并大量进行性描写的并不多见。作为女性主义小说家,伍尔夫往往对性问题采取回避的态度。尽管乔伊斯在《尤利西斯》中注入了不少有关性的内容,但他的描写往往是细碎的、简短的,而且大都是通过人物的意识呈现的。相比之下,劳伦斯毕

生的创作,包括其精神与本质、风格与内涵,几乎完全紧扣性的主题。不仅如此,他在现代主义语境中对两性关系的探索和描写程度超越了同时代所有的小说家,有时甚至达到了无以复加的地步。劳伦斯将性视为世界上最美好、最有生气的东西。在他看来,"性与美是同一的,就如同火焰与火一样。如果你恨性,你就是恨美。如果你爱活生生的美,那么你就会对性报以尊重。"⑩劳伦斯似乎认为,性既是生命之源,又是一种抗拒机械文明的自然力量,不受传统观念束缚的和谐、美满的性关系是人性获得解放的重要前提。尽管劳伦斯开出的济世药方令人感到十分窘迫,但在人性遭到严重摧残和扭曲的时代,他的思想和作品无疑具有明显的反叛性和革命性。在现代主义语境中对性行为的秉笔直书不仅是劳伦斯与其他现代主义作家之间的重要区别,而且也构成其小说创作的一个重要特征。从某种意义上说,强调人性的复归、赞美肉体的魅力和崇尚完美、和谐的性关系既是劳伦斯美学思想的核心,也是其现代主义视野的基本内涵。

劳伦斯在小说中对性行为的描写几乎贯穿始终,并且在《恰特莱夫人的情人》中达到了登峰造极的地步。这部小说问世以后在西方社会引起了强烈的反响和激烈的争论,时至今日,依然一口咬定它是"色情小说"或"下流作品"的人并不多见。相反,越来越多的人将它视作"英国文学中第一部向我们直率和诚实地描绘性行为的严肃小说。"⑩人们似乎已经达成了这样一种共识:即这是一部在现代主义语境中直接从性爱角度来探索工业社会中的人性和人际关系的经典力作。劳伦斯曾明确表示:"这部小说的确没有什么不妥之处。我总是努力达到同一个目标:即让性关系变得既可靠又珍贵,而不是可耻。这是我走得最远的一部小说。"⑩像作者的其他许多小说一样,《恰特莱夫人的情人》也以英国中部的一个煤区为背景,生动地描绘了克利福德·恰特莱爵士的太太康妮与她家的猎场看守人梅勒斯之间的两性关系。因在战争中身负重伤而下身瘫痪的庄园主克利福德是僵化、陈腐的贵族制度和冷若冰霜的工业机器的象征。在劳伦斯看来,"克利福德的残废象征着……一种深沉的心理和情感上的瘫痪。"⑩而康妮与梅勒斯之间完美、和谐的两性关系则象征着生命的复苏和人性的回归。他们的性爱不仅代表了一种巨大的再生力量，而且也是作者为死气沉沉的英国社会找到的一条起死回生的出路。尽管试图通过性使英国社会获得新生的观点反映了劳伦斯现代主义视野的局限性，然而他为英国的社会病症开出的药方却发人深省。值得一提的是，劳伦斯在小说中对如何真实、生动地描写性经验和性行为进行了大胆的探索与尝试。他的语体充分展示了一个现代主义者特有的艺术功力。在这部以性爱为题材的小说中，写实与抒情、原始主义与浪漫主义、自然主义与象征主义争妍斗奇却又彼此交融。作者的语体充满了情感和肉体感，时而细腻、抒情、富于诗意和节奏感，时而笔势模糊、意境朦胧、耐人寻味。作者将原本难以见诸文字的性行为描写得淋漓尽致，足以使此前所有包含性描写的传统小说黯然失色。显然，劳伦斯在现代主义语境中不遗余力地"揭示生活中最隐秘的地方"，③并成功地发展了一种与之相吻合的小说语体，从而为现代主义小说注入了新的艺术活力。

综上所述，劳伦斯的现代主义视野体现了他在异化时代的一种独立和自由的人文精神。这种视野不仅反映了一个现代主义作家对社会与人性的深刻认识，而且也包含了他对传统的道德观念和艺术准则的反叛。然而，更重要的是，劳伦斯在现代文坛独步一时的同时，以其独特的目光考察了人类的困境，并带给读者种种不同凡响的启迪。

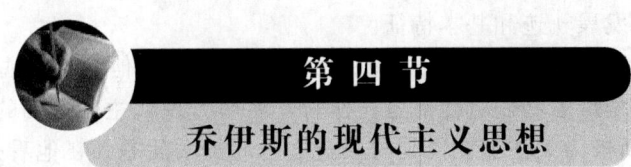

第四节
乔伊斯的现代主义思想

詹姆斯·乔伊斯（James Joyce，1882－1941）是现代世界文坛巨匠，也是现代主义文学的代言人。如果20世纪西方文坛没有发生那场声势浩大的现代主义运动，那么，人类在科学、技术和经济等领域所取得的巨大成就无疑会使这一世纪的文学相形见绌。20世纪若没有乔伊斯这样一位文学大师就好比伟大的文艺复兴运动因没有莎士比亚一样

忽然变得黯然失色。乔伊斯一生执著追求艺术形式的改革与创新,对西方固有的文学传统进行了大胆的反拨与重构。从某种意义上说,他创作的意识流经典力作《尤利西斯》(*Ulysses*,1922)不仅代表了现代主义文学的最高成就,而且已经成为这场举世瞩目的文学运动的象征。在他长达 40 年的艺术生涯中,乔伊斯的创作思想始终与现代主义潮流一起涌动,并且对 20 世纪的英国文学乃至整个西方文学的发展产生了难以估量的影响。

然而,迄今为止,国内外学者大都热衷于探讨乔伊斯现代主义小说的创作技巧、艺术形式和语言风格,对他的现代主义思想进行深入讨论与系统研究的文论却十分罕见。于是,乔学界便出现了这样一种奇特的现象:即人们虽然对这位文学大师的艺术成就赞叹不已,却对他的现代主义思想了解甚少。造成这种现象的一个重要原因是,乔伊斯既未像詹姆斯和伍尔夫那样发表过大量有关小说创作的文论,也未像他们那样同爱德华时代的现实主义作家公开论战。此外,乔伊斯有关美学和文学的几篇文章和零星日记大都写于他的青年时代,他驰骋文坛之后几乎从未撰文表明自己的创作思想。这无疑给我们今天研究他的现代主义思想和美学观念造成了一定的困难。然而,作为西方现代主义文学的杰出代表和举世公认的艺术家,乔伊斯不会也不可能没有自己的审美原则和艺术主张。尽管他在成名之后对本人的创作思想一直守口如瓶,但我们依然能通过他的创作实践和艺术革新来把握其现代主义思想的发展轨迹和基本特征。

首先,乔伊斯现代主义思想的形成与发展源于他对西方古典美学理论的深刻反思和创造性借鉴。作为一名西方现代主义运动的风云人物,乔伊斯极为关注夹在传统与革新之间的美学问题。在他看来,美学是艺术哲学和文学创作的首要问题。它不仅为人们探讨艺术美的本质、文学与现实之间的关系以及文学作品的质量、意图和效果提供了重要的依据,而且对作家的创作观念、艺术手法和语言风格具有一定的指导意义。乔伊斯也许是最关注美学问题的现代主义作家之一。19 世纪末和 20 世纪初,西方美学和文艺学理论呈现出多元化的倾向。像 T·S·艾略特和伍尔夫等现代主义作家一样,乔伊斯也曾经受到当时各种美学思潮的影响。早在大学时代，他就对美学理论产生了浓厚的兴趣，如饥似渴地阅读了大量的西方美学经典著作，并不时在他的日记和文章中坦率表达了自己的美学观点和对艺术美的追求。然而，令人惊讶的是，这位世界文坛巨匠早年所崇尚的竟然是几乎已被他同时代的人遗忘的西方古典哲学思想和美学理论。正当一部分青年知识分子一味追求时髦理论和新潮艺术时，乔伊斯却悄悄地将目光投向了西方传统哲学思想的宝库，以其独特的审美视角去重新发现其中的价值。现有史料表明，乔伊斯的美学思想先后受到古希腊哲学家亚里士多德、中世纪意大利经院哲学家阿奎那以及18世纪意大利哲学家维科三位哲学大师的影响。在他长达40年的创作生涯中，乔伊斯的目光从未离开过这些古典哲学家。从某种意义上说，珍视古人的智慧、学习前辈的经验并使传统学说与现代思想有机结合、将他人的观点与本人的见解糅合在一起，正是乔伊斯的高明和与众不同之处，也是他能成功处理传统与革新之间的关系以及令同时代的现代主义作家极为困惑的诸多美学问题的关键所在。从某种意义上说，乔伊斯对西方古典美学思想的深度考量不仅构成其现代主义思想的原始成分，而且成为其文学革命的动力源。乔伊斯对亚里士多德、阿奎那和维科三位哲学家的关注几乎贯穿了其本人创作发展的全过程，因此，他的现代主义思想不仅蕴含了他对西方古典美学理论的深刻理解，而且是以他对先人智慧的创造性借鉴为基础的。

其次，乔伊斯现代主义思想的形成与发展不仅有一个历史过程，而且也取决于一个特定艺术环境。从某种意义上说，巴黎作为西方现代主义运动的发源地为乔伊斯现代主义思想的形成提供了不可或缺的艺术氛围与创新平台。20世纪初，巴黎是群星荟萃、名流云集之地，绘画、摄影、雕刻、音乐和建筑等领域的现代主义思潮涌流不息，对文学改革产生了强烈的催化作用。在这座既古老又现代的国际大都市中出现的种种反传统的艺术观念和新潮理论对乔伊斯的创作思想产生了极为重要的影响。在与诸多"先锋派"人士的交往中，乔伊斯接受了大量的现代主义思想和学说。他不仅感受到了传统的文学观念和陈旧的艺术准则同现代经验之间的格格不入，而且看到了未来文学创作的多元化态

势以及探索全新的艺术领域的可能性。他在巴黎长达20余年的生活经历反映了他对现代主义思想从接受到弘扬的发展过程。乔伊斯在目睹旧的文化秩序全面解体的同时,意识到文学领域发生巨大变革的必然性。在他看来,现代西方人面临着一个比以往更复杂、更令人费解的时代。时空观念的变化、距离的缩短和生活节奏的加快不仅修正了人与人之间的关系,而且也使传统的文学模式陷入困境。他敏锐地发现,尽管新的文学秩序尚未建立,但许多原本看似确凿无疑的艺术标准开始令人怀疑。像云集巴黎的许多现代主义者一样,乔伊斯竭力倡导艺术革新,并在文坛跃跃欲试,不断将文学推向深奥、美妙和新奇的领域。毋庸置疑,巴黎不仅孕育了一批20世纪最优秀的艺术家,而且也为乔伊斯现代主义思想的发展和艺术上的腾飞提供了极为重要的环境。乔伊斯之所以能成为西方现代主义文学的杰出代表不仅因为他具有非凡的天赋和超群的智慧,而且还因为他处于现代主义运动的中心,受到了当时最新理论和思想的深刻启迪。假如当初乔伊斯不去巴黎而是留守爱尔兰,那么,世界文坛也许就不会出现《尤利西斯》这样的传世佳作了,而乔伊斯自然也就名不见经传了。

　　此外,乔伊斯的现代主义思想充分反映了他对传统价值观念的质疑和对文学革新的追求。概括地说,现代主义文学是在传统的现实主义文学面临困境的形势下诞生的。因此,乔伊斯的现代主义思想是在他感受到传统文学准则的局限性之后才逐渐形成的。20世纪初,当传统文学在全新的且更为复杂的现实面前步履维艰时,当因循守旧的小说家们在急速现代化的社会面前不知所措时,乔伊斯明显意识到了传统文学形式的局限性及其彻底改革的必要性。在他看来,传统小说的创作题材、人物形象、叙述形式和艺术手法在复杂的现代经验和现代意识面前难有作为。尽管他十分珍重传统文学中的艺术精华,并在青年时代受到过它的哺育和熏陶,但他不仅对传统的艺术准则和创作观念深表怀疑,而且发现欧洲自文艺复兴时期以来所建立的文学根基开始动摇。他曾借主人公斯蒂芬之口坦言:"绝对事物已经死亡"(The Absolute is dead.)。⑤乔伊斯明确告诉他的妻子诺拉:"我的思想反对整个现存社会秩序和基督教。"⑥从某种意义上说,乔伊斯的现代主义思想发端于他对西方传统价值观念的质疑。"乔伊斯和许多像他那样的人当时似乎赞同相对论者对过去信念的否定。"⑯作为一名崇尚自由的艺术家,乔伊斯无疑比同时代的作家更早预感到一场石破天惊的文学变革即将来临。他曾撰文指出:一个真正的艺术家应"非常注意使自己与众不同,这种艺术自律的激进原则在一个危机的时代尤为重要。"⑰显然,乔伊斯在青年时代就表现出他的现代主义精神和对文学革新的热情追求。他在一个多元的甚至是混乱无序的文化背景中逐渐确立了自己独特的审美意识和艺术原则,独步一时,采用别具一格的艺术手法表达了他对现代经验和现代意识的深切感受。就此而言,"乔伊斯对现代主义思想的态度不仅在很大程度上是以其完全独立的(自我的)实验主义为基础的,也是以其思想上的冒险为基础的。"⑱

乔伊斯既是现代主义的代言人,也是 20 世纪西方文学革新的倡导者。从他第一次世界大战前夕发表《都柏林人》(*Dubliners*,1914)起到第二次世界大战前夕推出《芬尼根的苏醒》(*Finnegans Wake*,1939)为止,他的创作思想与两战期间声势浩大的现代主义文学思潮一起涌动,他的实验与革新在当时起到了积极的引领作用。从某种意义上说,乔伊斯离不开现代主义,而现代主义也不能没有乔伊斯。尽管乔伊斯并没有就现代主义文学运动发表任何纲领或宣言,但他的实验主义精神使其成为现代主义的化身。他在一个多元的、复杂的甚至是混乱无序的文化大潮中不但确立了自己的艺术目标,而且大胆地超越了传统的文化心理和公众的审美习惯,以离经叛道的艺术手法表达了他对生活和世界的现代主义感受。引人注目的是,乔伊斯的四部小说不仅客观反映了他从现实主义转向现代主义继而又向后现代主义过渡的演变过程,而且也充分展示了他 40 年艺术思想的发展轨迹。尽管乔伊斯是一位坚定的现代主义者,但他是在现实主义土壤中成长起来的小说家。他是在经过传统文学的熏陶并感受到其局限性之后才萌生改革意识的。他蔑视传统文学中某些刻板、僵化和过时的艺术形式,不遗余力地探索文学发展的路径。因此,乔伊斯的现代主义思想既有其自身的独立性,又体现出他承前启后、继往开来的艺术精神。纵观乔伊斯的艺术发展,读者不难发现,《都柏林人》虽然发出告别传统的信号,但它本质

上依然是一部现实主义的短篇小说集。《青年艺术家的肖像》（*A Portrait of the Artist as a Young Man*，1916)无疑体现了新质的萌生，向读者展示了早期现代主义小说的艺术特征。长篇意识流小说《尤利西斯》不仅是西方现代主义文学的丰碑，也是作者现代主义思想的缩影。而乔伊斯的最后一部小说《芬尼根的苏醒》则体现了以自我为中心的现代主义向以语言为中心的后现代主义的重大转折，从而成为后现代新纪元的第一道曙光。显然，在现代英美文学发展的每个关键时期，乔伊斯都义不容辞地担当了引领潮流的责任。

短篇小说集《都柏林人》为我们研究乔伊斯早期的创作思想提供了可靠的依据。从某种意义上说，这部作品标志着他决心告别传统、走上文学实验与革新道路的一个重要开端。乔伊斯似乎认为，小说的改革任重而道远，而最初的实验理应从短篇小说开始。由于当时乔伊斯既受到欧洲传统文化的熏陶，又受到现代主义思想的影响，因此《都柏林人》不仅是新旧文学观念彼此交融的结晶，也是作者早期艺术思想的真实反映。尽管《都柏林人》依然采用现实主义的手法描写了作者家乡的"道德瘫痪"，但它折射出作者早期艺术思想的"现代性"。《都柏林人》创作于英国短篇小说相对受到冷落、相对缺乏方向的时代。乔伊斯在初出茅庐之际将短篇小说作为其从事文学革新的试验场，这不仅因为他试图快速、及时表达自己对都柏林死气沉沉的社会生活的切肤之感，而且还因为他具有一种尽快取得艺术突破的迫切心情。引人注目的是，《都柏林人》在创作技巧上体现了当时流行于世界文坛的两种主要艺术手法：自然主义和象征主义。乔伊斯巧妙地将它们交织一体，以精湛的象征主义技巧谱写了一系列具有自然主义色彩的小故事，从而使作品脱离了传统现实主义小说的轨迹。此外，在艺术风格上，《都柏林人》则与当时日益走红的法国作家莫泊桑和俄国作家契诃夫的短篇小说颇为相似。正如诗人庞德所说："我可以放下一篇优秀的法国小说，随手拿起一篇乔伊斯先生的小说而不会觉得自己好像受到了蒙蔽。"[⑧]同时，美国著名乔学家艾尔曼先生声称："与乔伊斯的短篇小说最接近的是契诃夫的短篇小说。"[⑨]尽管莫泊桑和契诃夫在艺术上存在着明显的差别，但他们的作品对当时相对落后的英国短篇小说而言无疑体现出某种"现代性"。乔伊斯自觉地将这两位风格独特的外国小说家视为艺术的楷模。这不仅反映了他当时在追求文学事业时所具有的国际视野，也表明了他创作思想的先进性和前瞻性。

作为乔伊斯告别传统、追求创新的第一步，《都柏林人》体现了作者早期对短篇小说形式的大胆实验。尽管此前狄更斯、哈代和詹姆斯等文坛巨匠都发表过不少短篇小说，但《都柏林人》在艺术上不同凡响，给读者耳目一新的感觉。不少评论家认为，这是 20 世纪英国文坛一部引人注目的短篇小说集，其中某些作品无疑属于英国短篇小说中的上乘之作。"即便乔伊斯后来没有继续创作《肖像》、《尤利西斯》和《苏醒》，《都柏林人》也会使他作为一名艺术精湛的小说家在文学史上获得一席之地。"⑩《都柏林人》的一个最主要的艺术特征是作品内在的统一性。这种统一性在小说的背景、结构、语体和技巧上得到了充分的展示。乔伊斯似乎认为，一个作家所写的全部作品应在整体上反映其创作思想和艺术主张，而作品的内在统一与和谐是实现这一目标的重要前提。《都柏林人》改变了此前作家的短篇小说在题材和形式上分散独立、缺乏通盘考虑和整体布局的现象，使短篇小说的社会效果和美学价值不仅取决于每一篇作品的精心构思，而且建立在小说集的整体效果之上。这无疑反映了乔伊斯早期艺术思想的独到之处。

就总体而言，《都柏林人》在四个方面体现了其内在统一性。首先是小说背景的统一性。小说集中 15 个短篇全部以都柏林为背景，深刻揭示了这座城市在世纪之交的社会现实和人生百态。作者曾明确指出："我之所以选择以都柏林为背景是因为我觉得这个城市是瘫痪的中心。"⑫显然，相同的背景不仅缩短了作品与读者之间的距离，而且也进一步增强了整部小说集的内在和谐。其次是小说结构的统一性。作者曾向他人表示："我试图按以下四个方面来描述这种瘫痪：童年期、青春期、成年期和社会生活。这些故事都是按照这一秩序编排的。"⑬上述四组作品呈三、四、四、三格局，最后一篇《死者》是全集的尾声，起到画龙点睛的作用。显然，这种建立在人物年龄模式（the age pattern）上的框架结构不仅强化了都柏林男女老少的精神困惑，而且形成一个极为和谐的整体。此外便是小说语体的统一性。作者曾声称："在很大程度

上,我采用了一种处心积虑的刻薄的语体"(a style of scrupulous meanness)。⑥"刻薄"一词既指语体的尖酸和冷酷,又指遣词造句的经济和简洁。《都柏林人》的语体自始至终体现了这种一丝不苟的"刻薄性"。最后是小说技巧的统一性。乔伊斯别开生面地运用了一种新颖独特的创作技巧——"精神顿悟"(epiphany)——来揭示人物的心理世界。几乎在每一篇小说的结尾处,主人公豁然开朗,顿时看清了自己的困境和失败,并从中悟出了人生的本质。"精神顿悟"不仅代表了人物在关键时刻的突然觉醒和对现实的透视,而且也构成了小说的高潮。显然,这一技巧的运用极大地增强了整部小说集的内在统一性。毫无疑问,《都柏林人》的构思与布局超越了传统短篇小说的模式。它是20世纪初现实主义传统与现代主义思潮彼此交融的产物,也是作者告别传统、向现代主义道路迈出的难能可贵的第一步。

乔伊斯的第一部长篇小说《肖像》体现了新质的萌生,同时为我们全面了解作者早期的现代主义思想提供了一个重要的文本。《肖像》的问世是一个"新的艺术时代的黎明前的第一道曙光。"⑥这部小说的题材与形式表明:在现实主义传统和现代主义思潮分庭抗礼的大背景下,乔伊斯的艺术思想明显转向了现代主义。尽管这部小说依然像是一部19世纪流行的"青春小说"(the novel of adolescence)或"发展小说"(the novel of development),即主人公斯蒂芬的成长历程同作者本人的遭遇极为相似,但它在艺术形式和创作技巧上与狄更斯的自传体小说《大卫·科波菲尔》或同时代的作家毛姆的《人生的枷锁》不可同日而语。尽管像他们一样,乔伊斯也从个人的生活经历中摄取创作素材,并且刻意描绘了主人公在充满敌意的环境中的心理发展过程,但《肖像》充分体现了象征主义、印象主义、内心独白和自由联想等在当时颇为时尚的艺术手法。更重要的是,它在以下三个方面反映了作者在文坛崭露头角前的现代主义精神。

首先,《肖像》的主题客观地表达了作者的现代主义思想。小说生动地描述了青年艺术家斯蒂芬为摆脱宗教桎梏和道德瘫痪、为追求高尚的艺术事业而努力斗争的经历。作为西方现代艺术家的代表,乔伊斯与爱尔兰之间存在着一种极为复杂的关系。他既感到现实世界充满了敌意,又意识到自己同时作为一个社会的弃儿和自由艺术家所面临的严峻挑战。从某种意义上说,《肖像》反映了作者对艺术家在严重异化时代的角色和命运的关注,也是作者展示现代艺术家与充满敌意的社会之间的必然冲突的艺术途径。乔伊斯通过小说主人公向读者传达了这样一个事实:即现代艺术家与一个严重异化的环境格格不入,他除了反叛别无选择。在乔伊斯看来,主人公的遭遇在动荡不安的社会中具有一定的典型性和普遍性。艺术家与社会之间的冲突不可避免,而严重的异化感最终将迫使艺术家做出自己的选择。小说主人公斯蒂芬是环境的受害者,其名字使人联想起基督教首位殉教士(Saint Stephen,? - 35),象征着现代西方社会中殉难的艺术家(the martyred artist)。乔伊斯曾明确表示:"我仿佛觉得自己在与爱尔兰的每一种宗教和社会势力进行较量,我孤立无援,只得依靠自己。"[18]像小说主人公一样,乔伊斯认为,爱尔兰不仅无法向他提供施展才华的机会,而且还会消磨他的意志,耽误他的前程。为了成为一名真正的艺术家,他必须像古希腊神话中的能工巧匠迪德勒斯那样展翅飞出迷宫,远走高飞。他借主人公的喉舌表达了自己的看法:"一个人在这个国家出生时有许多张网束缚着他,使他无法动弹……我试图从这些罗网中飞脱。"[19]乔伊斯懂得这场斗争的性质和自己所扮演的角色。他明白,自己将孤军作战,并不时遭到攻击和诽谤,这便是他所需要付出的代价。然而,乔伊斯坚守自己的现代主义信念,决意通过文学创作来发扬一种新的民族精神。他曾对妻子说:"我也许是这一代最终能从我们这个糟糕的民族的灵魂中制造良心的作家之一。"[20]毫无疑问,《肖像》是作者在一个严重异化的时代对艺术家的作用和命运的思考,也是他早期现代主义思想的真实反映。

其次,《肖像》的创作焦点充分展示了乔伊斯的现代主义思想。与一味关注人物的社会活动和生活经历的传统自传体小说不同的是,《肖像》的创作焦点明显地转向了人物的精神世界,从而开辟了现代英语小说发展的新方向。乔伊斯将有关外部世界和社会生活的描写降到了次要地位,更多地让读者领略主人公从婴儿朦胧期到青年成熟期的心理发展过程,充分反映了他的印象感觉和意识活动,从而深刻揭示了精神

世界与外部社会势力之间的激烈冲突。创作焦点从物质世界转向精神世界是现代主义文学的重要特征。尽管《肖像》在反映意识方面还无法同《尤利西斯》相比，但它充分体现了乔伊斯艺术思想的变化，并为其日后的意识流小说奠定了基础。显然，乔伊斯的创作理念在现代主义运动蓄势待发之际具有重要的示范效应。

此外，《肖像》的谋篇布局也充分反映了乔伊斯的现代主义思想。乔伊斯无疑是最早淡化小说情节的现代主义作家之一。《肖像》全书仅有五章，其情节实在不足挂齿。如果说《都柏林人》中的短篇小说依然有一条相对清晰的故事线索的话，那么，在《肖像》中，作者对故事情节已经不以为然。他似乎认为，在一个日趋异化和多元化的时代，如果用合乎逻辑的情节去表现混乱无序的现实和骚动不安的精神世界显然不合时宜，且无法呼应读者在实际生活中的真实感受。引人注目的是，乔伊斯成功地采用了一种新型的小说结构来取代传统的小说情节。全书五章与其说按时间顺序有条不紊地发展，倒不如说建立在跌宕起伏的节奏之上。与传统小说不同的是，《肖像》长短不一、强弱交错的节奏感并非来自词汇或句型有规律的重复之上，而是建立在小说某些形象的迭现、语言风格的变化以及主人公波澜起伏的心理冲突之上。在作者的笔下，动态和静态形象的交相迭现和彼此呼应使小说产生了明快的节奏感。语言风格的变化以及现实主义、自然主义、象征主义和印象主义等手法的轮番运用也给读者一种抑扬顿挫之感。然而，最富有节奏感的莫过于主人公跌宕起伏的心理冲突。由于主人公的成长过程是一个充满心理矛盾的过程，因此小说的每一章几乎都以冲突开始，并以矛盾的缓和而告终。然而，前一章冲突的结束又引出了后一章新的冲突。这种环环相扣、一波未平、一波又起的小说进程不仅生动地展示了主人公的心理骚动，也进一步增强了作品的节奏感。显然，乔伊斯以节奏取代情节是他早期现代主义思想的演练。正如一位评论家所说："乔伊斯在 1904 年已经看到了这种确定《肖像》的结构的基本节奏。"⑩毋庸置疑，《肖像》是乔伊斯早期现代主义思想催生的一部不可多得的实验之作，为 20 世纪世界文坛的巅峰之作《尤利西斯》奠定了可靠的基础。

在乔伊斯的四部小说中，《尤利西斯》无疑最深刻地反映了他的现代主义思想。这部意识流经典力作不仅代表了现代主义文学的最高成就,而且也是乔伊斯现代主义精神的全面演示,对 20 世纪整个西方文学的现代化和多元化进程产生了巨大的影响。正如著名诗人艾略特所说:"这部小说(《尤利西斯》)是对当今时代最重要的反映,它是一部人人都能从中得到启示而又无法回避的作品。"⑳尽管乔伊斯并未公开陈述自己在社会急速变化时期的创作理念,但《尤利西斯》无疑是其现代主义思想的艺术结晶。应当指出,乔伊斯对现代主义思潮的态度完全能通过他在这部传世佳作中的实验主义手法得到验证。事实上,"人们把乔伊斯归入现代主义实验派主流的行列不是由于他此前对先锋派艺术纲领有过任何承诺,而是由于他极为出色的艺术表现。"㉑作为乔伊斯艺术思想的真实体现,《尤利西斯》几乎汇集了 20 世纪上半叶西方所有新奇的创作技巧,成为现代主义小说艺术的博览会。在既没有路标,也没有样板的情况下,乔伊斯以其独特的审美意识和创作理念,对现代小说进行了大胆的实验和全方位的改革,从而揭示了英语小说发展的新篇章。批评家们大都认为,《尤利西斯》全面反映了乔伊斯的现代主义思想,无论在题材选择、谋篇布局、叙事策略和人物描写方面,还是在时空的处理、技巧的运用和意识的探索方面,均彰显了他的现代主义精神。然而,概括说来,他的现代主义思想集中体现在以下三个方面。

一、《尤利西斯》充分反映了乔伊斯在现代主义语境中对西方神话的巧妙借鉴和戏仿。众所周知,千百年来,以荷马史诗为代表的西方神话为文学创作提供了极为丰富的原始素材,并成为西方诗歌、小说和戏剧最重要的艺术源泉之一。像他的艺术前辈们一样,乔伊斯对神话典故也表现出浓厚的兴趣。然而,20 世纪初的怀疑论和相对论对宗教和神学提出了挑战,因此乔伊斯对西方神话的认识与态度也与前人大相径庭。在现代主义语境中,乔伊斯充分发掘西方神话的艺术资源,大规模、全方位地运用神话典故来反映现代经验。在《尤利西斯》中,他刻意追求神话与现实在艺术上的有机结合和在题材上的反衬效果。他不仅以荷马史诗《奥德赛》中的英雄人物的名字作为小说的书名,而且还使小说在结构上与古希腊英雄传奇般的故事情节对应起来,借古讽今。显然,乔伊斯刻意戏仿《奥德赛》的人物形象和框架结构,将这部史诗

视为一种能使《尤利西斯》产生丰富内涵和广泛象征意义的可资借鉴的文学范本。荷马史诗不仅使《尤利西斯》产生强烈的反讽效果，而且也为它提供了一个坚实的艺术框架。这与传统作家（尤其是诗人）仅仅局部或偶尔借用神话的创作倾向不可相提并论。正如诗人艾略特所说："乔伊斯先生在使用神话和处理现代与古代之间持续的对应关系时，正在寻求一种别人必须向他学习的方法……这完全是一种调控的方法，建立秩序的方法，或是一种能为严重的虚无和混乱（即当代历史）带来形式和意义的方法。"⑫毋庸置疑，乔伊斯将神话视为一种支撑小说结构、烘托小说主题的逻辑，他对神话的巧妙借鉴和戏仿是一种伟大的艺术创举。他在强调神话的象征意义的同时，还赋予其一种新的艺术功能。这无疑印证了作者试图在混乱的世界中重构神话的现代主义精神。

二、《尤利西斯》颠覆了传统小说的艺术形式，开辟了现代小说发展的新途径。乔伊斯的现代主义思想在《尤利西斯》中体现为一种高度自觉的艺术风格。他几乎完全推倒了传统小说的准则和秩序，并在破旧立新的过程中按照自己独特的审美原则来反映现代经验，从而将现代小说推向深奥和新奇的领域。读者发现，传统小说中司空见惯的故事情节、框架结构、叙事策略和人物描写艺术在《尤利西斯》中已经荡然无存。整部小说像是一个由无数异质材料组成的具有自我调节功能的有机生命体。乔伊斯曾在谈及《尤利西斯》的创作过程时说，"我将采用18种视角和同样多的语体来写一部小说，所有这些显然都是我的同行们不熟悉或尚未发现的。"⑬在《尤利西斯》中，不仅18种视角和语体纷然杂陈，而且印象主义、立体主义和结构主义等艺术手法此起彼伏，相互渗透。作者以一种朦胧的叙述笔法跨越了几乎所有小说形式的界线。他毅然摈弃了长期以来人们对小说形式必须稳定和统一的认同原则，通过"异质材料的组合"（assemblage of heterogeneous material），使小说形式和语境产生异质性和多样性。作者在全面把握各种对应关系的同时，巧妙地消除了这些"异质材料"之间的距离，并成功地将一种材料置换成另一种与小说主题相关的材料。综观《尤利西斯》的艺术形式，读者发现，所有人物、场景、视角和语体都是按作者的组合定律安排的。

全书 18 章虽令人眼花缭乱，但每一章都有序可循，并且在完成其艺术职能的同时，自然地为后一章的叙述奠定了基础，从而使整部小说的结构成为一种具有自我修正和调节功能的艺术生命体。显然，这种具有异质性和多样性的小说结构颠覆了传统小说的固有模式，同时也是乔伊斯现代主义思想极为成功的实践。

三、《尤利西斯》充分展示了乔伊斯的时间、意识和技巧三位一体的艺术原则。乔伊斯现代主义思想的实质是艺术上的实验与创新，而对时间的处理、对意识的反映以及对技巧的尝试不仅构成了他创作实验的主要特征，而且也是迄今为止批评家们对这位文坛巨匠所达成的基本共识。应该说，这种三位一体的艺术原则既是乔伊斯在一个多元的文化背景中确立的艺术宗旨，也是一种健康和进步的创作理念。乔伊斯将时间问题的处理视为小说改革的突破口，对以钟表时间为顺序的传统小说形式进行了大胆的反拨。他按照柏格森的"心理时间"理论来构建新的小说秩序，创造性地运用了以一日为框架的小说模式。在《尤利西斯》中，他充分发掘时间的艺术功能，以有限的时间来反映无限的空间和丰富的心理内容。此外，乔伊斯将反映意识视为现代主义文学最基本的艺术宗旨。在他看来，传统作家尚未发现这面能更为直接和真实地揭示生活本质的镜子。乔伊斯的实验与创新不仅使西方文坛产生了涉及人类心灵的意识流小说，而且也使现代作家得以生动反映距离人类的语言甚远的纷乱复杂的精神世界。《尤利西斯》以自然、坦率的手法揭示了人物的意识领域，并以此来反映社会现实。显然，成功地展示内在真实彰显了作者的现代主义艺术视野，同时也是《尤利西斯》在西方文坛点上突破、面上开花的关键所在。不仅如此，对小说技巧的全方位实验同样折射出乔伊斯现代主义思想的先进性。在他看来，创作技巧的革新不仅是作家成功反映意识和驾驭时空的重要保障，而且也是文学现代化的必由之路。从某种意义上说，在创作中不落俗套、推陈出新是乔伊斯执著追求的艺术目标。正当传统小说在一个急速现代化的世界面前无所适从时，乔伊斯找到了一系列足以反映现代经验和现代意识的创作技巧。他不遗余力地对小说的谋篇布局、叙述方式、人物塑造和语言风格进行了大胆的改革，使《尤利西斯》成为新潮艺术的

实验场,充分显示了一名现代主义者的雄才和气魄。如果说现代科学技术的最新成果取决于科学思想的发展和研究方法的重大突破,那么乔伊斯的现代主义思想主要体现在他三位一体的艺术原则之上。他在创作中将时间、意识和技巧融为一体,其改革的力度和实验的结果超出了同时代所有的小说家。

乔伊斯的现代主义思想在他最后一部小说《芬尼根的苏醒》中发生了明显的变化。评论家们从这部至今仍无人能完全读懂的小说中依稀察觉到,乔伊斯晚年的艺术思想步入了"一个继续发展现代主义的某些积极性的创作新阶段。"③如果说《尤利西斯》代表了现代主义文学的最高成就,那么,《苏醒》的问世则悄然拉开了后现代主义文学的序幕。正如美国当代一位著名评论家所说:"《苏醒》是我们后现代主义可怕的预言……是某种文学的预示和理论依据。"⑤尽管"后现代主义"这一个名称直到 20 世纪 70 年代才得以广泛运用,但这并不影响《苏醒》作为后现代主义文学的先声在西方文学史上的特殊地位和象征意义。这部小说为我们研究乔伊斯的现代主义思想的发展提供了重要的依据。《苏醒》的问世既有内因,也有外因。乔伊斯晚年审美意识和艺术思想的变化便是内因。作为一名伟大的现代主义者,他似乎并不满足此前所取得的艺术成就,于是加快了实验的步伐,加大了对小说改革的力度。而构成《苏醒》创作的历史背景的急剧恶化则是外因。这部小说创作于两次世界大战期间。法西斯主义的猖獗和史无前例的浩劫使西方世界陷于极度混乱之中。这无疑对作者的思想产生了重大的影响,同时也为作品提供了相适应的气候与土壤。乔伊斯晚年似乎告别了自己恪守多年的阿奎那的美学原则,而对维科的历史循环论产生了兴趣。维科将人类历史分为"神灵时代"、"英雄时代"、"凡人时代"和"混乱时代"四个阶段,并认为历史处于反复更迭和不断循环之中。在乔伊斯看来,人类历史正处于维科所说的"混乱时代"。在起草《苏醒》时,他曾明确表示:"我把维科的循环周期作为一种框架。"⑤因而,《苏醒》的结构与维科的历史循环论之间存在着明显的对应关系。从某种意义上说,以一夜为布局的《苏醒》既是一部关于黑暗和混乱的史诗,又是一部关于历史与未来、现实与梦境以及死亡与重生的现代神话,同时也是乔伊斯晚年艺术思想的真实反映。

　　乔伊斯的艺术思想在《苏醒》中体现了两个重大转变。首先，作为后现代新纪元的先兆，《苏醒》清楚地表明了作者从反映意识向语言实验的转变。读者看到了以自我为中心的现代主义向以语言为中心的后现代主义的转折。显然，这种变化既客观反映了乔伊斯现代主义思想的发展过程，也与当时西方现代主义向后现代主义过渡的趋势十分吻合。《苏醒》最显著的一个后现代主义特征便是它的语言体系。由于作者所关注的是如何运用语言来创造一个小说世界，因此他刻意追求一种新的语言艺术，通过一种人类语言史上绝无仅有的"梦语"和无数令人费解的文字谜语将混乱无序的现实世界埋在文本之中。乔伊斯仿佛并不满足于英语现有词汇的表意功能。他通过对英语词汇的改变或重组创造出无数令人困惑的杜撰新词，并经常将几个词的多种意义注入同一个词汇。此外，他还运用了十几种外国文字，使《苏醒》几乎成为一个充满文字谜语的语言殿堂。他曾对《苏醒》的语言作了这样的解释："在描述夜晚的时候，我觉得我不能使用普通的语言，我的确不能这样做，普通的语言不能表达夜间不同阶段的事物：意识、前意识还有无意识。"[⑦]在《苏醒》中，乔伊斯热衷于开发语言的符号和代码功能，醉心于探索新的语言艺术。他不仅向读者展示了一种建立在梦的逻辑之上的小说文本，而且还迫使现代文学接受一种新的艺术形式和新的语言。显然，乔伊斯在现代主义文学退潮之际再次探索小说改革的新途径，其艺术思想对西方后现代主义文学的兴起产生了重要的影响。

　　此外，《苏醒》还体现了乔伊斯晚年的创作理念从遵循反映论向信奉本体论的重大转折。如果说《尤利西斯》代表了 20 世纪现代主义文学的一个总体倾向和艺术原则：即反映论的创作理念，那么《苏醒》则在一定程度上体现了以本体论为原则的后现代主义小说文本。乔伊斯通过"语言自治"（the autonomy of language）的方式创作了一个自足、独立的反身文本（self-reflexive text），极大地淡化了文学作品固有的"关于性"和"外指性"。在《苏醒》中，乔伊斯对语言实验和文本构造的兴趣超过了他对人的精神活动和社会生活的关注。都柏林的生活气息和社会现实显得如此朦胧晦涩、神秘莫测，就连西方研究乔伊斯的专家学者

都无法获得足够的信息与事实。乔伊斯向读者展示了一个本体上独立的、基本封闭的小说世界和令人无法走出的迷宫。正如一位著名乔学专家所说:"《芬尼根的苏醒》就是关于《芬尼根的苏醒》。也就是说,这本书不仅包括了一切,而且包括关于如何记录和解释这一切。这种记录,包括创作和阅读,构成了这本书的内容。"⑳ 显然,《苏醒》是以一种具有"扩散性"和"不确定性"的语言体系构建的"反形式"的解体文本(deconstructive text)。当代美国著名评论家哈桑明确指出:"一个作家在他(她)的一生中可以自由自在地写现代主义的作品和后现代主义的作品(对比一下乔伊斯的《肖像》和《苏醒》)······我们也因此不断发现后现代主义的先例。"㉑ 作为一部建立在本体论之上的小说,《苏醒》将现实埋在用来描绘它的语言之中,而其意义则存在于作者的文本构造和读者的解读过程之中。毋庸置疑,《苏醒》既是对混乱时代的一种物质的、有形的比喻,也是作者晚年对"后现代"文化的一个预言。乔伊斯的现代主义思想在激励他向小说形式的极限奋力冲刺的同时,为战后西方作家提供了一种新的视角和选择。

综上所述,乔伊斯的现代主义思想与 20 世纪上半叶西方声势浩大的现代主义思想一起涌动,在其四部小说的艺术特征和发展轨迹中得到了充分的展示。他近 40 年的创作经历客观地反映了他的艺术思想从现实主义转向现代主义继而又向后现代主义过渡的演变过程。乔伊斯的现代主义思想体现了一种自觉和坚定的革新精神,一种多元文化时代的美学英雄主义。他的思想将现代主义小说艺术推向了空前绝后、登峰造极的地步,并且先后影响了现代主义与后现代主义两代作家,对西方现代文学的两次变革与转型起到了推波助澜的作用。

第 五 节

伍尔夫的创新精神

也许,这是两个伟大作家之间有趣的巧合;也许,这是现代主义文学发展过程中无独有偶的现象。伍尔夫（Virginia　Woolf，1882 - 1941）和乔伊斯不仅是同年出生，同年去世，而且几乎同时下定决心另辟蹊径，以时间和意识为中心，发展了一种十分相似而又不尽相同的意识流小说。像乔伊斯一样，她一生致力于小说的实验与创新，为现代主义文学的发展起到了积极的引领作用。平心而论，在英国文学史上像伍尔夫那样取得卓越成就的作家并不罕见，但像她那样义无反顾地追求艺术创新的作家则屈指可数，而像她那样无论在小说改革的力度上还是在实验的结果上如此引人瞩目的作家更是凤毛麟角。半个多世纪以来，国内外评论界对伍尔夫的批评可谓层出不穷，观点五花八门，且视角相去甚远：如实验主义、印象主义、女性主义、历史主义、后殖民主义、心理学和性政治等等。然而更重要的是，伍尔夫是一位杰出的现代主义者。她不仅在英国传统小说步履维艰之际义不容辞地承担起小说的重建任务，而且通过实验与探索使英国小说形式取得了历史性突破。因此，伍尔夫在本质上是一位新潮艺术的倡导者，其最核心的品质是创新精神。

伍尔夫的创新精神首先体现在她与同时代英国大文豪的论战上。当传统小说因艺术僵化而步履维艰之际，年仅 30 多岁的伍尔夫在英国文坛揭竿而起，与当时名声显赫的现实主义三杰贝内特、威尔斯和高尔斯华绥就小说的危机与出路展开了论战。伍尔夫在竭力推动现代主义文学的同时，对他们保守、僵化和过时的创作方式提出了猛烈的挑战。她首次使用"物质主义者"（materialists）这一批评术语来描述这些 20 世纪的大文豪。在她看来，他们的创作方式是"幼稚的现实主义"，只能描写外部世界和生活表象，而无法真实反映人性和精神世界。她对文艺复兴时期以来英国传统小说公式化的表现方式进行了严厉的批评。她认为传统小说不仅受到钟表时间的束缚，而且过于依赖故事情节，许多作品就像一本记录繁琐、细碎事务的流水账，创作手法刻板、单薄、缺乏真实感。伍尔夫明确指出，这些"物质主义者"在新的现实面前已难有作为。"他们制造了工具并订立了服务于他们的使命的章法，他们的使命不是我们的使命。对我们来说，这些章法意味着毁灭，这些工具等于死亡。"⑧显然，伍尔夫当时挑战文学权威不仅体现了极大的勇气和强

烈的反叛意识,而且也反映出一种难能可贵的创新精神。她直言不讳地指出,"1910 年 12 月左右,人性变了……人的一切关系都在变化——主仆关系、夫妻关系、父母同子女的关系。当人际关系发生变化时,宗教、行为、政治和文学也同时发生了变化。"⑩毫无疑问,伍尔夫在爱德华时代末期感受到了英国社会与文化的巨大变革。这种变化自然要求文学作品在题材、形式和技巧上做出必要的反应和相应的变化。伍尔夫认为,传统文学在一个新时代已经失去了指导意义。1910 年左右开始从事创作的英国作家们都面临着既没有样板也没有路标的困境,他们必须通过实验和创新来探索文学发展的途径。显然,质疑传统、挑战权威不仅是伍尔夫在现代主义道路上迈出的第一步,而且也充分反映了她在创作初期的改革意识和创新精神。

此外,在现代主义语境中,对生活与现实的重新界定也彰显了伍尔夫的创新精神。众所周知,与维多利亚时代的文学传统分道扬镳构成了现代主义的基本特征。"伍尔夫在摒弃维多利亚时代的'物质主义'的同时,也完全摒弃了维多利亚时代的现实观。"⑩伍尔夫认为,传统小说所描绘的现实仅仅是物质意义上的现实,或仅仅是生活表象。这种现实既是稳定的,也是看得见、摸得着的。然而,长期以来,传统作家却忽略了另一种更有意义的现实:即人们变幻莫测而又错综复杂的精神世界。她坦言,"正是他们(物质主义者)不关注精神而只关注身体使我们倍感失望。"⑩在伍尔夫看来,现实存在于人的意识活动和心灵的闪光之中,而生活则是由包括回忆、印象、感觉、想象和愿望组成的精神活动的总和。她在《现代小说》一文中明确指出:"生活并不是一连串左右对称的马车车灯,而是一圈明亮的光环,一个与我们的意识相联系的、包围着我们的半透明的封套。"⑩引人注目的是,在她整个创作生涯中,伍尔夫不仅始终将现实视为一个"半透明的封套"(a semi-transparent envelope),而且一再将生活描写为一种"动态"(flux)。显然,伍尔夫对现实与生活的理解与科学的、理性主义的观点截然不同,完全超越了人们对现实与生活的认定原则。读者发现,伍尔夫在作品中经常采用讽刺的口吻来描写那些当时十分流行的红木餐具柜或印花布之类的东西,甚至对整洁有序的房间也会不屑一顾。她直言不讳地指出:"当前小说家所面临的问题……是要设法自由地表现他所选择的题材。他必须有胆量声明他所感兴趣的不再是'这个'而是'那个';他必须单从'那个'着手进行创作。"⑯显然,伍尔夫所说的"那个"就是被她称作"半透明封套"的"现实"。她认为,现代小说家不应对这种现实无动于衷或视而不见,而应采用全新的艺术手法去探索和捕捉它们。不言而喻,伍尔夫对现实和生活的重新界定不仅具有重要的创新意义,而且拓展了现代作家的创作视野,并将小说推向了一个新的领域。

伍尔夫艺术生涯中的另一个创新点便是不遗余力地将创作焦点转向精神世界。她在严厉批评那些一味关注外部世界的"物质主义者"的同时,竭力倡导作家创作视线的转轨。她向同时代的作家发出强烈的呼吁:"向内心看看吧,生活似乎远非'如此'。考察一下一个普通的日子里一个普通人的头脑吧。头脑接纳了成千上万个印象:琐碎的、奇异的、转瞬即逝的,就像用利刀镂刻在心头的印象。它们像无数的原子,从四面八方纷至沓来……重要的时刻不在于此而在于彼。"⑰伍尔夫在英国社会和文学同时面临困境之际提出"向内心看看"的创作理念,这既反映了她的创新意识,也表明她与传统作家之间已经分道扬镳。在她看来,现代作家的主要任务是揭示人物的精神世界,以透视的方式表现人物复杂的意识活动。她认为,小说只有充分反映精神世界才会显得真实可信。因此,她在创作中坚持重灵魂、轻躯体,重主观感受、轻客观事物的艺术原则,不但将人物视为小说的主体,而且将灵魂视为人物的核心。不言而喻,创作焦点从外部世界转向精神领域对伍尔夫来说既是挑战,也是机遇,它必然导致小说形式和技巧的重大变革。正如一位评论家所说,"技术的现代性改变了人们对叙述形式和主体性的看法,伍尔夫在技术上的表现预示了其叙述形式的创新。"⑱从某种意义上说,伍尔夫的意识流小说不仅为其艺术创作视线的转轨提供了有效的途径,而且也是其创新精神的充分演示。

应当指出,伍尔夫的创新精神在她迂回曲折的艺术生涯中也得到了充分的展示。尽管伍尔夫是一位坚定的现代主义者,其艺术革新的力度与乔伊斯相比毫不逊色,但她的创作道路却迂回曲折,显示出周期

性的回荡与突破。如果说乔伊斯在创作道路上一步一个台阶,其作品一部比一部更创新,呈直线形发展态势;那么伍尔夫的创作道路则体现了一种环形结构。由于伍尔夫从小受到传统文学的熏陶,因此她的处女作《出航》(*The Voyage Out*,1915)体现了现实主义的色彩,"经常拼凑一些传统的和令人熟悉的小说内容。"⑧然而,《出航》是作者告别传统、走向现代主义艺术之旅的象征。此后发表的《墙上的斑点》("The Mark on the Wall",1917)和《邱园纪事》("Kew Gardens",1919)等短篇小说反映了伍尔夫创作初期的实验主义倾向。不过,她的第二部长篇小说《夜与日》(*Night and Day*,1919)是对传统的回归。自 1922 年起,伍尔夫加快了实验的步伐,在《雅各布的房间》(*Jacob's Room*,1922)、《达罗卫夫人》(*Mrs Dalloway*,1925)和《到灯塔去》(*To the Lighthouse*,1927)等意识流小说中充分展示了她的创新精神。正如她本人所说:"我找到了如何开始用我自己的声音来表达的方法。"⑨然后,她突然又放弃了自己实验多年的意识流小说,于 1928 年发表了讽刺传记小说《奥兰多》(*Orlando*,1928),用她自己的话来说,"这是那些严肃的、富有诗意的实验性作品之后的一种逃避。"⑩然而,引人注目的是,伍尔夫随后又发表了《浪》(*The Waves*,1931)和《弗拉希》(*Flush*,1932)两部实验性小说,在艺术上显示了新的突破。尽管长篇小说《岁月》(*The Years*,1937)又回到了传统小说的形式,但她的最后一部作品《幕间》(*Between the Acts*,1941)再次体现出现代主义倾向,从而为她这种环形的创作历程画上了一个圆满的句号。显然,伍尔夫一生在传统和革新两极之间往复与徘徊,表现出周期性的艺术回荡与突破。从某种意义上说,这种明快的创作节奏不仅反映了她对各种艺术形式的认真比较、探索与尝试,而且也体现了她对传统文学的反复考量和始终不懈的革新精神。

作为那场声势浩大的现代主义运动的关键人物,伍尔夫在现代小说的重建过程中始终表现出其独特的审美意识和创作视野。她的创新精神集中反映在其艺术生涯鼎盛期发表的《达罗卫夫人》、《到灯塔去》和《浪》三部意识流小说中。毫无疑问,这些小说既是英国现代主义文学中的上乘之作,也是英国乃至整个欧洲文学史上绝无仅有的艺术精品。它们虽不像《尤利西斯》那样气势磅礴，也不像《芬尼根的苏醒》那样离奇复杂，但却体现了作者苦心孤诣的艺术匠心和现代主义美学思想。然而，更重要的是，这些别具一格的意识流小说全面反映了伍尔夫在知识、技术、社会和文学急速发展时期的创新精神。它们在文学史上的独特性和稀缺性表明，"尽管伍尔夫和她同时代的作家在探索类似的问题，并同样采取现代主义的二分法，但她在许多方面与他们却不尽相同。"⑩在全面考察了她的三部意识流经典力作之后，我们不难得出这样一个结论：即伍尔夫的创新精神不仅是对 20 世纪初西方多元文化和文学转型的积极响应，而且与一般现代主义（generalized modernism）之间存在着一定的区别。在追求艺术革新的道路上，她无疑走得更远。

《达罗卫夫人》充分展示了伍尔夫全新的时空观念。这部作品的问世表明：作者通过多年的探索与实验不仅形成了自己的创作风格，而且找到了适合表现她所说的那种现实与生活的特殊方式。她致力于小说改革的坚定信念和难能可贵的创新精神尽显其中。在评论家们看来，《达罗卫夫人》在艺术上完全脱离了传统小说的轨迹，全方位、多层次地展示了现代主义的艺术特征。然而，综观全书，最具有创新意义的莫过于作者对时间与空间的处理方式。就时间而言，伍尔夫起初将这部以一日为框架的意识流小说的书名定为《时光》（*The Hours*），这足以证明她对小说时间问题的高度关注。众所周知，长期以来，钟表时间是主宰小说进程、支配故事情节的统治力量。传统作家大都遵循以钟表时间为顺序的创作原则。虽然作品所涉及的时间有进有退，且快慢不一，但几乎所有的作家都无法突破物理时间的界限而随心所欲地创作。《达罗卫夫人》充分体现了伍尔夫的现代主义时间观和她在处理时间问题上的创新精神。从表面上看，这部反映人物从上午到深夜约 15 个小时的感性生活的意识流小说似乎依然遵循钟表时间的运行规律，即以伦敦大本钟为标志的物理时间贯穿了整部作品。然而，伍尔夫别开生面地采用物理时间上的一天来表现人物心理时间上的一生。她反复利用时间的经验来渲染人物的意识，并巧妙地将钟表时间和心理时间交织一体。大本钟报出的物理时间不仅为整部小说提供了一个重要的背景，而且具有深刻的象征意义和丰富的感情色彩。在城市上空回荡的

钟声不时在达罗卫夫人、史密斯和彼得等主要人物心中引起复杂的感受。他们似乎对钟声都异常敏感，往往根据自己的经验对此作出强烈的反应。在同一时刻，有人怀疑生活，有人企求死亡，有人感怀往事，有人哀叹命运。然而，刻板、机械的时钟对这一切都无动于衷，依然按照自己的规律不快不慢地走动着，并在准确的时刻以沉重和洪亮的钟声无情地撞击人物的心扉，同时也为作者从一个人物的意识转入另一个人物的心灵提供了重要的媒介。显然，在《达罗卫夫人》中，物理时间已不再成为制约小说表现力的桎梏，而是成为反映经验和揭示意识的重要手段。伍尔夫不仅成功地将人物复杂的人生压缩在 15 个小时内加以集中表现，而且创造性地发挥了时间的艺术作用，为现代作家如何运用时间来反映经验提供了一个杰出的范例。

此外，伍尔夫在《达罗卫夫人》中对空间问题的处理也充分展示了她的创新精神。长期以来，空间始终是文学作品必要的场景和坚实的基础，无论是作家本人还是其笔下的人物都无法超越地域空间的界限。受到哲学上唯理主义的影响，作家必须将故事情节和人物的活动安排在一个特定的、具体的空间之内，并对其进行精确的乃至细枝末节的描写。尽管传统小说中的空间形象在刻画人物的生存环境、铺垫作品的气氛方面发挥了至关重要的作用，但唯理主义和物质主义的空间观在一定程度上制约了作家的艺术表现力。伍尔夫似乎从爱因斯坦的相对论中了解到了空间会随运动状态而变化的真理。她不仅看到了在小说中重新安排空间的可能性，而且大胆地发掘其潜在的艺术功能。在《达罗卫夫人》中，伍尔夫对空间表现出非凡的驾驭能力，通过巧妙设计和精心组合，不断使空间重叠、错位或分解，展示出无穷的艺术魅力。如果说达罗卫夫人和史密斯两个主要人物生活在同一股时间流之中，并同时受到物理时间的影响与冲击，那么这两个生活中互不相干的人物还具有一种特殊的空间关系。伍尔夫有意将他们安排在伦敦的车流人群之中，旨在揭示一个同时由神志清醒的人和精神错乱的人所观察到的世界。因此，空间形象在揭示人物关系和反映人物意识方面发挥了至关重要的作用。例如，一辆行驶在庞德街的汽车的引擎发出一声巨响时，达罗卫夫人和史密斯在不同的地点同时感到吃惊，并因此产生了不同的意识反应。显然,汽车引擎发出的响声不仅确立了两人的空间关系,而且成为连接两股意识流的媒介,从而使读者能同时窥视两个人物在不同地点的精神活动。尽管庞德街汽车一幕的物理时间只有几分钟,但作者对这一场面的描写却长达七、八页。她不断变换小说镜头,多视角地揭示人物的意识变化。小说中另一个重要的空间形象是一架飞机在伦敦上空为太妃糖做广告的场面。这一场面不仅将此刻相距已远的达罗卫夫人和史密斯再次连在一起,凸显两人的空间关系,而且使小说建立在一种蛛网状结构之上,从而强化了作品的层次感和立体感。毋庸置疑,伍尔夫在《达罗卫夫人》中对时空问题的巧妙处理彰显了现代主义者的伟大创新精神,同时也极大地丰富了英国小说的艺术表现力。

《到灯塔去》集中反映了伍尔夫在小说谋篇布局方面的创新精神。自 18 世纪以来,英国小说建立了一种约定俗成的、十分稳固的框架结构。一部小说的结构往往同人物和事件的发展密切相关。由于受到早先史诗和戏剧的影响,小说家在谋篇布局上大都体现出戏剧化的特征,对小说的开局、发展、冲突、高潮和结局等部分往往精心安排,一丝不苟。显然,传统作家仅仅将小说视为叙事性作品或趣味性读物。正是这种创作理念才导致了这种约定俗成的框架结构。然而,在伍尔夫看来,小说应该是反映复杂的现代经验和现代意识的载体,而传统小说的框架结构对此已经难有作为。《到灯塔去》集中反映了伍尔夫在小说谋篇布局上的创新精神,充分体现了小说框架结构的重大转型。这部小说以一个家庭为背景,以人物的意识为中心,采用了一个以从傍晚到早晨(中间相隔十年)为时间顺序的框架结构。这部意识流小说由长短不一的三个部分组成,在谋篇布局上有独到之处,完全突破了传统小说以章节分隔、以戏剧性主导的框架结构。小说第一部分“窗口”占全书篇幅的一半以上,描写了拉姆齐一家与几位客人在海滨别墅度假的情况。第二部分“时光流逝”仅占小说的十分之一,以抒情的笔触勾勒了十年的人世沧桑。这一部分像前后两幕的间奏曲,巧妙地将十年的不幸压缩到象征性的一夜之内加以表现。第三部分“灯塔”揭示了全书最富于诗意和最充满激情的一幕。黑夜过去,光明重现,拉姆齐先生在十年后

的一个上午率全家泛舟驶向灯塔。显然,这部小说的谋篇布局别具匠心,在时间上既中断,又延续;在结构上既压缩,又扩展,充分显示了伍尔夫卓越的创新精神。

《到灯塔去》的谋篇布局不仅标志着一种新型的非叙事性小说的诞生,而且也反映出伍尔夫对小说深层结构的高度关注。小说中的三个部分在时间和情节上并没有直接的联系,但每个部分都是经验和意识的载体。第一部分"窗口"象征着一面透视现实的镜子,是女主人公拉姆齐太太观察生活、认识世界的心灵之窗。作者通过人物的印象与直觉来揭示内在真实,并通过视角的频繁转换使人物的意识相互渗透。第二部分"时光流逝"以不到 6 000 词的抒情散文反映了生活的变迁,成功地将十年的历史压缩到象征性的一夜之间加以集中表现。伍尔夫以飘洒与朦胧的笔触描述了时光的流逝和黑暗的任性。十年的人世沧桑在作者的笔下飘然而过,似烟雨一般朦胧,像云雾一般缥缈。小说的第三部分"灯塔"描述了十年后的一个上午拉姆齐先生率全家泛舟碧海前往灯塔的场面。同这次物质意义上的航程相辅而行的是拉姆齐先生到达人生的彼岸与妻子建立精神联系的心灵的旅程。拉姆齐先生的船抵达灯塔时,画家莉丽小姐从灯塔的光芒中获得了精神感悟和创作灵感。她一挥而就,终于完成了那幅拖延了十年的油画。从审美的角度来看,像《到灯塔去》这样的小说在英国文学史上实属罕见。它不仅在谋篇布局上突破了传统叙事性小说的框架,而且开创性地运用了一种新型的、充满艺术活力的小说运行机制。为了追求小说内部结构的静态平衡,伍尔夫巧妙地采用了以象征性的一夜为布局的框架结构,并将位于大海中那个闪烁不停的灯塔作为连接小说三个部分的重要媒介,从而使整部小说看上去像一幅十分美妙而又耐人寻味的抽象画。显然,这种小说谋篇布局上的历史性突破和框架结构的转型进一步印证了伍尔夫的创新精神。

意识流小说《浪》充分展示了伍尔夫的现代主义人物观,并深入发掘了小说人物的艺术纽带作用。在英国小说史上,人物始终是作家关注的焦点,也是作品的第一要素和最可靠的实体。传统作家不仅将人物视为小说情节的驱动者,而且往往赋予人物某种道德内涵或文化价值。然而,伍尔夫对人物长期以来所扮演的情节驱动者的角色却不以为然。不仅如此,她认为传统小说的人物形象过于依赖其自身的举止言行和外部环境的变化,因而缺乏内在真实,而人物的艺术纽带作用则更无从谈起。在《浪》中,伍尔夫成功改变了人物的传统角色,极力淡化人物之间的客观联系或情节上的关系,强调人物之间精神上或象征意义上的关系,并充分发挥人物的艺术作用。作为伍尔夫实验与创新的又一标志性成果,《浪》几乎无多少情节可言,而是以极其朦胧的笔触描绘了六个人物从童年到成年的共性意识。尽管这些人物性格不同,经历不一,但他们都在浩瀚的人生面前无所适从,体现了同时代的人怀有的普遍的悲观意识和精神危机。然而,读者发现,《浪》所描写的不是栩栩如生、有血有肉的人物,而是十分模糊和抽象的人物。他们并没有不同凡响的人生经历,而只有像汹涌的海浪一样此起彼伏的意识的波涛,与传统小说的人物不可同日而言。引人注目的是,伍尔夫在深刻揭示人物的精神世界的同时,充分发挥了他们的艺术纽带作用,从而将人们对小说人物的概念提高到了一个新的层次。

作为伍尔夫探索人物的艺术功能的实验场,《浪》不仅成功地构建了现代主义语境中新型的人物关系,而且改变了人物在文本中原有的地位与作用。伍尔夫毫不犹豫地将人物从情节中剥离,使他们不约而同地在混乱无序的人生海洋中寻找自我与存在的意义,并以一种难以名状的共性意识互相依托。换言之,作品所反映的与其说是在情节上互相联系的人物,倒不如说是现代主义语境中新型的人物关系。这种人物描写手法的实质是力图改变小说人物的传统角色与作用,发挥人物在文本构造中的艺术功能。在《浪》中,伍尔夫别开生面地运用古典芭蕾舞的程式,让六个人物逐个登场,依次亮相,凭借六个似同非同的"嗓音"来揭示人物的空虚感和性格特征。偶尔,几个人物也会同时登场,通过嗓音进行对白与交流。从某种意义上说,这些嗓音既是表明人物身份与特征的标签,又是人物意识的有效载体,同时也是构建人物关系的艺术手段。此外,小说中带有神秘色彩的"影子人物"波西弗的出现进一步颠覆了传统的人物观。虽然这位20多岁就死在印度的青年人在小说中并无多少话语权,但他却始终活在六个同学的记忆中,并成

为他们之间彼此联系、互倾衷肠的媒介。显然，作为"纽带式"人物，"波西弗本人并不重要，重要的是其他人对他的反应。"②他仿佛是一块具有吸引力的磁石，使一个个分散的灵魂聚集到一起，对严酷的现实作出各自的反应。伍尔夫通过塑造波西弗这一"影子人物"向读者表明：一个在小说中缺场或并无多少话语权的人物也能出色地发挥艺术纽带作用。

伍尔夫是一位杰出的革新家和坚定的实验主义者。她对小说的时空问题、谋篇布局和人物塑造进行了深入探索，并取得了一系列重大突破。在英国小说处于危机与转型的关键时刻，伍尔夫不仅发出了要求改革的强烈呼声，而且在推进英国小说的现代化与多元化的过程中表现出锲而不舍的创新精神，使小说艺术达到了前所未有的完美境地。就她对小说改革所做的贡献而论，伍尔夫不仅是英国文学史上最具创新精神的女作家，而且也是西方现代文坛最伟大的开拓者之一。

综上所述，詹姆斯、康拉德、劳伦斯、乔伊斯和伍尔夫的现代主义思想对 20 世纪初英国小说的发展产生了重大的影响。如果说詹姆斯和康拉德在英国现代主义运动的萌芽期义不容辞地担任了文学开拓者的角色，那么劳伦斯、乔伊斯和伍尔夫则是在现代主义运动的鼎盛期引领文学潮流、执著探索小说未知领域的关键人物。他们的创作实践不仅是对文艺复兴时期以来的文学传统的一次重大反拨和改造，而且高度集中地体现了现代主义作家的创新精神和艺术潜力。显然，这种创新精神使他们成功超越了艺术的必然王国，步入现代主义文学的自由王国。而这种艺术潜力使他们给世人留下了许多无与伦比的经典力作。今天，他们的现代主义思想对英国乃至世界文学的发展依然具有积极的影响。

注释

① Peter Brooker, *Modernism / Postmodernism*. London：Longman，1992，p. 2.
② J. A. Cuddon, ed. *A Dictionary of Literary Terms*. London：Andre Deutch，1979，p. 399.

③ Virginia Woolf, *Collected Essays*. Vol. 1, London: Hogarth Press, 1966, p.321.

④ Henry James, "The Art of Fiction." *The Norton Anthology of American Literature*. Second Edition, Vol.2, New York: W.W. Norton, 1985, p.430.

⑤ Virginia Woolf, *Collected Essays*. Vol. 1, London: Hogarth Press, 1966, p.325.

⑥ A. Walton Litz, *James Joyce*. New York: Twayne Publishers, 1996, p.48.

⑦ Virginia Woolf, *The Diary of Virginia Woolf*. Vol.2, ed. by Anne Olivier Bell, London: Hogarth Press, 1982, p.248.

⑧ Peter Brooker, *Modernism/Postmodernism*. London: Longman, 1992, p.9.

⑨ Dorothy J. Hale, "James and the Invention of Novel History." *The Cambridge Companion to Henry James*, ed. Jonathan Freedman. Shanghai: Shanghai Foreign Language Education Press, 2000, p.79.

⑩ Ibid.

⑪ Henry James, "The Art of Fiction", *The Norton Anthology of American Literature*, Second Edition, Vol.2, New York & London: W. W. Norton & Company, 1985, p.431.

⑫ Henry James, *The Art of the Novel: Critical Prefaces*, ed. R.P. Blackmur. New York: Charles Scribner's Sons, 1962, p.120.

⑬ Ibid., p.5.

⑭ Henry James, "Our Mutual Friend." *Selected Literary Criticism*. London: Cambridge University Press, 1978, p.6.

⑮ Henry James, "The Art of Fiction." *The Norton Anthology of American Literature*. p.430.

⑯ Ibid., p.434.

⑰ Ibid., p.436.

⑱ Anthony Burgess, *The Novel Now*. London: Faber & Faber, 1971, p.24.

⑲ James, Henry. *The Art of the Novel: Critical Prefaces*, p.45.

⑳ Ibid., p.29.

㉑ Ibid., p.46.

㉒ Ibid., p.26.

㉓ Ibid., p.13.

㉔ Dorothy J. Hale, "James and the Invention of Novel History." *The Cambridge Companion to Henry James*, pp.84–85.

㉕ Peter Parker, ed. *The Reader's Companion to the Twentieth Century Novel*. Oxford: Helicon, 1994, p.16.

㉖ Frederick R. Karl & Marvin Magalaner. *A Reader's Guide to Great Twentieth Century English Novels*. New York: Octagon Books, 1978, p.47.

㉗ Kenneth Graham, "Conrad and Modernism." *The Cambridge Companion to Joseph Conrad* , Stape, J. H. ed. Shanghai: Shanghai Foreign Language and Education Press, 2000, p.204.

㉘ Ibid. , p.208.

㉙ Frederick R. Karl, & Marvin Magalaner, *A Reader's Guide to Great Twentieth Century English Novels*. New York: Octagon Books, 1978, p.45.

㉚ "Conrad and Modernism." *The Cambridge Companion to Joseph Conrad*, p.206.

㉛ Ibid. ,p.206.

㉜ Joseph Conrad, *The Nigger of the "Narcissus"*. Penguin, 1963, Preface, p.13.

㉝ Joseph Conrad, *Modern Fiction: A Study of Values*, ed. Muller, Herbert J. New York: McGraw-Hill Book Company, 1937, p.245.

㉞ J. Muller Herbert *Modern Fiction: A Study of Values*. p.245.

㉟ Tony Tanner, *Conrad: Lord Jim* ,London: Edward Arnold,1975,p.11.

㊱ Ibid. , p.12.

㊲ Ibid. , p.11.

㊳ Christopher Gillie, *Movements in English Literature: 1900 – 1940*. London: Cambridge Press, 1975, p.10.

㊴ Michael Bell, "Lawrence and Modernism." *The Cambridge Companion to D. H. Lawrence*, ed. Fernihough, Anne. Shanghai: Shanghai Foreign Language Education Press, 2003, p.179.

㊵ Ibid.

㊶ Ibid.

㊷ Ibid. , p.180.

㊸ Lawrence, *The Collected Letters of D. H. Lawrence* ,ed. Harry T. Moore, London: The Viking Press,1962,p.179.

㊹ Ross C. Murfin, *Sons and Lovers, a Novel of Division and Desire*. Boston: Twayne Publishers, 1987, p.10.

㊺ D. H. Lawrence, "Lawrence and Modernism." *The Cambridge Companion to D. H. Lawrence*. p.183.

㊻ James T. Boulton, ed. *The Letters of D. H. Lawrence*. Cambridge: Cambridge University Press, 1979, Vol.2, p.183.

㊼ D. H. Lawrence, *Women in Love*. New York: Modern Library, 1947, "Preface".

㊽ Michael Bell, "The Metaphysics of Modernism." *The Cambridge Companion to Modernism*, ed. Levenson, Michael. Shanghai: Shanghai Foreign Language Education Press, 2000, p.25.

㊾ 劳伦斯：《劳伦斯随笔集》，黑马译，深圳：海天出版社，1993 年，第 129 页。
(50) William K. Buckley, *Lady Chatterley's Lover: Loss and Hope*. New York: Twayne Publishers, 1993, p.9.
(51) Harry T. Moore, ed. *The Collected Letters of D. H. Lawrence*. London: The Viking Press, 1962, Vol.2, p.972.
(52) William K. Buckley, ed. Lawrence, D. H. *Lady Chatterley's Lover: Loss and Hope*, p.32.
(53) D. H. Lawrence, *A Reader's Guide to Great Twentieth-Century English Novels*, Karl, Frederick R. & Magalaner, Marvin ed. New York: Octagon Books, 1978, p.198.
(54) James Joyce, *Stephen Hero*. Spencer, Theodor ed. New York: New Directions, 1944, p.221.
(55) James Joyce, *Letters of James Joyce*, ed. Gilbert, Stuart & Ellmann, Richard. New York: The Viking Press, 1957, V. II, p.48.
(56) Christopher Butler, *James Joyce*, Attridge, Derek ed. Shanghai: Shanghai Foreign Language Education Press, 2000, p.260.
(57) James Joyce, "The Day of the Rabblement." *The Critical Writings of James Joyce*, Mason, Ellsworth & Ellmann, Richard ed. New York: The Viking Press, 1959, p.69.
(58) Christopher Butler, *James Joyce*, ed. Attridge, Derek. p.261.
(59) Ezra Pound, *James Joyce*. Litz, A. Walton ed. New York: Twayne Publishers, 1966, p.50.
(60) Ibid., p.171.
(61) Eric Bulson, *The Cambridge Introduction to James Joyce*. Cambridge: Cambridge University Press, 2006, p.32.
(62) A. Walton Litz, *James Joyce*. p.48.
(63) Ibid.
(64) Ibid., p.50.
(65) Marvin and Kain Magalaner, Richard M. *Joyce: The Man, the Work, the Reputation*. New York: New York University Press, 1956, p.103.
(66) Dominic Manganiello, *Joyce's Politics*. London: Routledge and Kegan Paul, 1980, p.218.
(67) *A Portrait of the Artist as a Young Man*, in *The Portable James Joyce*, New York: The Viking Press, 1955, p.468.
(68) Dominic Manganiello, *Joyce's Politics*. p.217.
(69) A. Walton Litz, ed. *James Joyce*. p.61.
(70) T. S. Eliot, "Ulysses, Order and Myth." *Critiques and Essays on Modern Fiction, 1920 - 1951*. New York: The Ronald Press, 1952, p.424.

㉑ Christopher Butler, *James Joyce*. Attridge, Derek, ed. p.266.

㉒ T. S. Eliot, *James Joyce*. Litz, A. Walton, ed. p.81.

㉓ Gilbert, Stuart and Ellmann, Richard, ed. *Letters of James Joyce*. Vol. I, p. 167.

㉔ Randall Stevenson, *Modernist Fiction*. New York: Harvester Wheatsheaf, 1992, p.195.

㉕ Ibid., p.196.

㉖ Richard Ellmann, *James Joyce*, New York: Oxford University Press, 1959, p.565.

㉗ Ibid., p.559.

㉘ William York Tindall, *A Reader's Guide to James Joyce*. New York: The Noonday Press, 1959, p.237.

㉙ 哈桑:《现代主义文学研究》,袁可嘉等编选,北京,中国社会科学出版社,1989年,上册,第322—323页。

㉚ Virginia Woolf, "Mr. Bennett and Mrs. Brown." *Collected Essays*. London: Hogarth Press, 1975, Vol. 1, p.306.

㉛ Ibid., p.321.

㉜ Michael Whitworth, *The Cambridge Companion to Virginia Woolf*. Roe, Sue & Sellers, Susan, ed. Cambridge: Cambridge University Press, 2000, p.151.

㉝ Virginia Woolf, "Modern Fiction." *The Norton Anthology of English Literature*, fifth edition. Abrams, M. H. ed. London: W. W. Norton & Company, Vol. 2, 1986, p.1994.

㉞ Ibid., p.1996.

㉟ Ibid., pp.1997–1998.

㊱ Ibid., p.1996.

㊲ Michael Whitworth, *The Cambridge Companion to Virginia Woolf*. p.155.

㊳ Jane Goldman, *The Cambridge Introduction to Virginia Woolf*. Cambridge: Cambridge University Press, 2006, p.40.

㊴ Ibid., p.50.

㊵ Ibid., p.65.

㊶ Michael Whitworth, *The Cambridge Companion to Virginia Woolf*. p.147.

㊷ Frederick R. Karl & Marvin Magalaner, *A Reader's Guide to Great Twentieth-Century English Novels*. New York: Octagon Books, 1978, p.142.

英
国
文
学
思
想
史

第九章

多元复杂的当代文学思潮

　　20世纪40年代,乔伊斯与伍尔夫相继去世,二、三十年代的"伟大岁月"一去不复返,英国的现代主义运动也落下了帷幕①。50年代,英国进入政治稳定、经济复苏的福利国家时期,英国文学也开始了二战后的第一次复兴。当时的文学创作,尤其是小说创作相当繁荣,新作家、新作品不断涌现。现实主义是当时占主导地位的文学思潮,"反现代主义"(anti-modernism)成了许多小说家、剧作家和诗人奉行的艺术准则。同时,革新精神赓续未断,实验主义也从未停止,而且与现代主义文学相比有过之而无不及。此外,在现实主义/实验主义的两极之外,还有一些作家与作品试图突破非此即彼的两种可能性,呈现出兼蓄包容的多元化创作特征与审美倾向。

　　首先,回归现实主义(return to realism)是50年代的文学的重要思想标志。无论是在小说、戏剧领域,还是在诗歌领域,现实主义都是当时无可争议的文学主流,涌现出了以"愤怒的青年"和"运动派"诗人为代表的一大批新生代作家:金斯利·艾米斯、约翰·奥斯本、约翰·韦恩、约翰·布莱恩、艾伦·西利托、菲利普·拉金、唐纳德·戴维等。这些作家虽然没有发表过共同的思想宣言,也没有制订过共同的艺术纲领,但却不约而同地创作了一系列在题材、内容、手法与风格上非常相似并具有深远影响的文学佳作。

　　在小说与戏剧领域,以艾米斯为代表的"愤怒的青年"作家,抛弃了以布鲁姆伯里为象征的温文尔雅的现代主义,用琐屑、平庸的反英雄方式重归传统的道德现实主义。在理论上,他们对现代主义作家进行了猛烈的抨击和挞伐,他们代表的是一股反现代主义的文学思潮。艾米斯对形式实验持激烈反对态度:"那种认为'实验'是英国小说命根子的想法是很难绝迹的。在这一语境下,无论在结构上,还是在风格上,'实验'都可以归结为'挡不住的怪癖'。我们感觉不到在主题、(创作)态度和风格上的冒险真的是那么重要。"② 韦恩认为,尽管实验小说继承了19世纪小说的伟大传统,尤其以乔伊斯的《尤利西斯》为顶峰,但是自《尤利西斯》出版之后,"几乎没有什么实验小说的创作能给人以严肃的印象,它们只不过是在趋附时尚,或是在急躁地追逐新的噱头。……实验小说随着乔伊斯的去世而终结了。"③

　　威廉·库珀是"愤怒的青年"的先驱人物,他对实验小说的抨击"更加尖锐"④。他说:"写实验小说是逃避写'社会中的人',因为小说家们无法适应社会,也无法投入社会;他们躲起来写孤独的人的内心感受,因为他们无法忍受当下的工业化社会。"实验小说过多地关注"孤独的人",而他自己则对"社会中的人"更加感兴趣。他把人物、情节和传统形式重新注入当代小说,并试图"制订种种计划将实验小说逐出城外。"⑤ 被库珀引为"文学战友"的斯诺也同样站在反实验主义的浪尖之上。他拒绝实验,反对形式革新,极力主张回归现实主义传统。在他看来,乔伊斯、伍尔夫等人不仅完全脱离了时代与生活,而且还把小说创作引向了歧途:"这种创作方法的本质是通过感觉的瞬间来反映未加提炼的经验,它所彻底抛弃的正是小说创作传统得以延续的方方面面。思考不得不放弃,道德意识和喜欢追根究底的智性也是如此。这样的代价真是太大了,于是'实验'小说……因饥饿而死,它摄入的人生养料太少。"⑥ 在他看来,意识流小说技巧不仅不会拓宽小说创作的路子,而且只会把小说带入更加狭隘的地步。

　　在诗歌创作领域,拉金、戴维和托姆·冈等年轻诗人秉承反现代主义与反浪漫主义的思想旨趣,推崇传统,摹写现实,力图恢复旧有的诗歌形式的使用,善于在平凡、日常的生活中发现质朴之美。他们的诗歌从不滥情感伤,也毫不晦涩含混。拉金认为,在自己的脑海中,"有过一种随哈代等人而来的 19 世纪的英国传统"。他对叶芝和艾略特打破传统的做法极为不满,认为诗歌应该能够与读者充分交流,并能给读者带来应有的愉悦:"诗如一切艺术,是与提供愉悦密不可分的。如果一位诗人失去了他的寻求愉悦的读者群,那他就失去了唯一值得拥有的读者群。"⑦戴维同样反对现代派诗歌的用典与含混,主张诗歌语言应该"纯洁",并试图恢复被现代派诗歌破坏的句法,同时也强调诗歌应该给读者带来真正的"愉悦"和教益:"我们把诗设想为一种个人和公众的医疗方法,诗人为解决自己的内心冲突而把内心冲突表达和提供给读者,以便读者有所共鸣。"⑧

其次,在 50 年代现实主义的回归潮流中,实验主义继续存在,它所代表的是一股潜在的革新动力与艺术创造力。现代主义运动虽然结束,但实验精神并没有终结。正如整个现代主义时期现实主义从未消亡一样,在 50 年代的现实主义主潮中,文学实验与形式创新也从未停止过,而且还取得了不容忽视的成就。实验主义的主要代表人物有塞缪尔·贝克特、哈罗德·品特、马尔科姆·罗利、劳伦斯·达里尔等人。贝克特早年寓居巴黎,追随乔伊斯,推崇法国作家普鲁斯特,奉形式实验为圭臬。40 年代末,他用法文创作了著名的小说三部曲:《莫洛伊》、《马龙之死》和《无可名状的人》,并于 50 年代将它们译成英文出版。在三部曲中,他对逻辑、语言、形式进行戏拟,营造了一个荒诞、虚空与混沌的文本世界。他的剧本《等待戈多》更是对戏剧传统进行了彻底的颠覆,成为英国、乃至西方最重要的荒诞实验剧之一。贝克特代表了现代主义美学向后现代主义美学的过渡,经常被称为最后一个现代主义者,第一个后现代主义者。同样,戏剧家哈罗德·品特在《生日晚会》、《送菜升降机》和《看管人》等作品中进行戏剧创新实验,与贝克特一道向英国戏剧传统发起挑战,成为在戏剧领域进行荒诞实验的重要代表人物之一。此外,30 年代步入文坛的马尔科姆·罗利早年一直进行实验小说创作,二战后仍然延续了早年的实验精神,并于 1947 年出版了代表作《火山底下》。该小说在叙事技巧上深受康拉德、乔伊斯与福克纳等

现代主义作家的影响，被认为是当时最重要的实验小说之一。劳伦斯·达里尔则是 50 年代另一位重要的实验小说家，其代表作《亚历山大四重奏》采用多重叙事视角，具有明显的超现实主义和弗洛伊德主义的主旨内涵与艺术特征。这两位实验作家都注重文学语言的本质，注重主观的内心世界，注重对艺术创作过程的分析，典型地延续了现代主义文学的实验主义精神。

再次，由于大批优秀作家的出现，50 年代的文学在艺术内涵、创作手法与美学思想上开始呈现多元化的特征。在处女作《野草在歌唱》中，多丽丝·莱辛将当代女性主义思想与反殖民主义、反种族主义的主题巧妙地融合在一起。戈尔丁则以传统儿童探险文学为依托，在小说的疆域中开辟出了隐喻式的、寓言般的、神话与象征的天地，其处女作《蝇王》表达了深刻而影响深远的人性论思想。默多克的处女作《在网下》虽然与"愤怒的青年"的小说存在表面上的相似，但其深层的存在主义哲学维度无人能及，其叙事男主人公不再是简单的"愤怒的青年"、叛逆者，或"反英雄"人物，而是类似萨特、加缪等作家小说中的局外人形象。在《逃离巫师》以及其他小说中，默多克继续超越日常生活的琐屑表层，营造了一个陌异的、想象的与哲理的、超验的艺术世界，成了将小说哲学化和将哲学小说化的典型代表作家。泰德·休斯的诗集《雨中鹰》以自然界的凶猛动物为意象，表现了适者生存的丛林哲学思想，在现代主义与"运动派"诗歌之外自成一家。

文学思想的发展既受社会、历史、文化等外在因素的影响，同时也会受到其自身内部运动规律的支配。二战后英国文学的第一次复兴不仅有外部要素的影响，也有内部运动的推动。对当时文学思潮产生重大影响的外部要素主要有：惨绝人寰的第二次世界大战，冷战时期对国际安全的焦虑，福利国家时期经济的繁荣，现代主义思潮的衰退，存在主义哲学的盛行，小说出版业的兴起与平装本的面世等等。其内部规律主要表现为现代主义与现实主义的相互作用、相互影响与相互渗透，两者的互动极大地推动了 50 年代英国文学的繁荣与复兴。洛奇的"钟摆运动"，即传统与革新如钟摆一般有规律地来回运动，对这两种创作思想与艺术原则在英国文学中的动态关系作了形象而具体的阐释。⑨

60 年代是一个政治激进的年代,社会生活发生剧烈变化,物质富裕与新技术带来了大众文化的兴起,根深蒂固的传统价值观迅速解体。虽然这一时期的文学自觉意识很强,革新动力并未减弱,但是文学创作有滑坡的倾向。反叛实验的写实主义又遭遇另外一批作家的反叛,但实验写作的影响与成就相对有限,文学创作逐渐进入一个低落时期。在小说创作领域,人们对 50 年代的写实派充满偏见,而小说危机论与死亡论也随之而起。洛奇说,这是一个危机重重的时刻,小说家们站在"十字路口"不知所措。伯纳德·伯冈兹认为当代小说家们不仅视野狭窄,而且缺少创新精神,"英国小说不再新了"。还有不少学者和作家干脆宣称:"小说死了。"不过,60 年代的英国小说还是出现了几部令人耳目一新的作品,如莱辛的《金色笔记》、安东尼·伯吉斯的《发条橙》、约翰·福尔斯的《法国中尉的女人》。莱辛深受西方第二波女权主义思潮的影响,其代表作《金色笔记》不仅关注女性生存,而且寄托着深远的人类情怀,蕴涵着极其丰富的多元化的思想内涵。伯吉斯则用独特的语言实验和反乌托邦的形式表现了自由人文主义思想,与奥威尔在《动物庄园》和《1984》中所表达的反专制、反极权思想一脉相承。福尔斯则深入探讨了自由选择的存在主义思想,他在艺术手法上十分推崇后现代主义的小说理念,其创作思想对年轻一代的小说家产生了深远的影响。

如果说 60 年代的文学还试图对昔日的反叛者进行反叛的话,那么 70 年代的文学思潮却几乎找不到任何具有鲜明特色的标志性人物和作品。60 年代的莱辛、福尔斯等人俨然是开一代风气者,他们的实验主义精神给冷清的文坛涂抹了一些精彩的亮色,让后来者只能膜拜或模仿而难以不屑。70 年代,默多克的《大海啊,大海》、詹姆士·法雷尔的"帝国三部曲"、玛格丽特·德拉布尔的《冰封岁月》以及奈保尔的《自由的国度》和《大河湾》等作品问世,他们所表现的主题思想分散而凌乱,未能形成有影响的文学思潮,同时与思想界正在兴起的后现代主义思潮也没有任何关联。作为 20 世纪下半叶创作的主导样式,小说开始出现整体上的萧索现象。70 年代的老牌杂志《新评论》上曾刊登众多作家与批评家的感叹,他们众口一词地认为小说没人读了! 小说衰落了!

1980 年，剑桥著名杂志《格兰特》第三期上曾发出了"英国小说终结"的集体叹惋！

有人认为，英国小说面临着严重的危机，其重要原因是持续恶化的经济危机给出版业带来了严重影响。[⑩]其实，与其说这场危机是当时政治、经济与社会危机的折射，不如说是艺术思想与审美取向上的危机的反映。洛奇的"十字路口"论是当时小说家们在艺术发展方向上无所适从的形象写照。在洛奇看来，现实主义是文学的主干道与中心传统，虽然被实验主义的小路短暂岔开，但 50 年代的一大批作家又坚定地重返了正途。到了 60 年代末，人们"对文学现实主义的美学观和认识论持越来越强烈的怀疑态度"，小说家们看到另外两条截然相反的道路：非虚构小说与"虚构制作"（fabulation）不确定地摆在面前，让他们不知所措。[⑪]其实，小说家们所面对的并不是多样化的审美选择，而是一种思想困境与艺术困境。60—70 年代的英国小说危机在很大程度上源自小说家们的美学自觉，危言耸听的"小说死亡论"只是这场危机的外在表象。

B·S·约翰逊是这一时期最有趣的实验小说家。除了在书中挖洞、割去几页、留下空白页、将小说制成散页不装订等极端手段外，他还有一套独特的有关"真实"的小说理论："讲故事就是说谎。……我不想在我自己的小说里说谎。我以为文学和其他写作的差别就在于它教人们某种忠实于生活的东西：你怎么能用虚构的手法来传达真实呢？这在逻辑上不通，因为真实和虚构这两个词是对立的。"[⑫]与此相对应的是，他在小说《阿尔伯特·安琪罗》中让叙述者从幕后跳到台前："然而，什么是生活真实，什么又是小说虚构呢？"小说最后在无标点的长句中结束："去他妈的这些全是鬼话……讲故事就是撒谎而我想说真话……"。客观地说，约翰逊的小说创作不乏创新之举，但是对虚构与真实进行煞有其事的辨析，似乎只是为了表示与传统决裂而故作的惊人之语。1973 年，他在绝望中自杀，他的略显才气的极端实验也走到了尽头。用小说家艾伦·梅西的话来说，他的自杀行为"在现在看来具有可悲的象征意义。"[⑬]

从约翰逊的小说中可以看出，当时的小说家们还要面对另一种可能性的艺术选择："元小说"（metafiction）。所谓"元小说"就是"有关小说的小说，是关注小说的虚构身份及其创作过程的小说。"⑭60年代两部最成功的"元小说"当属《金色笔记》与《法国中尉的女人》。前者通过五种颜色的笔记本，让"自由女性"安娜探究讲故事的本质。后者中的叙述者公开承认："我正在讲的故事纯属想象。"作为后现代主义的审美原则，"元小说"具有自揭虚构性、自反性、艺术自觉性等特点。它的创造性运用是英国小说实验精神的延续与体现，也是英国小说发展进程中的革新机遇，可惜这一实验动力到了70年代却归于沉寂，并没有立刻成为小说崛起的转机。到了80年代，元小说技巧才广为小说家们所使用。

1979年，撒切尔夫人执政唐宁街，英国经济一改此前的疲软状态，进入高速增长期，社会生活、文化氛围、意识形态以及人们的道德观念、价值观也开始发生剧烈变化。与此同时，英国文学，尤其是小说，也进入了一个前所未有的新时期。英国小说继50年代后开始了第二次复兴。布莱德伯里说："80年代是小说创作充满活力的多产期。新作家、新作品、新风格大量涌现。"⑮瞥一眼当代英国小说名家，萨尔曼·拉什迪、马丁·艾米斯、麦克尤恩、巴恩斯、艾克罗伊德、斯威夫特、石黑一雄、塞尔夫、提莫斯·莫、A·S·拜厄特、戴维·洛奇、安吉拉·卡特等等，无一不是在这个时期脱颖而出成为大家的。与此同时，一批老作家，如莱辛、伯吉斯、戈尔丁、福尔斯、金斯利·艾米斯、默多克等，仍然非常活跃，不断有佳作问世。

与50年代不同的是，这次复兴不是向现实主义的回归，而是朝后现代主义美学的全面转型。在80年代的小说中，后现代主义艺术原则与美学思想占据主导地位，文学自觉与形式革新达到高潮，几乎所有重要作品都打上了后现代实验美学的烙印。虽然以人物、情节为核心的现实主义美学传统并未被抛弃，以表现人物心理与意识流动为原则的现代主义美学也从未被终结，但它们都退居非主流的位置。在经历了数年的沉浮与波折之后，后现代主义审美之维已经化为小说家们自觉的、强劲的虚构动力，元小说、自反性、不确定性、滑稽模仿、语言游戏、不可靠叙事、作者闯入叙事、打破体裁界限与文类混杂，等等，在当时的

小说中比比皆是,蔚然成风。这一引人注目的状况一直持续到 90 年代,至 21 世纪初仍方兴未艾。

正如后现代批评理论所宣扬的差异性与非本质性那样,所谓的"后现代"文学思潮很难有统一的规定性或一致性,同一个标签下面可能会隐藏着巨大的差异;换言之,"后现代"小说也并非铁板一块,而是形形色色,千差万别。就 80 年代的英国小说而言,其形态各异、错综复杂的状态更非"后现代"一词所能完全概括。80 年代的英国是一个物质主义、拜金主义、享乐主义和文化平庸主义盛行的时代,是各种理论与批评思潮(如后殖民主义、后现代精神分析学、新历史主义、女权主义等等)深入人心的时代,这些都对当时的小说创作产生了深远的影响,使之表现出了各具特色的思想与艺术内涵、不拘一格的精神风貌以及多元杂糅的美学取向。英籍印度裔小说家拉什迪在后殖民的语境中用魔幻现实主义的手法表现了多元主义的文化思想;马丁·艾米斯用种种"后现代的招式"表现了当代消费主义思潮与末世论思想;巴恩斯用独树一帜的元小说手法表现了后现代主义的历史观;麦克尤恩和 D·M·托马斯通过性与暴力来表现后现代精神分析学的思想;戴维·洛奇在后现代"学院小说"创作领域影响巨大,而且在小说批评方面也很有建树,成为当代英国文坛最重要的批评家之一;而卡特与温特森则是表达后现代女权主义思想的代表作家。

1989 年,苏联与东欧发生剧变,西方学界发出"历史终结"的惊呼。与此相映成趣的是,很多英国作家对历史产生浓厚兴趣,"回归历史"成了 20 世纪 90 年代英国小说创作的重要思潮。多米尼克·海特认为:"20 世纪 90 年代,经常可以看到回归历史小说的转向。"[16]布莱德伯里说:"回归历史是世纪末英国小说一个占主导地位的主题。"[17]如果说 80 年代的个别小说家,如朱利安·巴恩斯,主要以创作"历史元小说"(historiographic metafiction)为主,那么 90 年代的小说家们则大多重回"真实历史小说"(true-story historical novel)。他们将真实历史或真实历史人物作为故事的主要题材,或将真实历史设置为故事的重要背景,用多元化的当代视角表现历史,其历史观也呈现多元化的发展趋势。A·S·拜厄特将"后现代"的目光投向维多利亚时代;派特·巴克的"再生三部曲"和贝里尔·班布里奇的《各自逃生》、《大师乔治》将历史事实与文学虚构结合在一起,用多重叙事和多重视角来接近历史;卡莱尔·菲利普斯的《过河》和《血液的本质》用多重声音重新解读了罪恶的奴隶贸易和大屠杀的历史。历史能否被认识,历史如何被认识,一直是后现代主义文学所探讨的重要问题之一。对于小说家们来说,历史并没有终结,终结的只是旧的叙事或旧的形式;历史并非一个古老而静止的箱子等待着打开,过去的岁月在新的叙事和新的形式中会展现出焕然一新的面孔。

2001 年,美国 9·11 事件震惊全球。此后美国以反恐名义联合英、德、意等西方国家发动了两场战争,战争至今尚未结束。2007 年,美国爆发次贷危机,并引发全球金融危机。2009 年,哥本哈根世界气候大会召开,各国对焦点问题争执不下。在全球化的背景下,这些重大历史事件必将对文学创作产生深远的影响。从麦克尤恩等部分作家的最新创作来看,反恐、国际冲突、生态与气候变化等相关题材开始进入文学创作领域。可以预见,21 世纪的英国文学将会出现更加多元化、更具包容性的思想与艺术内涵。

第 一 节
金斯利·艾米斯的反现代主义文艺观

金斯利·艾米斯(Kingsley Amis,1922 - 1995)是二战后英国最有声望、最具影响力的小说家之一。20 世纪 50 年代,曲高和寡的现代主义小说逐渐衰微,以艾米斯为代表的"愤青"派作家自觉走上了文学反叛的道路。在艾米斯的文艺思想中,反叛实验、推崇传统占据着不可替代的核心位置。他所反叛的主要是以乔伊斯、伍尔夫为代表的现代主义文学实验,所推崇的是 18 世纪以来的英国现实主义小说传统。由于信奉传统的现实主义文艺观,他的艺术创作隐含着鲜明的左翼政治倾向。此外,50 年代是物质主义、文化平庸主义盛行的时代,艾米斯对精

英文化的嘲讽和对通俗文艺的宣扬暴露出明显的反智主义色彩。

艾米斯在50年代成名并非从小说开始,而是从诗歌开始。他的诗歌是50年代反现代主义诗歌浪潮的一个重要组成部分,他与菲力普·拉金是"运动派"诗歌的领袖人物。"运动派"的诗歌美学反对现代主义诗歌的语言实验与宏大主题,主张用平实与反讽的方式探究日常生存。在恩莱特主编的《20世纪50年代的诗歌》一书中,艾米斯认为诗歌在本质上是一种公共交流的形式,而不是诗人偷偷放任自我的借口,"每一首诗都应该解决一个全新的问题"[18];"几年来,没有人想要再读更多的关于宏大主题的诗了,但同时也没有人想读更多的关于哲学家、绘画、小说家、美术馆、神话、外国城市或其他诗作的诗了。"而拉金则表示他不再相信"传统",不相信在诗歌中使用神话或随意用典的做法。[19]拉金所说的"传统"并不是现实主义小说传统,而是指从浪漫主义到现代主义的诗歌传统。当时,艾米斯与拉金结成了反对实验的亲密同盟,他们所攻击的靶子即是以奥登、艾略特、迪伦·托马斯等人为代表的、二战后仍然占据英国诗坛的现代派诗歌。

现代主义理论认为,文学是有意味的形式,形式本身即是目的,这是一种将形式等同于内容的形式本体论思想。但是在传统的文艺理论中,"形式"一直从属于内容,形式与内容处在二元对立的位置,属于不同但不可分割的两个范畴。艾米斯则坚决反对现代主义所谓的形式即内容的观点,对唯美主义的风格自足论、对现代主义的形式实验表达强烈不满。在他看来,风格、修辞与语言等形式要素是无法独立于主题和内容之外的。现代作家,如唯美主义者佩特、意识流小说家伍尔夫等人,对形式的过分强调暴露出了一个共同的毛病,即他们思想贫乏,目光狭隘,难以捕捉纷繁复杂的社会生活,从而不得不过度依赖形式与风格。他极为憎恨实验小说的晦涩朦胧。对于现代主义的实验小说,他的态度是:"我无法忍受这种小说。我讨厌这种小说。"[20]

艾米斯一生中撰写过大量书评。作为书评家,他在评书的同时也充分表达了反实验主义的艺术观。他将点评的作品分为两类,一类是女性作家关于家庭生活与社会问题的小说,这些著作的典型缺点在于"琐屑、老套、无视愉悦之外的其他效果。"另一类则是实验小说。相比之下,艾米斯认为第二类小说更让他感到讨厌。在很多书评中,艾米斯公开而直接地对实验小说进行猛烈抨击:"我们感觉不到在主题、(创作)态度和风格上的冒险真的是那么重要。一句话未说完,就从一个场景切换到另一个场景,句子精简得只剩下动词或定冠词。如果你这样做了,那么在那些热衷于乔伊斯和伍尔夫并且对当下小说发展充满偏见的人看来,你就冲到了小说创作的前线了。"[21]

艾米斯认为,批评界过多地关注伍尔夫和林顿·斯特拉奇实在没有必要。现代主义已经成为历史,对实验主义高唱赞歌已经过时。对于欧美的现代派作家,艾米斯几乎都没有什么好感。对意识流小说大家乔伊斯和伍尔夫,他公开嗤之以鼻;对于乔伊斯和普鲁斯特的文学实验,他认为他们是在"浪费时间"[22]。他对劳伦斯的小说颇有微词,对他的文学批评更是不敢恭维。在他眼里,海明威与福克纳在英国不受欢迎,主要是因为他们过多地使用象征和实验。他不喜欢纳博考夫,认为《洛丽塔》"是糟糕的艺术品……在道德上也是糟糕的,尽管它并不是淫秽或色情作品。"[23]关于当代作家威廉·戈尔丁,艾米斯说:"我希望戈尔丁先生能原谅我,如果我请求他将创新、坚韧与激情的天赋转向我们所必须生活的世界。"[24]对于那些靠模仿乔伊斯为生的当代作家,艾米斯更是不屑一顾。

由于对实验主义创作的反对,艾米斯与 50 年代的小说家一道形成了一股反现代主义的文艺创作思潮。在创作实践中,他们"满足于传统的表现手段,反对文学形式上的试验,抵制技巧风格上的变革"[25]。他们拒绝在小说形式和技巧上进行任何实验,乔伊斯和伍尔夫等现代派的文学反叛又成了他们反叛的对象。在现代主义占有重要地位的英国文坛,艾米斯等人对实验的抵制不只是现实主义传统的简单回归,而是在现代主义文学大潮过后,文学界、思想界对实验主义与现代派作家创作得失所进行的一次及时的反思。英美实验主义创作并非尽善尽美,对形式的过多关注造成了现代小说晦涩难读、曲高和寡的尴尬局面。艾米斯对实验的抨击往往能切中要害,而且不乏真知灼见,但不容忽视的是,他的反实验主义文艺观显然也夹杂着不少狭隘与偏颇之见。

艾米斯对文学传统的推崇与反实验的激进姿态是相辅相成的。这里的"文学传统"是指18世纪以来的英国现实主义小说传统。从时间上来看，它大致分为四个时期：即18世纪"小说的兴起"时期、19世纪的维多利亚时期、20世纪初的爱德华时代以及20世纪50年代。这个现实主义文学传统具有悠久的历史，它哺育并造就了一代又一代现实主义小说大家。艾米斯毫不讳言自己深受这一伟大传统的影响，并且对各个时期的小说大师们推崇备至。菲尔丁、理查逊、狄更斯、威尔斯、班内特、鲍威尔、伊什伍德、伊夫林·沃和赫胥黎等等，无一不是他心仪与敬仰的文学大家。即使是对同辈作家如拉金、约翰·韦恩与艾丽丝·默多克等人，他也是欣赏有加。因此，从创作理念上看，他特别关注当下社会问题，注重挖掘艺术的道德内涵，比较偏爱传统小说的故事与结构，喜欢运用传统的讽刺与幽默。正如戴维·洛奇所说："反现代主义作品继承了现代主义所背离的那种传统，它认为只要根据人类知识和物质环境的变化加以适当的修改，传统的现实主义依然是可行的、有价值的。"⑪艾米斯对现代派形式革新与文体实验的摒弃，所表现出来的正是一种反实验主义、反现代主义与崇尚传统的艺术追求。

艾米斯对18世纪以来的现实主义文学十分景仰，其主要原因在于他看重传统小说的故事结构，偏好其中的讽刺与幽默。由于秉承现实主义的美学追求，他对强迫学生阅读文学作品很不以为然。尽管他曾在大学里执教文学，但他坚持认为，文学阅读是一个自然的过程，文学的接受并不是靠学者前拉后推来完成的。因此，引人入胜的内容与风趣可读的故事显得非常重要。在具体的创作实践中，艾米斯一直不遗余力地身体力行。在故事情节方面，《找一位像你一样的姑娘》(*Take a Girl Like You*，1960，1961)与《那种莫名的情感》(*That Uncertain Feeling*，1955)深受理查逊的影响；在人物塑造与结构上，《幸运的吉姆》(*Lucky Jim*，1954)与18世纪的流浪汉小说又颇为接近；而艾米斯式的幽默则完全可以追溯到18世纪的小说大师亨利·菲尔丁。菲尔丁认为，小说是喜剧性的，它"必须严格地将作品局限于对自然的模仿中，并以此将欢愉传递给敏感的读者。"⑫同样，艾米斯认为小说既要关注严肃的问题，也应该娱乐大众读者，给读者带来审美愉悦。他说："我想表达严肃的事情。但是我又想到，可怜的读者要面对这么多过于严肃的作家，在时间上肯定是相当不够用的，所以我可以提供一些有趣的东西。"他对喜剧作家不吝笔墨大加赞赏。在英国，"我们既有娱乐小说家，一旦仔细审视后便发现他们不太有趣；我们也有沃和鲍威尔那样既严肃又风趣的小说家。"⑧出于对严肃性与趣味性的偏爱，他对小说家伊夫林·沃、鲍威尔、伊什伍德与班内特充满深深的敬意。

关于讽刺文学，艾米斯认为它是"对个体身上暴露出来的缺点与愚蠢的抨击"㉙。他非常重视讽刺的审美价值与社会价值，认为"一个没有讽刺的文化是一个没有自我批评精神的文化，因此也必然是没有仁爱的文化。由于权力形式不断变化与翻新，像我们这样的社会，尤其需要具有反制作用的纵声一笑。即便有时候反制作用微乎其微，但作为一种姿态，一种来自于理性的姿态，讽刺家的笑仍然是行之有效的。"㉚从创作实践来看，他的小说《幸运的吉姆》既是一部具有深厚的社会与文化内涵的喜剧小说，也是一部影射体制弊端与学院虚伪的讽刺文学。他的小说充满讽刺，这是他艺术上高度自觉的产物。作为讽刺文学的代表人物，他与菲尔丁、威尔逊、伊夫林·沃、巴特勒和威尔斯等人在创作理念上一脉相承。艾米斯说："我想，我所做的就是在英国文学的主流传统中进行小说创作，换言之，就是试图用合理而直白的风格来讲述普通人有趣而可信的故事：不玩花样，不搞愚蠢的实验之举。"㉛

任何文学术语都有其削足适履的尴尬之处，并常常显露出大而无当的空疏。50年代风行至今的"愤怒的青年"也是如此。作为文学记者们臆造的新闻术语，它虽然在一定程度上概括了剧作家奥斯本、小说家艾米斯、韦恩、布莱恩等人的共同创作特征，但"愤怒"一词只能表达战后一代人一种相同或相似的主体情绪或创作倾向，它并不能涵盖不同作家与作品之间大量异质性、个性化的因素。不过，这一术语也从一个侧面昭示了50年代这群作家的现实主义文艺创作观，即文学应该反映客观现实，关注切身的社会问题。艾米斯则是这群作家中的典型代表人物。同其他作家一样，他出身于下层的中产阶级家庭，由于贴近社会转型时期的底层生活，他对青年一代的追求与"愤怒"情绪有深切的感

受,对他们的心理状态与精神面貌也了如指掌,因此在文艺创作中,他不可避免地将这个客观存在的"愤怒"状况艺术地再现出来,同时又不可避免地在理论上倾慕现实主义,极力主张小说家要以现实生活为创作源泉,准确而客观地反映现实,以追求源于生活并高于生活的艺术真实。

传统的现实主义理论认为,文学的任务与价值在于使读者通过作品来认识人的现实处境和命运,使他们通过作品来认识与鉴赏自己与周围的社会。因此任何作家都应该按照生活的本来面目再现生活,而伟大的艺术家总是把创作同社会现实紧密联系在一起,把创作同普通人的生活、思想、愿望和情感联系在一起。艾米斯所信奉的也正是这样的文艺观。他对二战后阶级分化与社会不公的现实的关注,对当代社会普通人的怨愤与不满、消沉与失望的再现,正是现实主义创作原则指导下的产物。吉姆,一个出身底层的地方大学讲师,他的喜怒哀乐,他的愤世嫉俗,无不体现出这一艺术形象与社会生活的密切联系,体现出他与当下社会精神状态的息息相关。以威尔奇教授为代表的势利与虚伪的布鲁姆伯里文化不仅是吉姆所嘲弄与反抗的对象,而且也是信奉现实主义文艺理论的艾米斯所讽刺与批判的对象。

艾米斯一直认为菲尔丁对他产生过最重要的影响,但同时也承认狄更斯对他的影响更大。就反映社会生活的广度与深度来看,艾米斯与狄更斯难以相提并论。但是在对道德与社会问题的关注方面,艾米斯与狄更斯相比毫不逊色。在反映阶级分化与捕捉生活细节方面,两人也有相同的艺术主张。他们对各自所处的社会进行批判时,都不太进行抽象的思辨,而是有针对性地探究与普通人密切相关的具体问题。就 19 世纪的小说而言,艾米斯更喜欢维多利亚时代的批判现实主义,而不喜欢 19 世纪早期的英国浪漫主义。从艾米斯的众多作品中可以看出,其创作模式与 19 世纪的批判现实主义有异曲同工之处,即"是从人和社会的悲剧性冲突中展示人的性格、处境和命运,揭示社会对人的摧残压迫,表现对社会的批判,创作的注意力在人的外部世界的社会生活,从人的外部世界向人的内在世界透视,从社会关系中表现人。"⑧

由于对社会与人性持批判的态度,艾米斯不免在艺术创作中隐含着鲜明的政治倾向,即同情底层劳动阶层、反对阶级对立的左派知识分子立场。他早年加入过英国共产党,在政治上倾向于英国的工党,他关心底层疾苦、不满阶级壁垒的左派观点在文坛尽人皆知。他曾经撰写过题为《社会主义与知识分子》(*Socialism and the Intellectuals*,1957)的小册子,公开赞同费边社的主张。但正如《幸运的吉姆》所喻示的那样,艾米斯的左派立场并不是那么坚定,他在政治上也并非从一而终。1967 年,他发表文章《幸运的吉姆为什么向右转?》("Why Lucky Jim Turned Right", 1967),正式宣告了他政治立场的彻底改变。如同战后其他许多左派知识分子一样,曾经"愤怒的"艾米斯因为跻身于社会阶梯的上层而不再愤怒,他的文学创作对种种客观现实问题也变得熟视无睹了。

艾米斯一生创作了近 20 部小说,但是没有一部作品能超过《幸运的吉姆》的艺术成就。尽管小说《那种莫名的情感》获毛姆文学奖,《老家伙们》(*The Old Devils*,1986)获布克小说奖,但无论在思想深度还是在喜剧色彩方面,它们都无法超过他的处女作。有人说:"后期的艾米斯发生了巨大的变化,几乎成了前期艾米斯的对立面。"⑧ 这其中的原因恐怕在于,艾米斯已经不再是"青年"了,而且其本人早已进入了自己曾经嘲笑的体制当中,因此不可能再感到"愤怒"了。他早年思想"左"倾激进,对社会主义充满同情,但事过境迁之后,他已经像许多西方知识分子一样变得右倾保守了。不管艾米斯如何在《我为什么向右转?》一文中为自己辩解,他的创作走下坡路与他的政治思想发生转变显然不无关系。艾米斯曾有"英国的诺曼·梅勒"之美誉,经常被贴上"反自由主义、反精英主义、反道德主义、左派分子"的标签。但是在 1990 年艾米斯被英国国王授予爵士头衔一事中,他的右翼立场却发挥了不容小觑的重要作用。

反智主义(anti-intellectualism)是一种对智性与知识、对知识分子的鄙视与敌对态度。在艾米斯的创作思想中,反智主义的倾向非常明显,其具体表现为对高雅文化的厌恶和对学院知识分子的肆意嘲讽。他的批评文章通常采用口语化、大众化的语言,很少使用专业批评术语,而且从不进行高深的学院式评论。在一篇书评中,艾米斯宣称,

自己从未读过或听说过萨特、加缪、陀思妥耶夫斯基、尼采、布莱克、休姆等人的作品,其中对知识分子与精英阶层的不屑溢于言表。批评家奥索普认为,艾米斯几乎所有的作品都充斥着文化粗鄙主义(lowbrowism)㉝。

关于艾米斯的反智主义原因,理查德·切斯认为,英国有着历史悠久的迎合中产阶级趣味的大众文化传统。㉟在实验主义文学败坏大众胃口的大背景下,艾米斯毫不犹豫地选择了迎合与屈身俯就。对于"高雅文化",艾米斯认为应该用中产阶级喜爱的通俗文化取代,例如高雅的莫扎特可以用大众的爵士乐来取代。他曾高度评价50年代以来风行一时的布莱明邦德系列小说,这与他对以现代主义文学为代表的布鲁姆斯伯里文化的鄙弃形成鲜明反差。对于学术界长期忽视的科幻小说,他更是毫不讳言地表示自己的偏爱。"科幻小说的魅力或美丽在于:它们提供了一个其实并不排斥理性与体面的环境,允许我们摆脱高深的智力活动与道德行为(如乔治·艾略特、亨利·詹姆斯、威廉·福克纳等人的创作即是代表)……"㊱他对文学传统的推崇是对高居象牙塔中的现代派的反动,而他对通俗文化的赏识则是对体制性的学院文化的叛逆。在文化粗鄙主义盛行的50年代,艾米斯的文化叛逆不可避免地掺杂着令人惊讶的反智主义毒素。

艾米斯的反智主义倾向不仅来自于对形式实验与布鲁姆斯伯里文化的反感,而且也来自于一种文化腓力士主义(philistinism)。在英语语境中,腓力士主义是一个涉及文化态度与价值取向的贬义词,它是指对高雅艺术与审美情趣、学院知识与精神价值的鄙视,是对传统观念与社会价值的一味赞同,是对庸俗艺术与低级趣味的盲目追捧。"腓力士人"与自视高雅、放浪形骸的"波希米亚人"形成鲜明对比,他们是中产阶级社会长期而稳定的反智主义主力军。在文化腓力士主义的推动下,艾米斯在《幸运的吉姆》中让主人公发出"肮脏的莫扎特!"、"布拉姆斯是垃圾!"的叫嚣。"愤怒的青年"吉姆的形象不仅嘲弄了以威尔奇教授为代表的附庸风雅、虚伪做作的假"高雅文化",而且也连带地嘲笑了以学院知识分子为代表的精英文化。吉姆接受过高等教育,掌握了一定的"文化",身为学院制度的一员,但他并不是真正的"学院中人"、"文化人"。因为身处等级化制度的底层,吉姆如同年轻的小说家艾米斯一样,渴望攀登社会阶梯,从而进入精英文化阶层,但却发现一个先在的社会布满了重重障碍,因此最后只能投身生意人的怀抱而逃避自我。可以看出,吉姆的形象在本质上是反学院的、反文化的。颇具反讽意味的是,现实中的艾米斯最终分享了吉姆的"幸运"而跻身自己极尽嘲笑的精英文化圈中。

美国学者霍夫斯塔特认为:"反智主义作为一种态度,不是单一的情感取向,而是正反两种情感并存一体。绝对排斥理智与知识分子的情况是十分罕见的。"⑩艾米斯也并非彻头彻尾的反智主义者,他的反智主义倾向充满矛盾与悖论。他来自底层社会大众,对学院精英怀有既向往又厌弃的复杂心态。当他作为"无产阶级的土包子"被鄙视的时候,他自然萌发出对占主导地位的学院精英主义的自觉抵制。虽然他对具有话语特权的知识分子,对具有阶级象征的学院文化表示过不屑,但他能够容身知识精英阶层,所倚重的仍然是他所嘲讽的知识和智性。艾米斯的反智主义倾向说明,在知识精英与底层大众的互动过程中,精英至上主义毫无必要,但反智主义亦实不可取。文学的高雅与通俗,艺术的写实和实验,各有千秋,各得其所,不应一味偏废而走向极端。

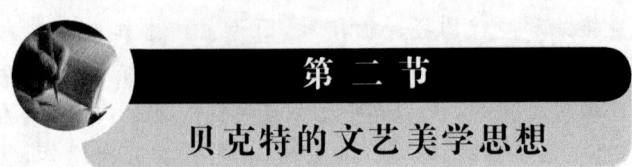

第 二 节
贝克特的文艺美学思想

塞缪尔·贝克特(Samuel Beckett,1906-1989)是 20 世纪杰出的戏剧家、小说家,但同时也是一位文艺批评家。贝克特早年研读笛卡儿、叔本华的哲学,年轻时追随乔伊斯,崇尚形式实验,后来长期旅居巴黎,喜爱法国现代主义作家普鲁斯特,二战后又深受法国存在主义哲学思潮的影响,其涉猎十分广泛,批评视野极为开阔。他较早发表的批评作品有《但丁、布鲁诺。维柯、乔伊斯》("Dante ... Bruno. Vico ... Joyce",1929)和《普鲁斯特论》(*Proust*,1931)。二战后,他对绘画艺

术产生浓厚的兴趣，并撰写了大量以绘画艺术为主的评论和随笔。此外，他出版的非虚构作品还有《三个对话》（*Three Dialogues*，1949）和《断简残编》（*Disjecta: Miscellaneous Writings and a Dramatic Fragment*，1983）。无论是早年的文学评论，还是后来的美术批评，以及出于经济原因写就的不少应景之作（这些作品大多收集在《断简残编》中），都展示了贝克特系统的、不断发展的文艺美学思想。

《普鲁斯特论》是贝克特早年的重要批评作品，其中蕴涵着系统的文艺美学思想。作为早期的学术代表作，《普鲁斯特论》虽然只有四次提到叔本华，但是其思想脉络明显承继了叔本华唯意志论哲学的衣钵。叔本华认为，世界是我的表象，外在世界只是感觉和表象的世界，在表象世界的背后，还存在着一个意志世界。贝克特则认为，世界是由想象现实与经验现实构成的表象。无论是想象中的现实，还是经验性的现实，在贝克特那里，只有通过直接或间接的感知，才能达到"理想的真实"、"本质的真实"或"超越时间的真实"：

> 现实，无论是更接近想象的，还是更贴近经验的，只是一个表象，一个孤立的存在。想象，主要应用于不存在的事物上，在虚空中发挥，不能容忍真实世界的种种限制。在主客体之间也不可能存在直接的和纯粹的经验性接触，因为主体感知的自觉意识会自动将两者分开，而客体也会丧失其纯粹而仅仅成为纯理性的假托之物或动机。但是，由于这种过去与现在的重叠，这种体验既是想象的，也是经验性的，既是一种唤醒，也是一次直接感知，既是真实的，又不是实在的，既是理想的又不是抽象的，是理想的真实，是本质的真实，是超越时间的真实。⑧

在叔本华那里，作为表象的世界存在着不可分割的两个方面，即主体与客体，换言之，作为表象的世界是由主体与客体共同构成的。贝克特也同样将主客和客体联系在一起。在他看来，客观世界并非是现实的，也是没有意义的，而唯一真实和有意义的世界就是我们的意识世界，混乱的"内宇宙"："无论客观世界的构成是善还是恶，到头来都既非现实也无意义。我们的肉体与智性即刻体验的快乐与忧伤在我们的生命深处反复孕育,层层淤积,以致与唯一真实和有意义的世界融为一体,这世界即是我们自身内部的有待唤醒的意识……"(9)在评价《追忆似水年华》时,贝克特则完全借用了叔本华的美学思想,特别强调主客体之间的契合,认为直觉是"普鲁斯特世界第一位的感知方式",而"艺术品既不是被创造出来的,也不是被选择出来的,而是被发现的,被揭示的,被挖掘出来的,事先就存在于艺术家心中,是他的先天本性之一。唯一的真实是灵感的知觉方式所提供的象形文字的方式所表达的一切。"(54)在叔本华哲学思想的直接影响下,贝克特认为主体对世界的认识主要来自大脑的感知,而普鲁斯特所极力表现的就是主体对客观世界的感受。贝克特敏锐地抓住了普鲁斯特小说创作的本质,表现出了早期文艺思想中的主观主义与非理性主义倾向。

在《普鲁斯特论》中,习惯、记忆和时间是贝克特用来阐发其文艺美学思想的三个关键词。贝克特将叔本华生存意志中的求乐避苦称之为"习惯",而"习惯"也是贝克特审视《追忆似水年华》的出发点。在他看来,习惯"是一种契约,协调着个体与其环境、个体与其自身的各种怪僻的关系",(13)习惯因为可以反对危险的改变而成为一种处罚,同时也可以减轻生存的痛苦而变成一种祝福。(223)而记忆则有自主性记忆与非自主性记忆之分,是"医院的实验室,里面既贮有致命的毒药,也有有疗效的良方,既有兴奋剂,也有镇静药"(23)。至于时间,它既可以导致死亡,也可以带来复活(23),同时具有创造性与毁灭性的功能(50)。习惯、记忆与时间所具有的这种"复合二重性"正是普鲁斯特"多元透视"的基础,是其"表现方式的内在时序",同时也是贝克特分析普鲁斯特创作特征和阐发个人美学思想的要冲所在。

在贝克特看来,习惯、记忆和时间的三要素中,时间尤为重要。叔本华认为,作为表象的世界处于一定的时间和空间中,并且存在着一定的因果关系。空间、时间和因果律是感知的三种"形式",没有这三种形式,大脑所感知的信息将处于杂乱无章的混乱中。在贝克特那里,大脑在感知的过程中,通过时间对信息和数据进行不断的分析和解读;与此同时,"难以捉摸的有创造性的时间,以其特有的作用给主体造成无限

的苦恼",时间"无休止地改变着人的个性,使人永恒不变的真实性只有在对往事的追溯中才能被理解。个体已处于一个没完没了的流动变化过程中,从盛着缓慢、苍白和单色的未来时间之流的管道,流入往昔那令人焦虑不安、每时每刻都充满奇迹的绚丽时光。"(10)也就是说,感知与回忆对主体产生了重要的作用与影响,而过去、现在与将来联成一体构成心理时间。贝克特对主观时间的强调和重视,表现了他早期对现代主义时间观的强烈认同。

除了叔本华唯意志论哲学外,贝克特的美学思想还有另一个哲学源头,即法国存在主义哲学。其实,这两大哲学本身也存在着渊源关系。在叔本华那里,生命意志的本质是痛苦,痛苦的根源在于无止境的欲求,要摆脱痛苦,就必须舍弃欲求,或在艺术的审美中得到解脱,获得慰藉,以暂时走出生存的痛苦。存在主义哲学则认为,世界是荒诞的,非理性的,人偶然来到这个世界,却无法掌握自己的命运,只能无止境地体验生存的无奈与人生的痛苦。法国的存在主义受到过叔本华悲观主义哲学的影响,两者在深层内涵上有不少相通之处,但存在主义哲学却容纳了更多的当代内涵。贝克特多年寓居巴黎,不仅研究过叔本华和笛卡儿的哲学,而且对风行一时的存在主义哲学情有独钟。从《普鲁斯特论》可以看出,贝克特早年主要受叔本华唯意志论哲学的影响。但是到了创作后期,贝克特则更多地与 20 世纪的存在主义哲学同声相应,同气相求,其美学思想也开始从表象世界向世界荒诞发生明显的转变。

在《普鲁斯特论》中,贝克特对习惯、记忆与时间的论述以及对《追忆似水年华》的深入分析,已经流露出了 20 世纪存在主义荒诞美学的端倪。在贝克特看来,人淹没在自己的习惯之中,而习惯把包裹在生存表面的所谓合理性、逻辑性统统撕碎,使人躲藏在懒惰后面以逃避生存的荒诞和痛苦,人生充满着烦恼与苦难。而时间让人在孤独中等待,习惯使人在懒惰中死亡,苦难和无聊则伴随着生命的始终而无可摆脱。同时,贝克特通过对普鲁斯特的解读,明确表达了"对'描写'文学的蔑视,对现实主义作家和自然主义作家尊崇的经验的垃圾的蔑视,对这些作家们膜拜于表面事物和癫痫发作般的突然事件的蔑视,对他们满足

于抄写表象、描述外观而将其后的印象掩盖起来的蔑视"。(50)

贝克特对世界荒诞的认识集中体现在他的文学创作中,其美学思想与法国存在主义文学一脉相承。以萨特和加缪为代表的存在主义文学虽然也表现了人生痛苦和世界荒诞的主题,但是"作为对萨特和加缪哲学的表达,荒诞派戏剧比萨特、加缪的戏剧要更加恰当。"㊳贝克特在他的戏剧中充分表现了等待、孤独、异化、死亡、无法交流、百无聊赖等众多20世纪的重大主题,其中的荒诞色彩与存在主义文学相比有过之而无不及,而荒诞剧《等待戈多》更是成为表现荒诞美学的传世经典。在他的小说创作中,贝克特同样身体力行,全面实践着自己的荒诞美学理念。他选择了疯子、流浪汉、残废者、疾患者、将死的人等作为小说的主人公,通过主人公在荒诞世界的荒诞遭遇来表现外在世界对人的压抑、异化和摧残,同时又回避外在世界与具体的社会生活,让主人公在一个"自由虚空的界域"活动着,通过"没有风格"的语言和"只有短语"的形式实验来展示人物心灵的虚空状态以及人的意识混沌、混乱和无序的状态。这些小说不仅超越了对具体社会现实的描写,而且进入到形而上层面的深刻思考和揭示,即世界是荒诞而不可理喻的,人的行为没有目的,没有意义,而且也毫无价值。正如冈塔斯基所说:"贝克特所展现的是人处于一个荒诞、断裂的世界中,一个没有理性原则和秩序的世界……生活,无论是外在的,还是内在的,都是混乱的、流动的、荒诞的、杂乱无章的。"㊴

贝克特对形式与语言的关注开始于他的第一篇论文《但丁、布鲁诺。维柯、乔伊斯》。该文是年轻的贝克特对乔伊斯的新作《进行中的作品》所作的评论。尽管这是一篇受到乔伊斯授意与指使而写成的吹捧文章,但其中的不少观点仍颇有见地,代表了贝克特早期文艺美学思想的理论出发点。贝克特打破了传统的内容/形式二分法的文艺批评方法,提出了形式即内容、内容即形式的反传统观点。同时他对语言表征问题所表现出来的兴趣不仅奠定了后期语言本体论的基础,而且也为他的后期创作提供了不容忽视的理论和思想基础。

传统的文艺观习惯上把形式与内容完全割裂开来,要么认为内容决定形式,要么认为形式决定内容。由于早年十分推崇现代主义作家

乔伊斯的形式实验和"普鲁斯特的方程式",贝克特在理论建构的过程中试图打破形式/内容二分法的思维模式。在《但丁、布鲁诺。维柯、乔伊斯》中,贝克特这样评价乔伊斯的作品:"此处形式即内容,内容即形式。……它不是供人阅读的——或者确切地说,不仅仅是供人阅读的。它是供人观看的,供人聆听的。他的作品并不关涉外物,其本身就是存在……当意义开始起舞时,语词也随之跳跃。"⑪在《普鲁斯特论》中,他一如既往地认为:"对普鲁斯特来说,风格更是个视觉上的问题,而非技巧问题。普鲁斯特没有这种迷信,即形式无足轻重,而内容决定一切。……他没有将内容与形式分开。两者是互相具体化的过程,是一个世界的展示。"(57)可以看出,贝克特所强调的不仅仅是形式即内容,内容即形式,或形式与内容的辩证统一,而是形式与内容的不可分割,以及两者的合二为一。与此同时,作为文学的重要媒介,语言也开始进入贝克特探讨的视野。在《但丁、布鲁诺。维柯、乔伊斯》中,他从维柯的文字发展论出发,认为抽象的字母文字苍白无力,而只有在象形文字中,形式与内容才合二为一。他对语言的关注超过了对意义的关注:"词语不再是20世纪印刷工油墨的彬彬有礼的歪曲,它们栩栩如生。"⑫也就是说,语言不再是再现外在世界或表达内在情感的简单工具。如同艺术形式一样,语言并不关涉外物,其本身就是非常重要的存在。

贝克特早年用英文进行创作,后来改用法语,一方面是试图摆脱乔伊斯的影响,以超越乔伊斯的创作,另一方面也是他对语言本质认识的结果。在其早期作品《平庸女人的梦》(*Dream of Fair to Middling Women*)中,贝克特借人物之口表达了对拉辛等法国作家的看法:"他们没有风格,他们的作品没有风格,他们只给你短语,给你火花,给你珍珠。也许只有法语才能给你想要的东西。"⑬但改变语言并非只是风格上的考虑。语言并非是透明的、单纯的工具或载体,其本身蕴涵着严密的规则、逻辑与巨大的力量。任何人只要使用语言,总会受到语言系统的左右或摆布。作家要想创新,必须竭尽全力摆脱语言的固有力量,跳出语言的圈套,将不可言说的东西说出来。正如艾斯林所说:"如果使用自己的母语,那么显而易见,被语言本身的逻辑所裹挟的风险要更大,这其中有无意识中所接受的意义和联想。用外语创作,贝克特可以保证他的写作过程是一个不断抗争的过程,是一个与语言的本质进行痛苦搏斗的过程。"⑭

不过,贝克特早年对语言的理解并未完全跳出工具论的范畴。在《普鲁斯特论》中,他一方面强调普鲁斯特从未将形式与内容割裂开来,认为"理想的文学杰作只能靠一系列绝对的、简单的主题才能被理解",另一方面也肯定了普鲁斯特对语言的重视,同时把语言作为载体来表达对自我、对世界的理解:"对普鲁斯特来说,语言的质量比任何伦理学和美学的体系都重要。……普鲁斯特的世界是这位匠师用隐喻的方式表现出来的,因为这位艺术家就是用隐喻的方式来理解世界的。"(57)用陆建德的话来说,贝克特"推崇普鲁斯特在语言上所下的工夫,认为普鲁斯特的语言是主客体统一的象形文字,体现了与智性相对立的本能直觉对现实的感悟和洞察。唯有这种弃绝任何概念的直接表现才能捕捉那有不可言说之妙的理念。"⑮无论是理解"我们自身内部的有待唤醒的意识",还是表现"那有不可言说之妙的理念",语言所体现出来的仍然是其传统的工具性特征。贝克特早年出道之际,深受超现实主义的影响,在"垂直诗"的宣言中曾号召艺术家们创造一种与世隔绝的"占卜工具式"的语言。

在早期的文学评论中,贝克特不仅把文学语言与日常生活语言区分开来,而且特别强调诗歌语言与非诗歌语言的差异。在《人文寂静主义》("Humanistic Quietism",1934)一文中,他评价好友托马斯·麦克格里维的诗集时认为:日常语言所代表的是第一空间,是一个充满概念的牢笼,限制和束缚着人们的表达和思维;而诗歌语言则具有无与伦比的强大力量,可以澄明视野,把人们带入一个与第一空间完全不同的第二空间。由于受叔本华的影响,贝克特的第二空间与叔本华的艺术审美空间有异曲同工之处,但贝克特更强调语言在审美活动中的巨大作用。虽然贝克特注意到了语言的牢笼现象,但他对语言工具性的理解仍然清晰可辨。在1937年写给阿克塞尔·考恩的信中,贝克特对语言本质的认识发生了更大的变化,并且希望寻求一种崭新的写作:"无字的文学"("literature of the unword"),即不可言说的文学。此前贝克特主要强调文学语言的表现能力,现在不仅强调诗歌语言可以撕破日

常语言的面纱,从而进入一个超越表象的空间,还更多地突出语言的不可靠性与遮蔽性,同时对语言能否穿透表象而到达本质持更多的怀疑态度。在他看来,语言面纱的背后也许只有虚无。在《障碍的画家》("Peintres de L'empechement",1948)一文中,贝克特说:"无止境地揭开面纱,一层又一层的面纱,揭开重重叠叠的不完美的透明体。揭开面纱,抵达无法揭开之物,抵达虚无,重新抵达事物本身。"⑭ 在《麦克格里维论叶芝》("MacGreevy on Yeats",1949)一文中,贝克特在对画家杰克·叶芝的评论中开始涉及语言的自我解构性,认为绘画艺术的表现力存在局限,而语言在视觉艺术面前显得孱弱无力,用语言所进行的艺术批评也失去了稳定性的基础。

在创作中后期,贝克特对语言的不信任达到极致,不仅强调语言的封闭性与不可靠性,而且激进地认为人与人之间的交流几乎是不可能的。《三个对话》(*Three Dialogues*,1949)是化身为"B"的贝克特与艺术史专家达特休之间就当代艺术本质所进行的系列对话。它代表了贝克特在创作生涯的关键时期对语言问题的深度思考。批评家伍德认为:"《三个对话》并不是探讨画家威尔德兄弟(塔尔—考特,或马松),而只是贝克特思想的展示。批评家本人无法走出自我的语言牢笼。"(Wood,14)《三个对话》发出了著名的贝克特式的美学格言:"要表达的即是无可表达,没有资以表达的工具,没有表达的主体,没有表达的能力,没有表达的愿望,没有表达的义务。"(Beckett,1965:103)贝克特强调主体或自我的缺席和不在场,因为人和自我都是语言中的存在;语言也无法企及外在事物或客观世界,因为能指与所指发生了分离;表达与交流难以奏效,因为语言本身具有自我解构性。早在《普鲁斯特论》中,贝克特曾表达过类似观点:"艺术视孤独为神圣,这里不存在交流,因为不存在交流的载体。"(41)在《障碍的画家》中,贝克特认为,对物体的艺术再现,其本质就是其不可再现性。语言要表达的是无可表达,艺术所再现的即是不可再现。可以看出,贝克特后期的语言论思想更加接近德里达的解构主义哲学。但贝克特显然超越了语言的局限性或遮蔽性的层面,他所追求的是一种无言或沉默的生存状态。"沉默"或"无言"也成了晚期贝克特创作的一个重要选择。在 60 年代初的广播剧《词语与音乐》中,贝克特向往"漆黑一片没有乞求/没有施与没有词语/没有感觉没有需要"的境界,而"词语"也在最后时刻归于永恒的寂静之中。

贝克特的文艺批评或抉奥阐幽,或言此意彼,把它们与贝克特的创作实践加以对比和印证,对于我们深刻理解他的文学创作与美学思想有着不可低估的重要意义。尽管新批评派极力否定作者的意图,后结构主义者认为作者已死,而贝克特的文艺批评也并非针对自己的创作而写,但是通过对其文艺批评的深入梳理,我们仍然可以看出作为批评家的贝克特与作为小说家、戏剧家的贝克特并非势不两立、毫无关联的,其文艺批评与创作实践相互印证,相得益彰。

首先,贝克特的批评著作隐含着其创作实践的主旨方向与美学指导原则。早年的批评代表作《但丁。布鲁诺。维柯、乔伊斯》和《普鲁斯特论》以及二战前不少文学短评代表了贝克特早年对现代主义形式实验的推崇以及"对描写文学的蔑视"。在小说创作中,他试图摆脱乔伊斯的文学影响,绝无可能沿袭自己反感的传统小说的创作路数。他对乔伊斯与普鲁斯特的推崇以及对"创新的高度重视"[⑩]决定了他的创作实践必然比乔伊斯、普鲁斯特等现代主义作家走得更远,决定了他最后必然会建构出自己独树一帜的文学"方程式"。《莫菲》(*Murphy*,1938)是贝克特付梓出版的第一部长篇小说,有人认为这部作品"并无实验的痕迹"[⑧]。其实,贝克特的创作实践与其本人的批评思想从未产生过如此严重的背离。《莫菲》原本充满形式实验,只是在出版前遭到了作者本人刻意的斧削和掩盖。这是因为作者在写作《莫菲》时,仍然对其第一部小说《一个平庸女人的梦》因实验性极强而被出版商无情拒绝的失败教训记忆深刻。(《一个平庸女人的梦》直到 1992 年作者去世多年后才出版)为了让《莫菲》顺利出版,贝克特在一定程度上顾及了小说传统,尤其是 19 世纪的现实主义小说传统,无奈地给《莫菲》增加了连贯的情节和明晰的语言[⑨]。尽管如此,贝克特仍然对小说传统进行了"颠覆性的戏仿"。用戴维·洛奇的话来说,这部小说是"忽视或嘲笑现实主义传统的"。同样,在早年的短篇小说集《徒劳无益》(*More Pricks Than Kicks*,1934)中,"写实主义"的背后仍然隐藏着强烈的实验性。

有学者认为贝克特的"文学创作并非从一开始就是反传统的",这显然是值得商榷的。可以说,实验性不仅是贝克特批评著作所推崇的美学倾向,而且也是其创作实践所尊奉的重要指导原则。

其次,贝克特的文艺批评隐含着其实验主义创作的演变和发展规律。他的批评活动与创作活动相伴始终,几乎同步推进,其批评思想的变化也预示着其文学创作的不断变化和发展。贝克特早年熟读叔本华和笛卡尔的哲学,认真研习过乔伊斯和普鲁斯特的小说,关注乔伊斯的形式实验,欣赏普鲁斯特用直觉感知世界的方式,从而对"描写文学"持极为蔑视的姿态;二战后则热衷于美术评论,言此而意彼,由绘画艺术出发,进而探讨艺术形式与文学语言的本质,由艺术表现力的"障碍"进入对语言符号本质的深刻认识。在贝克特的批评思想从认识论向语言本体论转变的同时,他的文学创作也发生从现代主义美学向后现代主义美学的嬗变。他的早期小说,如《莫菲》,旨在通过非理性和直觉穿越表象世界,来抵达纯意志的世界,表现没有主体的潜在的意识世界,其中现代主义的实验性特点尤为明显;但是从《瓦特》(*Watt*,1945)开始,贝克特较为清晰地表现出了对语言表征危机的强烈关注。从《瓦特》中可以看出,贝克特通过极端的形式实验试图揭示语言的本质,揭示概念和实物之间存在的差异,从而达到自己消解意义的目的。他的小说三部曲《马龙之死》(*Malone Dies*,1956,1958)、《莫洛伊》(*Molloy*,1955,1966)、《无可名状的人》(*The Unnamable*,1958,1975)更是表现出了语言论转向的鲜明特征。斯蒂芬森认为:"语言和叙事的本质是小说三部曲的中心主题。"三部曲是一个巨大的语言迷宫,叙述者经常深陷其中而不能自拔。例如在《无可名状的人》中,叙述者的主体身份完全消失在语言之中:"语词无处不在,在我身体之内,在我身体之外……我身处语词之中,由语词构成,由他者的语词构成。"

第三,贝克特的批评作品隐含着其实验主义创作的哲学思想渊源,其虚构作品又与二战后兴起的后现代哲学进行着深层的隐性对话。以马丁·艾斯林为代表的批评家们习惯将贝克特的《等待戈多》(*Waiting for Godot*,1954,1956)等戏剧作品仅仅归功于法国存在主义哲学的影响,但是从《普鲁斯特论》中可以看出,叔本华的唯意志论哲学对贝克特早期创作思想的形成也同样起到了不容忽视的重要作用。如果无视贝克特早年批评实践中的思想资源与美学倾向,就无法在整体上把握他的文学创作,也不能透彻理解他为何不太关注人的社会性,或人的理性,而是强调直觉和非理性的重要性,更不能理解他为何专注于探讨存在与意识、认识与语言等哲学问题,探讨挣扎在生存意志和习惯之中的人类的困境。同时,作为重要能指符号的"戈多"以及小说三部曲中的语言迷宫与贝克特晚期批评实践中对语言局限性的转向又不无关系。正如哈里顿所说:"贝克特的艺术批评不仅为他本人的重要作品的美学内涵和风格变化提供了重要的评论,而且也为他的创作的重大变迁提供了范式。"⑭他的哲学美学思想与此后西方文坛兴起的后现代文学思潮有异曲同工之处。他的文学作品经常让一些后现代思想家产生思想上的强烈共鸣。这些事实充分说明了他的文学创作与批评思想的同步性、超前性和预言性。贝克特的文艺美学思想代表了 20 世纪西方文坛的一个坐标、一个转折。正因为如此,贝克特经常被称为"最后一个现代主义者"和"第一个后现代主义者"⑮。

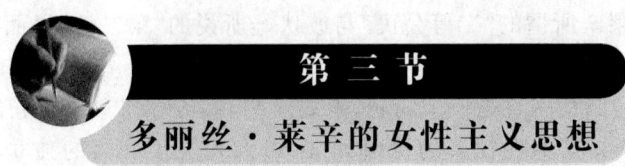

第 三 节

多丽丝·莱辛的女性主义思想

多丽丝·莱辛(Doris Lessing, 1919 -)是 2007 年诺贝尔文学奖得主。自 1950 年发表处女作《野草在歌唱》开始,她已经出版了 30 余部小说和近 20 部短篇小说集。她的作品探讨了多元而复杂的文学主题,但是她对女性人物的描写、对女性生存的关注尤为引人注目。诺贝尔文学奖评委给她的评语是:"用怀疑、激情与想象的力量来审视一个分裂的文明,其作品犹如一部女性经验的史诗"。其代表作《金色笔记》(*The Golden Notebook*,1962)因对"自由女性"的书写而被誉为"妇女运动的里程碑"⑯。它与波伏娃的《第二性》齐名于 20 世纪 60 年代,被

尊奉为女权主义者的《圣经》,对当时的女权运动产生了深远的影响。不过,莱辛本人对"女权主义"的标签颇有微词,特别反感批评家们将《金色笔记》看成是纯粹的女权主义小说。她在《金色笔记》的再版前言中公开宣称:"这本小说不是妇女解放运动的传声筒。"⑦ 其实,莱辛对"女权主义"标签的拒绝,并不意味着她对女权主义或女性主义思想的拒绝,而是她反对将意蕴深厚的文学作品作僵化的实用解读,反对把它们当做某个社会运动的宣传工具。从处女作《野草在歌唱》(*The Grass Is Singing*, 1950)到代表作《金色笔记》,莱辛也不是一味描写"性别之战",不是表现单一的女性主题。她将女性人物置于广阔的社会历史大背景中,作品中有对女性生存的关注、对"女性自由"的思考,但同时又不限于对性别问题的探讨,其作品主旨超越了女权主义的疆界,广泛地深入到政治、种族、心理、文化、伦理等多重层面,具有普遍性、深刻性与巨大的包容性的艺术特点。

莱辛反对"女权主义"的标签,但并不是一个反女权主义者。作为女性写作的杰出代表,她对男权社会中妇女的地位有着清醒而深刻的认识。莱辛说:"拒绝对妇女的支持,绝非是我所愿。……谈到妇女解放的话题——我当然支持妇女解放,因为在很多国家,妇女仍然是二等公民。"⑧莱辛所谓的"二等公民"与波伏娃所说的"第二性"异曲同工,昭示了在男权社会中女性处于与男性严重不平等的地位。在数千年的人类社会中,妇女一直是一个弱者,附属于男性,处于被歧视、被压迫的地位,不得不接受男性社会的价值标准,以致丧失了女性的独立自我,往往成为男尊女卑的性别秩序的牺牲品。《野草在歌唱》是莱辛关注女性生存的第一部代表作,其中的殖民地南非则是一个典型的男权社会。在开篇的谋杀案调查中,白人警长对女性带有男权社会特有的歧视。他说:"这些黑鬼需要男人来对付才好。女人对他们发号施令,他们是不买账的。他们一个个都能够把自己的女人弄得服帖。"在白人男性的眼里,女人显然是缺乏理性、没有头脑的弱者或"二等公民"。在白人占主导地位的殖民地社会中,白人女性同样处于弱小、屈从、受歧视、被支配的不平等位置。即使与地位低下的黑人男性相比,她们也是需要白人男性来保护的弱者。《野草在歌唱》不仅真实地反映了女性在精神或心理上所遭遇的压迫与戕害,而且也深刻揭示了女性的生存困境与历史命运。

在男权社会中,女性往往没有一套属于自己的价值标准,因而只能被动接受外在的男性价值标准。"妇女们历来大抵通过男人的眼来看自己。因为她们没有别的价值标准,没有另一套语言工具来思索人生。"⑬也就是说,女性只能受男性话语系统支配而最终丧失女性的自我。在《野草在歌唱》中,女主人公玛丽·特纳则是男权社会中女性失去自我、最后沦为牺牲品的典型代表。玛丽曾经"在南部非洲过着无忧无虑的独身女人生活",具有"刻板的女权思想",但她无法对世界、对自我形成一个独立于男权社会的价值判断标准,只能被动接受外在世界的话语体系,并以它为标准审视自我。接受也就意味把原本对男人充满敌意的封闭的内心世界向外在的异己力量敞开,因而不自觉地走上了一条自我毁灭之路,终究没有摆脱男权社会中女性的悲剧结局。玛丽最终被送上种族仇恨与报复的祭坛,成了可悲而又可叹的牺牲品。玛丽遇害前的愧疚与内省只是女性意识有限度的觉醒。她的悲剧集中体现了男权社会中女性受压抑的可悲命运。玛丽成了莱辛作品中控诉男权罪恶的女性形象的"先驱人物"。

莱辛本人对女权主义批评颇有微词,但"女权主义的视角仍然可以有效地切入她的作品;作为一个妇女作家,莱辛经常书写妇女,道出了许多令人关注的问题"。⑭除了被歧视、被压迫、丧失自我之外,女性的精神崩溃与自我分裂也是莱辛经常关注的重要问题之一。"疯女人"的形象在英国文学作品中并不罕见,精神分裂与心理紊乱经常成为被强加于女性之上的性别特征。女权主义者有一个著名的表述,即"阁楼上的疯女人",原来是指罗切斯特从来没有露过面的可怜的妻子伯莎。这个表述被用作隐喻后,表达了一般女性不同程度的受压抑状况。女权主义者们把"囚禁在阁楼上的伯莎拖到前台,置于聚光灯下,意在抨击传统的父权主义文化对妇女的精神束缚和毒害,并揭示妇女身上被压制、被掩饰的一面:即她们的痛苦和她们的愤怒。"⑮在《野草在歌唱》和短篇小说《19号房》("To Room Nineteen", 1963)中,莱辛出于对妇女地位的强烈关注,成功塑造了两个普通妇女形象——玛丽和苏珊遭受种

种压抑而最终精神错乱的可悲形象。面对传统的男权文化,前者情感锁闭,心理压抑,后者内心紊乱,自我迷失,最后都走上了精神崩溃和歇斯底里的毁灭之路。从《简·爱》中的"阁楼上的疯女人",到玛丽和苏珊的自我毁灭,这些小说无一不隐含着对男权社会的强烈抗议和对男权中心主义的批判。

西方学界曾经流行过的一个观点认为,女性疯狂或精神错乱是女性的性别构造与女性本质的必然产物。这显然是男权社会的一个性别偏见。其实,女性疯狂是女性处境的产物,也是女性对自我角色的逃避。在莱辛看来,妇女沦为"二等公民"或"第二性",并非自然形成的,"弱小性别"或"疯女人"也不是天生的,而是社会、历史与文化"人为"建构的产物。在《野草在歌唱》中,玛丽的"发疯"是"她的个人处境与塑造她性格的更大的社会力量的产物"[④]。在《19号房》中,苏珊在遵循与抵制传统男权文化的过程中,内在自我发生了严重的分裂。传统家庭中妻子与母亲的角色所代表的是传统的道德自我,而旅馆中的"19号房"则代表了反叛传统、追寻独立自由空间的另一个自我。内在自我的矛盾和分裂带来了精神上的压抑与巨大痛苦。为了寻求解脱,苏珊最后只能在第19号房中打开煤气自杀。"19号房"是女性空间与自我意识觉醒的象征,但也是女性疯狂与自我毁灭的象征。莱辛超越了对男权中心主义批判的单一立场,把对女性问题的探索引向了自我与世界的分裂、精神世界与制度文化的冲突等更加复杂的思想层面。

20世纪60年代,西方兴起了第二波女权主义思潮,要求消除两性差别、追求男女平等的呼声不断高涨。但作为20世纪中叶"女性写作"的杰出代表,莱辛并没有落入俗套,人云亦云,她不只是简单地通过"性别之战"来抨击男权制度与文化,或颠覆男尊女卑的性别秩序,让文学创作成为女权主义运动的传声筒和宣传机。对于《金色笔记》经常"被贬低为写性别之战,或者被女性当做性别之战的实用武器"[⑤],莱辛表示十分不屑和不满。《金色笔记》不仅"描写了女性的挑衅、敌对与仇恨的情感",让"许多女性因《金色笔记》感到愤怒。"[⑥]而且更加重视人物性格的复杂性、思想的深刻性以及艺术的审美性,而不是简单地用艺术品来解决具体的社会问题。她对女性的表现和关注不是简单地强调性别平等,而追求男女之间的绝对平等实际上也是不可能的。在多部作品中,对"女性自由"的思考构成了莱辛女性主义思想的重要内涵。她对"自由"的深刻理解和表现,使她完全摆脱了传统女权主义的窠臼,从而在新的历史语境下向女性问题的最深处掘进。

所谓"女性自由"是指"女性人物选择逃避或摒弃传统的妻子或母亲角色"⑤,是相对于男权文化对女性自我的禁锢、压迫与奴役而言的。但是在更深的层面上,"自由"是指女性摆脱精神的奴役与观念的束缚,以求心灵的解放与自我的超越。在第一个层面上,对"自由"的追寻、对平等的社会理想的向往,只不过是自我觉醒的女性对男权社会的自发反抗和叛逆。《19 号房》中的苏珊·罗林,"暴力的孩子"系列小说中的玛莎·奎斯特,《金色笔记》中的安娜和莫莉,基本上都是在这个层面上对"自由"进行认知和追寻的。她们不愿担负传统男权社会所赋予的妻子—母亲角色,而是希望将自己从传统的羁绊中解放出来。她们抛弃男性社会规定好的传统角色,义无反顾地走出以家庭为核心的私人领域,在公共的社会领域寻找更有意义的生活,以获得真正的"自由"。在《金色笔记》中,安娜和莫莉更是公开宣称自己是"自由女性"。她们通过离婚来摆脱婚姻与家庭的制约,打破了婚姻的封闭与窒息,在经济上、情感上以及性关系上获得独立和自由,从而完全摒弃了女性的传统角色,希望借此摒弃传统社会的枷锁。然而,安娜与作为安娜映像的莫莉在作家、单身母亲与情人的三重角色中苦苦挣扎,并最终深陷于外在的困扰和内心的混乱之中而不能自拔。由于在精神上和心灵上并没有获得真正的自由,所谓的"自由女性"实际上并不自由。

在莱辛的笔下,所谓的"自由"只是一个悖论,并具有强烈的反讽意味。女性可以摆脱婚姻家庭的束缚,摆脱对男人的依赖,以反抗传统的男性占主导地位的社会,但世界上没有绝对的自由,也不存在没有男性影响的女性自由。沉湎于虚幻的自由中,必然要为"自由"付出昂贵的代价。在《第 19 号房》中,女主人公苏珊同样陷入对"自由"以及对两性关系的深深迷误之中。正如其丈夫所说:"你究竟想要什么样的自由?当然除了死之外! 你以为我很自由吗?"在《金色笔记》的第一节《自由女性》中,安娜对自由的界定更为简单,认为离异的单身女性"过着被认

为是自由的生活，即男人那样的生活"。在"暴力的孩子"五部曲中，女主人公玛莎·奎斯特与安娜一样也是一个知识女性。在小说的开始，玛莎也试图挣脱传统婚姻与家庭的枷锁，但最后同样陷入"自由的困境"中。社会的动荡、内心的分裂、自我的异化、人与世界的分裂充分暴露了女性追求自由的局限性和悖论性。

关于"自由女性"，用学者布赫斯的话来说，"莱辛给女性提供了不同的选择，而且通过小说揭示：每一个女性对个人自由的认识不仅取决于个人的婚姻状况，而且因为社会、家庭、团体以及女性本身都会存在种种的局限性。莱辛经典作品中的每一个女性对抗封闭的家庭，试图从家庭中逃出来，但最后却深陷另一个禁锢自我的角色中。单身、离婚、职业、从政、经济上与性的独立，或者与男人保持短暂的暧昧关系，这些都是变故的媒介。在其中的任何一种情况下，女性都会遭遇外在与内在的变故。"⑥ 其实，女性的自由是与男性的自由紧密相关的，个体的自由与人类的整体命运是不可分割的。个体，包括女性个体，是无法脱离具体的社会历史现实而获得绝对的自由的。由于种种社会与现实障碍的存在，女性个人单凭一己之力很难追寻到自由而完整的人生。在《诺贝尔文学奖颁奖辞》中，瓦茨伯格说："《金色笔记》正成为整个时代女性形象的映像。在这部莱辛最具实验性的作品中，抗争交融了创造意志和爱欲。一位追寻独立和情感的女性，遇到了重重困难；她追寻的自由因爱而受损，因爱而残缺。在第五个笔记本，即金色笔记本中，莱辛向我们展现：由于成规陋见和其他险障的阻碍，所有敏感而充满激情的女性难以追寻到真切而完整的人生。"⑦ 男性与女性是一个相互依赖的整体，和谐共处、平等独立与相对有限的自由才是莱辛女性主义自由观的核心所在。女性要"自由"不仅仅要冲破男权意识形态的传统藩篱，还要摆脱种种精神或观念上的奴役，以获得心灵的解放与自我的完整。莱辛不是简单地表现自由女性与男权文化的冲突，而是多角度、多层次地对女性自由进行了深入而辩证的探索。

莱辛从关注女性生存开始，但最后的旨归是对人的关怀，是对人类生存的深刻思考。因此，女性主义只是其作品中多元复杂的重要主题之一，而且经常与其他主题，如反种族主义、反殖民主义、反极权主义、对人类总体命运的忧患意识、心理探索与对自我完整的追寻等等,错综复杂地交织在一起,其作品具有史诗一般的丰富性与巨大的包容性。她从女性的角度出发,将关注的目光聚焦在女性人物之上,成功地刻画出了许多栩栩如生的女性人物形象,但是她的作品超越了纯粹的性别界限。她将女性人物置于错综复杂或波澜壮阔的社会历史语境中,在性别问题中融入了对种族、政治、经济、阶级、社会、文化和心理等种种问题的探索。因此,莱辛的女性主义思想内涵极为深厚而宽广,不仅表现出了对女性的关怀,而且也寄托着深远的人类情怀。其艺术思维既摆脱了教条主义的思想藩篱,也跨越了包括性别在内的多种疆界。正如瓦茨伯格所说,"自1950年写非洲的悲剧处女作《野草在歌唱》起,莱辛便无视各种界线:道德、性别或习俗。"⑱

《野草在歌唱》是莱辛在殖民地生活期间所创作的小说,非常接近"后殖民女权主义"。社会地位低下的白人女性处于边缘化的位置,遭受双重权力话语的压制;其中既隐含着反男权文化的主旨,也表达了反种族主义和反殖民主义的思想。小说不是简单地描写男女之间的不平等或男性对女性的歧视、虐待或压迫,而是让女性个体在经受种族偏见以及性别歧视的双重挤压下,内心世界在种种矛盾和冲突中逐渐失衡并最后崩溃,从而深刻地揭示出人与人之间,尤其是女性与他人、女性与社会以及与自我之间的种种关系。小说真实地描写了非洲殖民地的种族隔离与白人移民的艰苦生活,揭露了物质困窘、种族偏见与性别歧视共同结出的恶果。莱辛用女主人公玛丽的"沉沦"打破了种族优越、白人至上的神话,也无情地撕碎了殖民主义与种族主义的丑恶面纱。小说家在多视角的审视中关注女性生存的同时,尖锐地触及到了复杂而敏感的种族问题,把掩盖在日常生活表面下的种族主义意识形态深刻地揭示出来。

在《金色笔记》中,"黑色笔记本"所记录的是安娜在非洲殖民地的生活经历,包含了从女性视角对"非洲经验"所进行的回忆,其实质也是对殖民主义和种族主义进行更加深刻的反思。鲁本斯坦认为,莱辛"关注社会的、经济的和政治的结构,将女性置于一个传统的男人世界中,将白人置于黑人的非洲;除此之外,从中还可以发现一系列有关畸形意

识的主要思想：破碎、自我分裂、崩溃、感知的主观扭曲以及有关内外视角之间和内外事件之间的潜在问题。"⑩也就是说，莱辛对女性的描写只是反映女权问题，也包含对女性内心世界的深刻探索，融入了对人类总体状况进行思考的大主题。然而，"一些浅薄的女权主义者把女性的痛苦与人类压迫的大主题隔绝开来。"⑳她们只看到女性受压迫，却没有看到外在的大环境对人——包括男性与女性——的压迫，看不到种族、阶级、社会制度等构成的永久性的异化和压迫力量。莱辛早年参加过共产党，接受过马克思主义的思想，对经济与阶级问题非常熟悉。她不仅知道人类在性别关系上所存在的问题，也知道人类社会种族关系与阶级关系的客观存在。但是她并没有如早期女权主义者们那样，只是鼓吹女性在选举、教育以及就业等方面的平等，也没有如后来的马克思主义女权主义者们那样，试图从经济与阶级斗争方面要求男女平等，争取妇女在物质上的地位。她的创作虽然也描写了女性经济上的困难与遭遇，在一定程度上反映了客观存在的阶级关系与阶级对立，但并没有就此陷入狭隘的经济决定论的思想泥潭，也没有陷入庸俗马克思主义的陷阱。

在 1972 年版《金色笔记》的"前言"中，莱辛希望能像《安娜·卡列尼娜》和《红与黑》那样，描写"时代的精神和道德的气候"㉑；与妇女解放相比，她对 20 世纪的战争、革命与各种运动更加关注，对人类社会的发展与人类的命运深切反思。女性的命运与妇女解放并不是孤立的。曾经信奉马克思主义的莱辛说："马克思主义将事物看成是一个整体，事物之间是相互关联的。"㉒在《金色笔记》中，"红色笔记本"记载了安娜参加共产党的政治经历，莱辛从女性的角度描写了麦卡锡的政治迫害和斯大林主义的极权禁锢，反思了不同政治意识形态所带来的社会困扰与动荡，从而将女性主义的主题与 20 世纪中叶的政治主题融为一体。在"暴力的孩子们"系列中，主人公玛莎·奎斯特不仅仅是一个简单的反抗男权社会的女性形象，她对个人身份、独立价值、自我与自由的追寻融入了充满苦难与死亡的 20 世纪的现实之中。在女性主义的主题之外，交织着个人与社会、历史与现实、内心焦虑与外在忧患等多重主题内涵。

林菲尔德在采访莱辛的"导言"中说："莱辛的辛辣与洞见以及精细而不假雕琢的写作风格，永远不可能是传统的浪漫主义。"但他同时又说："可是，在早期的'暴力的孩子们'系列小说和《金色笔记》中，却存在着难以否认的浪漫主义，或者更确切地说，存在着理想主义。"③其实，早期的莱辛对理想主义也并非盲从盲信。诚然，早期的女主人公们充满对女性乌托邦的向往，试图反抗现实世界，争取女性的自由、独立与平等，但结果大多遭遇到了现实的挫折与生存的困境。在"暴力的孩子们"系列小说中，早年的玛莎·奎斯特生活在环境恶劣的中部非洲，心中充满了理想主义的信念。所谓的"四门之城"即描述了一个平等美好的社会理想："金色之城，树木密布，四门开启，威仪万分……黑、白、黄等各色人种平等相处，没有仇恨，没有暴力。"但这只是玛莎身处生存困境时所产生的一个乌托邦式幻觉。在最后一部小说《四门之城》中，莱辛从女性的视角完全颠覆了理想主义的可能性。玛莎从中部非洲回到战后的伦敦，所面对的是东西方冷战背景下社会的动荡不安、物质的匮乏与现实的混乱，而地球最终也在瘟疫、毒气与核爆中走向毁灭。具有反讽意味的"四门之城"从单纯年代的浪漫色彩向隐喻当代现实的寓言和启示录逆转，脆弱的理想主义最终让位于对人类生存困境的深邃思考。

从某种程度上来说，莱辛对女性生存的关注和对人类困境的思考更接近风靡20世纪中叶的存在主义思想。因此，如果超越性别界限对她的小说进行存在主义的解读，不难发现，男权社会或种族意识只是整个外在异己力量的一部分，而整个外在环境则是奴役人、支配人、异化人的根源所在。整个人类，包括女人和男人，都要受到制度、习俗、传统以及全部社会关系的支配与控制，而对任何外在环境或既定社会关系的突破都要付出相应的代价，或必须承担相应的责任。正如其作品中的女性人物对"自由"的追求一样，其结果必然要面对或接受自由选择所带来的困顿或痛苦。然而，自由的意义即在于不断的自由选择之中，只有通过自由选择，人才能不断地确立自我、完善自我。莱辛不是盲目乐观的理想主义，但也不是消极悲观的虚无主义，而是一种西西弗斯式

推石上山的积极存在主义者。在《金色笔记》中，莱辛通过安娜的梦幻视角清楚地表明了积极存在主义的思想："有一座黑色大山，它是人类的愚昧。有一群人正推着巨石上山。他们刚推上几英尺高，不是碰上战争，就是误入革命的歧途，巨石便滚落下来——巨石不会滚落到底，总是能停在比起点高几英寸的地方。于是这群人用肩膀顶住巨石，又重新推动起来。"[72]人类共同推石上山的意象具有积极的象征意义，是莱辛超越性别界限疆界、关注人类生存的集中体现。人类生存（包括女性生存）的意义即在于人类共同的不懈努力之中。

第四节
约翰·福尔斯的文艺创作思想

约翰·福尔斯（John Fowles）是战后英国最重要的小说家之一。他的早期代表作有《收藏家》（*The Collector*，1963）、《魔法师》（*The Magus*，1966）与《法国中尉的女人》（*The French Lieutenant's Woman*，1969），其中《法国中尉的女人》被认为是英国"第一部后现代小说"[73]，其别具一格的后现代叙事实验在战后文坛独领风骚，不仅影响了一大批年轻小说家，而且极大地促成了英国"各种后现代叙事实验的形成"[74]。他的非虚构作品《智者：思想上的自画像》（"The Aristos：A Self-portrait in Ideas"，1964）以及《小说创作札记》（"Notes on an Unfinished Novel"，1969）、《哈代与巫婆》（"Hardy and the Hag"，1977）等论文中包含着深刻的文艺美学和哲学思想。

福尔斯曾有"哲学小说家"之称。创作早期，他深受存在主义哲学思潮的影响。他的《智者》充分反映了其艺术追求和创作思想。生活在存在主义如日中天的时代，《智者》深深地烙上了存在主义的印迹。如同萨特和加缪一样，福尔斯把在变幻莫测的宇宙中追寻人类的价值作为哲学的根基，严肃地思考人的自由选择、人的个体性、人的异化、人的孤独等问题。福尔斯所认同的"智者"不会盲目地受制于外在的生存困境,而是敢于同生存的险恶进行顽强的抗争。福尔斯的存在主义重在维护个人自由和个人选择,重新确定人的个体性和独特性。

在《智者》的新版前言中,福尔斯说:"我在《智者》中的主要关注点是维护个体的自由。"⑰福尔斯对人类自由的哲学论断起源于他对存在主义的信仰。福尔斯说:"我对存在主义中有关自由的讨论很感兴趣,如我们是否拥有自由,我们是否拥有自由意志,你能在多大程度上改变生活、自由选择等等。我的大多数人物都卷入这一真与不真的萨特式概念中。"⑱福尔斯对自由的肯定,或者对自由意志、自由选择和自由行动的肯定,与他对个体性的张扬是一致的。在一个"个体遭受践踏,或感觉自我遭受践踏而无法生存"⑲的世界中,只有根据自由意志进行自由选择和自由行动,个人性或个体性才能实现,而个人性或个体性的实现也是个体自我得以实现的重要前提和保证。人类自由问题是福尔斯的小说所表现的重要主题之一。从《收藏家》到《法国中尉的女人》,存在主义的自由主题始终贯穿其中。

福尔斯的小说因为对个体性和"现代人"的强烈关注,经常被称作是"后存在主义文本"。1965 年,福尔斯曾这样评价存在主义:"寻找问题的解决方法是存在主义的拿手好事……它让你面对现实,尽己所能,量力而行,充分发挥个人的创造力。这是伟大的个人主义哲学,是 20 世纪的个体对资本主义邪恶力量的回应。"⑳存在主义强调个体独立存在于社会力量之外,但是并不是让人远离道德和社会。它在个体和社会传统之间维持着适当的平衡,并将个体性作为自我的核心。个体生活在外在的世界中,个体的自我必然遭遇种种外力的作用和挤压。福尔斯所采用的存在主义立场,即是通过对个体自由选择的关注,试图将自我置于或然性的世界中,在自我和世界之间建立某种必要的联系。

应当指出,福尔斯的存在主义与法国存在主义并不完全相同。以萨特为代表的法国存在主义强调存在的焦虑、孤独、烦躁、荒诞、意义与价值的缺失,他们的作品所透露出来的大多是苦闷失望、消极悲观的思想情绪,但福尔斯着意提升了存在主义思想中的等待、寻找、选择等积极向上的层面,将"存在的虚空"(existential void)升华为明知不可为而

为之的西西弗斯滚石上山的精神,因而可以说福尔斯对后现代时期人的生存状况有着自己独到的见解与认识。他的存在主义经常被称为"积极存在主义"(positive existentialism)。福尔斯的存在主义"与其他存在主义格格不入,并没有法国新小说中所表现的厌弃状态。"⑰在《我写故我在》一文中,福尔斯非常明确地表达了对生活的态度:"自由选择的人有能力来表达个体存在与虚无之间的差别。不是我思,而是我在。"⑱这一态度不是自暴自弃、拒绝生活的虚无主义态度,而是对生活充分肯定的积极存在主义态度。

存在主义认为,存在的虚空引发个体的厌恶和被遗弃感,也就是说,个体与世界之间是分离对立的,面对巨大的外在压力,个体的自我时刻受到威胁,内心会产生与客观事物不相适应的厌恶感。在《魔法师》中,主人公尼古拉斯同样受累于存在的虚空,对生活感到无尽的厌倦,但是他对自我的追求并不是毫无意义的,这寄托了小说家积极的存在主义思想。在存在的困境面前,尼古拉斯处于一种荒诞与非理性的精神状态:一方面,"逆某"(nemo)侵扰人格结构的稳定,内在虚空不断吞噬我性,消耗着个体的生活能量;另一方面,他受虚空的驱使,远赴他乡探究真实自我,追求完整自我,不断探索自我价值,因而展现出了自由选择的积极态度。

存在主义也是福尔斯在《法国中尉的女人》中所表现的重要主题之一。福尔斯说:"我想展现一种存在主义意识,这在时间上是不可能的。维多利亚时期的英国人和美国人根本不知道克尔凯郭尔;但是对我来说,维多利亚时代,特别是从 1850 年开始,存在深层的存在主义个人困境。"⑲面对存在的困境,男女主人公查尔斯、萨拉同尼古拉斯一样,试图通过自由选择摆脱传统的维多利亚价值标准。但是与尼古拉斯不同的是,他们对存在的困境有着更加清醒的认识。女主人公萨拉不仅是难得一见的女权主义先知,而且也是为数不多的存在主义先驱之一。她可以睿智地看透存在的本质,自由自在地游离于"社会、宗教、哲学结构"之外。在小说中,萨拉并不是被动地遭遇存在的压迫,而是主动选择了社会弃儿的形象,是一个直面存在困境和"无尽孤独"的维多利亚女性形象。直面困境与孤独,也就意味着对维多利亚时代的反叛。萨拉最终成为背离世俗、藐视陈规、反抗虚伪的象征,成了意味深长、超越时代的存在主义文学形象。

查尔斯也被描写成存在主义的人物形象,但是他对存在困境的认识经历了漫长曲折的过程。起初,他所响应的是维多利亚时代的浪漫逻辑,但是面对萨拉的存在主义"先知",他的浪漫失去了 19 世纪英国小说惯常的"逻辑"。他的探究注定是痛苦而漫长的折磨,超前的存在主义者也必然是维多利亚时代的"弃儿"。他对固有价值标准的背叛充满矛盾的内心忏悔,他经受了存在主义抉择的煎熬。维多利亚浪漫逻辑的结果是有情人终成眷属,但是《法国中尉的女人》并不是一部 19 世纪的小说,只是对维多利亚时代文本的戏仿,其肌理与骨骼里深藏着 20 世纪的存在主义逻辑。因此,经过艰难抉择之后的查尔斯发现,萨拉不辞而别并消失得无影无踪。在随后两年的游荡与寻觅中,他感受到了"无尽的孤独",深深地陷入存在的虚空中。小说家在消解传统的"大团圆"结局的同时,鲜明地突出了存在主义的主旨与意趣。

福尔斯给《法国中尉的女人》设计了三个结尾。在小说的前两个结尾中,查尔斯并没有获得真正的自由,也不拥有自由行动的意志,因此,他不是福尔斯所要建构的存在主义"英雄",而是一个屈从于社会观念的"普通人"。第三个结尾:查尔斯的求爱被萨拉完全拒绝,这充分体现了"存在焦虑"的主题。正如拉夫第所说:"只是在第 61 章,查尔斯才被描写成孤独、被抛弃但是却独立的人,(这个结尾)与小说的内在逻辑相吻合;因为它展示了一个胜利,不是查尔斯性格中的维多利亚传统层面或浪漫层面的胜利,而是存在主义的胜利。"⑱福尔斯所关注的是自由的价值与人的独立生存、自主行动的意义,因此,"小说的内在逻辑"就是福尔斯的积极存在主义逻辑,也是后现代时期艺术家对个人自由、个人选择的存在主义关切。这一"内在逻辑"与福尔斯《智者》中的思想主旨也是相吻合的,即反对外在环境对自我的压抑,维护个体的自由。可以看出,小说的第三个结尾正是福尔斯所偏爱的结尾,即存在主义的结尾。

众所周知,弗洛伊德将人的心理结构分为三个部分,即本我(id)、自我(ego)与超我(super-ego)。但约翰·福尔斯认为,人类心理结构存

在第四维,即"逆某"(nemo)⑤。"逆某"是后精神分析学的一个关键的概念,也是福尔斯在《智者》中着力探讨过的人格心理学术语。福尔斯认为,三要素并不是人格结构的全部,无意识中涌动着的性欲或利比多(libido),并非如弗洛伊德所说的那样,是人类外在行为与文化活动的唯一内驱力:"人的心理结构中还有一个第四要素,根据弗洛伊德心理学术语的启示,我称之为逆某。它的意思不仅是'非我'(nobody),而且也是非我的状态——即'非我性'(nobodiness)。简言之,正如物理学家所假定的反物质一样,我们也必须认为,在人类的心理结构中存在着反自我(anti-ego)的可能性。这就是逆某。"⑥换言之,"逆某"即非我、反我、我的叛逆,是人格构成中的一股反向内驱力,它与三要素一样是人的心理结构的重要组成部分。

弗洛伊德将自我看成是人类心理的中心部分,它和本我、超我以及外部世界发生着互动关系。自我遭受着本我的入侵、超我的规制以及外部世界的压抑。一方面,自我抵制着来自本我、超我的压力与影响,试图与它们发展一种和谐、稳定、一致的关系;另一方面,自我与本我、超我又具有难以调和的冲突关系,在艰难应付它们的同时也遭受着挫折、痛苦与压抑。在复杂的对立冲突关系中,主体的内心经常产生种种焦虑:对外部世界的焦虑,对躁动的本我的焦虑,对压抑性的超我的焦虑。福尔斯重申心理结构的第四要素,将逆某加入弗洛伊德的三要素,使之形成矛盾互补的关系,为主体的内在焦虑"追溯到一个更高的痛苦来源,即逆某的来源。"⑦在一次采访中,福尔斯说:"人夹在社会性动物与个体性动物之间。逆某就是虚无和非我的感觉,它会使我们所有的人走向暴力与非理性。"⑧

逆某与本我、自我、超我共存于同一个心理结构中,但作为第四因素,它又与其他三要素之间存在本质的不同。"超我、自我和本我至少对自体(the self)是大为有利的,而且有助于保存其个体性与种属性。但是逆某则是这个阵营里的敌人。"⑨作为反自我的逆某尽管是自我的组成部分,但却是"一个否定性的力量;不像性欲和安全感,我们不是被它所吸引,而是对它进行排斥。"⑩个体的自我,无论是处于幽闭中、分裂中,还是处于男性意识形态的神秘化中,仍然会保持相对的稳定性与同一性,仍然会在错综复杂的社会关系中与其他个体保持一般的差异性。逆某则相反,它代表矛盾性、异质性与不稳定性。它经常从自我中脱离出来,与自我形成对立,并演变成反自我的形式。"自我是确定性,即我是谁;逆某是潜在性,即我不是什么。"㉕无论是一种"非我"的感觉,还是一种"非我"的状态——即"非我性",逆某始终是个体内部或强或弱的否定性力量,是既统一于自我又背离自我的重要心理要素。

　　同性欲和安全欲一样,逆某首先也是一种原始的心理力量,而且是绝无仅有的人类心理力量。"性满足和安全的欲望不只是人类的欲望;几乎所有的动物都拥有它们。"㉖与其他动物不同的是,人类还有特定的社会活动,人是社会的人,人的自我是社会活动的产物,而逆某就是与社会性紧密相关的"人类特有的心理力量",福尔斯认为它具有"文明的功能、交流的功能,促进人类特有的比较和假想的能力"㉗。因此,逆某不仅仅是心理性的,而且也是社会性的,它是与人类的社会活动密不可分的。弗洛伊德说:"自我基本上是外部世界的代表、现实的代表,超我则作为内部世界和本我的代表与自我形成对照。正如我们即将看到的,自我与超我之间的冲突最终将反映为现实的东西和心理的东西、外部世界与内部世界之间的悬殊差别"。㉘其实,自我与超我的冲突反映了一般性的差别,是"人民内部矛盾",是可以调整、协调、超越与升华的,在长期的人的社会活动中不断走向稳定与整一;而逆某的出现则反映了根本性的对立与冲突关系,属于"敌我矛盾",是难以调整、协调、超越与升华的,其激烈程度取决于内在与外在、自我与他者对立关系的强弱,其运动的方向是自我的紊乱、颠倒、错位与分裂。

　　在弗洛伊德那里,利比多的力量构成个体生命能量的唯一来源,人类的焦虑源自心理三要素之间的激烈冲突与对抗、压抑与抗拒、集聚与渗透。弗洛伊德强调无意识与理性的冲突,突出性欲与道德的冲突,将利比多看成是人类行为的首要原动力,这显然过分夸大了无意识冲动与非理性的心理力量,却没有认识到外在现实和社会实践在个体的自我建构中所起的决定性作用,也没有充分认识到心理结构中相反相成

的否定性因素的存在。"逆某"概念的提出则揭示了人类自我内在运动的对立统一关系,为心理结构向社会性力量的敞开和进入提供了新的路径,它是对精神分析学有关人格结构理论的有益补充,为我们进一步认识人的自我本质提供了正与反、内与外的辩证视角。

逆某是福尔斯用来解释 20 世纪人的荒诞状况和处境的至关重要的概念。20 世纪人的自我问题与逆某的概念所包含的意义始终交叉、相关联。人类社会进入了一个高度文明化的阶段,但人的个性和自我难以保持稳定、恒在的状态,自我的反状态已经成为一种普遍的现象。逆某是非我、非我性,但是"没有人愿意成为非我。我们的一切行为的部分目的就是填补或遮盖我们的内心深处所感受到的虚空"⑤。20 世纪的现代人不得不面对存在的普遍性困境:一方面渴望成为确定的自我(somebody);另一方面又遭受挫折而走向非我。整个社会宛如一个巨大的机器,是一个泰坦尼克般的存在的庞然大物,个体则显得渺小无助,个体性日渐萎缩,卑微感不断增强。福尔斯说:"在整体前面的个体,即面对过去、现在和将来的一切事物时,我感到无足轻重。我们几乎都成了侏儒,我们都具备侏儒身上特有的种种情结和心理特征:既感到自卑,又有互补性的狡猾和怨恨心理。"⑥

自卑感是构成逆某概念的主要内涵之一。在当下世界,个体渴望成为"有我",但却经常遭遇"无我"的卑微感、虚无感。作为与本我、自我和超我共存的心理力量,"逆某即是人感到自己微不足道,感到自己生命短暂;是一种相对的感觉,比照的感觉,是一种实实在在的虚空感。"⑦它是人面对工业化的社会机器与空旷的宇宙所感到的渺小和卑微;是个体被他者挤压时所感到的无能为力、无可奈何;是人在卑微与危险中所产生的永恒的焦虑感;是内心受到非实体威胁时所产生的不安全感。逆某作为"非我的状态—非我性"给个体带来慌乱和恐惧,给心理结构造成不稳定,给个体带来对真实身份的极端困惑与自我的不确定感。

人的本质不仅具有自然属性,而且也具有社会属性。人的心理力量,更不要说无意识的性欲本能,并不能决定或支配人的本质和人的行为,弗洛伊德的动力心理学否定了存在决定意识的原理,从而将人的内

英国文学思想史

在心理夸大到无以复加的地步。逆某概念的引入可以极大地丰富人格结构理论,辩证地揭示自我的本质内涵,可以在个体心理和社会存在之间有效地建立联系与互动的通道。福尔斯说:"对人来说,逆某是不可或缺的,如同危险,如同自然进程对个体的冷漠。它是人的内心知道人的存在是不平衡的产物。它既是消极与恐怖的状况,也是需要矫正这一状况的积极的能量来源。"⑯因此,对个体而言,无论是选择妥协还是选择对抗,其关键在于如何克服逆某的消极状态,利用其积极的能量来源,从而深刻地认识自我,并在纷繁复杂的社会实践活动中实现自我。

50、60年代,后现代主义思潮涌动,批评理论不断翻新,但福尔斯并不唯理论独尊。他经常提到巴特、罗伯—格里耶、克里斯托娃等人和各种时新的批评理论。他"不喜欢在小说中直接运用理论",并认为"21世纪需要更多的现实主义,而不是更多的奇想、科幻和诸如此类的东西"⑰。福尔斯对现实保持着强烈的关怀,但这一关怀与他的后现代小说理念和实验美学思想并不矛盾。在虚构与非虚构作品中,他对小说创作发表了以下独到的见解和精辟的分析。

一、关于对现实的忠实。福尔斯认为:"如果你想忠实于生活,你就要撒谎,对现实进行撒谎。现实是不可能描写的,只能用隐喻来暗示。人类所有的描写方式(不仅包括文学描写方式,而且也包括摄影、数学以及其他描写方式)都是隐喻式的。即使是对物体或运动进行的最精确的科学性描写也是隐喻性的。"⑱福尔斯把自己的后现代代表作《法国中尉的女人》看成是"一个骗局"。⑲这种对小说本质的后现代认识在战后文坛具有普遍性。作家安格斯·威尔逊说:"小说是谎言,小说家在本质上是不可靠的人。"⑳另一作家艾丽斯·默多克在小说《网下》中说:"除了小说之外,没有什么能给人以慰藉给人以公正的了——但这并不能使小说免于说谎。"㉑福尔斯在1973年出版的《诗集》(*Poems*)中对小说的虚构性、游戏性有更深刻的阐述:"小说是游戏,是允许作品与读者玩捉迷藏的手段、巧计,所以它的过错是它的形式所固有的。严格地说,小说大体上是个很巧妙而且能令人信服的假设——也就是说它与

谎言是最亲密的表亲。小说家因为意识到自己在说谎而感到不安,所以大部分小说孜孜不倦地描摹现实;这也是为什么揭穿这个游戏、在作品中让谎言即小说创作过程的虚构本质凸显出来,成为当代小说的特色之一。"⑧ 在《法国中尉的女人》中,一方面叙述者拼命地突出文本的虚构性和非真实性,另一方面有几近乱真的对维多利亚社会方方面面的戏仿性描写,这部作品是战后英国后现代小说的重要经典。

二、关于形式创新。美国作家约翰·巴斯在《文学的衰竭》一文中指出,文学的形式已经衰竭。罗伯—格里耶也提出过类似问题,即文学大师们所使用过的文学形式无法超越,要想让小说生存下来,必须寻找新的形式。对此,福尔斯持有异议,认为这种说法明显存在着偏颇和不妥,因为"它将小说的目的降低为对新形式的寻找。而小说的其他目的,如娱乐、讽刺、描写新感觉、改善生活,等等,是同样实在而重要的。"⑯ 其实,就形式与创作方法而言,福尔斯并没有墨守成规,而是将形式危机转化为开拓创新的动力。他说:"对作家来说,最困难的事情是为自己的材料找到合适的'声音'。"⑯ 所谓"声音",即"读者对作品背后的创作者的总体印象","我无法相信'声音'是已经死亡的技巧。没有任何技巧能够使我们摆脱'全知作者'的罪名——新小说理论当然也不能……罗伯—格里耶或许已经把作为作者的罗伯—格里耶完全从小说中抹去,但是他从来没有否认自己创作了小说……如果一个作家仍然在从事写作,并且像罗伯—格里耶那样写得不错,那么他就会出卖自己的声音。"(殷,33)福尔斯把"声音"与"全知全能作者"相提并论,并不意味着他完全认同传统的全知全能叙事视角,在新的历史条件下他赋予小说家更加辩证的理解。对"声音"的寻找反映了福尔斯对小说形式的自觉与关注,但他并不唯形式独尊,也不对传统形式采取决绝的态度,而是对形式进行创造性的运用,从而使他的"后现代"小说实验取得了出乎意料的成功。

三、关于小说家的作用和地位。他在小说《法国中尉的女人》中以元小说的手法对小说家的作用和地位进行了探讨。传统小说,尤其是维多利亚小说,大多使用全知全能的叙述者,小说家仿佛是万能的上帝,是小说世界的万能创作者,而现代主义小说则打破全知全能的幻觉,经常采用有限的视角进行叙事,现代主义小说家认为作家应该与小说保持距离,或退出文本世界。罗兰·巴特甚至认为:文本的诞生是以作者的死亡为代价的。在这样的大背景下,福尔斯另辟蹊径,独树一帜,在小说中反身自问,或现身说法,让叙述者—作者突然闯入,大发议论,对小说评头品足。在小说的第 13 章,叙述者—作者说:

> 我现在写的这个故事完全是想象。我创造的这些人物只是在我头脑里。如果说到现在为止我一直伪装我知道我的人物的心灵和灵魂深处的思想,这是因为我正按我的故事所发生的时代被人们所接受的常规写作(正像我采取了当时的一些词汇和"口吻"一样),那就是说,小说家仅次于上帝,他可能不全知道。但是,他装着什么都知道。我是生活在阿兰·罗布—格里邓和岁兰·巴特的时代。如果说这是一部小说,按小说一词的意义来讲,它不能算是一部小说。
>
> 小说家仍然是上帝,因为他是在创造(就是那些随意性最强的先锋派小说也没有完全铲除作者)。情况不同的是:我们不再是维多利亚时代上帝的形象,全知全能,发号施令,而是一个崭新的上帝的形象,我们的首要原则是自由而不是权威。⑩

可以看出,福尔斯不仅继承了作家是无所不知、创造真实的上帝的传统观点,同时也用元小说的手法对全知全能的视角进行了戏拟和消解,其中蕴涵了后现代的小说理念:小说是虚构,是游戏,小说家、叙述者、小说人物相互渗透,也各有不同,小说家是上帝,但没有绝对权威;人物拥有自由,文本无限开放,读者可以参与其中。在《法国中尉的女人》中,作者前所未有地设置了三个结局,从而使"文本世界对一个完整的现实世界的指涉被彻底阻隔了,文学的虚构性彻底暴露在读者的面前"。⑱这种多重的、开放式的结尾表明,作者企图通过对全知全能视角的刻意模拟和抄袭告知读者,作家并不总是主宰一切和掌握生死的唯一的万能上帝,读者也可以自由自在地进入虚构的文本世界而参与对虚构世界的创造。

第 五 节
戴维·洛奇的小说批评思想

　　戴维·洛奇（David Lodge，1935 -　 ）是当代英国"学院派"小说家，但是在小说批评方面做出了巨大贡献。迄今为止，他的小说批评著作和编纂多达十余本。洛奇曾经这样说过："我本人是个学院派批评家，精通所有术语和分析手段。"[⑩]他在伯明翰大学执教近 30 年，开设过一门"小说的形式"课程，系统介绍和评述过当代西方文学理论，并大量引证英国文学史中的作家和作品。退休后，他仍然"觉得自己在小说艺术方面和小说历史方面还有很多话要说"，便于 1991 年起，在《星期日独立报》上开辟一个每周专栏，取名为"小说的艺术"（The Art of Fiction），着重探讨小说的艺术。洛奇的小说批评思想形成于他活跃的文学批评活动中，蕴藏在他繁杂的批评著述之中。他的小说批评理论既有深入的理论研究作为基础，也有对创作现象进行具体分析和抽象升华的批评实践作为依托，同时还有塑造感性形象的创作实践作为一种尝试和印证。他的小说批评理论是理论和实践的统一，是感性认知和理性思考的结合。

　　文学是以语言为工具的、形象反映社会生活的一门艺术，如果说文学是语言艺术并非夸张。然而在五、六十年代，英美新批评派的理论对于小说像诗歌一样同属语言艺术的观点是持否定态度的。他们把语言划分为文学语言和非文学语言，认为诗歌语言完全不同于小说语言和散文语言。如拉夫认为，"不要混淆适合于诗歌的精细语言与适合于散文的用于公共交流功能的和宽泛的语言。"[⑪]把文学语言和非文学语言截然对立起来在当时十分普遍，其中最具代表性的人要数理查兹。理查兹认为，语言有"科学用法"和"情感用法"之分，并认为"情感语言的最高形式是诗歌"，而指涉性语言的典型代表是科学描述。[⑫]就语言特征而言，小说最接近科学描述。因此，小说语言是有别于诗歌语言的另类语言。

在上述背景下,洛奇认为,把诗歌语言和非诗歌语言截然对立起来是极其错误的做法。如果说拉夫的观点是正确的,那么"生活,而不是语言,才是小说家的工具:小说家只是处理、组织和评价生活,或者更精确地说,小说对生活的模仿构成了小说家的文学活动;小说家的语言只不过是读者借以看待生活的透明的窗户。"[⑫]在洛奇看来:"小说家的工具是语言:无论他写什么,就他而言,他是使用语言并通过语言来进行写作的。"[⑬]也就是说,小说家的工具是语言,而不是生活,因此语言不仅是诗歌,而且也是小说的一个重要媒介,诗歌语言和小说语言是没有什么本质的不同的。

新批评派在进行文学批评的时候,着重强调诗歌的语言艺术特征,并且只对诗歌语言进行分析和研究。实际上,他们在无形之中忽略了小说的语言艺术。而洛奇对小说语言的强调,正好抓住了新批评派理论的疏漏之处,并且在此基础上对当时的批评主流提出了质疑和诘问。洛奇认为,现代批评的主流或明或暗地带有两个理论前提,一是认为抒情诗歌是文学的典范;一是认为存在两种不同种类的语言,即文学语言和非文学语言。文学语言和非文学语言的二分法是错误的,强调诗歌文学典范而无视小说的文学典范也是不妥的。小说同诗歌一样,也是文学的典范,小说的语言也是文学的语言。"小说的虚构世界是一个语言的世界,每时每刻都由描绘这个世界的语词所决定。"[⑭]即使是现实主义小说中最贴近生活的对话语言,也烙上了小说家作为"语词制造者"的虚构活动的印记,这是因为"现实主义小说专心模仿的是一个想象衰竭的公用语言的世界,它们在间接再现意识的时候,通过对经验进行敏感和复杂的文字表述来进行弥补。"[⑮]因此,他认为,"如果我们把诗歌艺术本质上看做是语言的艺术,那么小说艺术也同样(是一门语言艺术)。"[⑯]

在新批评派中,洛奇比较认同韦勒克的观点。韦勒克认为,诗歌可以迫使读者注意它的语词层面,注意它的声响,注意它的"内在性"。小说也一样,它的语言构成了它的"内在性"的基础之一。"无论德莱塞的

小说写得很好还是很糟,(小说的)语词层面会毫无障碍地影响我们的情感,最终影响我们的判断。这就是一部单个的作品的风格,即'作品风格'所存在的地方。"⑬"作品风格"建立在小说语言也是文学语言的基础上,小说的语言风格构成了小说的"内在的"研究的对象之一。在这一点上,洛奇完全同意韦勒克的观点。既然小说家的工具是语言,小说的语言是文学语言,那么文学批评既可以研究诗歌的语言,也可以研究小说的语言,小说的批评完全可以是小说语言的批评。"在精细而敏锐的(小说)语言分析方面,小说批评家是没有特别豁免权的"⑭。

20世纪,哲学领域发生了一次根本性的转向,语言取代认识论成为哲学研究的中心课题。同样在20世纪,文学批评也发生了一次重大的转向,诗歌语言成了新批评派所提倡的"内在研究"的核心问题。洛奇认为小说也是一门语言艺术,从而把文学批评从诗歌语言扩展到小说语言,进一步拓宽了小说批评和小说研究的领域。但是,洛奇对小说语言的认识并非完美无缺。随着文学批评的不断发展,结构主义等批评理论又超越了小说是一门语言艺术这个简单的层面。洛奇最初的批评理论在两个方面存在不足。第一,他没有认识到叙事本身也是一种语言。"小说的符号系统不能只限于文体结构的表层,即'页码上的单词',也即小说经典形式中'细读'和'实用批评'的对象。小说是叙事话语,叙述本身是一种超越自然语言疆界的语言。"⑮叙事也是一种语言,这是洛奇后来吸纳形式主义和结构主义文论后对小说话语层面的认识;第二,他没有认识到语言的对话性和小说的对话性。洛奇晚期的批评理论在吸纳巴赫金对话理论后才认识到这一点。

自小说在西方诞生以来,小说的创作和批评逐渐形成一些"经典"的前提,如真正的小说必须是写实的,小说家必须客观地、"真实"地描写世界等等。随着20世纪现代主义文学的兴起,小说创作和批评的观念发生了巨大的变化。对于什么是小说,乃至什么是文学,批评家往往各执一端,互不相让。批评家托多罗夫认为,绝大多数的文学定义不外乎有两种:一种认为文学是使用语言来进行模仿,也就是进行虚构;另一种认为,文学使用语言来达到审美愉悦,让人注意到语言本身即工具。托多罗夫的观点契合了洛奇对小说语言的论述,因此也受到洛奇的重视。他在托多罗夫观点的基础上阐述了小说文本虚构的理论。洛奇认为,语言是小说家的工具,是小说家用来建立虚构世界的工具,也是小说家唤起读者审美愉悦的工具,这两者不是相互对立的,而是紧密联系的。[16]

文学文本的"虚构性"可以追溯到亚里士多德的"模仿说"。亚里士多德认为,一切艺术都是对现实(自然)的模仿,文学艺术借助于语言、节奏、音调等来进行模仿,文学家通过不同的文学方式把心目中的想象传递给读者或观众,从而创造了一个与历史的"真实"不同的可能的真实。这种"可能的真实"构成了现代批评中"虚构的世界"的基础。而洛奇在话语理论的基础上对小说文本的虚构性进行了更为深入的论述。在他看来,一部小说之所以是小说,小说之所以同科学论著有所不同,或者说,文学之所以是文学,是因为小说或文学作品的话语中包含一种人们无法分离的"结构",而"这一结构要么表明文本的虚构性,要么使人们在阅读文本时把它当做虚构的东西。"[18]小说的文本是虚构的,文本的阅读中存在着一个虚构性的预设,归根结底是因为作者的写作目的就是虚构。写作不仅对现实进行模仿,而且也对其他作品进行模仿。通过模仿,作者把"心目中的想象"转化成了一个语言的"虚构的世界"。在《小说的艺术》中,洛奇对小说文本的虚构性做了最直接的表述:"写作,严格地说,只能对其他作品进行忠实的模仿。它所表现的言语以及更多非言语性的事件,完全是杜撰出来的。"[19]

解构主义哲学家德里达曾非常极端地认为,文本之外别无他物。这一观点把文本世界对现实世界的指涉彻底阻隔了,也让小说文本的虚构性暴露无遗。洛奇对小说文本虚构性的论述不仅借鉴了亚里士多德的"模仿说",而且又在现代文论的基础上超越了"模仿说",并最终融入以解构主义哲学为依托的后现代主义文论的大潮之中。洛奇对小说文本虚构性的论述,在当代小说批评的大合唱中,在小说美学的交响曲中有了自己的声音。

既然小说的文本是虚构的,那么说小说是一种游戏也是顺理成章的了。在当代小说批评中,小说的虚构性总是与小说的游戏性联系在一起,许多批评家甚至小说家对此都有深刻的认识。如当代英国小说

家约翰·福尔斯认为："小说是一种游戏，是一种允许作品与读者玩捉迷藏游戏的巧计，……它与谎言是最亲密的表亲"，揭穿这个游戏、凸显小说创作过程的虚构本质"成为当代小说的特色之一"。而洛奇的观点与当时普遍盛行的观点如出一辙。他说："从某种意义上来说，小说是一种游戏，一种至少需要两人玩的游戏：一位读者，一位作者。"⑬他非常有趣地将小说比作玩牌游戏，作者不应该过早地亮出"权威"的解释，不应企图在文本范围之外控制和指导读者的反应，这样就像一个玩牌人不时从他的座位上站起来，绕过桌子去看对手的牌，这样未免大扫读者的兴致，也会束缚读者的自由和无穷的想象力。当然，他并没有忘记小说是作者的构思和虚构，他并不赞成罗兰·巴特的观点，即"读者的诞生必须以作者的死亡为代价"，从而表现出了自己批评理论的独立性和独特性。

洛奇在阐述小说是一种游戏的时候，融入了接受美学的部分观点，即读者在阅读的过程中可以理解作者的创作意图和有意识的构思，也可以根据文本和自己的理解投射建构新的意义。同时，他的批评理论在许多方面又与后结构主义的观点有不谋而合之处，如一切词语既是能指又是所指，语言无确定意义，写作是文字游戏，读者可以赋予文本以任何意义，而意义永远处于解构过程之中。总之，在洛奇看来，小说的文本是虚构的，小说是一种游戏，虚构是游戏的基础；另一方面，小说又是作者的虚构，而作者又不能过早亮出"权威"的观点，读者完全可以发挥自由和无穷的想象力。

洛奇对小说的话语模式，即隐喻式和转喻式话语模式的阐述，建立在雅各布森的理论基础之上。雅各布森为俄罗斯裔语言学家，俄国"形式主义"和"布拉格学派"的主要成员。他认为，任何语句的构成都有"选择"和"组合"两轴。语言的这两轴与两种修辞格即隐喻和转喻紧密相关。隐喻是一种基于相似原则而替代的修辞格，如把君王说成是太阳，这是因为君王统治臣民，如同太阳威慑万物一般；而转喻是一种基于相邻原则而替代的修辞格，一般用事物的性质替代事物本身，用原因替代结果、部分替代整体或反之，等等，如人们使用皇冠、王位、宫殿来指代国王。

隐喻和转喻是一组二项对立的概念,它们构成了话语连接过程中的两种模式。任何一段话语之所以能够将不同的话题连接在一起,是因为它们在某种意义上彼此有相通、相似之处,或者在时间和空间上彼此有相邻、相近之处。它们分别被雅各布森称作隐喻性话语和转喻性话语。隐喻性在于选择和替代,转喻性在于组合和排列。洛奇在《现代写作方式》(*The Modes of Modern Writing*, 1977)中以"轮船横渡大海"为例来说明雅各布森的理论。如果说"轮船犁过大海",那么就是隐喻式的,因为轮船航行如同铁犁耕田;如果说"龙骨横渡深渊",那么就是转喻式的,因为龙骨为轮船之部分,而深渊是大海的代称。

雅各布森认为"转喻和隐喻可能是两种诗歌类型的结构特征——藉邻近而产生联想的、在单一话语世界中移动的诗歌,和藉比较而产生联想的、连接多元话语世界的诗歌。"[⑭]洛奇认为包括小说在内的所有文学话语都是如此,而且,"对于任何一位说话人或写作者来说,总是一种连接方式压倒另一种连接方式。"[⑮]也就是说,一部文学作品要么是隐喻式的话语占主导地位,要么是转喻式的话语占主导地位。

洛奇对雅各布森隐喻/转喻理论的阐释是为具体的文学批评服务的。他认为自己"需要一种描绘现代文学史的方法,把各种各样的写作方式放在一个理论框架内进行分析,而不带有任何偏见。"[⑯]洛奇用这两种话语模式,即隐喻式和转喻式的话语模式,来分析现代文学史中的"各种各样的写作方式"。在他看来,现代主义基本上是隐喻性的话语,而反现代主义基本上是转喻性的话语,两股潮流相互交替出现,如同时钟的摆锤来回摆动。"在摆锤一次又一次的往复中,这两种倾向相互渗透,彼此影响,使文学作品的主题内容和表现形式不断丰富、深化,英国文坛便呈现出一派精彩纷呈的景象。"[⑰]

洛奇认为文学两极话语运动之所以发生钟摆式的反复替代,除了政治、经济、文化等文学外部因素以外,还有一个重要的原因,即文学自身的内在逻辑。文学式样的变化就像服装和家具一样,使用久了就会生厌,新的文学样式就会脱颖而出。另外,一代作家作为前景加以突出的东西往往在下一代作家手里成为背景。因此,文学总是通过背离已

经被广泛接受的正统而实现革新。隐喻性和转喻性的两种话语模式说明了"为什么革新在某些方面常常是隔代回复旧有样式的原因;因为,如果雅各布森的理论是正确的话,那么在这两极之间,话语别无其他选择。"⑰

在隐喻式和转喻式这两极话语之外是否就真的没有其他选择?洛奇认为,否。因为在现代主义和反现代主义之外又出现了另外一种写作,即后现代主义小说写作。洛奇认为,"后现代主义写作试图摒弃这一法则,另求可供选择的写作原则。"⑱洛奇把后现代主义的这些原则取名为矛盾、并置、连续中断、随意、极端和短路等。⑲因此后现代主义的话语完全偏离了以隐喻和转喻为主的两极话语,它既非隐喻性的,也非转喻性的,而是矛盾的、并置的、连续中断的、随意的、极端的和短路的话语。

首先,矛盾的话语。如贝克特的小说《无可名状的人》中的最后一句为:"你必须继续下去,我不能继续下去,我将会继续下去。"这是典型的后现代主义小说的矛盾话语,后一句话推翻前一句话,后一个行为否定前一个行为,话语的前后自相矛盾,既无相通、相似之处,也无相近、相邻之处。现代主义以及反现代主义的话语遭到了强有力的颠覆和消解。

第二,并置。如在《瓦特》(Watt,1953,1959)中,贝克特把一些琐碎和零散的东西并置在一起,生活和叙述显得十分荒诞:"至于他的双脚,有时候他两只脚各穿一只袜子,或者一只脚穿袜子,另一只脚穿长袜,或穿靴子,或穿鞋,或穿拖鞋,或穿袜子和靴子,或穿袜子和鞋,或穿袜子和拖鞋,或穿长袜和靴子,或穿长袜和鞋,或穿长袜和拖鞋,或什么也不穿。有时候他两只脚各穿一只长袜,或者一只脚穿长袜,另一只脚穿靴子,或穿鞋,或穿拖鞋,或穿袜子和靴子,或穿袜子和鞋……"等等,整整有一页半都是如此。再如《莫洛伊》中,叙述者对16个石子的分布和循环也是使用并置的原则。

第三,连续中断。现代主义以及反现代主义写作的根基就是话语的连续,而后现代主义写作背弃了这一原则,如"贝克特通过语气难以预测的转换、对读者的元虚构的旁白、文本中的空白空间、矛盾和并置来打破话语的连续性。"[⑩]通过这种非连续性的话语，后现代主义写作打破世界连贯、意义连贯、时空连续的虚幻假象，给人以世界本来就是不连续的启发。

第四，随意的话语。后现代主义写作突出随意性，强调"拼凑"的艺术手法，如在约翰逊写的"活页小说"中，读者可以自己移动文本的页码或片断，随意拼凑小说的内容，因而可以组合出无穷无尽的意义。后现代主义写作摒弃精心的构思，用随意的话语来突出世界的随意和无序，从而走出了两极话语轮回交替的宿命。

第五，极端的话语。后现代主义写作故意对隐喻式和转喻式的话语进行戏拟和模仿，从而把它们推向极端，推向毁灭，以逃避这两极话语的控制。如托马斯·品钦的小说《万有引力之虹》（*Gravity's Rainbow*，1973）和《V》（*V*，*1963*）就是在戏仿两极话语的基础上颠覆了两极话语，从而突破了这两极话语的重围，走向了话语的极端。

最后，短路的话语。洛奇把作者直接闯入叙事以突出文本虚构本质的手法称为"后现代主义"的写作原则之一，即"短路"的手法。洛奇认为人们在阐释文学文本时总是"把它当做一个总的隐喻而与整个世界联系起来"，这种阐释"使文本和世界之间、艺术和生活之间形成一道沟壑"，因此后现代主义的作品采用"明显的事实和显而易见的虚构相结合，将作者和著述问题本身引入作品，在运用传统的过程中揭穿传统等等"手法，力图在这道沟壑之间造成"短路"，"给读者以震动，使自己不被归入传统文学范畴"[⑪]。

洛奇从具体的文学作品出发，归纳了后现代主义小说的话语特征，剖析了后现代主义写作原则的转向，对于我们理解后现代主义小说具有重要的意义。

受巴赫金对话理论的启发，洛奇对小说的对话性做了深入探讨。巴赫金的对话理论实际上有两部分内容。第一部分是文学作品具有对话性，其具体表现形式便是独白叙述中的双声现象以及文本中的复调现象。这是作者利用语言的特点创造的叙述形式。另一部分是，创作过程是一个对话过程；作者要达到通过文本与读者进行对话的目的，必须遵循对话性原则，如创作时必须揣摩读者的统觉背景，也即读者的所

知和所设等。⑬

在研究巴赫金理论的基础上，洛奇认为，对话性，即"双声"和"复调"，是语言的内在特性。"经典的文学样式——悲剧、史诗、抒情史——因为要表达一个单一的世界观，压制了语言这一内在的对话性。作为一种文学形式，小说注定要还语言和文化的内在对话性一个公正，因为小说可以借助散漫的复调现象，可以对各种不同的引语——直接的、间接的和双向的引语——进行精巧而复杂的编织，并对各种各样的权威性的、压制性的、独白的意识形态表现出狂欢式的不敬。"⑭经典的文学样式压制了语言固有的对话特性，只有小说才能还"语言内在的对话性一个公正"，也就是说，小说与其他经典文学样式相比，具有更明显的对话性特征。在《小说的艺术》中，洛奇认为："传统史诗和抒情诗的语言或说明文的语言是'独白体'，它企图通过一种单一的文体，给世界一个单一的看法和解释。相反，小说则是对话体，包括各种不同的文体或声音。各种不同的声音相互对话，并且与文本以外的声音，即文化和社会，进行自由的对话。"⑮小说中的对话关系是复杂多样的，因此实现对话的方式也是不同的，如最简单的方式就是叙述者的声音和人物的声音进行对话。

巴赫金认为，复调小说呈现出"众多独立而互不融合的声音和意识"，并且"由许多各有充分价值的声音（声部）组成"。⑯在理解巴赫金复调小说理论的基础上，洛奇更强调小说具有复合性文体的特点。他认为"小说的语言不是一种语言，而是各种文体和声音的集大成。"⑰按照巴赫金的理论，小说中的文体可以分为三类：作家的直接话语、再现性的话语和双向话语；小说中不仅有作者的语言、人物的语言，而且还有自由间接引语或双向话语，所以小说的文体变化多样，具有杂语性或狂欢化的性质。狂欢化"主要是用于表示各种受到狂欢节形式和狂欢节民间文学影响的文学和题材形式"⑱。洛奇则认为，把狂欢化的民间传统吸纳进小说叙事以及小说中复调（多声）的存在，揭示了小说复合性文体所存在的两个重要因素，即"笑和杂语性"，⑲因此，小说不像史诗等经典的"独白体"文学样式那样，只采用单一的文体形式，表达单一的世界观,而是通过"多元化的声音"显示独特的复合式文体的对话特征。"正是由于这一点,小说成为一种非常民主的、反对极权的文学形式。在这种文学形式中,任何一种意识形态或道德观念都难免会受到挑战和否定。"[10]

对于巴赫金对话理论中所存在的矛盾之处,洛奇也大胆地提出了质疑:"如果语言具有内在的对话性,那么怎么会存在独白体话语?"[11]独白体话语的存在是巴赫金对话理论存在的重要前提,所以洛奇的质疑击中了巴赫金理论的要害之处。洛奇认为,问题的"唯一的答案可能在于,写作明显不同于口头说话,写作时,由于听话人不在言语行为的现场,这就为说话人忽略或压制语言的对话维度提供了可能性,因此也为说话人制造独白体话语的幻觉提供了可能性。"[12] 洛奇充分理解巴赫金的理论,但他认为不能因此而否认独白体和对话体之间的差异,更不能否认巴赫金对话理论的有效性,而是要"在主导或'组合'方面运用这一差异,而不是把它们当做两个相互排斥的范畴"。[13]也就是说,独白体与对话体并不互相排斥,只不过有的文学文本中独白体占主导地位,有的文学文本中对话体占主导地位。

由于语言具有内在的对话性,文学文本一般都具有对话性,而小说的对话性更为明显,并具有复合式文体的特征;小说中所存在的对话关系是极其复杂的,它包括文本中的对话关系、文本与读者的对话关系、文本与社会的对话关系等等,文本中实现对话的方式也不尽相同,简言之,对话性是"对作者通过文本与读者对话的这样一个全过程的状况的描述"[14]。因此,在解读一部小说或文学作品时,可以从文本与社会的关系、文本中的对话、文本之间的对话以及文本与读者的对话入手,来探讨和分析作品的意义。洛奇的论述对巴赫金的对话理论作出了有益的补充,也对当代小说理论批评作出了重要的贡献。

综上所述,金斯利·艾米斯回归传统现实主义;贝克特崇尚并发展了现代实验主义;约翰·福尔斯则是英国后现代主义美学的重要开创者;莱辛关注女性生存,表现人类情怀,是女性主义文学创作的杰出代

表；戴维·洛奇既是小说家，又是批评家，其批评思想融入了对战后英国小说创作的总体认知与理性思考。可以看出，20 世纪下半叶，英国文学呈现出兼蓄包容的多元化创作特征与审美倾向。不难预见，在后现代文学思潮过后，新世纪的英国文学将会容纳更加多元化、更具包容性的思想与艺术内涵。

注释

① Patrick Swinden，*The English Novel of History and Society*，*1940 -1980*. New York：St. Martin's Press，1984，p.1.

② Rubin Rabinovitz，*The Reaction against Experiment in the English Novel*，*1950 -1960*. pp.40 - 41.

③ Ibid.，p.8.

④ Andrzej Gasiorek，*Post-War British Fiction: Realism and After*，London，Edward Arnold，1995，p.3.

⑤ See Rubin Rabinovitz，*The Reaction against Experiment in the English Novel*，*1950 - 1960*，pp.6 - 7.

⑥ Quoted from Rubin Rabinowitz's *The Reaction against Experiment in the English Novel*，*1950 - 1960*，p.98.

⑦ 转引自傅浩：《英国运动派诗学》，上海：译林出版社，1998，第 23 页。

⑧ 同上，第 59 页。

⑨ David Lodge，"Modernism, Antimodernism and Postmodernism." *Working with Structuralism: Essays and Reviews on 19th and 20th Century Literature*. Boston：Routledge and Kegan Paul，1981，pp.3 - 16.

⑩ Dominic Head，*The Cambridge Introduction to Modern British Fiction*，*1950 - 2000*. Cambridge：Cambridge University Press，2002，p.7.

⑪ David Lodge，"The Novelist at the Crossroads." *The Novel Today*，Bradbury，Malcolm，ed. Glasgow：William Collins Sons & Co. Ltd，1977，p.100.

⑫ B. S. Johnson，"Introduction to 'Aren't You Rather Young to Be Writing Your Memoirs?'" *The Novel Today: Contemporary Writers on Modern Fiction*. Bradbury，Malcolm，ed. Glasgow：William Collins，1977，pp.153 - 154.

⑬ Allan Massie，*The Novel Today: A Critical Guide to the British Novel*，*1970 - 1989*. London & New York：Longman，1990，p.3.

⑭ David Lodge，*The Art of Fiction: Illustrated from Classic and Modern Texts*. London：Penguin Books，1992，p.230.

⑮ Malcolm Bradbury, *The Modern British Novel*, *1878 – 2001*. Penguin Books, 1993, 2001, p.449.

⑯ Dominic Head, *The Cambridge Introduction to Modern British Fiction*, *1950 – 2000*, p.3.

⑰ Malcolm Bradbury, *The Modern British Novel*, *1878 – 2001*. Penguin Books, 1993, 2001, p.572.

⑱ John McDermott, *Kingsley Amis: An English Moralist*. New York: St. Martin's Press, 1989, pp.119 – 120.

⑲ Robert Hewison, *In Anger: Culture in the Cold War*, *1945 – 1960*. London: Weidenfeld and Nicolson, 1981, p.104.

⑳ 转引自阮炜等:《20 世纪英国文学史》,青岛:青岛出版社,1999 年,第 221 页。

㉑ Rubin Rabinovitz, *The Reaction against Experiment in the English Novel*, *1950 – 1960*. New York: Columbia University Press, 1967, pp.40 – 41.

㉒ Ibid., p.41.

㉓ Ibid., p.51.

㉔ Ibid., p.50.

㉕ 侯维瑞主编:《英国文学通史》,上海:上海外语教育出版社,1999 年,第 880 页。

㉖ David Lodge, *Working with Structuralism: Essays and Reviews on 19th and 20th Century Literature*. p.6. 译文参见侯维瑞译《现代主义、反现代主义、后现代主义》,载《外国文学报道》,1986 年第 3 期,第 17 页。

㉗ 殷企平等:《英国小说批评史》,上海:上海外语教育出版社,2001 年,第 39 页。

㉘ Rubin Rabinovitz, *The Reaction against Experiment in the English Novel*, *1950 – 1960*. pp.46 – 47.

㉙ Kingsley Amis, "Laughter's To Be Taken Seriously." *New York Times Book Review*. July 7, 1957, p.1.

㉚ Ibid., p.1.

㉛ Andrzej Gasiorek, *Post-War British Fiction: Realism and After*. London, Edward Arnold, 1995, p.3.

㉜ 柳鸣九主编:《二十世纪现实主义》,北京:中国社会科学出版社,1992 年,第 5 页。

㉝ Martin Green, *The English Novel in the 20th Century*. London: Melbourne & Henry, Routledge & Kegan Paul, 1984, p.147.

㉞ Kenneth Allsop, *The Angry Decade*. London: Peter Owen, 1958, p.55.

㉟ Rubin Rabinovitz, *The Reaction against Experiment in the English Novel* *1950 – 1960*. p.53.

㊱ Ibid., p.55.

㊲ Richard Hofstadter, *Anti-Intellectualism in American Life*. New York:

Knopf, 1963, p.6.

㊳ 贝克特等著:《普鲁斯特论》,沈睿等译,北京:社会科学文学出版社,1999 年,第 47 页。以下《普鲁斯特论》的引文在括号中直接注明页码。

㊴ Martin Esslin, *The Theatre of the Absurd*. Harmondsworth: Penguin, 1962, p.24.

㊵ S. E. Gontarski, "The Intent of Undoing in Samuel Beckett's Art." *Modern Fiction Studies*. Volume 29, No.1, 1983: 15.

㊶ Samuel Beckett, "Dante ... Bruno. Vico ... Joyce." *Modern Critical Views: James Joyce*. Harold Bloom, ed. USA: Chelsea House Publishers, 1986: 14.

㊷ 参见陆建德:《自由虚空的心灵——塞缪尔·贝克特的小说创作》,第 152 页。

㊸ Samuel Beckett, *Dream of Fair to Middling Women*. New York: Arcade, 1992: 48.

㊹ Martin Esslin, *The Theatre of the Absurd*, p.39.

㊺ 陆建德:《自由虚空的心灵——塞缪尔·贝克特的小说创作》,第 152 页。

㊻ 转引自《贝克特文集(1):世界与裤子》,第 351 页。译文在参照英译文的基础上有改动。

㊼ Acheson, James. "Beckett, Proust, and Schopenhauer." *Contemporary Literature*. Volume 19, No.2, 1978: 14.

㊽ 陆建德:《自由虚空的心灵——塞缪尔·贝克特的小说创作》,第 367 页。

㊾ 尽管《莫非》做出了无奈的妥协,但在出版前仍然遭到 42 家出版商的退稿。

㊿ 参见王雅华、刘丽霞:《世界是"我"的表象:解析贝克特〈徒劳无益〉中的写实主义》,《外国文学评论》,2009 年第 1 期。

(51) 陆建德:《自由虚空的心灵——塞缪尔·贝克特的小说创作》,第 73 页。

(52) Randall Stevenson, "Postmodernism and Contemporary Fiction in Britain." *Postmodernism and Contemporary Fiction*. Smyth, Edmund J. ed. London: B. F. Batsford, 1991: 21-22.

(53) Samuel Beckett, *The Beckett Trilogy*, London: John Calder, 1959, p.355.

(54) John P. Harrington, "Samuel Beckett's Art Criticism and the Literary Uses of Critical Circumstance." *Contemporary Literature*. Volumen 21, No.3, 1980: 332.

(55) See Anthony Cronin, *Samuel Beckett: The Last Modernist*. London: Harper Collins, 1996; David Lodge, *The Modes of Modern Writing: Metaphor Metonymy and the Typology of Modern Literature*. Chicago: University of Chicago Press, 1977, p.12.

(56) 玛格丽特·德拉布尔:《牛津英国文学词典》,牛津大学出版社/北京:外语教学与研究出版社,第 565 页。

(57) Doris Lessing, "Introduction." *The Golden Notebook*. New York: Bantam, 1973, p. viii.

○58　Ibid.，p.viii.

○59　黄梅:《女人和小说》,第 42 页。

○60　Boberta Rubinstein, *The Novelistic Vision of Doris Lessing: Breaking the Forms of Consciousness*. Urbana, Chicago & London: University of Illinois Press, 1979, p.5.

○61　黄梅:《女人和小说》,第 48 页。

○62　Boberta Rubinstein, *The Novelistic Vision of Doris Lessing: Breaking the Forms of Consciousness*. p.18.

○63　Doris Lessing, "Introduction." *The Golden Notebook*. p.viii.

○64　Ibid.，p.ix.

○65　Shirley Buhhos, *The Theme of Enclosure in Selected Works of Doris Lessing*. Troy, N.Y.: Whitston, 1987, p.91.

○66　Shirley Buhhos, *The Theme of Enclosure in Selected Works of Doris Lessing*. p.92.

○67　皮尔·瓦茨伯格:《诺贝尔文学奖颁奖演说》,《英美文学研究论丛》第 8 辑,2008 年,第 213 页。

○68　同上,第 214 页。

○69　Roberta Rubinstein, *The Novelistic Vision of Doris Lessing: Breaking the Forms of Consciousness*. Urbana, Chicago & London: University of Illinois Press, 1979, p.17.

○70　Michele Wender Zak, "*The Grassing Is Singing*: A Little Novel about the Emotions." *Contemporary Literature*, Vol.14, No.1, 1974, p.485.

○71　Doris Lessing, "Introduction." *The Golden Notebook*. p.x.

○72　Ibid.，p.xiv.

○73　苏西·林菲尔德:《反对乌托邦:多丽丝·莱辛访谈录》,《英美文学研究论丛》第 8 辑,2008 年,第 233 页。

○74　Doris Lessing, *The Golden Notebook*. New York: Bantam, 1973, pp.627 - 628.

○75　Dianne L. Vipond, ed., "Conversations with John Fowles." Northern Illinois University, 2001, p.223.

○76　Katherine Tarbox, "*The French Lieutenant's Woman* and the Evolution of Narrative." *Twentieth Century Literature* 38 (Spring 1996): pp.101 - 102.

○77　John Fowles, *The Aristos*. Boston: Little Brown, 1970, p.7.

○78　See McSweeney Kerry, *Four Contemporary Novelists: Angus Wilson, Brian Moore, John Fowles, V. S. Naipaul*. p.105.

○79　Ibid.，p.70.

○80　Roy Newquist, ed., "John Fowles." in *Counterpoint*. New York: Simon and Schuster, 1964, p.220.

㊁ Huffaker. *The Aritstos* (1970), p.54.

㊂ John Fowles，"I Write Therefore I Am." *Evergreen Review*，8（August-September 1964），pp.89 – 90.

㊃ John Fowles，"Notes on Writing a Novel," *Harper's Magazine*，237（July 1968），p.90.

㊄ Simon Loveday，p.59.

㊅ 心理学术语"nemo"有"非我"、"反我"等含义，但本文根据其发音试译为"逆某"。

㊆ John Fowles，*The Aritstos* (1970). p.47.

㊇ Ibid.，p.47.

㊈ John Fowles & Dianne Vipond，"An Unholy Inquisition." *Twentieth Century Literature*，38（Spring 1996）：p.20.

㊉ *The Aristos* (1970)，p.48.

㊀ Ibid.，p.48.

㊁ Ibid.，p.58.

㊂ Ibid.，p.48.

㊃ Ibid.，p.48.

㊄ 西格蒙德·弗洛伊德：《弗洛伊德后期著作选》，林尘等译，上海译文出版社，1986 年，第 185 页。

㊅ *The Aristos* (1970)，p.49.

㊆ Ibid.，p.49.

㊇ Ibid.，p.49.

㊈ *The Aristos* (1970)，p.55.

㊉ Ibid.，p.20.

⑩ John Fowles，"Notes on Writing a Novel." *The Novel Today: Contemporary Writers on Modern Fiction*. p.139.

⑩ Lorna Sage，"Porfile 7：John Fowles"，*New Review*（1974），p. 35. See Conradi，Peter. *Contemporary Writers: John Fowles*. London & New York：Methuen，1982，p.19.

⑩ Angus Wilson，*The Wild Garden*. Berkeley，Calif.，1965，p. 146. See Conradi，Peter. *Contemporary Writers: John Fowles*. London & New York：Methuen，1982，p.19.

⑩ See Peter Conradi，*Contemporary Writers: John Fowles*. London & New York：Methuen，1982，p.19.

⑩ John Fowles，*Poems*. New York & Toronto：Ecco Press，1973.

⑩ Ibid.，pp.139 – 140.

⑩ Ibid.，p.141.

⑩ John Fowles，*French Lieutenant's Woman*. p.82.

⑩⑧　盛宁：《文本的虚构性与历史的重构》，载《外国文学评论》1991 年第 4 期。

⑩⑨　戴维·洛奇：《小世界》导言，罗贻荣译，重庆：重庆出版社，1992 年版，第 5 页。

⑩　Philip Rahv，"Fiction and the Criticism." *Kenyan Review*. XVIII(1953)，see Lodge，David. *Language of Fiction: Essays in Criticism and Verbal Analysis of the English Novel*. New York：Columbia University Press，1966，p.5.

⑪　I. A. Richards，*Principles of Literary Criticism*. p.267，see Lodge，David. *Language of Fiction*. pp.7 – 8.

⑫　David Lodge，*Language of Fiction: Essays in Criticism and Verbal Analysis of the English Novel*. New York：Columbia University Press，1966，p.5.

⑬　Ibid.，p.ix.

⑭　Ibid.，p.46.

⑮　Ibid.，p.47.

⑯　Ibid.，p.47.

⑰　Ibid.，p.48.

⑱　Ibid.，p.47.

⑲　David Lodge，*After Bakhtin: Essays on Fiction and Criticism*. London：Edward Arnold，1990，p.75.

⑳　David Lodge，*The Modes of Modern Writing: Metaphor，Metonymy and the Typology of Fiction*. London：Edward Arnold，1977，p.1.

㉑　Ibid.，p.9.

㉒　David Lodge，*The Art of Fiction: Illustrated from Classic and Modern Texts*. London：Penguin Books，1992，p.24.

㉓　戴维·洛奇：《小世界》导言，罗贻荣译，重庆：重庆出版社，1992 年版，第 6 页。

㉔　See *The Modes of Modern Writing*，p.73.

㉕　David Lodge，*Working with Structuralism: Essays and Reviews on 19th and 20th Century Literature*. Boston：Routledge and Kegan Paul，1981，p.10.

㉖　Ibid.，p.72.

㉗　侯维瑞：《现代英国小说史》，上海：上海外语教育出版社，1985 年，第 6 页。

㉘　*Working with Structuralism*，p.12.

㉙　Ibid.，p.13.

㉚　See *Working with Structuralism*，p.13.

㉛　*The Modes of Modern Writing*，p.231.

㉜　*Working with Structuralism*，p.15.

㉝　参见董小英著：《再登巴比伦塔——巴赫金与对话理论》，上海：三联书店，1994 年，第 58 页。

㉞　*After Bakhtin*，p.21.

㉟　*The Art of Fiction*，p.128.

㊱　米·巴赫金著：《巴赫金文论选》，佟景韩译，北京：中国社会科学出版社，1996

年,第 3 页。

⑬⑦ *The Art of Fiction*，p. 129.

⑬⑧ 佟景韩:《小说的主人公和历史的主人公：巴赫金的小说理论》,《巴赫金文论选》,北京：中国社会科学出版社,1996 年,第 4 页。

⑬⑨ *After Bakhtin*，p. 40.

⑭⓪ *The Art of Fiction*，p. 129.

⑭① *After Bakhtin*，p. 90.

⑭② Ibid.，p. 93.

⑭③ Ibid.，p. 98.

⑭④ 董小英,第 301 页。

英国文学大事年表

历 史 事 件	文 学 活 动
公元前 1200—前 1000 年 凯尔特人西进不列颠	
公元前 55—前 54 年 恺撒大帝入侵不列颠	
407—442 年 罗马撤兵不列颠	
	6 世纪 《贝奥武甫》开始流传
547 年 盎格鲁人定居诺森伯兰	**547 年** 吉尔达斯编写《不列颠的废墟》
597 年 圣·奥古斯丁抵达不列颠,肯特皈依基督教	
635—665 年 诺森伯兰皈依基督教	
	约 680 年 开德蒙卒
	673—735 年 比德编写《英吉利教会史》
	约 750—825 年 琴涅武夫在世
829 年 西撒克斯国王埃格伯特统一英格兰	
832—860 年 肯尼斯·麦克阿尔平统一皮克特人和苏格兰人	

英国文学思想史

历 史 事 件	文 学 活 动
867 年　丹麦人征服诺森伯兰	
871—899 年　西撒克斯国王阿尔弗雷德大帝在位	890 年　《盎格鲁—撒克逊编年史》始编
1013—1042 年　丹麦人统治,英王室逃往法国	
1042—1066 年　撒克斯王朝,英王室回到英国	
1049 年　威斯敏斯特寺始建	
1066 年　诺曼底公爵威廉征服英格兰	
1096 年　第一次十字军远征	
1147 年　第二次十字军远征	
1154 年　亨利二世继承王位,金雀花王朝开始	
1189 年　第三次十字军远征,"狮心王"查理一世率军东侵	
1215 年　英王约翰被迫签署《大宪章》	13 世纪初　牛津大学和剑桥大学创立
1265 年　国会下院始建	
1277—1288 年　英格兰征服威尔士	
1295 年　第一届两院完整之国会	
	约 1330—1400 年　兰格伦:《农夫皮尔斯》
1337—1453 年　英法"百年战争",英国先胜后败	
1348—1349 年　英国黑死病蔓延	
	1360—1370 年　《高文爵士与绿衣骑士》
1377 年　理查二世在位,英国实行宗教改革	1376—1393 年　约翰·高尔:《人类的镜子》、《呼号者的声音》、《一个情人的忏悔》
1381 年　瓦特·泰勒起义	

续 表

历 史 事 件	文 学 活 动
	1382 年 第一部英文全本《圣经》
	1385—1400 年 乔叟：《坎特伯雷故事集》
1413 年 苏格兰第一所大学圣安德鲁斯大学创立	15 世纪 《罗宾汉民谣集》开始流传
1415 年 阿尔库尔村之战，亨利五世率兵重创法军	
1428 年 圣女贞德率军破英军对奥尔良之围	
1455—1487 年 英国内战"红白玫瑰战争"	1469 年 马洛礼：《亚瑟王之死》
	1477 年 卡克斯顿出版、印刷第一本英文书
1483 年 理查三世篡位	
1485 年 亨利七世即位（都铎王朝）	1485 年 卡克斯顿印刷《亚瑟王之死》
1509 年 亨利八世即位	
	1516 年 莫尔：《乌托邦》
	1525 年 廷代尔《圣经》英译本
1527 年 马丁·路德开始宗教改革运动	
	1530 前后 十四行诗体和无韵素体诗引入英国
1533 年 亨利八世与安妮结婚，与罗马教廷决裂	
1534 年 英国国教（即圣公会）成立，国会通过"至尊法案"，确立国王为英国国教会首脑	
1536 年 英格兰与威尔士合并	
	1539 年 《泰瓦纳圣经》刊行

历　史　事　件	文　学　活　动
1558—1603 年　伊丽莎白女王在位	
	1564 年　莎士比亚生
1571 年　清教兴起	
	1576 年　英国第一座剧院建立
1588 年　英国击败西班牙无敌舰队，树立海上霸权	1579—1696 年　斯宾塞：《仙后》、《爱情小调》、《牧人日历》
	1579 年　培根：《随笔》
	1595 年　锡德尼：《诗辩》
	1598—1599 年　琼森：《人性互异》
1603 年　苏格兰王詹姆士六世加冕为英格兰詹姆士一世，英格兰和苏格兰统一（斯图亚特王朝）	1600—1607 年　莎士比亚悲剧创作
1604 年　詹姆士一世宣告君权神授	
1607 年　北美詹姆敦首建殖民地	
	1608 年　弥尔顿生
	1611 年　詹姆士一世钦定本《圣经》刊行
	1616 年　莎士比亚卒
1620 年　新教徒乘"五月花号"抵达美洲	
	1622 年　首份定期报刊《每日新闻》始发
1625 年　查理一世武力解散国会	
	1626 年　培根卒
1628 年　国会提交《权力请愿书》（"民权宣言"）	

续　表

历 史 事 件	文 学 活 动
1630—1640 年　国王独裁,清教徒移居英格兰	1631 年　多恩卒
1640 年　重开议会("长期国会"1640—1653),资产阶级革命	
1642—1651 年　英国内战	1642 年　清教徒国会关闭剧院,英国"戏剧中断"
	1643 年　出版物检查始行
1649 年　查理一世被处决,克伦威尔宣布共和政体	
	1651 年　霍布斯:《利维坦》
1660 年　王朝复辟,查理二世继承王位	1660 年　英国戏院重新开放
1665—1666 年　伦敦瘟疫与大火,查理二世发动对荷兰战争	
1667 年　荷兰舰队驶入泰晤士河	1667 年　弥尔顿:《失乐园》
	1670 年　德莱顿:《格拉纳达的征服》
	1671 年　弥尔顿:《复乐园》、《力士参孙》
1676 年　格林尼治天文台设立	
	1678 年　班扬:《天路历程》
1680 年　辉格党与托利党成立、崛起	
	1687 年　牛顿出版《自然哲学的数学原理》,提出万有引力定律
1688—1689 年　光荣革命,玛丽二世(詹姆斯二世女儿)与丈夫威廉三世共享王位,君主立宪制确定。	1688 年　蒲柏生
	1690 年　约翰·洛克:《人类理智论》
1694 年　英格兰银行成立	
	1695 年　确立出版自由

历 史 事 件	文 学 活 动
1698 年　伦敦股票交易所成立	1698 年　利利尔主教抨击戏剧《略论英国舞台上的不道德和亵渎》
	1702 年　第一份日报问世
1704 年　西班牙王位继承战，英奥联军大败法—巴伐利亚联军	
1707 年　英格兰、苏格兰合并，形成"大不列颠王国"	
	1709 年　《闲话报》创刊
	1711 年　《旁观者》问世；蒲柏：《批评论》
1714—1717 年　汉诺威王朝	
	1719 年　笛福：《鲁滨孙漂流记》
1721—1742 年　罗伯特·沃尔浦尔任英国第一任首相	
	1726 年　斯威夫特：《格列佛游记》
1738 年　基督教循道公会兴起	
1740 年　奥地利王位继承战	1740 年　理查逊：《帕梅拉》
	1742 年　菲尔丁：《约瑟夫·安德鲁斯》
	1748 年　理查逊：《克拉丽莎》
	1749 年　菲尔丁：《汤姆·琼斯》
1750—1757 年　英国侵占印度	
	1755 年　约翰逊完成《英语辞典》
1756 年　英国对法战争	
	1757 年　布莱克生
	1759 年　彭斯生
1760—1830 年　工业革命	1760—1767 年　斯特恩：《项狄传》
1763 年　英法七年战争结束	

续　表

历 史 事 件	文 学 活 动
	1764 年　约翰逊创办文学社
1765 年　颁布北美殖民地印花税法,次年被迫取消	
	1770 年　华兹华斯生
	1771 年　司各特生
1775—1783 年　美国独立战争	1775 年　奥斯汀生
	1777 年　谢里丹:《造谣学校》
	1779—1781 年　约翰逊:《英国诗人评传》
	1786 年　彭斯:《主要用苏格兰方言写的诗》
	1788 年　拜伦生
1789—1799 年　法国资产阶级大革命	1789—1794 年　布莱克:《天真之歌》、《经验之歌》
	1791 年　潘恩:《人的权利》(第一部分)
	1792 年　雪莱生
	1795 年　济慈生
	1798 年　华兹华斯与柯勒律治:《抒情歌谣集》
	1799—1821 年　欧文试验合作社运动,1813 年发表《新社会观》
1801 年　合并爱尔兰,"大不列颠及爱尔兰联合王国"成立	
1802 年　开始澳大利亚殖民统治	
	1804 年　康德卒
1805 年　英海军大败法—西联合战舰	
1807 年　废除奴隶贩卖	1807 年　兰姆:《莎士比亚故事集》

英国文学思想史

历　史　事　件	文　学　活　动
	1809—1818 年　拜伦:《恰尔德·哈罗尔游记》
	1810—1813 年　柯勒律治发表论莎士比亚演讲
	1811 年　萨克雷生;奥斯汀:《情感与理智》
1812 年　第二次对美国战争	1812 年　狄更斯生
	1812—1816 年　黑格尔:《逻辑学》
	1813 年　奥斯汀:《傲慢与偏见》
	1814 年　司各特:《威弗利》
1815 年　英国威灵顿公爵滑铁卢击败拿破仑	
	1816 年　柯勒律治:《克里斯特贝尔》、《忽必烈汗》;拜伦:《锡隆的囚徒》
	1818 年　玛丽·雪莱:《弗兰肯斯坦》
	1818—1823 年　拜伦:《唐·璜》
1819 年　瓦特发明蒸汽机,蒸汽轮船首航大西洋	1819 年　济慈:《希腊古瓮颂》、《忧郁颂》、《夜莺颂》
	1820 年　雪莱:《解放的普罗米修斯》
1830 年　英国修成第一条铁路	
1834 年　国民教育制度创立	
1832 年　国会通过选举法修正案	
1833 年　解放奴隶	
1837 年　维多利亚女王即位,英国进入"日不落帝国"黄金时代	1837 年　卡莱尔:《法国大革命》
1838—1848 年　宪章运动高涨	1840 年前后　"宪章派"诗歌流行;哈代生

历 史 事 件	文 学 活 动
1844 年　莫斯发明电码	
1846 年　英国废除限制谷物进口的"谷 　　　物法"	
	1847—1848 年　萨克雷《名利场》
	1847 年　夏洛蒂·勃朗特:《简· 　　　爱》;艾米丽·勃朗特:《呼啸山庄》
	1848 年　盖斯凯尔夫人:《玛丽· 　　　巴顿》
	1851 年　阿诺德:《多佛海滩》
	1851—1853 年　盖斯凯尔夫人: 　　　《克兰福德》
1853—1856 年　俄与英法等国的克里米 　　　亚战争	1854 年　狄更斯:《艰难时世》
	1855 年　萨克雷:《纽可姆一家》; 　　　克尔凯格尔卒
1857 年　印度反英战争	
	1859 年　达尔文:《物种起源》、《人 　　　类的起源及性的选择》
	1860 年　乔治·艾略特:《弗洛斯 　　　河上的磨坊》
	1861 年　狄更斯:《远大前程》
	1863 年　赫胥黎:《人在自然界中 　　　的地位》、《进化论与伦理学》
	1865—1888 年　马修·阿诺德发 　　　表批判文论
1867 年　加拿大自治领建立	
1870 年　政府公办学校建立	
	1872 年　艾略特:《米德尔马契》

英
国
文
学
思
想
史

历 史 事 件	文 学 活 动
	1878 年　哈代：《还乡》
	1881 年　詹姆斯：《淑女画像》
	1883 年　史蒂文森：《金银岛》
	1884 年　詹姆斯：《小说的艺术》
	1890 年　威·詹姆斯：《心理学原理》
	1891 年　哈代：《德伯家的苔丝》；王尔德：《道林·格雷的画像》；萧伯纳：《易卜生主义的精华》
	1894—1895 年　吉普林：《丛林集》、《丛林续集》
	1895 年　哈代：《无名的裘德》
1899—1902 年　英国人与南非布尔人的布尔战争	
1900 年　劳工代表委员会成立（1906 年改称工党）	1900 年　尼采卒；康拉德：《吉姆爷》；弗洛伊德：《梦的解析》
1901 年　维多利亚女王逝世，乔治七世即位	
	1902 年　康拉德：《黑暗的心》；《泰晤士报》文艺副刊始发
	1903 年　詹姆斯：《奉使记》
	1905 年　爱因斯坦发表相对论
	1907 年　柏格森：《创造进化论》；吉普林获诺贝尔文学奖
	1908 年　贝内特：《老妇谭》；毕加索开创立体画派；《英国文学评论》创刊
	1910 年　福斯特：《霍华兹别业》；伦敦举办后印象派画展；弗洛伊德发起成立"国际精神分析协会"

续　表

历　史　事　件	文　学　活　动
1911 年　通过议会法	1911 年　威尔斯:《当代小说》
1912 年　妇女争取选举运动,国家统一党并入保守党	1912 年　庞德发起意象主义文学
	1913 年　劳伦斯:《儿子与情人》
1914—1918 年　第一次世界大战	1914 年　贝内特:《作家的艺术》;乔伊斯:《都柏林人》
1915 年　英国组成联合政府	1915 年　劳伦斯:《虹》
1916 年　都柏林复活节起义	1916 年　乔伊斯:《青年艺术家肖像》
1917 年　俄国十月革命	1917 年　伍尔夫创办霍加斯出版社
1918 年　第一次世界大战结束	1918 年　《尤利西斯》开始连载发表
1919 年　凡尔赛和约,乔治五世将汉诺威王朝改为温莎王朝	
1920 年　国际联盟成立,英国共产党成立,爱尔兰内战	1920 年　劳伦斯:《恋爱中的女人》;牛津大学首次向女生授予学位
1921 年　爱尔兰独立	
1922 年　保守党政府取代联合政府,意大利法西斯执政	1922 年　英国国际广播公司始播经常性节目;艾略特:《荒原》;乔伊斯:《尤利西斯》
	1923 年　叶芝获诺贝尔文学奖
	1924 年　福斯特:《通往印度之路》
	1925 年　伍尔夫:《达罗卫夫人》、《普通读者》
1926 年　全国工人总罢工	
1927 年　国会通过商业争议法案,宣布总罢工为非法	1927 年　福斯特:《小说面面观》;伍尔夫:《到灯塔去》
1928 年　妇女获得完全选举权,第一步有声电影上映,弗莱明发现青霉素	1928 年　劳伦斯:《恰特莱夫人的情人》
1929 年　工党当选执政,纽约股市崩溃,世界经济大萧条开始	1929 年　福特:《英国小说》;贝克特:《但丁·布鲁诺。维柯、乔伊斯》

历　史　事　件	文　学　活　动
1931年　保守党工党联合政府,颁布威斯敏斯特法案,被迫承认其自治领在内政、外交上独立自主,大英帝国殖民体系从此动摇	1931年　伍尔夫:《浪》;贝克特:《普鲁斯特论》
	1932年　萧伯纳获诺贝尔文学奖
1933年　希特勒出任德国总理,德国国会纵火案	
1936年　西班牙内战爆发,国际纵队赴西班牙,爱德华八世即位又弃位	
1938年　希特勒吞并奥地利,慕尼黑协定	
1939—1945年　第二次世界大战	1939年　艾略特:《现代诗歌》;乔伊斯:《芬尼根的苏醒》;叶芝卒
1940年　丘吉尔出任英国首相,英军敦刻尔克大撤退,德国空袭,不列颠保卫战	
1945年　雅尔塔会议,德日投降,第二次世界大战结束,工党执政	1945年　奥威尔:《动物农庄》
1946—1951年　工党政府对银行、民航、运输、钢铁等行业先后实行国有化	1946年　托马斯:《羊齿山》
1947年　欧洲统一委员会在伦敦成立,印度和巴基斯坦相继独立	
1948年　缅甸、锡兰独立,苏联封锁柏林,美欧紧急空运供应品	1948年　艾略特获诺贝尔文学奖
1949年　北大西洋公约签订,议会法颁布	1949年　奥威尔:《1984》
1950年　北爱尔兰共和军恐怖活动加剧	1950年　莱辛:《野草在歌唱》
1951年　保守党执政,丘吉尔任和平时期首相	
1952年　伊丽莎白女王二世加冕	
	1954年　艾米斯:《幸运的吉姆》;戈尔丁:《蝇王》

续　表

历　史　事　件	文　学　活　动
1956 年　埃及收回苏伊士运河主权后归国有,英法出兵武力干涉	1955—1958 年　贝克特:小说三部曲
1962 年　"英联邦移民法"通过	1962 年　莱辛:《金色笔记》
	1963 年　B·S·约翰逊:《旅行的人们》
1964 年　工党执政,威尔逊任首相,工党政府继续实施住房、就业、社会等方面的改革	
	1965 年　品特:《回家》
1966 年　英国经济危机,英镑贬值	
1969 年　北爱尔兰暴力事件	1969 年　福尔斯:《法国中尉的女人》
	1970 年　威廉斯:《英国小说:从狄更斯到劳伦斯》
1973 年　英国加入欧洲共同体。保守党政府反通货膨胀第三阶段,控制物价,限制工资增长。	
1974 年　北爱尔兰宪政法生效	
1975 年　工党经济政策未果,70 万人失业。	
	1977 年　布雷德伯里:《今日小说》
1979 年　保守党执政,撒切尔夫人任首相	
	1981 年　拉什迪:《午夜的孩子》
	1983 年　戈尔丁获诺贝尔文学奖
	1988 年　拉什迪:《撒旦诗篇》
1990 年　撒切尔夫人下台	
1991 年　苏联解体,东欧剧变	1991 年起　洛奇开设"小说的艺术"专栏
1993 年　欧共体经过八年的努力,基本建成以自由流动为特征的欧洲统一大市场。但是英国、丹麦、爱尔兰拒绝加入	

历 史 事 件	文 学 活 动
1994 年　美国、加拿大、墨西哥正式成立北美自由贸易区	
1995 年　世界贸易组织在日内瓦成立	1995 年　希尼获诺贝尔文学奖
1997 年　中国政府对香港恢复行使主权	
1999 年　英法签署联合声明，正式启动欧洲独立防务建设	
2001 年　美国 9·11 事件	2001 年　奈保尔获诺贝尔文学奖
	2005 年　品特获诺贝尔文学奖
2007 年　全球金融危机	2007 年　莱辛获诺贝尔文学奖
	2008 年　品特卒
2009 年　哥本哈根世界气候大会召开	

附录二

作家作品中英文对照

（本表按作家姓氏排序，作家的作品按照出版时间排序）

A

马修·阿诺德（Matthew Arnold，1822－1888）
《多佛海滩》（"Dover Beach"，1851）
《文学评论集》（*Essays in Criticism*，1865）
《文化与无政府状态》（*Culture and Anarchy*，1869）
《雪莱》（"Shelley"，1888）

乔治·艾略特（George Eliot，1819－1880）
《教区生活场景》（*Scenes of Clerical Life*，1858）
《亚当·比德》（*Adam Bede*，1859）
《弗洛斯河上的磨坊》（*The Mill on the Floss*，1860）
《织工马南》（*Silas Marner*，1861）
《罗慕拉》（*Romola*，1863）
《费利克斯·霍尔特》（*Felix Holt*，1866）
《米德尔马契》（*Middlemarch*，1871－1872）
《丹尼尔·德龙达》（*Daniel Deronda*，1876）

托马斯·斯特恩斯·艾略特（Thomas Sterns Eliot，1888－1965）
《哈姆雷特及其问题》（"Hamlet and His Problems"，1919）
《圣林》（*The Sacred Wood: Essays on Poetry and Criticism*，1920）
《玄学派诗人》（"The Metaphysical Poets"，1921）
《论文选》（*Selected Essays，1917－1932*，1932）
《追求异神》（*After Strange Gods*，1934）
《现代诗歌》（"Modern Poetry"，1936）
《论诗和诗人》（*On Poetry and Poets*，1957）
《批评批评家》（*To Criticize the Critic*，1965）

金斯利·艾米斯(Kingsley Amis, 1922 - 1995)

《幸运的吉姆》(*Lucky Jim*, 1954)

《那种莫名的情感》(*That Uncertain Feeling*, 1955)

《社会主义与知识分子》(*Socialism and the Intellectuals*, 1957)

《找一位像你一样的姑娘》(*Take a Girl like You*, 1960, 1961)

《我为什么向右转?》("Why Lucky Jim Turned Right", 1967)

简·奥斯汀(Jane Austin, 1775 - 1817)

《理智与情感》(*Sense and Sensibility*, 1811)

《傲慢与偏见》(*Pride and Prejudice*, 1813)

《曼斯菲尔德庄园》(*Mansfield Park*, 1814)

《爱玛》(*Emma*, 1816)

《诺桑觉寺》(*Northanger Abbey*, 1818)

《劝导》(*Persuasion*, 1818)

乔治·奥威尔(George Orwell, 1903 - 1950)

《巴黎伦敦落难记》("Down and Out in Paris and London", 1933)

《在缅甸的日子里》(*Burmese Days*, 1934)

《党派评论》(*Partisan Review*, 1934 - 2003)

《为小说一辩》("In Defence of Novel", 1936)

《马拉喀什》("Marrakech", 1938)

《查尔斯·狄更斯》("Charles Dickens", 1939)

《狮子与独角兽》("The Lion and the Unicorn", 1941)

《如我所愿》("As I Please", 1943)

《动物庄园》(*Animal Farm*, 1945, 1946)

《政治与英语》("Politics and the English Language", 1946)

《作家与利维坦》("Writers and Leviathan", 1948)

《1984》(*Nineteen Eighty-Four*, 1949)

B

乔治·戈登·拜伦(George Gordon Byron, 1788 - 1824)

《恰尔德·哈罗德游记》(*Child Harold's Pilgrimage*, 1809 - 1818)

《雅典的女郎》("Maid of Athens", 1810)

《"编织机法案"制定者颂》("Ode to the Framers of the Frame Bill", 1812)

《当初我俩分别》("When We Two Parted", 1813)

《东方叙事诗》("The Oriental Tales", 1814)

《她走在美的光影里》("She Walks In Beauty", 1814 - 1815)

《锡隆的囚徒》(*The Prisoner of Chillon*，1816)

《唐·璜》("Don Juan"，1818－1823)

《若国内没有自由可为之战斗》("When a Man Hath No Freedom to Fight for at Home"，1820)

《青铜世纪》("The Age of Bronze"，1823)

《咏拿破仑》("Ode to Napoleon Buonaparte"，1823)

《这一天我满三十六岁》("This Day I Complete My Thirty-Sixth Year"，1824)

《贝奥武甫》(*Beowulf*)

约翰·班扬(John Bunyan，1628－1688)

《上帝赐予最大恶人的无限恩惠》(*Grace Abounding to the Chief of Sinners*，1666)

《天路历程》(*The Pilgrim's Progress*，1678，1684)

《坏人先生传》(*The Life and Death of Mr. Badman*，1680)

塞缪尔·贝克特(Samuel Beckett，1906－1989)

《但丁、布鲁诺。维柯、乔伊斯》("Dante ... Bruno. Vico ... Joyce"，1929)

《普鲁斯特论》(*Proust*，1931)

《平庸女人的梦》(*Dream of Fair to Middling Women*，1932)

《人文寂静主义》("Humanistic Quietism"，1934)

《徒劳无益》(*More Pricks Than Kicks*，1934)

《墨菲》(*Murphy*，1938，1957)

《障碍的画家》("Peintres de L'empechement"，1948)

《麦克格里维论叶芝》("MacGreevy on Yeats"，1949)

《三个对话》(*Three Dialogues*，1949)

《瓦特》(*Watt*，1953，1959)

《等待戈多》(*Waiting for Godot*，1954，1956)

《莫洛伊》(*Molloy*，1955，1966)

《马隆之死》(*Malone Dies*，1956，1958)

《无可名状的人》(*The Unnamable*，1958，1975)

《断简残编》(*Disjecta: Miscellaneous Writings and a Dramatic Fragment*，1983)

阿诺德·贝内特(Arnold Bennett，1867－1931)

《五城的安娜》(*Anna of the Five Towns*，1902)

《老妇谭》(*The Wives' Tale*，1908)

《克雷亨格》(*Clayhanger*，1910)

《希尔达·莱斯威斯》(*Hilda Lessways*, 1911)

《作家的艺术》(*The Author's Craft*, 1914)

《这一对》(*These Twain*, 1915)

夏洛蒂·勃朗特(Charlotte Brontë, 1816 – 1855)

《简·爱》(*Jane Eyre*, 1847)

《谢利》(*Shirley*, 1849)

威廉·布莱克(William Blake, 1757 – 1827)

《天真之歌》(*Songs of Innocence*, 1783)

《伦敦》("London", 1783)

《羔羊》("The Lamb", 1783)

《所有宗教如出一辙》("All Religions Are One", 1788)

《亚美利加:一个预言》(*America, a Prophecy*, 1793)

《经验之歌》(*Songs of Experience*, 1794)

《扫烟囱的孩子》("The Chimney Sweeper", 1794)

《少女之失》("A Little Girl Lost", 1794)

《蝇》("The Fly", 1794)

《欧罗巴:一个预言》(*Europe, a Prophecy*, 1794)

《四天神》(*Vala, or the Four Zoas*, 1795 – 1807)

D

约翰·德莱顿(John Dryden, 1631 – 1700)

《论戏剧诗》("Essay of Dramatick Poesie", 1668)

《格拉纳达的征服》(*The Conquest of Granada*, 1670)

《摩登婚姻》(*Marriage A-La-Mode*, 1671)

《一切为了爱情》(*All for Love*, 1678)

《押沙龙和亚希多弗》("Absalom and Achitophel", 1681)

《奖章》("The Medal", 1682)

《俗人的宗教观》("Religio Laici", 1682)

丹尼尔·笛福(Daniel Defoe, 1660 – 1731)

《论开发》(*An Essay upon Projects*, 1697)

《纯血统的英国人》(*The True Born Englishman*, 1701)

《惩治非国教教徒的捷径》(*The Shortest Way with the Dissenters*, 1702)

《枷刑颂》(*Hymn to the Pillory*, 1703)

《法兰西与全欧政事评论》(*The Review of the Affairs of France and of All*

Europe，1703 – 1713）

《鲁滨孙漂流记》（*The Life and Strange Surprising Adventures of Robinson Crusoe，of York*，1719）

《摩尔·弗兰德斯》（*The Fortunes and Misfortunes of the Famous Moll Flanders*，1721）

《英国商人大全》（*The Complete English Tradesman*，1726 – 1727）

《英国商贸方略》（*A Plan of the English Commerce*，1728）

查尔斯·狄更斯（Charles Dickens，1812 – 1870）

《匹克威克外传》（*The Pickwick Papers*，1837）

《奥利佛·退斯特》（*Oliver Twist*，1838）

《尼古拉斯·尼考贝》（*The Life and Adventures of Nicholas Nickleby*，1838 – 1839）

《老古玩店》（*The Old Curiosity Shop*，1841）

《游美札记》（*American Notes*，1842）

《圣诞颂歌》（*A Christmas Carol*，1844）

《人生的战斗》（*The Battle of Life*，1846）

《董氏父子》（*Dombey and Son*，1848）

《大卫·科波菲尔德》（*The Personal History of David Copperfield*，1849 – 1850）

《荒凉山庄》（*Bleak House*，1852 – 1853）

《艰难时世》（*Hard Times*，1854）

《小杜丽》（*Little Dorrit*，1855 – 1857）

《双城记》（*A Tale of Two Cities*，1859）

《远大前程》（*Great Expectations*，1861）

《我们共同的朋友》（*Our Mutual Friend*，1864 – 1865）

《艾德温·德鲁德之谜》（*The Mystery of Edwin Drood*，1870）

约翰·多恩（John Donne，1572 – 1631）

《歌》（*Songs and Sonnets*，1596）

《世界的剖析》（*An Anatomy of the World*，1611）

F

亨利·菲尔丁（Henry Fielding，1707 – 1754）

《莎梅拉·安德鲁斯生平的辩护》（*An Apology for the Life of Mrs. Shamela Andrews*，1741）

《约瑟夫·安德鲁斯及其朋友亚伯拉罕·亚当斯先生的冒险故事，仿塞万提斯的风格而写》（*The History of the Adventures of Joseph Andrews，and of His Friend Mr. Abraham Adams*，1742）

《弃儿汤姆·琼斯传》(*The History of Tom Jones*，*a Foundling*，1749)

《芬斯堡之战》("Fight at Finnsburge")

《夫人的哀歌》("The Wife's Lament")

约翰·福尔斯(John Fowles，1926 – 2005)

《收藏家》(*The Collector*，1963)

《智者：思想上的自画像》("The Aristos：A Self-Portrait in Ideas"，1964)

《魔法师》(*The Magus*，1966)

《法国中尉的女人》(*The French Lieutenant's Woman*，1969)

《小说创作札记》("Notes on an Unfinished Novel"，1969)

《哈代与巫婆》("Hardy and the Hag"，1977)

E·M·福斯特(E. M. Forster，1879 – 1970)

《天使不敢涉足的地方》(*Where Angels Fear to Tread*，1905)

《最漫长的旅程》(*The Longest Journey*，1907，1960)

《霍华兹别业》(*Howards End*，1910)

《英国性格琐谈》("Notes on the English Character"，1920)

《小说面面观》(*Aspects of the Novel*，1927)

G

盖斯凯尔夫人(Elizabeth C. Gaskell，1810 – 1865)

《玛丽·巴顿》(*Mary Barton*，1848)

《露丝》(*Ruth: A Novel*，1853)

《克兰福德》(*Cranford*，1853)

《南与北》(*North and South*，1855)

《夏洛特·勃朗特传》(*The Life of Charlotte Brontë*，*Author of* "*Jane Eyre*，" "*Shirley*，" "*Villette*，" *etc.*，1857)

《西尔维亚的恋人》(*Sylvia's Lovers*，1863)

《妻子与女儿》(*Wives and Daughters: An Every Day Story*，1866)

约翰·高尔 (John Gower，约 1330 – 1408)

《人类的镜子》(*Mirour de l'Omme*，1376 – 1379)

《呼号者的声音》(*Vox Clamantis*，1382)

《一个情人的忏悔》(*Confessio Amantis*，约 1390 – 1393)

《高文爵士与绿衣骑士》(*Sir Gawain and the Green Knight*)

H

托马斯·哈代(Thomas Hardy, 1840‑1928)

　　《绿荫下》(*Under the Greenwood Tree: A Rural Painting of the Dutch School*，1872)

　　《远离尘嚣》(*Far from the Madding Crowd*，1874)

　　《还乡》(*The Return of the Native*，1878)

　　《卡斯特桥市长》(*The Mayor of Casterbridge*，1886)

　　《德伯家的苔丝》(*Tess of the d'Urbervilles: A Pure Woman Faithfully Presented*，1891)

　　《无名的裘德》(*Jude the Obscure*，1894‑1895)

威廉·华兹华斯(William Wordsworth, 1770‑1850)

　　《景物素描》(*Descriptive Sketches*，1792)

　　《抒情歌谣集》(*Lyrical Ballads*，1798)

　　《丁登寺》("Lines Composed a Few Miles above Tintern Abbey"，1798)

　　《序曲，或一位诗人的心灵成长》(*The Prelude: or Growth of a Poet's Mind*，1799，1805，1850)

　　《献给国家独立与自由之诗》(*Poems Dedicated to National Independence and Liberty*，1801‑1816)

　　《颂诗：忆幼年而悟永生》("Ode：Intimations of Immortality from Recollections of Early Childhood"，1807)

　　《决心与自立》("Resolution and Independence"，1807)

托马斯·霍布斯(Thomas Hobbes, 1588‑1679)

　　《利维坦》(*Leviathan，or the Matter，Form，and Power of a Commonwealth Ecclesiastical Civil*，1651)

J

约瑟夫·鲁德亚德·吉普林(Joseph Rudyard Kipling, 1865‑1936)

　　《他们》(*They*，1888)

　　《在城墙上》("On the City Wall"，1888)

　　《苍茫之外》("Beyond the Pale"，1888)

　　《生活的机会》("His Chance of Life"，1888)

　　《山中故事集》(*Plain Tales from the Hills*，1888)

　　《道路的尽头》("At the End of the Passage"，1890)

《行进的团队》("A Walking Delegate", 1894)

《丛林集》(*The Jungle Book*, 1894)

《丛林续集》(*The Second Jungle Book*, 1895)

《顿伽拉的判决》("The Judgment of Dungara", 1897)

《征服者威廉》("William the Conqueror", 1901)

约翰·济慈(John Keats, 1795 – 1821)

《希腊古瓮颂》("Ode on a Grecian Urn", 1819)

《忧郁颂》("Ode on Melancholy", 1819)

《夜莺颂》("Ode to a Nightingale", 1819)

K

托马斯·卡莱尔(Thomas Carlyle, 1795 – 1881)

《法国大革命》(*The French Revolution, a History*, 1837)

《英雄与英雄崇拜》(*On Heroes and Hero-Worship*, 1841)

《过去与现在》(*Past and Present*, 1843)

开德蒙(Caedmon)

《上帝颂》("Hymn to God")

《创世记甲》(*Genesis A*)

《创世记乙》(*Genesis B*)

《出埃及记》(*Exodus*)

约瑟夫·康拉德(Joseph Conrad, 1857 – 1924)

《吉姆爷》(*Lord Jim: A Romance*, 1900)

《黑暗的心》(*Heart of Darkness*, 1902)

《诺斯特罗莫》(*Nostromo: A Tale of the Seaboard*, 1904)

《对亨利·詹姆斯的评价》("Henry James: An Appreciation", 1905)

《特务》(*The Secret Agent: A Simple Tale*, 1907)

《在西方的注视下》(*Under Western Eyes*, 1911)

塞缪尔·泰勒·柯勒律治(Samuel Taylor Coleridge, 1772 – 1834)

《古舟子咏》("The Rime of the Ancient Mariner", 1798)

《朋友》("The Friend", 1809)

《悔恨》("Remorse", 1813)

《克里斯特贝尔》("Christabel", 1816)

《忽必烈汗》("Kubla Khan", 1816)

《文学传记》(*Biographia Literaria*，1817)

《关于莎士比亚讲演集》(*Lectures and Notes on Shakespeare*，1818)

L

多丽丝·莱辛(Doris Lessing, 1919 -)

《野草在歌唱》(*The Grass Is Singing*，1950)

《金色笔记》(*The Golden Notebook*，1962)

《19 号房》("To Room Nineteen"，1963)

威廉·兰格伦(William Langland，约 1330 - 1400)

《农夫皮尔斯之梦》(*The Vision of Piers the Plowman*)

《浪游者》("Widsith")

D·H·劳伦斯(D. H. Lawrence, 1885 - 1930)

《白孔雀》(*The White Peacock*，1911)

《逾矩的罪人》(*The Trespasser*，1912)

《儿子与情人》(*Sons and Lovers*，1913)

《虹》(*The Rainbow*，1915)

《恋爱中的女人》(*Women in Love*，1920)

《恰特莱夫人的情人》(*Lady Chatterley's Lover*，1928)

塞缪尔·理查逊(Samuel Richardson，1689 - 1761)

《帕梅拉》(*Pamela，or Virtue Rewarded*，1740)

《模范尺牍》(*Letters Written to and for Particular Friends on the Most Important Occasions*，1741)

《克拉丽莎》(*Clarissa*，1741 - 1748)

《查尔斯·葛兰迪森爵士传》(*Sir Charles Grandison*，1753 - 1754)

约翰·洛克(John Locke, 1632 - 1704)

《论宗教宽容的信》(*A Letter Concerning Toleration*，1689)

《政府论两篇》(*Two Treatises of Government*，1689)

《人类理智论》(*An Essay Concerning Human Understanding*，1690)

《教育漫话》(*Some Thoughts Concerning Education*，1693)

戴维·洛奇(David Lodge, 1935 -)

《小说的艺术》("The Art of Fiction"，1991)

M

托马斯·马洛礼(Thomas Malory, 1395 – 1471)

《亚瑟王之死》(*Le Morte d'Arthur*, 1470)

《漫游者》("The Wanderer")

约翰·弥尔顿(John Milton, 1608 – 1674)

《论教会政体反对主教统治的理由》(*The Reason of Church-Government Urged against Prelaty*, 1642)

《论国王与官吏的职权》("Tenure of Kings and Magistrates", 1642)

《离婚的原则和戒律》(*Doctrine and Discipline of Divorce*, 1643)

《论出版自由》("Areopagitica", 1644)

《失乐园》(*Paradise Lost*, 1667)

《复乐园》(*Paradise Regained*, 1671)

《力士参孙》(*Samson Agonistes*, 1671)

托马斯·莫尔(Thomas More, 1478 – 1535)

《乌托邦》(*Utopia*, 1516)

P

弗朗西斯·培根(Francis Bacon, 1561 – 1626)

《随笔》(*Essays*, 1579)

《学术的推进》(*The Advancement of Learning*, 1605)

《新工具》(*Novum Organum*, 1620)

《亨利七世史》(*History of the Reign of King Henry Ⅶ*, 1622)

《论死亡》("On Death", 1648)

罗伯特·彭斯(Robert Burns, 1759 – 1796)

《威利长老的祈祷》("Holy Willie's Prayer", 1785)

《主要用苏格兰方言写的诗》("Poems, Chiefly in the Scottish Dialect", 1786)

《致拉布雷克书》("Epistle to J. Lapraik", 1786)

《往昔时光》("Auld Lang Syne", 1788)

《罗伯特·布鲁士向班诺克本进发》("Robert Bruce's March of Bannockburn", 1793)

《华盛顿将军生辰颂歌》("Ode for General Washington's Birthday", 1794)

《自由树》("The Tree of Liberty", 1794)

《一朵红红的玫瑰》("A Red, Red Rose", 1794)

《我的心儿在高原》("My Heart's in the Highland", 1794)

《不管那一套》("For a'that and a'That"，1795)

《约翰·安德生,我的爱人》("John Anderson，My Jo"，1796)

亚历山大·蒲柏(Alexander Pope，1688－1744)

《田园组诗》(*Pastorals*，1709)

《批评论》(*Essay on Criticism*，1711)

《卷发劫》(*The Rape of the Lock*，1713，1717)

《愚人记》(*The Dunciad*，1728)

《道德论》(*Moral Essays*，1731－1733)

《人论》(*Essay on Man*，1733－1734)

《致阿巴斯诺特医生书》(*Epistle to Dr．Arbuthnot*，1735)

《致奥古斯都》("To Augustus"，1735)

Q

杰弗里·乔叟(Geoffrey Chaucer，1343－1400)

《公爵夫人颂》(*The Book of the Duchess*，1369)

《特洛伊罗斯与克瑞西达》(*Troilus and Criseyde*，1372－1384)

《百鸟会议》(*The Parliament of Fowls*，1377)

《声誉之宫》(*The House of Fame*，1379－1384)

《坎特伯雷故事》(*The Canterbury Tales*，1387－1400)

詹姆斯·乔伊斯(James Joyce，1882－1941)

《都柏林人》(*Dubliners*，1914)

《青年艺术家的肖像》(*A Portrait of the Artist as a Young Man*，1916)

《尤利西斯》(*Ulysses*，1922)

《芬尼根的苏醒》(*Finnegans Wake*，1939)

琴涅武夫(Cynewulf)

《艾仑那》(*Elene*)

《使徒们的命运》(*The Fates of the Apostles*)

《基督之二》(*Christ II*，又名《基督升天》，*The Ascension*)

《裘利安那》(*Juliana*)

本·琼森(Ben Jonson，1572－1637)

《人性互异》(*Every Man in His Humor*，1598)

《狐狸》(*Volpone*，1606)

《炼金术士》(*The Alchemist*，1610)

《巴托罗缪市集》(*Bartholomew*，1614)

S

威廉·萨克雷(William Thackeray, 1811－1863)

 《凯瑟琳》(*Catherine*，1839)

 《势利人脸谱》(*The Book of Snobs*，1848)

 《名利场》(*Vanity Fair*，1848)

 《潘登尼斯》(*Pendennis*，1848－1850)

 《亨利·艾斯蒙德的历史》(*The History of Henry Esmond*，1852)

威廉·莎士比亚(William Shakespeare, 1564－1616)

 《罗密欧与朱丽叶》(*Romeo and Juliet*，1594)

 《查理二世》(*Richard II*，约 1595)

 《仲夏夜之梦》(*A Midsummer Night's Dream*，1595－1596)

 《威尼斯商人》(*The Merchant of Venice*，1596)

 《哈姆雷特》(*Hamlet，Prince of Denmark*，1601)

 《奥赛罗》(*Othello*，1604)

 《李尔王》(*King Lear*，1605)

 《麦克白》(*Macbeth*，1605)

《水手》("The Seafarer")

埃德蒙·斯宾塞(Edmund Spenser, 1552?－1599)

 《牧人日历》(*The Shepherd's Calendar*，1579)

 《仙后》(*The Faerie Queen*，1589－1596)

 《爱情小调》(*Amoretti*，1591，1595)

劳伦斯·斯特恩 (Laurence Sterne, 1713－1768)

 《项狄传》(*The Life and Opinions of Tristram Shandy，Gentleman*，1760－1767)

 《感伤的旅行》(*A Sentimental Journey through France and Italy*，1768)

乔纳森·斯威夫特(Jonathan Swift, 1667－1745)

 《一只桶的故事》("A Tale of a Tub"，1704)

 《书战》(*The Battle of the Books*，1704)

 《关于普遍使用爱尔兰货物的建议》(*A Proposal for the Universal Use of Irish Manufacture*，1720)

 《布商的信》(*Drapier's Letters*，1724)

《格列佛游记》(*Travels into Several Remote Nations of the World by Lemuel Gulliver*，1726)

《一个小小的建议》(*A Modest Proposal*，1729)

《侃斯威夫特博士之死》("Verses On the Death of Dr. Swift"，1731)

T

《提奥》("Deor")

狄兰·托马斯(Dylan Thomas，1914－1953)

《我折断的这片面包》("This Bread I Break"，1936)

《一次悲伤前》("A Grief Ago"，1936)

《羊齿山》("Fern Hill"，1946)

《死亡与出场》(*Deaths and Entrances*，1946)

W

赫伯特·乔治·威尔斯(Herbert George Wells，1866－1946)

《吉普斯》(*Kipps*，1905)

《托诺—邦盖》(*Tono-Bungay*，1909)

《当代小说》("The Contemporary Novel"，1911)

《小说杂谈》("Digression about Novel"，1934)

《沃尔德》("Waldere")

弗吉尼亚·伍尔夫(Virginia Woolf，1882－1941)

《出航》(*The Voyage Out*，1915)

《墙上的斑点》("The Mark on the Wall"，1917)

《现代小说》("Modern Fiction"，1919)

《邱园纪事》("Kew Gardens"，1919)

《夜与日》(*Night and Day*，1919)

《雅各布的房间》(*Jacob's Room*，1922)

《达罗卫夫人》(*Mrs Dalloway*，1925)

《到灯塔去》(*To the Lighthouse*，1927)

《奥兰多》(*Orlando*，1928)

《浪》(*The Waves*，1931)

《弗拉希》(*Flush*，1932)

《岁月》(*The Years*，1937)

《幕间》(*Between the Acts*，1941)

X

菲利普·锡德尼（Philip Sidney，1554 - 1586）

《爱星者和星星》（*Astropher and Stella*，1580 - 1584）

《阿卡迪亚》（*Arcadia*，1593）

《诗辩》（*The Defence of Poesie*，又名 *An Apologie for Poetrie*，1595）

萧伯纳（George Bernard Shaw，1856 - 1950）

《易卜生主义的精华》（*The Quintessence of Ibsenism*，1891）

《鳏夫的房产》（*Widower's Houses*，1892）

《人与超人》（*Man and Superman*，1903）

理查德·布林斯利·谢里丹（Richard Brinsley Sheridan，1856 - 1950）

《情敌》（*The Rival*，1774）

《圣·帕特里克节》（*St. Patrick's Day*，1774）

《少女的监护人》（*The Duenna*，1774）

《斯卡波罗之游》（*A Trip to Scarborough*，1777）

《造谣学校》（*The School for Scandal*，1777）

《批评家》（*The Critic*，1779）

《皮扎罗》（*Pizarro*，1799）

波西·比希·雪莱（Percy Bysshe Shelley，1792 - 1822）

《无神论的必然性》（"The Necessity of Atheism"，1810）

《麦布女王》（"Queen Mab"，1813）

《无常》（"Mutability"，1815）

《致华兹华斯》（"To Wordsworth"，1815）

《赞智力美》（"Hymn to Intellectual Beauty"，1816）

《伊斯兰的反叛》（"The Revolt of Islam"，1818）

《钦契一家》（"The Cenci"，1819）

《解放了的普罗米修斯》（"Prometheus Unbound"，1820）

《西风颂》（"Ode to the West Wind"，1820）

《致云雀》（"To a Skylark"，1820）

《为诗一辩》（"A Defense of Poetry"，1821）

《阿多尼斯》（"Adonais"，1821）

《希腊》（"Hellas"，1822）

《印度小夜曲》（"The Indian Serenade"，1822）

《给英格兰人民的歌》（"A Song：Men of England"，1839）

玛丽·雪莱（Mary Wollstonecraft Shelley, 1797 – 1851）

《弗兰肯斯坦》（*Frankenstein*，*or The Modern Prometheus*，1818）

Y

威廉·巴特勒·叶芝（William Butler Yeats, 1865 – 1939）

《印度人论上帝》（"The Indian upon God"，1886）

《湖岛因尼斯弗里》（"The Lake Isle of Innsfree"，1890）

《威廉·布莱克作品全集》（*The Works of William Blake*，1893）

《雪莱诗歌的哲学》（"The Philosophy of Shelley's Poetry"，1900）

《我青年时代的朋友》（"Friends of My Youth"，1910）

诗集《责任》（*Responsibilities*，1914）

《穿行在宁静友好的月光下》（"Per Amica Silentia Lunae"，1918）

《幻象》（"Vision"，1925）

《最后的诗》（*The Last Poems*，1939）

塞缪尔·约翰逊（Samuel Johnson, 1709 – 1784）

《艾琳》（*Irene*，1749）

《人世希望多虚幻》（*The Vanity of Human Vanity*，1749）

《英语辞典》（*A Dictionary of the English Language*，1755）

《拉塞勒斯，阿比西尼亚王子的故事》（*The History of Rasselas*，*Prince of Abyssinia*，1759）

《莎士比亚戏剧集》（*William Shakespeare's Plays*，1765）

《英国诗人评传》（*Lives of the English Poets*，1779 – 1781）

Z

亨利·詹姆斯（Henry James, 1843 – 1916）

《美国人》（*The American*，1877）

《淑女画像》（*The Portrait of a Lady*，1881）

《小说的艺术》（"The Art of Fiction"，1884）

《奉使记》（*The Ambassadors*，1903）

《笔记和书评》（*Notes and Reviews*，1912）

《小说家及其他评论》（*Notes on Novelists and Some Other Notes*，1914）

《文学评论集》（*Literary Reviews and Essays*，1957）

《丈夫的信》（"The Husband's Message"）

Abramns, M. H. *A Glossary of Literary Terms*. Beijing: Foreign Language Teaching and Research Press, 2004.

Abrams, M. H. *The Norton Anthology of English Literature*, Vol. 1. New York: W. W. Norton & Company, 1993.

Acheson, James. " Beckett, Proust, and Schopenhauer. " *Contemporary Literature*, Vol. 19, No. 2, 1978.

Ackerman, John. *Dylan Thomas: His Life and Work*. Basingstoke: Macmillan, 1991.

Allen, Walter. *The English Novel*. England: Penguins Book Ltd, 1965.

Allott, Miriam. *Elizabeth Gaskell*. Essex: Longman Group Ltd, 1960.

Allsop, Kenneth. *The Angry Decade*. London: Peter Owen, 1958.

Amis, Kingsley. " Laughters to Be Taken Seriously. " *New York Times Book Review*, July 7, 1957.

Archbald, Douglas. *Yeats*. New York: Syracuse University Press, 1983.

Arnold, Matthew. " Essay on the Life and Genius of Maurice de Guérin. " *The Journal of Maurice de Guérin*. Ed. G. S. Trebutien. New York: Leypoldt & Holt, 1867.

Bakhtin, M. M. *The Dialogic Imagination*. Trans. Caryl Emerson and Michael Holquist. Ed. Michael Holquist. Austin: University of Texas Press, 1981.

Barthes, Roland. *Writing Degree Zero and Elements of Semiology*. Trans. Annette Lavers and Colin Smith. Boston: Beacon Press, 1970.

Bate, Walter Jackson. " Negative Capability. " *John Keats: Modern Critical Views*. Ed. Harold Bloom. New York: Chelsea House

Publishers, 1985.

Bell, Michael. "Lawrence and Modernism." *The Cambridge Companion to D. H. Lawrence*. Ed. Anne Fernihough. Shanghai: Shanghai Foreign Language Education Press, 2003.

Bell, Michael. "The Metaphysics of Modernism." *The Cambridge Companion to Modernism*. Ed. Levenson, Michael. Shanghai: Shanghai Foreign Language Education Press, 2000.

Bennett, Andrew. *Keats, Narrative, and Audience*. Cambridge: Cambridge University Press, 1994.

Blamires, Harry. *A Short History of English Literature*. London: Methuen & Co. Ltd, 1974.

Bloom, Harold. "Introduction." *Modern Critical Views: Matthew Arnold*. New York and Philadelphia: Chelsea House Publishers, 1987.

Booth, Wayne. *The Rhetoric of Fiction*. Chicago & London: The University of Chicago, 1961.

Boulton, James T., ed. *The Letters of D. H. Lawrence*, Vol. 2. Cambridge: Cambridge University Press, 1979.

Bradbury, Malcolm. *The Modern British Novel, 1878 - 2001*. Harmondsworth: Penguin Books, 2001.

Brander, Laurence. *Thackeray*. Essex: Longman Group Ltd., 1959.

Brooker, Peter. *Modernism/Postmodernism*. London: Longman, 1992.

Brown, Terence. *The Life of W. B. Yeats: A Critical Biography*. Oxford: Blackwell, 1999.

Buckley, William K. *Lady Chatterley's Lover: Loss and Hope*. New York: Twayne Publishers, 1993.

Buhhos, Shirley. *The Theme of Enclosure in Selected Works of Doris Lessing*. Troy, N. Y. : Whitston, 1987.

Bulson, Eric. *The Cambridge Introduction to James Joyce*. Cambridge: Cambridge University Press, 2006.

Burgess, Anthony. *The Novel Now*. London: Faber & Faber, 1971.

Butler, Christopher. *James Joyce*. Ed. Derek Attridge. Shanghai: Shanghai Foreign Language Education Press, 2000.

Christ, Carol T. *The Norton Anthology of English Literature: The Victorian Age* (7th ed. Vol. 2B). New York and London: W. W. Norton & Company, Inc., 2000.

Coleridge, Samuel Taylor. *Biographia Literaria*. Ed. James Engell and W. Jackson Bate. Princeton: Princeton University Press, 1983.

Colmer, John. *E. M. Forster: The Personal Voice*. London: Routledge & Kegan Paul, 1975.

Conradi, Peter. *Contemporary Writers: John Fowles*. London & New York: Methuen, 1982.

Cooper, Lettice. *George Eliot*. Essex: Longman Group Ltd, 1951.

Copeland, Edward & McMaster, Juliet, ed. *The Cambridge Companion to Jane Austen*. Cambridge: Cambridge University Press, 1997.

Cronin, Anthony. *Samuel Beckett: The Last Modernist*. London: Harper Collins, 1996.

Cuddon, J. A., ed. *A Dictionary of Literary Terms*. London: Andre Deutch. 1979.

Damon, S. Foster, ed. *A Blake Dictionary: The Ideas and Symbols of William Blake*. Hanover, New Hampshire: University Press of New England, 1988.

Davie, Donald. *Purity of Diction in English Verse*. London: Routledge & Kegan Paul, 1967.

Davies, Walford. *Dylan Thomas: New Critical Essays*. London: J. M. Dent and Sons LTD, 1972.

Draper, Michael. *H. G. Wells*. London: Macmillan, 1987.

Edel, Leon & Ray, Gordon N., ed. *Henry James and H. G. Wells*. London: Rupert Hart-Davis, 1958.

Eldridge, C. C. *Victorian Imperialism*. London: Hodder & Stoughton, 1978.

Eliot, T. S. "John Dryden". *Selected Essays*. London: Faber and Faber, 1932.

Eliot, T. S. "Ulysses, Order and Myth." *Critiques and Essays on Modern Fiction, 1920 – 1951*. New York: The Ronald Press, 1952.

Eliot, T. S. *On Poetry and Poets*. London: Faber, 1957.

Eliot, T. S. *The Man and His Work*. Ed. Allen Tate. London: Chatto & Windus, 1967.

Eliot, T. S. *The Use of Poetry and Use of Criticism: Studies in the Relation of Criticism to Poetry in England*. Cambridge, Massachusetts: Harvard University Press, 1986.

Elledge, Scott. *Milton's Lycidas*. New York: Happer&Row Publishers, 1996.

Ellis, E. J. & Yeats, W. B. *The Works of William Blake*, Vol. 1. London: B. Quaritch, 1893.

Ellis, G. U. *Thackeray*. New York: Haskell House Pub., 1971.

Ellmann, Richard. *James Joyce*. New York: Oxford University Press, 1959.

Ellmann, Richard. *The Identity of Yeats*. Oxford: Oxford University Press, 1964.

英
国
文
学
思
想
史

Ellmann, Richard. *Yeats: The Man and the Masks*. New York: Penguin Books, 1987.

Esslin, Martin. *The Theatre of the Absurd*. Harmondsworth: Penguin, 1962.

Fowles, John & Vipond, Dianne. "An Unholy Inquisition." *Twentieth Century Literature* 38, 1996.

Fowles, John. "Notes on Writing a Novel." *Harper's Magazine*, 237, July 1968.

Fowles, John. "I Write Therefore I Am." *Evergreen Review*, 8, 1964.

Fowles, John. "Notes on Writing a Novel." *The Novel Today: Contemporary Writers on Modern Fiction*. Fontana Press, 1990.

Frawley, Maria. "The Victorian Age, 1832 – 1901." *English Literature in Context*. Ed. Paul Poplawski. Cambridge University Press, 2007.

Frye, Northrop. *Fearful Symmetry: A Study of William Blake*. Toronto, Buffalo and London: University of Toronto Press, 2004.

Gasiorek, Andrzej. *Post-War British Fiction: Realism and After*. London: Edward Arnold, 1995.

Gilbert, Sandra M. & Gubar, Susan. *The Madwoman in the Attic: The Woman Writer and the Nineteenth-Century Literary Imagination*. New Haven and London: Yale University Press, 1979.

Gilchrist, Alexander. *The Life of William Blake*. Mineola, New York: Dover Publications, 1998.

Gill, Stephen. *The Cambridge Companion to Wordsworth*. Cambridge: Cambridge University Press, 2003.

Gillie, Christopher. *A Preface to Austen*. Beijing: Beijing University Press, 2005.

Gillie, Christopher. *Movements in English Literature: 1900 – 1940*. London: Cambridge Press, 1975.

Gleason, John B. "A Greek Eco in 'Ode on a Grecian Urn'." *The Review of English Studies, New Series*, Vol. 42, No. 165, 1991.

Glen, Heather, ed. *The Cambridge Companion to the Brontës*. Cambridge: Cambridge University Press, 2002.

Goldman, Jane. *The Cambridge Introduction to Virginia Woolf*. Cambridge: Cambridge University Press. 2006.

Gontarski, S. E. "The Intent of Undoing in Samuel Beckett's Art." *Modern Fiction Studies*, Volume 29, No. 1, 1983.

Gordon, Lyndall. *Charlotte Brontë: A Passionate Life*. New York and London: W. W. Norton & Company, Inc., 1995.

Graham, Kenneth. "Conrad and Modernism." *The Cambridge Companion to*

Joseph Conrad. Ed. J. H. Stape. Shanghai: Shanghai Foreign Language Education Press, 2000.

Green, Martin. *The English Novel in the 20th Century.* London: Melbourne & Henry, Routledge & Kegan Paul, 1984.

Grey, J. David, ed, *The Jane Austen Companion: With a Dictionary of Jane Austen's Life and Works.* New York: Macmillan, 1986.

Hale, Dorothy J. "James and the Invention of Novel History." *The Cambridge Companion to Henry James.* Ed. Jonathan Freedman. Shanghai: Shanghai Foreign Language Education Press, 2000.

Hamilton, Paul. "Wordsworth and Romanticism." *The Cambridge Companion to Wordsworth.* Ed. Stephen Gill. Cambridge: Cambridge University Press, 2003.

Harrington, John P. "Samuel Beckett's Art Criticism and the Literary Uses of Critical Circumstance." *Contemporary Literature*, Vol. 21, No. 3, 1980.

Hazlitt, William. "Mr. Wordsworth." *The Spirit of the Age, or Contemporary Portraits.* New York: John Wiley, 1849.

Head, Dominic. *The Cambridge Introduction to Modern British Fiction, 1950 – 2000.* Cambridge: Cambridge University Press, 2002.

Heanshaw F. J. C., ed. *Cambridge Modern History* (Vol. vi. *The Social & Political Ideas of Some English Thinkers of the Augustan Age*). London, Bombay and Sydney: George G. Happap & Company Ltd., 1999.

Heanshaw, F. J. C., ed. *The Social & Political Ideas of Some English Thinkers of the Augustan Age.* London, Bombay and Sydney: George G. Happap & Company Ltd.

Helen Vendler. *The Odes of John Keats.* Cambridge: The Belknap Press of Harvard University Press, 2003.

Hennessy, Brendan. *The Gothic Novel.* Essex: Longman Group Ltd., 1978.

Henry James. "The Art of Fiction." *The Victorian Criticism of the Novel.* Ed. Edwin M. Eigner and George J. Worth. CUP, 1985.

Hewison, Robert. *In Anger: Culture in the Cold War 1945 – 1960.* London: Weidenfeld and Nicolson, 1981.

Hofstadter, Richard. *Anti-Intellectualism in American Life.* New York: Knopf, 1963.

Hudson, William Henry. *A Short History of English Literature in the Nineteenth Century.* London: G. Bell and Sons Ltd., 1927.

James, Henry. "Our Mutual Friend." *Selected Literary Criticism.* London: Cambridge University Press, 1978.

James, Henry. "The Art of Fiction." *The Norton Anthology of American*

Literature. New York: W. W. Norton, 1985.

Jeffares, Norman. *A New Commentary on the Poems of W. B. Yeats*. London: Macmillan, 1984.

Johnson, B. S. "Introduction to 'Aren't You Rather Young to Be Writing Your Memoirs?'" *The Novel Today: Contemporary Writers on Modern Fiction*. Ed. Malcolm Bradbury, Glasgow: William Collins, 1977.

Jonah, Raskin. *The Mythology of Imperialism*. New York: Dell Publishing Co. Inc., 1971.

Joyce, James. "The Day of the Rabblement." *The Critical Writings of James Joyce*. Ed. Ellsworth Mason and Richard Ellmann. New York: The Viking Press, 1959.

Karl, Frederick R. & Magalaner, Marvin. *A Reader's Guide to Great Twentieth Century English Novels*. New York: Octagon Books. 1978.

Kastan, David Scott, ed. *The Oxford Encyclopedia of British Literature*, Vol. 1 of 5. New York: Oxford University Press, 2006.

Krieger, Murray. *Ekphrasis: The Illusion of the Natural Sign*. Baltimore and London: The Johns Hopkins University Press, 1992.

Lawrence, D. H. *A Reader's Guide to Great Twentieth-Century English Novels*. Ed. Frederick R. Karl & Marvin Magalaner. New York: Octagon Books, 1978.

Lawrence, H. D. *The Collected Letters of D. H. Lawrence*. Ed. Harry T. Moore. London: The Viking Press, 1962.

Lewis, C. S. *The Allegory of Love: A Study in Medieval Tradition*. Oxford: Oxford University Press, 1936.

Litz, A. Walton. *James Joyce*. New York: Twayne Publishers, 1996.

Locke, John. *An Essay Concerning Human Understanding*. Oxford: Clarendon Press, 1975.

Lodge, David. "The Novelist at the Crossroads." *The Novel Today*. Ed., Malcolm Bradbury. Glasgow: William Collins Sons & Co. Ltd., 1977.

Lodge, David. *The Modes of Modern Writing: Metaphor, Metonymy and the Typology of Fiction*. London: Edward Arnold, 1977.

Lodge, David. *After Bakhtin: Essays on Fiction and Criticism*. London: Edward Arnold, 1990.

Lodge, David. *Language of Fiction: Essays in Criticism and Verbal Analysis of the English Novel*. New York: Columbia University Press, 1966.

Lodge, David. *The Art of Fiction: Illustrated from Classic and Modern Texts*. London: Penguin Books, 1992.

Lodge, David. *Working with Structuralism: Essays and Reviews on 19th and 20th Century Literature.* Boston: Routledge and Kegan Paul, 1981.

M. H. Abrams, and others. *The Norton Anthology of English Literature*, 4th ed. London: W. W. Norton, 1979.

Magalaner, Marvin and Kain, Richard M. *Joyce: The Man, the Work, the Reputation.* New York: New York University Press, 1956.

Manganiello, Dominic. *Joyce's Politics.* London: Routledge and Kegan Paul, 1980.

Massie, Allan. *The Novel Today: A Critical Guide to the British Novel, 1970 – 1989.* London & New York: Longman, 1990.

Masson, David. *British Novelists and Their Styles: Being a Critical Sketch of the History of British Prose Fiction.* London: Folcroft Library Editions, 1977.

McDermott, John Kingsley. *Amis: An English Moralist.* New York: St. Martin's Press, 1989.

Meyer, Bruce. *The Golden Thread: A Reader's Journey through the Great Books.* Toronto, Ontario: Harper Collins Publishers Ltd., 2000.

Miller, J. Hillis. *Poets of Reality: Six Twentieth-Century Writers.* Cambridge: Harvard University Press, 1965.

Moss, Robert F. *Rudyard Kipling and the Fiction of Adolescence.* London: Macmillan, 1982.

Murfin, Ross C. *Sons and Lovers: A Novel of Division and Desire.* Boston: Twayne Publishers, 1987.

Newquist, Roy, ed. "John Fowles." *Counterpoint.* New York: Simon and Schuster, 1964.

Newsinger, John. *Orwell's Politics.* London: Macmillan Press Ltd., 1999.

Orwell, George. *Collected Essays, Journalism and Letters of George Orwell.* Ed., Sonia Orwell & Ian Angus. London: 1968.

Parker, Fred. "The Skepticism of Johnson's Rasselas." *The Cambridge Companion to Samuel Johnson.* Shanghai: Shanghai Foreign Language Education Press, 2000.

Parker, Peter, ed. *The Reader's Companion to the Twentieth Century Novel.* Oxford: Helicon, 1994.

Pinion, F. B. *A Brontë Companion: Literary Assessment, Background, and Reference.* Houndmills: The Macmillan Press Ltd., 1984.

Pinion, F. B. *A George Eliot Companion.* London: Macmillan Press Ltd., 1981.

Pykett, Lyn. *Charles Dickens.* Houndmills, Basingstoke, Hampshire: Palgrave, 2002.

英
国
文
学
思
想
史

Rabinovitz, Rubin. *The Reaction against Experiment in the English Novel, 1950 – 1960*. New York: Columbia University Press, 1967.

Richetti, John, ed. *The Columbia History of the British Novel*. Beijing: Foreign Language Teaching and Research Press, 2005.

Rivkin, Julie, et al. *Literary Theory: An Anthology*. Massachusetts: Blackwell Publishers Inc. , 1998.

Rohetti, John. *Defoe's Life*. Blackwell Publishing Ltd, 2005.

Rubinstein, Boberta. *The Novelistic Vision of Doris Lessing: Breaking the Forms of Consciousness*. Urbana, Chicago & London: University of Illinois Press, 1979.

Sage, Lorna. " Porfile 7: John Fowles. " *New Review*, 1974.

Schricker, Gale C. *A New Species of Man: The Poetic Persona of W. B. Yeats*. Pennsylvania: Bucknell University Press, London and Toronto: Associated Press, 1982.

Seigel, Jules Paul, ed. *Thomas Carlyle: The Critical Heritage*. London and New York: Routledge, 1971.

Showalter, Elaine. *A Literature of Their Own: British Women Novelists from Brontë to Lessing*. Beijing: Foreign Language Teaching and Research Press, 2004.

Stevenson, Randall. " Postmodernism and Contemporary Fiction in Britain, " *Postmodernism and Contemporary Fiction*. Ed. Edmund J. Smyth. London: B. F. Batsford, 1991.

Stevenson, Randall. *Modernist Fiction*. New York: Harvester Wheatsheaf, 1992.

Stewart, Anthony. *George Orwell, Doubleness, and the Value of Decency*. New York and London: Routledge, 2003.

Stewart, J. I. M. *Eight Modern Writers*. Oxford: Oxford University Press, 1962.

Stillinger, Jack. " Introduction." *John Keats: Complete Poems*. Ed. Jack Stillinger. Cambridge, Massachusetts and London: The Belknap Press of Harvard University Press, 1982.

Stonyk, Margaret. *Nineteenth-Century English Literature*. London: Macmillan, 1983.

Swinden, Patrick. *The English Novel of History and Society, 1940 – 1980*. New York: St. Martin's Press, 1984.

Tanner, Tony. *Conard: Lord Jim*. London: Edward Arnold, 1975.

Tarbox, Katherine. " *The French Lieutenant's Woman* and the Evolution of Narrative." *Twentieth Century Literature*, 38, Spring 1996.

Tindall, William York. *A Reader's Guide to James Joyce*. New York: The Noonday Press, 1959.

Trevor, Douglas. "John Donne and Scholarly Melancholy." *Studies in English Literature, 1500 - 1900*, Vol. 40, No. 1, Winter 2000.

Trilling, Lionel, ed. *The Portable Matthew Arnold*. New York: The Viking Press, 1963.

Vipond, Dianne L., ed. *Conversations with John Fowles*, Northern Illinois University, 2001.

Whitworth, Michael. *The Cambridge Companion to Virginia Woolf*. Ed. Sue Roe & Susan Sellers. Cambridge: Cambridge University Press, 2000.

Williams, Merryn. *A Preface to Hardy*. Beijing: Beijing University Press, 2005.

Woolf, Virginia. "Modern Fiction", *The Norton Anthology of English Literature, fifth edition*. Vol. 2, Ed. M. H. Abrams. London: W. W. Norton & Company, 1986.

Woolf, Virginia. *Collected Essays*. London: Hogarth Press, 1975.

Woolf, Virginia. *The Diary of Virginia Woolf*, Vol. 2. Ed. Anne Olivier Bell. London: Hogarth Press, 1982.

Wright, George T. *The Poet in the Poem: The Personae of Eliot, Yeats, and Pound*. Berkeley: University of California Press, 1960.

Yeats, W. B. *Autobiographies*. London: Macmillan, 1955.

Yeats, W. B. *Essays and Introductions*. London and New York: Macmillan, 1961.

Yeats, W. B. *The Letters of W. B. Yeats*. Ed, Allan Wade. New York: Macmillan, 1954.

Zak, Michele Wender. "*The Grassing Is Singing*: A Little Novel about the Emotions." *Contemporary Literature*, Vol. 14, No. 1, 1974.

阿尔泰莫诺夫等:《十八世纪外国文学史》,上海:上海文艺出版社,1959 年。

阿萨·勃里格斯:《英国社会史》,北京:中国人民大学出版社,1991 年。

埃蒂耶纳·卡贝:《伊加利亚旅行记》,第 2、3 卷,李雄飞译,北京:商务印书馆,1978 年。

艾布拉姆斯:《镜与灯:浪漫主义文论及批评传统》,郦稚牛、张照进、童庆生译,北京:北京大学出版社,2004 年。

艾勒克·博埃默:《殖民与后殖民文学》,盛宁、韩敏中译,沈阳:辽宁教育出版社,1998 年。

艾略特:《艾略特文学论文集》,李赋宁译,南昌:百花洲文艺出版社,1994 年。

安德鲁·桑德斯:《牛津简明英国文学史》,北京:人民文学出版社,2000 年。

安妮特·鲁宾斯坦:《英国文学的伟大传统》,陈安全等译,上海:上海译文出版社,
　　1996年。

奥威尔:《奥威尔文集》,董乐山编,北京:中国广播电视出版社,1997年。

奥西诺夫斯基:《托马斯·莫尔传》,杨家荣、李兴汉译,北京:商务印书馆,
　　1984年。

巴赫金:《巴赫金全集》(第三卷),白春仁等译,石家庄:河北教育出版社,1998年。

巴赫金:《巴赫金文论选》,佟景韩译,北京:中国社会科学出版社,1996年。

巴赫金:《陀思妥耶夫斯基诗学问题》,白春仁、顾亚铃译。上海:三联书店,
　　1988年。

贝克特等:《普鲁斯特论》,沈睿等译,北京:社会科学文学出版社,1999年。

北京大学西方语系资料组编:《从文艺复兴到十九世纪资产阶级文学家艺术家有
　　关人道主义人性论言论选辑》,北京:商务印书馆,1971年。

波利亚科:《结构—符号文艺学》,佟景韩译,北京:文化艺术出版社,1994年,第
　　199页。

布莱克:《布莱克诗集》,张炽恒译,上海:三联书店出版社,1999年。

陈兵:《帝国与认同:鲁德亚德·吉普林印度题材小说研究》,合肥:中国科技大学
　　出版社,2007年。

陈文海:《激扬华章下的恒流与变异——关于卡莱尔及其历史观念》,《学术研究》,
　　2007年,第4期。

戴维·洛奇:《小世界》导言,罗贻荣译,重庆:重庆出版社,1992年版。

丁宏为:《理念与悲曲——华兹华斯后革命之变》,北京:北京大学出版社,
　　2002年。

丁宏为:《灵视与喻比:布莱克魔鬼作坊的思想意义》,《外国文学评论》,2007年,
　　第2期。

董小英著:《再登巴比伦塔——巴赫金与对话理论》,上海:三联书店,1994年。

杜兰特:《探索的思想》,北京:文化艺术出版社,1991年。

弗雷德里克·詹姆逊:《政治无意识》,北京:中国社会科学出版社,1999年。

傅浩:《英国运动派诗学》,上海:译林出版社,1998年。

高继海编:《英国小说名家评析》,北京:中国社会科学出版社,2006年。

哈桑:《现代主义文学研究》,袁可嘉等编选,北京:中国社会科学出版社,1989年。

赫兹利特、纽曼等编:《十九世纪英国文论选》,北京:人民文学出版社,1986年。

侯维瑞、李维屏:《英国小说史》,南京:译林出版社,2005年1月。

侯维瑞:《现代英国小说史》,上海:上海外语教育出版社,1985年。

侯维瑞编:《英国文学通史》,上海:上海外语教育出版社,1999年。

胡家峦:《历史的星空——英国文艺复兴时期诗歌与西方宇宙》,北京:北京大学出
　　版社,2001年。

胡劲之、张首映:《二十世纪西方文论选》,北京:中国社会科学出版社,1989年。

胡孝申、邓中杰：《威廉·布莱克创作阶段划分刍议》，《外国文学研究》，1998 年，第
　　1 期。

华兹华斯：《抒情歌谣集》1815 年序言，曹葆华译，《十九世纪英国诗人论诗》，刘若
　　端编，北京：人民文学出版社，1984 年。

华兹华斯：《序曲，或一位诗人的心灵成长》，丁宏为译，北京：中国对外翻译出版公
　　司，1997 年。

J·希利斯·米勒：《解读叙事》，申丹译，北京：北京大学出版社，2002 年。

吉列斯比：《欧洲小说的演化》，上海：三联书店，1987 年。

蒋承勇：《西方文学"人"的母题研究》，北京：人民出版社，2005 年。

蒋承勇等：《英国小说发展史》，杭州：浙江大学出版社，2006 年。

卡莱尔：《英雄和英雄崇拜——卡莱尔讲演集》，张峰、吕霞译，上海：三联书店出版
　　社，1992 年。

凯内：《卡莱尔》，段忠桥译，北京：中国社会科学出版社，1987 年。

库恩：《必要的张力》，福州：福建人民出版社，1981 年。

库恩：《科学革命的结构》，上海：上海科技出版社，1980 年。

雷纳·韦勒克：《近代文学批评史》，第二卷，杨自伍译，上海：上海译文出版社，
　　1989 年。

李安："乔史早期诗歌的道德研究——从《公爵夫人之书》到《百鸟议会》"，《世界文
　　学评论》，2006 年，第 1 期。

李赋宁：《英国文学论述文集》，北京：外语教学与研究出版社，1997 年。

李维屏：《英美现代主义文学概观》，上海：上海外语教育出版社，1998 年。

李维屏：《英国小说艺术史》，上海：上海外语教育出版社，2003 年。

李振中：《追求和谐的完美》，上海：上海外语教育出版社，2009 年。

里凯蒂：《哥伦比亚英国小说史》，北京：外语教学与研究出版社，2005 年。

列奥·施特劳斯等编：《政治哲学史》，李天然等译，石家庄：河北人民出版社，
　　1998 年。

刘红影：《中世纪西欧骑士对贵妇人忠诚原因探微》，《淮北煤炭师范学院学报（哲
　　学社会科学版）》，2005 年，第 5 期。

刘建军：《欧洲中世纪文化与文学述评》，《外国文学研究》，2003 年，第 1 期。

刘乃银：《世俗的表象和宗教的精神：〈高文爵士和绿衣骑士〉的色情诱惑场景》，
　　《外国文学研究》，2003 年，第 4 期。

刘若端编，周珏良译：《十九世纪英国诗人论诗》，北京：人民文学出版社，1984 年。

刘若愚：《外国文论简史》，北京：北京大学出版社，2005 年。

刘文荣：《19 世纪英国小说史》，北京：中国社会科学出版社，2002 年。

刘小枫、陈少明编：《霍布斯的修辞》，北京：华夏出版社，2008 年。

刘意青编：《英国十八世纪文学史》（增补版），北京：外语教学与研究出版社，
　　2006 年。

柳鸣九编：《二十世纪现实主义》，北京：中国社会科学出版社，1992年。

卢梭：《社会契约论》，何兆武译，北京：商务印书馆：1980年。

陆建德：《破碎思想体系的残编》，北京：北京大学出版社，2001年。

吕大年：《替人读书》，上海：上海书店出版社，2008年。

罗经国编：《狄更斯评论集》，上海：上海译文出版社，1981年。

罗素：《婚姻革命》，靳建国译，北京：东方出版社，1988年。

洛克：《教育片论》，熊春文译，上海：上海人民出版社，2005年。

洛克：《政府论》，刘晓根译，北京：北京出版社，2007年。

马蒂尼奇：《霍布斯传》，陈玉明译，上海：上海人民出版社，2007年。

马建军：《乔治·艾略特研究》，武汉：武汉大学出版社，2007年。

马歇尔·米斯纳：《霍布斯》，北京：中华书局，2002年。

玛格丽特·德拉布尔：《牛津英国文学词典》，北京：外语教学与研究出版社。

米·巴赫金著：《巴赫金文论选》，佟景韩译，北京：中国社会科学出版社，1996年。

米歇尔·福柯：《疯癫与文明》，刘北成、杨远婴译，上海：三联书店，1999年。

尼采：《朝霞》，田立年译，上海：华东师范大学出版社，2007年。

尼采：《偶像的黄昏》，卫贸平译，上海：华东师范大学出版社，2007年。

帕斯卡尔：《思想录》，北京：商务印书馆，2005年。

皮尔·瓦茨伯格：《诺贝尔文学奖颁奖演说》，《英美文学研究论丛》第8辑，
2008年。

钱青：《19世纪英国文学史》，北京：外语教学与研究出版社，2006年。

乔治·爱略特：《弗洛斯河上的磨房》，祝庆英、郑淑贞、方乐颜译，上海：上海译文
出版社，1999年。

乔治·奥威尔：《一九八四》，孙仲旭译，南京：译林出版社，2002年。

乔治·桑普森：《简明剑桥英国文学史》，刘玉麟译，上海：上海外语教育出版社，
1987年。

丘吉尔著：《英语民族史》，薛力敏译，广州：南方出版社，2004。

屈勒味林：《英国史》，钱端升译，北京：中国社会科学出版社，2008年。

饶芃子等：《中西小说比较》，合肥：安徽教育出版社，1994年。

阮炜等：《20世纪英国文学史》，青岛：青岛出版社，1999年。

萨特：《萨特文学论文集》，施康强等译，合肥：安徽文艺出版社，1998年。

萨义德：《知识分子论》，单德兴译，北京：三联书店，2002年。

申丹：《英美小说叙事理论研究》，北京：北京大学出版社，2005年。

盛宁：《文本的虚构性与历史的重构》，载《外国文学评论》1991年，第4期。

施米特：《霍布斯学说中的利维坦》，应星、朱雁冰译，上海：华东师范大学出版社，
2008年。

斯摩莱特：《蓝登传·序言》，杨周翰译，上海：上海译文出版社，1980年。

苏索才：《维多利亚小说》，《英国19世纪文学史》，钱青编，北京：外语教学与研究

出版社,2005 年。

苏文菁:《华兹华斯诗学》,北京:社会科学文献出版社,2000 年。

苏西·林菲尔德:《反对乌托邦:多丽丝·莱辛访谈录》,《英美文学研究论丛》第 8 辑,2008 年。

索利:《英国哲学史》,段德智译,济南:山东人民出版社,2007 年。

塔利:《语境中的洛克》,梅雪芹译,上海:华东师范大学出版社,2005 年。

陶家俊:《文化身份的嬗变——E·M·福斯特小说和思想研究》,北京:中国社会科学出版社,2003 年。

梯利:《西方哲学史》,葛力译,北京:商务印书馆,2000 年。

王守仁、方杰:《英国文学简史》,上海:上海外语教育出版社,2006 年。

王雅华、刘丽霞:《世界是"我"的表象:解析贝克特〈徒劳无益〉中的写实主义》,《外国文学评论》,2009 年,第 1 期。

王佐良:《英国文学论文集》,北京:外国文学出版社,1980 年。

王佐良:《英诗的境界》,上海:三联书店,1991 年。

王佐良:《英国浪漫主义诗歌史》,北京:人民文学出版社,1991 年。

王佐良:《英语散文的流变》,北京:商务印书馆,1998 年。

王佐良、何其莘:《英语文艺复兴时期的文学史》,北京:外语教学与研究出版社,2006 年。

王佐良、周珏良等主编:《英国文学名篇选注》,北京:商务印书馆:1983 年。

魏颖超:《英国荒岛文学》,北京:外语教学与研究出版社,2001 年 10 月。

伍蠡甫、胡经之主编:《西方文艺理论名著选读》(上卷),北京:北京大学出版社,1987 年。

西格蒙德·弗洛伊德:《弗洛伊德后期著作选》,林尘等译,上海:上海译文出版社,1986 年。

肖明翰:《宫廷爱情诗传统与乔叟的〈公爵夫人颂〉》,《外国文学研究》,2003 年,第 6 期。

肖明翰:《〈贝奥武甫〉中基督教和日耳曼两大传统的并存与融合》,《外国文学评论》,2005 年,第 2 期。

肖明翰:《试论〈坎特伯雷故事〉的多元与复调》,《外国文学研究》,2006 年,第 4 期。

肖明翰:《英国文学之父——杰弗里·乔叟》,北京:社会科学文献出版社,2005 年。

徐葆耕:《西方文学十五讲》,北京:北京大学出版社,2003 年。

薛鸿时:《浪漫的现实主义:狄更斯传评》,北京:社会科学文献出版社,1996。

亚里士多德:《修辞学》,罗念生译,上海:三联书店,1991 年。

严忠志:《论华兹华斯的诗歌创作观》,《四川外国语学院学报》,1996 年,第 2 期。

杨周翰编:《莎士比亚评论汇编》,北京:中国社会科学出版社,1970 年。

伊恩·瓦特:《小说的兴起》,高原、董红钧译,上海:三联书店,1992 年。

以赛亚·柏林：《浪漫主义的根源》，吕梁等译，南京：译林出版社，2008年。

殷企平：《卡莱尔〈英雄〉观的积极意义》，《杭州师范大学学报》（社会科学版），2009年，第6期。

殷企平：《英国小说批评史》，上海：上海外语教育出版社，2001年。

袁可嘉：《欧美现代派文学概论》，上海：上海文艺出版社，1993年。

张德明：《魔鬼的智慧——谈"在地狱中采风"的布莱克》，《读书》，1988年，第8期。

张剑：《艾略特与英国浪漫主义传统》，北京：外语教学与研究出版社，1996年。

张泗洋、徐斌、张晓阳：《莎士比亚引论》，北京：中国戏剧出版社，1989年。

张志伟：《西方哲学十五讲》，北京：北京大学出版社，2004年。

章安祺：《西方文艺理论史精读文献》，北京：中国人民大学出版社，1996年。

赵立行、于伟：《中世纪西欧骑士的典雅爱情》，《世界历史》，2001年，第4期。

赵志军：《文学文本理论》，北京：中国社会科学出版社，2001年。

朱虹编：《奥斯汀研究》，北京：中华文联出版公司，1985年。

朱利安·班达：《知识分子的背叛》，孙传钊译，长春：吉林人民出版社，2004年。